KATY KERRY

GEFESSELT AN DIE DUNKLE SEITE MEINER AFFÄRE

EROTISCHER SM-ROMAN

BLUE PANTHER BOOKS

BLUE PANTHER BOOKS TASCHENBUCH
BAND 2266
1. AUFLAGE: JUNI 2018

VOLLSTÄNDIGE TASCHENBUCHAUSGABE
ORIGINALAUSGABE

© 2018 BY BLUE PANTHER BOOKS, HAMBURG
ALL RIGHTS RESERVED

LEKTORAT: MELANIE REICHERT / WWW.BUCHSTABENWIRBEL.DE

COVER:
© SHULGENKO @ SHUTTERSTOCK.COM

UMSCHLAGGESTALTUNG: MT DESIGN
GESETZT IN DER TRAJAN PRO UND ADOBE GARAMOND PRO

PRINTED IN GERMANY
ISBN 978-3-86277-751-8
WWW.BLUE-PANTHER-BOOKS.DE

INHALT

1. Prolog 5
2. Ein Hauch von Feuer 9
3. Extreme Höhen und Tiefen 31
4. Gefährliche Begierde
   kann tödlich sein 63
5. SSC - Safe, Sane & Consensual 93
6. Der Dungeon - Kerker der Liebe 133
7. BDSM-Fieber - Das Doppelleben 149
8. Die Fuchsjagd 175
9. Venedig - Im Bann der Maskerade ... 189
10. Bizarre Sucht, geheimes Verlangen ... 215
11. Fesseln der Leidenschaft 253
12. Dunkle Begierde 273
13. Liebesgeständnis 317
14. Ein Zugeständnis 327
15. Dunkles Feuer 377
16. Meine Liebe, deine Kehrtwende 409
17. Die prosaische Erkenntnis 463
18. Sehnsucht brennt Löcher
    in deine Seele 499
19. Rumba - Tanz der Leidenschaft 517
20. Der Glaube an uns -
    Ein Fels in der Brandung 549
21. Danksagung 552
22. Blinde Leidenschaft ... im Internet / 551

Mit dem Gutschein-Code

KK1TBPDHN

erhalten Sie auf **www.blue-panther-books.de**
diese exklusive Zusatzgeschichte als E-Book
in den Formaten PDF, E-PUB und Kindle.
Registrieren Sie sich einfach online oder
schicken Sie uns die beiliegende Postkarte
ausgefüllt zurück!

Prolog
Als ich am nächsten Tag das *Central Criminal Court* Londons abermals betrat, klackerte ich mit meinen roten High Heels über den Marmorboden, bis ich in meinem Büro ankam. Tabitha saß bereits an ihrem Arbeitsplatz in meinem Vorzimmer und tippte Protokolle in den Computer, die ich ihr gestern in ein Diktiergerät gesprochen hatte. Sie war nur zwei Jahre jünger als ich, hatte schulterlanges kastanienbraunes Haar, braune Augen und eine zierliche Figur.

»Guten Morgen, Tabitha«, begrüßte ich sie freudig.

»Hi, Ella. Dein Kaffee steht bereits wohl temperiert auf deinem Schreibtisch, ich habe dir ein Marmeladen-Croissant von der *Primrose Bakery* mitgebracht und die Akten für deine Verhandlung liegen vorbereitet auf deinem Platz«, empfing sie mich wie immer hervorragend aufgelegt.

Ihr gestriges Date muss also prima gelaufen sein, dachte ich im Geheimen und betrachtete sie neugierig. Sie wusste bereits, worauf ich hinauswollte, und lächelte mich keck an.

»Mein Date war großartig, Michael ist der Oberhammer im Bett und ich habe schon seit Langem keinen so guten Sex mehr gehabt«, berichtete sie zufrieden. Ihre direkte Art, ohne Umschweife auf den Punkt zu kommen, machte sie geradezu einzigartig und genau deswegen mochte ich sie so gern.

»Warum sollte es dir schlechter gehen als mir?«, ließ ich eine Randbemerkung im Raum stehen. Meine Andeutung machte sie neugierig. Mit einem Mal war ihr Interesse geweckt und sie funkelte mich an, als würden ihr jeden Moment die Augen herausfallen.

»Erzähl! Wie ist er? Hat er's mit dir auf dem Waschtisch getrieben? Von hinten oder in der Missionarsstellung?« Wenn Tabitha erst mal in Fahrt war, gab es kein Entrinnen mehr. Dann wollte sie es ganz genau wissen. Innerlich musste ich schmunzeln. Auf dem Waschtisch! Und dann noch in der Missionarsstellung? Pff! Die hatte vielleicht Nerven!

»Frag mich lieber, wer er ist, bevor du Details wissen möchtest«, forderte ich ihre Neugier nur noch mehr heraus. Energisch nahm sie ihre schwarze Nerdbrille von *Miu Miu* ab und verzog ihre knallrot geschminkten Lippen zu einem hinterlistigen Lächeln.

»Wer?«, stieß sie aufgeregt aus und zappelte nervös auf ihrem Stuhl herum. »Jetzt sag schon, spann mich nicht auf die Folter. Wer ist er?«

»Darauf wirst du nie kommen«, erwiderte ich forsch und stolzierte in mein Arbeitszimmer. Sie lief mir unbeirrt hinterher und starrte mich wissbegierig an, während ich auf meinem Chefsessel Platz nahm.

»Also?«, fragte sie verbissen nach und trommelte dabei mit ihren übermäßig langen, roten Fingernägeln auf meine Tischplatte. Wie sie mit diesen Dingern tippen konnte, war mir sowieso ein Rätsel.

»Jeremy White, der Präsident des Obersten Gerichtshofs«, ließ ich die Bombe platzen. Tabitha blieb der Mund im wahrsten Sinne des Wortes offen stehen, sicher wäre ihr die Kinnlade heruntergefallen, wenn sie nicht angewachsen wäre.

»Je-Jeremy W-White?«, stotterte sie, als könnte sie es nicht glauben.

»Jepp! Kein Geringerer als er.«

»Wo hast du denn den aufgetrieben?«, fragte sie erstaunt.

»An der Tankstelle«, kicherte ich.

»An der Tankstelle?«, erkundigte sie sich ungläubig und lachte sich halb schief dabei. »Bleibt nur zu wünschen, dass er auch bei dir kräftig getankt hat.« Blitzschnell strich sie meine blonden Locken zur Seite. »Hast du einen Knutschfleck?« Sie stierte mich neugierig an.

»Hey, nein!«, wehrte ich ab.

»Und? Wie ist der Präsident des Obersten Gerichtshofs im Bett?« Ich verdrehte die Augen.

»Also, du stellst vielleicht Fragen, Tabitha. Aber wenn du es unbedingt wissen möchtest, es war eine der heißesten Nächte, die ich je erlebt habe. So! Und jetzt lass mich bitte arbeiten, ich habe in zwei Stunden eine wichtige Verhandlung«, entgegnete ich streng. Mit diesen Worten vergrub ich mich in meine Akten.

Tabitha stemmte ihre Arme in die Hüften und inspizierte mich angriffslustig. »Nun gut, wie du meinst. Aber du musst mir später unbedingt mehr von ihm erzählen.«

Vertrauen heißt, seine Ängste nicht mehr zu fürchten.
Sich einem Menschen ganz zu öffnen,
heißt auch, ihn in unser Herz zu schließen.

(Ernst Ferstl)

EIN HAUCH VON FEUER

Gerade als ich mich an den Gedanken hätte gewöhnen können, ein Leben in Freiheit und Unabhängigkeit zu führen, tauchte völlig unerwartet Jeremy darin auf und belehrte mich eines Besseren. Ich war eine stolze, selbstbewusste Frau und auf niemanden angewiesen.

An diesem Freitagabend war ich vollkommen erledigt. Ich hatte kürzlich einen Schwerverbrecher hinter Gitter gebracht, der seine arme Frau so brutal verprügelt hatte, dass sie nach dem letzten Schlag, den er ihr verpasst hatte, nicht mehr aufgestanden und wenig später ihren Verletzungen erlegen war. Fünfzehn Jahre für Totschlag hatte ich ihm aufgebrummt und die Einweisung in eine Anstalt für geistig abnorme Rechtsbrecher. Denn die Art und Weise, wie er sich ihres Körpers entledigt hatte, war verabscheuungswürdig gewesen.

Wieder so ein Arschloch!, dachte ich noch, als ich die einsame Landstraße zu der einzigen noch geöffneten Tankstelle entlangfuhr. Heute war es wieder einmal Mitternacht geworden, da ich mich in meinen neuesten Fall hineingekniet hatte. Noch konnte ich mir keinen Reim auf die ganze Sache machen. Dem Angeklagten wurde unterlassene Hilfeleistung vorgeworfen, da während einer der von ihm organisierten Sexorgien einer Frau schwerste Misshandlungen zugefügt worden waren, die zu ihrem Tod geführt hatten. Wohl ein Fall aus der SM-Szene, wie ich feststellen musste. Aber die Gedanken daran wollte ich jetzt beiseiteschieben und mir zu Hause einen gemütlichen Ausklang gönnen.

Würde ich in Zukunft immer nur von solchen schändlichen Kreaturen umgeben sein? Nun, eins war klar gewesen, als ich den Weg des Jurastudiums eingeschlagen und mich nach meinem Gerichtsjahr entschieden hatte, als Staatsanwältin zu arbeiten: Ich würde es sicherlich nicht mit blütenweißen Westen zu tun bekommen. Streng genommen, gefiel mir mein Job ja auch gut.

Schon als Kind hatte ich einen ausgeprägten Gerechtigkeitssinn gehabt und später, als mein bester Freund Jayson mit vierzehn Jahren wegen seiner Behinderung – er litt an den Folgen einer Kinderlähmung – gemobbt worden war, war ich völlig ausgerastet und hatte ihn verteidigt wie eine Löwin ihr Junges. Zu diesem Zeitpunkt waren offensichtlich die Weichen für meine berufliche Laufbahn bereits gestellt gewesen. Gemeinsam hatten Jayson und ich Irland verlassen, um an der Universität in London Jura zu studieren.

Heute war er einer der begehrtesten Anwälte Londons. Während unseres Studiums hatten wir zusammen immer richtig viel Spaß gehabt. Seit wir allerdings im Gerichtssaal standen, kämpften wir während der Verhandlungen wie zwei Hyänen, deren Rivalität mit blutigen Bissen ausgetragen wurde. Er auf der Seite des Angeklagten und ich auf der Seite des Opfers. Aber das war wieder eine andere Geschichte. Grundsätzlich verstanden Jayson und ich uns immer noch sehr gut und das war natürlich auch der Grund für unsere enge und lang anhaltende Freundschaft.

Rasant bretterte ich auf die Zapfsäule der Tankstelle zu und brachte meinen funkelnagelneuen roten Sportwagen der Marke *Mercedes GT C* unmittelbar daneben zum Stillstand.

Im Shop brannte Licht. Jake hatte noch geöffnet und lugte nun aus dem Schaufenster, indem er seinen Kopf etwas neigte und die Hand gegen seine Stirn hielt, um von meinen Scheinwerfern nicht geblendet zu werden. Ich schaltete das Licht aus. Als er mich erkannte, zwinkerte er mir zu und lächelte unwiderstehlich.

Dieser Casanova!, dachte ich, während ich meinen Wagen volltankte. Jake war als immer gut gelaunter Tankstellenmitarbeiter bekannt und sein Grinsen erweckte in mir stets einen amüsierten und vergnügten Seelenzustand. Er zwinkerte mir wieder zu und hielt hinter der Scheibe bereits die Cracker in die Höhe, die ich fast jedes Mal bei ihm kaufte, wenn ich vorbeikam.

Als ich den Tankstellenshop betrat, fiel mir ein auffallend elegant gekleideter Mann auf. Mitte dreißig, groß, schlank und doch muskulös gebaut. Er trug einen sehr teuer wirkenden schwarzen Anzug, unter der taillierten Sakko-Weste lugte ein blütenweißes Hemd hervor, an dessen Ärmeln Manschettenknöpfe blitzten. In seiner Brusttasche steckte ein passendes Einstecktuch. Seine Krawatte war exakt gebunden, man hätte sie mit einem Maßband vermessen können.

Mein Blick fiel unwillkürlich auf eine bestimmte Stelle seiner Hose – den Schritt. Verwirrt griff ich mir an die Stirn. *Oh Gott, Elena, wo guckst du bloß hin?*, mahnte ich mich in Gedanken. Ich schaute nach unten, auf seine blitzblank geputzten schwarzen Lederschnürschuhe. Dann betrachtete ich seine linke Hand. Kein Ehering, auch nicht an der rechten. *Nun ja, das muss nicht unbedingt etwas heißen, er kann trotzdem gebunden sein*, sinnierte ich.

Er hatte auffallend lockeres, nicht zu langes und leicht gewelltes dunkelbraunes Haar, das er markant zur Seite gescheitelt trug, und unheimlich schöne, eisblaue Augen, die mir nun entgegenstrahlten. Sein Mund verzog sich dabei zu einem bezaubernden Lächeln. Er war mir auf Anhieb sympathisch. Verlegen wandte ich meinen Blick von ihm ab, um zielstrebig auf Jake zuzugehen und meine Rechnung zu begleichen.

»Macht fünfzig Pfund, Elena.« Selbstbewusst hielt ich Jake meine schwarze Kreditkarte entgegen, die er in die mobile Bankomatkasse steckte. Schon bald ratterte die Rechnung heraus und er hielt sie mir entgegen.

»Wirf sie weg«, forderte ich ihn in arroganter Manier auf, mit diesem Verhalten wollte ich dem geheimnisvollen Fremden imponieren, und verabschiedete mich von ihm. Ich nahm die Papiertasche mit meinen geliebten Crackern entgegen und wandte mich zum Gehen um.

In voller Größe stand nun der elegant gekleidete Unbekannte vor mir. Mir stockte fast der Atem bei der Art, wie er mich musterte. Vor Schreck fiel mir die Tragetasche zu Boden. In exakt derselben Geschwindigkeit gingen wir beide gleichzeitig in die Knie und befanden uns jetzt auf Augenhöhe. Galant hob er meine Papiertüte auf, ohne jedoch den Blick von mir abzuwenden, und überreichte sie mir.

»Ich denke, das gehört Ihnen«, bemerkte er charmant.

Eine Gänsehaut lief mir über den Rücken. Ich konnte meinen Blick nicht von ihm losreißen. Meine Stimme klang heiser: »Ja, vielen Dank.«

Simultan richteten wir uns auf, sein Lächeln wirkte überaus anziehend auf mich. Unsere Blicke trafen sich wieder und ich dachte: *Wow, was für ein Mann!* Da stellte er sich kurz und bündig vor: »Jeremy White.« Unsicher lächelte ich ihn an.

»Elena Cooper«, entgegnete ich wie unter Hypnose. Ich war verzaubert von seinem Charisma und achtete gar nicht auf die Worte, die er sagte.

»Sehr angenehm, Miss Cooper.« Dabei wanderte seine Aufmerksamkeit zu meiner linken Hand. Ich verzog meine Mundwinkel zu einem schüchternen Lächeln. Er wollte sich also auch vergewissern, ob ich verheiratet war.

Seine selbstbewusste Art brachte mich völlig aus dem Gleichgewicht. Mich, Elena Cooper, Staatsanwältin, achtundzwanzig Jahre alt und unter normalen Umständen durchaus selbstsicher sowie zielstrebig. Zuvorkommend näherte er sich der selbst öffnenden Schiebetür. Galant ließ er mir den Vortritt. Er zählte offenbar noch zu den Männern, denen man den Kavaliersinstinkt in die Wiege gelegt hatte. *Ob er mich wohl noch zu einem Drink einladen würde?*, ging es mir durch den Kopf.

Noch während ich so vor mich hin träumte und mir in Gedanken ausmalte, wie mein Abend mit ihm verlaufen könnte, hörte ich erneut seine Stimme: »Haben Sie heute noch etwas vor, Miss Cooper?«

Mein Herz klopfte mir bis zum Hals. Ich flippte innerlich völlig aus. Mein Gott! Dieser gut aussehende Mann fragte mich tatsächlich, ob ich Zeit hätte. »Ähm ... nein«, stammelte ich, denn mehr brachte ich nicht zustande. Gleichzeitig empfand ich mich als ziemlich abgeklärt, forsch und abweisend.

Doch Mr White lächelte mich hinreißend an, während er mir seinen Arm anbot. Dankend nahm ich an und wir stolzierten in die sternenklare Nacht hinaus. Vor meinem Wagen blieben wir stehen und er sah mich hoffnungsvoll an. Er räusperte sich.

»Nun, es wäre jetzt höchst unromantisch, getrennt in das nächstgelegene Lokal zu fahren, nicht wahr?«, versicherte er sich. Seine direkte Art gefiel mir. Endlich ein Mann, der wusste, was er wollte.

»Was schlagen Sie vor, Mr White?«, versuchte ich, gelassen zu klingen, obwohl mein Adrenalinspiegel so rasant anstieg, dass ich das Gefühl hatte, beinahe in Ohnmacht zu fallen.

Er aber schien davon nichts zu bemerken und schlug mir vor, meinen Wagen zu nehmen. Er würde sich danach ein Taxi kommen lassen. Beim Wort *danach* fuhren meine Gefühle Achterbahn. Was wollte er damit andeuten? Was hatte er an sich, das mir schlichtweg den Puls in die Höhe trieb? Wieso reagierte ich in seiner Gegenwart so unkontrolliert? Was machte mich so scharf auf ihn?

Bist du jetzt völlig verrückt geworden, Elena?, ermahnte ich mich innerlich. *Reiß dich am Riemen verdammt noch mal und flipp jetzt nicht aus! Du kannst dich nicht einem x-beliebigen Mann an den Hals werfen, nur weil er gut aussieht und du deinen Hormonspiegel nicht im Griff hast.* Geduldig wartete er auf eine Antwort.

»Einverstanden«, versuchte ich, so arglos wie möglich zu klingen und drückte ihm die Schlüssel in die Hand. Sofort öffnete er die Beifahrertür meines Wagens und machte eine einladende Handbewegung.

»Wenn Sie bitte Platz nehmen würden, Miss Cooper, ich übernehme das Steuer«, forderte er mich mit einer distinguierten Geste auf. Normalerweise überließ ich Fremden nur ungern meinen nagelneuen Wagen, aber Mr White schien mir sehr vertrauenserweckend zu sein.

Nervös und etwas unbeholfen rutschte ich auf den weichen Ledersitz. Da es draußen kühl war, hatte ich die Sitzheizung eingeschaltet gehabt, sodass die Sitzfläche jetzt noch angenehm warm war. Was mir definitiv entgegenkam, denn die Aufregung ließ mich etwas frösteln. Graziös schwang ich meine langen, schlanken Beine in den Wagen und stellte meine in hochhackigen Pumps steckenden Füße auf dem Teppich ab.

Ich trug unter dem offenen Mantel ein rotes, nicht zu aufdringliches Etuikleid, das am Rücken einen durchgehenden Reißverschluss hatte. Während ich eine geeignete Sitzposition suchte, rutschte es nach oben und der Spitzenabschluss meiner schwarzen Strümpfe wurde sichtbar. Nervös zupfte ich am Saum herum und zog es wieder nach unten.

Unterdessen stieg Mr White in den Wagen. Sein Blick fiel auf mein Dekolleté. Es wurde von einer dezenten Perlenkette geziert. Er musterte meinen Ausschnitt eindringlich. Unter dem Kleid trug ich einen Push-up-BH, der meine Brüste noch besser zur Geltung brachte. Sein Blick wanderte weiter. *Wie ich wohl auf ihn wirke?* An meinen Ohrläppchen hingen zur Kette passende Perlenstecker. Mein langes, gelocktes blondes Haar fiel offen über meine Schultern. Mit meinen kristallblauen Augen sah ich ihn an.

Sein Ausdruck war unwiderstehlich. Er war ein Gentleman, das merkte ich sofort. Obwohl er meinen Anblick und mein Outfit offensichtlich betörend fand, hatte ich das Gefühl, er würde diese Situation nicht ausnutzen wollen. Mit Sicherheit war ich nicht in die Kategorie *Frau steigt zu jedem Mann ins Auto* einzuordnen, zumal wir ja in meinem eigenen Wagen saßen.

Andererseits konnte man auch nicht jeden Mann als Chauvinisten hinstellen, der seine patriarchisch geprägten Vorstellungen verfolgte und aufgrund seines Geschlechts glaubte, Frauen gegenüber einen Überlegenheitsanspruch zu haben. Das wäre reiner Männerhass gewesen und stand in keiner Weise für mein Denken. Zum gegenwärtigen Zeitpunkt wollte ich es auf keinen Fall auf mich nehmen, zu hinterfragen, ob er möglicherweise eine männlichkeitsorientierte Haltung hatte.

Da ich so sehr damit beschäftigt war, Mr White einzuschätzen, bemerkte ich gar nicht, dass wir bereits vor einem Lokal angehalten hatten.

Er stieg aus und öffnete die Beifahrertür, galant reichte er mir die Hand. Er ging also auf Tuchfühlung und ich ergriff meine Chance. Nun stand er nur wenige Zentimeter vor meinem leicht geröteten Gesicht. Die Hitze war mir vor Erregung in die Wangen gestiegen. Ich hatte vor dem Verlassen des Büros noch einmal roten Lippenstift aufgetragen und mein Gesicht mit etwas Puder und Rouge bedeckt, dadurch hoffte ich, er würde meine Verlegenheit nicht gleich bemerken. Außerdem war es ziemlich dunkel hier. Nur die Straßenlaternen erhellten die sternenklare Nacht. Er lächelte mich gewinnend an.

»Haben Sie Lust, noch eine Kleinigkeit zu essen, Miss Cooper?«, fragte er mit bewunderndem Blick. Mir blieb beinah wieder die Luft weg. Lust? *Da würde mir etwas ganz anderes einfallen, worauf ich* Lust *hätte*, dachte ich insgeheim und belächelte dabei meine Hintergedanken.

»Ja, sehr gern, warum nicht?«, erwiderte ich. Unterdessen versuchte ich, so anziehend wie möglich auf ihn zu wirken, indem ich meine Augenbrauen kühn nach oben zog und meine Lippen zu einem verführerischen Lächeln formte.

Mr White verzog keine Miene und begleitete mich ins *Boundary Restaurant* unweit der Themse und des Tower of London. Das Restaurant war für diese Uhrzeit noch verhältnismäßig gut besucht, was mich sehr verwunderte. Allerdings, wenn ich ehrlich war, war ich bis dato nicht wirklich bestrebt gewesen, nach Mitternacht noch essen zu gehen, weil ich um diese Zeit absolut keinen Hunger mehr hatte. Was sich nun schlagartig änderte.

Meine Begleitung war hier offensichtlich wohl bekannt, denn der Restaurantleiter begrüßte ihn sehr vertraut. »Guten Abend, Mr White. Ich hoffe, Sie hatten einen angenehmen Tag, Sir.« Dann wanderte sein Blick zu mir. »Madam!«

Er lächelte vornehm, wurde jedoch von Mr White sofort unterbrochen: »Vielen Dank der Nachfrage, James.« Mein charmanter Begleiter machte eine einladende Handbewegung und ließ mir den Vortritt.

»Wenn Sie mir bitte folgen würden«, bat uns der Restaurantleiter, ging mir voraus und steuerte zielstrebig einem elegant gedeckten Tisch entgegen.

Im nächsten Augenblick rückte er mir den Stuhl zurecht und zündete die Kerze an, die in der Mitte des Tisches stand.

»Ihr Lieblingswein, Sir?«

Mr White sah mich erwartungsvoll an. »Es kommt ganz darauf an, ob der Chardonnay meine reizende Begleitung anspricht.« Dabei nickte er mir entwaffnend zu.

»Ich hätte lieber ein Glas Merlot Pinot Noir, wenn Sie erlauben«, wandte ich mich selbstsicher an James. Mr White war sichtlich erstaunt, amüsierte sich aber über meine bestimmte Art.

Der Restaurantleiter nickte mir höflich zu. »Sehr wohl, Madam!«

James wollte schon kehrtmachen, da wandte ich raffiniert ein: »Ich würde vorschlagen, wir nehmen eine Flasche«, funkelte ich ihn gewitzt an.

Anerkennend beugte Mr White sich zu mir vor. »Ich sehe, Sie haben Ahnung, Miss Cooper.«

Ich fühlte mich geschmeichelt. »Vollmundige Frucht, rund im Geschmack, angenehm lieblich, aber nicht zu süß«, gab ich meine Weinkenntnisse preis, dabei flirtete ich auffallend drauf los. Ein Lächeln breitete sich auf meinen roten Lippen aus. Sein Blick ruhte verheißungsvoll auf meinem Gesicht, er schien mir mehr als nur zugetan zu sein.

Wir waren so sehr mit uns selbst beschäftigt, dass wir gar nicht richtig mitbekamen, wie der Restaurantleiter sich diskret zurückzog. Schon bald erschien er mit der Flasche Rotwein, deren Inhalt er nun vor unseren Augen in eine kunstvoll geschwungene Karaffe dekantierte. Das Karaffieren brachte das Bouquet des Weines erst zur vollen Entfaltung. Mr White lächelte unterdessen zufrieden.

Der Küchenchef empfahl heute ein Dinner bestehend aus vier Gängen: Marinierter Wildlachs und gebratene Jakobsmuscheln mit Edelkrebsen an Estragonbutter, Flusskrebs-Rahmsuppe, Kabeljau mit Meerrettichkruste und Riesengarnelen an

Ingwergemüse sowie als Abschluss Schoko-Chili-Crème-brûlée und Sorbet von der Passionsfrucht mit Limonen-Quark-Mousse. Zugegebenermaßen passte der Rotwein nicht gerade zur empfohlenen Speisenfolge, da wäre der Chardonnay eindeutig die bessere Wahl zu Fisch gewesen.

Mein Begleiter bestellte das Menü, nachdem er meine Zustimmung eingeholt hatte. Währenddessen goss James den Rotwein in sein Glas und wartete auf Mr Whites Anweisung, um mir ebenfalls einschenken zu können. Er zog seine Augenbrauen hoch.

»Fantastisch! Genau wie Sie sagten, Miss Cooper«, lobte er mich.

***

Das Essen schmeckte hervorragend, der Wein war ein Gedicht und Mr White eine der imposantesten Persönlichkeiten, die mir je begegnet waren. Unerwartet fasste er nach meiner Hand und führte sie an seine Lippen, um sie zu küssen.

»Sie sind sehr faszinierend, Miss Cooper.« Das Herz schlug mir bis zum Hals und eine Gänsehaut breitete sich über meinem gesamten Rücken aus, als ich seine Worte hörte. Allein seine Stimme fand ich schon erotisch. »Ich bin übrigens Jeremy«, bot er mir das Du an. Und selbst da läuteten bei mir noch immer nicht die Alarmglocken.

»Elena«, hauchte ich ihm entgegen, während er noch immer meine Hand hielt. Langsam ließ er sie wieder los und ich wünschte, er hätte sie ewig gehalten. In seiner Anwesenheit fühlte ich mich inzwischen unsagbar wohl, als würden wir uns schon eine halbe Ewigkeit kennen.

»Ich weiß, dass sich das für eine Dame wie dich überhaupt nicht schickt, aber ich …«, er machte eine kurze Pause, bevor er fortfuhr, »fühle mich unbeschreiblich zu dir hingezogen.« Er legte die Stirn in Falten. »Und ich möchte nicht, dass du jetzt gehst«, sagte der auf mich so geradlinig wirkende Mann. Diese Worte auszusprechen, schien ihn große Überwindung gekostet zu haben.

Die Beauty Queen in mir stieß einen Freudenschrei aus. Dieser charmante und überaus gut aussehende Mann fand mich offensichtlich anziehend. Wenn ich es mir so recht überlegte, zauberten mir seine Worte Schmetterlinge in den Bauch und brachten meinen Hormonspiegel weiter zum Ansteigen. Das erhitzte Blut pulsierte zwischen meinen Beinen und ich hatte große Mühe, mich zusammenzureißen.

Ich leerte das Glas Rotwein, das vor mir auf dem Tisch stand, in einem Zug, dabei zitterten meine Hände. Oh Gott! Hoffentlich bemerkte er meine Erregung nicht. Das wäre mehr als peinlich.

Als ich verstohlen zu ihm hinübersah, musste ich jedoch feststellen, dass es ihm nicht viel anders erging. Als ob er keine Luft mehr bekäme, lockerte er seine rot-silber gestreifte Business-Krawatte. Daraufhin stieß er hörbar den Atem aus. Jeremy schluckte.

»Die Rechnung bitte!«, rief er konsterniert den Kellner. Gekünstelt lächelte er ihm entgegen, während er versuchte, sich die Schweißperlen mit seinem Einstecktuch von der Stirn zu wischen.

Jeremy bezahlte mit Kreditkarte. Unverzüglich standen wir beide auf. James half mir in meinen roten, zweireihig geknöpften Tweed-Mantel, der am Kragen einen aufwendigen Kunstpelz hatte. Ich hasste echten Pelz. Das wäre mir zutiefst zuwider gewesen. Dankbar schlüpfte ich in das elegante Modell. Raffiniert unterstrich es mit seinem taillierten Schnitt meine feminine Silhouette. Dazu trug ich schwarze Lederhandschuhe. Mein gelocktes, blondes Haar wallte kunstvoll über den Webpelzkragen.

Bewundernden Blickes würdigte Jeremy mein Aussehen: »Du bist wunderschön, Elena.« Dabei blieb sein Mund halboffen stehen. Meine Lippen verzogen sich zu einem sanften Lächeln.

Jeremy bot mir seinen Arm an und wir durchschritten die Eingangshalle, bis wir den Ausgang erreichten. »Ich wohne keine fünf Minuten von hier entfernt«, machte er eine ziemlich klare Aussage. »Wenn es dir nichts ausmacht, könnten wir zu Fuß bis zu meinem Penthouse laufen.«

»Wo wäre das genau?«, fragte ich neugierig.

»Im Chelsea Creek Tower, Imperial Road.«

Augenblicklich stockte mir der Atem. Das Chelsea Creek war der Noblesse von London vorbehalten, es zählte zu den teuersten und besten Wohnlagen und lag direkt an der Themse. Von dort aus hatte man einen traumhaften Ausblick über die ganze Stadt.

Nun blieb ich stehen und begann, Jeremy kritisch von der Seite her zu betrachten. »Bist du ein Drogenboss oder so etwas in der Art?«, fragte ich ironisch. Noch bevor ich die letzten Silben vollständig ausgesprochen hatte, brach er in Gelächter aus.

»Nein, Elena, keine Sorge. Ich bin nur der Präsident des Obersten Gerichtshofs in London. Weiter nichts.« Ich stieß einen leisen Laut durch die Nase aus und verdrehte innerlich die Augen.

»Das ist ja beruhigend!«, platzte ich heraus. »Ich spaziere also mir nichts, dir nichts mit dem Präsidenten des *Supreme Court of the United Kingdom* herum, ohne einen blassen Schimmer davon zu haben?«

Jeremy warf mir einen unwiderstehlichen Blick zu. »Touché!«

Wohl eher schachmatt, war ich erbost über mich selbst. Verlegen griff ich mir an die Stirn. *Mein Gott, ist das vielleicht peinlich.* Ich als Staatsanwältin lief dem Präsidenten des Obersten Gerichtshofs höchstpersönlich über den Weg und registrierte es nicht einmal! Auf der anderen Seite war ich ihm bisher noch nie persönlich begegnet und ich zählte wirklich nicht zu den Personen, die von Fotos auf ein Gesicht in der Realität schließen konnten.

Wie ein Lauffeuer stieg mir die Röte ins Gesicht und diesmal schaffte es mein Make-up mit ziemlicher Sicherheit nicht, meine Scham zu verbergen.

Jeremy stand nun unmittelbar vor mir, sodass ich sogar seinen Atem spüren konnte. Ich fiel aus allen Wolken, denn er strich mir augenblicklich durch meine blonden Locken.

»Dich hätte ich überall erkannt, ohne dass du dich bei mir vorzustellen brauchtest.« Überrascht zog ich meine Augenbrauen hoch und errötete gleich nochmals. Er lächelte. »Seit deinem Präzedenzfall am *Central Criminal Court* bist du in aller Munde, selbst die Mitglieder des *Supreme Court* wissen über dich Bescheid.« Er meinte wohl den Fall, als ich im Gerichtssaal einen namhaften Politiker zu Fall gebracht hatte, der seine Geliebte so sehr verprügelt hatte und der Meinung gewesen war, noch mit seiner Immunität durchzukommen. »Du siehst, du bist bekannter, als du denkst.« Unangenehm berührt, schlug ich die Hände vors Gesicht und stieß einen resignierten Seufzer aus.

»Großartig!« Nun sah ich ihm direkt in sein attraktives Gesicht. »Das heißt, streng genommen, kann ich mich nirgendwo mehr blicken lassen.« Jetzt musste ich doch lachen und Jeremy White stimmte in mein Lachen ein. Währenddessen setzten wir unseren Weg fort.

***

Wenig später trafen wir im Chelsea Creek ein. Es war noch viel atemberaubender, als ich es mir vorgestellt hatte. Da konnte ich mich mit meinem viktorianischen Stadthaus in der Nähe des Hyde Parks verstecken.

Jeremy wohnte, wie ich es nicht anders erwartet hatte, in der obersten Etage im elften Stockwerk. Sein Penthouse war durch einen separaten Fahrstuhl zugänglich. Nur mit einer Key Card konnte man es erreichen.

Wir standen nebeneinander im Lift. Es kam mir verhältnismäßig warm hier drin vor. Obwohl, wenn ich es mir so recht überlegte, war es Jeremy, der meinen Körper so in Wallung brachte. Er hatte seine Krawatte bereits geöffnet und sie hing nun lose über seinem weißen Hemd. Der Eindruck, den er mir dabei vermittelte, ließ mein Blut wie Lava durch meine Adern rauschen.

Ich schloss meine Augen. Jetzt konnte ich nur seinen schweren Atem hören, ab und an stieß er einen tiefen Seufzer aus. Irgendwie brauchte ich Ablenkung. Eine kalte Dusche vielleicht? *Oh mein Gott, Elena!*

Es war an der Zeit, dass ich wieder Herrin all meiner Sinne wurde, bevor ich noch mein Temperament vergaß und über ihn herfiel. *So geht das nicht, Elena! Reiß dich zusammen!* Womöglich war er verheiratet und morgen stand eine entsprechend große Schlagzeile in der *Times*: *Sexgeile Staatsanwältin wirft sich Präsident des Obersten Gerichtshofs an den Hals!*

Meine Gedanken verstummten. Keine optimale Werbung für mich. Nein, nein, nein! Meine Ehre war mir etwas wert. Und ich wollte die Karriereleiter hochklettern, aber nicht so. Das stand fest. *Die kleinen grauen Zellen einschalten, Elena! Du hast auch noch einen Verstand, nicht allein einen Sexualtrieb,* rief ich mich zur Ordnung.

Allmählich beruhigten sich meine empfindsamen Körperstellen wieder und ich hoffte, mein Lustempfinden würde, so pfeilschnell es auch gekommen war, ebenso blitzartig wieder verschwinden.

Der Fahrstuhl schnellte mit einer ziemlichen Geschwindigkeit empor, bis er zum Stillstand kam und ein angenehm weicher Gong ertönte, der uns vermittelte, dass wir angekommen waren. Leise, aber zügig öffneten sich die Aufzugtüren. Wir stiegen aus. Das Licht ging automatisch an.

Ich sah mich um. Wir standen nun in einem hell getünchten Vorraum, dessen Wände in einem matten, cremefarbenen Ton gestrichen waren. An der Wand hing eine luxuriöse, verschnörkelte goldene Wandleuchte, deren milchiger Kelch warmes Licht spendete. Im Blickfeld thronte ein eindrucksvoller, dazu passender Spiegel, sodass man noch schnell, bevor man in den Fahrstuhl stieg, sein Outfit kontrollieren konnte. Darunter war ein weißes Bord angebracht, worauf nur eine Packung Kosmetiktücher stand.

Typisch Mann, dachte ich. Wäre es mein Vorzimmer, würden sich dort exquisite Parfümfläschchen als auch Beauty-Zubehör wie Wimpernzange, Make-up-Schwamm, Pinselset, Eyeliner, Nagellack, Lippenstift, Lidschatten, Puderdose oder Wimperntusche türmen. Ein Kosmetikspiegel mit zehnfacher Vergrößerung dürfte natürlich auch nicht fehlen.

Meine High Heels klackerten auf dem glänzenden Marmorboden. Jeremy warf seine Krawatte achtlos auf das Bord.

»Ich hasse diese Dinger! Sie engen mich immer so ein«, versuchte er, eine Erklärung dafür zu finden, wieso er sich dieses Accessoires so schnell entledigte. Ob er wohl an Klaustrophobie litt? Ach Quatsch!

Er machte eine einladende Handbewegung und geleitete mich in den Salon. *Himmel! Dieser Mann lebt hier wie Gott in Frankreich.* Schon allein das exquisite Mobiliar, das er hatte. *Der muss Geld wie Heu haben*, dachte ich still bei mir. Diese Spielwiese hier musste sich über die komplette Außenfront erstrecken. Und die Aussicht! Einfach atemberaubend! Die Themse breitete sich mit ihren enormen Wassermassen unter uns aus. Man konnte von hier oben ganz London überblicken. Selbst die Tower Bridge war zum Greifen nahe. Die Stadt erblühte unter uns in einem einzigartigen Glanz. Eine einzige Glasfront, die nur abschnittsweise von imponierenden goldfarbenen Säulen unterbrochen wurde, zog sich über die ganze Länge des Wohnzimmers. An den Seiten dieser Säulen waren schwere, geraffte Vorhänge drapiert. Der Dielenboden bestand aus antikbrauner Eiche.

Jeremys Apartment war sehr elegant eingerichtet. Mitten im Raum standen zwei bequem aussehende cognacfarbene Sofas. Dazwischen befand sich ein modern geformter Glastisch. Die Platte wurde von einer Skulptur gehalten, die mich an eine griechische Göttin erinnerte. *Geschmack hat er, das muss man ihm lassen.* In einer Ecke befand sich ein aus edlem Holz gefertigter Schachtisch. Zwei komfortable Lehnstühle waren darum arrangiert. Das Spiel schien nicht zu Ende geführt worden zu sein. Die Schachfiguren standen noch immer da, als warteten sie auf den nächsten Zug.

Auf der gegenüberliegenden Seite war Jeremys Schreibtisch. Es musste ein sehr alter Sekretär sein. Darauf stand eine antike, aus Messing gearbeitete Nostalgie–Leuchte mit grünem Schirm. Ein schwarzer Lederdrehstuhl im Vintage-Look rundete Jeremys Arbeitsplatz ab.

Neben dem Sofa gab es einen Servierwagen, darauf zwei umgedrehte Weingläser. Mehrere antiquarische Stehlampen waren im ganzen Raum verteilt und spendeten warmes, angenehmes Licht. Während ich mich umsah, wartete Jeremy geduldig mit einer Flasche Wein in der Hand.

»Fühl dich hier wie zu Hause«, sagte er und lächelte mich vergnügt an. »Möchtest du dich nicht setzen?«, fragte er in charmantem Tonfall.

Sachte ließ ich mich auf eins der behaglichen Sofas sinken, während er mir Rotwein in ein Glas goss. Dabei betrachtete er mich eingehend. Anschließend schenkte er sich ebenfalls ein und setzte sich mir gegenüber auf das andere Sofa. Wir waren gute drei Meter voneinander getrennt. *Schön, in diesem Abstand kann sich wohl kaum auch nur im Entferntesten irgendetwas entwickeln*, dachte ich enttäuscht.

Als ich so dasaß, bemerkte ich ein Fernrohr, das auf einem Stativ befestigt war und nur darauf zu warten schien, dass jemand durch den Sucher sah.

»Bist du ein Spanner?«, entschlüpfte es mir vorschnell. Dabei warf ich einen Blick auf das Teleskop. Gewieft wandte er sich um und versuchte, sein Lachen zu unterdrücken.

»Na klar, weißt du, neuerdings beobachte ich Paare beim Sex. Ich finde das höchst erregend.« Während er das aussprach, kicherte er vor sich hin. »Du bist wirklich amüsant, Elena!« Jetzt musste ich ebenfalls lachen. »Auch, wenn du es nicht glauben kannst, aber wenn ich durch den Sucher gucke, wandert das Teleskop weit nach oben. Dorthin, wo man weder Gebäude noch irdisches Leben vermutet.« Er zeigte in den Himmel, der von zahlreichen Sternen erfüllt war. Sicher konnte man von hier aus die gesamte Milchstraße erkennen.

»Verstehe, du beschäftigst dich in deiner Freizeit also mit Sternenkunde«, stellte ich überflüssigerweise fest. Er nickte.

»Ja, das ist wohl mein Steckenpferd. Ein guter Ausgleich zu all dem Wahnsinn dort draußen«, bestätigte er nachdenklich. Nun beugte er sich langsam in meine Richtung. »Obgleich mir diese Aussicht hier viel besser gefällt.« Sein Blick ließ auf mehr schließen.

Unwillkürlich strich ich mit meinen Zähnen über meine Unterlippe. Ich wurde nervös. Eine Gänsehaut zog sich wieder über meine Oberarme und mein gesamtes Rückgrat. Nach nur wenigen Stunden übte er eine Anziehung auf mich aus, die mich fast ohnmächtig werden ließ.

Bedächtig stellte er sein Weinglas ab, stand auf und war mit nur wenigen Schritten bei mir. Ich schluckte. Jetzt griff er nach meinem, um es auf dem Tisch zu platzieren. Sachte fasste er nach meinen Händen. Unweigerlich musste ich mich erheben.

Sein Gesicht näherte sich meinem auf nur wenige Zentimeter. Mein Atem ging stoßweise. Seine rechte Hand berührte zärtlich meine linke Wange. Ich schloss die Augen und schmiegte mein Gesicht in seine Handfläche, dabei stieß ich einen leichten Seufzer aus. Nun glitten seine Finger sanft über meine halb geöffneten Lippen. Sie suchten sich ihren Weg über mein Kinn, bis sie sich im Nacken zwischen meinen Haaren wiederfanden.

Behutsam streichelte er meinen Hals, während sich sein Mund meinem näherte, bis seine sanften und geschmeidigen Lippen auf meinen lagen. Leidenschaftlich erwiderte ich seine Zuneigung und vergrub meine Finger in seinem weichen Haar. Er fasste mein Gesicht mit beiden Händen.

Seine Küsse wurden immer fordernder und umschmeichelten meine Zunge. Hemmungslos, fast schon fanatisch drängte sich seine immer wieder in meinen Mund. Dabei zog er langsam den Reißverschluss meines roten Etuikleides nach unten.

Mein Atem stockte vor Erregung. Mein Brustkorb begann, sich hemmungslos und immer rascher zu heben und zu senken, während seine rechte Hand auf meinen entblößten Rücken wanderte. Unterdessen vollführten unsere Zungen einen leidenschaftlichen Tanz. Ein Feuer entflammte zwischen uns.

Er entblößte meine Schultern, bis der Stoff an meinem zierlichen Körper hinabglitt. Meine High Heels schleuderte ich unter den Tisch. Nun begann er, spürbar erregt, mit einer Hand die Knöpfe seines Hemdes zu öffnen, während ich dasselbe bei seiner Anzughose tat, dabei zitterten seine Finger. Anschließend zog ich den Reißverschluss nach unten. Das Geräusch alleine ließ schon die Stelle zwischen meinen Beinen erbeben.

Jeremy stöhnte hörbar und seine Küsse wurden heftiger. Dabei schlüpfte er aus seinen Schuhen. Seine Hose glitt zu Boden, er trat heraus und stand nur mehr in seinen Boxershorts vor mir. *Gott, hat dieser Mann einen formschönen Körper.* Mit einem heißblütigen Griff zog ich ihm sein blütenweißes Hemd über die Schultern. Er hatte Mühe, in seinem Begeisterungstaumel die Manschettenknöpfe zu öffnen, also half ich ihm dabei. Unterdessen vergrub ich mein Gesicht an seiner Brust. Er duftete so aufregend. Das Hemd warf er zu Boden. Nun hob er mein Kinn an und suchte wieder meine Lippen.

»Elena«, stöhnte er auf, »ich will dich!«

Ich vergrub abermals meine Hände in seinem Haar und machte ihm damit klar, dass ich ihn ebenfalls wollte. Mit einem Mal hob er mich hoch und trug mich in einen Nebenraum, um mich dort sanft auf das Bett zu legen. Indessen betätigte er eine Fernbedienung und die Vorhänge schlossen sich allmählich, bis der Raum völlig abgedunkelt war. Nur das Licht des Feuers, das im elektrischen Kamin flackerte, erhellte den Raum ein wenig.

Er lag nun unerbittlich auf mir und selbst, wenn ich es gewollt hätte, gegen seinen starken, muskulösen Körper vermochte ich nichts auszurichten. In vollkommener Ekstase öffnete er meinen Push-up-BH und warf ihn zu Boden. Gleichzeitig vollführten unsere Zungen einen leidenschaftlichen Tanz. Das ließ mich erschaudern. Wie es erst wäre, wenn er dies einige Handbreit weiter unten fortführen würde? Bei dem Gedanken zogen sich sämtliche Muskeln meines Unterleibes zusammen und mein Becken drängte sich seinen harten Lenden entgegen.

Wie sehr er mich begehrte, war mir anfangs noch nicht bewusst gewesen. Aber jetzt … Meine Gedanken verstummten, als er sich allmählich zu meinen erogenen Zonen vorarbeitete.

Zunächst küsste er meinen Hals, mein Dekolleté, bis er an meinen Brüsten angelangt war. Zärtlich nahm er meine Brustwarzen zwischen seine Lippen und liebkoste sie. Etappenweise schmiegte sich sein Mund an meine Haut, bis er an meinem Bauchnabel angekommen war. Dabei strichen seine Hände sanft über die Innenseite meiner Oberschenkel. Dies brachte meine empfindlichste Stelle zum Erbeben und ich stöhnte genussvoll. Unwillkürlich fingen meine Beine an zu zittern. Ohne jede Vorwarnung vergrub sich seine flinke Zunge in meinem Bauchnabel und ich hatte das Gefühl, mich ihm entziehen zu wollen.

»Ah, Jeremy!« Ich keuchte. Sein warmer, feuchter Atem breitete sich über meinen Unterleib aus.

»Elena, dein Körper ist so wunderschön. Ich begehre dich so sehr.« Im selben Moment begann er, mein Strumpfband zu lösen und zog meinen Slip gleich mit aus.

Er arbeitete sich mit seinem Mund langsam nach unten und war nur wenige Zentimeter von meiner pochenden Stelle entfernt. Ich war völlig aufgewühlt, konnte meinen Unterleib kaum mehr ruhig halten, sondern streckte ihm meine Hüften immer wieder entgegen.

Tausend Gedanken drehten sich in meinem Kopf im Kreis. Ich kannte ihn gerade mal ein paar Stunden und nun lag ich hier mit ihm in seinem Bett.

Nun schob er mir den einen und dann den anderen Strumpf am Bein hinunter, winkelte mein Knie an und streifte den seidenen Stoff über meine Fußknöchel. Dabei kniete er zwischen meinen Beinen und massierte meine Fesseln abwechselnd. Ich stöhnte wieder auf. Ich genoss es. Das tat unglaublich gut.

Langsam, aber sicher küsste er sich hoch zu meinem Leib. Unvermittelt glitt seine Zunge zwischen meine Schamlippen. Fieberhaft bäumte ich mich auf. Mit Sicherheit wollte ich mehr. Meine Erregung hatte ich längst nicht mehr im Griff.

Getrieben von seiner Lust, leckte er über meine Perle. Er machte seine Arbeit wirklich gründlich, ließ keine Stelle aus und brachte mich geschickt zum Höhepunkt. Mein Temperament ging mit mir durch und ich schrie auf. Abgrundtief versank ich in meiner Leidenschaft. Er keuchte, so sehr war er in unserer Leidenschaft gefangen.

»Elena«, stieß er zwischen zusammengepressten Zähnen hervor. »Ich will dich. So sehr.« Mittlerweile nahm er seine Finger zu Hilfe, um mich in den Wahnsinn zu treiben. Als ich auf halbem Weg war, meinen nächsten Orgasmus zu bekommen, stoppte er sein Vorhaben, um sich langsam nach oben zu arbeiten.

Er streifte seine Boxershorts ab. Nun konnte ich sein Lustobjekt wieder hart und intensiv auf meinem Oberschenkel spüren. Dennoch drang er sanft in mich ein. Ich war so erfüllt von ihm und ließ nun meine Muskeln für ihn arbeiten. Er stöhnte ein paarmal hintereinander auf. Unterdessen stieß er heftig in mich, bis ich nun mehr vor Lust schreien konnte. Rhythmisch bewegten wir uns, bis unsere Körper ineinanderflossen. Schweißgebadet glitten wir auf und ab, dabei stemmte ich mich hoch und Jeremy fixierte mich in dieser Stellung. Denn hätte ich länger so verharren müssen, hätte mich die Kraft verlassen. Aber Jeremys muskulöser und durchtrainierter Körper hielt dem stand. Indessen schnalzte es hörbar und er versenkte sich immer und immer wieder in mir.

»Elena, bitte komm! Für mich! Bitte!«, keuchte er und ich krallte mich mit einer Hand am Bettlaken fest, die andere Hand vergrub ich in seiner Pobacke, bis ich ihm meine Fingernägel in die Haut bohrte.

»Ah, Jeremy!«, stöhnte ich auf.

»Elena! Jetzt?«

»Jaaa!« Wir befanden uns beide im Fahrwasser der Lust und konnten kaum aufhören. Er verstand es, mich in den Wahnsinn zu treiben. Seine Berauschtheit glich bald schon einem schonungslosen Fanatismus. Doch die Euphorie stand sicherlich auch mir ins Gesicht geschrieben, ich hatte mich schon lange nicht mehr so fallen lassen können wie bei ihm.

Erschöpft, aber offenbar befreit, sank er neben mir in die Kissen. Seine Finger verschränkten sich mit meinen und er sah mich auf dem Rücken liegend lächelnd an.

»Du machst mich zum glücklichsten Mann der Welt, Elena.« Überraschend wandte er sich in meine Richtung und schob sein Bein über meins. Zärtlich küsste er mich auf den Mund und ich vernahm meinen dezenten Geruch, da er sich noch kurz zuvor in tieferen Regionen mit seiner Zunge aufgehalten hatte. »Weißt du eigentlich, wie gut du schmeckst, Miss Cooper?«, hauchte er mir ins Ohr. Währenddessen massierte seine Hand meine linke Gesäßhälfte, dabei stöhnte er hingebungsvoll. »Mit deinem Duft bringst du mich halb um den Verstand.«

Ein zaghaftes Lächeln breitete sich auf meinen Lippen aus, die unter seinem Mund lagen. Wenn ich glaubte, dass das bereits alles gewesen sein sollte, hatte ich mich ziemlich getäuscht. Unsere leidenschaftliche Nacht war noch lange nicht zu Ende.

Das Gewissen ist die Wunde,
die nie heilt und an der keiner stirbt.

(Friedrich Hebbel)

EXTREME HÖHEN UND TIEFEN

Am nächsten Morgen wachte ich in seinem Schlafzimmer im Obergeschoß auf. Ich konnte mich überhaupt nicht mehr erinnern, wie ich hierhergekommen war. Ich war so erschöpft gewesen nach unserer heißen Nacht, dass mich Jeremy offensichtlich im Halbschlaf hochgetragen hatte. Ohne dass es mir bewusst gewesen war, musste er die restliche Nacht neben mir verbracht haben, denn auch seine Seite sah benutzt aus.

Ich war noch immer von den letzten Stunden aufgewühlt. Noch nie hatte ich mich so begehrt gefühlt. Noch dazu von dem Mann, für den ich innerlich förmlich zu verbrennen schien.

Ich rekelte mich auf meinem Nachtlager. Im gleichen Augenblick hörte ich im Untergeschoß Geschirr klirren. Er durfte also gerade dabei sein, Frühstück zu machen.

Langsam richtete ich mich auf und schlug das Satinlaken zur Seite. Ich hatte in einem pompösen King Size Bett geschlafen, dessen Oberfläche mit einer Felldecke bedeckt war, die nun nach dieser Nacht nicht mehr so sorgfältig ausgebreitet schien. Unzählige Kissen in Weiß und Rot waren an der großzügigen Lehne drapiert. Davor stand ein cremefarbenes Kanapee, offenbar zur Zierde, denn wer sollte sich schon darauflegen wollen, wenn er auf solch einem grandiosen Nachtlager schlafen konnte?

An der Zimmerdecke war ein enorm großer Spiegel angebracht. Dieser Umstand brachte mich zum Schmunzeln. Sah er sich so gern selbst dabei zu oder warum hatte er dieses ungewöhnliche Ding dort oben montieren lassen?

Ein Lehnstuhl stand in der Nähe der riesigen Fensterfront, die sich auch hier über die gesamte Länge erstreckte. Auf dem

Nachttisch neben dem Bett befand sich eine Fernbedienung. Vermutlich diente sie dazu, die Vorhänge zuzuziehen. Sicher aus dem Grund, weil draußen eine weitläufige, begrünte Dachterrasse angesiedelt war und man vielleicht einen Blick ins Schlafzimmer vom gegenüberliegenden Wohnhaus riskieren konnte. Gegenwärtig standen die Vorhänge offen. Jeremy musste bereits zum Zwecke der Ästhetik im Freien ein Feuer im Kamin entfacht haben, denn die Flammenzungen tanzten im Wind. Unmittelbar daneben konnte ich eine sehr bequeme, aus Rattan geflochtene Lounge-Insel mit klappbarem Verdeck und jutefarbenen Kissen erspähen.

Neugierig und splitternackt sprang ich aus dem Bett, um mich an die Glasfront zu stellen, dabei lief ich über einen offensichtlich beheizten Fußboden. Als ich um die Ecke lugte, konnte ich das Plätschern eines kleinen Pools vernehmen, der augenblicklich dampfte. Ich schüttelte verblüfft den Kopf. Es gab anscheinend nichts, was Jeremy nicht hatte.

Nun schlüpfte ich in einen weißen, exquisiten und sehr flauschigen Morgenmantel mit Schalkragen, den er scheinbar für mich über der Lehne des Armstuhls zurechtgelegt hatte. Meine Nase vergrub ich in seinem Kragen und atmete tief ein. Gott, roch dieser Mann vielleicht gut! Sein männliches Aroma raubte mir fast den Verstand.

Anschließend tapste ich in den Nebenraum. Dort befand sich sein Bad. Es war hell, freundlich und mit weißem Mobiliar eingerichtet. Kurzerhand sah ich in den übertrieben großen Spiegel. Gar nicht mal so schlecht, musste ich feststellen. Dafür, dass ich in dieser Nacht so gut wie nicht geschlafen hatte – außer mit ihm, ich kicherte –, sah ich recht annehmbar und überdies außerordentlich verführerisch aus.

Zögerlich öffnete ich die Glastür des Duschraums und drehte am Wasserhahn. Ich ließ den Morgenmantel auf den Boden gleiten. Das Wasser kam in einer angenehmen Temperatur aus allen Richtungen und ich genoss es. Ich hüllte meinen Körper in einen cremigen Duschschaum ein, um ihn bald darauf wieder abzuspülen. Mein Haar wusch ich mit einem extrem gut duftenden Shampoo. Im Anschluss blieb ich noch einen Moment unter dem Duschkopf stehen und ließ das warme Nass über meine Haut fließen. Kurz entschlossen stellte ich das Wasser wieder ab und stieg auf den weichen Badezimmerteppich. Ich langte nach einem flauschigen Handtuch und wickelte mich darin ein. Mein Haar rubbelte ich mit einem weiteren trocken.

Flink sah ich in den Spiegel und kontrollierte mein Aussehen. Konnte ich mich so bei ihm blicken lassen? Ach was! Heute Nacht war er so verrückt nach mir gewesen. Da kam es doch wirklich nicht darauf an, ob ich nun geschminkt war oder nicht.

Bevor ich die modern geschwungene Marmortreppe nach unten lief, riskierte ich noch einen Blick über die aus Glas gefertigte Brüstung. Langsam strich ich über das angenehm in der Hand liegende Geländer und schaute nach oben. Erstaunt blieb mein Blick an einem merkwürdigen Gebilde hängen, das an der Decke schwebte. Zwei miteinander verschlungene, goldene, enorm große Ringe hingen dort hinab. Es sah aus, als wären es zwei überdimensionale Eheringe. *Pff. Was für ein Geschmack!* Für zeitgenössische, moderne und abstrakte Kunst hatte ich nicht wirklich viel übrig, klassische Kunst hingegen war da schon etwas ganz anderes. Schmunzelnd lief ich die wenigen Stufen, die mich noch von Jeremy trennten, hinab.

Am helllichten Tag sah der Wohnraum noch viel repräsentativer aus, als es nachts den Anschein gehabt hatte. Die Aussicht von hier oben auf die Tower Bridge war einfach grandios. *Elena, das könnte dir gefallen! Oder? Dieses Luxusapartment und Jeremy im Doppelpack wären doch eine ziemlich aufregende Partie.*

Jetzt erst fiel mir auf, dass die Vorhänge lindgrün waren. *Eine schöne Farbe*, dachte ich still bei mir. Im Vorbeigehen bemerkte ich ein Foto auf Jeremys Schreibtisch. Es zeigte eine Schwarz-Weiß-Aufnahme von einem spärlich bekleideten Kleinkind, das am Boden kauerte und nach oben sah. Dabei lächelte es glücklich und zufrieden. Ich fragte mich, wer das wohl war. Verwundert wandte ich meinen Blick wieder ab, um in den nächsten Raum zu gehen.

Meine Augen weiteten sich vor Staunen. Dieses Apartment war wirklich für Überraschungen gut. In der Mitte des Raums stand ein großer, runder Esstisch mit neun gepolsterten Stühlen. Dieses Speisezimmer war raffiniert vom Wohnbereich mit einer Holztäfelung abgetrennt. Auf der einen Seite war eine beachtliche Spiegelfläche angebracht, in der sich der opulente Tisch aus einer neuen Perspektive zeigte. Die andere Seite beherbergte einen Schrank, der bis an die Decke mit sicher gut sortierten und exquisit aussehenden Weinflaschen bestückt war. So etwas hatte ich bisher noch nie gesehen! Dieser riesige Glasschrank hatte an der Außenseite mehrere digitale Thermometer, die scheinbar alle die für die jeweilige Weinsorte exakte Temperatur anzeigten.

Von der Decke hing ein beachtlicher Kristallluster herab und abermals ein abstraktes Bild an der Wand. Ich fragte mich, was es eigentlich darstellen sollte. Jeweils in zwei Reihen übereinander gestapelte Kelchblüten. *Merkwürdiger Geschmack.* Wenn ich mir ein Gemälde an die Wand hing, dann war es von einer eindrucksvollen Landschaft geprägt. *Aber so etwas?* Ich schüttelte den Kopf. Mit verschränkten Armen stand ich nun vor der Malerei und betrachtete sie eingehend. Die Geräusche des Nebenraumes erreichten mich, dann verstummten sie wieder.

»Gefällt es dir?«, drang Jeremys geheimnisvolle Stimme

an mein Ohr. Erstaunt wandte ich mich um und starrte ihn konsterniert an.

»Offen gestanden: nein!« Grinsend nahm er mich in den Arm, während er mich lüstern von der Seite her anstarrte. Allmählich wanderte sein Blick zu dem Bild an der Wand.

»Wenigstens eine ehrliche Antwort«, entgegnete er fast ein wenig enttäuscht. »Was sollte denn stattdessen dort hängen?«, fragte er nun neugierig. Hier brauchte ich nicht lange zu überlegen.

»Das Motiv an und für sich würde mich ja ansprechen, es ist nur die Art und Weise, wie es gemalt wurde. Ich dachte eher an strahlende Blumen, an eine Perfektion von gelben Blüten wie bei van Gogh, hell und freundlich.« Nochmals studierte ich es gründlich. »Egal, ich habe Hunger.« Ich wirbelte in seinen Armen herum, sodass er mich verdutzt ansah. Unmittelbar danach setzte er ein breites, unzüchtiges Grinsen auf.

»Ich wollte dich gerade wecken und dir das Frühstück ans Bett bringen.« Dabei inspizierte er mich vom Haaransatz bis zu den Zehenspitzen.

Kokett steuerte ich auf den Servierwagen zu und schnappte mir ein Stück Toast, den er bereits mit Orangenmarmelade bestrichen hatte. Er musste das Frühstück dort hingestellt haben, als ich noch im Bad gewesen war, und mir war es in meinem Staunen gar nicht aufgefallen. Unverfroren biss ich in die Brotscheibe und betrachtete ihn mit diesem unwiderstehlichen Augenaufschlag, den ich schon als Kind wie aus dem Effeff beherrscht hatte.

»Nach dieser Nacht noch immer nicht genug?«, fragte ich ihn mit einer gekonnt verruchten Stimme und schob mir den letzten Bissen in den Mund. Seine kräftigen Arme umschlangen meinen Oberkörper. Ich stand nun mit dem Rücken zu ihm, während er mein Haar zur Seite strich, um meinen Hals zu küssen. Ungestüm fasste ich nach hinten, um seinen Nacken zu kraulen, dabei stöhnte er begierig. Seine Lippen bedeckten jeden Zentimeter meiner Haut. Ich warf meinen Kopf in den Nacken und schloss die Augen.

»Du bist so ein heißer Feger, Elena Cooper!« Meine Mundwinkel erhoben sich wie von selbst zu einem neckischen Lächeln.

»Und du machst mich ganz scharf, Jeremy White!« Im Handumdrehen hatte er mich hochgehoben und trug mich nun zurück ins Wohnzimmer, um mich auf das Sofa, wo ich gestern noch angezogen mit einem Glas Rotwein gesessen hatte, zu legen.

In der Annahme, wir würden dort weitermachen, wo wir in den frühen Morgenstunden aufgehört hatten, schlang ich meine Beine um seine Hüften. Wider Erwarten betrachtete er mich belustigt.

»Sie überfordern mich ein wenig, Miss Cooper. Die Nacht war anstrengend genug.« Allmählich löste ich sie und stellte sie angewinkelt auf der Couch ab.

»Das haben Staatsanwältinnen so an sich, Mr White«, hauchte ich. Im nächsten Moment ruhten seine weichen, warmen Lippen auf meinem Dekolleté und sein Mund verzog sich darauf zu einem zaghaften Lächeln. Seine Liebkosungen unterbrach er jedoch nicht.

»Braucht die Staatsanwältin denn keine Nahrung?«, murmelte er vor sich hin, während er an meinem Hals knabberte.

»Doch, aber dich braucht Sie mehr«, seufzte ich genüsslich. Bei dieser Gelegenheit schüttelte ich ihn ab. »Keinen Knutschfleck bitte. So kann ich mich im Gerichtssaal nicht sehen lassen.«

»Du trägst doch sowieso eine Halskrause«, lächelte er ungeniert. Ich stieß ein leichtes Schnauben durch die Nase aus. Er beendete sein stürmisches Unterfangen und richtete sich langsam auf. Folglich fasste er nach meinen Händen und brachte mich wieder in eine vertikale Position. »Das war die schönste Nacht meines Lebens, Elena.« Seine Worte schmeichelten mir. Gestern noch dachte ich, es würde bei einem One-Night-Stand bleiben. Aber heute? Eindringlich sah er mich an. »Ich möchte nicht, dass du gehst und diese Nacht nur ein Traum ist, der mit der Zeit verblassen würde.« Seine Finger strichen zärtlich über meine erhitzte Wange. Wollte er mich soeben zum Bleiben überreden? Ich konnte immer noch nicht glauben, dass er ernsthaft an mir interessiert war. Ich vergrub mein Gesicht an seinem Hals.

»Du meinst es also wirklich ernst?«, hauchte ich. Er hob mein Kinn an und starrte mich fassungslos an.

»Was denkst du denn?«

»Ich dachte, für dich bin ich nur ein Spielzeug für eine Nacht«, erwiderte ich kleinlaut. Er lächelte verächtlich, dabei stieß er einen missbilligenden Ton aus. Entschieden sah er mich an.

»Für wen hältst du mich eigentlich? Aus dem Alter bin ich raus! Ich spiele nicht mehr mit Mädchen. Ich bin ein erwachsener Mann.« Mit meiner Aussage hatte ich ihn in seiner Ehre gekränkt, dessen war ich mir jetzt absolut sicher. *Shit. Da habe ich mich aber in ein gewaltiges Fettnäpfchen gesetzt.* Jeremy bemerkte meine Unsicherheit scheinbar. »Elena!« Er seufzte. »Schon klar, ich bin ein gut situierter Mann. Die Frauen würden mir vielleicht des Geldes wegen zu Füßen liegen, aber das interessiert mich nicht. Ich will eine Frau, die mich aufrichtig liebt. Verstehst du? Ich will dich, Elena. Dich!«, stellte er ausdrücklich fest.

»Und woher willst du wissen, dass ich nicht auch eine von denen bin?«, bemerkte ich bestimmend. Er schüttelte beharrlich den Kopf.

»Augen sagen mehr als Worte.« Als er diesen Satz ausgesprochen hatte, lagen seine Lippen auch schon auf meinem Mund. Diesmal war es ein zärtlicher Kuss, einer der zärtlichsten, die ich jemals bekommen hatte. Ganz anders als gestern, da waren seine Küsse fordernd und gierig gewesen.

Seine Hände umfassten mein Gesicht und hielten es einfühlsam fest. Zärtlich, selbstlos, ergeben. Mein Herz machte einen Sprung. So hatte ich mich noch niemals zuvor gefühlt. Die Männer, mit denen ich bisher Sex gehabt hatte, Jayson mal ausgenommen, hatten immer nur ihre eigenen Vorteile gesucht, aber Jeremy war ganz anders. Er hatte mich in der vergangenen Nacht so sehr verwöhnt, wie es noch keiner getan hatte. Ich schmiegte meine Wange in seine rechte Hand, meine Augen hielt ich geschlossen. Ich wünschte, dieser Moment würde nie vergehen. Bei Jeremy fühlte ich mich geborgen.

Das Frühstück hätte ich beinahe vergessen, wenn Jeremy mich nicht daran erinnert hätte. »Wenn du es nicht bald verzehrst, ist es kalt und ich habe mir die ganze Mühe umsonst gemacht«, spielte er bewusst den Beleidigten. Dieses Angebot konnte ich ihm nicht ausschlagen. Wann hatte schon mal jemand für mich am Morgen gekocht? An diesen Umstand konnte ich mich glatt gewöhnen.

Genüsslich setzte ich mich an den Tisch im Esszimmer, entschied mich für schwarzen Tee, goss ihn in eine Tasse, nippte daran und überblickte die Vielfalt der Köstlichkeiten, die mir Jeremy zubereitet hatte. Dazu zählte ein Schinken-Käse-Toast, ein Ei im Glas und Würstchen.

»Sachlage geklärt. Hungergefühl meldet sich. Tatbestand erfüllt«, kicherte ich vor mich hin und Jeremy lachte sich halb schief.

»Du hast vielleicht einen eigenwilligen Humor. Wir sind doch hier nicht im Gerichtssaal«, neckte er mich. Amüsiert biss ich in den Toast und löffelte das Ei. Er musterte mich gründlich. Manchmal hatte ich das Gefühl, er wollte mich auf Herz und Nieren prüfen. *Typisch Jurist,* dachte ich und steckte mir eins der Miniwürstchen in den Mund. »Es wäre schön, wenn du dich heute noch von meinem Bademantel trennen könntest. Es wartet nämlich noch eine kleine Überraschung auf dich«, sagte er geheimnisvoll und ließ mich in Unwissenheit.

»Welche Überraschung?«, fragte ich neugierig und kaute genüsslich auf meinem Toast herum, bis ich auch diesen verdrückt hatte. Anschließend trank ich den Tee. Jetzt war ich gespannt, schob den Teller zur Seite und stand auf. Ehe er sich's versah, hatte ich das Speisezimmer verlassen und war in der begehbaren Garderobe verschwunden, die ich vorhin bei meiner Erkundungstour gesehen hatte. Unterwegs ließ ich den Bademantel auf den Boden gleiten, um splitternackt in den Ankleideraum zu gehen. Jeremy musste meine Anziehsachen fein säuberlich auf einen Hocker gelegt haben, denn es fehlte nichts. Ich schlüpfte in meine Dessous und streifte mein rotes Etuikleid über, mit dem ich gestern gekommen war. Rasch zog ich meine halterlosen Strümpfe an, die Jeremy über den mit Leder bezogenen Sitzhocker drapiert hatte und befestigte sie am Strumpfband. In weiterer Folge glitt ich in meine High Heels.

Mein Haar war inzwischen fast trocken und ich frisierte meine unbändigen Locken mit einem Kamm, den ich auf einer Ablage liegen sah. Auf Schminke musste ich wohl oder übel heute verzichten, denn ich hatte nicht einmal einen Lippenstift dabei. Jeremy war mir in den Ankleideraum gefolgt, er hatte sich bereits angezogen und begutachtete mich kritisch. Nachdenklich kaute er an seinem Toast. Unsicher wanderte mein Blick nach unten.

»Irgendetwas nicht in Ordnung?«, fragte ich ihn verlegen.

»Welch Dekadenz, Miss Cooper«, stellte er arrogant fest. Verwirrt inspizierte ich mein Outfit.

»Was ist daran falsch?«, fragte ich verwundert. Gestern noch fand er mein äußeres Erscheinungsbild extrem anziehend. Jeremy verschränkte die Arme vor seiner Brust und nahm einen gewissen Abstand ein. Jetzt zog er seine Augenbrauen nach unten und kniff sie zusammen, sodass sich seine Stirn in Falten legte.

»Ich würde sagen, es gäbe objektiv gesehen bessere oder wünschenswertere Zustände. Dein Outfit ist für unseren kleinen Ausflug einfach nicht passend.« Augenblicklich blieb mir bei seiner Bemerkung der Mund offen stehen. Ich starrte ihn unwissend an.

»Was soll das jetzt heißen?«, fragte ich schon etwas genervt. Jeremy verzog seine Lippen zu einem wohlwollenden Grinsen.

»Ganz einfach, Miss Cooper. In diesem Aufzug kann man wohl kaum aus dreizehntausend Fuß in die Tiefe springen. Es sei denn, du möchtest der Belustigung der Fallschirmspringer dienen.« Nun zog ich meine Augenbraue einseitig hoch.

»Bist du jetzt völlig durchgeknallt?« Mit dem Zeigefinger tippte ich einige Male energisch gegen meine Stirn. Er aber steckte seine Hände ungezwungen in seine Anzugtaschen, senkte dabei seinen Kopf und sah mich nun spitzbübisch an.

»Keineswegs! Ich praktiziere diesen Sport schon seit meiner Kindheit. Ich bin ein Experte auf diesem Gebiet«, klang er ganz salopp.

»Du willst also mit mir Fallschirmspringen gehen?« Widerwillig schüttelte ich den Kopf, währenddessen ließ ich meinem Ärger Luft, indem ich tief schnaufte. »Sie sind größenwahnsinnig, Mr White!«

Behutsam nahm er mich in den Arm und wollte mich mit all seiner Überredungskunst, die ihm zur Verfügung stand, beruhigen. »Es wird dir gefallen, Elena. Du wirst es lieben, glaube mir! Wir machen einen Tandemflug, nur wir beide. Ich werde dich auf über dreizehntausend Fuß küssen und du wirst dir wünschen, dass wir es wieder und wieder tun werden, das verspreche ich dir.« Seine Begeisterung war ihm ins Gesicht geschrieben und selbst, wenn ich es gewollt hätte, hätte ich mich seinem Charme nicht entziehen können.

»Was ist, wenn ich unter einer Form der Berührungsangst leide?«, fragte ich ironisch. Nun setzte er seinen verführerischen Blick auf.

»Das hätte ich aber letzte Nacht schon bemerken müssen.« Er hielt mich noch immer fest.

»Was ist, wenn ich unter Höhenangst leide?«, konterte ich energisch und suchte nach einer Ausrede, um diesem verrückten Unterfangen zu entkommen. Jeremy schnaubte.

»Warst du es nicht, die den waghalsigen Bungee-Jump von der Tower Bridge riskierte?«, fragte er in einem zynischen Tonfall. Ich spitzte meine Lippen.

»Das war eine Wette!« Er lachte höhnisch.

»Eine Wette! Die gesamte Judikatur in London hat über dich gesprochen. Du hast unser Gerichtsjournal mit deinen Schlagzeilen gefüllt. Und du willst mir weismachen, du hättest Höhenangst? Ach, komm schon. Schlag ein.« Also tat ich, wozu er mich aufforderte und wir machten uns auf den Weg zu seinem Wagen. Er betätigte den Knopf, um den Fahrstuhl in Bewegung zu setzen, wenig später öffneten sich die Lifttüren. Wir stiegen ein und es ging abwärts.

Als wir in der Tiefgarage ankamen, steuerte er auf ein Auto zu, hantierte mit der Fernbedienung und drückte auf den Knopf. Ein geläufiges Geräusch ertönte und die Warnblinkanlage leuchtete kurz auf. In weiterer Folge öffneten sich die Türen selbständig und gingen nach oben hin auf.

»Toller Sportwagen«, bemerkte ich anerkennend.

»Ein *Maserati Zagato Mostro*. Acht Zylinder, vierhundert PS, dreihundertzwanzig Stundenkilometer. Ein Rennwagen mit Straßenzulassung. Black Magic im Carbonkleid sozusagen«, erläuterte er lächelnd, während er sich in seinem schicken Anzug auf den mit hellbraunem Leder gepolsterten Sitz fallen ließ.

»Ein reines Männerspielzeug«, untermauerte ich seine Beweisführung und setzte mich auf den Beifahrersitz.

»Nicht nur. Auch zarte Damenhände in Lederhandschuhen haben kein Problem damit, das Auto in die Kurven zu treiben.« Sein Blick war liebevoll.

»Wie viele von diesen Dingern hast du eigentlich?«, fragte ich zynisch. Er lächelte charmant.

»Mehrere«, war seine spontane Antwort. Jeremy startete den Wagen und der Motor schnurrte. Die Inneneinrichtung war beeindruckend. Eine Vollederausstattung, nur der Dachhimmel bestand aus Alcantara. Mehr als genug Fußraum, bequem gepolsterte Sitze, die elektrisch verstellbar waren, Sitzheizung, Lederlenkrad, sozusagen ein wahrer Traum.

Im nächsten Augenblick glitt das Monster im Smoking die Garagenauffahrt hinauf, um auf die Straße zu gelangen.

»Wo geht die Reise hin?«, fragte ich neugierig.

»Zum Flughafen, dort werden wir starten. In Kent, in der Nähe von Seeds Castle, werden wir dann abspringen.« Ich rollte die Augen.

»Okay, wenn du möchtest, dass ich an einer Angststörung erkranke, dann mach nur weiter so. Übrigens so nebenbei: Es macht einen Unterschied, ob man aus einhundertvierzig oder dreizehntausend Fuß springt.«

»Beruhige dich, Honey.« Unterdessen legte er seine linke Hand auf meine rechte.

Mittlerweile waren wir auf der Autobahn unterwegs, der Wagen fuhr fast wie von selbst. Es dauerte nicht lange, da kamen wir auch schon am Londoner City Flughafen an. Geschickt parkte er den Wagen auf seinem Privatparkplatz ein. Die Wagentüren öffneten sich selbstständig und wir stiegen aus. Rasch griff er nach meiner Hand und wir liefen lachend über einen Teil der Landebahn, bis wir bei einem größeren Sportflugzeug angekommen waren.

Meine blonde Mähne wirbelte im Wind umher und Jeremys Sakko sowie seine Krawatte flatterten heftig. Er machte eine einladende Handbewegung. »Nach Ihnen, Miss Cooper.«

Ich stieg die Fluggasttreppe hoch, meine High Heels klackerten auf den Metallstufen und ich gelangte in den Innenraum der Propellermaschine. Jeremy war dicht hinter mir. Unser Kapitän hatte es sich schon hinter dem Joystick bequem gemacht und studierte anscheinend gerade die Flugroute. Als er Jeremy sah, stand er auf und trat einen Schritt in den Vorraum hinaus. »Willkommen, Mr White. Hoffe, Sie hatten einen angenehmen Tag.« Er klang ziemlich zugeknöpft.

»Danke der Nachfrage, Larry. Wir springen wie gewohnt in Kent ab.«

»Sehr wohl, Sir.« Mit diesen Worten zog er sich wieder in sein Cockpit zurück und schloss die Tür. »Mein Butler«, erklärte mir Jeremy.

Larry war etwa Mitte sechzig, hatte kurzes, brünettes, leicht graumeliertes Haar, ein kantiges Gesicht, eine schmale Nase, braune Augen und auffallend buschige Augenbrauen, einen sympathischen Mund und vor allem ein überaus korrektes Benehmen.

Während das Sportflugzeug langsam der Startbahn entgegenrollte, schnallten wir uns an. Der Pilot zog die Maschine hoch und wir stiegen allmählich auf. Unter uns wurden die Menschen und Autos zu Ameisen, bis wir ganz London überblicken konnten.

Nun war der Zeitpunkt gekommen, sich in der Kabine umzuziehen. Jeremy legte sein Sakko ab und öffnete den Knopf seiner Anzughose, dabei beobachtete er mich eingehend. Ungezwungen schlüpfte ich aus meinem Etuikleid und hing es ordentlich an einen der Haken an der Wand. Als ich mich umdrehte, stand er nur mehr in seinem blütenweißen Hemd und seinen Boxershorts vor mir. Soeben war er dabei, die Manschettenknöpfe zu lösen, dabei ließ er mich nicht aus den Augen. Ich warf meine High Heels in die Ecke. Das einzige, das ich noch trug, waren mein roter Push-up und den dazu passenden Slip, die Strümpfe hatte ich bereits ausgezogen.

»Du wirkst so anziehend auf mich, Elena.« Sein Gesichtsausdruck war sehnsüchtig.

»Jeremy, wir sind nicht alleine«, versuchte ich, ihn zur Vernunft zu bringen. Doch noch bevor ich diese Worte ausgesprochen hatte, zog er mich schon an seinen harten, muskulösen Körper. Hingebungsvoll und zärtlich fasste er mit beiden Händen nach meinem Gesicht. Unmittelbar darauf lagen seine weichen, sanften Lippen auf meinem Mund und arbeiteten sich Millimeter für Millimeter auf meinem Hals vorwärts. Es verblüffte mich, wie außerordentlich schnell er in meiner Gegenwart in Ekstase geraten konnte. Ich brauchte nur ein wenig zu stöhnen und Jeremy begab sich fast schon wie hypnotisiert in ein Fahrwasser der Leidenschaft. Sein Atem war zeitweilig stockend. Voller Hingabe warf ich meinen Kopf in den Nacken und er bedeckte jede Stelle meiner sensibel reagierenden Haut mit seinen unzähligen Küssen. Er seufzte tief und beendete sein Liebesspiel.

»Ich würde jetzt am liebsten mit dir weiterkuscheln, aber wir werden in wenigen Minuten in Kent eintreffen.« In seiner Anwesenheit fühlte ich mich begehrt, doch ich hatte das Gefühl, er musste sich Gewissheit verschaffen, wollte auf Nummer sichergehen, ob ich es auch wirklich erst meinte. Er musterte mich, als wollte er mich auf Herz und Nieren prüfen. »Meinst du es auch wirklich ehrlich mit mir?« Er sah mir dabei tief in die Augen. An der Art, wie er das sagte, bemerkte ich, wie schwer ihm diese Worte über die Lippen kamen. Anscheinend hatte er schon einige schlechte Erfahrungen gemacht.

Ich seufzte. *Kein leichter Fall.* »Ich bin nicht auf der Suche nach einem reichen Mann, falls du das glaubst. Aber lass uns doch einfach mal schauen, wie sich die Sache entwickelt. Was kann man denn schon nach einer Nacht sagen?« Er lächelte zaghaft.

»Klar, du hast recht, ich wollte nur Gewissheit.« Seine Aussage brachte mich zum Schmunzeln. *Ein sogenannter Geduldsfaden ist er nicht*, dachte ich still bei mir und ließ es mir nicht nehmen, eine kecke Bemerkung zu machen.

»Kleiner Kontrollfreak?«, entgegnete ich frech.

»Ja«, konterte er. »Das bringt mein Beruf so mit sich«, gab er sich einerseits geschlagen, rechtfertigte sich aber auf der anderen Seite auch, um die Tatsache zu untermauern. Fast schon patent wechselte er das Thema. »Zieh den Overall an und daneben müsste eine passende Unterbekleidung hängen«, bemerkte er sanft, aber doch bestimmend. Er deutete auf ein paar Kleidungsstücke, die ordentlich auf einem der Haken auf ihren Einsatz warteten. Kritisch betrachtete ich die Klamotten.

»Wie viele vor mir hatten das schon an?«, fragte ich zynisch und inspizierte das Teil intensiver. Erstaunt zog er seine Augenbrauen hoch.

»Ich habe keine Ahnung.« Nun stemmte ich meine Hände in die Hüften. In meinem Aufzug musste ich ziemlich dämlich aussehen, doch das war mir zu diesem Zeitpunkt egal.

»Was? Du weißt nicht, wie viele Frauen du hier schon mit hochgeschleppt hast? Alle Achtung, Mr White. So viel zu dem

Thema: Ich bin nur an *einer* interessiert, die mich aufrichtig liebt«, äffte ich ihn nach und kam mir dabei unheimlich gut vor. Während ich hier wie ein aufgeblasener Gockel vor ihm stand, blieb er ganz friedlich.

»Der Privatjet gehört meiner Familie. Es ist also umstritten, wie viele Personen weiblichen Geschlechts diesen Overall schon anhatten, um damit in die Tiefe zu springen«, konterte er unerschüttert und schlüpfte dabei geübt in seine Sportbekleidung. Anschließend streifte er den Overall über und zog den Reißverschluss hoch, darüber hinaus sah er mich gelassen an. »In den letzten fünf Jahren hatte ich keine Beziehung, um deine Anspielung hiermit zu beantworten.« Ich erstarrte. Er drehte mir den Rücken zu, um sich seine Schutzbrille aufzusetzen, dabei fuhr er fort. »Nachdem ich überzeugt bin, dass du nicht in diesem Aufzug abspringen willst«, dabei deutete er auf meine Dessous, »würde ich vorschlagen, du ziehst diesen fragwürdigen Overall und die dazugehörige Unterbekleidung nun doch an, es wird nämlich ziemlich kalt dort draußen. Danach begibst du dich in Startposition. Ich muss dir nämlich noch einiges erklären, bevor wir springen.«

Das hat gesessen. Du dummes Ding. Musst du dich immer in die Nesseln setzen? Ohne ein Wort zu sagen, zog ich diesen verdammten Overall und die anderen Sachen, die mich mitunter in diese peinliche Lage gebracht hatten, an. Er musste denken, ich war eine dieser eifersüchtigen Zicken, die nichts anderes zu tun hatten, als in den Anzugtaschen ihrer Auserwählten herumzustöbern, um nach Beweismaterial für deren Untreue zu suchen. Jeremy aber sah mich nur glücklich an und strich mir zögernd, aber sanft über die Wange.

»Ich fühle mich geehrt, Elena. Es zeigt mir, dass du es ernst mit mir meinst.« Offenbar hatte ihm mein Verhalten gezeigt, dass ich es nicht so toll gefunden hätte, wenn er sich neben mir noch ein Betthäschen halten würde. Wir waren also beide an einer ernst gemeinten Beziehung interessiert. Verlegen guckte ich zu ihm hoch und zog dabei meine Mundwinkel zu einem Lächeln.

»Du hattest also wirklich seit fünf Jahren keine Beziehung?« Er schüttelte fröhlich den Kopf. »Auch keinen One-Night-Stand?«, erkundigte ich mich nochmals. Nachdrücklich schüttelte er abermals den Kopf. »Nicht mal eine Prostituierte?«, fragte ich kleinlaut und konnte es selbst nicht glauben. Nun musste er losprusten.

»Elena! Für wen hältst du mich eigentlich? Wirke ich so triebhaft auf dich?« Beschämt griff er sich an die Stirn. »Welch unglaublichen Eindruck muss ich gestern auf dich gemacht haben«, fuhr er unermüdlich fort. Ich sah zu ihm auf.

»Nun ja, du hattest es schon ziemlich nötig.« Ich stockte kurz. »Ich meine, es machte mir jedenfalls den Eindruck als ob.« Ich verstummte. Was redete ich denn da. Verdammt. Aus. Themenwechsel! »Ähm, wolltest du mir nicht noch einiges erklären, bevor wir springen?«, bohrte ich. Er räusperte sich.

»Ja. Natürlich! Larry kreist bereits zum vierten Mal über Kent, wir sind nämlich schon längst angekommen«, erwähnte er verlegen und überreichte mir die Schutzbrille. Anschließend schlüpften wir in die mitgebrachten Schnürschuhe. Nun gut, die passten von der Größe her wenigstens. Zu guter Letzt streifte ich mir die Handschuhe über.

»Hör gut zu, Elena. Ich werde dich nun über den Ablauf des Tandemsprungs unterrichten.« Ich nickte. Während er mir den Verlauf erklärte, legte er mir den unzerreißbaren Gurt fachkundig an. Vorsichtig stieg ich in die Schlaufen, bevor Jeremy die Verschlüsse einrasten ließ. In weiterer Folge überprüfte er die Sicherheit des Gurtes. Zunächst ging ich in die Knie und er zeigte mir die Position, die ich beim Flug einnehmen sollte. Das hieß, die Beine angewinkelt zu halten und die Arme seitlich auszubreiten.

»Wir werden aus zirka dreizehntausend Fuß abspringen, zuvor werde ich dich mit vier Haken an meinem Gurtzeug festschnallen. Bitte halte dich unbedingt an meine Anweisungen. Wenn ich die Luke öffne, legst du die Hände auf das Gurtzeug, streckst deinen Rücken durch und legst den Kopf in den Nacken. Auf mein Kommando – *Ready, set, go* – springen wir ab. Wir werden uns etwa eine Minute im freien Fall befinden und erreichen dabei eine Geschwindigkeit von zweihundert Stundenkilometer. Bei ungefähr fünftausend Fuß öffne ich dann den Fallschirm. Keine Sorge wir haben einen Haupt- und einen Reserveschirm, der durch ein Cypres, das ist ein elektronisches Öffnungssystem, gesteuert wird. Über den gesamten Sprungablauf überwacht es Fallgeschwindigkeit und Höhe. Die Landung übernehme ich. Alles klar?«, erkundigte er sich bei mir. Bestimmt wollte er sichergehen, dass ich alles verstanden hatte.

»Ja alles klar«, stellte ich unmissverständlich fest. Ich wollte mir keine Blöße geben, außerdem vertraute ich auf seine Erfahrung. Obwohl seine Ausführungen ziemlich umfangreich gewesen waren, so waren sie auch sehr präzise gewesen. Im Prinzip hatte ich alles verstanden.

»Hier, setz bitte den Helm auf.« Ich tat, was er mir auftrug, und fasste noch rasch mein Haar zusammen. Er setzte seinen ebenfalls auf.

Ich spürte, wie die Motoren gedrosselt wurden. Jetzt wurde es ernst. Jeremy hakte mich bei seinem Gurtzeug ein. Nun waren wir untrennbar verbunden. Ich stand mit dem Rücken zu ihm. Professionell öffnete er die Flugzeugluke, in diesem Moment zog der Fahrtwind in die Kabine. Wir rutschten vor zum Trittbrett und nahmen nun eine hockende Position ein.

Der scharfe Gegenwind brauste uns um die Ohren. Unsere Kleidung flatterte gewaltig und die Landschaft lag uns zu Füßen.

»Möchtest du mir noch etwas sagen, bevor wir springen, Elena?« Ganz wohl war mir bei der Sache nicht gerade, aber ich hatte mich darauf eingelassen, also sollte ich es auch zu Ende bringen.

»Ich vertraue dir«, schrie ich in den Luftraum hinaus, doch das wurde bereits teilweise vom Wind verschluckt.

Er küsste mich auf die Wange und rief mir ins Ohr: »Keine Sorge, Elena, ich bin ein Profi auf diesem Gebiet, du kannst mir ausnahmslos vertrauen. Bist du so weit?«

»Ja!« Behutsam fasste er nach meinem Kopf, um ihn mir in den Nacken zu legen.

»Ready, set, go«, schrie Jeremy und in der nächsten Sekunde sprangen wir in die Tiefe.

Wir fielen. Unsere Bekleidung flatterte unter dem enormen Wind. Der Sog war deutlich spürbar. Es war schrecklich laut. Ich hatte Mühe, zu atmen. Der Abstand zum Erdboden verringerte sich weiter. Ich kreischte. Aber nicht vor Angst, sondern vor Freude, weil es bei mir zu einem gigantischen Adrenalinausstoß kam. Ich fühlte mich, als läge ich auf einem Luftpolster. Jeremy lachte, dabei zeigte er mir seinen aufstrebenden Daumen. Unmittelbar darauf küsste er meine Schläfe. Ich konnte sein Glück deutlich spüren. Mit ihm im freien Fall zu fliegen, war atemberaubend. Es war ein Gefühl grenzenloser Freiheit. Noch nie in meinem ganzen Leben war ich so losgelöst gewesen. Losgelöst von Angst und Stress. Ich war völlig auf Jeremy angewiesen, was mich aber zu diesem Zeitpunkt wenig störte. Ich konnte mich fallen lassen, genau wie letzte Nacht, da hatte ich mich ihm völlig hingegeben. Und es war schön gewesen.

Mit einem sanften Ruck öffnete sich der Fallschirm. Der Sturm und der Lärm waren mit einem Mal vorüber. Nur ein leises Knacken des Segels über unseren Köpfen konnte ich vernehmen. Für ungefähr zehn Minuten würden wir durch die Lüfte schweben. Wir hatten also genug Zeit, um die Aussicht zu genießen.

Unter unseren Füßen breitete sich ein riesiger Landschaftsgarten aus. Er war atemberaubend schön. Auf dem Grundstück thronte eine mittelalterliche Burg, die auf zwei Inseln erbaut worden und von einem eindrucksvollen Wassergraben umgeben war. Die Oberfläche des Gewässers glitzerte in der Nachmittagssonne. Majestätisch glitten schwarze Schwäne über die spiegelglatte Wasserfläche. Das Castle ruhte zwischen weiten grünen Wiesenmulden mit alten Eichen und Kastanien.

So angenehm kam mir das Schweben auf dem Weg zur Erde vor. In absolut ruhigem Gleitflug näherten wir uns dem Boden. Als wir die Graslandschaft fast erreicht hatten, forderte Jeremy mich auf, meine Beine hochzuziehen, den Rest sollte ich ihm überlassen, so war es vereinbart gewesen. Sachte setzte er zur Landung an, bis wir behutsam wieder Boden unter den Füßen zu spüren bekamen. Einige Meter mussten wir noch laufen, bis wir zum Stillstand kamen. Ich lachte auf. Jeremy küsste mich auf die Wange. Der Fallschirm glitt mit einer Leichtigkeit hinter uns ins Gras. Nun begann Jeremy, mich von seinem Gurtzeug zu lösen und wir stiegen aus den Schlaufen heraus.

Die Sonne hier unten war wesentlich stärker, als auf fünftausend Fuß Höhe, daher öffnete ich den Reißverschluss meines Overalls, entledigte mich dessen, zog die Handschuhe aus, nahm meinen Helm und die Brille ab und setzte mich ins Gras. Jeremy tat es mir gleich und positionierte sich hinter mir, spreizte seine Beine und ich lehnte meinen Rücken gegen seine harte, durchtrainierte Brust. Sanftmütig schmiegte er seine Wange an mein Gesicht.

»Hat es dir gefallen?«, fragte er gefühlvoll. Ich drehte mich etwas zur Seite und sah ihm tief in die Augen.

»Es war wunderschön, Jeremy.« Mein Blick wanderte zu der eindrucksvollen, mittelalterlichen Burg. »Was ist das für ein stimmungsvolles Schloss?«, fragte ich beeindruckt. Jeremy seufzte tief.

»Seeds Castle«, entgegnete er abweisend.

»Aha, und wem gehört Seeds Castle?« Das Anwesen hatte es mir angetan, ich war von diesem Anblick überwältigt.

»Das möchtest du nicht wirklich wissen«, erwiderte er kühl. Erstaunt wandte ich mich zu ihm um.

»Warum nicht?« Wie ein Geistesblitz schoss es mir durch den Kopf, dass sich irgendeine Spukgestalt dahinter verstecken könnte. Aus heiterem Himmel begann ich zu kichern und Jeremy betrachtete mich mit heruntergezogenen und zusammengekniffenen Augenbrauen. Ich ließ nicht locker. »Verstehe! Du meinst, es verbirgt sich hinter den Schlossmauern eine ruhelose Seele und jedes Mal, wenn es Mitternacht wird, spukt sie auf dem Burggelände herum! Oder wie?« Ich gluckste, dabei hielt ich mir die Hand amüsiert vor den Mund. Seine Augen wirkten unruhig und versuchten vergeblich, meinem Blickkontakt zu entgehen. Das machte mich stutzig. »Stimmt irgendetwas nicht?«, fragte ich erschrocken. Mit einem Mal wirkte er reserviert und schüttelte ruppig den Kopf.

»Ich möchte nicht darüber sprechen, wenn du erlaubst«, machte er eine abweisende Geste. Zögerlich fasste ich nach seiner Hand.

»Komm schon, sei nicht so misstrauisch mir gegenüber, das kränkt mich.« Fast schon entschuldigend, meine Aussage musste ihn vor den Kopf gestoßen haben, krümmte er die inneren Seiten seiner Augenbrauen leicht nach oben.

»Es tut mir leid, Elena. Das wäre das Letzte, was ich wollte.« Sanft zog er mich wieder an seinen Körper. »Es ist nur ...« Er verstummte. Eine Weile wartete ich, dann fuhr er fort. »Das Anwesen gehört meinem Vater. Es ist eine mühselige und nervenaufreibende Geschichte, die sich um dieses Besitztum rankt.« Trübsinnig senkte er seinen Blick.

»Verstehe, dieser Umstand macht dich traurig«, entgegnete ich einfühlsam. Er sah hoch.

»Ja. Ich möchte nicht, dass du damit belastet bist.« Mein Blick wanderte wieder über das Anwesen hinweg. *Merkwürdig*, dachte ich. Es schien so friedvoll, so unbelastet von längst vergangener Zeit zu sein. Was verbarg sich hinter diesen imposanten, mächtigen Mauern, das Jeremy so in Bedrängnis brachte? Zärtlich strich er mir eine Locke hinter mein rechtes Ohr.

»Wenn du möchtest, können wir einen Spaziergang auf dem Gelände unternehmen. Es gibt hinter dem Castle einen bemerkenswerten Park mit mediterranen Pflanzen, verträumten Blumengärten, Rosenbögen, Wasserfällen, einem Labyrinth und einem traumhaft schönen See.« Noch immer etwas unsicher, aber ermunternd sah er mich an. Das brauchte er mir nicht zweimal zu sagen. Ich war begeistert über seinen Vorschlag und wir machten uns auf den Weg.

Hand in Hand gingen wir über die mit Heideröschen bewachsenen Wiesen, bis wir den Damm erreichten, der uns über einen schmalen Pfad bis zum Schloss führte. Es war beeindruckend und mir blieb fast die Luft weg, als wir dem riesigen Anwesen entgegenliefen. Während das Castle immer näher kam, schilderte er den historischen Hintergrund dieser imposanten Residenz.

»Es wurde im 13. Jahrhundert von Sir Walter Raleigh mithilfe von Queen Elisabeth der I. umgebaut und in einen prachtvollen Herrensitz verwandelt. In weiterer Folge wurde es von vielen Fürsten bewohnt, bis es meine Familie im 18.

Jahrhundert erworben und weiter ausgebaut hat.« Interessiert hörte ich ihm zu, indessen schweiften meine Gedanken ab, um in diese längst vergangene Zeit zu driften. Ich stellte mir die damalige Herrschaft in prachtvollen Kleidern vor, wie sie Arm in Arm zum Ball schritten, um auf vornehme Art ein höfisches Menuett zu tanzen.

Ich musste auf Jeremy einen ziemlich verträumten Eindruck gemacht haben, denn gegenwärtig musterte er mich amüsiert. »Du bist sehr weit weg, Honey.« Peinlich berührt senkte ich meinen Blick.

»Habe nur ein wenig vor mich hin geträumt«, bemerkte ich beschämt.

»Das ist ja auch legitim«, wandte er rücksichtsvoll ein.

Nun spazierten wir über einen sehr gepflegten Rasen. Inmitten dessen stand ein lebensgroßer Rahmen, an dem sich weiße und rosa Kletterrosen ineinander verflochten. Gekonnt stellte ich mich in Pose und lugte dahinter hervor. Jeremy zückte sein Aster und machte ein paar Aufnahmen von mir. Mal stellte ich mich mitten in den Rundbogen, dann wiederum seitlich und bewunderte das Kunstwerk.

»Du bist wunderschön, Elena.« Ich ließ meine Locken ins Gesicht fallen und er schoss noch ein Foto. Kritisch betrachtete er die Aufnahmen. »Du siehst toll aus, Honey.«

Er nahm meine Hand und wir gingen weiter. Vor uns lag ein enorm weitläufiges Labyrinth. Es musste etwa einen halben Hektar groß sein. *Faszinierend.* Lachend liefen wir auf den Eingang zu und betraten diesen Irrgarten. Jeremy kannte sich hier sichtlich gut aus, denn er rannte mit mir den ganzen Weg, als wäre er ihn schon hundertmal gelaufen. Sicher hatte er hier viel Zeit als Kind zugebracht. Für mich sahen alle Gänge gleich aus und wenn er nicht gewesen wäre, ich hätte nie wieder aus diesem Irrgarten herausgefunden.

Offensichtlich waren wir nun in der Mitte des Labyrinths angekommen. Dort ragten die Reste eines bereits zerfallenen Turmes empor, der mehr oder minder längst von ansässigen Pflanzen bewachsen war. Etwas erschöpft vom vielen Laufen setzte ich mich auf einer der großen Felsen, die zur Rast einluden. Jeremy lächelte mich an.

»Schon schlapp, Miss Cooper?«, wandte er gespielt zynisch ein. Diese Äußerung ließ ich nicht auf mir sitzen. Mit einem Ruck war ich aufgesprungen und rannte nun in irgendeine Richtung, ohne zu wissen, wohin mich der Weg führen sollte. Schon bald war ich in einer Sackgasse angelangt und stand nun vor einer mächtigen Heckenwand. *Toll, mitten im Labyrinth*, dachte ich. *Das hast du jetzt von deiner starrköpfigen Art.*

Als ich auf Zehenspitzen trat und hochsah, um mir einen günstigen Ausblick zu verschaffen, kam es mir so vor, als hätte ich jemanden hinter einer der Fenster des majestätisch wirkenden Castles stehen sehen. Mein Blick glitt zwischen den einzelnen Fenstern hin und her, doch ich konnte bei bestem Willen niemanden mehr ausfindig machen. Stattdessen zogen die Wolken in einem ziemlichen Tempo über den Schlossmauern hinweg. Ein gewaltiges Gewitter braute sich wohl über uns zusammen.

Es dauerte nicht lange und im nächsten Augenblick zerriss schlagartig ein enormer Blitz den wolkenverhangenen und inzwischen verdunkelten Horizont. Ich erschrak. Kurzfristig wurde Seeds Castle davon erhellt und in einem der Räume wurde wieder eine Gestalt sichtbar. Ich fühlte mich beobachtet. Im nächsten Moment war sie wieder verschwunden.

Jemand fasste nach meiner Schulter. Unwillkürlich zuckte ich zusammen und fuhr herum. Es war Jeremy. Erleichtert atmete ich aus. Unergründlich sah er mich an.

»Wenn ich mich hier nicht so gut auskennen würde, hätten

wir beide jetzt ein Problem!« Verstört blickte ich ihm ins Gesicht. Ich schluckte. Dieser Jemand hatte mich völlig aus dem Konzept gebracht. Feinfühlig nahm er mich in den Arm. »Was ist los mit dir, Elena? Du bist ja ganz verstört. Keine Sorge, wir finden hier schon wieder heraus.« Vergebens versuchte ich, mich aus seiner Umarmung zu befreien.

»Dort oben war jemand!« Für einen kurzen Augenblick wanderte sein Blick über die Schlosszinnen und die darunterliegenden Fenster. Dann schüttelte er den Kopf.

»Da ist niemand, Elena. Nur mittwochs kommt die Hausdame und der Gärtner ist immer montags bis freitags hier«, versuchte er, mich zu beruhigen.

»Bist du sicher?«, fragte ich irritiert.

»Ja.« Dabei sah er mich zärtlich an. »Bestimmt war es nur der Schatten einer der Käuzchen, die hier in den Burgzinnen ihre Horste bauen«, versuchte er abermals, eine plausible Erklärung zu finden. In der nächsten Sekunde donnerte es gewaltig. Das Rumoren war bis in meine Glieder zu verspüren. Unvermutet fasste er nach meiner Hand.

»Ich denke, es ist besser, wir verschwinden von hier, bevor uns das Gewitter in vollem Ausmaß erreicht hat.« Bei dieser Gelegenheit begannen wir beide, zu laufen. Im Nu hatten wir den Ausgang erreicht.

Während wir über die mit Heideröschen bewachsenen Wiesen liefen, begann es heftig zu regnen. Für einen kurzen Augenblick schlitterte ich über den rutschigen Grasteppich, doch Jeremy reagierte schnell und fing mich noch im letzten Moment auf. Ausgelassen lachte ich auf und hatte den seltsamen Vorfall schon wieder in den Hintergrund gedrängt. Höchstwahrscheinlich hatte ich mich von den mystischen irischen Geschichten meiner Kindheit und den zunächst beängstigenden Ausführungen Jeremys beeindrucken lassen.

Ziemlich abgekämpft kamen wir am Wassergraben an und rannten völlig außer Atem den dafür vorgesehenen Damm entlang, bis wir am Haupttor angekommen waren. *Ein schauriger Ort*, dachte ich. Wie ein Damoklesschwert schwebte die Falltür über unseren Köpfen. Ein sonderbares, ja fast schon befremdendes Gefühl überkam mich bei diesem Anblick. Mir war, als würde meine Glückssträhne bald ein jähes Ende gefunden haben. Mit Nachdruck versuchte ich, diese abwegigen Gedanken aus meinem Kopf zu verscheuchen. Genau unterhalb des Torbogens blieb er stehen. Jeremy sah nach oben und drängte mich in eine der Mauernischen, die mit Moos bewachsen waren. Solange der Regen über unsere Köpfe hinwegprasselte, würden wir uns hier unterstellen.

Mittlerweile waren wir vollkommen durchnässt. Mein weißes, eng anliegendes Sportshirt zeigte die Konturen meines weiblichen Körpers. Dieser Anblick war auch Jeremy nicht entgangen. Begierig starrte er mich an, während mir das Wasser immer noch vom Gesicht tropfte. Meine blonden Locken waren triefend nass. Mit der Zunge glitt ich über meine Oberlippe.

Ich befand mich zwischen Jeremys Armen, seine Hände stützte er an einem Mauervorsprung ab. Bedächtig senkte er seinen Blick. »Ich kann nicht glauben, dass ich mit dir hier bin.« Prüfend musterte er mich. Ich seufzte tief.

»Was willst du damit sagen?«

»Ich weiß auch nicht, keine Ahnung.« Er schien verändert zu sein, irgendwie kam er mir anders vor, die Sache mit seiner Familie dürfte ihn ziemlich belastet haben. »Lass uns einfach abhauen, Elena. Der Regenguss wird langsam lästig. Findest du nicht auch?« Nervös sah er sich um. Ich konnte mir keinen Reim daraus machen. Zunächst hatte er eingewilligt, mit mir den Schlossgarten zu besichtigen, dann wollte er so schnell wie möglich wieder weg. Seine Ambivalenz blockierte mich innerlich, sie missfiel mir sehr.

»Ja, lass uns an den Ort, wo wir gelandet sind, zurückgehen«, erwiderte ich irritiert.

Gemeinsam und für meine Verhältnisse viel zu hastig, traten wir den Rückmarsch an. Jeremy zückte sein Aster und wählte rasch eine Nummer. »Larry! Holen Sie uns auf dem Weg nach Bearsted ab.« Seine Stimme klang fremd. Abweisend. Gefühlsarm. Brüsk. Abgestumpft.

Misstrauisch musterte ich ihn von der Seite, während er sein Aster wieder zurück in die Hosentasche steckte. Er fasste nach meiner Hand und ich lief schnellen Schrittes neben ihm her. Was hatte das zu bedeuten, warum benahm er sich so seltsam? Waren die vergangenen Umstände der Grund für sein merkwürdiges Verhalten? Ich würde ihn später darauf ansprechen. Mein Gefühl sagte mir, dass ich jetzt nicht nachhaken sollte. Zumindest nicht sofort. Nach einem längeren Fußmarsch hatten wir wieder die Wiese erreicht, wo wir gelandet waren.

Widerwillig und nahezu mürrisch hob er unsere mittlerweile mit Regenwasser durchtränkten Overalls auf und hielt sie angewidert in einem gewissen Abstand von seinem Körper entfernt. Ja, mag schon sein, dass es nicht angenehm war, mit diesen triefend nassen Gewändern herumzulaufen, aber so schlimm war es nun auch wieder nicht. Zu meinem Erstaunen kam uns Larry bereits hektisch entgegen. Wahrscheinlich kannte er den Zielort, hatte sich nach der Landung sogleich auf den Weg gemacht, um uns abzuholen und nur mehr auf Jeremys Anruf gewartet. Der Butler hatte wohl schon am Telefon bemerkt, dass er nicht zum Scherzen aufgelegt war. Missmutig hielt er ihm unsere nassen Klamotten entgegen.

»Befördern Sie das sonst wohin«, wies er ihn an und machte sich mit mir im Schlepptau auf den Weg zum Wagen, mit dem Larry gekommen war. Es war eine schwarze Limousine. Ein *Cadillac XTS*.

Während Larry hastig unsere Overalls in einer Box im Kofferraum des Wagens verstaute, wo er auch die Fallschirme eingepackt hatte, hielt mir Jeremy die Wagentür des Fonds auf. Unschlüssig, ob ich nun so nass wie ich war, in die luxuriöse Limousine einsteigen sollte, hielt ich kurz inne, um ihn stillschweigend um Erlaubnis zu fragen. Er nickte unmerklich und deutete mir an, dass es okay war.

Während ich mich auf einer der mit weichem cremefarbenem Leder bezogenen Sitzbänke niederließ, nahm Jeremy mir gegenüber Platz. Larry schloss die Wagentür fast lautlos und schritt nach vorn, um sich hinter das Steuer zu setzen. Pflichtbewusst rückte er seine Chauffeurmütze zurecht und ließ die Trennwand zwischen sich und uns hochfahren. Nun waren wir allein.

Allmählich entspannte sich Jeremy wieder und ein Lächeln kehrte auf seine Lippen zurück. Als hätte er auf diese Ruhepause gewartet, beugte er sich zu mir hinüber und fasste nach meinen Händen, die es anscheinend mit einer gewissen Vehemenz festzuhalten und nicht mehr so schnell loszulassen galt.

»Elena, bleibst du heute Nacht bei mir?«, fragte er erwartungsvoll. Ich presste meine Lippen zusammen, dann stieß ich einen lauten Seufzer aus.

»Ich habe am Montag eine Verhandlung und muss mich noch in den Fall einlesen. Ich fürchte, die Pflicht ruft und ich muss nach Hause fahren. Außerdem wartet ein Säbelzahntiger in meinem Haus auf mich, der mich wahrscheinlich vor Hunger anfallen wird, sobald ich die Schwelle übertrete«, stieß ich verlegen aus. Obwohl sich meine Haushälterin bestimmt in der Zwischenzeit um Melody gekümmert hatte, war es wohl an der Zeit, mal wieder zu Hause vorbeizuschauen. Jeremy war enttäuscht, das konnte ich ihm buchstäblich ansehen. Seine Hände lösten sich von meinen und er lehnte sich frustriert zurück. »Jeremy. Ich habe einen Beruf. Ich zähle nicht zu den Frauen, die brav auf dem Sofa warten, bis ihr Angetrauter heimkommt, das Essen für ihn warm stellen und ihm die Hausschuhe bringen.« Diese Erkenntnis brachte ihn zum Schmunzeln.

»Diese Spezies ist äußerst selten geworden, wenn nicht ausgestorben.« Er schüttelte dabei den Kopf.

Die Stretchlimousine hatte eine verhältnismäßig große Bar. Er beugte sich nach vorn, nahm zwei Gläser, stellte sie auf das dafür vorgesehene Tablett und mixte uns in einem Cocktailbecher einen Drink. Unmittelbar danach schenkte er ihn ein und überreichte mir ein Glas. Kurz nippte ich daran und musste feststellen, dass der Cosmopolitan vorzüglich schmeckte. Jeremy trank ebenfalls einen Schluck. Ich stellte den Drink wieder in die Halterung neben mir.

Nun begann ich, meine nassen Sachen auszuziehen, Jeremy beobachtete dabei meinen entblößten Körper, als hätte er seine Beute erspäht. Dabei zog er die Augenbrauen nach oben, gleichzeitig nippte er an seinem Cocktail.

Larry hatte mein Kleid, wie es sich für einen Butler gehörte, ordentlich auf einen Kleiderbügel gehängt. Dieser war am Griff, wo man sich normalerweise beim Aussteigen festhalten konnte, eingehakt. Ich nahm es an mich und schlüpfte splitternackt hinein. Jeremy stellte sein Glas ab und war sofort zur Stelle, um mir den Reißverschluss am Rücken hochzuziehen. Zärtlich strich er mein blondes, durch den Regen widerspenstig gewordenes Haar zur Seite, um meinen Hals zu küssen. Sinnlich bewegten sich seine Lippen entlang meiner erogenen Zone. Ich stöhnte angenehm berührt auf. Er setzte sein Vorgehen unermüdlich fort.

»Bleib heute bei mir, bitte«, flüsterte er fast schon flehend. Jetzt wandte ich mich ihm zu. Ich konnte das Funkeln in seinen Augen, das mir seine aufrichtige Bewunderung und seine Aufregung deutlich zeigte, sehen. »Ich muss morgen auch früh raus.« Er seufzte. »Zuerst in den Obersten Gerichtshof und dann zum Heathrow Airport, um nach Brüssel zu einem Kongress zu fliegen.« Der Ton seiner Stimme wirkte wehmütig.

Mit einem Mal war ich enttäuscht. Jeremy würde also nach Brüssel fliegen, um sich irgendeinem dämlichen Kongress zu widmen. Liebevoll strich er über meine inzwischen vor Aufregung erhitzte Wange.

»Ich bin Freitag wieder zurück«, versuchte er, mich zu besänftigen. »Ich werde dich jeden Tag mindestens fünfmal anrufen, Elena.« Er grinste verlegen. Fast wie ein Sechzehnjähriger kam er mir vor. Und ich? Wie ein junges Ding, das es ohne ihren Angebeteten keine Minute aushalten würde. Was war bloß mit uns geschehen? Wir benahmen uns wie ausgesprochen durchgeknallte Teenies, deren Hormonspiegel verrücktspielte.

»Das ist das Mindeste, was Sie tun können, Lord Chancellor!«, beklagte ich mich regelrecht über seinen bevorstehenden Entschluss, am Sonntag frühmorgens abreisen zu wollen. Augenscheinlich durfte er an diesem Umstand Gefallen gefunden haben, dass ich mich so offenkundig nach ihm verzehrte, denn er verzog seinen Mund darüber zu einem breiten Grinsen.

»Aufgrund des einleuchtenden Tatbestandes, verurteile ich Sie zu zwölf Stunden nächtlicher Zügellosigkeit. In jeder Beziehung«, erwiderte er. Während er dies aussprach, zog er sein triefend nasses T-Shirt über den Kopf und warf es achtlos in eine Ecke. Sein muskulöser Oberkörper erregte sofort meine Aufmerksamkeit.

»In jeder Beziehung?«, fragte ich hemmungslos.

»Ja! Ist doch eine ganz nette Begleiterscheinung. Oder etwa nicht?« Sein Blick zeigte an, dass er bereits am Rande der Selbstbeherrschung war, indessen schlüpfte er elegant aus seiner Freizeithose. Jetzt musste ich schmunzeln. Ich saß in meinem roten Etuikleid vor ihm, während er sich gerade vor mir auszog. Verführerisch lächelte ich ihn an.

»Ich nehme das Urteil bedingungslos an, wenn der Lord sich von seinem hohen Ross herunterbegibt, um in mein Haus am Hyde Park Gate zu kommen. Ich hatte nämlich vor, das gesamte Wochenende damit zu verbringen, meinen morgigen Fall zu studieren.« Jeremy war richtig gut gelaunt.

»Eine überaus großartige Idee, meine kleine Rechtsverdreherin!« Gespielt schnaufte ich.

»Vorsicht! Ich bin eine sehr loyale und im höchsten Maße korrekte Staatsanwältin!«

»Natürlich«, startete er den Versuch, seine Aussage zu beschwichtigen. Noch immer saß er in seinen Boxershorts vor mir. Skeptisch musterte ich ihn.

»Willst du so im Hyde Park herumlaufen?« Ich kicherte vor mich hin. Er betrachtete sich selbstkritisch, dann wanderte sein Blick nach oben.

»Keine so gute Idee, oder?«

»Wenn du nicht wegen Sittenwidrigkeit vor dem *Central Criminal Court* landen möchtest ...« Er nickte sanftmütig und musste mir wohl oder übel recht geben.

»Um dann noch dazu einer der strengsten Staatsanwältinnen Londons gegenüberzustehen?« Er schüttelte nachdrücklich den Kopf. »Nein, keine optimale Werbung für den Präsidenten des Obersten Gerichtshofs«, musste er feststellen und schlüpfte nun fluchtartig in seine Anzughose. Unverzüglich langte er nach seinem weißen Hemd, das an einem der Kleiderhaken hing, und streifte es über seinen bemerkenswert trainierten Körper. Während er sein Hemd zuknöpfte, ließ er mich keine Sekunde aus den Augen und grinste.

Meine Strümpfe lagen sorgfältig zusammengelegt auf einem Tischchen. Ich fasste nach ihnen, um sie im nächsten Augenblick über meine Fußknöchel zu rollen. Darüber hinaus glitt ich in meine roten High Heels, die ebenfalls akkurat unter dem Sitz standen. Jeremy war mittlerweile in seine schwarzen Socken geschlüpft und zog sich seine eleganten schwarzen Lederschuhe an. Er befand sich vor einem Spiegel und kämmte sein dunkelbraunes Haar fein säuberlich zur Seite. *Er sieht perfekt aus*, dachte ich.

*Nur wer es wagt, Grenzen zu überschreiten,
kann über sich hinauswachsen.*

(Ralph Waldo Emerson)

Gefährliche Begierde kann tödlich sein

Larry lenkte die luxuriöse Limousine am Hyde Park entlang, bis wir an meinem im viktorianischen Stil erbauten Stockhaus ankamen. Ich war in das zweistöckige Backsteinhaus vor etwa zwei Jahren gezogen und hatte es davor völlig umbauen lassen, nachdem ich es in einem äußerst desolaten Zustand vorgefunden hatte. Ich liebte dieses schmale, hohe Gebäude, das einem ein ganz anderes Raumgefühl gab, als wenn man ein Cottage in Irland bewohnen würde.

Nachdem ich in Limerick aufgewachsen war, hatte es mich nach der Highschool nach London gezogen, um dort Jura zu studieren. Zunächst hatte ich nahe der Londoner Universität gewohnt und neben meinem recht zeitintensiven Studium gejobbt, um mir den Lebensstil der britischen Kolonialmacht und Großstadt Londons überhaupt leisten zu können. Später, als ich im Namen der Krone in die Staatsanwaltschaft eingestiegen war, hatte ich meine Familie unterstützt, so gut es gegangen war, und so hatten sie sich mit zusätzlicher harter Arbeit bald ein Haus auf dem Land bauen können.

Noch heute besuchte ich sie gerne in Irland, wenn es mir die Zeit erlaubte. Dann saß ich in unserem Garten und blickte auf King John's Castle und ließ dabei die Seele baumeln. Hier jedoch in London tickten die Uhren anders. Es war eine weitaus hektischere Metropole als Dublin, mit einem enormen Verkehrsaufkommen, von dem man in der Hauptstadt Irlands weit entfernt war, da sie noch immer ein ländliches Flair hatte.

Doch mit der Zeit war ich ein Stadtmensch geworden, genoss die vielen Vorzüge, die es hatte, hier in London zu leben. Obwohl ich im Zentrum lebte, war mein viktorianisches Domizil ein Ruhepol geworden.

Wenn ich abends nach getaner Arbeit heimkam, saß ich oft auf meiner kleinen Dachterrasse, um mich zu entspannen und die Ruhe zu genießen. Auch wenn schon die Sonne untergegangen war, weil ich wieder mal den ganzen Tag bis spät abends im Gericht zugebracht hatte.

Mein Haus lag gleich hinter Kensington Gardens, unweit des Palastes der britischen Königsfamilie. Das freizügige Gelände lud zu eindrucksvollen und ausgedehnten Spaziergängen ein, die ich immer dann genoss, wenn ich mal früher nach Hause kam. Ich liebte dieses Anwesen mit seiner großzügigen Parkanlage, seinem gepflegten Garten, dem eindrucksvollem See in der Mitte, der im Sonnenlicht glitzerte, als würde er der Großstadt trotzen wollen. Dutzende Schwäne glitten elegant über das ruhige Gewässer, das von Bäumen und Sträuchern gesäumt war. In den Kronen der Baumriesen hüpften grüne Papageien herum und zwitscherten freudig vor sich hin. Kurz gesagt, im Hyde Park Gate zu wohnen, war ein Genuss der Sonderklasse.

Jeremy musterte mein Domizil eingehend, das Stockhaus schien ihm zu gefallen, denn er stieg interessiert aus dem Luxuswagen aus und blieb unmittelbar davor stehen, um es zu bestaunen. Unauffällig folgte ich ihm. Larry stellte Jeremys Weekender – er führte offensichtlich immer eine perfekt gepackte Tasche mit sich, um sich wenn nötig umziehen zu können – an der Treppe vor dem Haus ab und verabschiedete sich.

»Ich werde Sie morgen gegen sieben Uhr abholen, wenn es Ihnen recht ist, Sir.« Jeremy lächelte ihm wohlwollend entgegen.

»Ich erwarte Sie morgen pünktlich und bitte packen Sie mir

alles Nötige für die Reise ein.« Larry zog der Höflichkeit wegen seine Chauffeurmütze, stieg in die Limousine und fuhr davon.

Wie ich es schon von zu Hause gewohnt war, hob ich das Pflanzgefäß an, unter dem ich meinen Hausschlüssel sicher verwahrt vorfand, und sperrte die Eingangstür auf. Neugierig war ich, wie mein Heim auf Jeremy wohl wirken würde.

Als ich die Tür öffnete und den Lichtschalter im Vorraum betätigte, sah ich ihn erwartungsvoll an. Mein Säbelzahntiger sauste um die Ecke, um im Wohnzimmer zu verschwinden, dabei stieß er ein aufgebrachtes *Miau* aus. Jeremy beachtete ihn nicht weiter und folgte dem widerspenstigen Wollknäuel notgedrungen.

Über einen schmalen Gang am Ende des Flurs erreichten wir die Treppe, die in den oberen Bereich führte. Bestimmt hatte Jeremy nun einen kleinen Nebenraum erwartet, doch stattdessen stand er in einem weitläufigen Wohnbereich und sah sich erstaunt um. In der Mitte des Salons hatte ich die Küche angesiedelt. Sie war mein zentraler Punkt. Ihr gegenüber stand eine bequem gepolsterte cremefarbene Sitzgarnitur mit vier nicht ganz gleich großen runden Renaissance-Tischchen. An der Wand hatte ich Vaters Landschaftsbilder, die er selbst in Irland gemalt hatte und auf die ich besonders stolz war, aufgehängt.

Den Holzdielenboden hatte ich mit einem Öl nachdunkeln lassen, dies war ein optimaler und besonderer Kontrast zu dem gewachsten Betonfußboden und den alten Backsteinen.

Jeremy stellte sich vor den Kamin, dessen Kaminsims mit vielen mitgebrachten Nippsachen Irlands bestückt war. Daneben hatte ich einen Schrank aus Birkenholz in die Wand einbauen lassen, der mir als Stauraum diente.

»Sieht fühlbar gemütlich aus«, stellte er bewundernd fest. »Vor allem dein Stil, Altes mit Neuem zu kombinieren, gefällt mir sehr.«

»Danke für die Blumen«, bemerkte ich wohl gelaunt und zog mir unter seinem intensiven Blick mein Etuikleid aus, nachdem ich ihn darum gebeten hatte, mir den Reißverschluss zu öffnen. Auf dem Sofa lag ein schwarzes Stretchkleid, das bedeutend bequemer war. Ich schlüpfte hinein. Aus dem Schrank holte ich rasch einen Stringtanga und zog ihn an.

»Komm.« Dabei fasste ich nach seiner Hand und führte ihn an die wuchtige, bereits historische Treppe heran, deren gedrechselter Handlauf gut in der Hand lag. Unterhalb davon gab es eine kleine Nische, dort hatte ich einen alten Sekretär aus dem 18. Jahrhundert untergebracht, der mir als Aufbewahrung für meine Akten, die ich aus dem Gericht mit nach Hause schleppte, diente.

»Aha!«, bemerkte er scharfsinnig. »Du weißt aber schon, dass es nicht erlaubt ist, Akten aus dem Gerichtsgebäude zu entfernen.« Er hatte mich ertappt, Mist.

»Du verrätst mich doch nicht etwa, oder?« Dabei vergrub ich meine Zähne so fest in der Unterlippe, dass es bereits schmerzte. Sein Blick wirkte zunächst streng, dann entspannten sich seine Gesichtszüge allmählich und er brachte ein zaghaftes Lächeln hervor.

»Nein, natürlich nicht.« Unterdessen nahm er mich zärtlich in den Arm und sah mich bedeutsam an. »Meine gewissenhafte, verbissene, kleine Staatsanwältin.« Ich rümpfte die Nase.

»Klein, aber oho!«, entgegnete ich nachdrücklich. Er grinste und hielt seinen Kopf schief.

»Zeigst du mir jetzt dein Schlafzimmer?«, fragte er gespannt. Ich spitzte meine Lippen, setzte einen arroganten Blick auf und sah nach oben. Ohne eine Antwort abzuwarten, hob er mich mit einem Mal hoch und trug mich eilenden Schrittes die Treppe hinauf. Als er die Tür aufschlug, war er offenbar sehr erstaunt und ließ mich langsam wieder auf den Boden gleiten.

In sein Blickfeld war das außerordentlich große Fenster

gerückt, das nun dank meiner Idee eine breite Sitzfläche darunter hatte und mit zwei weißen mit rosa Rosen bedruckten Polstern ausgestattet war, die zum Sitzen einluden, wobei man eine wunderschöne Aussicht auf den Garten hatte.

Davor stand mein imposantes Doppelbett. Es stammte aus der Renaissance, einer längst vergessenen Zeit, wie ich zunächst gedacht hatte, als ich es hier stehen gesehen hatte. Von Anfang an hatte ich mich nicht davon trennen können, also hatte ich es restaurieren und eine neue Matratze einsetzen lassen. Nun erstrahlte es in ganz neuem Glanz. Elegant und geschmackvoll stand es da. Weiß mit Blattgold verziert, vier gedrechselte Säulen ragten zur Decke empor, geschwungene Abschlüsse zierten die Enden derer und verbanden sie miteinander. Im vorderen Teil bewachten zwei Engel meinen wohlverdienten Schlaf. Das Kopfende war aus weißem gestepptem Leder gefertigt, in der Mitte war ein ovaler Spiegel angebracht. Am Fußende thronte ein weiterer eindrucksvoller Engel mit ausgebreiteten Flügeln. Selbst Jeremy schien beeindruckt zu sein.

Vor das Bett hatte ich einen Tisch gestellt, dessen Glasplatte von einer extravaganten, femininen, weißen Marmorfigur gehalten wurde, die sich ihrem Angebeteten hingebungsvoll entgegenrekelte. Es war ein imposantes Meisterwerk. Neben dem Bett hatte ich eine farblich dazu passende Kommode mit sechs kleinen Schubladen aufstellen lassen, auf der anderen Seite thronte eine prächtige Stehlampe. Sie stammte aus dem Jahre 1920 und hatte einen aus Nussbaum geschnitzten Fuß. Jeremy war sichtlich begeistert, denn er betrachtete sie eingehend.

»Wow, Sie haben Geschmack, Miss Cooper. Und erst das Bad, einfach Weltklasse.« Ich gluckste. Klar, wer hatte schon ein Schlafzimmer mit integriertem Bad?

»Die Badewanne stammt noch aus dem vorigen Jahrhundert und wurde mit einem Holz, das von einem alten englischen

Bahnhof abgetragen wurde, verkleidet. Sie zählt zu meinen Lieblingsstücken in diesem Haus.«

»Ich bin beeindruckt. Da kann ich mich mit meinem Penthouse in Chelsea verstecken«, meinte er ironisch.

»Nun ja, bis auf deine merkwürdigen Bilder an der Wand und dem überdimensionalen Deckenschmuck im Wohnzimmer ist es ganz passabel eingerichtet«, bemerkte ich etwas hochnäsig. Meine Aussage verleitete Jeremy zum Lachen.

»Wohl nichts für abstrakte Kunst übrig«, lächelte er listig und drückte mich sachte in die Kissen meines imposanten Bettes. Wenig später lagen seine begierigen Lippen auf meinem Mund und arbeiteten sich lustvoll an meinem Hals voran. Zu gern hätte ich es zugelassen, aber ich hatte noch einen wichtigen Fall zu bearbeiten. Energisch schob ich ihn zur Seite.

»Bitte nicht! Ich muss noch arbeiten. Eigentlich wollte ich den Samstag für das Studium meines Falles nutzen, stattdessen habe ich mich mit dir in schwindelige Höhen gewagt. Das heißt jetzt nicht, dass ich es nicht genossen habe«, versuchte ich mich aus der Affäre zu ziehen und trippelte aus dem Schlafzimmer. Bestimmt blieb ein verdutzter Jeremy zurück, als ich nach unten lief. Er ließ nicht lange auf sich warten und trottete die Treppe nach unten, stellte sich etwas beleidigt hinter mich, da ich schon auf meinem bequemen Chefsessel saß und mich meinem interessanten Fall widmete.

»Worum geht es?«, fragte er neugierig.

»Ein brisanter Fall. Einem Mitglied des *Londoner Stock Exchange*, vielleicht sogar dem Vorsitzenden selbst, wirft man vor, er hätte bei einer höchst zweifelhaften Party seine Hilfeleistung unterlassen. Die betroffene Frau ist ihren Verletzungen dabei erlegen. Die vollständige Akte landete vor einigen Wochen auf meinem Schreibtisch. Ich hatte nicht sofort Zeit gefunden, mich damit auseinanderzusetzen. Inzwischen hat sich jemand

Zutritt zu meinem Büro verschafft und dem Dossier sämtliche Beweise entzogen. Es fehlen Protokolle der örtlichen Polizei und auch dort sind sie nicht mehr auffindbar. Jetzt frage ich mich, wer das getan hat und welche Veranlassung er dazu hatte. Das Problem bei der ganzen Sache ist, dass ich keine Ahnung habe, wer der Kerl ist und in welchem Zusammenhang er zur Londoner Börse steht.« Jeremy stieß einen verächtlichen Laut aus.

»Das liegt doch klar auf der Hand! Wenn es eine höchst delikate Angelegenheit ist, kannst du dir sicher vorstellen, warum die Mitglieder und der Vorsitzende in die Sache nicht verwickelt werden möchten.« Angestrengt sah ich ihn an. »Weißt du, wer augenblicklich der Chairman des *Londoner Stock Exchange* ist?« Er schob den Hocker, der in der Nähe stand, herüber und setzte sich neben mich.

»Da muss ich passen«, sein Blick vermittelte mir beständige Gefühlskälte, fast schon brüsk kam er mir vor, bevor er fortfuhr und scheinbar wieder einlenkte. »Clark Anderson ist gerade eben in den Ruhestand versetzt worden, wer sein Nachfolger ist, weiß ich nicht.« Ich überlegte. »Nun, der alte Knacker wird es ja wohl nicht gewesen sein, denke ich.« Jeremy verzog seinen Mund und lächelte missbilligend.

»Mit Sicherheit nicht! Aber ich denke, den Fall wirst du heute auch nicht mehr lösen können. Also komm jetzt ins Bett«, forderte er mich noch immer kühl auf. Ich seufzte und klappte die Akte mit einem verhältnismäßig lauten Knall zu. Der Fall war nicht zu knacken. Jemand hatte wirklich gute Arbeit geleistet, sodass ich wahrscheinlich keine Anklage mehr erheben konnte. Ich hatte mich bei der örtlichen Polizei erkundigt, doch der Beamte, der das Verhör geführt hatte, war von der Bildfläche verschwunden, sonst wusste niemand Bescheid. Ich war verärgert. Es war wie verhext oder einfach gut eingefädelt.

Die Standuhr im Erdgeschoss schlug zur vollen Stunde, es war bereits neun Uhr. Jeremy gähnte.

»Elena, ich muss morgen früh raus und ein anstrengender Tag wartet auf mich. Kommst du jetzt?«, fragte er schon etwas genervt.

»Geh schon mal vor und mach es dir gemütlich, ich komme gleich nach«, versuchte ich ihn zu besänftigen. Der Fall ließ mich nicht los, er machte mich neugierig. Je weniger in der Akte zu finden war, desto mehr interessierte mich dieser Sachverhalt. Trotzdem würde ich erst morgen nach weiteren Erkenntnissen suchen, die Akte war umfangreich und ich hatte sie noch nicht ganz durchgearbeitet. Die Hoffnung, doch noch irgendein Indiz zu finden, war nicht ganz gestorben. Jeremy würde heute die letzte Nacht bei mir sein, bevor er nach Brüssel aufbrechen würde.

Entschlossen entledigte ich mich meines Stretchkleids, meiner High Heels sowie des Slips und warf alles achtlos in eine Ecke. Frustriert, dass ich zu keinem positiven Ergebnis gekommen war, nahm ich eine Stufe nach der anderen und erklomm somit den Weg zu meinem Schlafzimmer.

Der Präsident des Obersten Gerichtshofs saß in meiner Badewanne inmitten eines übermäßigen Schaumbads und zwinkerte mir zu.

»Willst du mir nicht Gesellschaft leisten, Honey?«, raunte er und setzte seinen verführerischen Blick auf. Dabei zog er seine Augenbrauen mehrmals hintereinander hoch, seine Stirn war deutlich in Falten gelegt, als hätte er sagen wollen: *Hey, hübsche Lady! Ein Quickie gefällig?*

Lachend warf ich meinen Lockenkopf in den Nacken und schlüpfte aus meinen Strümpfen. Nun stand ich splitternackt vor ihm und er riss seine Augen auf.

»Kein Slip mehr?«, keuchte er.

»Nein, kein Slip«, erwiderte ich kurz angebunden und rieb die Zähne an meiner Unterlippe.

Nicht eine Sekunde konnte er seinen Blick von mir abwenden und ich kniff meine Augen zusammen und versuchte, so betörend wie möglich auf ihn zu wirken. Und das schien mir auch zu gelingen, denn ich musste nicht einmal viel dazu beitragen. Er schluckte heftig und ich setzte meine weiblichen Waffen ein. Heute Nacht würde er nicht so ohne Weiteres davonkommen.

»Den brauche ich nur, um dich zu bezirzen. Nachdem ich das aber schon erfolgreich getan habe, erspare ich mir das unnötige Stück Wäsche auf meinem Körper und komme lieber gleich zur Sache«, stellte ich in einem kecken Tonfall fest und glitt dabei elegant in die Badewanne, sodass der Schaumberg meinen Körper fast vollständig unter sich begrub. Ich lehnte nun mit dem Rücken an seiner Brust. Gleich darauf spürte ich seine fordernden Hände auf mir und er begann, mich intensiv zu massieren. Entspannt stöhnte ich auf.

Nun lagen seine sanften Lippen auf meinem Hals und bewegten sich langsam vorwärts. Während seine linke Hand weiterhin mein Rückgrat massierte, wanderte seine rechte Hand zu meiner Scham, wo sich einer seiner Finger in mir versenkte. Ich ließ meinen Kopf rücklings auf seine Brust sinken und seufzte entspannt.

»Hast du es schon mal in der Badewanne getrieben?«, hauchte er mir ins Ohr, dabei drang er immer tiefer und heftiger in mich ein. Ich stöhnte auf und japste, denn zu mehr war ich im Moment nicht fähig.

»Noch nie! Du?« Seine Erregung war deutlich zu spüren, denn sein Prachtstück drückte prall gegen mein Steißbein.

»Nein, aber für alles gibt es ein erstes Mal«, rang er verzweifelt nach Luft. In dem Augenblick, als er mich hochheben wollte und mich sowohl eine Welle der Leidenschaft als auch eine Woge des Badewassers ergriff, klingelte sein Aster. Dank dieses dämlichen Tones war meine Begierde mit einem Mal vorbei. Er seufzte genervt und schielte auf sein Mobiltelefon.

»Larry!«, schnaubte er verächtlich und verdrehte seine Augen dabei. »Was will der denn jetzt, verdammt noch mal?«

Rasch griff er sich ein Handtuch, um seine Hand zu trocknen, bevor er das Aster nahm, um es an sein Ohr zu halten.

»Larry? Was gibt's?« Er fühlte sich sichtlich belästigt. Ich änderte die Position und setzte mich nun ihm gegenüber. Während des Gesprächs wanderte sein Blick zuerst zu mir, dann steil bergab zu seinem Penis, der auf den Wogen des Badewassers trieb. Die Lust war ihm faktisch vergangen. Angespannt hörte er zu. Für einen Moment herrschte Stille. Sein Gesichtsausdruck hatte sich schlagartig verändert. Der gerade noch völlig gelöste Eindruck erstarrte nahezu. Die Augen schienen ausdruckslos zu sein.

Ich wartete ab. Das Einzige, das sich in seinem skulpturenartigen Gesicht bewegte, war der Mund, der sich nun öffnete.

»Das ist kein Problem, ich werde noch mal ins Büro fahren, um alle erforderlichen Unterlagen zu holen. Sie können mich in einer halben Stunde abholen.« Das verblüffte mich jetzt. Gerade hatte er so ein Drama daraus gemacht, dass ich nicht gleich zu ihm ins Bett gekommen war und jetzt wollte er schon wieder aufbrechen. Was war passiert?

Er legte auf. Seine Miene erhellte sich, wenn auch sehr widerwillig, wie ich feststellen musste. Gedankenversunken strich er über meine linke Wange und stieß einen hörbaren Seufzer aus.

»Es ist wirklich sehr bedauerlich Elena, aber ich fürchte, ich muss vorher ins Büro, um einige Unterlagen vorzubereiten, die ich mit nach Brüssel nehmen muss.« Er war sichtbar am Boden zerstört. Den Abend und die Nacht hatte er sich mit Sicherheit anders vorgestellt. Nun ja, wenn ich ehrlich war, ich auch.

Gezwungenermaßen stieg er aus der Wanne und wickelte sich ein Handtuch um seine Körpermitte. Mein Bademantel hing an einem der Haken an der Wand, er ergriff ihn und ließ mich hineinschlüpfen. Kurz umarmte er mich von hinten und küsste mich.

»Ich werde dich vermissen!« Unsere Blicke trafen sich. Es war deutlich erkennbar, dass ihn der Abschied schmerzte. Allmählich löste er sich aus unserer Umarmung, begann, sich abzutrocknen und glitt anschließend in seine Anzughose. Sein muskulöser Oberkörper verschwand unter seinem blütenweißen Hemd. Dann glitt er in sein Jackett. Professionell band er nun seine Krawatte. Zuletzt zog er seine schwarzen Socken an, stieg in die Schnürschuhe und band sie zu. Die umgekehrte Reihenfolge wäre mir offen gestanden lieber gewesen. Er war ein äußerst attraktiver Mann.

Als ich so jämmerlich vor ihm stand und mir beinahe die Tränen gekommen wären, strich er mir eine Locke hinters Ohr und küsste mich zärtlich auf den Mund. Das stimmte mich etwas versöhnlicher.

»Sobald ich im Hotel angekommen bin, melde ich mich bei dir.« Ich nickte betrübt, dabei ließ ich den Kopf hängen. »Mach es mir bitte nicht so schwer, Elena. Ich habe nun mal Verpflichtungen.«

»Ich weiß, Jeremy«, seufzte ich. »Ich klemme mich noch hinter meinen dubiosen Fall, denn schlafen kann ich jetzt sowieso nicht mehr«, stellte ich entschieden fest.

»Wenn du möchtest, sehe ich mir den Fall gerne während des Flugs an und führe die Akte auf legalem Weg wieder an Ort und Stelle zurück, wo sie hingehört«, lächelte er mich bedeutungsvoll an. Ich wollte ihm vertrauen.

Mit seinem Vorschlag war ich einverstanden, konnte ich doch mit diesen an Beweismaterial fehlenden Unterlagen ohnehin nichts anfangen. Jeremy hingegen hatte viel mehr Erfahrung und vor allem die nötigen Kontakte, um eventuell wichtige Indizien, die auf den Rückschluss des Vorliegens gewisser Tatsachen zurückzuführen gewesen wären, herauszufinden. Also willigte ich ohne Zögern ein.

»Wenn du mir den Schuldigen und genügend Beweise lieferst, um den Kerl festzunageln«, meinte ich grinsend. Er tippte mit seinem Zeigefinger auf meine Nasenspitze und lächelte sanft.

»Immer zu Ihren Diensten, Miss Cooper.« Wir gingen nach unten. In weiterer Folge nahm er die Akte unter seinen Arm, schnappte seinen Weekender und ich begleitete ihn bis zur Tür. Zum Abschied nahm er mich in den Arm und gab mir einen intensiven Kuss. Als ich meinen Mund leicht öffnete, spürte ich seine Zunge, die meine umschmeichelte. Sogleich breiteten sich wieder unzählige Schmetterlinge in meinem Bauch aus, doch das Prickeln versiegte bald, denn Jeremy löste sich aus meiner Umarmung und schritt hinaus.

Ich war erstaunt. Mein Wagen stand bereits wieder vor der Tür. Ich hatte nichts davon bemerkt, dass er Larry den Schlüssel dafür gegeben hätte. Während Jeremy bei mir gewesen war, musste er ihn für mich geholt haben. Larry wartete draußen vor seinem Wagen, diesmal war er mit einem weniger auffälligeren Gefährt gekommen, dem Sportwagen. »Guten Abend, Mr White.«

»Larry.« Wie es sich für einen englischen Butler ziemte, hielt er ihm die Wagentüre auf und Jeremy stieg ein. Larry zog zur Begrüßung seine Chauffeurmütze und nickt mir höflich zu. Ich lächelte ihn dankbar an, dabei schlang ich den Bademantel noch enger um meinen Körper. In Folge dessen setzte er sich hinter das Steuer und fuhr los. Jeremy winkte zum Abschied. Ich sah dem Wagen nach, bis er außer Sichtweite gekommen war.

Nun war ich wieder allein, so wie ich es vor einem Tag noch gewesen war. Nur mit dem Unterschied, dass ich damals noch meine Freiheit in vollen Zügen genossen hatte, was mir heute relativ paradox vorkam. Ich dachte darüber nach und ging in die Küche, öffnete den Kühlschrank, nahm Katzenfutter heraus, um es für Melody in eine Schüssel zu geben. Kurzerhand stellte ich es auf den Boden, sie würde schon kommen, wenn sie ihr Futter roch.

***

Ich stieg die Treppe zu meinem Schlafzimmer hoch und starrte auf den abgegrenzten Bereich, in dem die Badewanne stand, die noch immer mit dem Schaumbad gefüllt war. So schön hatte ich mir die gemeinsame Nacht ausgemalt und wie aus dem Nichts war sie wie eine Seifenblase zerplatzt.

In ein paar Stunden würde es hell werden, also beschloss ich, mich auf die Fensterbank zu setzen und die aufgehende Sonne abzuwarten. Ich schmiegte mich in das weiße, mit Rosen bedruckte Kissen und presste das andere an meinen Körper. Ich vergrub mich förmlich darin und stellte mir vor, Jeremy wäre bei mir, als sich plötzlich Melody zu mir gesellte. Ihr Kopf schmiegte sich an mein entblößtes Bein und rieb daran, dabei schnurrte sie wie aufgezogen. Mit einem Satz war sie auf meinen Schoß gesprungen und rollte sich auf dem Kissen, das ich augenblicklich im Arm hielt, zusammen.

Ich vermisste Jeremy schon, als er zur Tür hinausgegangen war. Nun stieß ich einen leisen, aber herzzerreißenden Seufzer aus. *Wenn diese verdammte Sonne nicht bald aufgeht, werde ich noch verrückt.*

»Ich werde dich jeden Tag vermissen und jede verdammte Nacht«, sagte ich leise zu mir selbst und fühlte mich dabei bedauernswert. Dieser attraktive Mann ging mir nicht mehr aus dem Kopf. Sein Charisma fesselte mich richtig. Und trotzdem kam es mir so vor, als wäre er sich seiner starken Anziehungskraft nicht einmal bewusst. Seine Worte hallten noch immer in meinem Kopf nach, wo sich jetzt gähnende Leere erstreckte.

»Das war die schönste Nacht meines Lebens, Elena«, hatte er zu mir gesagt. »Ich möchte nicht, dass du gehst und diese Nacht nur ein Traum bleibt, der mit der Zeit verblassen würde.« *Das will ich auch nicht und Trübsal zu blasen, hat jetzt wohl kaum einen Sinn.* Ich war im Begriff aufzustehen, als Melody sich in ihrer Ruhe gestört fühlte und protestierend davonlief.

Ich zog meinen Bademantel aus und legte ihn auf die Fensterbank. Kurzerhand ließ ich das Badewasser ab und die vorangegangenen Stunden flossen durch den Abfluss. Jeremy würde wiederkommen. Das stand fest.

Auf mich wartete ein arbeitsreicher Tag und so war ich bestrebt, diesen auch mit meinem Tatendrang auszufüllen. Ich würde mich heute ausnahmsweise ins *Central Criminal Court* begeben und meine Staatsanwältinnenrobe anziehen, denn in diesem Aufzug fühlte ich mich in meinem Element, so als säße ich schon im Gerichtssaal, um das nächste Scheusal zu denunzieren. Ich würde mich ganz und gar meinem nächsten Fall verschreiben, den es vor Gericht zu lösen galt. Dazu hatte ich mir bereits eine geeignete Strategie überlegt. Ein Arschloch, das wieder einmal eine naive, junge Frau zu seiner Sub gemacht hatte und sie dann so lange gequält haben soll, dass diese schließlich nach seinem Vergewaltigungsszenario ihren inneren Verletzungen erlegen war.

Im Polizeiprotokoll hatte er angegeben, dass es ihm leidtun würde. Dieser Gedanke erzürnte mich nahezu. Dass es ihm leidtun würde! Was für eine armselige, jämmerliche Erklärung für eine abgrundtief verabscheuungswürdige Tat! Eher musste er sich nun selbst bei dem Gedanken leidtun, dass ich ihn nun für die nächsten Jahre wegsperren lassen würde und er seinem triebhaften Verhalten nicht mehr nachgehen könnte. Welch heimtückische und niederträchtige Art, einen anderen Menschen so sehr zu verletzen, dass er daran zugrunde ging. So ein Schwein.

In diesen Augenblicken wünschte ich mir die mittelalterlichen Methoden wieder zurück. Wo es hieß: Auge um Auge, Zahn um Zahn. *Schade, wenn ich in Texas oder Virginia leben würde, würde ich für die Todesstrafe plädieren.*

Aus meinem Wandschrank nahm ich einen cremefarbenen Spitzenslip und zog ihn zügig an, hinterher schlüpfte ich in ein farblich dazu passendes, hauchdünnes Seidennegligé. Unter der Robe war es immer so heiß. Einerseits trug ich sie gerne, weil man in dieser ganz speziellen Kleidung jemanden darstellte. Wie sähe es denn aus, wenn man als Staatsanwältin im Gerichtssaal in Straßenkleidung herumlaufen würde? Andererseits war es auch ziemlich unbequem, weil sie einem kaum erlaubte, darunter sehr viel anzuziehen, da man in diesem Ding sonst beinahe umkam. Also hatte ich eines Tages beschlossen mich darunter nur mehr in Unterwäsche zu kleiden.

Das wusste natürlich keiner, außer meiner Sekretärin Tabitha. Im Laufe der Zeit waren wir Freundinnen geworden und vertrauten uns gegenseitig alles an. Sie hatte zumeist irgendwelche Männerprobleme, mal dies, mal das, mal den einen und dann wiederum jemand anderen. Bei dem Verschleiß an Männern, den sie hatte, glaubte ich manchmal, es bliebe ihr bis an ihr Lebensende kaum einer mehr übrig, den sie nicht ausprobiert hätte. Ihr Lebensstil amüsierte mich und ich bewunderte sie für ihre ungezügelte Art. Aber was täte ich bloß ohne Tabitha? Sie war die beste Sekretärin, die sich eine Staatsanwältin nur wünschen konnte.

Und die beste Freundin. Mit ihr konnte man durch dick und dünn gehen, in Nachbars Garten Äpfel stehlen, jeden Blödsinn anstellen, den diese verdammt engstirnige und konservative Welt zu bieten hatte. Sie war einfach umwerfend. Nie war sie schlecht gelaunt, bei jedem noch so widerwärtigen Scheusal fand sie etwas Gutes. Das erklärte auch ihren Männerverschleiß. Sie konnte sich über extrem dämliche Dinge kaputtlachen und trotzdem hatte sie Niveau. Ein ziemlich hohes sogar. Wir verstanden uns prima, hatten den selben Geschmack, was Kleidung betraf, legten viel Wert auf ein adrettes Aussehen und wenn wir Zeit fanden, gingen wir gemeinsam in die eine oder andere Ausstellung.

Rasch zog ich ein apricotfarbenes, figurbetontes Kleid an. Es hatte einen tiefen Ausschnitt, der fast meinen Bauchnabel erreichte. Unterhalb des Brustansatzes konnte man die beiden Seiten des Oberteils mit einem nicht sichtbaren Haken verbinden. Das erzeugte einen betörenden Anblick. Der Rock reichte bis knapp zum Knie und wirkte sehr ausladend, da er in große Falten gelegt war. Es war ein überaus teures Kleid, das ich bei *Harrods* erstanden hatte.

Die dazu passenden High Heels hatte ich in New York bestellt. Sie besaßen einen extravaganten Glitzerlook. Eine aufwendige Masche zierte den Abschluss. Mit diesen traumhaften Pumps konnte man sich der Blicke aller, besonders die der Männer, sicher sein. Sie sorgten für einen schönen Gang. Extrem hohe Absätze, so fand ich, waren einfach unschlagbar anmutig. Elegant glitt ich in diese kostbaren Schätze, die mich zweifellos ein Vermögen gekostet hatten.

Meine widerspenstigen blonden Locken versuchte ich mit einer Haarbürste zu bändigen. Hier eine kleine Spange, dort noch eine weitere und meine Frisur war perfekt. Eyeliner und Lippenstift durften natürlich nicht fehlen. Abschließend betrachtete ich mich von allen Seiten kritisch im Spiegel.

»Ab in die Schlacht«, sagte ich zu mir selbst, nahm meine weiße Glanzjacke vom Ankleidestuhl, der sich unmittelbar neben dem Wandschrank befand, warf sie mir über die Schulter und trippelte die Treppe hinunter. Schnell stellte ich Melody noch etwas Futter auf den Küchenboden und eilte ins Vorzimmer. Im Vorbeigehen warf ich nochmals einen Blick in den Spiegel, dann öffnete ich schwungvoll die Tür und zog sie sogleich wieder hinter mir zu.

Meinen Schlüssel legte ich auf seinen angestammten Platz, obwohl mich jeder für mein angeborenes Verhalten in London für verrückt gehalten hätte, aber in Irland war es typisch, seinen Schlüssel nicht überallhin mitzuschleppen. Ja gut, wir lebten hier in einer Großstadt, aber bisher gab es in unserer Straße keine kriminellen Handlungen. Meine Nachbarin meinte, das läge an mir und meinem strengen Blick.

Jetzt musste ich kichern, wenn ich daran dachte und stieg in meinen roten Sportwagen, um den Old Bailey anzusteuern, wo sich das *Central Criminal Court* befand.

Britischer Strafgerichtshof, Ort der bedeutendsten Kriminalfälle des Landes. Das erste Gerichtsgebäude wurde im Jahre 1539 errichtet. Genau an diesem Strafgerichtshof wurde 1953 der größte Justizirrtum der britischen Kriminalgeschichte geschrieben. Derek Bentley wurde damals wegen Mordes verurteilt und hingerichtet. Auch der Fall des Peter William Sutcliffe 1981, der als *Yorkshire Ripper* bezeichnet und für den Tod von dreizehn Frauen verantwortlich gemacht wurde, fand hier sein Ende.

Als ich in London zu studieren begonnen hatte, war es von Anfang an mein Ziel gewesen, hier am *Central Criminal Court* in den Dienst der Staatsanwaltschaft zu treten und für Recht und Ordnung zu kämpfen. Ich, Elena Cooper, gebürtige Irin. Immer wieder hatte ich während meiner Studienzeit bedeutende Fälle am *Central Criminal Court* mitverfolgt. Die Plädoyers der Staatsanwälte hatten mich dabei am meisten beeindruckt. Und so war das Ziel schnell klar gewesen.

Ich parkte den Sportwagen auf meinem Parkplatz und stellte den Motor ab. Zielstrebig steuerte ich auf das Gerichtsgebäude zu, um die weitläufige Steintreppe hochzugehen. Ich benutzte den Nebeneingang, steckte den dafür vorgesehenen Schlüssel ins Schloss, drehte ihn und entriegelte die Tür.

Ich lief die Treppe hoch, sperrte mein Büro auf und betrat es. Anschließend schlüpfte ich aus meinem Kleid, hing es auf den Kleiderständer und zog meine Staatsanwältinnenrobe über. Mit Elan setzte ich mich an meinen Schreibtisch und war auch schon in besagter Akte vertieft. *Diesen Kerl werde ich bei der Verhandlung plattmachen, das steht hiermit fest!* Ich überlegte mir eine geeignete Strategie, um ihn zur Strecke zu bringen.

An diesem Tag kam ich mit der Arbeit ziemlich gut voran, denn nichts und niemand störte mich dabei. Die Zeit verging wie im Flug und als ich auf die Uhr sah, war es fünf und ich entschloss mich, für heute Schluss zu machen, um nach Hause zu fahren. Kurzerhand wechselte ich wieder in mein Kleid und verließ das Büro. Ich war über den Fortschritt des Tages zufrieden.

***

Als ich am nächsten Tag das *Central Criminal Court* Londons abermals betrat, klackerte ich mit meinen roten High Heels über den Marmorboden, bis ich in meinem Büro ankam. Tabitha saß bereits an ihrem Arbeitsplatz in meinem Vorzimmer und tippte Protokolle in den Computer, die ich ihr gestern in ein Diktiergerät gesprochen hatte. Sie war nur zwei Jahre jünger als ich, hatte schulterlanges kastanienbraunes Haar, braune Augen und eine zierliche Figur.

»Guten Morgen, Tabitha«, begrüßte ich sie freudig.

»Hi, Ella. Dein Kaffee steht bereits wohl temperiert auf deinem Schreibtisch, ich habe dir ein Marmeladen-Croissant von der *Primrose Bakery* mitgebracht und die Akten für deine Verhandlung liegen vorbereitet auf deinem Platz«, empfing sie mich wie immer hervorragend aufgelegt.

Ihr gestriges Date muss also prima gelaufen sein, dachte ich im Geheimen und betrachtete sie neugierig. Sie wusste bereits, worauf ich hinauswollte, und lächelte mich keck an.

»Mein Date war großartig, Michael ist der Oberhammer im Bett und ich habe schon seit Langem keinen so guten Sex mehr gehabt«, berichtete sie zufrieden. Ihre direkte Art, ohne Umschweife auf den Punkt zu kommen, machte sie geradezu einzigartig und genau deswegen mochte ich sie so gern.

»Warum sollte es dir schlechter gehen als mir?«, ließ ich eine Randbemerkung im Raum stehen. Meine Andeutung machte sie neugierig. Mit einem Mal war ihr Interesse geweckt und sie funkelte mich an, als würden ihr jeden Moment die Augen herausfallen.

»Erzähl! Wie ist er? Hat er's mit dir auf dem Waschtisch getrieben? Von hinten oder in der Missionarsstellung?« Wenn Tabitha erst mal in Fahrt war, gab es kein Entrinnen mehr. Dann wollte sie es ganz genau wissen. Innerlich musste ich schmunzeln. Auf dem Waschtisch! Und dann noch in der Missionarsstellung? Pff! Die hatte vielleicht Nerven!

»Frag mich lieber, wer er ist, bevor du Details wissen möchtest«, forderte ich ihre Neugier nur noch mehr heraus. Energisch nahm sie ihre schwarze Nerdbrille von *Miu Miu* ab und verzog ihre knallrot geschminkten Lippen zu einem hinterlistigen Lächeln.

»Wer?«, stieß sie aufgeregt aus und zappelte nervös auf ihrem Stuhl herum. »Jetzt sag schon, spann mich nicht auf die Folter. Wer ist er?«

»Darauf wirst du nie kommen«, erwiderte ich forsch und stolzierte in mein Arbeitszimmer. Sie lief mir unbeirrt hinterher und starrte mich wissbegierig an, während ich auf meinem Chefsessel Platz nahm.

»Also?«, fragte sie verbissen nach und trommelte dabei mit ihren übermäßig langen, roten Fingernägeln auf meine Tischplatte. Wie sie mit diesen Dingern tippen konnte, war mir sowieso ein Rätsel.

»Jeremy White, der Präsident des Obersten Gerichtshofs«, ließ ich die Bombe platzen. Tabitha blieb der Mund im wahrsten Sinne des Wortes offen stehen, sicher wäre ihr die Kinnlade heruntergefallen, wenn sie nicht angewachsen wäre.

»Je-Jeremy W-White?«, stotterte sie, als könnte sie es nicht glauben.

»Jepp! Kein Geringerer als er.«

»Wo hast du denn den aufgetrieben?«, fragte sie erstaunt.

»An der Tankstelle«, kicherte ich.

»An der Tankstelle?«, erkundigte sie sich ungläubig und lachte sich halb schief dabei. »Bleibt nur zu wünschen, dass er auch bei dir kräftig getankt hat.« Blitzschnell strich sie meine blonden Locken zur Seite. »Hast du einen Knutschfleck?« Sie stierte mich neugierig an.

»Hey, nein!«, wehrte ich ab.

»Und? Wie ist der Präsident des Obersten Gerichtshofs im Bett?« Ich verdrehte die Augen.

»Also, du stellst vielleicht Fragen, Tabitha. Aber wenn du es unbedingt wissen möchtest, es war eine der heißesten Nächte, die ich je erlebt habe. So! Und jetzt lass mich bitte arbeiten, ich habe in zwei Stunden eine wichtige Verhandlung«, entgegnete ich streng. Mit diesen Worten vergrub ich mich in meine Akten.

Tabitha stemmte ihre Arme in die Hüften und inspizierte mich angriffslustig. »Nun gut, wie du meinst. Aber du musst mir später unbedingt mehr von ihm erzählen.«

Daraufhin zog sie sich wieder in ihre Schreibstube zurück und wenig später hörte ich sie schon tippen. Da mir bis zur Verhandlung noch genügend Zeit blieb, wollte ich die Akte noch einmal durchblättern. Es war eindeutig. Der Fall lag klar auf der Hand. Entziehung der persönlichen Freiheit durch Drohung mit gegenwärtiger Gefahr für Leib und Leben, Nötigung zu einer geschlechtlichen Handlung, Beischlaf, Versetzen in einen qualvollen Zustand, schwere Körperverletzung mit Todesfolge. Darauf standen mehrere Jährchen Haft. Und dafür würde ich auch plädieren.

Ich erinnerte mich an den *Spanner Case*, einen Präzedenzfall in den Neunzigerjahren, der mir schon während meines Studiums begegnet war. Mein Dozent hatte ihn nicht oft genug erwähnen können. *Dieser Kerl, dem ich gleich im Gerichtssaal begegnen werde, kann sich schon mal warm anziehen, das ist sicher.*

Konzentriert ging ich die Polizeiprotokolle nochmals durch. Blackford hatte sich immer wieder in Widersprüche verwickelt, was zur Folge gehabt hatte, dass er die Tat letztendlich zugegeben hatte. Und zwar alle Vorwürfe, die man gegen ihn erhoben hatte.

Nachdenklich betrachtete ich das Fahndungsfoto, das den Unterlagen beigelegt worden war. Schon sein Aussehen fand ich widerlich. Sein hochnäsiger Gesichtsausdruck war zum Kotzen. Was diese junge Frau an dem Kerl nur gefunden haben könnte, dass sie sich ihm unterworfen hatte? »Unsympathische Visage«, dachte ich laut.

In Gedanken legte ich mir schon einige Fragen zurecht, die ich ihm an den Kopf werfen würde. Diese spezielle Sexualpräferenz konnte ich nicht nachvollziehen. Den merkwürdigen Neigungen und Fantasien konnte ich nichts abgewinnen. Und verstehen erst recht nicht. Weder die eine noch die andere Seite, stellte ich entschieden fest.

Eins war mir klar, es handelte sich in dem Fall um eine äußerst krankhafte und gestörte Persönlichkeit. Schmerz und Demütigung, die auf klinische Weise mit ziemlicher Sicherheit eine auf Dauer schlimme Beeinträchtigung des Opfers hervorgerufen hatte, bis sie letztendlich zum Tod geführt hatten.

Während ich mich ausgiebig mit dem Fall beschäftigte, aß ich mein Croissant und trank meinen mittlerweile kalten Kaffee, aber wie es bekanntlich hieß, machte kalter Kaffee noch schöner, also beließ ich es dabei.

Mein Blick schweifte zur Wanduhr. In einer halben Stunde würde man mich im Gerichtssaal erwarten. Zu meiner Begeisterung würde Jayson die Verteidigung des Angeklagten übernehmen. Wir würden also wieder einmal ein Kopf-an-Kopf-Rennen vor dem Richter veranstalten, denn Jayson war unberechenbar, man konnte nie wissen, mit welchen Geschützen er auffahren würde, doch am Ende würde sich herausstellen, wer gewonnen hätte.

Ich seufzte. Mein bester Freund suchte sich immer die kniffligsten Fälle aus und das konnte er, denn er war einer der begehrtesten Anwälte in London. In letzter Zeit hatte er sich oft die Zähne daran ausgebissen, aber er kämpfte bis zum bitteren Ende und teilweise gewann er auch gegen mich. Kaum zu glauben, dass wir während unserer Studienzeit mal ein Paar gewesen waren. Wir hatten eine wirklich schöne Zeit gehabt, doch wir waren immer schon beruflich so sehr verflochten gewesen, dass das auf Dauer nicht gut gehen konnte. Also beschlossen wir, einfach nur Freunde zu bleiben, was uns anfangs nicht immer gelungen war, doch inzwischen verstanden wir uns wieder prima und waren füreinander da, wenn es mal brannte. Wer aber heute als Sieger aus dem Gerichtssaal hervorgehen würde, war noch nicht ganz klar. Obwohl ich mir meiner Sache fast sicher war, doch im Gerichtssaal wusste man nie, was sonst noch alles aufgedeckt werden würde.

Ich erhob mich aus meinem Chefsessel und steuerte auf den Kleiderständer zu, an dem meine Staatsanwaltsrobe sorgfältig aufgehängt war. Kurzerhand zog ich mir mein elegantes Kleid über den Kopf, schlüpfte in meinen schwarzen Talar und knöpfte ihn zu.

Es war zehn Minuten vor zehn, also höchste Zeit, mich in den Gerichtssaal zu begeben. Schnell schnappte ich meine Akte und klemmte sie unter den Arm. Tabitha hatte die Kopfhörer auf und tippte in einem rasanten Tempo die Protokolle herunter. Sie streckte mir zwei aufstrebende Daumen entgegen, was so viel wie *toi, toi, toi* bedeuten sollte. Das machte sie vor jeder Verhandlung. Ich zwinkerte und zog die Tür hinter mir zu.

Mein Schritt war selbstbewusst und meine High Heels klackerten über den Steinboden, bis ich die doppelflügelige Eichentür erreicht hatte. Energisch drückte ich die Klinke hinunter und trat ein. Freundlich, aber bestimmt begrüßte ich das Richterkollegium und nahm meinen angestammten Platz an der Fensterseite ein. Jayson nickte mir zu, er hatte sich bereits auf der gegenüberliegenden Seite eingefunden und wartete vermutlich schon darauf, dass man den Gefangenen hereinbrachte. Die Schöffen saßen neben dem Richter.

Wenig später wurde der Angeklagte in Handschellen vorgeführt. Unsere Blicke trafen sich sofort. Sein Gesichtsausdruck war starr, verriet keinerlei Gefühlsregung. *Also kein Anschein von Reue*, dachte ich zänkisch und war bereit, in die Offensive zu gehen. Richter Berkley eröffnete die Verhandlung und stellte die Personalien des Angeklagten fest.

»Mr John Blackford, Sie sind Mitglied des *Londoner Stock Exchange*?« Er bejahte. »Was verdienen Sie monatlich?« Blackford kniff die Augen zusammen und setzte ein schiefes Lächeln auf.

»Zweitausend Pfund pro Telefonanruf, das ist ein üblicher Fünf-Minuten-Lohn«, entgegnete er sarkastisch.

»Sind Sie vorbestraft, Mr Blackford?«, fragte Berkley unbeirrt weiter, dabei ließ er ihn nicht aus den Augen.

»Nein«, erwiderte Blackford mit einem Hang zum Hohn und schniefte einmal kräftig durch seine Nase, als wolle er sich seinem Kokainkonsum hingeben. *Unsympathischer, widerwärtiger, ekelhafter und verhasster Kerl*, dachte ich. *Der glaubt wohl, er hat die Welt erfunden. Dir werde ich heute mal zeigen, wer hier der Top ist.* Richter Berkley war auch nicht besonders angetan von ihm und wandte sich nun mir zu.

»Die Anklageschrift bitte, Miss Cooper.« Mit herablassendem Blick stand ich auf und verlas die Anklageschrift. »Dem Angeklagten John Blackford wird Folgendes zur Last gelegt: Am 28. März 2017 besuchte der Angeklagte eine geschlossene Gesellschaft, um sich an einer Orgie zu beteiligen.« Kurz sah ich von meinen Unterlagen auf und blickte einem widerlichen Grinsen entgegen. *Arschloch*, dachte ich und las weiter. »Dabei lernte er die dreiundzwanzigjährige Sarah Woods kennen, mit der er eine sexuelle Handlung vollzog.« Das war noch milde ausgedrückt. »Das Opfer wurde seitens des Angeklagten so schwer misshandelt, dass es wenig später den Verletzungen erlag. Wäre das Opfer rechtzeitig einer ärztlichen Behandlung unterzogen worden, hätte man vielleicht das Schlimmste verhindern können. Da diese Hilfeleistung seitens des Angeklagten und der anderen Beteiligten unterlassen wurde, verstarb das Opfer an den Folgen der schweren Misshandlung noch an Ort und Stelle. John Blackford wird daher wegen schwerer Körperverletzung mit Todesfolge sowie unterlassener Hilfeleistung angeklagt.«

Verächtlich schob ich die Akte zur Seite und setzte mich. Ich würdigte ihn keines Blickes mehr. Richter Berkley begann mit der Befragung und rief den Angeklagten dazu in den Zeugenstand. Tiefe Abgründe eröffneten sich uns und am liebsten hätte ich ihm dafür ins Gesicht geschlagen.

Auf das Abnehmen der Handschellen hatte man aufgrund der Fluchtgefahr verzichtet und als ich ihn so dasitzen sah und ihm nun doch wieder ins Gesicht blickte, wurde mir mit einem Mal bewusst, wie sich diese junge Frau wohl gefühlt haben musste. Als sie ebenfalls mit Handschellen an eine Eisenstange gefesselt gewesen war, sich nicht hatte wehren können, die Augen verbunden, einen Mundknebel erhalten und absolut keinen Handlungsspielraum mehr gehabt hatte. Gnadenlos seinem Willen ausgesetzt, wenn anfangs vielleicht auch ganz freiwillig, doch sterben hatte sie mit Sicherheit nicht gewollt.

Ihn jetzt in Handschellen vor mir sitzen zu sehen, sodass er nun am eigenen Leib spüren musste, wie es war, wenn man sich seiner Haut nicht mehr erwehren konnte, weil man seiner Freiheit beraubt worden war, war mir ein Genuss. Der einzige Unterschied war, dass er keinerlei Schmerzen ausgesetzt war. Und wenn im Vereinigten Königreich die Folter noch erlaubt gewesen wäre, hätte ich sie garantiert anordnen lassen! Es widerte mich an, wenn ich daran dachte, wie sehr er die Demut seiner Sub ausgenutzt hatte. Sie hatte sich ihm vertrauensvoll hingegeben und er sich ihrer schändlich bedient. Richter Berkley war sichtlich erleichtert, als er an mich abgeben konnte.

»Ihr Zeuge, Miss Cooper.«

»Danke, Euer Ehren.« Hocherhobenen Hauptes schritt ich auf den Angeklagten zu, baute mich vor ihm auf und verschränkte meine Arme. Selbstsicherer hätte ich nicht wirken können. »Sie geben also zu, an dem besagten Tag Gast dieser zwielichtigen Party gewesen zu sein?« Der Typ war dermaßen eingebildet und überheblich, das konnte ich schon an seiner Visage sehen, dass mir das Kotzen kam.

»Ja, Miss Cooper.« An seinem hochnäsigen Gesichtsausdruck konnte ich erkennen, dass Frauen seiner Ansicht nach keine

Rechte hatten und dass ihn nun eine Frau in der Verkörperung der Staatsanwaltschaft befragte, ging ihm vermutlich völlig gegen den Strich. Ich fuhr fort.

»Ist es richtig, dass Sie an diesem Abend die Bekanntschaft mit dem Opfer Sarah Woods gemacht haben?«

»Ja, Miss Cooper.« Er wackelte ein paarmal mit den Augenbrauen. *Mistkerl.* Ich beugte mich jetzt nach vorn, lehnte mich herablassend auf das Pult des Zeugenstandes und begutachtete ihn in einer siegessicheren Manier.

»Und ist es auch richtig, dass Sie mit dem Opfer an diesem besagten Abend den Geschlechtsverkehr vollzogen haben?« Er atmete tief aus und sah mich unbeirrt an.

»Jaaa, Miss Cooper.«

»Und ist es ebenfalls richtig, dass Sie das Opfer so misshandelt haben, dass sie am Ende daran sterben musste?« Nun funkelte ich ihn an und wartete fieberhaft auf seine Antwort.

»Nein! Miss Cooper, ich habe sie nicht gegen ihren Willen misshandelt! Sie wollte es so!« Ich warf ihm ein schändliches Lächeln zu.

»Sie wollte es so. Natürlich!« Mit Schwung holte ich aus und ließ meine Hand auf den Tisch sausen, sodass es im Gerichtssaal ordentlich nachhallte. Unwillkürlich zuckte er zusammen. *Na also, geht doch*, dachte ich ironisch und freute mich, dass ich ihn wenigstens etwas in die Schranken weisen konnte. Nun wurde ich lauter und schrie ihn förmlich an. »Das wollte sie sicher nicht! Und sterben wollte sie sicher auch nicht! Existiert im BDSM nicht die goldene Kardinalsregel, ein Codewort zu benutzen, um den sofortigen Abbruch einer sexuellen Handlung zu garantieren, wenn etwas aus dem Ruder läuft?«, trieb ich ihn weiter in die Enge.

»Ja, Miss Cooper, das ist völlig richtig. Sie hat es aber nicht gesagt!«, stieß er ziemlich energisch und aufgebracht hervor.

Arschloch. Ich lachte hysterisch, dann fuhr ich in ruhiger Lautstärke fort.

»Sie konnte es auch nicht sagen, Mr Blackford, weil Sie ihr einen Mundknebel verpasst haben und diesen so eng gezogen hatten, dass sie niemals irgendetwas hätte sagen können. Sie hätte nicht einmal abklopfen können, weil sie ja unglücklicherweise mit ihren Händen an eine Eisenstange gefesselt war!«, warf ich ihm die entscheidenden Worte entgegen und der Gerichtssaal erbebte unter den aufgebrachten Zuhörern. Richter Berkley schlug mit seinem Hammer auf die Tischplatte, um zur Ordnung zu rufen.

»Ruhe im Gerichtssaal oder ich lasse ihn räumen! Fahren Sie fort, Miss Cooper«, forderte er mich nachdrücklich auf, meine Befragung wiederaufzunehmen.

»Hohes Gericht, ich möchte darauf hinweisen, dass auch hier«, und das wollte ich nochmals betonen, denn es war haarsträubend, welche Dreistigkeit sich in der letzten Zeit in der SM-Szene abgespielt hatte, »sämtliche Beweise aus diesem Fall zweifelsohne entfernt wurden. Diese Akte liest sich wie ein mittelalterliches Buch, dem man nach und nach die Seiten herausgerissen hat. Nur eben nicht gut genug!« Ich setzte vor dem Angeklagten ein schiefes Lächeln auf. »Die Mitglieder der *Stock Exchange* sind ja berüchtigt dafür, sämtliche sachdienliche Beweise gegen sich zu vernichten, nur dieser hier war zu dämlich dazu, es richtig zu machen.« Nun war mein Mund wieder schneller, als mein Verstand es erlaubte. Das würde Folgen haben. Jayson sprang auf.

»Einspruch! Wieso sollte das relevant sein? Reine Spekulation, ich beantrage, das aus dem Protokoll zu streichen!« Wie bitte? Ich starrte ihn wütend an. Das durfte doch nicht wahr sein. War Jayson jetzt völlig durchgeknallt? Wie konnte das nicht relevant sein, wenn man Beweise entfernte! Richter Berkley verzog den Mund, würdigte mich keines Blickes, sondern schaute nur zu Boden.

»Stattgegeben.« Erzürnt schürzte ich die Lippen und warf ihm einen verächtlichen Blick zu. Voll in Fahrt, wandte ich mich wieder diesem Scheusal zu, das mir mit seiner widerlichen Visage kaltschnäuzig ins Gesicht lächelte.

»Müsste sich der Angeklagte mit seiner langjährigen BDSM-Erfahrung dieser Maxime nicht sehr wohl bewusst sein? Sind diese Regeln nicht unumstößlich, Mr Blackford? Heißt *Stopp* nicht Stopp, ohne Wenn und Aber?«, warf ich ihm nun selbstbewusst entgegen.

»Ja, verdammt noch mal!«, herrschte er mich an.

»Hätten Sie dann Ihre Session nicht einfach beenden müssen? Aber ich kann Ihnen schon sagen, Ladys and Gentlemen, warum er es nicht getan hat.« Mit zusammengekniffenen Augen sah ich ihn an. »Weil Sie ein geiler Bock sind!« Der Gerichtssaal tobte, Richter Berkleys Hammer sauste wieder verhältnismäßig rasant auf die Tischplatte.

»Ruhe! Ruhe im Gerichtssaal! Reißen Sie sich zusammen, Miss Cooper!«

»Verzeihung, Euer Ehren!« Ich räusperte mich und wandte mich, einigermaßen wieder im Griff, dem Publikum zu. »Sehen Sie sich Mr Blackford einmal genauer an. Was fällt Ihnen auf?« Dabei machte ich eine abwertende Geste. Mein Blick schweifte über die Köpfe der Zuhörer im Gerichtssaal hinweg und blieb letztendlich beim Angeklagten haften. »Nun? Ich sage Ihnen, was Sie in ihm sehen sollten! Eine von Trieben gesteuerte, brutale, gewissenlose Kreatur, die nichts anderes im Sinne hatte, als sein Opfer vorsätzlich zu verletzen und daran zugrunde gehen zu lassen.« Meine Wortwahl löste bei den Zuschauern im Saal Entsetzen aus. Ihre Blicke wirkten fassungslos. Und wieder erhielt ich Beifall in Form von stillschweigendem Nicken, weil Richter Berkley schon zum zweiten Mal zur Ruhe aufgerufen hatte.

Wutentbrannt entnahm ich der Akte einige Beweisfotos. Sie zeigten die Utensilien, die bei der Orgie Verwendung gefunden hatten. Wie beispielsweise der Mundknebel, die Handschellen und die Eisenstange. Wie Marterwerkzeuge aus dem Mittelalter erschienen sie. Wortlos zeigte ich die beiden Bilder den Schöffen sowie den Zuhörern im Gerichtssaal. Einige stießen erschrockene Laute aus, andere hielten sich die Hand vor den Mund und andere wiederum murmelten ein *Oh mein Gott*.

»Sehen Sie sich die Beweisfotos mal genauer an, Ladys and Gentlemen, und halten Sie sich vor Augen, wie das Opfer damit gefesselt und geknebelt wurde, bevor sie von dem Angeklagten mutwillig zu Tode gequält wurde.« Ich wollte damit die Vorstellungskraft der Zuschauer im Gerichtssaal anregen. Dabei deutete ich mit meinem Zeigefinger auf Blackford.

Manche der Zuhörer und Schöffen schüttelten verständnislos den Kopf, andere wandten sich noch immer angewidert von den Fotos ab. Ich war mit meiner Beweisführung am Ende angelangt. »Ich plädiere auf fünfzehn Jahre Haft«, schloss ich mein Plädoyer. »Keine weiteren Fragen, Euer Ehren.« Triumphierend setzte ich mich auf meinen Platz.

Jayson, der die Verteidigung übernommen hatte, hatte längst resigniert. Schon allein meine Ausführungen hatten ihm vermittelt, dass sein Angeklagter kaum Chancen auf Bewährung gehabt hätte. »Keine weiteren Fragen, Euer Ehren.« Seine Miene verriet, dass er ziemlich sauer war. Im Normalfall hätte sich Jayson wie eine Würgeschlange um seinen Gegner geschlungen, um für seinen Mandanten eine milde Strafe zu erwirken, aber dieses Mal, musste ich verwundert feststellen, hatte er nichts dergleichen getan. Er durfte von Blackford also auch ziemlich angewidert gewesen sein.

***

Die Verhandlung wurde eine Zeit lang unterbrochen und erst dann wieder fortgesetzt, als die Schöffen zu einer Einigung gekommen waren.

»Schuldig in allen Anklagepunkten«, hieß es und ich triumphierte innerlich. Fünfzehn Jahre Haft für John Blackford, Mitglied der *Londoner Stock Exchange*.

Unterwerfung ist ein Geschenk –
geboren aus der Stärke,
genährt durch Vertrauen,
erhalten durch Respekt und Achtung.
Wenn das Wort nicht schlägt,
dann schlägt auch nicht der Stock!

(Sokrates)

SSC – Safe, Sane & Consensual

Völlig erschöpft schloss ich das Staatsanwaltsbüro auf und zog die Tür hinter mir zu. Dieser Fall hatte mich wieder einmal bis an meine Grenzen gebracht. Tabitha war vermutlich in der Mittagspause, denn ihr Arbeitsplatz war fein säuberlich aufgeräumt, der Computer ausgeschaltet.

Ich schritt durch die Verbindungstür und ließ mich auf meinen bequemen Chefsessel sinken. Dabei starrte ich auf mein Mobiltelefon. Drei Anrufe in Abwesenheit. Ich dachte an Jeremy. Nein, Quatsch, er müsste mich auf dem Festnetz anrufen, wir hatten vergessen, die Nummern auszutauschen. Ein unbekannter Anschluss. Sicher wieder einer von diesen lästigen Werbeanrufern, die nichts anderes zu tun hatten, als einem kostbare Zeit zu stehlen.

Ich loggte mich in meinem Computer ein. Meine Mailbox blinkte auf. Ich klickte sie an. Tatsächlich, Jeremy hatte geschrieben. Aufgeregt las ich seine Zeilen.

Liebe Elena, ich habe schon dreimal versucht, dich zu erreichen! Ich bin längst in Brüssel angekommen und warte auf deinen Anruf. In Liebe, dein Jeremy.

Er hatte mich also tatsächlich durchgeklingelt und sein Wort gehalten. Woher wusste er meine Telefonnummer? Die Art, wie er mich bedrängte, erzeugte in mir ein unbehagliches Gefühl. Wahrscheinlich lag es an diesem Fall. Ich hatte so sehr meinen *Mann* dort draußen im Gerichtssaal stehen müssen, damit mich der Typ nicht buchstäblich plattgemacht hätte. Ich warf einen Blick auf die Wanduhr. Viertel nach zwölf. Vorerst würde ich ihm eine Mail schreiben, bevor ich ihn anrufen würde.

Lieber Jeremy! Ich komme eben erst von einer Verhandlung zurück. Ich habe den Kerl für mehrere Jahre hinter Gitter geschickt. Wollen wir telefonieren? Deine Elena.

Kurz darauf kam seine Antwort: *Können wir skypen? Ich möchte dich sehen! Jeremy.*

Also schrieb ich ihm kurzerhand meine Skype-Adresse: *Okay, skype mich an!*

Ohne Umschweife loggte ich mich ein, tippte einen Begrüßungstext und drückte auf *Okay*. Gleich darauf erschien Jeremy auf dem Bildschirm. Er schien in seiner Suite zu sein, saß auf einem Hotelstuhl und war sichtlich erfreut, mich zu sehen.

»Elena, ich vermisse dich jetzt schon über alle Maße. Wie soll ich die nächsten Nächte hier bloß ohne dich zubringen? Kannst du nicht auf einen Sprung vorbeikommen?«, warf er mir einen eindeutigen Blick zu. Sein elegantes Aussehen und der schicke Maßanzug, aus dem Hause *Gieves & Hawkes*, der sich perfekt an seinen Körper schmiegte, brachten mein Herz zum Rasen. Wenn ich der Redewendung *Kleider machen Leute* sonst auch nichts abgewinnen konnte, aber bei Jeremy traf diese Aussage den Nagel auf den Kopf.

»Ich fürchte, das wird etwas schwierig werden, bei etwa zweihundert Meilen Luftlinie«, setzte ich einen betont sinnlichen Blick auf, wobei ich meine Lider nur leicht geöffnet hielt. Jeremy stieß seinen Atem deutlich hörbar aus. Unterdessen lockerte er seine straff sitzende bordeauxfarbene *Atkinson*-Krawatte, als drohte ihm im nächsten Moment der Erstickungstod. Er saß nun nicht mehr ganz so entspannt auf seinem Hotelstuhl, sondern beugte sich langsam nach vorn und fasste mit seinen Händen vermutlich nach der Tischplatte, auf der sein Laptop zu stehen schien.

»Elena?«, hauchte er mir entgegen. Mein Herz fing an zu rasen, mir wurde ganz heiß und mein Unterleib zog sich zusammen.

»Ja?« Schmerzlich vergrub ich meine Schneidezähne in meiner Unterlippe. Jeremy starrte mich an.

»Bist du alleine im Büro?« Er versuchte sich einen Überblick zu verschaffen.

»Gegenwärtig schon«, stieß ich nach einem leisen Seufzer hervor. Er schluckte, als würde es ihn besonders viel Überwindung kosten, seinen Wunsch auszusprechen.

»Würdest du mir einen Gefallen tun?« Die Begierde war ihm ins Gesicht geschrieben. Mit halb geöffneten Mund saß ich da und stierte ihn an.

»Kommt ganz darauf an«, stellte ich nun innerlich bebend fest, in der Erwartung, was jetzt kommen würde.

»Würdest du deinen Slip ausziehen?«, bemerkte er fast schon berauscht, dabei fiel mir seine Unsicherheit auf. Eine Hand berührte seine Lippen, sie zitterte. Vor Erregung? Oder war er sich nicht ganz sicher, ob ich mich darauf einlassen würde? Keine Sekunde ließ er mich aus den Augen.

Ohne ein Wort zu sagen, rollte ich mit meinem Sessel in Sichtweite für ihn und meine Hände wanderten unter meine Staatsanwaltsrobe. Gelassen und etappenweise erhob ich mich nur wenige Zentimeter von meinem Stuhl und ließ den Slip allmählich über meine Beine gleiten, bis er an meinen Knöcheln angelangt war. Jeremy dabei genau beobachtend, schlüpfte ich heraus und legte ihn vor mir auf den Schreibtisch. Der Schuhe entledigte ich mich gleich mit. Er hatte das Spektakel die ganze Zeit über präzise verfolgt und saß mir mit lüsternem Blick gegenüber. Trotzdem fühlte es sich an, als wäre er ganz in meiner Nähe, jedenfalls zog sich mein Unterleib aufs Heftigste zusammen und durchtränkte den Stoff meines Talars mit meiner übermäßigen Feuchtigkeit.

Jeremy stieß einen lustvollen Seufzer aus und fasste nach dem Reißverschluss seiner Hose, den er nun unüberhörbar und langsam nach unten zog. Schon allein das Geräusch ließ mich in Ekstase geraten. Auch Jeremy war sichtbar erregt. Während er mit der einen Hand nach seinem Penis fasste, hielt er sich mit der anderen so an seinem Stuhl fest, dass der Knöchel weiß hervortrat. Er stöhnte.

»Bitte komm näher, Elena«, forderte er mich auf und ich erhob mich von meinem Stuhl, um den Schreibtisch zu erklimmen, auf dem sich der Computer befand. Nun kauerte ich mit beiden Knien vor ihm und setzte mich allmählich auf meine Fersen, dabei spreizte ich meine Oberschenkel und ließ ihn, wenn auch nur symbolisch, gewähren. Ich zog meine Staatsanwaltsrobe aus und ließ sie zu Boden gleiten. Mit beiden Händen fasste ich auf meinen Rücken und entriegelte den Verschluss meines Push-up-Negligés.

Die Innenseiten meiner Schenkel erbebten förmlich unter meiner Erregung. Von diesem Hochgefühl und seinen starken Empfindungen völlig übermannt, schloss ich meine Augen und bewegte mein Becken kontinuierlich vor ihm auf und ab. Meine Augen weiterhin geschlossen, hörte ich Jeremy laut stöhnen und war mir sicher, er hatte sich zum Orgasmus gebracht. Ich fühlte mich in meiner Weiblichkeit bestätigt und öffnete die Augen. Er hatte seine Anzughose bereits wieder geschlossen und sah mich mit einem zufriedenen Blick an.

»Danke, Elena. Es war wunderschön.« Kurzerhand kletterte ich splitternackt von meinem Schreibtisch und langte nach meinem Slip, in den ich rasch hineinschlüpfte. Auf mein Negligé wollte ich auch nicht verzichten und zog es an. Anschließend streifte ich mein mitgebrachtes Etuikleid über und setzte mich genüsslich auf meinen Chefsessel. Mein Mund verzog sich zu einem sündigen Lächeln, während ich in Jeremys entspanntes Gesicht sah.

»Onlinesex!« Ich kicherte vor mich hin, während er die Augenbrauen hob.

»Aber bitte nur mit mir, Miss Cooper. Außerdem, welche andere Möglichkeit hätten wir denn heute schon gehabt?«, setzte er ein genüssliches Grinsen auf. Im Nebenraum hörte ich jemand die Tür öffnen.

»Das war knapp! Meine Sekretärin Tabitha kommt von der Mittagspause zurück«, stellte ich glucksend fest.

»Nur gut getimed, Honey«, berichtigte er mich und grinste. Ich seufzte.

»Wann kommst du wieder zurück?«, fragte ich sehnsüchtig.

»Spätestens am Freitag, ich melde mich, so oft ich kann, Elena. Heute Abend beginnt der Kongress und das heißt für mich, wahrscheinlich bis in die frühen Morgenstunden wach zu bleiben.«

»Verstehe«, lächelte ich ihn an. Er beugte sich nun ganz nah an den Laptop.

»Dank dir werde ich diese Nacht aber mit Bravour überstehen, bei dem Elan, mit dem du mich jetzt ausgestattet hast«, sagte er vor Begeisterung grinsend und schickte mir einen Kuss per Luftpost. »Ich bin verrückt nach dir, Elena. Vergiss das in den paar Tagen nicht, in denen ich nicht bei dir sein kann.« Sein Gesichtsausdruck war unergründlich und ich musste feststellen, dass ich seine Aussage nicht wirklich deuten konnte.

***

Der Dienstag verlief bedeutend geruhsamer, die Gerichtsverhandlung lag hinter mir, obwohl sich Jayson noch nicht dazu geäußert hatte, ob er in Berufung gehen würde. Aber das würde mir zum gegenwärtigen Zeitpunkt auch nichts ausmachen.

Nach einem gelungenen Arbeitstag saß ich nun in meinem Sportwagen und war auf dem Weg nach Hause. Da fiel mir unvermutet ein, dass Tabitha und ich noch einen ausgefallenen Kinoabend nachzuholen hatten, da sie zu einer unserer Verabredungen krank geworden war. Heute war sie nicht im Büro gewesen, sie hatte sich einen Tag freigenommen, da sie ohnedies genügend Überstunden hatte, die sie irgendwann einmal aufbrauchen musste. Gleich morgen würde ich sie darauf ansprechen.

Nach unserem nachmittäglichen Flirt gestern hatte ich mich aus meiner Bürotür geschlichen, ohne mich bei Tabitha zu verabschieden. Sie hätte es mir an meiner Nasenspitze angesehen, dass ich mit Jeremy ein eindeutiges Liebesspiel vollzogen hatte, wenn auch nur virtuell.

Solch eine dermaßen verrückte Sache hatte ich in meinem ganzen Leben noch nie getan. Seit ich Jeremy kannte, stand alles auf eine gewisse Art Kopf. Bisher hatte ich ein Lotterleben geführt, getan, wozu ich gerade aufgelegt war, und seit Jayson keine ernsthafte Beziehung mehr gehabt. Wenn ich es mir recht überlegte, gefiel mir mein neuer Lebensstil.

Heute würde ich einen gemütlichen Abend zu Hause vor dem Fernseher verbringen und mir von Jakes Tankstelle ein paar Chips mitbringen. Später könnte ich Jeremy anrufen. Sein Tag war sicher anstrengend gewesen, bestimmt hatte er den einen oder anderen Vortrag zu halten gehabt. Und er müsste mir gestehen, dass er mich extrem heiß fand, kaum ein Auge zugetan hatte, weil er mich und meinen anziehenden Körper so sehr vermisste.

In Überlegungen versunken, parkte ich den Wagen vor meinem Haus. Mein Domizil noch vor Einbruch der Dunkelheit zu betreten, war in letzter Zeit immer seltener vorgekommen. Daher war es mir ein Fest, heute mal tun zu können, was mir in den Sinn kam. Bei Jakes Tankstelle zu halten, hatte ich durch meine Gedankenkrämerei nun völlig vergessen.

Dann gibt es eben kein Knabberzeug, dachte ich still bei mir und stellte den Motor ab. Ich öffnete die Wagentür. Während ich meine Sonnenbrille, die ich sonst nie brauchte, weil ich entweder bereits nach Mitternacht vom *Central Criminal Court* nach Hause fuhr oder frühmorgens noch vor Sonnenaufgang ins Gerichtsgebäude unterwegs war, abnahm, stieg ich aus dem Wagen. Mein Haar warf ich mit Schwung über meine Schulter, dabei fasste ich nach meiner magnolienfarbenen Designer-Lederhandtasche, die ich bei *Clarks* erstanden hatte und die nun auf dem Beifahrersitz lag. Mit einigen Akten unter dem Arm stieß ich die Wagentür mit meinem Po zu und betätigte die Fernbedienung, um abzuschließen.

Ich entriegelte die Gartentür und lud erstmal die Akten vor dem Eingang ab, um den Schlüsselsafe zu öffnen. Auf mehrmaliges Anraten meiner Nachbarin hin, hatte ich mich von meiner Gewohnheit, den Schlüssel unterhalb des Pflanzgefäßes zu legen, verabschiedet. Als ich ihn herausgenommen hatte, schloss ich die Haustür auf und betrat mit den Akten unter dem Arm mein Vorzimmer. Mit dem Fuß stieß ich sachte die Tür zu, im Moment hatte ich absolut keine Hand frei. Meine Stöckelschuhe waren mir mittlerweile lästig geworden und ich schleuderte sie achtlos in eine Ecke. Die Gerichtsakten lud ich vorerst auf meinem Schreibtisch ab und ging nun barfuß ins Wohnzimmer.

Erschöpft warf ich mich auf mein Sofa und atmete kräftig durch. Das war heute wieder mal ein anstrengender Tag gewesen. Eine Verhandlung war mir zwar erspart geblieben, aber Papierkram hatte ich genug zu erledigen gehabt. Das ging mir vielleicht auf den Geist. Mann! Aber so war das nun mal, der Job konnte nicht immer Spaß machen.

Was würde ich jetzt dafür geben, wenn Jeremy hier wäre. Wir würden uns auf animalische Weise auf meinem Sofa herumwälzen und uns aufs Äußerste verausgaben. Dazu wäre ich sicher nicht zu müde.

Als ich diesen Gedanken noch nicht ganz zu Ende gedacht hatte, klingelte mein Mobiltelefon. Erstaunt sah ich auf das Display. Das musste Jeremy sein, ich hatte seine Nummer zwar noch nicht gespeichert, aber wenn ich mich recht erinnerte, war es dieselbe, mit der er mich schon angerufen hatte. Ich nahm das Gespräch an und meldete mich.

»Elena Cooper.« Am anderen Ende der Leitung erklang eine mir vertraute tiefe Stimme.

»Ich weiß, wer dran ist, Honey.« Meine Müdigkeit war mit einem Mal wie weggeblasen.

»Jeremy!«

»Ich habe dir doch gesagt, dass ich mich jeden Abend bei dir melden werde.« Hätte ich zum gegenwärtigen Zeitpunkt sein Gesicht sehen können, hatte sich seine Freude darauf bestimmt abgezeichnet. Seine Stimme klang so anziehend für mich. »Wie war dein Tag?«

»Willst du das jetzt wirklich wissen?«, versuchte ich, so leidenschaftlich wie möglich zu klingen. Jeremy stieß einen sehnsüchtigen Laut aus. »Es ist hart ohne dich.«

»Du bist eben eine feurige Frau und ziemlich heiß, Baby!«, hauchte er in sein Mobiltelefon. Wie ein Geistesblitz schoss es mir nun durch den Kopf.

»Woher hast du eigentlich meine Telefonnummer?«, fragte ich verdutzt. Er lachte.

»Also, das ist ja wohl wirklich nicht schwierig herauszufinden. Deine Sekretärin hat sie mir gegeben«, machte er meiner

Verwunderung Platz.

»Tabitha gibt so mir nichts, dir nichts meine Daten an irgendwelche Leute weiter?« Er seufzte.

»Nicht an irgendjemanden. An den Präsidenten des Obersten Gerichtshofs.« Das klang jetzt schon fast ein wenig aufgeblasen.

»Aha! Nun denn, trotzdem muss ich mit ihr morgen ein ernstes Wörtchen reden.« Ich wechselte das Thema. »Musst du ernsthaft noch bis Freitag in Brüssel bleiben?«, fragte ich enttäuscht. Für einen kurzen Moment hielt er inne.

»Elena, ich wäre jetzt auch lieber bei dir, glaub mir. Aber ich habe nun mal Verpflichtungen.« Ich seufzte. Diese öden Kongresse. Immer dasselbe. Krampfhaft versuchten sie ihre Lösungsansätze durchzubringen, an denen sowieso keiner ernsthaft interessiert war, und am Ende kam nichts Konstruktives dabei heraus.

»Irgendwie werde ich die Tage bis Freitag schon überstehen«, meint ich und lächelte vor mich hin.

»Und ich werde jede Sekunde bis dahin zählen. Du fehlst mir, Elena.« Ich musste an den gestrigen Nachmittag denken, an dem er mich zum ersten Mal angerufen hatte und wir virtuell intim waren. Es war verrückt. Eindeutig. Aber auf die eine oder andere Weise auch wieder toll.

»Ich vermisse dich, Jeremy. Bis morgen.«

»Ich vermisse dich auch, schlaf gut, ich ruf dich dann an.« Darüber hinaus schickte er mir einen Kuss, letztendlich legte ich auf. *Das wird noch ein langweiliger Abend werden*, dachte ich zermürbt. Sollte ich noch mal ins Büro fahren? Ach, dazu hatte ich jetzt auch keine Lust mehr.

Ich ging in die Küche. Zuerst nahm ich Katzenfutter aus dem Kühlschrank, gab es in eine Schüssel und stellte sie für Melody auf den Boden. Anschließend nahm ich die restlichen Cracker aus der Tüte und legte sie auf einen Teller, um sie auf dem Couchtisch abzustellen. Im Nu kam Melody angerannt, sprang auf den Tisch und machte sich über einen Cracker her.

»Böse Samtpfote, wirst du wohl mein Abendessen in Frieden lassen und dich deinem Futter widmen!«, verscheuchte ich sie kurzerhand vom Tisch, zog mein Kleid über den Kopf und öffnete den Wandschrank, um mir ein bequemes Jerseykleid anzuziehen.

Wenig später machte ich es mir auf dem Sofa gemütlich und begann, die Cracker zu verzehren. Melody inspizierte mich eingehend oder besser gesagt das salzige Gebäck wie es allmählich in meinem Mund verschwand und damit auch die Aussichten, etwas davon abzubekommen.

An diesem Abend zappte ich zwischen den Kanälen herum, irgendwie lief kein interessantes Programm. Also schaltete ich den Fernseher aus und steckte mir den letzten Bissen in den Mund. Ich war müde.

Während ich den Teller in die Küche trug, klingelte mein Telefon erneut. Ich sah auf das Display, es war Tabitha, und ich hob ab.

»Hey, Tabitha! Schön, dich zu hören.«

»Wo bist du denn gestern abgeblieben? Als ich in dein Büro kam, warst du schon weg«, raunte sie ins Telefon. Ich legte den Kopf in den Nacken und lachte.

»Also wirklich! Ich sitze jeden Tag bis Mitternacht im Büro, da kann ich es mir doch einmal erlauben, früher nach Hause zu gehen«, suchte ich nach einer plausiblen Erklärung, warum ich mich aus meiner Tür hinausgeschlichen hatte und nicht wie üblich durch Tabithas Büro gegangen war.

»Bist du beschäftigt? Oder hast du heute Abend Zeit?«, fragte sie nun neugierig. Ich überlegte. Sie wartete ab.

»Hm, eigentlich hatte ich vor, bald ins Bett zu gehen. Warum?« Sie hatte meine Neugier geweckt.

»Och, ich dachte ja nur, wir könnten vielleicht ins *Aquarium* gehen. Michael und sein Freund würden uns einladen. Hast du Lust?« Unwillkürlich rieb ich meine Nase. Das *Aquarium* war eine Bar hier in London.

»Michael?« Ich wurde hellhörig. War er ihre neue Flamme?

»Ja, Michael, mein neuer Freund. Und, kommst du mit?« Wenn einer es draufhatte, etwas zu überspielen, dann war sie es. Verstohlen sah ich auf die Uhr, dann wanderte mein Blick zu meinem Outfit. Ich müsste mich wieder umziehen, zurechtmachen, außerdem war mir nicht mehr nach Ausgehen zumute.

»Ich weiß nicht«, stieß ich etwas unschlüssig aus. Doch Tabitha ließ nicht locker und versuchte, mich zu überreden, bis ich auf ihren Vorschlag einging. »Also gut, weil du es bist. Wann und wo treffen wir uns?«

»So gegen zehn direkt vor der Bar?«

»Abgemacht! Ich werde da sein«, stimmte ich zu.

»Bis gleich!«, rief sie erfreut.

Ich warf das Mobiltelefon achtlos auf das Sofa. *Schlafen zu gehen, ist damit wohl vorerst gestrichen.* Mit diesem Gedanken steuerte ich auf meinen Schrank zu, um mir geeignete Klamotten für die Bar herauszusuchen. *Das kleine Schwarze eignet sich dafür hervorragend,* dachte ich vergnügt und zog es vom Kleiderbügel. Rasch schlüpfte ich aus meinem Jerseyteil, um das verführerische Cocktailkleid anzuziehen. Es war hauteng, reichte nur bis zur Mitte der Oberschenkel und brachte meine Figur optimal zur Geltung. Die langen Ärmel und das Dekolleté waren aus schwarzer Spitze, sie deutete noch den Ansatz meiner Brüste an, von dort ab war ich in schwarzen Samt gehüllt. Ich glitt hinein und zog den Reißverschluss am Rückenteil zu. Der Abschluss war sehr elegant und hoch geschlossen.

Dazu würde ich schwarze Nubukleder-High-Heels tragen, die mit einer aufwendigen großen Masche vorne gebunden wurden.

Mein Haar nahm ich zu diesem Anlass hoch und schob am Schluss eine schwarze Haarnadel in die exquisite Hochsteckfrisur. Von allen Seiten betrachtete ich mich kritisch im Spiegel. Zuletzt trug ich roten Lippenstift, Rouge und Eyeliner auf. Zweifelnd musterte ich meine Fingernägel und entschloss mich kurzerhand, sie nochmals zu lackieren. Dazu wählte ich einen knallroten Lack, den ich, nachdem ich den alten entfernt hatte, gekonnt auftrug.

Während er trocknete, beobachtete ich draußen die sternenklare Nacht, als ein Taxi vorfuhr. Ich reckte mein Kinn interessiert, sah aus dem Fenster und wartete ab. Im nächsten Moment betätigte jemand den elektrischen Fensterheber und Tabithas Gesicht kam zum Vorschein. Sie lächelte mir gut gelaunt entgegen und winkte mir heftig. Ich erwiderte ihre Geste und lief um die Ecke in den Vorraum, schnappte mir ein kurzes schwarzes Jäckchen vom Haken sowie meine dazu passende Handtasche und zog eilig die Tür hinter mir zu.

»Ich dachte, ich hole dich gleich ab. So entkommst du mir nicht und hast keine Ausrede, es dir vielleicht anders zu überlegen«, flötete sie mir vergnügt entgegen.

»Du bist wirklich ein ausgekochtes Schlitzohr«, bemerkte ich ironisch und stieg in den Wagen. Sie hielt mir eine aus Metall gefertigte venezianische Halbmaske vor die Nase.

»Die ist heute Pflicht«, deutete sie mir so nebenbei an und forderte mich auf, sie aufzusetzen. Ich zog meine Augenbrauen hoch und war sichtlich davon angetan.

»Wow, wo hast du die denn aufgetrieben? Die sieht wirklich großartig aus«, machte ich eine lobende Bemerkung und passte sie meinem Gesicht an.

»Es ist eine Columbina-Maske«, klärte sie mich auf.

»Hm, Verführung auf Venezianisch!«, machte ich eine kecke Bemerkung und verzog meinen rot geschminkten Mund zu einem Lächeln.

Auf den ersten Blick wirkte sie fast so, als wäre sie komplett aus zarter Spitze. Sie hatte verspielte Muster und einen Strassbesatz, der unter den Scheinwerfern der Bar sicher das Licht in mehreren funkelnden Facetten brechen würde. Das schwarze Satinband schmiegte sich in meine blonden Locken. Tabitha setzte ihre Maske ebenfalls auf, diese war von einem feinen Goldschimmer überzogen und wirkte auf den ersten Blick sehr edel.

»Das muss ja eine außergewöhnliche Veranstaltung sein, zu der wir heute eingeladen sind«, war ich über unsere Accessoires erstaunt.

»Es wird ein unvergesslicher Abend für dich werden, das verspreche ich dir«, deutete sie geheimnisvoll an. Inzwischen fuhr das Taxi beim *Aquarium* vor. Tabitha übernahm die Rechnung und wir stiegen aus. Ich war bisher noch nie hier gewesen.

Wir betraten den Club. Saturday-Night-Fever war heute zwar nicht angesagt, aber eine Party im großen Stil, das konnte man schon an den hochkarätigen Besuchern sehen, denn die Damen trugen alle sündhaft teuren Schmuck. Es waren bereits beachtenswert viele Besucher anwesend und sie hatten alle Masken auf. Einige davon waren ziemlich ausgeprägte Fächermasken, andere Schnabelmasken, die das ganze Gesicht bedeckten, sodass nur der Träger wusste, wer sich dahinter verbarg.

Auf der Suche nach Tabithas Lover Michael und seinem Freund zwängten wir uns durch die Menschenmassen. Die Musik war ein bunter Mix aus Techno und aktuellen Hits, sie hatten scheinbar einen sehr erfahrenen DJ angestellt. Es war laut, aber wenn man sich nur weit genug vom Dancefloor wegbewegte, war es einigermaßen erträglich.

»Michael hat mir gesagt, sie würden im Separee gleich neben dem Jacuzzi sitzen«, versuchte sie mir rufend verständlich zu machen. Erstaunt zog ich meine Augenbrauen hoch.

»Jacuzzi?«, stieß ich verwundert aus.

»Ja, es gibt sogar einen Pool im Untergeschoss.« Ich war sprachlos. Was war das für ein Club?

»Welche Partys werden denn hier normalerweise gefeiert?«, fragte ich neugierig.

»Och, jeder Art. Heute ist der *Stock Exchange* hier. Du wirst vielleicht auch einige ungewöhnliche Leute antreffen.« Sie machte einen Schulterblick und setzte ein unergründliches Lächeln auf. »Sie kommen aus aller Welt zu dieser Party, beispielsweise aus New York, also wundere dich nicht.«

Aufgrund der Tatsache, dass sich der halbe *Stock Exchange* hier versammeln würde, um eine heiße Party zu feiern, wurde mir ganz flau im Magen. Gestern hatte ich ein Mitglied für die nächsten Jahre hinter die Gefängnismauern von Wandsworth verfrachtet und nun tanzte ich auf ihrer Party? Großartig! Wenn mich nun einer erkennen würde? Da hatte mich Tabitha wieder mal in eine prekäre Situation gebracht. Etwas verärgert fasste ich sie am Arm.

»Was hast du dir dabei gedacht?«, fragte ich sie aufgebracht. Doch Tabitha hatte gerade Michael und seinen Freund aufgespürt. Michael trug eine dieser Zanni-Masken, sie war geprägt durch eine auffällig lange und spitze Nase, die ihm einen ernsten Gesichtsausdruck verlieh. Sein Freund trug eine Medico-Maske, dessen Gesicht davon zur Gänze verhüllt wurde. Der Schnabel war stärker nach unten gebogen. Sogar die Augen waren mit Glas verdeckt.

Michael sprang in freudiger Erwartung auf und fiel Tabitha nahezu wie ein wohllüsternes Tier an, sein Freund war schon etwas zurückhaltender und wartete vorerst ab. Wäre uns Michael nicht so vergnügt entgegengetreten, ich hätte auf dem Absatz kehrtgemacht und wäre gegangen. Ich hasste es, wenn Menschen ihre Gesichter verhüllten und ich weder ihre Mimik erkennen, noch sehen konnte, wer sich dahinter verbarg.

Tabitha schlang ihre Arme um Michaels Hals, der seine Maske zu diesem Zwecke anhob, und die beiden küssten sich leidenschaftlich. Sein Freund stellte sich vor und reichte mir zaghaft die Hand.

»Hallo, ich bin Andrew.«

»Elena.« Seine Stimme verblüffte mich, sie klang wie die von Jeremy! *Aber er wird sich wohl kaum vor mir hinter einer Maske verstecken*, dachte ich belustigt.

»Möchten Sie einen Drink?«, fragte er höflich.

»Ja, sehr gern«, entgegnete ich freundlich. Daraufhin orderte er an der Bar zwei Martini und wir setzten uns an einen kleinen Tisch. Tabitha und Michael waren zwischenzeitlich verschwunden. Wir stießen an.

»Auf einen vielversprechenden Abend«, sagte er geheimnisvoll. Meine Lippen verzogen sich zu einem charmanten Lächeln. Ich nippte an meinem Glas. Er hob kurz seine Schnabelmaske, um ebenfalls von seinem Glas zu trinken, dabei enthüllte er flüchtig seine untere Gesichtshälfte. Er wirkte anziehend auf mich, seine Lippen lächelten. Vorübergehend öffnete er seinen Mund und schien etwas sagen zu wollen. Obwohl wir unweit des Jacuzzis saßen und die Tanzfläche außerhalb unserer Reichweite war, konnte ich ihn nicht verstehen. Ich legte meine Stirn in Falten und vermittelte ihm dadurch meine Ratlosigkeit. Nun beugte er sich in meine Richtung und kam mir empfindlich nahe. Ich stockte. Atmete seinen verführerischen Duft ein. Seine eisblauen Augen blickten in meine.

»Die Maske steht Ihnen ausgezeichnet. Sie unterstreicht Ihre Schönheit, Elena.« Ich fühlte mich geschmeichelt.

»Danke«, bemerkte ich beschämt. Dieser Fremde machte mir Komplimente, während Tabitha mit ihrem Michael hemmungslos in einem anderen Separee herumknutschte. Ich hatte die beiden beobachtet, als sie sich in eins davon zurückgezogen hatten.

»Möchten Sie tanzen?«, fragte er mich erwartungsvoll. Seine Worte lenkten mich ab. Seine Stimme klang unter diesem extremen Lärmpegel wie Balsam auf meiner Seele. Ich versuchte am Boden zu bleiben. Irgendwie übte er eine besondere Anziehungskraft auf mich aus. Er verwirrte mich. »Sie wollen tanzen! Nicht wahr?«, fragte er nochmals nachdrücklich, dabei lächelten seine Augen unergründlich.

Ich stand auf, er tat es mir gleich, bot mir seinen Arm an und wir gingen zur Tanzfläche. Andrew war ein ausgezeichneter Tänzer, er führte mich wie schon lange kein Mann mehr. Gemeinsam schwebten wir über das Parkett, als gehörte es nur uns. Wir sprachen nicht viel. Doch es bedurfte keiner Worte, denn wir verstanden uns auch so und ich fühlte mich in seiner Gegenwart wohl. Mit Gesten und einem Lächeln machten wir dem Gegenüber klar, was uns gefiel.

Später saßen wir an der Bar und tranken jeder eine Pina Colada. Er war nicht so wie die anderen Gäste hier, die sich mehr oder minder exaltiert gaben. Vielmehr feiner, aufmerksamer, manierlicher. Nahezu rücksichtsvoll. Ich genoss seine Gesellschaft und er meine offensichtlich auch. Aus den Augenwinkeln beobachtete ich, wie Tabitha und Michael das Separee wechselten und Gott allein wusste, was sie dort machten.

Gegenwärtig hielten wir uns in bequemen braunen Ledersesseln auf und sprachen darüber, wo wir beide aufgewachsen waren. Er erzählte, dass er seine Kindheit in Kent verbracht hatte. Ich berichtete von den zerklüfteten Felsen in Irland, auf denen ich schon als Kind herumgeklettert war und es bis heute gern tat, wenn ich mal die Gelegenheit dazu bekam.

»Das klingt ziemlich halsbrecherisch«, flirtete er mit mir.

Ich musste schmunzeln.

»Ist halb so schlimm! Mit der entsprechenden Ausrüstung kann man sich das schon zutrauen.« Er lehnte sich zurück und zog nochmals seine Maske hoch, um an der Pina Colada zu schlürfen.

»Ich verstehe! Sie meinen mit entsprechender Ausrüstung, Seil und Karabiner.« Ich musste lachen. Das war typisch Engländer. Immer alles unter Kontrolle haben, kein Risiko eingehen, wir Iren hingegen waren da ganz anders. So nach dem Motto: Wer nicht wagt, der nicht gewinnt.

»Also ich habe mich noch nie an unseren Klippen abgeseilt, sondern bin immer nur frei geklettert«, erklärte ich ihm. »Ich meinte nur, dass man entsprechendes Schuhwerk anhaben sollte.«

»Sie zählen also doch zu den Frauen, die sich gern den Hals brechen«, stellte er unverblümt fest.

»Sie trainieren aber anscheinend auch täglich«, dabei deutete ich auf seine durchtrainierten Arme. Skeptisch musterte er sich selbst, dann stieß er einen leisen Laut aus.

»Ein Mann muss immer durchtrainiert sein, schließlich muss er seine Frau doch einmal über die Schwelle tragen können«, nahm er kein Blatt vor den Mund. *Der geht aber ran.* Unwillkürlich vergrub ich die Zähne in meiner Unterlippe.

»Klar! Das würde jede Frau erwarten.« Inzwischen pirschten sich Tabitha und Michael an uns heran und belauschten unser Gespräch.

»Ihr beide scheint euch ja glänzend zu unterhalten«, stellte Tabitha zufrieden fest. Ihr kastanienbraunes, gewelltes Haar wirkte etwas zerzaust und ihr Abendkleid war verrutscht, wie ich kurzerhand feststellte. Ich musste innerlich grinsen. Das war es also, was sie abends so trieb, wenn sie ausging. Andrew bot ihr die Stirn.

»Nun ja, während ihr euch in der Zwischenzeit im Separee vergnügt habt, sind wir uns auch etwas nähergekommen. Nur auf eine andere Art und Weise.« Dabei funkelten seine Augen verdächtig. Michael lachte durchtrieben und fasste Tabitha ungeniert an den Po.

»Es spricht nichts dagegen, wenn ihr das auch tun wollt, oder traut ihr euch etwa nicht?« Diese nonchalante Art, miteinander umzugehen, war mir doch ziemlich fremd.

Aber es stimmte, mir war auch schon aufgefallen, dass sich einige Paare in die einzelnen Separees zurückgezogen hatten, um sich dort ihrem Verlangen hinzugeben. Schon allein die laute Musik würde das eine oder andere Stöhnen übertönen. Insgeheim musste ich kichern. Würde ich mich mit Andrew ebenfalls an einen dieser abgeschiedenen Orte begeben? *Da müsste ich aber schon einige Pina Colada gekippt haben*, dachte ich belustigt. Obwohl, wenn ich ihn mir so ansah, wirkte er doch ziemlich attraktiv auf mich. Seine Stimme, seine Augen, all das erinnerte mich ein wenig an Jeremy. Bis auf seine Art, die schien mir dann doch anders zu sein. Er wirkte wie ein Mann, der seine Frau auf Händen tragen und auf sie aufpassen würde. Jeremy hingegen war der Gesellschaft sehr verpflichtet. Ich war nicht sicher, ob ich bei ihm in Zukunft immer die erste Geige spielen würde. In Gedanken ermahnte ich mich. *Elena! Zügle dein Verlangen.* Doch ich musste ernsthaft zugeben, dass mir Andrew gefiel.

An diesem Abend unterhielten wir uns noch außergewöhnlich gut und es wurde ziemlich spät. Michael brachte Tabitha nach Hause und Andrew hatte denselben Weg, also bestiegen wir gemeinsam ein Taxi. Selbst während der Fahrt nahm er seine Maske nicht ab, was mich ziemlich verwunderte. Was hatte er zu verbergen? Er wirkte so geheimnisvoll auf mich.

Wir sprachen die ganze Zeit über, sodass ich gar nicht mehr daran dachte, ihn zu fragen, ob er seine Maske nicht vielleicht doch abnehmen würde. Ich entledigte mich meiner ebenfalls nicht. Diese Art der Verkleidung gefiel mir. Es hatte so etwas Prickelndes an sich. Das Taxi blieb nun unmittelbar vor meinem Haus stehen und wir verabschiedeten uns.

»Es war mir ein außerordentliches Vergnügen, Elena.« Er hob seine Medico-Maske etwas an und küsste meine Hand. Ich verzog meinen rot geschminkten Mund zu einem zaghaften Lächeln.

»Mir auch, Andrew, danke für den schönen Abend.« Ich nahm meine Handtasche und stieg aus.

Als das Taxi sich wieder seinen Weg in den Londoner Verkehr bahnte, schaute ich Andrew nach. Auch er wandte sich noch einmal um und sah durch die Heckscheibe des Wagens zu mir herüber. Ich hatte das Gefühl, als wäre es nicht das letzte Mal gewesen, dass wir uns begegnet waren.

***

Es war Mittwoch und wieder einmal zehn Uhr am *Central Criminal Court* geworden, gerade fuhr ich in meinem Sportwagen Richtung Hyde Park Gate. Ich parkte das Auto vor meinem Haus, sperrte ab und nahm den Schlüssel aus dem Safe. Ich entriegelte die Tür und trat ein. Kaum dass ich sie hinter mir geschlossen hatte, klingelte auch schon mein Mobiltelefon. Ich kannte die Nummer nicht, trotzdem hob ich ab und meldete mich.

»Elena Cooper.« Ich ging weiter ins Wohnzimmer.

»Überraschung!«, klang es aus der Ferne. Ich war perplex.

»Jeremy!« Offensichtlich hatte er zwei Handys. Eins, das er privat und eins, das er dienstlich verwendete.

»Lass alles liegen und stehen. Larry wird dich in einer halben Stunde abholen und nach Seeds Castle bringen. Ich erwarte dich. Sehnsüchtig«, raunte er ins Telefon. Mit einem Schlag war ich wieder hellwach.

»Du bist hier? In Kent? Auf Seeds Castle?«, fragte ich aufgeregt.

»Ja! Und ich kann es nicht erwarten, dich zu sehen. Also, mach, dass du herkommst und lass mich nicht zu lange schmoren. Hörst du?«, forderte er heißblütig. Es gefiel mir, wie sehr er mich begehrte. Seine Gier nach mir schien mich selbst in das Fahrwasser der Leidenschaft zu katapultieren.

»Ich werde schneller bei dir sein, als du darüber nachdenken kannst, wie lang ich zu dir brauche.«

»Gut, ich erwarte dich.« Er beendete das Gespräch. Ohne Umschweife schleuderte ich das Mobiltelefon auf das Sofa und schlüpfte aus meinem langweiligen Zweiteiler, um mir ein weitaus feminineres und aufreizendes Kleid aus dem Schrank zu holen. Rasch entschied ich mich für ein kurzes schwarzes Seidenkleid mit Spitzenärmeln. Es hatte einen tiefen V-Ausschnitt und das Oberteil war in einer aufreizenden Wickeloptik gestaltet. Ich tauschte meinen Slip gegen einen Stringtanga. Dazu schlüpfte ich in schwarze High Heels. Rasch bürstete ich mein widerspenstiges Haar und ließ es über meine Schultern fallen. Das Make-up frischte ich ein wenig auf und betrachtete mich dabei im Spiegel. *Perfekt!* Zum Schluss streifte ich schwarze Armstulpen mit durchbrochener Spitze über. Sie waren aus einem elastischen Stoff gearbeitet und zierten die Handrückenseite mit einer roten Rose. Sie passten perfekt zu meinem Kleid und ich liebte sie. Sie wirkten so betörend.

Ich ging in den Vorraum und schnappte mir im Vorbeigehen meine elegante schwarze Designer-Abendtasche von *Bloomi Paris*, verstaute darin meinen Lippenstift und meine Puderdose und klemmte sie unter den Arm.

Larry wartete schon in der schwarzen Limousine vor meinem Haus. Mit meinem Outfit passte ich perfekt dazu. Aus Zeitgründen ließ ich die Haustür ins Schloss fallen und steckte den

Schlüssel, für meine Verhältnisse ziemlich ungewöhnlich, in meine Tasche. Larry öffnete die hintere Tür des Luxuswagens und ließ mich einsteigen. Mit den Worten *Ich wünsche eine angenehme Fahrt, Madam* rastete sie ein und er setzte sich hinter das Steuer. Wenig später war er auch schon losgefahren. Um Seeds Castle mit dem Auto zu erreichen, mussten wir über vierzig Meilen zurücklegen, das würde etwa eine Stunde dauern.

Angespannt betrachtete ich die kohlrabenschwarze Nacht dort draußen. Nur hier und da tauchte ein Scheinwerferlicht aus dem Nichts auf. Die verdunkelten Scheiben der Limousine ließen jedoch kaum Licht hereinfallen.

Nervös musterte ich mein Outfit. Wirkte ich vielleicht gar zu aufdringlich? Ach Quatsch! Bei dem Schauspiel, das wir uns erst am Montag geliefert hatten, schien mein Outfit dagegen eine Augenweide zu sein.

Die Fahrt verging wie im Flug und das Luxusgefährt rollte langsam über das unwegsame Gelände. Seeds Castle erstrahlte in einem ganz besonderen Glanz. Zum gegenwärtigen Zeitpunkt brannte fast überall elektrisches Licht. Nur im unteren Trakt flackerte die Beleuchtung. Die mächtigen Mauern wurden teilweise durch Scheinwerfer angestrahlt. Bloß Sträucher oder Bäume warfen Schatten auf die historischen Gemäuer. Die illuminierte Zugbrücke war geöffnet und der lange Weg bis zum eisernen Haupttor spiegelte sich geradezu im darunter gelegenen Wassergraben.

Larry parkte in der Nähe des Walls. Wie es sich für einen englischen Butler ziemte, öffnete er fast lautlos die Wagentür und ließ mich aussteigen. Höflich zog er seine Chauffeurmütze. »Wünsche einen angenehmen Abend, Miss Cooper!« Sein Gesicht wirkte ernst, sehr ernst. Ich nickte nur. Mit diesen Worten zog er sich diskret zurück und stieg wieder in die Luxuslimousine. Bald darauf startete er und fuhr davon.

Beeindruckt von dieser Pracht, die augenblicklich vor mir lag, betrat ich nun die Brücke und ging langsam auf das stimmungsvolle Anwesen zu, das sich mit all seinem Glanz vor mir ausbreitete. Jede Frau würde davon träumen, hier heiraten zu können, um sich von ihrem Prinzen über die Schlossschwelle tragen zu lassen. Ein überaus imposantes Bauwerk.

Ich ging weiter. Lediglich der Klang meiner Stöckelschuhe war zu hören und manchmal gesellte sich der Ruf eines Käuzchens dazu. Es war schaurig schön. Zufrieden lächelte ich, dachte an den Tandemflug und wie wir hier im Gras gelandet waren.

Völlig unvermutet öffnete sich das schwere Portal wie von Geisterhand. Neugierig schritt ich durch das mächtige Falltor und erreichte den Schlosshof, inmitten dessen ein grandioser, beleuchteter, zweistöckiger Springbrunnen thronte. Die Wassermassen strömten nahezu über die Brunnenflächen und boten einen traumhaften Anblick.

Unterhalb einer Laterne nah am Eingang von Seeds Castle stand Jeremy. Er hatte sich mit der Schulter lässig gegen die Hausmauer gelehnt, sein Blick war gesenkt, die Hände in den Taschen seiner Anzughose vergraben.

Mit einem dezenten Lächeln auf dem Gesicht ging ich langsam auf ihn zu. Sein Verhalten und seine Mimik hatten den Anschein, als wäre er mir gegenüber reservierter als sonst. Vielleicht hatte es mit unserem nachmittäglichen Happening zu tun? War ihm die Erinnerung daran unangenehm? Vielleicht, weil er sich vor mir selbst befriedigt hatte?

Als ich ihm nun gegenüberstand und mich das Licht der Laterne traf, hoffte ich, ihm mit meinem Lächeln klarmachen zu können, dass ich jede Unanständigkeit mit ihm durchziehen würde. Und genau das musste der Grund dafür sein, warum sich sein Gesichtsausdruck allmählich veränderte.

Im nächsten Moment fassten seine zärtlichen Hände nach meinem Gesicht und er zog mich an seine Lippen, küsste mich aus tiefster Leidenschaft. Als ich meine Arme um seinen muskulösen Körper schlingen wollte, erfasste er sie und hielt sie nun mit einer Hand auf meinem Rücken fest. Seine andere streichelte liebevoll meine Wange, während er mich noch immer aus tiefster Überzeugung liebkoste. So hatte er mich noch nie geküsst, ich glaubte, im siebten Himmel zu schweben. Um einiges verzögert, ließ er meine Arme wieder los. Behutsam strich ich seine entlang, bis meine Finger an seinem Nacken angelangt waren. Entspannt seufzte er.

»Elena! Es kam mir wie eine Ewigkeit vor.« Allein seine Stimme erzeugte eine Gänsehaut, die sich über meinen gesamten Oberkörper ausbreitete.

»Ich habe dich genauso vermisst!«, hauchte ich ihm nun ins Ohr. Völlig unvermutet hob er mich hoch und trug mich ins Schloss. Vor Erregung zitternd, legte ich meinen Kopf an seinen Hals. Heute roch er besonders gut. Er hatte ein anderes Aftershave aufgetragen. Ich atmete intensiver als sonst, um seinen Duft einzusaugen. Genau dieser Umstand durfte ihn wiederum in den Wahnsinn getrieben haben.

»Elena! Was machst du bloß mit mir? Willst du mich um den Verstand bringen?« Zögerlich hoben sich meine Lippen auf seiner Haut zu einem Lächeln. Wieder küsste er mich, diesmal auf die Nasenspitze und trug mich weiter eine Treppe hinauf. Vermutlich in sein Schlafzimmer.

Als wir oben angekommen waren und ich mich umsah, musste ich feststellen, dass wir in einem überdimensionalen Festsaal waren, inmitten dessen ein feierlich gedeckter Tisch thronte, vor dem wir nun standen. Jeremy hatte offensichtlich noch etwas mit mir vor. Behutsam ließ er mich auf den Boden gleiten und sah mich erwartungsvoll an. Ich war sprachlos.

»Ich bin überwältigt.« Mein Blick schweifte über die Tafel. In der Mitte stand ein Blumengesteck mit roten Rosen. Zwei antike silberne Kerzenleuchter zierten die weiße Tischdecke. Das Silberbesteck war sorgfältig neben dem passenden Platzteller angerichtet, worauf sich gegenwärtig eine in Form eines Fächers zusammengefaltete weiße Stoffserviette befand.

»Darf ich Lady Elena zu einem romantischen Candle-Light-Dinner einladen?«, fragte er mich noch charmanter als sonst und rückte mir bereits einen Stuhl zurecht.

Ich fühlte mich geschmeichelt, von ihm in der dritten Person angesprochen zu werden, und setzte mich, währenddessen lächelte ich ihn kokett an. Jeremy nahm mir gegenüber Platz und fasste zuerst zögernd, dann entschlossen nach meiner Hand.

»Sie sieht übrigens heute wieder einmal bezaubernd aus. Und so verführerisch«, ergänzte er anerkennend. Der Klang seiner Stimme und die Art, wie er zu sprechen pflegte, zauberte mir eine Unzahl von Schmetterlingen in den Bauch und ich hatte das Gefühl, Jeremys Feinfühligkeit hatte diesen Umstand sofort aufgespürt. Er atmete hörbar ein und aus. Mein Gott! Wir befanden uns wieder so schnell im Fahrwasser der Leidenschaft, dass meine Begierde rascher als mein Kopf reagierte.

»Ihre Armstulpen sehen wirklich sexy aus«, versuchte er, diesen Zustand der Begierde aufrechtzuerhalten, dabei fixierte er mich. So hatte er mich bei unserer letzten Begegnung nicht angesehen. Er blickte mir tief und ernst in die Augen, das fand ich extrem anziehend, er hypnotisierte mich geradezu.

»Findest du?«, erwiderte ich nervös.

»Ja, sie passen perfekt zu meinem Stil.« Er starrte mich an und augenblicklich hatte ich das Gefühl, sein Blick würde mich ausziehen. Kurz blieb mir mein Atem weg.

»Verstehe, und was ist dein Stil?«, fragte ich aufgewühlt. Er wölbte seine Lippen nach innen.

»Meine Vorlieben sind … etwas speziell.« Seine Haltung mir gegenüber schien distanzierter zu werden. Interessiert hob ich eine Braue, um wenig später die Augen zusammenzukneifen.

»Speziell? Wie soll ich das verstehen?« Er lockerte seine Designerkrawatte, das hieß wohl, er war nervös.

»Nun ja.« Gegenwärtig standen ihm die Schweißperlen auf der Stirn. »Meine Sexualpräferenz geht im Normalfall über das gewöhnliche Maß hinaus«, versuchte er, seine Neigung näher zu definieren. Unwillkürlich spitzte ich meine Lippen.

»Und was heißt das jetzt genau?«, drängte ich ihn zu einer klaren Antwort. Unverblümt sprach er es aus.

»Meine Vorlieben gehen in Richtung BDSM.« Sein scharfsinniger Blick ruhte auf meinem Gesicht. Seine Mimik war nicht zu ergründen. Sein Atem ging stoßweise. Eine Weile sagte niemand ein Wort. Nur Stille erfüllte den Raum. Mein Mund blieb halboffen stehen. Wir starrten uns nur an. *Warum rückt er erst jetzt damit heraus?*

BDSM, durchfuhr es meine Gedanken. Das war doch nicht möglich. Dieser zärtliche Mann, der mich beim Sex nach Strich und Faden verwöhnt hatte, hatte einen Hang zu SM? Zunächst dachte ich, ich würde straucheln, mir wurde ganz schwarz vor Augen. Was würde das für mich in Zukunft bedeuten? Hatte er mir bisher nur etwas vorgemacht? War jetzt alles aus, bevor es so richtig begonnen hatte? Er schluckte, meine Reaktion gefiel ihm nicht. Verunsicherte ihn offensichtlich.

»Ich denke, ich muss dir einiges erklären«, versuchte er, wieder Herr der Lage zu werden.

»Ich habe nicht das Gefühl, dass es einer Erklärung bedarf«, reagierte ich abweisend.

»Ich denke schon. So wie du dich jetzt verhältst.« Er wartete ab. In mir tobte ein Sturm, der mich keinen klaren Gedanken fassen ließ. *BDSM*, schoss es mir noch einmal durch den Kopf. Was glaubte er? Ich war völlig irritiert. BDSM war in der noblen, englischen Gesellschaft verpönt. Spanking, also das Auspeitschen, konnte ausnahmslos zur Anzeige gebracht werden und führte ohne jeden Zweifel zu einer Verurteilung, wenn es Folgen hatte. Und das hatte es bestimmt über mehrere Tage hinaus. Hier auf britischen Boden kannte das Strafrecht keine Einwilligung in Körperverletzung. Entsprechende Handlungen, auch wenn sie hundertmal einvernehmlich stattfanden, waren in England in die Kategorie *Rechtliche Grauzone* einzuordnen und wenn ein Fall vor Gericht kam, wurde, ohne mit der Wimper zu zucken, verurteilt. Obwohl die Wurzeln des BDSM skurrilerweise in London zu suchen waren, war die Gesellschaft und die Rechtsprechung für diese Praktik überhaupt nicht offen. Nur in kleinen geheimen Kreisen fanden diese Art von Treffen statt.

Bei dem Gedanken drehte sich mir der Magen um. Erst vorgestern hatte ich jemanden aus dieser Szene verurteilt. Ein Fall, dessen Bilder mir wohl nicht mehr so schnell aus dem Kopf gehen würden. Wieder erinnerte ich mich an den *Spanner Case*. Damals hatte es eine Reihe von Verurteilungen gegeben, zwei der Verhafteten hatten Selbstmord begangen, mehrere ihren Job verloren, sogar in acht Fällen waren Gefängnisstrafen bis zu viereinhalb Jahren ausgesprochen worden und der damalige Richter des Obersten Gerichtshofs Lord Templeman hatte gemeint: *Die Gesellschaft ist berechtigt und verpflichtet, sich selbst gegen einen Kult der Gewalt zu verteidigen. Freude, die sich daraus speist, anderen Schmerz zuzufügen, ist von Übel. Grausamkeit ist unzivilisiert.*

Das war die Entscheidung des *House of Lords* gewesen. Siebzehn Jahre später hatte die britische Regierung die Entscheidung genutzt, um auch Filmmaterial, das entsprechend einvernehmliches Verhalten unter Erwachsenen darstellte, zu kriminalisieren. Es konnte also sein, dass, wenn man sich in der SM-Szene auf britischen Boden bewegte, man sich auf seichtem Terrain befand.

Was verlangte er hier von mir? Ich als Staatsanwältin des *Central Criminal Court* und er als der Präsident des Obersten Gerichtshofs, wir sollten BDSM praktizieren? Wie ließ sich das mit unserem Rechtsverständnis vereinbaren? Sollte ich mich nun in Zukunft von ihm auspeitschen lassen? Das war wirklich nicht mein Stil. Passte überhaupt nicht zu mir. Jeremy konnte ich nicht im Geringsten etwas vormachen. Obwohl er mich erst seit Kurzem kannte, konnte er mich ziemlich gut einschätzen.

»Ich möchte es dir trotzdem erklären, wenn du erlaubst«, eröffnete er seinen Monolog. Ich zwang mich, zuzuhören. »Bondage, Disziplin, Dominanz, Submission, also Unterwerfung, Sadomasochismus, all das ist das Grundgerüst für ...«
Ich machte eine abwehrende Handbewegung.

»Ich weiß, was diese Worte bedeuten, es bedarf keiner Erklärung.«

»Elena«, bat er um Geduld. »Lass mich doch erklären«, flehte er mich geradezu an. »Ich möchte mit dir doch lediglich eine DS-Beziehung führen, die von Dominanz und Unterwerfung geprägt ist.« Ich runzelte die Stirn und sah ihn ungläubig an.

»Was soll das jetzt im Klartext heißen?« Er seufzte, versuchte mich aber weiterhin von der Praktik zu überzeugen.

»DS basiert auf gegenseitigem starkem Vertrauen. Es beinhaltet sehr viel Nähe und Intensität. Diese Art von Beziehung muss wachsen. Eine Vielzahl von gemeinsamen Interessen sollte auf beiden Seiten vorhanden sein, sodass diese Form überhaupt erst funktionieren kann. Und ich glaube, dass all diese Voraussetzungen bei uns zutreffen.«

»Dominanz und Submission«, wiederholte ich. »Also Auspeitschen.« Ich funkelte ihn an und machte Anstalten, gehen zu wollen.

»Nein, Elena. Bitte hör mir doch zu.« Sein flehender Tonfall widerstrebte mir. Was sollte das jetzt werden? Er wirkte nervös. Womöglich hatte er Bedenken, ich könnte mit ihm Schluss machen, noch bevor es richtig begonnen hatte, oder ihn vielleicht anzeigen. Diese Befürchtung wäre nicht mal so falsch gewesen. *Da habe ich mir keinen leichten Fall ausgesucht,* ging es mir durch den Kopf.

Widerwillig nahm ich wieder Platz, denn mir Vorschriften machen zu lassen, stand bei mir nicht gerade auf der Tagesordnung. Ich war total durcheinander. Ich hatte mich verliebt und jetzt saß mir ein Wolf im Schafspelz gegenüber. Welcher Teufel hatte mich eigentlich geritten, als ich diesen Typen aufgerissen hatte verdammt noch mal?

Zunächst versuchte ich, seinen Erklärungen etwas abzugewinnen. Angespannt hörte ich weiter zu. Er ergriff meine rechte Hand. Reflexartig wollte ich sie ihm entziehen. Praktisch ein Schutzmechanismus. Doch er hielt sie fest. Bestimmend? Besitzergreifend? Nein, ganz im Gegenteil, eher kniefällig, bittend. Sein Griff lockerte sich, doch ganz loslassen wollte er mich nicht. Seine Handfläche berührte noch immer meine Hand. Vertrauen oder Taktik? Sein Blick jedenfalls fing mich ein. So wie er es bei meiner Psyche praktizieren würde. Er würde mich vereinnahmen wollen, würde mein Innerstes in Ketten legen. War ich ihm ausgeliefert? Er starrte zu Boden, bevor er mir wieder in die Augen sehen konnte.

»Elena, bitte hör mich an«, flehte er. »Es ist wichtig, dass du weißt, dass es bei BDSM nicht um den reinen Schmerz geht. Es ist eine Form von einvernehmlichen sexuellen Handlungen, der zwar ein Machtgefälle zugrunde liegt, das heißt aber nicht, dass *du* dich unterwerfen musst. Ganz im Gegenteil, *du* sollst diejenige sein, die über kurz oder lang Macht ausüben wird.« Verharmloste er nun diese Neigung oder was war er gerade im Begriff zu tun? Unsicher starrte ich ihn an. Obwohl ich ihm genau zugehört hatte, war mir die Bedeutung seiner Worte nicht ganz klar.

»Das heißt, du willst mich also nicht auspeitschen?«, fragte ich unsicher nach und vergrub dabei meine Schneidezähne in meiner Unterlippe. »Was willst du dann mit mir tun?« Mein Blick musste Irritation ausgestrahlt haben. Es fiel ihm sichtlich schwer, die richtigen Worte zu finden. Er hatte es offenbar sehr selten mit so unerfahrenen Frauen wie mir zu tun gehabt. Zumindest im Bereich des BSDM. Denn von der Praxis selbst hatte ich nun wirklich nicht die leiseste Ahnung. Er überwand sich. Es war ihm wohl besonders wichtig, mir alles bis ins kleinste Detail zu erklären. Ohne auf meinen Einwand einzugehen, stellte er eine Gegenfrage.

»Glaubst du, ich hätte mich für dich entschieden, wenn ich eine Sub suchen würde?«, setzte er nun ein schiefes Lächeln auf und versuchte so, die Situation zu retten. Seine Art mich anzusehen, war mir wieder vertraut und gab mir neues Selbstbewusstsein. Mein verführerischer Augenaufschlag brachte ihn aus dem Konzept.

»Da müsste ich dich wahrlich enttäuschen! Denn mich zu unterwerfen, dazu wurde ich nicht geboren!«, feuerte ich ihm bestimmend meine Worte entgegen. Er grinste von einem Ohr zum anderen. Das verunsicherte mich. Gewaltig. Er seufzte. Das wiederum machte mich nervös. Seine Mimik war unergründlich. Dann fuhr er fort.

»Genau so stelle ich mir meine Mistress vor. Ich habe dich also richtig eingeschätzt. Ich würde dich lehren, mich zu führen, bis du in deine dominante Rolle hineingewachsen wärst.

Ich würde also switchen. Glaub jetzt bitte nicht, dass ich den dominanten Part auf Dauer übernehmen möchte«, er lächelte und schüttelte widerwillig den Kopf. »Nein, Ella, aber ich möchte dir genauso die Möglichkeit geben, dich fallen lassen zu können und zu genießen. Ich werde dich sexuell verwöhnen, bis du dir eingestehst, ohne meine Praktiken nicht mehr leben zu wollen.«

Ich riss die Augen auf. Er hatte Ella zu mir gesagt, so nannte mich nur Tabitha. Ich lauschte seinen Worten, die mich immer mehr in den Strudel der Finsternis hinabreißen würden. Mistress. Wie das klang! Wieder beugte er sich über den Tisch und konkretisierte seine Absichten.

»Diese Art von Beziehung kann in gegenseitigem Einvernehmen zu extrem lustvollen Höhepunkten führen. Und das Hinzufügen von Schmerz kann es noch steigern«, beendete er seine präzisen Ausführungen. »Ich möchte nochmals betonen, dass es nicht bedeutet, *dir* Schmerzen zuzufügen.« Er beobachtete mich.

»Ich soll also diejenige sein, die das tut, damit du Erfüllung findest?« Nun atmete ich kräftig ein und wieder aus. Das könnte ich noch weniger. Jemandem Schmerzen bereiten? Ich? Jeremy hatte meine Gefühle schon wieder voll unter Kontrolle und wehrte mit einem Kopfschütteln und einer eindeutigen Geste ab.

»Nein! Lass mich bitte weiter erklären.« Ich nickte. »Es geht nicht darum, seine Grenzen zu überschreiten, wo es kein begehrlicher Schmerz mehr ist. Es soll den anderen ja scharfmachen, erregen, auch wenn es eine gewisse Art von Schmerz ist, man soll sich dabei wohlfühlen, Lust empfinden. Nur dann beginnst du, deinen Kopf abzuschalten, dich nicht mehr zu fragen: *Ist das noch normal, was ich hier tue? Soll ich das überhaupt tun?*« Er beobachtete mich eingehend. »Was ich brauche, ist ein ultimativer lustvoller Kick, eine Session, in der wir beide die Erfüllung finden und die sehr viel Intensität an Gefühlen zutage fördert. Eine etwas härtere Gangart, wenn du verstehst, was ich meine. Kein Vanillasex. Ich bin aber auch kein TPE-Typ, eher ein Erotic Power Exchange Typ. Ich möchte meine Macht nur während des Spiels abgeben, nicht aber im Alltag. Verstehst du?« Nein. eigentlich verstand ich nichts von alldem, was er sagte. »Es ist mir wichtig, dass du dich in unsere Partnerschaft wohlfühlst, wir unsere sexuellen Fantasien gemeinsam ausleben können.« Jetzt begann ich wieder zu verstehen. »Die sexuelle Kontrolle des dominierenden Partners, also dir, spielt für mich dabei eine sehr große Rolle. Erregen und verweigern, bis hin zu häufigen Orgasmen. Das ist meine Strategie. Die Schmerzgrenze muss dabei nicht unbedingt sehr hoch angesetzt sein. Obwohl ...« Er stockte. »Meine persönliche Schmerzgrenze ist sehr hoch.« Ich legte meine Stirn in Falten.

»Kannst du noch präziser werden?« Seine ausführlichen Erklärungen hatten mich neugierig gemacht.

»Natürlich.« Sein Blick verriet mir, dass ihm mein Interesse gefiel. »Ich spreche von Toys in den verschiedensten Formen und Härtegraden, die die Intensität unsere Intimität lustvoll steigern sollen.«

»Toys?«, fragte ich unsicher und konnte mir keinen Reim darauf machen, was damit gemeint sein sollte.

»Friedrich Nietzsche hatte mal gesagt: *Im echten Manne ist ein Kind versteckt, das will spielen!*« Er lächelte geheimnisvoll. »Soll ich weitererklären?«

»Klar, nur zu!«, forderte ich ihn auf und war zu meiner Verwunderung entspannter, als ich dachte.

»Ich spreche von Spanking. Dazu benutze ich gerne einen Flogger, eine mehrschwänzige Katze, eine Peitsche, mit der man auch einen Gang zurückschalten und seinen Partner damit sanft streicheln kann.« Unwissend zog ich meine Augenbrauen hoch. Er lächelte. »Ich zeige dir gerne, wie ein Flogger aussieht und man ihn verwendet. Es ist eine Lederpeitsche, ich persönlich besitze nur welche, die sehr gut in der Hand liegen. Zumeist ist sie aus sehr weichem Material, aber dennoch hält sie, was sie verspricht.« Meine Augen weiteten sich immer mehr.

»Kannst du mir so einen Flogger mal zeigen? Ich meine, ich würde dieses Ding gern in die Hand nehmen, spüren, wie es sich anfühlt.« Mein Interesse gefiel ihm.

»Klar! Ich zeige ihn dir. Auch ein Paddle, es ist ein Holzstab mit einem breiten flachen Ende, meist aus Leder, mit dem man sanft bis hart zuschlagen kann, es hat seinen besonderen Reiz. Ich persönlich würde es bevorzugen, wenn du bei mir die härtere Gangart praktizierst, was aber nicht bedeuten soll, dass du mich zwischendurch nicht mit sanftem Streicheln oder elektrisierenden Impulsschlägen verwöhnen kannst. Jedenfalls sollte es gefolgt von einer Steigerung dessen sein, die uns beide bis zur Ekstase bringt. Einen Rohrstock habe ich schon lang nicht mehr verwendet, das heißt aber nicht, dass du ihn bei mir nicht benutzen darfst, wenn du mich bestrafen willst«, erklärte er weiter. Nun schwirrte mir wieder der Kopf. Bestrafung? Warum sollte ich das tun wollen? Und diese vielen Begriffe, die ich in meinem ganzen Leben noch nie gehört hatte. Er führte weiter aus, ohne auf meine Verwirrtheit einzugehen, doch ich vermutete, er wollte mir Klarheit verschaffen. »Unserer Fantasie sind hier keine Grenzen gesetzt, Elena, und ich betone nochmals: Ich werde nur das tun, was *du* auch willst. Wenn du etwas abstoßend findest, dann sag es mir bitte und wir werden es nicht mehr wiederholen oder so abändern, dass du Gefallen daran findest. Ich mache Vorschläge, du schlägst ein oder lehnst ab.« Er grinste über seine eigene Ausdrucksweise.

Das Wort *schlagen*, hatte wohl eine besonders tiefgründige Bedeutung in seinem Repertoire. Er sah mich an. »Ist das in Ordnung für dich?«

Augenblicklich fühlte ich mich wie hypnotisiert und aus dieser Emotion heraus nickte ich. Ich versuchte mich zu sammeln, schüttelte entschieden den Kopf. Was tat ich denn da? Ihn zu bestrafen, mit dieser Praktik wäre ich doch nicht einverstanden! Mein Gott, was verlangte er von mir? Ich sah zu ihm auf.

»Aber das alles fällt doch unter Körperverletzung«, stieß ich aufgeregt hervor. »Wir stehen beide im Dienst der Krone, auf der Seite des Rechts. Wie sollen wir diese Praktik mit unserem Gewissen vereinbaren?« Er fasste nach meiner Hand.

»Weil wir füreinander geschaffen sind. Weil ich dir vertraue, ehrlich zu dir sein und dir nichts vormachen möchte, deswegen erzähle ich dir das alles. Weil ich mich noch nie zu einer Frau so sehr hingezogen gefühlt habe wie zu dir, mir noch nie so sicher war, dass es richtig ist, meine Neigung zu erwähnen. Und es ist keine Körperverletzung im Sinne des Gesetzes, Elena. Ich unterziehe mich dem freiwillig.« Seine blauen Augen durchbohrten mich dabei geradezu.

Was sollte ich bloß tun? Welche Entscheidung sollte ich fällen? Ich hatte mich in ihn verliebt und er hatte sich mir gegenüber geoutet. Wir kannten uns verhältnismäßig kurz, trotzdem hatte er offensichtlich Vertrauen zu mir, sonst hätte er mir von seiner Präferenz niemals erzählt. Seine Ausführungen hatten mich neugierig gemacht. Ihn zu dominieren, könnte ich mir unter Umständen schon vorstellen, wenn er das alles brauchte. Nur auf eine andere Art und Weise als dieser Blackford es getan hatte.

Ich schüttelte den Kopf. »Warum verlangt es dir danach, geschlagen zu werden?«, wollte ich von ihm wissen. Er setzte eins seiner schiefen Lächeln auf und strich dabei sanft über meine Wange.

»Mein Vater hat mich schon von Kindesbeinen an gezüchtigt. Es war ein richtiggehendes Ritual. Ich weiß, dass ich zu dem ganz kleinen Prozentsatz zähle, der in seinem Leben mal ein Schlüsselerlebnis hatte, aber dennoch. Während meiner Jungendzeit musste ich feststellen, dass mich diese Art von Züchtigung sexuell erregte. Wenn mich mein Vater bei der Selbstbefriedigung erwischte, versohlte er mir mit dem Rohrstock recht ordentlich den Hintern.« Er lächelte. Ich konnte es nicht verstehen, wie man darüber erfreut sein konnte. »Irgendwann haben sich diese beiden Bereiche dann zu einer Einheit zusammengefügt, verstehst du?« Er seufzte. »Sexualität ging ohne das andere nicht mehr. Anfangs habe ich es unterdrückt, doch irgendwann habe ich es dann einfach nur zugelassen und heute fühle ich mich danach befreit. Mit dem Unterschied, dass ich nicht mehr verdroschen werde, sondern die Schläge mit Maß und Ziel verabreicht werden. Und nun lebe ich diese Schlagtechnik während meiner Sessions als sogenanntes Vorspiel aus.« Er fasste nach meiner Hand. Als wäre sie ein Rettungsanker für ihn. »Es ist längst ein Ritual für mich geworden. Ohne das ich nicht mehr richtig in Fahrt kommen kann. Es wirkt auf mich befreiend, erlösend«, versuchte er diese für mich abnorm klingenden Vorlieben zu erklären. Ich hatte mich also auf einen Mann eingelassen, der von mir regelmäßig und in vollen Zügen den Hintern versohlt bekommen wollte. Ich griff mir an die Stirn.

»Aber wir hatten doch erst vor ein paar Tagen ganz normalen Sex und es war sehr schön. Ich meine, ich hatte nicht das Gefühl, dass dir irgendwas fehlen würde.« Er schluckte, sein Blick wurde starr, dann fasste er sich wieder.

»Ella, jeder, der BDSM betreibt, hat auch mal ganz normalen Sex, nur eben in einer härteren Gangart. Aber das ist bei mir nicht die Norm. Verstehst du?« Ich nickte.

»Ja, ich denke schon.«

»So nebenbei bemerkt.« Er riss mich aus meinen Gedanken. »Ich liebe diese Armstulpen an dir.« Er lächelte und das lockerte die Atmosphäre wieder ein wenig auf. »Ich würde es begrüßen, wenn du fortwährend diese Art von Bekleidung sowie Spitzenunterwäsche und Schuhe mit hohen Absätzen trägst.« Er machte bewusst eine Pause. »Es lässt deinen Körper für mich einfach total erotisch wirken.« Er beobachtete mich. »Mir gefällt, wie du dich kleidest, ich finde es höchst anziehend.« Er drückte meine Hand, diesmal mit weniger Zurückhaltung. »Ich werde dich verwöhnen und lieben, wie es noch keiner zuvor getan hat, das verspreche ich dir, Elena.«

Diese Erkenntnis ließ mich buchstäblich erschaudern. Es war eine ganz andere Art und Weise zu lieben, als ich es bisher gewohnt war. Er blieb in seinen Ausführungen weiterhin beharrlich und legte seinen Kopf leicht schief.

»Schon mal etwas von Bondage gehört?«, fragte er mit einem sehnsüchtigen Blick. Ich schüttelte mechanisch den Kopf.

»Nein, bitte erkläre es mir.« Ich wusste zwar, was der Ausdruck bedeutete, aber was genau es war, daraus konnte ich mir keinen Reim machen.

»Es gehört dazu. Bondage bedeutet *Fesselung und Hingabe*«, betonte er. »Das erhöht den ultimativen Kick. Diese Form des Fesselns verschärft den Sex. Man gibt seinem gefesselten Partner das Gefühl, sich fallen lassen zu können, die Kontrolle abgeben zu können. Es ist eine zutiefst emotionale Begegnung. Es soll Geborgenheit vermitteln. Hierfür verwende ich sowohl Seile als auch Handschellen. Die Unnachgiebigkeit von Metall stellt einen ganz besonders großen Reiz für mich dar. Wenn du mich fesselst, dann spüre ich diese ganz individuelle Nähe zu dir, fühle mich unheimlich geborgen und geliebt. Ich bin nicht sicher, ob du das jetzt verstehen kannst, aber eines Tages kannst du es. Da bin ich sicher.« Ich schluckte. Er strich kaum merklich über meine Wange. »Du wirkst so erschrocken, Ella.« Seine Stirn legte sich in Falten. »Entspann dich. Ich fühle, dass du nicht abgeneigt bist, es auszuprobieren.«

»Es ist alles so neu und schwierig für mich.« Er sah mich einfühlsam an, drückte abermals meine Hand.

»Ich weiß. Aber ich denke, es wird dir gefallen.« Seine Worte schienen dennoch in Stein gemeißelt zu sein. Er holte wieder aus und versuchte weitere positive Argumente für seine Neigung zu finden. »Was ich weniger mag, sind Augenbinden. Sie verdecken das Gesicht und ich muss dich dabei sehen können, muss deine Erregung nicht nur spüren, sondern sie auch in deine Augen erkennen können. Möglicherweise hat es mit meiner Kindheitserfahrung zu tun.« Abermals strich er mir zärtlich übers Gesicht, dabei erzeugte er eine Gänsehaut bei mir. Wieder schmetterte er mir seine entschiedenen Worte entgegen. »Wir werden switchen, das heißt, ich leite dich an und du praktizierst es dann an mir. Ich möchte dich ebenfalls verwöhnen. Möchte dir zeigen, wie schön diese Art der Sexualität ist.« Er sah mich eindringlich an. »Du kannst mir absolut vertrauen, Ella. Nichts von alldem, was wir hier tun, wird jemals nach außen dringen.« Ich seufzte.

»Okay, ich vertraue dir.« Seine ausführlichen Erklärungen, Sex zu haben, steigerten mein Bedürfnis, es auszuprobieren, und er spürte das. Er fuhr fort.

»Am meisten erregt es mich, wenn du in Ekstase gerätst und mir verbietest, einen Orgasmus zu haben. Das macht mich unheimlich scharf auf dich. Und wenn du dann auch so weit bist und gestattest es mir, glaube mir … Nein! Ich bin überzeugt, dass du noch nie in deinem ganzen Leben, so sehr in den Wahnsinn getrieben wurdest.«

Er beobachtete mich. Für eine kurze Zeit sagte er nichts,

sondern sah mich nur an. Ich atmete stoßweise. »Oh Gott! Ich weiß gerade nicht, was mit mir passiert, ich fühle mich so …« Ich verstummte. Er stieß einen hörbaren Seufzer aus.

»Wärst du bereit, es auszuprobieren Ella?« Er sah mich erwartungsvoll an, wartete ab. Unwillkürlich rieb ich meine Oberarme.

»Ich weiß nicht.« Ich schlug meine Lider nieder. »Ja, ich denke schon. Erzähl weiter!« Ich sah ihn wieder an. Dieser Umstand gab ihm eine gewisse Sicherheit, er schien sich verstanden zu fühlen.

»Wenn du willst, können wir auch Figging versuchen. Es hat eine alte und lange Tradition. Die ätherischen Öle des Ingwers erregen die Schleimhaut und wirken aphrodisierend. Das Ganze hat einen Schneeballeffekt. Einerseits erzeugen die Wirkstoffe einen dauerhaften Schmerz, der selbst an sich schon das Lustempfinden steigert, andererseits erhöhen die Öle die Chance auf einen Orgasmus. Je länger, desto intensiver. Der Wärmeeffekt ist enorm dabei. Wir können zunächst mit der sanfteren Methode beginnen.«

»Mit der sanfteren Methode?« Ich wurde hellhörig. »Was ist denn die härtere Methode?«, fragte ich vorsichtig. Er grinste.

»Die Ingwerwurzel in ihrer natürlichen Form anal einzuführen. Bei der softeren Methode verwende ich den Saft des Ingwers bei vaginalem Verkehr«, versuchte er, mir den Unterschied zu erklären. Allein bei diesem Gedanken wurde mir schon heiß! Mein Gott. In welche abgrundtiefe Welt begab ich mich hier gerade? Was machten seine Worte mit mir? Ich spürte, wie die Stelle zwischen meinen Beinen immer feuchter wurde. Wie im Trance hörte ich ihm weiter zu und letztendlich war ich bereit, es zu probieren. Ich wollte es. Ich wollte ihn. So sehr!

»Möchtest du es versuchen?«, flüsterte er. »Ich meine, das mit der Ingwerwurzel?« Unwillkürlich weiteten sich meine Augen und ich verspürte vom Haaransatz bis zu den Zehenspitzen genau dieses Kribbeln, das mich fast ohnmächtig werden ließ. Er hatte mich neugierig gemacht.

»Ja«, hauchte ich. Wir würden es also bis zum Exzess treiben und er versprach mir pure Sinnlichkeit. Er ließ mich nicht mehr aus den Augen.

»Der Vorteil dabei ist, dass das warme Gefühl für Stunden anhält.« Er zog meine rechte Hand mit seiner linken an seine Brust und sah mich bedeutsam an. »Ella. Es würde mir sehr viel bedeuten, wenn wir unser Sexualleben darauf ausrichten könnten.« Seine rechte Hand krallte sich an der Tischkante fest und seine Knöchel traten weiß hervor. Sein Erregungszustand befand sich bereits in höchster Alarmbereitschaft. Schon allein darüber zu reden, durfte ihn in höchste Erregung gebracht haben. Aber nicht nur ihn. Er atmete kräftig aus. »Das war eine kleine Einführung dessen, was dich erwartet, wenn du mit mir eine DS-Beziehung eingehst. Du kannst dich entscheiden, Ella. Ich werde dich zu nichts zwingen und immer ehrlich zu dir sein. Diese Art der Sexualität und das Vertrauen, das wir dadurch aufbauen, wird uns zusammenschweißen, mehr als es bei normalen Beziehungen der Fall ist.« Er schluckte und wartete fieberhaft auf meinen Entschluss.

Er konnte sichergehen, wenn ich seine Wünsche jetzt ablehnen würde, dann nur, weil mein Verstand einsetzen würde, denn mein Instinkt wollte etwas ganz anderes. Ich dürstete nach ihm, mein Verlangen war binnen kürzester Zeit unersättlich geworden. Welche tiefen und fremden, abartigen Empfindungen machten sich in mir breit? Hatte er mich deswegen hierher auf Seeds Castle eingeladen? Ich schien ins Bodenlose zu schlittern. In tiefe Finsternis. Meine Grundmauern, die ich seit meiner Kindheit als Schutzwall mühevoll und erfolgreich errichtet hatte, waren mit einem Mal zusammengebrochen.

Meine Vorstellung von Sexualität und Liebe wurde mit diesem Gespräch mit einem Mal völlig umgekrempelt.

Zum gegenwärtigen Zeitpunkt hatte ich keine Ahnung, wie ich mit dieser neuen Erkenntnis umgehen sollte. Hatte ich mir mein ganzes Leben lang etwas vorgemacht? War das der Grund, warum ich in meinen Beziehungen niemals wirklich meine Erfüllung gefunden hatte? Brauchte ich BDSM? War das Wort Submission, also Unterwerfung in Bezug auf ihn, von besonderer Wichtigkeit für mich geworden? Brauchte ich ihn? Jeremy? Das Wort *brauchen* gefiel mir nicht. Ich versuchte, wieder meine Fassung zurückzugewinnen. Elena Cooper brauchte nichts und niemanden. Oder doch? Von anderen abhängig zu sein? Nein! Ohne jeden Kompromiss. Schlichtweg: Nein!

Viele von uns tragen eine Maske
um nicht verletzt zu werden,
aber gerade dadurch machen wir uns verletzlich.

(Rose von der Au)

DER DUNGEON – KERKER DER LIEBE

Er erkannte meinen innerlichen Kampf, den ich gerade ausfocht. Ich zitterte. Nachdem er mich eigentlich zu einem romantischen Candle-Light-Dinner eingeladen hatte und gegenwärtig bereits eine Flasche exquisiter Rotwein auf dem Tisch stand, sah er mich erwartungsvoll an.

»Darf ich dir einschenken?«, fragte er mich und wechselte somit schlagartig das Thema. Wie konnte er so schnell von dieser Leidenschaft wieder auf den Boden der Tatsachen zurückkehren? Ich schlug die Hände vor mein Gesicht und keuchte.

»Ja, bitte.« Nahezu bettelte ich nach Alkoholika, vielleicht würde mich das etwas entspannen. Dafür hatte Jeremy den italienischen Prädikatswein *Brunello di Montalcino*, Jahrgang 2010, ausgesucht, dessen Flasche neben einer Karaffe stand. *Kräftig und ausdrucksstark, so wie mein Gemüt gerade*, dachte ich ironisch. Wenigstens würde mich dieser Tropfen beruhigen. Er hatte den kostbaren Inhalt bereits in einen Dekanter gegossen, sodass er, wie man so schön sagte, atmen konnte. Im Augenblick schwenkte er ihn ein paar Mal hin und her, sodass sich das Aroma entfalten konnte, bevor er unsere Weingläser damit füllte.

»Cheers! Oder wie sagt man bei euch in Irland?« Sein Blick durchbohrte mich wieder und mein Puls stieg rasant an.

»Sláinte«, erwiderte ich mit krächzender Stimme.

»Was willst du noch wissen?«, fragte er nun neugierig, dabei ließ er mich nicht aus den Augen. Prüfend sah ich ihn an.

»Warum BDSM?« Er seufzte.

»Das dürfte wohl ein wunder Punkt bei dir sein, Ella«, stellte er nachdenklich fest. »Das sollte es aber nicht. Lass dich einfach mal auf diese Welt ein, vergiss den Ausdruck und stell dir nicht so viele Fragen. Lass dich einfach fallen und davontreiben«, entgegnete er nachdrücklich. Ich rang meine Hände.

»Ja, okay, aber ich meine ...« Ich verstummte.

»Was?«, fragte er einfühlsam nach und fasste meine Finger.

»Ich meine, warum denn ausgerechnet diese Art von Sex?«, stammelte ich. Er lehnte sich zurück. War angespannt. Seine Augen wirkten nervös, bevor er mich fixierte.

»Wie schon gesagt, ich hatte eine schwierige Kindheit und Jugend, Ella. Einerseits ist es eine Veranlagung, andererseits haben mich die Umstände zu dem gemacht, was ich heute bin. Anfangs habe ich dagegen angekämpft, der Sturm, der ganz tief in mir tobte, schien nicht verebben zu wollen, glaube mir, ich habe mehrmals versucht, mich zu kontrollieren.« Er senkte seinen Blick. »Es gibt nicht viele Menschen, die dort draußen herumlaufen und meine Gefühle teilen würden, man vereinsamt dadurch leicht.« Er machte eine kurze Pause. »Ella, ich kann niemandem vertrauen, verstehst du? Niemandem mein wahres Ich zeigen, aber bei dir habe ich das Gefühl, dass ich es kann und darf!«

Ungläubig schüttelte ich den Kopf. Ich konnte mir das nicht erklären. Ich hatte ebenfalls keine besonders tolle Kindheit gehabt. Meine Familie war arm gewesen, wir hatten in Limerick in einer Baracke gelebt. Mein Vater hatte in der Fabrik gearbeitet und meine Mum sich um vier Kinder und den Haushalt gekümmert. Trotzdem hatte mein Vater alles an Geld, was er gespart hatte, zusammengekratzt und mich auf die Highschool gehen lassen, bis ich mich zum Verdruss meiner Eltern nach London begeben hatte, um dort Jura zu studieren. Nicht das Studium an sich hatte ihnen missfallen, sondern dass ich aus meiner Heimat weggegangen war, um in die große, unbekannte und grausame Welt hinauszugehen, wie sie immer zu sagen pflegten. Doch ich war nicht allein. Jayson war mit von der Partie und wir damals ein Paar gewesen, gemeinsam hatten wir uns durchgeschlagen. Im Londoner Großstadtdschungel mit all seinen Vor- und Nachteilen.

Jayson war ebenfalls in Limerick aufgewachsen und hatte jeden Tag und ohne Ausnahme geschworen, seit wir die Highschool besucht hatten, dass er diesen verdammten Sumpf einmal verlassen würde, um nach London zu gehen. Kurzentschlossen hatte ich ihn begleitet, als er mich gefragt hatte. Und nun lebte ich hier in London, umgeben von Luxus, wie meine Familie immer sagte. Meine Gedanken verstummten und ich hielt meinen Kopf schief.

»Eine schwierige Kindheit? Inwiefern? Was ist noch alles passiert?«, fragte ich interessiert nach. »Ich meine, du sagtest bereits, dass dich dein Vater gezüchtigt hat, aber warum tat er das?« Ich wollte mehr von ihm erfahren. Wie war seine Jugendzeit abgelaufen? Was war der Grund für diese rigorose Erziehungsmaßnahme gewesen?

»Mein Vater war ein angesehener Börsenmakler, der Chairman der *Londoner Stock Exchange*, und ziemlich oft angespannt. Da ich nicht unbedingt das einfachste Kind war, verlor er oft die Nerven.« Er stockte. Mit meinem Blick munterte ich ihn auf, weiter zu erzählen.

»Und dann?«

»Er schlug mich.« Seine Miene verriet nichts. Sein Blick blieb ernst. Es war ihm sichtlich unangenehm, darüber zu sprechen.

»Das muss schrecklich gewesen sein!« Wehmütig zwang er sich zu einem Lächeln.

»Das ist vorbei, Ella. Ich trage meinem Vater nichts nach, er ist inzwischen ein alter und von sich selbst geplagter Mann geworden und ich habe mich mit meiner Situation arrangiert.«

»Und deine Mutter? Warum hat sie ihn nicht davon abgehalten, dich zu schlagen?« Wieder breitete sich auf seinen Lippen ein Lächeln aus, wenn auch diesmal ein ironisches.

»Meine Mutter?«, erwiderte er wehmütig und stieß einen leisen Laut durch seine Nase aus. »Sie gab meinem Vater immer recht. Sie bevorzugte meinen Bruder mehr als mich. Ich habe sonst keine Geschwister mehr. Ich wäre ein schwieriges Kind, hatte sie oft zu mir gesagt. Rebellisch. Nicht erziehbar. Ein Satan.« Ungläubig zog ich meine Augenbrauen hoch. Meine Mutter war so ein fürsorglicher Mensch. Sie hätte auf den letzten Bissen Brot für ihre Kinder verzichtet – für uns alle!

»Warum war sie so?«, fragte ich irritiert.

»Ich glaube, sie mochte mich nicht besonders.« Das verstand ich ganz und gar nicht. Wie konnte eine Mutter ihr Kind nicht mögen?

»Und dein Bruder?«

»Mein Bruder hatte anfangs noch zu mir gehalten, bis er sich später immer mehr auf die Seite meines Vaters schlug.« Das war für mich nicht nachvollziehbar.

»Warum hat er das getan?«, mochte ich nun von ihm wissen.

»Er wollte ihm gefallen, ganz einfach. Wollte in seine Fußstapfen treten, ihm imponieren, dafür hätte der Scheißkerl alles getan!«, reagierte er aufgebracht.

»Und jetzt? Hast du Kontakt zu deinem Bruder?« Sein Blick wurde starr. Seine Finger begannen zu zittern. Nun war ich doch zu weit gegangen, das hätte nicht über meine Lippen kommen dürfen. Ich schluckte. Jeremy bemerkte meine Disponiertheit. Er hielt meine Hand eisern fest.

»Ich habe keinen Bruder mehr. Er ist tot«, stieß er kalt hervor.

Ich riss meine Augen auf, starrte ihn nur schweigend an. Er sagte kein Wort. »Tot? Warum?«, erwiderte ich leise.

»Wenn du erlaubst, besprechen wir das ein anderes Mal

bitte, im Moment bin ich nicht in der Stimmung darüber zu reden. Es wühlt mich zu sehr auf«, entschuldigte er sich für seine Äußerung. Ich verstand seine Beweggründe. »Natürlich!«, stammelte ich. Jeremy gelang es, mich wieder auf andere Gedanken zu bringen und allmählich gewann auch er seine Fassung wieder zurück.

»Wir sollten mit dem Essen beginnen«, wechselte er rasch das Thema. Die Speisen waren zum Zweck des Warmhaltens auf einem Speisenwärmer angerichtet worden. »Darf ich dir auflegen?« Sein Blick wurde weich und er war charmant wie immer. *Sicher ist sein Bruder eines natürlichen Todes gestorben.* Ich nickte noch immer etwas irritiert.

»Ja, gern!« Als wäre nichts gewesen, filetierte er professionell den Fisch und richtete ihn gemeinsam mit den in Streifen geschnittenem Gemüse wie Karotten, Zucchini und Lauch auf dem Teller an. Als er ihn vor mich stellte, strahlte er mich förmlich an.

»Guten Appetit.«

»Danke«, sagte ich verdutzt. Es war mir ein Rätsel, wie er vom einen auf den anderen Zeitpunkt so umschwenken konnte.

»Für Sie täte ich alles, Miss Cooper.« Sein Blick flehte mich geradezu an und richtete sich nun auf mein erhitztes, von Scham gezeichnetes Gesicht. Verlegen sah ich weg. *Justament muss mir die Röte ins Gesicht steigen,* dachte ich verärgert.

Inzwischen hatte er sich ebenfalls seinen Teller angerichtet und begann zu essen. Während des Dinners schwiegen wir. Nur ab und zu trafen sich unsere Blicke, dann breitete sich ein warmherziges Lächeln auf seinen Lippen aus.

Als er wieder mal zu mir aufsah, sprach er aus, was ihm offensichtlich schon eine ganze Weile auf der Zunge gebrannt hatte. »Irgendwelche Fragen, Miss Cooper?« Ich schüttelte kurzerhand den Kopf und schob mir den letzten Bissen in den Mund. Demonstrativ schob er den Teller zur Seite und nahm meine Hand. Seine Stirn legte sich in Falten und die Innenseiten seiner Augenbrauen krümmten sich leicht nach oben. Er seufzte schwer. »Ella, ich fühle es doch! Wir müssen darüber reden. Bitte«, flehte er mich an. Verzweifelt fasste ich mit der anderen Hand nach meiner Schläfe und begann sie sanft zu massieren, mein Kopf drohte unter den vielen Fragen, die sich buchstäblich in meine Gedanken hineinfraßen, zu platzen. Jeremy war mit einem Mal aufgestanden, um sich hinter mich zu stellen.

»Schließ die Augen und lass dich fallen«, bat er mich inständig. Ich tat, was er von mir verlangte. Im Hintergrund hörte ich ein verdächtiges Knacken. Ich wusste nicht, woher es kam. Dieses Geräusch ließ meine Schultern unwillkürlich nach oben gleiten. »Lass dich einfach treiben, Ella, entspann dich.« Unmittelbar darauf lagen auch schon seine Hände auf meinem Nacken, er öffnete den Reißverschluss meines Kleids, schob es ein wenig nach unten und begann, mich an dieser Stelle unter einem wohl duftenden Kokosöl, das er für diesen Zweck vermutlich von der Anrichte genommen hatte, zu massieren.

Allein die Tatsache, dass er hinter mir stand und ich nicht sehen konnte, was er als nächstes tun würde, ließ meinen Körper regelrecht prickeln. Leidenschaftlich küsste er meinen Hals, während er die Konturen meiner Lippen mit seinem Finger nachzeichnete. Darunter vernahm ich den Geschmack von Kokosöl. Ein wohliger Schauer jagte durch meinen Körper. Doch Jeremy verstand es, nicht gleich das ganze Pulver zu verschießen.

Nun spürte ich seine Zunge an meinem Hals entlangstreichen. Damit brachte er mich ganz schön in Wallung. Ich stöhnte auf. Sein Lächeln breitete sich auf meiner Haut aus. Sanft zog er den Reißverschluss meines schwarzen Spitzenkleids weiter nach unten, während ich mich etwas nach vorne lehnte und ihm meinen Po entgegenstreckte. Er streifte es über meine Schultern. Seine Hand wanderte über meinen Rücken, bis sie meine Gesäßfalte erreicht hatte. Nur mehr wenige Millimeter befand sie sich von meiner anderen empfindlichen Stelle entfernt.

Eine Gänsehaut breitete sich über meinen gesamten Rücken aus und ich stieß einen tiefen Seufzer aus. Ich hatte nur einen Stringtanga an. Mit leicht kreisenden Bewegungen streichelte er meinen Po. Ich wünschte, er würde die Massage an einer bestimmten Stelle fortsetzen, doch so leicht machte er es mir dann doch nicht. Das Hinauszögern gehörte offenbar zu seiner Taktik.

»Bleib ganz locker, Baby.« Vorsichtig zog er das schwarze Bändchen meines Hüftstringtangas zur Seite. Ich schob meinen Oberkörper nach vor, legte meinen Arme ausgestreckt auf den Tisch und streckte ihm meine Hüften entgegen, dabei rutschte mein Kleid etwas nach unten. Mit einem gekonnten Griff drang sein Daumen in meine empfindliche Stelle ein.

»Oh, Jeremy«, winselte ich.

»Ella, ja, zeig's mir. Komm schon, lass hören, wie gut es dir tut!« Ich stöhnte wieder auf. Er begann, meinen Damm zu massieren und zu stimulieren. Unterdessen küsste er meinen Hals, ich legte meinen Kopf seitlich flach auf den Tisch. Gleich darauf wanderten seine Lippen zu meinem Mund, wo seine Zunge im selben Rhythmus gegen meine stieß. Dies steigerte meine Lust nur noch mehr. Er massierte mich weiter und ich dachte, bald den Verstand zu verlieren. Zärtlich knabberte er an meinem Ohr, ich konnte seinen erregten Atem hören.

»Ich zeig dir etwas, was dir gefallen wird.« Sanft beendete er sein Vorhaben. Vor Erregung zitternd, richtete ich mich langsam auf. Jeremy bemerkte meinen Zustand und hob mich hoch. Ich schmiegte mich an seinen Hals. Meine High Heels fielen zu Boden. Er trug mich ein Stück. Zärtlich küsste er mich auf die Stirn und ließ mich zu Boden gleiten. Wir standen mitten in dem großen Festsaal. Er stellte sich hinter mich, um den Reißverschluss meines Kleides ganz nach unten zu ziehen, dabei ging er in die Hocke. Ich schloss die Augen, spürte, wie er mein Kleid vom Körper zog, warf meinen Kopf in den Nacken und stöhnte leise. Langsam glitten seine Hände an meinem Bein entlang und ertasteten den Nylonstrumpf, den ich trug. Vorsichtig schlüpften seine Finger unterhalb des Bundes und er begann die Innenseite meines Oberschenkels zu massieren. Seine Berührungen brachten mich in Ekstase. Nun zog er den einen Strumpf vom Bein, danach den anderen. Außer meinem Stringtanga und einem schwarzen Push-up-BH hatte ich nichts am Leib.

Wir befanden uns noch immer im ersten Obergeschoß. Er hob mich wieder hoch und trug mich die Treppe hinab bis zu einer Tür, die wohl in den Keller führen mochte. Mit einem Schlüssel sperrte er sie auf. Behutsam stieg er mit mir auf den Arm die Stufen hinab, die Tür fiel ins Schloss. Hier unten gab es nur Kerzenlicht.

Wohin er mich brachte, wusste ich nicht. Ich fror, es war eiskalt hier unten in dem Kellergewölbe. Noch enger schmiegte ich mich an ihn, er reagierte mit einem hauchzarten Kuss auf meine Stirn. In diesem düsteren Licht konnte ich nur das feuchte Gemäuer wahrnehmen, manchmal tropfte es von der Decke. Sein Atem ging schneller, während wir uns einem eisernen Tor entgegenbewegten. Jeremy ließ mich kurz auf den Boden hinuntergleiten und fasste in seine Hosentasche, um eine Fernbedienung herauszunehmen. Der Steinboden fühlte sich kalt an. Er betätigte sie und das Tor öffnete sich mit einem ächzenden Geräusch. Wir traten ein und gingen noch ein Stück, bis wir wenig später auf eine weitere Tür stießen, die er nun mit einem Spezialschlüssel entriegelte.

Als er sie öffnete, ließ ich meinen Blick durch den Raum schweifen. Was sich meinen Augen hier bot, glich einer Folterkammer. In diesem Playroom gab es keine Fenster, es war ziemlich düster, doch es hingen genügend schmiedeeiserne Kerzenhalter an den Wänden, die angenehmes Licht spendeten.

Ich sah ein außergewöhnliches Himmelbett. Die Liegefläche war mit rotem Leder bespannt, das Kopfteil gepolstert, darüber hatte man einen Spiegel befestigt, der etwas geneigt war. Senkrechte und waagrechte Stangen in verschiedenen Höhen dienten offenbar der Befestigung von Personen. Gegenwärtig hingen zwei Paar Handschellen an einer der Edelstahlrohre. An der Decke war ein weiterer Spiegel angebracht. Auf dem Boden lagen abschnittsweise blaue Matten, auf denen rote Rosenblütenblätter verteilt lagen. Der Raum war erfüllt von ihrem Duft. Ich atmete tief ein.

Es gab mehrere Martergeräte, wie eine Streckbank, zwei Balken, die wie eine X-Verstrebung aussahen und an der Wand montiert waren. Daneben waren Seile, Ketten, Handschellen und Ledermanschetten aufgehängt. Peitschen jeglicher Art gab es zu bewundern, sie alle hingen fein säuberlich an Haken. Spreizstangen lagen auf der Erde und jede Menge Utensilien, die ich nicht kannte.

In einer Ecke stand sogar ein Gynäkologenstuhl und der Bereich sah so aus, als wäre es eine eingerichtete Praxis, was mich sehr verwunderte. Selbst ein antiker Lehrerschreibtisch mit Tintenfass und Federkiel stand an der gegenüberliegenden Wand, darauf lag demonstrativ ein Rohrstock.

Was hatte er vor? Mein Herz begann, schneller zu schlagen. Er blieb stehen. Sah mich an. Sein Blick war ernst. Unvermutet strich er meine Locken aus dem Gesicht und streichelte meine Wange.

»Willkommen in unserem Dungeon. Ab jetzt ist es auch deiner.« Er musterte mich prüfend. »Du kannst mir blind vertrauen und *ich* vertraue dir, Ella. Nur deswegen offenbare ich dir mein dunkles Geheimnis. Ich glaube, du verstehst mich.« Wir traten ein und die Tür fiel hinter uns ins Schloss.

Sachte hob er mich hoch und trug mich zu einem mit Leder bezogenen Bock, auf dem er mich absetzte. Er ging um das Gerät herum und stand nun hinter mir. Dieses Ding erinnerte mich an meine Schulzeit. Nur dass dieser hier um einiges größer und länger war als der, den ich in Erinnerung hatte. Außerdem hatte er zwei Griffe, mehrere Ösen, zwei Beinhalter und war höhenverstellbar. Bestimmt fand dieses Pauschenpferd eine andere Verwendung, als ich es gewohnt war. Als ich so dasaß und ihn interessiert musterte, strich Jeremy zärtlich über meinen Rücken. Ich konnte nur nicht erahnen mit was, denn es fühlte sich nicht wie seine Hand an.

»Das ist ein Flogger, mit dem ich dich hier verwöhne.« Ich sah auf das Gefährt unter mir.

»Und das hier?«

»Das ist ein Sprungbock. Ich habe ihn nur etwas zweckentfremdet. Wenn er dir gefällt, werden wir ihn in Grund und Boden reiten.« Augenblicklich zitterte ich. Unwissend, ob es seine Worte waren, die mich zum Erschaudern brachten, oder weil es so verdammt kalt hier unten war.

Wieder strich er sanft mit dem Flogger über meinen Rücken. Er hinterließ ein Prickeln auf meiner empfindlichen Haut, machte mich ganz scharf auf ihn. Aufgewühlt atmete ich ein, dabei bebte ich am ganzen Körper. Nach einer Weile legte er die Lederpeitsche zur Seite, die mich erregt hatte, kam nach vorn, fasste nach meinem Gesicht und hielt es mit beiden Händen fest.

»Frierst du, Ella?«, flüsterte er. Ich nickte. In seinem Blick war

Begierde abzulesen. »Dieser Zustand wird nicht lang anhalten«, keuchte er. »Glaube mir, dir wird bald verdammt heiß werden.«

Seine Hand griff nach etwas, das sich hinter mir auf einem Regal befand. Fast im selben Augenblick erspähte ich, was es war. Geschickt legte er mir ein Fußkettchen an meinen rechten Knöchel. Ich beobachtete ihn dabei. »Ich habe dir gesagt, dass es mir besonders wichtig ist, wie du gekleidet bist und welchen bewunderungswürdigen Eindruck deine Beine bei mir hinterlassen, das weißt du jetzt auch.«

Gekonnt ließ er den Verschluss einrasten. Das Kettchen hatte einen eigentümlichen Anhänger, dessen Bedeutung ich nicht kannte. Das Amulett wies ein schwarz-silbernes Emblem in Form einer Triskele im Uhrzeigersinn auf. Triskelen und deren Aussehen waren mir schon aus meiner Kindheit ein Begriff. »Es ist unser Erkennungszeichen«, erklärte Jeremy. »Ein Peitschenrad, das die drei Spielarten, die drei Rollen und die drei Grundsätze, nämlich Sicherheit, Gesundheit und gegenseitiges Einverständnis, im BDSM vereint und symbolisiert.«

Währenddessen öffnete er langsam den Reißverschluss seiner Anzughose, das Geräusch durchbrach die Stille hier unten und ließ mich schneller atmen, als gewohnt. Die Stelle zwischen meinen Beinen begann wie verrückt zu prickeln und war im Nu mehr als nur feucht.

Ich streckte meine Arme nach hinten aus und hielt mich an den beiden Griffen fest. Ohne zu zögern, holte er seinen Ständer heraus, er kam mir weitaus erregter vor als beim letzten Mal.

»Zieh deine Beine hoch und stell sie hier ab.« Er deutete auf zwei Beinhalter links und rechts. Sie sahen aus wie bei einem Gynäkologenstuhl, auf dem ich mich während der Untersuchung immer beschämt zurückgezogen und diese Position mir dann Schmerzen bereitet hatte, weil ich mich so sehr verkrampft hatte.

Er fasste mein Bein, an dem er das Fußkettchen angebracht hatte, und führte meine Zehen an seine Lippen. Kurz hielt er inne und musterte mich skeptisch. Ich verzog keine Miene, sondern wartete einfach ab, was als nächstes passieren würde. Verstohlen sah ich auf sein erregtes Stück, das nur darauf wartete, mit meiner sensiblen Stelle verschmelzen zu dürfen. Er wandte seinen Blick nicht von mir ab.

»Du erregst mich, noch bevor wir auch nur irgendetwas in Richtung BDSM gemacht haben«, stellte er ohne Umschweife fest. Wie nach einem eindeutigen Prinzip ging er vor und begann, eine Zehe nach der anderen zu liebkosen. Ein wenig kitzelte es, doch genau das war der Punkt, der mich erzittern ließ. Entlang meiner Fessel und der Innenseite meines Beines bis hinauf zu meiner exponierten und bereits sehnsüchtig wartenden Stelle schob sich seine geübte Zunge immer weiter nach oben. Ich konnte meinen Mund nicht geschlossen halten, sondern atmete hörbar ein und aus. Dieser Umstand erregte ihn zutiefst, das konnte ich an seinem Gesichtsausdruck erkennen. Er drückte meine Schenkel auseinander.

»Bleib ganz locker, Ella, und schließ die Augen. Spüre dich selbst.« Auch sein Atem war deutlich auf meiner Haut zu fühlen. »Entspann dich, es geschieht dir nichts«, redete er beruhigend auf mich ein. Ich vertraute ihm voll und ganz.

Ohne zu zögern, zerriss er das dünne Band meines Slips und warf ihn achtlos zur Seite. Ich erschauderte. Wieder spürte ich den Flogger sanft über meine Haut gleiten. Ganz sachte schlug er gegen meinen Schamhügel. Unwillkürlich zog ich die Luft durch die Zähne ein, meine Beine zuckten.

»Gefällt dir das?«, fragte er mit erregter Stimme. Er schob seine Hüften zwischen meine Oberschenkel und drückte sie noch mehr auseinander. »Ich verspreche dir ein Gefühl, das du noch nie erlebt hast«, stieß er aufgewühlt aus. Sein Selbstbewusstsein war unglaublich. Seine Worte zerschmetterten meinen Verstand oder das, was noch davon übrig geblieben war.

Mit einem zielsicheren Griff nahm er eins der Fläschchen, das auf dem Regal hinter mir stand. Hatte er nicht gesagt, er würde die Schläge im Vorfeld benötigen, um so richtig in Fahrt kommen zu können?

Sein Atem ging stoßweise, während er das Fläschchen öffnete und ein paar Tropfen der Flüssigkeit auf seiner Eichel verteilte. Ich vernahm den scharfen Geruch von Ingwer. Er verzog keine Miene. Ich war bereit. Bereit, ihn in mir aufzunehmen. Bereit, etwas Neues auszuprobieren. Er packte meine Oberschenkel und drang voller Verlangen in mich ein. Mein Unterleib zuckte förmlich zusammen. Ich verspürte keinen Schmerz. Nein. Nur pure Lust.

»Oh mein Gott«, stöhnte ich auf und war zu mehr nicht fähig, außer mich mit beiden Händen an den Griffen festzuhalten, sodass meine Knöchel weiß hervortraten. Wieder und wieder stieß er in mich und brachte meine empfindliche Stelle buchstäblich zum Anschwellen. Unter seinen enormen Stößen zitterte mein gesamter Körper und meine Sinne wurden über alle Maße berauscht. Ich befand mich in einem Fahrwasser der Begierde, wie ich es noch nie erlebt hatte.

Eine bedeutsame und intensive Wärme breitete sich in meinem Unterleib aus und ließ ihn sich unwillkürlich zusammenziehen, sodass ich mich in den Wahnsinn getrieben fühlte. Einerseits brannte es wie die Hölle, andererseits trieb es meine Lust in unglaubliche Höhen. Ich schrie auf.

»Ella«, stöhnte er über mir und hauchte mir seinen schweren Atem ins Ohr. »Komm! Komm für mich, Ella.« Wieder überkam mich eine Flutwelle der Leidenschaft und überrollte mich. Ein heftiger, intensiver Orgasmus braute sich zusammen.

Dank des Ingwers war es ein wahnsinnig intensives Gefühl. Ich vibrierte innerlich, es war eine Mischung aus Schmerz und unendlicher Lust. Ich streckte ihm meine Hüften entgegen, sodass ich ihn noch besser empfangen konnte.

»Jaaa! Tiefer, hör nicht auf«, flehte ich ihn an und schrie meine Lust heraus. Mit einem gekonnten Griff zog er mich hoch und ich landete mit meinen Füßen auf der blauen Matte, die darunterlag. Meine Beine zitterten und mein Unterleib litt an den Folgen des abrupten Stopps, vermisste seinen harten Penis. Blitzschnell drehte er mich um, sodass ich mit dem Bauch auf dem Pauschenpferd landete. Ich hielt mich an den beiden Kanten fest und er drang wieder unvermutet in mich ein, um gleichzeitig meinen Po mit beiden Händen festzuhalten. Sein animalischer Trieb setzte nun endgültig ein und er beschleunigte die Stöße, die mich völlig in den Wahnsinn treiben sollten. Mein Unterleib zuckte nur noch, die Wärme breitete sich weiter aus, sodass mir die Hitze bis in den Kopf stieg. Unsere Körper klebten aneinander. Ich wusste nicht, ob es das Massageöl war oder unser Schweiß, den es uns beiden durch die Wirkung des Ingwers aus allen Poren trieb.

»Tief genug?«, stieß er einen erregten Laut aus, dabei fasste eine Hand nach meinem Kinn und drehte meinen Kopf in seine Richtung, sodass er meinen Gesichtsausdruck erkennen konnte. Ich schrie wiederholt auf.

»Ja. Nicht aufhören«, wimmerte ich unter seinem enormen Einfluss, den er auf meinen Körper hatte.

»Ella?«, keuchte er und biss nun scheinbar die Zähne zusammen.

»Jaaa«, stöhnte ich. Unmittelbar danach explodierte er und ich spürte nur mehr das Pumpen seines Lustobjekts in mir.

»Oh, Ella.« Seine Bewegungen wurden langsamer, bis er sich

völlig zurückzog. Meine Schenkel zuckten noch immer. Mein Unterleib litt unter den Nachwehen. Ich versuchte, mich zu entspannen, war noch immer wie im Trance. Bemühte mich, mich zu sammeln und setzte mich einigermaßen bequem auf den Bock. Er stand nun vor mir, fasste mein Gesicht mit beiden Händen und küsste mich sanft auf den Mund. Meine Lippen prickelten unter seinen. Dann sah er mich an. Ein Lächeln breitete sich auf seinen Lippen aus.

»Das war der beste Kick seit Langem, Ella.« Beschämt senkte ich meinen Blick.

»Ich hatte noch nie so intensiven Sex«, gestand ich ihm. Er hob mein Kinn an und sah mir tief in die Augen.

»Was machst du bloß mit mir?« Unschuldig sah ich in seine Augen.

»Ich weiß nicht«, entgegnete ich verwirrt. Er schüttelte den Kopf, dabei legte sich seine Stirn in Falten.

»Es läuft ganz anders ab, als ich es gewohnt bin. Ich will dich. Ich begehre dich. Auf diese Art und Weise habe ich noch nie eine Frau begehrt.«

»Ist das schlimm?«, fragte ich unsicher nach.

»Nein!« Er lächelte. »Es ist schön, sehr schön sogar.« Bei seinen Worten lief mir ein eiskalter Schauer über den Rücken. War das der Beginn gegenseitiger Hörigkeit? Worauf hatte ich mich da eingelassen? Mein Körper verlangte geradezu nach ihm und seiner abartigen Technik. Und ich konnte nichts dagegen tun. Allein wenn er mich ansah, begann die Stelle zwischen meinen Beinen zu zucken, und wartete flehend auf seine geübten Körperteile oder Hilfsmittel, welche er dazu benutzte, um mich in den Wahnsinn zu treiben.

Es war ein unbeschreibliches Gefühl. Nach und nach hatte der Ingwer meine ohnedies schon empfindliche Stelle erwärmt. Zunächst hatte es leicht gebrannt, dann war es intensiver geworden. Er hatte so richtig scharfe Hitze geliefert, mir einen ultimativen Orgasmus beschert. Und dieses Gefühl würde noch eine Zeit lang anhalten.

*Der leere Wunsch,
die Zeit zwischen dem Begehren
und dem Erwerben des Begehrten
vernichten zu können,
ist Sehnsucht.*

(Immanuel Kant)

BDSM-FIEBER – DAS DOPPELLEBEN

Zweifelnd hob er meinen Slip hoch und verzog seinen Mund dabei. »Sorry, aber hier ist wohl mein Temperament mit mir durchgegangen. Ich besorg dir einen neuen. Okay?« Ich musste kichern.

»Alles klar. Ich habe genug von diesen Dingern im Schrank.« Unerwartet hielt er meinen Stringtanga unter seine Nase.

»Weißt du eigentlich, wie gut du duftest?« Er zwinkerte mir zu und sog meinen Geruch aus dem Stück Stoff auf. »Kann ich ihn behalten? Oder brauchst du ihn noch?« Glucksend schüttelte ich den Kopf und machte eine eindeutige Geste. Misstrauisch musterte er mich. Ich dachte schon, ich hätte ihm mit meinem Gekicher beleidigt, als er mir einen Vorschlag zu machen wollen schien. »Ich möchte mit dir eine Vereinbarung treffen.« Er wartete ab. Versuchte meinen Gesichtsausdruck zu deuten. Inspizierte mich eingehend.

»Eine Vereinbarung? Welcher Art?«, fragte ich vorsichtig.

»Ich versuche in London ein vorbildliches Leben zu führen. Meine speziellen Neigungen dürfen auf keinen Fall an die Öffentlichkeit dringen. Verstehst du?« Ich nickte. Ich verstand. Er fuhr fort, während er eine Decke vom Regal hinter mir holte. Mein Blick folgte ihm. Kurz darauf legte er sie über meine Schultern. Nun stand er wieder vor mir. »Ich habe meinen Ruf zu verlieren. Du musst mir eins versprechen.« Kurz hielt er inne. »Ich möchte diese beiden Orte strikt trennen. Was wir hier auf Seeds Castle tun und von welchen schmutzigen Fantasien wir uns hier leiten lassen, möchte ich in London mit keiner Silbe erwähnen und umgekehrt. Es wäre mir sehr recht, wenn du mich auf Seeds Castle bei meinem zweiten Vornamen, nämlich Alexander, rufst. In London ...« Er stockte und musterte mich. Ich starrte ihn an und beendete seinen begonnenen Satz.

»... bist du Jeremy. Du möchtest also ein Doppelleben führen«, stellte ich entschieden fest.

»Sozusagen. Es ist mir bewusst, dass die ganze Sache nicht einfach für dich werden wird. Aber solltest du dich entscheiden, mit mir zusammen sein zu wollen, bitte ich dich, dass wir es genauso halten. Ich verspreche mir etwas davon.« Neugierig sah ich hoch.

»Und das wäre?« Ich saß noch immer auf dem Pauschenpferd, er rückte nun näher und sah mir tief in die Augen.

»Irgendwann einmal diese Vorlieben weitgehend abzulegen. Mit deiner Hilfe könnte ich es vielleicht schaffen.« Ich seufzte. Sein Ziel kam mir nun doch etwas zu hochgesteckt vor. Jemand der BSDM praktizierte, konnte seine Neigung auf Dauer nur sehr schwer unterdrücken. Außerdem fing ich gerade an, daran Gefallen zu finden.

»Du willst mit mir in Zukunft eine Vanilla-Beziehung führen?« Er lächelte.

»In London auf jeden Fall. Ich kann noch viel von dir lernen, Ella.« Er machte eine bewusste Pause. »Ich habe noch nie jemanden geliebt.« Er seufzte tief und senkte seinen Blick. »Weil ich selbst auch nie geliebt worden bin, habe ich nie gelernt, zu lieben.« Seine Hand zitterte. »Aber bei dir habe ich das Gefühl, dass ich es lernen könnte.« Zweifelsohne machte er mir gerade ein eindeutiges Liebesgeständnis. »Du weckst Gefühle in mir, die ich noch bei keiner Frau empfunden habe.

Du hast mein Herz erobert und ich habe keine Ahnung, wie du das geschafft hast. Du verwirrst mich und ich weiß nicht, welche Folgen das für mich haben wird.« Es schien ihm sichtlich schwer zu fallen, all diese Worte über seine Lippen zu bringen und trotzdem tat er es. »Dir zu sagen, dass ich dich liebe, wäre noch verfrüht, aber ich glaube, nein, ich weiß, dass ich es eines Tages tun werde.«

Sein Schwur brannte sich in mein Gehirn und würde dort, davon war ich überzeugt, bis an mein Lebensende eingemeißelt bleiben. Einerseits verwirrte er mich, andererseits würde er mich mit ihm an sich binden, nahezu an sich ketten. Ich fühlte mich ihm gegenüber verantwortlich. Diese Art der Sexualpräferenz hatte eindeutig sehr viel Einfluss auf mich. Ich wollte mehr erfahren. Viel mehr, als ich heute erlebt hatte. Ohne es anfangs zu wollen, war ich in die dunklen Abgründe des BDSM eingetaucht, in eine Welt, die mir bisher verborgen geblieben war. Seine Psyche war abgrundtief, mehr als ich es zu vermuten wagte. Gegenwärtig glaubte ich, auf ihn und seine abwegigen, für meine Verhältnisse anziehenden Fantasien nicht mehr verzichten zu können, und war mir absolut sicher, es erging ihm ebenso. Er würde diese Neigung niemals ablegen können.

»Ella, bitte hilf mir.« Es war ein verzweifelter Hilfeschrei. Zum einen schien er wie blockiert zu sein, dieser Zwang, von dem er im Laufe der Zeit übermannt worden war, erweckte den Eindruck, als wollte er Jeremy in Ketten legen, von denen er scheinbar nicht loszukommen vermochte. Und nun legte er mich mit an die Kette. Und ich ließ es geschehen.

»Ja«, hauchte ich ihm ins Ohr und er küsste mich aus tiefster Überzeugung, als würde er ohne mich und meinen Körper kein Auskommen mehr finden können.

***

Mittlerweile war es Morgen geworden und ich stellte mich im obersten Stock in seinem prunkvoll ausgestatteten Bad unter die Dusche. In weniger als zwei Stunden müssten wir Seeds Castle wieder verlassen und unsere Wege würden sich bis Freitag abermals trennen. Jeremy musste zurück nach Brüssel, seine Verpflichtungen wahrnehmen und ich würde mich in den Gerichtsaal des *Central Criminal Court* begeben. Wir würden also ein stinknormales Leben wie Millionen von Menschen dort draußen führen, gleichgültig welchen Fantasien wir uns hier hingegeben hatten.

Nach einer ausgiebigen Dusche ließ ich den Wasserstrahl versiegen und stieg auf ein flauschiges Handtuch, um mich in ein weiteres einzuwickeln. Kritisch betrachtete ich mich von allen Seiten im Spiegel. Augenblicklich sah ich sehr verführerisch aus, wie ich fand.

Seit ich Jeremy kannte, hatte sich im wahrsten Sinne des Wortes etwas an meiner inneren Einstellung, aber auch in meinem sexuellen Empfinden verändert. Schon wieder spürte ich dieses Kribbeln in meinem Unterleib. Das gab es doch nicht. Ich war verrückt nach ihm, verzehrte mich nach seinem Körper, nach seinen Methoden, seinen eigentümlichen Sexualpraktiken. Es würde kein Tag vergehen, an dem ich nicht daran denken müsste, wie er mich von einem Orgasmus zum nächsten befördert hatte. Es war ein unglaubliches Erlebnis gewesen, auf das ich unter keinen Umständen mehr darauf verzichten wollte.

Mechanisch zog ich meine halterlosen Strümpfe an. Ich würde wohl ohne meinen Slip ins *Central Criminal Court* fahren müssen, denn den konnte man nach Jeremys Zerreißprobe nicht mehr anziehen. Auf meine Armstulpen hatte ich verzichtet, die packte ich in meine Handtasche. Folglich schlüpfte ich in mein schwarzes Spitzenkleid, von dem ich gestern noch geglaubt hatte, es wäre zu aufdringlich gewesen. In Zukunft müsste ich mich wohl noch verführerischer kleiden, um ihm zu gefallen. Er war ein Fetischist und das würde er wohl auch immer bleiben, ganz egal, wie sehr er seine Praktiken auch ändern würde.

Mein widerspenstiges Haar bürstete ich rasch durch und steckte es hoch. Gekonnt trug ich einen roten Lippenstift und schwarzen Eyeliner auf. Skeptisch warf ich einen Blick in den Spiegel, als Alexander hinter mir auftauchte. Ich lernte schnell! Alexander auf Seeds Castle, Jeremy in London. Lächelnd umarmte er mich von hinten und sah in den Spiegel.

»Sie sind unglaublich schön, Lady Cooper«, stellte er anerkennend fest. »Dieses Paar …«, er deutete in den Spiegel, »ist unbeschreiblich attraktiv. Findest du nicht auch?« Unterdessen küsste er meinen Hals, wandte aber seinen Blick nicht von mir ab. »Bist du so weit?«, fragte er charmant. Ich nickte. »Dann lass uns gehen, Larry wartet schon auf uns.«

Zügig schlüpfte ich in meine schwarzen High Heels, um im nächsten Moment die Treppe hinunterzulaufen. Alexander öffnete die Pforte und hielt sie mir auf. Larry stand servil vor dem Wagen und hatte die Tür bereits geöffnet. Er sah mich ungewöhnlich lange an. Das irritierte mich. Ich stieg ein, bevor mir Alexander folgte. Larry setzte sich hinters Steuer und startete. Mit einem Mal fuhr Alexander die Trennwand, die uns von Larry abschotten sollte, hoch. Kritisch sah ich ihn von der Seite her an.

»Was ist mit Larry? Weiß er über dich Bescheid?«, fragte ich ihn in der Hoffnung, er würde verneinen. Alexander betrachtete mich aufmerksam.

»Larry? Nein, er hat keine Ahnung! Wie kommst du darauf?«

»Ich weiß nicht, er sah mich so merkwürdig an. Verhältnismäßig lange. Zu lange«, stellte ich entschieden fest. Ein

Butler sollte die Dame seines Herren nicht so mustern. Dieser Umstand beunruhigte ihn deutlich. Überraschend schnell veränderte sich seine Mimik. Er zog seine Brauen herunter und kniff sie zusammen. Seine Augen funkelten.

»Er hat dich angesehen? Wie? Ich hasse es, wenn dich Männer angaffen.« Er war ziemlich aufgebracht. Augenblicklich verstand ich ihn überhaupt nicht. Könnte es vielleicht sein, dass er eifersüchtig war? Ich schien ihm wirklich viel zu bedeuten. Ich begann, seine Reaktion von einer anderen Seite zu beleuchten.

Sein Gesichtsausdruck hatte sich für einen kurzen Moment verfinstert. Ich fasste nach seinem Nacken, zog ihn an mich heran, sodass er mir in die Augen sehen musste. Die Starrheit verschwand allmählich wieder. Er lächelte zaghaft und strich mir über mein Haar. Auf meinen roten Lippen breitete sich ein verführerisches Lächeln aus.

»Du bist eifersüchtig!«, stellte ich kurzerhand fest. Er schüttelte entschieden den Kopf und brummte vor sich hin.

»Bin ich nicht!« Darüber musste ich schmunzeln und schmiegte mein Gesicht an seinen Anzug.

»Doch, bist du.« Gegenwärtig grinste er.

»Ja, du hast wahrscheinlich recht.« Er sah mich an. Seine Augen wurden wieder sanft. »Ich will dich mit niemand anderem teilen, Ella.«

»Das musst du ja auch nicht«, bestätigte ich ihm.

»Ich möchte nicht, dass sich unsere Wege bald trennen.« Sein Gesichtsausdruck wurde wehmütig. Ich konnte seine Reaktion nicht ganz nachvollziehen.

»Morgen bist du wieder zurück. Die Zeit wird schneller vergehen, als du glaubst«, versuchte ich, ihn zu besänftigen. Er sah demonstrativ weg, ich sollte wohl nicht sehen, dass sich seine Augen mit Tränen füllten, doch er konnte es vor mir nicht verbergen. Was war bloß los mit ihm? Sicher, mir wäre es auch lieber gewesen, er würde in London bleiben. Aber was ist schon ein Tag? Der würde doch im Handumdrehen vergehen. »Morgen sind wir wieder zusammen«, wiederholte ich tröstlich.

»Ja«, hauchte er mit erstickter Stimme, dabei nahm er mich übergebührlich fest in den Arm.

***

Als wir beim *Central Criminal Court* angekommen waren, küsste er mich voller Verlangen und umarmte mich, als wäre es das letzte Mal.

Er hielt inne und fasste mein Gesicht mit beiden Händen. »Ella, du musst mir eins versprechen!« Meine Stirn legte sich in Falten.

»Ja?« Er senkte seinen Blick und schwieg. Der Wagen hielt an. Er ließ mich los und stieg aus. Nun stand er draußen und reichte mir die Hand. Ohne ein Wort zu sagen, ergriff ich sie und folgte ihm. Nochmals umarmte ich ihn. Sein Herz raste. Ich konnte es hören und fühlen. Meins auch.

»Siehst du«, sagte er. »Unsere Herzen schlagen im Gleichtakt. Das heißt, wir beide gehören zusammen. Für immer!« Er ließ mich nicht los. Lang standen wir nur so da und lauschten unserem Herzschlag. Er hatte recht. Es hörte sich so an, als wäre es *einer*. »Und noch etwas. Es ist sehr wichtig für mich. Schalte bitte das GPS auf deinem Handy ein, ich möchte wissen, wo du bist, wenn ich dich nicht erreichen kann.« Erstaunt sah ich ihn an.

»Kleiner Kontrollfreak?« Er lächelte verlegen.

»Kann schon sein, ich mach mir eben Sorgen um dich. Kannst du das verstehen?« Ich nickte.

Unvermittelt ließ er mich los und stieg wortlos wieder in die Limousine. Er hatte mich im Ungewissen gelassen. Was sollte ich ihm noch versprechen? Larry fuhr los. Lang stand ich vor dem Gerichtsgebäude und sah dem Wagen nach, bis er im Gewirr des Londoner Verkehrs verschwunden war. Was hatte er damit andeuten wollen?

***

Tabitha saß bereits an ihrem Schreibtisch im Büro und hatte die Kopfhörer auf, als ich über die Schwelle trat. Wie immer war sie gut gelaunt. Kurzerhand nahm sie sie ab.

»Guten Morgen, Ella. Dein Kaffee steht bereits in einer Thermoskanne auf deinem Schreibtisch und ein Croissant aus der *Primrose Bakery* liegt ebenfalls für dich bereit.« Sie holte mich mit ihren liebevollen Worten aus meinen Gedanken.

»Danke, Tabitha, du bist wirklich ein Schatz! Lass dir ja nie einfallen, dich woanders zu bewerben. Ich brauche dich wie die Luft zum Atmen!«, versuchte ich, ihr meine Anerkennung auszudrücken. Ihr rot geschminkter Mund verzog sich in Windeseile zu einem übermäßigen Grinsen, dann lachte sie aus vollem Herzen.

»Keine Angst, Ella! Ich laufe dir schon nicht davon. Einen so tollen Boss bekomme ich in meinem ganzen Leben nicht mehr!« Sie setzte die Kopfhörer wieder auf und arbeitete weiter. Diese Aussage hob meine Stimmung und ich betrat mein Büro. Die Akten türmten sich auf der Tischplatte. Mir stand wohl ein arbeitsreicher Tag bevor. Gerichtsverhandlungen würde es in absehbarer Zeit keine geben. Zum Glück! Mein Nervenkostüm war nach dieser Nacht und Alexanders merkwürdigem Verhalten heute Morgen nicht gerade das Beste.

Nach einem eindeutigen Prinzip vorgehend, nahm ich mir die erste Akte vor. So verfuhr ich mit jeder einzelnen davon. Die Uhr tickte verdächtig laut an der Wand, draußen hämmerte Tabitha auf ihre Tastatur ein. Nebenbei fuhr ich den Computer hoch. Als meine Mailbox aufleuchtete, klickte ich sie an. Erstaunt betrachtete ich den Absender: *jeremy.white@*

supremecourt.uk. Es fiel mir gar nicht so schwer, zwischen Jeremy und Alexander, London und Seeds Castle zu unterscheiden. Neugierig klickte ich die Nachricht an.

Liebe Elena! Ich vermisse dich! Sitze gerade in einer öden Besprechung und denke nur an dich. Warum ich hierhergeflogen bin, weiß ich eigentlich gar nicht, denn mit mir ist nichts anzufangen, seit ich dir begegnet bin! In Liebe, dein Jeremy.

Sofort beschloss ich, zurückzuschreiben.

Lieber Jeremy! Ich vermisse dich auch. Muss immer wieder an unsere außergewöhnliche Nacht denken. Ersehne deine Rückkunft. Deine Elena.

Mehr durfte ich nicht schreiben, denn das wäre gegen unsere Abmachung gewesen. Nicht lang musste ich auf eine Antwort warten.

Liebste Elena! Du kannst dir nicht vorstellen, was das für mich bedeutet! Ich habe noch nie in meinem Leben, eine Frau wie dich getroffen. Freue mich schon auf morgen, wenn ich dich wiedersehe! Ich küsse dich überall. In Liebe, dein Jeremy.

Er hatte sich also wieder gefasst. Das beruhigte mich. Wahrscheinlich kam er mit dieser strikten Trennung von Jeremy und Alexander nicht ganz klar. Ich vergrub meine Schneidezähne in meiner Unterlippe und dachte angestrengt nach. Hoffentlich würde es ihn nicht allzu sehr überfordern. *Bisher habe ich immer nur beruflich mit Menschen zu tun gehabt, die eine ...* Meine Gedanken wollten zunächst verstummen. *Nein, nicht Jeremy. Das will ich nicht glauben. Jeremy und eine Persönlichkeitsstörung?* Auch wenn er auf Seeds Castle eine andere Person sein wollte als in London, hieß das noch lange nicht, dass er eine Bewusstseinsspaltung hatte. Ich fasste mir an die Stirn. Mein Herz klopfte wie wild.

Ich dachte an unsere gemeinsame Nacht. So schlimm waren seine BDSM-Methoden nun auch wieder nicht gewesen. Die

Fantasien, die wir zusammen ausgelebt hatten, begannen mir bereits zu gefallen. Er hatte geschworen, nur das zu tun, mit dem auch ich mich identifizieren könnte. Das war eine faire Vereinbarung. Eine vertrauenswürdige Lösung. Er hatte sich mir offenbart. Sich geoutet. Er hatte also tiefstes Vertrauen zu mir. Das wollte ich nicht enttäuschen. Ich würde für ihn da sein. Egal, welche Kraft mich diese Herausforderung auch kosten mochte.

Ich versuchte, meine negativen Gedanken abzuschütteln. Er würde versuchen, seine Vergangenheit aufzuarbeiten. Er würde all seine Kraft dazu verwenden, um diesen Zwiespalt seiner Persönlichkeit in ein geordnetes Maß zu bringen. Sicher, es mochte Leute geben, die mit zwei Seelen in der Brust leben konnten, aber bei Alexander hatte ich das Gefühl, dass er damit nicht ganz klarkommen würde. Auch wenn es ihm nicht glücken würde, ich wollte ihm dabei helfen, loslassen und seine Kindheit als einen abgeschlossenen Teil betrachten zu können. Er sollte sich frei fühlen, auch wenn er sich in der Öffentlichkeit niemals würde outen können.

***

Am Freitag konnte ich es gar nicht erwarten, Jeremy wiederzusehen. Um elf Uhr vormittags würde er am Heathrow Airport landen und ich hatte bei unserem letzten Telefonat versprochen, ihn vom Flughafen abzuholen. Larrys verhärmtes Gesicht wollte ich mir dazu nicht wieder ansehen. Obendrein hatte ich mir heute kurzfristig freigenommen.

Aufgeregt saß ich in meinem Sportwagen und fuhr die Autobahn entlang. Diesmal hatte ich meinen Weekender mit einigen Kleidungsstücken und persönlichen Toilettenartikeln bei mir. Für alle Fälle, falls ich bei Jeremy übernachten würde. Tabitha würde sich bestimmt wieder bereit erklären, nach Melody zu sehen.

Nervös hantierte ich an meinem Radio herum. Überall nur Nachrichten. Wen interessierte es, ob im Bundesstaat Arkansas wieder einmal acht Hinrichtungen innerhalb zehn Tage stattgefunden hatten oder US Präsident Donald Trumps Eilmeldesystem gehackt wurde. Das alles nervte mich nur zum gegenwärtigen Zeitpunkt.

Ich wollte schon die nächste Taste drücken, da vernahm ich eine interessante Schlagzeile. Es ging um einen Fall am *Central Criminal Court*. Die BDSM-Szene war noch immer Tagesgespräch in den Medien.

Den kleinen Fisch, den ich vor einigen Tagen höchstpersönlich hinter Gittern habe verschwinden lassen, war im Verhältnis zu den Mitgliedern der Londoner Börse ein *Blobfisch* gewesen, und zwar deswegen, weil er sich aus allem herauswinden und der Verantwortung entfliehen wollte. Wenngleich er mit diesem Tiefseefisch nur eins gemeinsam hatte, nämlich seine glitschige Haut und seine wendige Art, sodass man beinahe glaubte, er hätte sich seiner gerechten Strafe entziehen können. Nun konnte er sich im Hochsicherheitsgefängnis von *Wandsworth* im *Onslow Centre*, wo zumeist nur Sexualstraftäter einsaßen, im dortigen Boden für die nächsten Jahre eingraben. Dieser Fall war für mich abgeschlossen.

Doch an der Party waren noch andere Mitglieder beteiligt gewesen, die eigentlich wegen unterlassener Hilfeleistung anzuklagen gewesen wären. Nur leider waren der Akte so viele Beweismaterialien und Polizeiprotokolle entzogen worden, dass es mir nicht mehr gelingen würde, die Personen ausfindig zu machen.

Jeremy hatte versprochen, sich dem Fall anzunehmen, doch ich musste fürchten, dass auch er auf keinen grünen Zweig kommen würde.

Die Verkehrsschilder flogen nur so an mir vorbei, allmählich erreichte ich das Terminal. Den nächsten Besucherparkplatz, den ich bekommen konnte, nannte ich mein Eigen und stellte meinen Sportwagen ab. Hektisch sah ich auf die Uhr und stieg aus. Ich betätigte die Fernbedienung, danach steuerte ich auf die selbst öffnende Schiebetür zu. Ich war schon etwas spät dran.

Hastig klackerte ich mit meinen High Heels von *Jimmy Choo* über den Steinboden, bis ich sie mir völlig genervt auszog, um barfuß weiterzulaufen. In meinem beigefarbenen Designer-Wickelkleid von *Labels Issa* und meinen High Heels, die ich mittlerweile in der Hand trug, musste ich wohl ein ziemlich dämliches Bild dargeboten haben, als ich so durch das Londoner Flughafengebäude flitzte.

Gerade rechtzeitig erreichte ich den Ankunftsbereich, als ich Jeremy bereits mit seinem Rollkoffer durch die Schiebetür kommen sah. Freudestrahlend lächelte er mir entgegen. Dann wanderte sein kritischer Blick zu meinen Füßen und er zog seine Augenbrauen hoch. Dabei legte sich seine Stirn in Falten und er musterte mich skeptisch, aber amüsiert. Ich musste zugeben, es sah wirklich höchst peinlich aus. Jeremy aber war ein Fußfetischist, also würde es ihm sicher gefallen, in welchem Aufzug ich hier erschienen war.

Ich verzog meine rot geschminkten Lippen zu einem verführerischen Lächeln und meine Augen waren leicht zusammengekniffen. Er ließ den Koffer los, hob mich hoch und drehte sich einmal um die eigene Achse.

»Elena! Wie habe ich dich vermisst in Brüssel.« Er drückte mir einen intensiven Kuss auf den Mund und ich vergrub meine Hände in seinem dunkelbraunen Haar. Augenblicklich hätte ich mich, wenn es sich ergeben hätte, an Ort und Stelle von ihm vernaschen lassen.

»Ich bin aber auch nicht gerade enttäuscht, dass du wieder hier bist«, funkelte ich ihn an und versuchte, so sexy wie möglich zu wirken. Mal sehen, wie weit er hier in London gehen würde, nach der heißen Nacht, die wir auf Seeds Castle verbracht hatten. Aber ich hütete mich natürlich, ein noch so klitzekleines Detail davon zu erwähnen, denn das war Teil der Vereinbarung, die wir getroffen hatten.

Langsam ließ er mich wieder auf den Boden der Tatsachen zurück und ich schlüpfte in meine High Heels. Er legte den Arm um mich und wir gingen durch das Flughafengebäude zu meinem Wagen. Inzwischen kramte ich meine Autoschlüssel aus meiner Handtasche und betätigte die Bedienung. Rasch verlud er seinen Trolley im Kofferraum.

»Soll ich fahren, Honey?«, fragte er mich höflich. Ich setzte meinen unwiderstehlichen Blick auf und hielt ihm meine Schlüssel entgegen.

»Bitte sehr, Mr White. Nur zu gern lasse ich mich von Ihnen verwöhnen.« Er hob seine Augenbrauen und verzog seinen Mund zu einem zweideutigen Lächeln.

»Immer zu Ihren Diensten, Madam.« Unterdessen hielt er mir die Wagentür auf und ich stieg ein. Schwungvoll ließ er sich auf dem Ledersitz nieder und startete den Wagen. Während er ihn über das Flughafengelände lenkte, sah er mich aus seinen Augenwinkeln heraus an. »Wir haben keine lange Verschnaufpause, Elena. Heute Abend werden wir zu einem Empfang mit anschließendem Vortrag erwartet. Morgen reisen wir zu einem zweitägigen Kongress, nach Venedig«, stellte er mich vor vollendete Tatsachen.

Einen Moment lang blieb mir der Mund offen stehen. *Also langweilig wird es mit dem Präsidenten des Obersten Gerichtshofs ganz bestimmt nicht.*

»Und was ist mit meinem Job?«, fragte ich in einem sarkastischen Tonfall.

»Alles geregelt, Honey.« Sanft strich er mir über meine Wange. Dieser Umstand stimmte mich ein wenig missmutig.

»Ich mag es nicht, wenn du mir einfach deine Entscheidungen aufdrückst, Jeremy!« Er sah mich skeptisch an.

»Tut mir leid, aber das ist unabänderlich und enorm wichtig für das *Supreme Court*.«

»Ja, das mag schon sein. Du könntest mir aber wenigstens vorher Bescheid geben. Wie wäre das?«, stellte ich verärgert fest.

»Ich habe dir eine SMS geschrieben«, rechtfertigte er sich.

»Wann? Ich habe keine bekommen.« Er wirkte leicht betreten.

»Tut mir leid, Elena. Das muss wohl an der Technik gelegen haben. Verzeih mir, ich hätte dich wohl noch bei unserem Telefonat darauf ansprechen sollen, aber ich dachte, dein Stillschweigen ist mit Zustimmung gleichzusetzen«, entschuldigte er sich nahezu devot. Ich seufzte und presste mich in den Sportsitz.

»Schon in Ordnung. Ich bin ja flexibel«, meinte ich sarkastisch. Tabitha würde sich sicher um Melody kümmern, während ich weg war. Mit einem Mal schoss mir ein Gedanke durch den Kopf.

»Ist nicht an diesem Wochenende Karneval in Venedig?« Jeremy schnippte mit den Fingern und deutete mit einem aufstrebenden Daumen nach oben.

»Erraten! Und wir beide werden ein prachtvolles Kostüm tragen.« Ungläubig sah ich ihn von der Seite her an.

»Mit Masken?«, fragte ich und wartete auf ein Lebenszeichen von Alexander, denn ich konnte mich entsinnen, dass Jeremy, oh, ich meine Alexander, auf Seeds Castle erwähnt hatte, dass er auf Masken nicht besonders stehen würde. Seine schauspielerischen Leistungen übertrafen jedoch jeden Darsteller des *Royal Court Theatres* in London. Er war ein Meister der Verdrängung. All seine Gefühle, Gedanken, Erinnerungen und Ängste, die sich bis in seine dunkle Seele widerspiegelten und in seiner Kindheit tiefe Wurzeln geschlagen haben mussten, schienen mit einem Mal aus seinem Bewusstsein erfolgreich verdrängt. Zudem gelang es ihm offensichtlich, sein abartiges Triebbedürfnis so optimal zu unterdrücken, dass er selbst schon glaubte, er hätte keines.

»Klar, Karneval in Venedig ohne Masken, das geht gar nicht!«, stellte er salopp fest. *Unglaublich! Wie kann man sich nur so sehr verstellen?*

»Das heißt, wir haben gerade mal Zeit, eine Kleinigkeit zu essen und uns für den Empfang umzuziehen. Richtig?« Er seufzte.

»Ich fürchte ja. Möchtest du bei *Ledbury* essen?« Er wollte sich wohl für seinen Fehler entschuldigen.

»Ja, gute Idee«, wandte ich ein. Er lenkte das Fahrzeug nach Chelsea in die Ledbury Road. Das *Ledbury* in Notting Hill war ein sehr begehrtes, ausgezeichnetes Restaurant. Die Preise waren stattlich, aber die Speisen waren jeden Penny wert.

Jeremy parkte direkt davor, wir stiegen aus und betraten den überdachten Eingangsbereich des *Ledbury*. Ein Restaurant-Manager war sofort zur Stelle und führte uns zu einem runden, außerordentlich festlich gedeckten Tisch in der Nähe der großen Fenster. Jeremy rückte mir den Stuhl zurecht und ich setzte mich auf das weich gepolsterte, beigefarbene Leder. Sofort war der Sommelier an unseren Tisch geeilt und wartete geduldig, bis sich Jeremy ebenfalls niedergelassen hatte. Dann zückte er die Weinkarte und gab sie meinem Begleiter in die Hand.

»Eine Empfehlung?«, fragte Jeremy galant.

»Ich empfehle einen Château La Mondotte aus Bordeaux St. Emilion, Jahrgang 1985, süße, warme, rotfruchtige Waldhimbeere mit Pflaumenschale und reifer Kirsche im Hintergrund. Feine Rasse, viel Charme, sehr geschliffen, hohe Säure, butterweiches Tannin.«

»Klingt gut! Was meinst du, Elena?« Er sah mich fragend an. Ich nickte.

»Wäre einen Versuch wert«, entgegnete ich.

»Du bist die Rotweinkennerin.« Ich lächelte.

»Klingt verlockend.« Jeremy wandte sich wieder an den Sommelier.

»Sehr gerne.« Schnell machte er auf dem Absatz kehrt, um eine Flasche dieses edlen Tropfens zu holen. Verschwörerisch beugte ich mich über den Tisch. Jeremy tat es mir gleich.

»Ganz billig ist der aber sicher nicht«, stellte ich unverblümt fest. Jeremy stieß einen leisen Laut durch seine Nase aus.

»Nein, ich schätze an die vierhundertfünfzig Pfund die Flasche.« Er zog die Augenbrauen hoch. »Wenn wir Glück haben«, ergänzte er unverfroren.

Gleich darauf verstummten wir beide, denn der Sommelier tauchte mit der Bestellung in einem Dekantierkörbchen auf und stellte es auf den Tisch. Geübt goss er Jeremy den Rotwein zur Verkostung in sein Glas und drehte die Flasche als Abschluss des Serviervorgangs leicht aus dem Unterarm heraus weg. Nachdem Jeremy zufrieden war, schenkte er mir ein Glas des edlen Rotweins ein, danach füllte er auch Jeremys an.

Anschließend kam der Kellner und brachte uns die Speisekarte. Nachdem ich diese studiert hatte, bestellte ich einen Melonen-Erdbeer-Cocktail mit Seranoschinken, Rucola-Frischkäse-Ravioli mit gebratenem Doradenfilet an Tomaten-Octopus-Ragout, als Nachtisch ein Topfen-Vanille-Soufflé mit Beeren-Mango-Kompott und Himbeersorbet. Jeremy bestellte ein Carpaccio vom Milchkalb mit Blattsalaten, einen rosa gebratenen Kalbstafelspitz auf Topinampurcreme, knusprigen Pfifferlingen und mediterranen Kartoffeln. Als Nachspeise ein Himbeertiramisu mit Latte-Macchiato-Eis.

Als die Vorspeise serviert wurde, fragte ich ihn nach meinem

Fall, den ich ihm nach Brüssel zur Durchsicht mitgegeben hatte.

»Es tut mir leid, Elena, aber diesem Fall wurden so viele Beweismaterialien entzogen, dass man damit kaum etwas anfangen kann. Ich habe die Akte wieder ins *Central Criminal Court* zurückbringen lassen. Sie müsste in den nächsten Tagen bei dir eintreffen. Den kannst du, wie gesagt, skartieren lassen.« Unterdessen schob er sich einen Bissen seines Carpaccios in den Mund. Ich verzog die Mundwinkel. So hatte ich mir das nicht vorgestellt.

»Das heißt, ich kann den Fall abhaken und keinen der Mitglieder der *Londoner Stock Exchange* festnageln! Richtig?« Jeremy trank einen Schluck Rotwein.

»Ich fürchte, ja«, stimmte er mir zu und grinste dabei übers ganze Gesicht, weil er vermutlich mit seinen schmutzigen Gedanken längst wieder woanders war.

Vertrauensvoll zwinkerte er mir zu und ließ seine Stoffserviette auf den Boden fallen. Um sie wieder aufzuheben, war er gezwungen, seinen Kopf unter den Tisch zu stecken. Wenig später spürte ich seine Hand unter meinem Kleid. Erschrocken zuckte ich zusammen und schluckte, dabei fiel mir die Gabel aus der Hand, um sogleich mit einem Klirren auf dem Teller zu landen. Ich fasste an meine Stirn. *Mein Gott! Ist das vielleicht peinlich.* Die Gäste um uns herum starrten uns an. Jeremys Hand verharrte, bis sich die Anwesenden wieder ihrem eigenen Kram zugewandt hatten. Er hob seine Serviette auf, kam unter dem Tisch hervor, um sich bequem hinzusetzen und sah mich noch immer voller Verlangen an.

»Mit oder ohne Slip heute unterwegs?« Unverfroren lächelte ich ihm entgegen und beugte mich über den Tisch.

»Fühl doch selbst, dann weißt du es!« Seine geübten Finger inspizierten vorsichtig die Gegend meiner empfindlichsten Stelle und stöberten meinen Slip auf. Ein anstößiges Grinsen umspielte seine Lippen.

»Gehen wir noch zu mir, bevor der Empfang beginnt?«

»Wenn Zeit ist?« Ich warf ihm einen verführerischen Blick zu.

»Dafür ist immer Zeit.« Diskret zog er sich zurück. Ich atmete auf. Der Kellner brachte den zweiten Gang. Puh, das war knapp gewesen. Sein Blick brachte mich halb um den Verstand und ich begann, mit zittrigen Händen zu essen. Auch in Jeremys Augen spiegelte sich Erregung wider, doch wie immer blieb er äußerst ruhig und besonnen.

Als die Nachspeise serviert wurde und wir sie zu verzehren begannen, sah er mich unverblümt an. »Eine Himbeere?«, fragte er neugierig. Ich verzog den Mund zu einem schiefen Lächeln.

»Gern!« Im Nu balancierte die Himbeere auf seinem kleinen Löffel. Mit den Zähnen nahm er sie auf und beugte sich nun über den Tisch. Seine rechte Hand fasste zärtlich nach meiner linken erhitzten Wange, seine Lippen näherten sich langsam meinem Mund. Mit tiefer Sehnsucht forderte ich meine Liebkosung ein und schmiegte meine Wange in seine hohle Hand. Voller Hingabe berührten seine Lippen die meinen und er küsste mich aus tiefster Leidenschaft. Währenddessen schob er die Himbeere in meinen Mund und seine Zunge begann, meine zu umschmeicheln. Seine Küsse schienen viel zarter, viel zurückhaltender als sonst zu sein. Möglicherweise lag es auch daran, dass wir uns hier in London in der Öffentlichkeit befanden. Allmählich lösten sich seine Lippen von meinen und er sah mich prüfend an.

»Ich liebe dich, Elena! Weißt du eigentlich, wie sehr?« Mir wurde ganz warm ums Herz. Er hatte es tatsächlich ausgesprochen. Auf Seeds Castle noch hatte er gemeint, es wäre verfrüht, diese Worte zu verwenden, aber dass er überzeugt wäre, es eines Tages tun zu können. Mich zu lieben. Wahrhaftig und aus tiefstem Herzen. Seine Hand ruhte noch immer auf meiner Wange, die vor Freude darüber prickelte. Mit einem

Mal fasste ich danach und hielt ihn fest.

»Ja«, hauchte ich. Oh ja, die Hoffnung wuchs. Zum jetzigen Zeitpunkt war ich überzeugt, dass Jeremy es schaffen würde, seine dunkle Vergangenheit abzulegen. Die düsteren Erinnerungen daran zu verarbeiten und hinter sich zu lassen. Wir würden ein ganz normales Leben führen können. Ohne Wenn und Aber.

***

Das *Ledbury* war von Jeremys Penthouse nicht weit entfernt und so waren wir binnen Minuten bei ihm angelangt. Wir standen nun im Fahrstuhl und waren auf dem Weg nach oben. Er betrachtete mich von der Seite.

»Die Herzogin von Kent ist nichts gegen dich, Elena«, bemerkte er stolz. »Du wirkst so anmutig, so elegant, bist eine Frau von Welt. Und du gehörst zu mir.« Zärtlich nahm er mich in den Arm und küsste mich, dass sich augenblicklich alles um mich drehte, und hätte er mich nicht festgehalten, ich wäre wohl zu Boden gesunken. Gegenwärtig ertönte das Signal des Lifts, das uns zu verstehen gab, dass wir angekommen waren. Die Türen öffneten sich. Wir stiegen aus und Jeremy stellte seinen Rollkoffer und meinen Weekender im Vorraum ab. Ich stand in dem hell getünchten Vorraum, dessen Wände in einem matten cremefarbenen Ton gestrichen waren. Sie passten farblich sogar zu meinem Mantelkleid. Ich betrachtete mich in dem imposanten Spiegel, der an der Wand hing und das darunterliegende weiße Bord, worauf noch immer dieselbe Packung Kosmetiktücher thronte. Mein geschulter Blick entdeckte aber noch ein kleines Fläschchen Parfüm, das beim letzten Mal noch nicht hier gestanden hatte. Jeremy bemerkte meinen Scharfsinn sofort.

»Für heute Abend, Honey. *White Rose* von *Floris* aus der Jermyn Street No. 89«, erwähnte er beiläufig. Erstaunt sah ich ihn an. Einen exquisiteren Laden als das *Floris* gab es in London nicht, selbst die Queen kaufte dort ihr Parfüm. Ich nahm das Fläschchen in Augenschein. *White Rose* durfte meiner Einschätzung nach bei achtzig Pfund je hundert Milliliter liegen.

Ich betrat das Wohnzimmer. Der Ausblick auf die Themse ließ mein Herz höherschlagen. Und die Großzügigkeit von Jeremy White auch. Die Stadt hatte ein gewisses Flair. Auf Seeds Castle war es natürlich auch sehr schön, obwohl, ehrlich gesagt, auf das bunte Treiben in London hätte ich nicht mehr so schnell verzichten wollen.

Verstohlen sah ich auf die Uhr. Es war bereits viertel nach zwei, sicher müssten wir bald zu diesem Empfang und ich überlegte, was ich wohl dazu anziehen sollte. Jeremy riss mich aus meinen Gedanken.

»Du hast nicht zufällig geeignete Kleidung für die Fuchsjagd vor dem Empfang?«, fragte er mich nun vorsichtig. Erstaunt wandte ich mich in seine Richtung.

»Für eine Fuchsjagd? Das ist doch mittlerweile verboten«, stieß ich verdutzt aus. Mein ausgesprochener Rechtsfanatismus meldete sich wieder.

»Verboten!« Jeremy zog ein langes Gesicht. »Das gesamte House of Lords ist in die Hetzjagd involviert, an dieses Verbot hält sich doch keiner. Alle Großgrundbesitzer unterstützen diese althergebrachte Tradition in England«, stieß er unbeherrscht aus und ich musste einen ziemlich dämlichen Eindruck bei ihm hinterlassen haben. *Vor dem Gesetz sind doch nicht alle gleich*, dachte ich ironisch.

Ich war Zeit meines Lebens noch nie auf einer Jagd gewesen. Das schien mir dann doch etwas zu snobistisch. Allein die kläffende Hundemeute, die aus vierzig bis sechzig Foxhounds bestand, ließ mir die Magensäure hochsteigen. Das machte zwischen Engländern und Iren einen entscheidenden

Unterschied, musste ich feststellen. Den Spaß am Töten war wohl keinem Iren in die Wiege gelegt worden. »Und hast du etwas Geeignetes dafür?«, schien er nun einlenken zu wollen.

»Nein!«, entgegnete ich mürrisch. »Diese Art von Kleidung befindet sich nicht in meinem Weekender. Ich darf dich daran erinnern, dass du keine Silbe davon erwähnt hast!«, gab ich ihm in einem ziemlich forschen Tonfall zu verstehen. Er seufzte, dabei kratzte er seine Schläfe, als müsste er nun angestrengt nachdenken, wo er auf die Schnelle eins dieser Kostüme, denn anders konnte ich dieses spaßige Outfit nicht bezeichnen, für mich auftreiben könnte.

»Bin gleich wieder da!« Mit diesen Worten stürmte er an mir vorbei und stieg in den Fahrstuhl.

Irritiert ließ er mich im Wohnzimmer zurück, ich verzog verärgert meinen Mund und starrte auf die Themse hinaus. Die enormen Wassermassen wälzten sich unter uns dahin. Die graue Suppe sah tagsüber nicht mehr so imposant aus, als sie es nachts bei Beleuchtung tat.

Ich seufzte. Diesen Abend hatte ich mir anders vorgestellt. Ich wünschte, wir wären jetzt auf Seeds Castle und Jeremy würde in die Rolle von Alexander schlüpfen, das würde mir bedeutend besser gefallen, als auf diese dämliche Jagd zu gehen, um danach auf einem öden Empfang ein dauerhaftes Lächeln auf meine Lippen zu zaubern.

Es dauerte nicht lang, da war Jeremy auch schon wieder zurück. In der Hand hielt er eine enorm große Papiertasche. Skeptisch warf ich einen Blick darauf, um in Folge dessen Jeremy mit einem kritischen zu bedenken. Er lächelte argwöhnisch.

»Du tust so, als wären hier irgendwelche abartigen Gerätschaften in der Tasche, mit denen ich dich im nächsten Augenblick quälen würde.« Augenblicklich war ich ziemlich erstaunt über seine Aussage und verblüfft zugleich. Warum reagierte er so absonderlich? Das war mir wirklich ein Rätsel. Gut, er wollte zwischen diesen beiden Welten eine strikte Trennung herbeiführen, das hatte er mir bereits auf Seeds Castle prophezeit. Aber zumeist tat er so, als ginge ihn sein zweites Leben gar nichts an, als wäre er ein völlig anderer Mensch und hätte mit Alexander rein gar nichts zu tun.

»Merkwürdig dein Benehmen, höchst merkwürdig!«, stellte ich erstaunt fest. Jeremy schüttelte den Kopf, dabei lächelte er mich zweideutig an.

»Jetzt stell dich nicht so an. Es ist doch nur eine Jagd, weiter nichts.« Er nahm mich behutsam in den Arm. »Wir machen uns hoch zu Ross einen schönen Abend und durchstreifen die Landschaft in Sussex, dann gehen wir auf diesen Empfang und morgen sitzen wir schon im Flieger nach Venedig. Dort kannst du dich dann wieder so richtig austoben. Und ich mich mit dir. Versprochen!« Jetzt verstand ich. Jeremy wollte also scheinbar im Hotelzimmer in Venedig in die Rolle des Alexander schlüpfen, während er auf dem Kongress wieder Jeremy sein würde.

Er hielt mir nun die Papiertasche unter die Nase. Ich hatte es geahnt. Mit weißer Reithose, roter Samtjacke mit auffällig goldenen Knöpfen und schwarzem Kragen sowie weißem Halstuch, schwarzem Helm und ebenso schwarzen Reitstiefeln war ich gezwungen, hoch zu Ross der Hundemeute zu folgen, welche durch einen Huntsman auf einem Jagdhorn dirigiert werden würde. *Fantastisch. Absolut pervers.* Seinem Blick nach zu urteilen, war Jeremy im Bilde, welchen Widerstand ich zu diesem Spielchen entwickelte. Skeptisch wölbte sich die Innenseite seiner Augenbrauen nach unten und seine Stirn zog dich verhältnismäßig streng in Falten. Gleich darauf stellte er eine Frage.

»Kannst du überhaupt reiten?«, fragte er nun ungläubig. Ich

hätte verneinen können, dann hätte ich mir dieses Spektakel wohl erspart. Aber nein! So ehrlich wie ich war, und dies war mir schon von Kindesbeinen an eingebläut worden, gab ich ihm eine aufrichtige Antwort.

»Natürlich kann ich reiten«, machte ich ihm unmissverständlich klar. Dieser Gedanke ließ mich innerlich lüstern werden. Müsste Jeremy das nicht am besten wissen? Oder besser gesagt Alexander! Meine Lippen schürzten sich wie von selbst, um sich dann zu einem breiten Grinsen zu formieren. »Habe ich das bei unserem letzten *Ausflug* nicht zur Genüge bewiesen?«, fragte ich ihn schamlos. Er stieß ein nicht imitierbares, tierähnliches Geräusch aus und bewegte sich wie eine Raubkatze auf mich zu. Sein Verhalten veranlasste mich, ihm die kalte Schulter zu zeigen. Er sollte sich langsam daran gewöhnen, dass er nicht alles haben konnte, wonach ihm zumute war. Ich wandte mich um und wollte in Richtung Ankleideraum gehen, als er seinen Arm um meine Taille schlang, um mich festzuhalten.

»Doch. Das ist unbestritten, dass du diese Gabe hast, Elena.« Ich stand mit dem Rücken zu ihm und warf meinen Kopf in den Nacken. Er knabberte ungeniert an meinem Hals.

Dabei wanderte seine Hand unter meinen Rock, bewegte sich langsam vorwärts, um auf meinem Schamhügel Halt zu machen. Spannungsgeladen und vollständig aufgewühlt, schmiegte ich meinen Kopf an seine muskulöse Schulter und stöhnte.

»Oh, Elena, du willst mich wohl in den Wahnsinn treiben«, schnaubte er. Mein Puls jagte durch meine Adern und in meinen Ohren pochte es. Sein nicht bezähmbarer Atem hielt mich auf Hochtouren. *Heute werden wir nicht so schnell zu dem Empfang kommen*, schoss es mir durch den Kopf.

Noch bevor ich diesen Gedanken zu Ende denken konnte, stoppte er unvermutet seine Absicht. Mein Kopf schwirrte noch immer von dieser blitzartigen Passion. Präzise richtete er seine Krawatte. Auch er gewann langsam wieder seine Fassung zurück. Es musste ihm wohl auch einiges an Selbstbeherrschung gekostet haben, seinem Trieb zu widerstehen. Dafür bewunderte ich ihn.

Enttäuscht und ohne mir ausmalen zu wollen, wie unser Abend heute hätte verlaufen können, schnappte ich mir die Papiertasche und folgte Jeremy in den Ankleideraum. Wortlos zwängten wir uns beide in unsere Reithosen. Salopp schlüpfte ich in mein weißes Poloshirt und streifte die rote Samtjacke über. Anschließend glitt ich in die schwarzen Reitstiefel, steckte die weißen Handschuhe in meinen Helm und klemmte ihn unter meinen Arm. Jeremy lächelte charmant.

»Du siehst immer toll aus, Elena, egal, was du anhast«, bemerkte er bewundernd. Seine Worte schmeichelten mir und ich verdrängte den abrupten Abbruch unseres Liebesspiels. Er legte den Arm um meine Schultern und wir bewegten uns auf den Lift zu. Kurz nachdem er den Knopf gedrückt hatte, um den Fahrstuhl zu rufen, gingen auch schon die Türen auf. Erwartungsvoll sah er mich an. »Nach dem Empfang sitzen wir schon so gut wie im Flieger nach Venedig.« Dabei strich er zärtlich über meine Wange.

Die Lifttüren öffneten sich und wir standen in der Tiefgarage. Ein Lautes *Quick-quick* durchbrach die Stille hier unten und wir gingen zu seinem Wagen. Jeremy hielt mir die Beifahrertür auf und ließ mich einsteigen, bevor er es selbst tat. Er startete und fuhr los.

Hier in London war er der totale Kontrollfreak. Auf Seeds Castle konnte er einem stundenlangen Happening nicht widerstehen. Dort war er so scharf auf mich, dass ich mir fast sicher war, es gäbe nichts, was er mit mir nicht ausprobieren oder vor dem er sich ekeln würde. In dem umgebauten Verlies im Keller von Seeds Castle, stellte er sich ausnahmslos auf meine Wünsche ein und war jeder Herausforderung gewachsen.

Die Aktion mit dem Flogger hatte mir echt gut gefallen. Es war der totale Mindfuck gewesen. Der sachte Schlag auf meine Scham, hatte mich in Ekstase versetzt. Das weiche schwarze Leder auf meiner nackten Haut hatte mich so richtig scharf auf ihn gemacht. Und das war sicher nur der Anfang unserer DS-Beziehung. Seine zarten Schläge hatten meine Haut zum Prickeln gebracht. Klar, natürlich hätte er kräftiger zuschlagen können, aber er hatte nicht einmal den Anschein erweckt, das tun zu wollen.

Schmerz und Lust lagen bei ihm ziemlich nah beieinander, nur in einer etwas anderen und extremeren Form. Unser Lustspiel, in das Alexander Zwang und Schmerz eingebaut hatte, beruhte auf gegenseitigem Vertrauen. Vertrauen war die Basis von BDSM. Ohne diese wichtige Tugend würde Unterwerfung und Dominanz niemals funktionieren.

Wir waren uns in dieser Session unheimlich nah gewesen, er hatte auf mich aufgepasst und ich bei ihm wirklich das Gefühl gehabt, dass er meine Grenzen nicht überschreiten würde. Er hatte mir versichert, auf meine Bedürfnisse und Wünsche einzugehen, nur das zu tun, wofür ich auch bereit war. Ich hatte mich dadurch ungeheuer sicher und aufgehoben gefühlt. Die Sache mit dem Ingwer war ein einzigartiges Erlebnis gewesen und hatte meinen Körper in Aufruhr gebracht. Ich hatte innerlich und äußerlich gebrannt, aber es hatte mich zu einem ziemlich schrägen und multiplen Orgasmus gebracht. Seine Erfahrung auf diesem Gebiet war im wahrsten Sinne des Wortes deutlich zu spüren gewesen, denn hätte er die Flüssigkeit nicht richtig dosiert, wäre es für mich mit Bestimmtheit kein sexuelles Vergnügen geworden. Er hatte also mit seiner Aussage recht gehabt, wenn er meinte, dass Vertrauen ein

Grundpfeiler für eine erfüllte DS-Beziehung wäre. Sein Einfühlungsvermögen würde uns beiden in Zukunft ein feuriges Liebesleben bescheren.

Es war unbestritten, dass er ganz anders war, als die Männer, mit denen ich bisher Sex hatte, denn in seiner Gegenwart genoss ich viel mehr Aufmerksamkeit, als ich es bislang gewohnt war. Unsere Beziehung war etwas ganz Besonderes und er würde das Spiel immer wieder von Neuem aufbauen, würde mit der Zeit wissen, was ich bevorzugte und was ich verabscheute. Ich war begierig, zu erfahren, inwiefern ich ihn zukünftig dominieren sollte, jedoch war mir klar, dass ich auf seine Stärken und Schwächen eingehen müsste und sein Vertrauen in mich niemals missbrauchen würde. Er wäre nicht mein Werkzeug, wie es Blackford in Sarah Woods gesehen hatte. Nein, er und seine Gefühle waren mir wichtig. Alles andere wäre pervers.

Im Alltag war von seiner devoten Rolle mir gegenüber kaum etwas zu spüren und ich signalisierte ihm, dass ich ihn in allen Punkten respektierte. Bestimmt war er ein guter Lehrer, der mich unterrichten würde, ihn zu führen, sodass unsere Sessions auch in Zukunft eine wunderbare Begegnung werden würden.

Wahrscheinlich lag es auch daran, weil diese Art der körperlichen Liebe im Gegensatz zu Vanillasex emotional gesehen ein viel tieferes Gefühl erzeugte.

Bei ihm fühlte ich mich frei, verletzbar und trotzdem unheimlich geborgen. In dieser Nacht hatte ich so viel über meine persönlichen Grenzen, meine bisherigen Zwänge, meine Ängste und vor allem über meinen eigenen Körper erfahren wie in dreizehn Jahren zuvor nicht, in denen ich Sex gehabt hatte.

So schwer drückt nichts, wie ein Geheimnis drückt.

(Jean de La Fontain)

DIE FUCHSJAGD

Draußen schien die Sonne. Ich beobachtete die vorbeiziehende Landschaft und fühlte mich enorm gelöst. Verhältnismäßig schnell, so erschien es mir jedenfalls, kamen wir in Sussex an. Jeremy holperte mit seinem *Range Rover* über unwegsames Gelände. Die Hundemeute und einige Gäste der Jagdgesellschaft hatten sich schon auf einer Wiese vor dem Schloss versammelt. Weitere Hunderte Pferde und Reiter verteilten sich auf dem Gut. Eigentlich ein grausamer Sport, der hier in England betrieben wurde. Während der Clubhunting-Saison wurden die Hunde an Fuchsjungen trainiert. Noch im Morgengrauen, und das jeden Tag, trieb man sie hinaus, sodass sie die Fuchsjungen, die sie erbeuteten, töten konnten. Zur Hauptjagdsaison wimmelte es nur so von gut trainierten Hunden, die nach einer Fuchsspur suchten. Der Huntsman gab den Reitern ein Signal, diese schwärmten aus und die Meute hetzte voraus, um der Fährte zu folgen. Abseits des Areals fuhren einige Wägen, die die Reiter dirigierten. Falls der Fuchs die Straße queren sollte, würde man ein *Hollo over* rufen, und falls der Fuchs wieder zurückgelaufen war, hörte man ein *Hollo back*.

Jeremy parkte das Auto in der Nähe der versammelten Jagdgesellschaft und wir stiegen aus. Es trafen sich ausschließlich Mitglieder des *Supreme Court*, des Adels und deren Familienangehörige. Persönlich kannte ich keinen Einzigen davon. Höchstens den einen oder anderen vom Sehen her, falls ich ihm zufällig schon einmal begegnet war. Jeremy wurde freudig begrüßt und stellte mich bei einigen Mitgliedern und deren Begleiterinnen vor. Es war schon eine höchst eigenartige Clique, und erst die Frauen. *Himmel!*, dachte ich genervt. *Sind die vielleicht hochnäsig!* Worauf sie sich etwas einbildeten, wusste ich zwar nicht, aber bitte.

»Welch nette Begleitung Sie uns mitgebracht haben, Jeremy«, flötete eine schwarzhaarige, dünne, exaltierte Tussi. Sicher das Betthäschen von diesem abstoßenden, schleimigen und widerlichen Ekelpaket, das neben ihr stand und lüstern vor sich hin grinste, weil er glaubte, die rassige Schönheit interessierte sich für sein bestes Stück. Indessen war ihr sicher nur seine dicke Brieftasche von enormer Wichtigkeit. Wir begrüßten einander und ich lächelte ebenfalls zuckersüß zurück, danach machten wir uns gemeinsam auf den Weg zu unseren Pferden, um Sattel und Zaumzeug zu kontrollieren. Jeremy hatte anscheinend schon dafür gesorgt, dass unsere Tiere gesattelt und aufgezäumt worden waren.

»Wie kannst du dich nur mit dieser widerlichen Gesellschaft abgeben?«, fragte ich Jeremy ungläubig. Er grinste und kniff mir in die Wange.

»Das bringt mein Beruf mit sich. Die Mitglieder des *Supreme Court* erwarten, dass ich an ihrer Jagd teilnehme. Und der Adel sowieso«, machte er mir unmissverständlich klar. »Beim letzten Mal waren sogar Prinz Charles und Camilla mit von der Partie«, versuchte er, zu prahlen. Ich verdrehte die Augen.

»Toll! Solange Queen Mum nicht mit dabei ist«, entgegnete ich sarkastisch. Er grinste und machte mit seinem Zeigefinger eine eindeutige, drohende Geste.

»Doch, war sie. Aber nicht mehr hoch zu Ross.«

»Muss ja ein ultimatives Erlebnis gewesen sein«, erwiderte ich in ironischem Tonfall, während ich dem Schimmel auf das Hinterteil klopfte, um ihn dazu zu bewegen, auf die Seite zu gehen, sodass ich ihm die Sattelgurtschnallen festziehen konnte. Mein Pferd schnaubte, inzwischen verkürzte ich die Steigbügel.

»Ja, ja, schon gut, Elena. Eine Republikanerin versteht so

etwas nicht«, antwortete er herablassend.

»Eine überzeugte *irische* Republikanerin *will* das auch nicht verstehen, sondern widersetzt sich diesen ausgesprochen veralteten Normen zu recht«, behielt ich wieder einmal das letzte Wort. Jeremy seufzte und lächelte mich zugleich schelmisch an.

»Womit habe ich nur so eine Frau wie dich verdient?« Er schüttelte verständnislos den Kopf.

»Weil du ohne diese Frau und deren Erotik nicht mehr auskommen würdest«, machte ich eine eindeutige Anspielung und überprüfte den Sattelgurt ein letztes Mal. Jeremy war sichtlich beeindruckt von meinem Selbstbewusstsein. Seine Augen weiteten sich merklich und er stieß einen verächtlichen Laut aus, während er an seinem Pferd die Länge der Steigbügelriemen anpasste.

»Also, hör mal. Du bist vielleicht ein Biest, Elena!«, meinte er und wandte sich in meine Richtung. Unterdessen zog er mich an seinen muskulösen Körper. Amüsiert betrachtete ich ihn.

»Ich spreche nur die Wahrheit, die reine Wahrheit, Euer Ehren«, sagte ich und warf ihm einen bewusst devoten Blick zu.

»Du bist unverbesserlich, Honey«, lachte er und ließ mich wieder los. Blitzschnell fasste er nach der Reitgerte, die an einem Haken am Balken, an dem die Pferde angebunden waren, hing und schnalzte damit einmal kräftig auf den Boden. Ich lachte mich halb schief deswegen.

»Na warte!«, konterte er gespielt. So schnell konnte er gar nicht zusehen, hatte ich das Pferd losgemacht, um mich auf dessen Rücken zu schwingen. Ich fasste nach den Zügeln und trieb es an. Im Nu war ich ihm davongeritten. Doch Jeremy ließ nicht locker und folgte mir unmittelbar. Wir galoppierten über das weitläufige Gelände. Als ich einen kurzen Blick über meine Schulter riskierte, sah ich Jeremy gerade über ein Hindernis springen. Sein eleganter Reitstil machte auf mich einen unglaublichen Eindruck. Obwohl ich einen Vorsprung hatte, schien sich der Abstand zwischen Jeremy und mir immer mehr zu verringern, also legte ich noch einen Zahn zu. »Du entkommst mir nicht, Elena!«, warnte er mich, doch so leicht gab ich mich nicht geschlagen, dabei stieg mein Adrenalinspiegel empfindlich an.

Die Foxhounds, deren Ruten vor Aufregung emporstanden und deren Schnauzen nur knapp über dem Erdboden eine Spur verfolgten, kamen immer näher. Bald hatte ich das Rudel erreicht und es machte den Anschein, als hätten sie einen Fuchs aufgespürt. Möglicherweise war er in seinen Bau geflohen. Das Jagdhorn des Huntsman erklang und die Jagd wurde damit eröffnet. Die Reiter saßen auf und ritten los. Ich war ihnen längst einige Hasenlängen voraus. Jeremy war mir dicht auf den Fersen. *Ha! Eine Irin wirst du Engländer nicht so schnell einholen.* Ich trieb mein Pferd noch mehr an.

Die Jagd hatte begonnen. Und verfolgt wurde nicht nur der Fuchs, sondern auch ich, wenn auch ausschließlich von Jeremy. Die zahlenden Gäste zu Pferde versuchten alle, mit der Hetzjagd Schritt zu halten. Zunächst folgten die Hunde dem Fuchs, der seinen Bau bereits wieder verlassen hatte und noch viel schneller als sie war. Die Followers, die das Geschehen von ihren Wägen aus beobachteten, gaben spezifische Rufe von sich, um die Reiter zu dirigieren. Der Huntsman brachte daraufhin seine Meute in Richtung der Rufenden und setzte sie wieder auf den Fuchs an. Dieser schien immer müder zu werden und verlangsamte sein Tempo. Die Hunde kamen näher und bald darauf hatte er keine Chance mehr, zu entkommen. Weil ich am schnellsten war, während die Meute den ersten Fuchs bereits eingekreist und buchstäblich in der Luft zerrissen hatte, war ich sozusagen erfolgreich anwesend. Der Huntsman schnitt dem erlegten Tier den Schwanz ab und ich wurde zu meinem Bedauern auch noch *gebloodet*. Das blutige Ende des Schwanzes hinterließ einen schmierigen Streifen in meinem Gesicht und mir kam fast das Kotzen dabei. Noch dazu sollte man dieses eindeutige Zeichen nicht einmal abwaschen. Jeremy sah mich stolz an. Die anderen Jagdgäste applaudierten. Ich war hiermit in den erlauchten Kreis der Jäger aufgenommen worden. So besagte es zumindest die Regel. Es fanden noch vier weitere Fuchshetzen statt. Doch diesmal hielt ich mich diskret im Hintergrund.

An einer Lichtung, wo ein Bach den Weg kreuzte, machte ich Halt, stieg ab und band die Zügel meines Pferdes an einem Baum fest, um mir das Blut vom Gesicht zu waschen. Zu diesem Zweck hockte ich mich ans Ufer und tauchte ein Taschentuch ins Wasser. Jeremy war mir gefolgt und saß ebenfalls ab. Er machte sich nicht einmal die Mühe, sein Tier anzubinden, sondern packte von hinten meine Hand und sah mich bestürzt an.

»Was tust du denn da? Das verstößt gegen die Regeln!« Ich blickte ungläubig zurück.

»Was verstößt gegen die Regeln? Dass ich ein ekelerregendes Blutbad mit ansehen musste, um mir zu meiner Begeisterung auch noch selbiges ins Gesicht schmieren zu lassen, während die gesamte Jagdgesellschaft gejubelt und applaudiert hat?« Jeremy atmete tief ein und wieder aus.

»Elena, bitte! Wenn du das jetzt tust, sind wir unten durch, und zwar für alle Zeiten«, bemühte er sich, sein Ansehen zu wahren.

»Glaubst du, an mir eine versteckte devote Seite entdeckt zu haben, die es rechtfertigt, mit einem blutverschmierten Gesicht herumzulaufen, weil ich mir diesen Schwachsinn hier gefallen lasse?«, funkelte ich ihn an. Er grinste ziemlich dämlich und fasste sich an die Stirn, unterdessen kniete er sich mit einem Bein auf den Boden.

»Nein, ganz bestimmt nicht. Vielmehr bin ich der devote Typ! Sieh mich an, ich knie vor meiner Domina«, sagte er und lachte aus vollem Halse.

»Sehr witzig«, entgegnete ich und stierte ihn mit weit aufgerissenen Augen an. Er half mir auf und wir bestiegen wieder unsere Pferde, nachdem ich meines losgemacht hatte. Er mit einem schmutzigen Knie und ich mit einer blutverschmierten Wange. *Fantastisch!* Ich hasste diesen sogenannten Sport. Tierschützer würden hier voll auf ihre Kosten kommen. Prominenten Gästen brachte man das Opfer sogar in einem Sack, um den Fuchs vor den Hunden freizulassen, sodass diese ihn bis zum Exzess jagen konnten. Wollte man garantieren, dass der Fuchs nicht entwischt, schnitt man ihm zuvor mit einem Messer in die Pfoten, damit die Meute die blutige Fährte jederzeit aufspüren konnte. Genau diese Form der Jagd war mit Abstand die beliebteste unter dem hochnäsigen Adel. Ich trieb mein Pferd an und Jeremy tat es mir gleich. Missmutig ritt ich neben ihm her.

»Wie kannst du an diesem Sport nur Gefallen finden?«, fragte ich ihn verärgert. Ich fand es dermaßen abstoßend und war unheimlich erzürnt über diesen Vorfall.

»Ich bin schon in jungen Jahren mit meinem Vater auf die Jagd gegangen. Das ist hier in England Sitte und hat Tradition.« Skeptisch sah ich ihn von der Seite her an. Seinen Bruder erwähnte er dabei nicht. Er hätte keinen Bruder mehr, hatte er mir mit eiskalten Worten auf Seeds Castle entgegengeschmettert. An diesem Tag und auch heute hatte ich die andere Seite des Jeremy White kennengelernt. Gesellschaftliche Verpflichtungen und die Tatsache, dass Traditionen ohne Wenn und Aber eingehalten werden mussten, waren bei ihm oberstes Gebot.

***

Nach der Fuchsjagd wollte ich auf schnellstem Wege nach Hause. Mich ekelte es vor meinem Gesicht, das ich dank

Jeremy nicht einmal hatte abwaschen dürften, dem Blut des Fuchses, das nun wie eine zweite Haut verkrustet an meiner Wange klebte. *Richtig widerlich.*

Kaum dass wir in seinem Penthouse angekommen waren, eilte ich auch schon in den ersten Stock ins Bad, um mir die Kleider vom Leib zu reißen und mich unter die Dusche zu stellen. Als ich den Strahl zunächst über meine Wange laufen ließ, verfärbte sich das Wasser, das langsam an meinem Körper hinunterfloss, zu einer bräunlichen Suppe, die allmählich im Abfluss verschwand. *Nie wieder, in meinem ganzen Leben nicht, das schwor ich mir, werde ich mir das antun lassen.* Minutenlang ließ ich den Wasserstrahl über meinen Kopf fließen, um mich wenig später mit einem verführerischen Duschbad, das nach orientalischen Gewürzen duftete, einzuschäumen. Meine Haut wurde dadurch seidig und zart, das konnte ich deutlich spüren. Um dem Pferdegeruch zu entrinnen, wusch ich mir mein blondes Haar ebenfalls damit. Als ich mit dem Duschen fertig war, stellte ich das Wasser ab und stieg auf den Badezimmerteppich hinaus, um mich in ein flauschiges Handtuch zu wickeln. Mein Haar frottierte ich, bevor ich in Jeremys exquisiten Bademantel schlüpfte und meine widerspenstigen Locken mit einem Föhn in Fasson brachte. Nachdem meine Haare und mein Gesicht getrocknet waren, trug ich rasch noch etwas Puder, Rouge, Eyeliner und roten Lippenstift auf. Ich warf einen kritischen Blick in den Spiegel, dann verließ ich das Badezimmer und lief die Treppe ins Wohnzimmer hinab.

Jeremy hatte sich anscheinend im Erdgeschoss geduscht und war bereits in einen seiner schicken Designeranzüge geschlüpft, dessen blütenweißes Hemd sich von der schwarzen taillierten Sakko-Weste abhob. Gegenwärtig kämpfte er mit seiner violetten *Atkinson*-Krawatte vor dem Spiegel, bis ich ihm die Qualen ersparte und Hand anlegte.

»Hey, was ist denn los mit dir? Seit wann hast *du* Probleme, eine Krawatte zu binden?«, lächelte ich frivol, band sie ihm geschickt und rückte sie zurecht. Dabei ließ er mich nicht aus den Augen und zwinkerte mir zu.

»Du machst das fabelhaft, Elena«, lobte er mich. Zu gern wäre ich jetzt mit ihm auf Seeds Castle gewesen und hätte mich von seinen zärtlichen Händen verwöhnen lassen. Ich seufzte. Aber den Herrensitz oder das, was wir dort taten, nur im Entferntesten in London zu erwähnen, wäre gegen jede Vereinbarung gewesen. Ich erinnerte mich an seine strikte Trennung, die er auch mir auferlegt hatte. Sachte öffnete er den Gürtel des Bademantels und schob den Stoff über meine Schultern. Ich stand nun völlig nackt vor ihm. »Dein Körper törnt mich so sehr an, Elena!« Er strich vorsichtig durch mein Haar. »Ich fürchte, der Empfang wartet nicht auf uns und wir sind schon etwas spät dran«, flüsterte er mit erregter Stimme und ich war überzeugt, es kostete ihn große Überwindung, seine Beherrschung zu wahren, um mich nicht hier an Ort und Stelle auf dem Fußboden zu vögeln. Nun hielt er die Augen geschlossen und suchte vermutlich nach einer Möglichkeit, nicht wie ein brunftiger Löwe über mich herzufallen.

Diesen Moment nutzte ich, um in den Ankleideraum zu entwischen. Kurzerhand schlüpfte ich in einen weißen Slip, meine Strapse und ein weißes Negligé, das ich aus meinem Weekender herausgenommen hatte. Danach zog ich mein hellblaues Etuikleid über den Kopf. Wenig später war ich in meine farblich dazu passenden Plateauschuhe geschlüpft und bewegte mich damit elegant über den Eichen-Dielenboden. Meine Handtasche klemmte ich unter den Arm und ergriff den Weekender.

Jeremy stand noch immer im Wohnzimmer und hatte sich, so wie es schien, zur Beruhigung einen Drink genehmigt. Entspannt blickte er mir entgegen und nahm den letzten

Schluck, um das Glas wieder auf dem Servierwagen abzustellen, umschlang meine Taille und wir gingen in den Vorraum. An einem der Haken hing mein hellblauer Kaschmirmantel, den er offenbar irgendwann aus meinem Wagen geholt hatte, um ihn mir nun über meine Schultern zu hängen.

»Du siehst bezaubernd aus, Miss Cooper«, machte er mir ein Kompliment und nahm mir die Reisetasche aus der Hand.

»Danke, Mr White, Sie sehen auch nicht übel aus«, bezirzte ich ihn. Irgendwie machte es Spaß, ihn aus der Reserve zu locken. Ob es mir wohl gelingen würde, zukünftig Alexander hier in London in den Vordergrund zu rücken? Langsam, aber sicher begann mir diese Person immer mehr zu gefallen, weil sie einfach hemmungsloser, von übertriebener, unstillbarer Leidenschaft und maßloser Härte zu sich selbst übertroffen war.

Während wir auf den Fahrstuhl warteten, starrte ich ihn an, konnte meinen Blick nicht von ihm abwenden und in dieser Sekunde hatte ich das Gefühl, es erging ihm ebenso. Bestimmt hätte er es bevorzugt, den Besuch dieses Empfangs abzublasen. Verantwortungsbewusst wie wir beide nun mal waren, stellten wir uns dieser lästigen Herausforderung und fuhren ins *Covent Garden Hotel*, das in der Nähe des Piccadilly Circus lag.

Jeremy stellte seinen Wagen in der Tiefgarage ab und wir nahmen beide mehr oder minder widerwillig den Lift ins Dachgeschoss, wo der Empfang stattfinden sollte. Im Eingangsbereich bot man uns bereits ein Glas Sekt an. Jeremy legte den Arm um meine Taille und wir suchten unsere Plätze, an denen jeweils ein Kongressprogramm auf uns wartete. Ich nahm meines zur Hand, stellte das Sektglas auf das Tischchen, das sich zwischen uns befand, und setzte mich. Jeremy tat es mir gleich und ließ sich neben mir nieder.

Einer der Mitglieder des *Supreme Court* eröffnete die Zusammenkunft mit einer feierlichen Begrüßung und bat Jeremy auf das Diskussionspodium. Er zog Bilanz über die Erfahrungen und Beschlüsse des vergangenen Jahres und präsentierte den Jahresabschlussbericht. Danach folgten mehrere Vorträge zum Thema Auflassung und Neubau englischer Gefängnisse.

Die Thematik war dermaßen langweilig, dass ich mir das Gähnen verbeißen musste. Der Vortrag von Lord Hampshire hatte leidliche Überlänge und wenn mich Jeremy nicht bei Laune gehalten hätte, indem er mit mir kokettierte, wäre ich wohl schier vom Stuhl gefallen. Es stimmte schon, wenn man sagte, die Rechtswissenschaft konnte eine trockene Angelegenheit sein, doch wenn man wollte, konnte man es so richtig prosaisch gestalten, dass einem die Zuhörer der Reihe nach einschliefen, und das war hier gegenwärtig der Fall. Geplant war, insgesamt fünftausend moderne Gefängnisplätze in England und Wales zu schaffen.

»Veraltete Gefängniszellen mit dunklen Korridoren und beengten Verhältnissen werden Straftäter auch nicht resozialisieren«, meinte eines der Mitglieder des *Supreme Court*.

»Wir plädieren auf die Schließung der viktorianischen innerstädtischen Anlagen, so wie man es mit dem *Holloway-Frauengefängnis* im letzten Jahr getan hat«, pflichtete einer der renommierten Anwälte bei. Meine Gedanken schweiften ab. Wir hatten mittlerweile fast zwei Stunden in diesem Saal verbracht. Jeremys Hand vergrub sich in meiner, sein Druck war verhältnismäßig stark, er signalisierte mir damit seine Verbundenheit, sein Verlangen nach mir. Unsere Blicke trafen sich. Er starrte mich an, konnte offenbar nicht aufhören, mich zu betrachten. Wenn ich nun meinen unwiderstehlichen Augenaufschlag praktizieren würde, würde er mich sicherlich anspringen. Er schielte zum Ausgang und deutete damit an, dass wir nach draußen gehen sollten. Zum Glück saßen wir am Rand, so konnten wir ohne Probleme schnell den Saal verlassen. Draußen stand unglücklicherweise seine Sekretärin und ordnete gerade einige Unterlagen. Als sie Jeremy bemerkte, hob sie ihren Blick. Er räusperte sich.

»Miss Cooper leidet an zu niedrigem Blutdruck.« Gekonnt griff ich mir an die Stirn und Jeremy tat so, als müsste er mich stützen. »Ich fürchte, Sie müssen mich entschuldigen«, wandte er sich an seine Mitarbeiterin.

»Selbstverständlich, Mr White.« Sie sah mich mitleidig an. »Gute Besserung, Miss Cooper.« Ich lächelte verlegen, bedankte mich und wir verabschiedeten uns. Als wir außerhalb ihrer Sichtweite waren, lockerte er erst mal seine eng sitzende Krawatte. Er rollte die Augen.

»Danke für deine schauspielerische Leistung, dort würden mich keine zehn Pferde mehr hineinbringen!« Ich musste kichern.

»Mich auch nicht.« Er sah sich um.

»Komm, wir hauen ab!« Hoffnungsvoll blickte ich ihm entgegen. *Vielleicht fahren wir nach Seeds Castle?* Ich nickte und war voller Zuversicht. Er fasste nach meiner Hand und wir gingen verhältnismäßig zügig durch die Hotelhalle, bis wir den Lift erreicht hatten. Wir betraten den Fahrstuhl und die Türen schlossen sich. Als wir in der Tiefgarage angelangt und ausgestiegen waren, entriegelte er mittels Fernbedienung seinen Wagen und hielt mir die Tür auf. Ich rutschte auf den Ledersitz. Mein Herz klopfte mir bis zum Hals. *Was hat er wohl vor?* Jeremy startete und fuhr los. Gebannt wartete ich auf ein Zeichen von Alexander.

»Wir nehmen den nächsten Flieger nach Venedig. Dort erwartet uns ein zweifelsohne aufregenderes Spektakel«, lachte er pfiffig, während er die Ausfahrt nahm, um auf die Straße zu gelangen. Für einen Moment dachte ich, er würde in die Rolle von Alexander schlüpfen, bis ich schlichtweg enttäuscht wurde. Er bog um die Ecke. »Freust du dich schon auf den Kongress?«, fragte er mich erwartungsvoll. Meine Enttäuschung saß tief. Wenn er als Präsident des Obersten Gerichtshofs auf dem Kongress auftauchen würde, und das würde er ohne jeden Zweifel, dann würde er in Venedig nicht in die Rolle von Alexander schlüpfen. Ich zog die Mundwinkel nach unten.

»Ich kann es kaum erwarten, dem zweitägigen Kongress beizuwohnen«, entgegnete ich zynisch und starrte verärgert durch die Windschutzscheibe. Er kniff mir in die Wange.

»Komm schon, Elena. Nach getaner Arbeit werden wir am Karneval teilnehmen, prachtvolle Kostüme tragen und richtig viel Spaß haben«, versuchte er, mich zu besänftigen. Wir fuhren die Kensington Road entlang. *Spaß wird das keiner werden.* Für einen Moment sagte er kein Wort, bis er nach meiner Hand fasste. »Wie lange kannst du bleiben?«, fragte er nun, ohne den Blick von der Straße zu wenden. Gegenwärtig war ich verwirrt.

»Was meinst du? Du hast mir doch erklärt, es wäre höchst wichtig für das *Supreme Court*, dass wir an diesem Kongress teilnehmen, und du hast mir versichert, du hättest alles geregelt.« Er schielte zu mir herüber und sein schelmisches Lächeln ließ in mir den Verdacht aufkeimen, dass er mich an der Nase herumgeführt hatte. Skeptisch musterte ich ihn. Er lachte.

»Vergiss den Kongress! Ich hatte nie vor, an einem Wochenende daran teilzunehmen. Er beginnt regulär am Mittwoch. Wir zwei fliegen nach Venedig, nur du und ich.« Diese Erkenntnis und die Tatsache, dass wir beide in die Lagunenstadt reisen würden, um uns einem privaten Vergnügen hinzugeben und am alljährlichen Karneval teilzunehmen, ließ mein Herz augenblicklich höherschlagen. Die Überraschung war ihm gelungen. Als Jeremy mich aufforderte, im Handschuhfach nachzusehen, veränderte sich meine Laune schlagartig. Wir würden in einem der Nobelhotels in Venedig, direkt am Canale Grande am Castello gelegen, absteigen. Ein prachtvolles venezianisches Etablissement, fünf Minuten vom Markusplatz entfernt. »Unsere Suite hat einen herrlichen Ausblick auf den Dogenpalast«, triumphierte er.

»Und wir fahren jetzt direkt zum Flughafen?«, fragte ich innerlich völlig aufgewühlt.

»Ja. Freust du dich, ich meine, auf den Karneval?«

»Was für eine Frage! Natürlich freue ich mich darauf, das wird ein unvergessliches Wochenende«, jubelte ich. *Das klingt grandios.* Ich freute mich auf diesen Trip. Auf die Stadt der Liebe. Auf Jeremy. Vielleicht sogar auf Alexander. Jedenfalls auf uns. Jeremy lenkte den Wagen aus dem Londoner Stadtverkehr auf die Autobahn und lächelte zufrieden.

*Wer eine Maske trägt,
kann nicht erwarten,
dass man seine Tränen sieht.*

(Unbekannt)

Venedig – Im Bann der Maskerade

Jeremy nahm sein Gepäck, das er offensichtlich, während ich bei ihm duschen gewesen war, im Wagen verstaut hatte, und meinen Weekender heraus. Gewissenhaft schloss er das Auto ab und steckte den Schlüssel in seine Anzugtasche.

Zielstrebig liefen wir über das Flughafengelände und betraten die Abflughalle. Jeremy drängte zum Abfertigungsschalter und checkte ein. Wir reisten natürlich Business Class. Unsere Taschen nahmen wir als Handgepäck mit zum Gate. Als wir dort ankamen, wurde Jeremy sogleich von einem Stuart freundlich begrüßt, der uns zum Flugzeug geleitete. Über die Gangway bestiegen wir den Flieger und setzten uns auf die reservierten Plätze. Bald darauf kam auch schon das Flugpersonal und fragte nach dem werten Befinden und ob sie uns etwas anbieten könnten.

»Rotwein für die Dame und mich bitte. Und einen kleinen Snack«, orderte Jeremy wie immer sehr charmant. Wenig später war der Stuart mit zwei Gläsern Wein, dem Menü – einem gut durchgebratenen Steak mit Wedges an Blattsalat – zurückgekehrt und servierte nun beides auf den Boards vor uns. Belustigt betrachtete ich die Speisen.

»Kleiner Snack?«, lächelte ich. Jeremy jedoch zog die Mundwinkel nach oben, äußerte sich dazu aber nicht. Wir aßen. Der Flug dauerte rund zwei Stunden und wir kamen nach Einbruch der Dunkelheit am *Marco-Polo-Flughafen* an.

Jeremy mietete ein Motorboot, verstaute unser Gepäck und wir verließen noch in derselben Stunde Marco Polo, um uns der dreißigminütigen Fahrt zu widmen. Direkt vor dem *Hotel Danieli* blieben wir am Canale Grande stehen und Jeremy band das Motorboot, das er selbst gelenkt hatte, an einem der Pfeiler fest. Er war ein Gentleman und so reichte er mir die Hand und ich stieg auf den Steg hinaus. Anschließend holte er unser Gepäck und wir betraten den imposanten Eingangsbereich.

Wuchtige Säulen aus braunem Marmor ragten zu der aus Holz gedrechselten Decke empor. Die Rezeption war ebenfalls aus dunklem Teakholz und an der Oberfläche mit einer Glasplatte versehen. Der Concierge begrüßte uns zuvorkommend und bat um den Namen, auf den reserviert worden war.

»Jeremy White«, gab der an und der Portier lächelte, überreichte ihm den Schlüssel und rief den Pagen herbei, der sogleich mit einem Gepäckwagen mit edel vergoldetem Rahmen auf vier schwenkbaren Rollen ankam, um unser Gepäck daraufzustellen. Bis zur Treppe, die mit einem roten Teppich ausgelegt war, und deren Marmorgeländer schob er den Wagen, um dann das Reisegepäck die Stufen hochzutragen und es vor unserem Zimmer abzusetzen.

Auf dem Marmorboden des Korridors lag ein venezianischer Teppich. Ein imposanter Kronleuchter hing von der Decke herab und die großen, kielbogenartigen Fenster, die ihren Ursprung in Indien zu haben schienen, beeindruckten mich. Vor einer doppelflügeligen Eichentür blieben wir stehen und der Page öffnete die Suite.

Mitten im Raum stand ein weinrotes King-Size-Bett. Die Lampenschirme, die Vorhänge, der Teppichboden, die Stühle, die vor der Schlafgelegenheit positioniert worden waren, waren alle mit demselben Stoff bezogen. Auf einem runden Glastisch thronte eine Bleikristallvase mit langstieligen roten Rosen. Von der Terrasse aus konnten wir Venedig überblicken, es war atemberaubend schön. Da es bereits Nacht war, wurde der

Dogenpalast von Straßenlaternen eindrucksvoll beleuchtet, der glatte Marmorboden davor glänzte im matten Licht. Jeremy stand nun hinter mir und umarmte mich.

»Ist das nicht traumhaft schön, Elena?« Mit meiner rechten Hand fasste ich nach seinem Nacken und begann, ihn sanft zu streicheln. Nachdem er mich Elena genannt hatte, stand fest, dass er den Aufenthalt in Venedig nicht als Alexander verbringen wollen würde, denn dann hätte er mich mit Ella angesprochen. *Schade.*

»Oh ja, Jeremy, es ist wunderschön hier.« Die Lagune breitete sich in einem legendären Glanz vor uns aus. Wir konnten von hier aus die Gondeln erspähen, die in dem dunklen Wasser hin und her schwankten, als wollten sie zu klassischer Musik tanzen. Es war wohl der romantischste Augenblick, den ich seit Langem erlebte.

»Möchtest du noch etwas essen gehen oder vielleicht mit einer der Gondeln fahren?«, fragte er liebevoll, dabei strich er zärtlich über meine Wange. Ich wandte mich um.

»Du meinst, mit einer dieser schön verzierten? Oh ja, das würde mir sehr gefallen«, entgegnete ich aufgeregt.

»Gut, dann lass uns gehen.« Wie zwei Teenager fassten wir uns an den Händen, verließen eilig das Zimmer, zogen die Tür hinter uns zu und liefen den Korridor entlang, bis wir zur Treppe kamen, die uns wieder in die Hotelhalle brachte. Jeremy drängte nahezu, nach draußen zu kommen. Anschließend gingen wir die kleine Holzbrücke entlang, bis wir bei dem Steg angelangt waren, von wo aus die Gondoliere normalerweise starteten. Nur eine einzige Gondel und deren Steuermann warteten auf uns. Die anderen waren alle mit Planen zugedeckt. Er machte eine einladende Handbewegung.

»Meine Verehrung, es ist Ihre Gondel, mein Herr!«, lud er uns auf Italienisch ein. Jeremy half mir in die Gondel und ich nahm auf dem mit schwarzem Leder bezogenen Sitz Platz. Bald darauf saß er schon neben mir und legte den Arm um meine Schultern. Der Gondoliere stieß die Gondel vom Steg ab, indem er den Riemen seitlich schräg ins Wasser tauchte. Elegant und hoch erhobenen Hauptes stand er auf dem Heckschnabel und steuerte von dort aus das Boot, sodass es dahintrieb. Jeremy deutete zur Spitze des Gefährts.

»Siehst du den Bugbeschlag?« Ich nickte. »Weißt du, was er zu bedeuten hat?« Ich schüttelte entschieden den Kopf. Ich hatte keine Ahnung. »Das obere Ende soll die Kopfbedeckung der Dogen darstellen, die sechs Zacken darunter die Stadtteile Venedigs. San Marco, Dorsoduro, San Polo, Cannaregio, Castello und Santa Croce«, erklärte er mir den geschichtlichen Hintergrund. Ich sah ihn mit großen Augen an.

»Was du alles weißt!« Für Kunstgeschichte hatte ich stets ein Faible, mit der Kultur von Venedig hatte ich mich bis jetzt aber noch nicht auseinandergesetzt. Er lächelte verlegen und zuckte mit den Schultern.

»Die Geschichte Venedigs hat mich schon immer sehr interessiert.« Als wir so durch den Canale Grande schipperten, erreichten wir die Rialtobrücke. Als die mächtige Steinbrücke langsam über unsere Köpfe hinwegzog, nahm er mich noch fester in den Arm und küsste mich. Seine Lippen fühlten sich so sanft und weich an. Ich schlang meine Arme um seinen Hals und er hielt mich ganz fest.

»Ich liebe dich, Elena«, hauchte er mir ins Ohr und strich mir zärtlich übers Gesicht. »So sehr.« Als Alexander konnte er mir diese drei bedeutenden Worte nicht sagen und er machte einen Unterschied, indem er meinen Namen anders aussprach. Auf Seeds Castle rief er mich zumeist Ella, überall sonst sagte er Elena oder Honey zu mir. Ich kannte die Geschichte. Ein Kuss unter dieser Brücke, so die Legende, versprach ewige Liebe.

***

In dieser Nacht speisten wir am Markusplatz in einem romantischen, kleinen Restaurant. Danach fuhren wir mit der Vaporetto wieder zurück ins Hotel. Es war eine besonders schöne Nacht mit Jeremy. Mit so viel Gefühl, gegenseitigem Vertrauen und selbstlosem Handeln seinerseits. Ich war hin- und hergerissen zwischen seinen beiden praktizierenden Sexualverhalten. Einmal Vanillasex, wie er es nannte, und dann die härtere Gangart, auf die ich immer mehr abfuhr.

Als ich am Morgen aufwachte, schien die Sonne durch die offenen Balkontüren herein und kitzelte mich im Gesicht. Ich streckte mich. Die schweren weinroten Vorhänge waren bereits seitlich aufgezogen worden und der leichte Stor tanzte im Luftzug hin und her. Meine Aufmerksamkeit galt Jeremy, denn er schlüpfte gerade durch die halb geöffnete Zimmertür. Er schob einen Servierwagen vor sich her, worauf das Frühstück stand.

»Ich dachte, du möchtest vielleicht im Bett frühstücken. Der gestrige Tag war anstrengend genug für dich.« Seine liebenswürdigen Gesten imponierten mir. Er war immer so sehr darauf bedacht, dass es mir an nichts fehlte. Was hatte ich bloß für ein Glück.

»Du beschämst mich mit deiner zuvorkommenden Art. Aber du hast den Nagel auf den Kopf getroffen«, entgegnete ich, kuschelte mich wieder in die weichen Laken und zog die Decke bis an meine Nasenspitze hoch. Jeremy nahm das Tablett und stellte es auf die Bettbrücke. Obendrein benutzte er die Fernbedienung dafür und fuhr sie nun langsam vom Bettende nach oben zu mir. Erwartungsvoll stierte ich auf das entgegenkommende Frühstück. Es war alles da, was das Herz begehrte. Angefangen bei frischem Obst wie Bananen, Äpfel und Erdbeeren, ferner Croissants, Müsli, Joghurt, frische

Milch, Orangensaft, Ei im Glas, Schinken, Käse, Aufstriche, Butter, Marmelade, Tomaten, Paprika, Lachs, Speck, Brötchen, sogar süße Omeletts waren darauf zu finden. Ein Espresso für Jeremy, der herrlich duftete, und Schwarztee für mich, der einen Hauch von Exotik versprach. So schnell konnte ich gar nicht zusehen, da hatte er sein Jackett ausgezogen, war unter die Decke geschlüpft und drückte mir einen Guten-Morgen-Kuss auf die Lippen.

»Wünsche angenehm zu speisen, Miss Cooper.«

»Danke, Mr White. Wünsche ich ebenso.« Er nahm die Teekanne in die Hand und goss mir ein.

»Einen Schuss Milch?«, fragte er aufmerksam.

»Nein, ich trinke meinen Tee schwarz wie die Nacht«, lächelte ich keck.

»Verstehe. Wenngleich schöner, als du jetzt schon bist, kannst du wohl nicht mehr werden, Honey«, machte er mir ein Kompliment. Ich lächelte frivol und biss in mein Croissant. Unter der Vielfalt frühstückten wir verhältnismäßig lange, bis unerwartet mein Handy klingelte. Jeremy verdrehte die Augen. »Wer ist denn das nun schon wieder?«, reagierte er mürrisch. Ich seufzte und hob ab.

»Hallo, Ella«, ertönte es aus dem Lautsprecher, den ich eigens dafür eingeschaltet hatte, dass Jeremy das Gespräch mithören konnte.

»Tabitha?«, fragte ich erstaunt nach.

»Tut mir leid, dass ich dich störe, aber Richter Berkley hat für Montag eine Gerichtsverhandlung einberufen, die sich nicht verschieben lässt. Dringend, meinte er.« Ich griff mir an die Stirn und sah Jeremy enttäuscht an. Er rollte die Augen nach oben und verzog missmutig seine Mundwinkel. »Toll«, entgegnete ich verärgert. »Das heißt, ich kann gerade noch den Karneval hier miterleben und muss morgen Abend wieder nach

London?« Eigentlich hatten wir vorgehabt, erst Montagmorgen zurückzufliegen, sodass wir den Sonntag noch in Venedig hätten genießen können. »Was denkt der Kerl sich eigentlich dabei? Hätte er mir das nicht schon früher sagen können?«, schmetterte ich Tabitha meinen Zorn entgegen. Gut gelaunt, wie sie aber immer war, überging sie meinen Wutausbruch.

»Tja, das hast du nun davon, wenn du die berühmteste Staatsanwältin des *Central Criminal Court* sein musst. Montag um zehn ist die Verhandlung. Die Akte liegt auf deinem Schreibtisch.« Mit diesen Worten legte sie auf, sie wollte sich wohl nicht länger meiner Wut unterziehen, und ich sah mein Handy verdutzt an.

»Großartig!«, rief ich und starrte Jeremy an, als ob er etwas dafürkönnte, dass ich am Montag im Gerichtssaal erwartet wurde. Flüchtig drückte er mir einen Kuss auf die Lippen.

»Das ist eben unser Schicksal. Immer im Dienst der Krone. Ich lasse dir einen Flug buchen. Und wir vergessen trotzdem heute und morgen mal den Alltag in London und genießen den Karneval in Venedig. Hm?« Er wartete auf meine Reaktion. Vergeblich. Ich schob die Bettbrücke nach vorn und hechtete aus dem Bett. Mir war der Appetit gründlich vergangen. Ich war noch immer verärgert.

»Was werden wir zum Karneval tragen?«, fragte ich schroff und wechselte somit das Thema. Jeremy seufzte und kroch aus dem Bett.

»Wir werden in die Calle Vallaresso gehen und uns dort in einem kleinen Laden unsere Kostüme besorgen.« Versöhnlich nahm er mich in den Arm. »Komm schon, lass uns Spaß haben und mach nicht mehr so ein Gesicht«, meinte er friedfertig. Ich ließ mich erweichen und umschlang seinen Hals. Er streichelte sanft meinen Po und ich biss ihn verlangend, aber sachte in sein Ohr. Er kniff mich beharrlich in mein Hinterteil.

»Los jetzt«, hauchte er mir ins Ohr. »Sonst erlebst du keinen Karneval mehr in Venedig, wenn ich dich erst mal flachgelegt habe!« Sein Mund verzog sich zu einem unanständigen und zweideutigen Lächeln.

Ich fügte mich, wenngleich mich dieser Rollenwechsel aufkratzte. Wenn ich mir ausmalte, welch schmutzigen Dinge ihm wieder einfallen würden, wäre er jetzt Alexander und wir würden uns auf Seeds Castle befinden. Rasch schlüpfte ich aus meinem Negligé, glitt in eines meiner mitgebrachten Kleider und Jeremy zog den Zip im Rücken hoch. Er küsste mich auf den Hals.

»Honey«, hauchte er. Lange überlegte ich, ob ich das Fußkettchen, das er mir geschenkt hatte, anlegen sollte, um ihn zu verführen. Ich war mir fast sicher, wenn ich das tun würde, hätte er wohl kaum widerstehen können. Aber wir hatten eine Vereinbarung getroffen und ich ihm versprochen, mich daran zu halten. Also zog ich passende Strümpfe sowie schwarze High Heels an und Jeremy ließ mich in meinen Mantel schlüpfen. Dann machten wir uns auf den Weg in die Calle Vallaresso.

***

Der Laden schien klein zu sein, nur eine kaum erwähnenswerte Auslage gab es hier, aber sie war aufsehenerregend geschmückt. Viele venezianische Augenmasken, kleine, mittelgroße, mit Federschmuck oder Harlekinschlaufen, Stab-, Halb- oder ganze Gesichtsmasken soweit das Auge reichte. Gegenwärtig fiel mir die Party im *Aquarium* ein, auf der ich mich mit Andrew vergnügt hatte, als Jeremy noch in Brüssel gewesen war. *Merkwürdig. Warum fällt er mir gerade jetzt ein? Wahrscheinlich, weil die Stimme von Andrew Jeremys so ähnlich war.* Ich verscheuchte meine Gedanken an diesen geheimnisvollen Fremden. Neugierig war ich auf die Kostüme, die wir tragen würden, und auch darauf, für welche Maske sich Jeremy entscheiden würde.

Wir betraten den Laden. Der Verkäufer Luigi war sofort zur Stelle und offenbar wurden wir schon erwartet, denn er begrüßte Jeremy, als wären sie alte Freunde, und breitete sofort einige passende Kostüme auf dem Verkaufstisch aus. Die Gewänder waren alle von einzigartiger Schönheit, liebevolle Handarbeit, nach historischen Vorlagen genäht, jedes ein Unikat und ein Vermögen wert, das verstand sich von selbst. Sie waren aus exklusiven Stoffen gefertigt, edle Bordüren zierten die Abschlüsse der traumhaften Roben, exotische Federn schmückten die prächtigen Ausschnitte, *Swarovski*-Steine glitzerten und funkelten verlockend. Diese Kostüme erfüllten den Traum von der Verwandlung in eine andersartige Figur.

Ich wählte ein schulterfreies, zinnoberrotes, bodenlanges Kleid aus der Renaissance, das am Oberteil eine verträumte Wickeloptik aufwies, und Luigi half mir beim Einkleiden. Der Rock selbst war aufwendig gerafft und strotzte nur so vor edlen schwarzen Verzierungen. Ebenso trug ich eine rote Perücke mit weichen, eleganten Locken in seidigem Glanz. Als Krönung wurde mir eine imposante Kopfbedeckung auferlegt. Der dunkelrote Dreispitz hatte eine hohe Krempe, deren Besatz eine Goldspitze zierte. Das edle Glanzstück war mit Fasanen-, Straußen- und Pfaufedern geschmückt. Goldene Ketten, Glitzersteinchen und Klunker verschönerten diesen prächtigen Hut. Dazu zog ich lange schwarze Spitzenhandschuhe an.

Verstohlen sah ich Jeremy von der Seite her an. Er hatte gemeint, er würde Armstulpen lieben. Diese übertrafen meine über alle Maße. Als er mich in diesem Aufzug erblickte, hob er bewundernd seine Augenbrauen. Lange starrte er mich an. Viel zu lange.

Jeremy wählte ein venezianisches Pestdoktor-Kostüm. Dazu trug er ein schwarzes Hemd mit goldenen Ornamenten. Der Kragen und die Ärmel glänzten in einem satten Goldton. Eine schlichte schwarze Hose, die ihm übrigens blendend stand, wurde von einem breiten schwarzen Gürtel gehalten. Durch den gleichfarbigen Umhang erhielt das Kostüm einen düsteren Touch, wodurch es optisch seine finstere Wirkung entfaltete. Detailgetreue Verzierungen am Abschluss und eine edle Borte zierten dieses einzigartige Gewand. Zum Schluss zog er schwarze Lederhandschuhe über. Jeremy wirkte anziehend und geheimnisvoll zugleich auf mich.

Als Krönung wählten wir beide eine Halbmaske. Er eine schlichte, elegante, schwarze Ledermaske und ich eine mit feinem Federschmuck. Jeremys wurde von edler Spitze und Brokatborten geziert, meine mit Hahnenfedern, Seidenblättern, *Swarovski*-Steinchen und goldenen Borten verschönert. Mit Satinbändern befestigten wir uns gegenseitig die Masken am Hinterkopf. Wir betrachteten uns mit diesen kunstvollen Meisterwerken. Ich fand ihn unwiderstehlich und konnte nicht verstehen, warum er während unseres Liebesspiels keine dieser Masken tragen wollte. Er sah darin so überaus sinnlich und verführerisch aus. Jeremy küsste mich auf den Mund. Starrte mich wieder verhältnismäßig lange an. Wir verabschiedeten uns von Luigi und verließen das Geschäft.

In diesem Aufzug zogen wir los und warfen uns in das unheilvolle Getümmel des Karnevals von Venedig. Tausende Besucher übervölkerten die Plätze und Straßen der geschichtsträchtigen Lagunenstadt. Es war ein spektakuläres Unterfangen von Maskenbällen, Feuerwerken und Gondel-Paraden. Frivol, ausschweifend und dekadent. Wir sahen eine Farbvielfalt von prächtigen Kostümen. Längst vergangene Epochen wurden wiederbelebt oder der Fantasie freien Lauf gelassen. Venedig war dazu geboren, sich zu kostümieren.

Der Markusplatz war der Mittelpunkt der Maskerade und rückte jahrhundertalte Traditionen wie Kostümschneider, Schuster und Maskenbildner ins rechte Licht. Ein Blick in die Vergangenheit ließ Venedig zum Laufsteg der Geschichte werden. Es war ein Wettlauf der Eitelkeit. Der traditionelle Engelsflug *Volo dell'angelo* eröffnete das alljährliche Straßenfest. Die Karnevalskönigin schwebte an einem Seil vom Glockenturm des Campaniles in das Zentrum der Lagunenstadt: dem Piazza San Marco.

Jeremys Aster hatte offenbar eine Nachricht empfangen, denn er zog es augenblicklich aus der Innenseite seines Kostüms. Er sah auf das Display. »Dein Flug geht morgen Abend um zehn nach neun.« Er sah mich an. Ich seufzte. »Bis dahin ist noch Zeit«, entgegnete er optimistisch, steckte sein Aster wieder weg und wir zogen unbeirrt weiter.

Das Gedränge auf dem Markusplatz wurde größer und so flüchteten wir an den Steg der Vaporetto-Station in der Nähe von San Marco Vallaresso, um bei der *Bibliotheca Marciana* eine Gondel zu besteigen. Der Gondoliere stieß sie ab und geleitete uns auf dem Canale Grande auf die gegenüberliegende Seite von der *Basilica di Santa Maria della Salute*. Dort ging es bedeutend ruhiger zu.

Wir verließen in Fondamento della Salute die Gondel und liefen auf die Basilika zu. Das grandiose Haupttor stand halb offen und wir gelangten nun in den Innenraum des imposanten Gebäudes. Mir blieb der Mund offen stehen. Solch eine beeindruckende Kathedrale hatte ich schon lange nicht mehr gesehen. In Irland gab es einige bemerkenswerte Kirchen wie die *St. Patricks Cathedral* in Dublin. Aber diese hier stellte selbst unsere in den Schatten. Die gewaltige Tambourkuppel erstreckte sich in die Höhe, als wollte sie den Himmel erreichen, und der Sakralbau hatte eine erstaunliche Weite. Die aneinandergereihten Rundbögen, die mittels prächtiger Säulen emporragten, waren von enormer Größe und steigerten somit das Gesamtbild des Doms.

»Hast du gewusst, dass die Basilika auf einem Fundament von insgesamt über einer Million Holzpfählen errichtet wurde?«, fragte er mich neugierig. Das hatte ich natürlich nicht gewusst.

»Wahnsinn! Wie konnte der Architekt zu dieser Zeit nur solch ein Wunder vollbringen?«, fragte ich erstaunt.

»Der Baumeister Baldassare Longhena wurde damit 1631 beauftragt. Es war sein Lebenswerk. Die Kathedrale wurde erst fünf Jahre nach seinem Tod 1687 fertiggestellt«, bekam ich jetzt eine Unterweisung in venezianischer Geschichte. Ich sah mich um. Mit unseren eindrucksvollen Gewändern passten wir genau in diese Zeit, der Renaissance, die später vom Barock abgelöst worden war. Es musste eine prächtige Zeit der europäischen Kulturgeschichte gewesen sein, die hier in Venedig noch immer deutlich spürbar war. Mal ganz abgesehen von den vielen Plastiken, die im Innenbereich und auch außerhalb der Kuppel angesiedelt worden waren, waren der Hochaltar und die erstaunlichen Deckengemälde von Tizian, die Kain und Abel zeigten, das Zentrum dieses monumentalen Gebäudes.

Mit Jeremy hier in dieser Basilika zu verweilen, bedeutete mir sehr viel, denn als streng erzogene Katholikin hielt ich an meinem Glauben fest, Gott könnte uns helfen und Jeremy irgendwann einmal von der Last seiner Kindheit befreien, sodass er ein normales Leben führen könnte. Ohne Zwänge. Ohne Druck. Ohne Bürden, die ohnedies nur schwer auf seiner Seele lasteten und ihn in seiner Lebensführung beeinträchtigten. Einfach eine frei gewählte Richtung einschlagen zu können, ohne dass wir uns eingeengt fühlten, das wünschte ich mir für Jeremy. Das wünschte ich mir für uns beide!

Wir verließen die Basilika. Der Gondoliere hatte auf uns gewartet, denn Jeremy hatte ihn dafür angemessen bezahlt. Wir stiegen zu und er brachte uns wieder an das andere Ufer des Canale Grande, dem San Marco Vallaresso. Am Piazza San Marco bei Al Chianti genossen wir beide den herrlichen Fisch, den der Besitzer dort anscheinend täglich servierte, die Karte konnte sich jedenfalls sehen lassen.

***

Die beiden Tage in Venedig vergingen wie im Flug. Tagsüber genossen wir die Vorzüge der Lagunenstadt, besuchten das eine oder andere Museum und am Samstagabend tauchten wir dann ein letztes Mal in die Mystik des Karnevals ein, zu dem wir abermals unsere teuren Kostüme anzogen. Nachdem wir ausgelassen getanzt hatten, fanden wir uns sonntags erneut in der Calle Vallaresso in Luigis Laden ein, dem wir unsere herrlichen Gewänder zu verdanken gehabt hatten. Im Nu waren wir wieder in unsere herkömmliche Straßenkleidung, in der wir hierhergekommen waren, hineingeschlüpft und machten uns auf den Weg zurück ins Hotel. Um meinen Flug hatte sich Jeremy bereits gekümmert und mein Handgepäck stand ebenfalls schon an der Rezeption bereit.

Jeremy würde wohl noch bis Freitag in Venedig festsitzen, denn am Mittwoch erwartete ihn nun doch der bereits angekündigte zweitägige Kongress, von dem er anfangs gesprochen hatte. Er würde also vor Freitagmorgen nicht zurückkehren können. Abschiede konnte ich auf den Tod nicht ausstehen, also ließ mir Jeremy ein Wassertaxi kommen und ich fuhr alleine zurück zum Flughafen von Marco Polo, von wo aus die Passagiermaschine abheben würde, um mich auf den direkten Weg nach London zu bringen.

Kaum dass ich an Bord gegangen war und meinen Platz eingenommen hatte, bekam ich auch schon eine SMS von Jeremy: »Ich wünsche dir einen guten Flug, Honey, und melde dich, sobald du kannst. Dein dich liebender Jeremy.« Ich seufzte. *Warum kann er mir nicht als Alexander sagen, dass er mich liebt?*

Wie kann er nur mit diesem Zwiespalt leben? Aufgrund dieser Tatsache schien er innerlich völlig zerrissen zu sein und sein Leben war von Widersprüchen geprägt. Jeremy in London, Alexander auf Seeds Castle. *Wie soll das auf Dauer gutgehen?* Glaubte er wirklich, er könnte sich so seinem Zwang entziehen, indem er sich selbst unter Druck setzte und in London ein gutbürgerliches, konservatives Leben führte? Einerseits liebte ich den draufgängerischen Alexander, der ein Faible für seine ausgefallene Sexualpräferenz entwickelt hatte, verrückt nach mir war und versessen, mir jeden Wunsch von den Augen abzulesen. *Aber wenn ich das tue, bin ich dann überhaupt bereit, ihm aus seiner prekären Situation zu helfen?*

In Wahrheit wollte ich einen Alexander, dessen Begierde nach mir dürstete, der mich nicht nur spüren ließ, dass er mich liebte, sondern es auch aussprach, trotzdem aber nicht von seinem abnormen Verhalten abwich. Mit ihm tauchte ich in eine Welt ein, die mir bisher fremd gewesen war. Die geheimnisvoll war. Mich neugierig machte. Eine Welt, in der ich mich verlieren konnte, wenn wir zusammen waren. Eine emotionale Tiefe, die ich bis jetzt noch nie bei einem Mann erlebt hatte.

Ich schrieb ihm zurück. »Danke, ich hoffe, dass wir uns bald wiedersehen und eine berauschende Nacht zusammen erleben können. Deine dich liebende Ella.« Die Motorengeräusche der Maschine waren nun deutlich zu hören. Fieberhaft wartete ich auf ein Lebenszeichen von Jeremy und sah gebannt auf mein Handy. Dann erklang ein Ton, der mir zu verstehen gab, dass ich eine Nachricht erhalten hatte. Die Message stammte von seinem zweiten Mobiltelefon. Ich öffnete die SMS und las.

»Ella, was machst du bloß mit mir? Ich bin verrückt nach dir und kann es nicht erwarten, dich wieder so richtig …« Ich musste über seine Aussage schmunzeln. Ich hatte ihn also aus der Reserve gelockt. Ob er wohl verfrüht aus Venedig abhauen würde, um für eine Nacht nach London oder gar nach Seeds Castle zu kommen?

Ich schaltete auf Flugmodus. Der Flieger hob ab. Unter uns war die Szenerie der geschichtsträchtigen Lagunenstadt zu sehen, deren Lichtermeer sich langsam unterhalb der Wolken auflöste. Irgendwo dort war Jeremy und wie ich ihn kannte, schmiedete er bestimmt schon Pläne, wie er es anstellen konnte, zwischenzeitlich nach London zu reisen. Ich saß in der Business Class und die Stewardess servierte mir ein Abendessen.

Später öffnete ich meinen geschäftlichen E-Mail-Account, um zu sehen, welchen Fall wir am nächsten Morgen verhandeln würden. Doch zu meinem Erstaunen hatten es weder Richter Berkley noch Tabitha für achtenswert befunden, mir darüber Bescheid zu geben. Das hieß also, ich müsste morgen früh aus den Federn raus, um mich in den Fall hineinknien zu können. *Soll ich mir etwa ein erfolgreiches Plädoyer einfach so aus dem Ärmel ziehen?* Ich sah aus dem Fenster und schüttelte den Kopf. Die eindrucksvolle Landschaft unter uns war bereits verschwunden.

Ich schlug den *Irish Independent*, den der Stuart nur für mich gebracht hatte, auf und las. So würde wenigstens die Zeit bis zur Landung vergehen. Doch schon bald klappte ich sie laut seufzend wieder zu und beobachtete erneut die Wolkendecke unter uns.

Nach rund zwei Stunden war die Reise auch schon wieder zu Ende und wir setzten zur Landung am *Heathrow Airport* an. Da ich nur mit Handgepäck reiste, ging ich eilenden Schrittes durch das Flughafengelände, um zu Jeremys Wagen zu gelangen. Er hatte mir seine Wagenschlüssel überlassen, sodass ich in die Tiefgarage seines Penthouses fahren konnte, um meinen Sportwagen zu holen. Ohne Umschweife stieg ich ein, warf meinen Weekender auf den Beifahrersitz, startete das Auto und fuhr brausend davon.

Es gab kaum Verkehr und ich kam gut voran, bis ich bei seinem Penthouse angelangte. Ich fuhr in die Garage und wechselte den Wagen. Seine Schlüssel sollte ich in einem Schlüsselsafe, der an der Wand seiner Parknische angebracht war, deponieren.

Ich fuhr zu meinem viktorianischen Stadthaus und brachte das Auto zum Stehen. Nun ging ich durch das Gartentor, in meiner Hand hielt ich den Weekender, den ich zuvor herausgenommen hatte, fischte den Haustürschlüssel aus dem Safe und entriegelte die Tür. Schon stürmte mir Melody entgegen und begann, ihren Kopf an meinem Bein zu reiben.

»Hey, du kleines Biest, hast du mir auch nichts angestellt?«, begrüßte ich meinen Säbelzahntiger und kraulte sie zugleich hinter ihrem linken Ohr. Sarah, meine Putzfee, war offensichtlich auch hier gewesen und hatte sauber gemacht, es roch noch nach dem Lavendel-Spray, das sie anschließend immer versprühte, um den Putzmittelgeruch zu vertreiben, der sonst durch das ganze Haus ziehen würde.

Mit viel Schwung schleuderte ich meine High Heels in eine Ecke, stellte den Weekender ab und lief nun barfuß über den Korridor ins Wohnzimmer, um mich auf mein Sofa zu setzen. Dabei warf ich einen Blick auf mein Handy. Keine Nachrichten. Merkwürdig. Also stand ich wieder auf und steuerte meinen Schreibtisch an, um fast im selben Moment meinen Laptop hochzufahren. Vielversprechend klickte ich meine Mailbox an. Ebenfalls keine Nachrichten. *Was ist bloß los mit Richter Berkley? Er kann doch nicht ernsthaft glauben, ich würde mich eine Stunde vor der Verhandlung mit dem Fall vertraut machen wollen! Wie soll ich mich vorbereiten, wenn ich nicht einmal weiß, welchen Sachverhalt wir zu behandeln haben? Eigenartig.*

Verärgert klappte ich den Laptop wieder zu. Ich beschloss, duschen zu gehen und mich danach ins Land der Träume zu verabschieden, um mich meinen Fantasien mit Alexander hinzugeben. Diesen Gedanken noch nicht einmal zu Ende gedacht, ertönte der Signalton meines Handys. Erwartungsvoll tippte ich auf die Nachricht und las. »Schon zu Hause, Elena?«, schrieb Jeremy. Ich schmunzelte, setzte mich wieder auf das Sofa und zog die Knie an mein Kinn.

»Ja, gerade eben angekommen«, schrieb ich zurück.

»Vermisse dich!« War das eine Anspielung, nach London zu kommen?

»Ich dich auch«, versuchte ich, ihn zu ermutigen. Ein Kuss-Smiley erschien auf dem Display.

»Die letzten Tage waren schön mit dir«, schrieb er weiter.

»Oh ja, bis auf die Fuchsjagd, die vergessen wir besser schnell«, machte ich meinem Ärger wegen dieser Tierquälerei erneut Luft. Verlegenes Smiley.

»Wir müssen an so einem Spektakel nicht mehr teilnehmen, wenn du nicht möchtest.« Ich seufzte erleichtert.

»Was machst du jetzt?«, fragte ich neugierig.

»Mit dir schreiben.« Ein Smiley mit Herzaugen erschien. Seine Reaktion amüsierte mich.

»Klar! Welch dumme Frage«, konterte ich. Ich wollte schon nachhaken, ob er nicht Lust hätte, auf ein Schäferstündchen rüberzukommen, biss mir aber auf die Unterlippe und verschob mein Vorhaben. Mein Innerstes sagte mir, dass er nicht in die Rolle von Alexander schlüpfen würde. *Wieder eine seiner Maschen, sich von seinem Zwang zu befreien? Womöglich.* »Ich werde mich nun duschen und dann zu *Bett* gehen. Habe morgen eine anstrengende Verhandlung vor mir und noch immer keine Informationen diesbezüglich bekommen«, versuchte ich ihn nochmals dazu zu bringen, seine Gefühle mir gegenüber zu zeigen. Jeremy jedoch machte keine Anstalten, seine Meinung zu ändern und übte sich weiter in Zurückhaltung.

»Gut, Honey, dann halte ich dich nicht auf und wünsche dir eine gute Nacht!« Jetzt war ich zutiefst enttäuscht. Unsere Unterhaltung ging in eine ganz andere Richtung, als ich es mir ausgemalt hatte. Ich seufzte, doch nichts würde helfen, ihn umzustimmen. Ich gab auf.

»Gute Nacht, Jeremy«, wandte ich geknickt ein.

»Ich liebe dich, Elena!« Unmittelbar darauf kam keine SMS mehr und ich warf mein Mobiltelefon verzagt auf das Sofa, um ins Bad zu gehen. Flink schlüpfte ich aus meinem hellblauen Etuikleid und schmetterte es enttäuscht zu Boden. Nun zog ich die Strümpfe aus. Misstrauisch sah ich in den Spiegel, während ich meinen Tanga abstreifte. Es war ein Must-have und ich sah verdammt sexy darin aus. *Weit und breit kein Alexander in Sicht*, dachte ich zerknirscht und schleuderte ihn in die nächste Ecke. Ich stellte mich unter den Duschkopf und ließ den warmen Wasserstrahl minutenlang über meine Haut fließen. Dabei entspannte ich mich über alle Maßen und vergaß den Ärger über Richter Berkley sowie sein unglaublich unzuverlässiges Verhalten.

***

In dieser Nacht hatte ich außerordentlich gut geschlafen. So wie ich es vorgehabt hatte, machte ich mich mit meinem Wagen sehr früh auf den Weg ins *Central Criminal Court*, um den Fall, der sich augenblicklich auf meinem Schreibtisch befinden musste, zu studieren. Tabitha war verhältnismäßig früh im Büro und gerade dabei, uns Kaffee aufzubrühen.

»Guten Morgen, Ella! Schon im Büro?«, fragte sie schlecht gelaunt. Ich warf meinen mitgebrachten Mantel auf die Lehne ihres Besucherstuhls, der sich in der Nähe ihres Schreibtisches befand, und wunderte mich über ihr merkwürdiges Verhalten.

»Richter Berkley hat es nicht der Rede wert gefunden, mich über den Fall zu informieren«, wandte ich verärgert ein und versuchte somit, mein frühes Erscheinen zu rechtfertigen. Tabitha sah mich noch immer nebulös an. Sie verzog ihre Mundwinkel und mir schwante schon Böses.

»Richter Berkley ist leider erkrankt. Ganz plötzlich! Die Verhandlung fällt aus«, zischte sie durch ihre zusammengepressten Zähne und machte so ihrem Ärger Luft. Ich riss meine Augen auf und konnte es nicht fassen.

»Das heißt, ich bin gestern von meinem grandiosen Wochenende, das ich mit Jeremy in Venedig verbringen wollte, umsonst nach London gereist, um heute zu erfahren, dass diese verdammte Verhandlung schlichtweg nicht stattfinden wird?«, schrie ich erbost. Tabitha funkelte mich mit ihren braunen Augen an.

»Richtig! Der alte Knacker fand es nicht einmal wichtig, mich anzurufen, sondern schickte mir eine banale Mail!« Ich war erzürnt, schnappte mir meinen Mantel, um in mein Büro zu gehen und ihn in einem Anflug von enormer Wut auf meinen Schreibtisch zu knallen. Tabitha folgte mir. »Du brauchst gar nicht erst in deinen Mails zu stöbern. Richter Berkley hat dir kein Sterbenswörtchen davon geschrieben!« Mit diesen Worten brachte sie mich noch mehr in Rage.

»Dieser Scheißkerl ruiniert mir mein verlängertes Wochenende und bequemt sich nicht mal, mich persönlich davon in Kenntnis zu setzen?!« Tabitha schenkte uns Kaffee ein und warf mir einen missmutigen Blick zu. »Man sollte sich vielleicht einmal überlegen, ihn in den Ruhestand zu schicken. Der ist sowieso längst überfällig, dieser alte, senile Trottel!« Ich griff mir an die Stirn und fühlte, dass ich erhitzt war. »Sehe ich es tatsächlich richtig, dass wir heute keine einzige Verhandlung haben?«, stöhnte ich. Tabitha nickte.

»Sehr richtig. Deine nächste findet am Donnerstag statt. Du kannst also postwendend wieder nach Venedig zurückfliegen und Richter Berkley den Flug in Rechnung stellen.« Fast im selben Moment sahen wir uns an und begannen, wie auf Kommando zu kichern. Anscheinend hatten wir wohl gerade den gleichen Gedanken gehabt und stellten uns den verdutzten Gesichtsausdruck des Richters vor, wenn ich ihm die Rechnung auf den Tisch knallen würde.

Zugegebenermaßen ärgerte es mich noch immer, dass ich umsonst nach London gereist war, aber ich konnte nur das Beste daraus machen. Also trank ich rasch meinen Kaffee aus, nahm meinen Mantel und verabschiedete mich von Tabitha. »Wenn jemand nach mir fragt, ich bin bis Mittwoch nicht erreichbar! Und das ...« Ich deutete mit dem Zeigefinger auf Tabitha.

»Ausnahmslos!« Ich drückte ihr einen Kuss auf die linke Wange und steuerte auf die Tür zu, um mich noch mal auf dem Absatz umzudrehen.

»Mach dir ebenfalls ein paar schöne Tage. Du hast frei. Wenn Richter Berkley glaubt, mit uns beiden so umspringen zu können, soll er seinen Kram selbst erledigen, wenn er aus dem Krankenstand zurückkommt. Wir sehen uns am Donnerstag. Um Melody wird sich meine Putzfrau kümmern, ich gebe ihr Bescheid.« Mit diesen Worten zog ich die Tür hinter mir zu und klackerte mit meinen High Heels über den Steinboden des *Central Criminal Court*. Als ich die schwere Eichentür erreicht hatte, stieß ich sie mit Kraft auf und verschwand durch den schmalen Spalt, der trotz meiner Anstrengung verhältnismäßig begrenzt ausfiel.

Um meinem Ärger vorerst Luft zu machen, beschloss ich, zu *Harrods* zu fahren, um mir irgendeinen sündhaft teuren Firlefanz zu kaufen. Ich stieg in mein schickes rotes Sportcoupé und startete es. Wenig später war ich auch schon auf der Brompton Road eingetroffen und fuhr in die Tiefgarage. Ich parkte meinen Wagen auf Richter Berkleys Platz, denn er hatte mir mal erlaubt, ihn in seiner Abwesenheit nutzen zu dürfen. Dafür berappte er jeden Monat ein Vermögen, nur um bei *Harrods* fünf Tage die Woche seine wohlverdiente Mittagspause verbringen zu können. Einmal war ich sogar dabei gewesen. Wenn man bedachte, dass die Fahrtzeit eines Taxis zwanzig Minuten betrug und der Preis pro Fahrt unter zwanzig Pfund lag, konnte man noch weniger verstehen, warum er für einen Parkplatz so viel Geld investierte. Aber wahrscheinlich gab es dafür keine plausible Erklärung, genauso wenig wie es dafür keine gab, dass heute keine Verhandlung stattfinden würde.

Mit der Rolltreppe fuhr ich in eins der oberen Stockwerke, um einerseits eine *Paul-A.-Young*-Schokolade, nämlich die Sorte *Sea salted caramel filled*, zu erwerben, um mein Hungergefühl nach etwas Süßem zu befriedigen, und andererseits eines dieser schicken Abendkleider von *Chi Chi* anzuprobieren. Schlussendlich entschied ich mich für das Model *Renesmee*, das in Gold und Schwarz gehaltene Cocktailkleid. Es überzeugte mich mit einer Ladung von Spitze und Tüll. Das eng anliegende Oberteil war am Rücken frei. Dank elastischer Einsätze bot es einen überaus komfortablen Sitz und einen interessanten Kontrast zum ausladenden Rock. Für schlanke eintausenddreihundert Pfund erwarb ich es und bekam als Draufgabe einen Gutschein für den nächsten Einkauf.

Stolz schritt ich mit meinem mittlerweile verpackten Kleid, das in einem roten pompösen Karton steckte, durch das Kaufhaus, um in meinem Sportwagen die Heimreise anzutreten. Während ich mich auf den Weg in die Tiefgarage machte, ertönte mein Mobiltelefon. Ich sah auf das Display, da war eine SMS eingegangen. »Hi, Ella! Hast du deine Verhandlung schon hinter dich gebracht? Bist du frei? Dein Alexander.« Aufgeregt entsperrte ich mittels Fernbedienung meinen Wagen und warf die Papiertüte auf den Beifahrersitz, um hinter dem Lenkrad Platz zu nehmen. Ich tippte eine Nachricht.

»Die Verhandlung ist ausgefallen! Wo bist du?«, fragte ich aufgeregt, in der Annahme, er würde sich treffen wollen.

»Sitze in meinem Privatjet Richtung Kent. Kannst du nach Seeds Castle kommen?« Mein Herz machte einen Sprung. Ich hatte es gewusst! Er würde kommen! Heute noch. An den Ort, wo wir uns unseren Fantasien hingeben konnten. Nur, wie zum Teufel war der Privatjet nach Venedig gekommen? Hatte Larry Alexander von dort abgeholt?

»Natürlich kann ich kommen. Sitze gerade in meinem Wagen und kann in etwa einer Stunde bei dir sein«, schrieb ich, nahm meinen Schlüssel wieder auf und betätigte die Zündung. Beinahe wäre mir mein Mobiltelefon aus der Hand gerutscht. In erregtem Zustand wartete ich auf die nächste Nachricht von ihm. Gleich darauf ertönte das Signal.

»Lande in weniger als einer Stunde auf Seeds Castle. Ich kann es nicht erwarten, dich wiederzusehen. Schalte dein GPS ein.« Noch bevor ich zurückschreiben konnte, klingelte mein Handy. Ich hob ab.

»Alexander?«

»Ella.« Ich konnte in Gedanken sein Gesicht sehen. Er klang aufgeregt. »Es ist so schön, deine Stimme zu hören.« Ich startete den Wagen und lenkte ihn aus der Parkgarage. »Können wir reden?« Er klang nicht wie immer, eher nervös. »Ich habe dich vermisst.« Alexander wirkte irgendwie aufgekratzt, das konnte ich an seiner veränderten Tonlage hören, und ich war es zugegebenermaßen auch. »Ella? Bist du noch dran?«

»Ja«, hauchte ich.

»Ich muss unbedingt mit dir sprechen. Ich habe Angst,

dass du mich verlässt«, drang seine Stimme an mein Ohr. Ich schüttelte den Kopf.

»Alexander.« Ich bog auf die Brompton Road hinaus. »Was ist los mit dir? Warum sagst du solche Dinge zu mir? Ich habe nicht vor, dich zu verlassen. Ich bin so schnell wie möglich bei dir und dann reden wir in Ruhe. Okay?«, versuchte ich ihn zu besänftigen. *Bestimmt hat es mit seiner Zerrissenheit zu tun. Natürlich. Niemand kann sich ständig zwischen zwei Persönlichkeiten bewegen und nicht ernsthaft keinen Schaden davon nehmen.*

»Ja, Ella.« Er klang ein wenig beherrschter, aber entsprach dies der Wahrheit? Unter keinen Umständen wollte ich das Gespräch beenden.

»Wo bist du jetzt genau?«, fragte ich und versuchte ihn so, von seinem Problem abzulenken.

»Wenn du dein GPS bedienen würdest, wüsstest du das jetzt. Bin vor einer Stunde vom *Marco-Polo-Flughafen* gestartet.«

»Ich kenne mich mit diesem Mist nicht aus, Alexander.« Die Verbindung wurde kurzfristig schlechter.

»Ella?«, hakte er unsicher nach.

»Ja, ich bin noch dran.«

»Du bist alles für mich. Verstehst du?« Der Tonfall seiner Worte machte mir Angst.

»Ich weiß.« Offensichtlich befand er sich in einem Ausnahmezustand. Wurde mit der Zerrissenheit nicht mehr fertig. Wie konnte ich ihm helfen? Sein Zerwürfnis brachte ihn offenbar an seine Grenzen. Nun lenkte ich den Wagen auf die Überlandstraße und jagte aus der Stadt. »Ich bin bereits auf der Autobahn und fahre in Richtung Dartford, bin also bald bei dir«, versuchte ich, die Entfernung zwischen uns in seinem Kopf zu verringern. Es war jedoch deutlich erkennbar, dass er sich davon nicht beeindrucken ließ.

»Ich schwöre dir, ich werde dich mein ganzes Leben lang auf Händen tragen«, beteuerte er. Ich schluckte und beschleunigte.

»Ich weiß, dass du das tun wirst.« Die Geschwindigkeitsbegrenzung hatte ich längst überschritten. Die Wegweiser fegten über meinem Kopf dahin, ich fuhr auf der rechten Spur. Bald näherte ich mich Rochester und steuerte Kent an. »Ich bin fast da, Alexander.« Ich nahm die Ausfahrt. Jetzt hatte ich es nicht mehr weit.

»Ella, ich lande jetzt. Ich bin allein unterwegs und fliege selbst.« Mein Atem stockte kurzfristig. Er saß also selbst hinter dem Joystick und steuerte die Maschine. Vielleicht hatte er sich in Venedig ein Flugzeug gemietet. Es musste nicht unbedingt sein, dass er in seinem eigenen saß.

»Alexander, bitte pass auf dich auf.« Ich konnte seinen Atem hören. Er klang bedeutend ruhiger als zuvor.

»Ja, Ella, keine Sorge.« Das waren seine letzten Worte, dann sah ich auch schon, wie die Maschine über mir die Landeklappen ausfuhr und unmittelbar danach auf der Piste aufsetzte. Mit einer enormen Geschwindigkeit kam der Jet heran. Eine Zeit lang fuhren wir parallel. Ich sah Jeremy hinter dem Steuer sitzen, bis er mich überholte. Ich beschleunigte abermals. Auf dieser einsamen Straße, die offensichtlich nur dafür gebaut worden war, um nach Seeds Castle zu gelangen, jagte ich mit einem übermäßigen Tempo dahin. Ich sah, wie das Flugzeug abgebremst wurde und langsam ausrollte, bis es seine Endposition einnahm. Nun verringerte ich ebenfalls meine Geschwindigkeit und brachte den Wagen in unmittelbarer Nähe zum Stillstand.

Alexander öffnete die Flugzeugtür und ließ die Treppe ausfahren. Erfreut, ihn zu sehen, riss ich die Wagentür auf und stieg aus. Meine Angst, es könnte ihm etwas zustoßen, war mit einem Mal verflogen und ich lief auf Alexander zu. Nicht so wie zuletzt, als er sich auf Seeds Castle in Zurückhaltung geübt hatte, kam er auf mich zu, sondern stieg in gebotener Eile die Treppe hinab, um mir entgegenzulaufen.

»Meine Ella!«, rief er, dabei umarmte er mich. Bald darauf hielt er auch schon mein Gesicht in seinen Händen, bedeckte es mit unzähligen Küssen und hielt mich unwiderruflich in seinen Armen gefangen. Genau eine Nacht hatte uns voneinander getrennt und Alexander tat so, als wären es zwei Wochen gewesen. Er sah mich ernst an. »Manchmal fürchte ich, du würdest das Spiel nicht mehr länger mitmachen wollen, und rechne jeden Tag damit, dass es vorbei ist.« Ich konnte es nicht fassen. *Was redet er denn da? Warum glaubt er das? Ich liebe ihn doch!*

»Ich verstehe dich nicht, Alexander. Warum sollte ich das tun?« Er hielt mein Gesicht noch immer in seinen Händen und überraschte mich mit einer Frage, mit der ich keinesfalls gerechnet hätte.

»Wen von beiden liebst du mehr? Alexander oder Jeremy?«, wollte er nun von mir wissen und starrte mich an. Diese Frage beantworten zu müssen, fiel mir nicht ganz leicht. Obwohl ich mir öfter gewünscht hatte, er würde in der Rolle von Alexander auftreten, liebte ich auch Jeremy an ihm. Alexander hatte einfach andere sexuelle Fantasien, die ich zum gegenwärtigen Zeitpunkt als überaus anziehend empfand. Sexuelle Vorlieben, die ich mit ihm gerne praktizieren wollte. Ich liebte aber auch Jeremy in ihm, der mit mir in Venedig den Karneval gefeiert, mich in der Gondel unter der Ponte di Rialto geküsst und mit mir den Tandemsprung unternommen hatte. Was ich aber an Alexander besonders liebte, waren seine Versuche, mich körperlich so sehr zu verwöhnen, dass es mich halb um den Verstand brachte und in eine Art Trance versetzte. Das war die Kehrseite des Mr White, die mich aber unheimlich fesselte, mich anzog wie einen Magneten und mich bewusst an die Kette legte, wovon ich nie wieder loszukommen vermochte. Ich rang mich zu einer Antwort durch und hoffte, dass sie so ehrlich wie möglich ausfallen würde.

»Ich glaube, nein, ich bin mir fast sicher, dass ich mich zu Alexander mehr hingezogen fühle.« Dabei sah ich ihm tief in die Augen, während sie strahlten und er seine Mundwinkel nach oben zog. Ohne Worte nahm er mich abermals in den Arm, um mich fest an seine Brust zu drücken, und ich schlang die Arme um seinen Hals. Sein merkwürdiges Verhalten von eben würde ich von mir wegschieben. In diesem Augenblick war mir klar, ich würde nie wieder ohne Alexanders Liebeszeugnisse existieren können.

Warum hast du Angst, dich zu verlieren?
Je wehrloser du dich hingibst und öffnest,
desto mehr wirst du leuchten,
und dir immer wieder als dein eigener Sterntaler
in den Schoss fallen.

(Jörn Pfennig)

Bizarre Sucht, geheimes Verlangen

Alexander hatte an diesem Tag noch eine außergewöhnliche Überraschung für mich geplant. Wir flogen mit einem Helikopter auf den Sca Fell, einen Berg in Nordengland, um von dessen Plateau aus mit dem Fallschirm abzuspringen. Genau wie Alexanders sexuelle Vorlieben über das Maß aller Dinge hinausliefen, so verhielt es sich auch bei seinen sportlichen Interessen. Extremsport stand bei ihm auf der Tagesordnung. Doch in dieser Beziehung waren wir uns ähnlich. Bei mir liefen die Uhren, genau wie bei ihm, viel schneller als die der meisten anderen, die ich kannte. Schnelle Sportwägen, Bungee-Jumping und ab nun auch das Fallschirmspringen zählten zu meinen Lieblingsbeschäftigungen in meiner Freizeit.

Der Helikopter stand bereits auf dem Gelände und wir liefen Hand in Hand auf ihn zu. Larry saß im Cockpit und kontrollierte die Instrumente für den bevorstehenden Flug. Hinter der Windschutzscheibe hob er die Hand zur Begrüßung, wenn auch sehr zurückhaltend. Sein Butler war wirklich eine Koryphäe, wenn es um Fortbewegungsmittel ging, wie ich feststellen musste. Er konnte ein Sportflugzeug genauso wie einen Helikopter fliegen, steuerte Alexanders Limousine oder seinen schicken Sportwagen. Ein Butler und Chauffeur wie man ihn sich nur wünschen konnte.

Nur sein unergründlicher Blick gefiel mir nicht. *Warum sieht er mich immer so misstrauisch an?* Alexander hatte mir nachdrücklich versichert, dass Larry über seine besonderen Vorlieben nicht in Kenntnis gesetzt war. *Spioniert er ihm vielleicht nach und Alexander weiß es nicht? Nein! Das kann nicht sein.* Alexander ging äußerst vorsichtig mit diesem heiklen Thema um. Er würde sich in der Öffentlichkeit niemals outen, hatte er mir geschworen, und das musste auch so bleiben, auch falls wir uns einmal trennen würden. Das war Teil unseres mündlichen Vertrags.

Da fiel mir ein, dass ich sehr wenig über seine Vergangenheit wusste. Außer dass er einen jähzornigen und gewalttätigen Vater gehabt haben musste, eine Mutter, die seinen Bruder offenbar vorgezogen hatte, und letzterer, der ihm nur anfangs scheinbar die Stange gehalten hatte, bevor er ihn dann endgültig hatte fallen lassen, weil ihm sein persönliches Befinden offensichtlich mehr wert gewesen war. Mehr Fakten kannte ich nicht. *Es muss doch enorm schwierig für ihn gewesen sein, mit diesen speziellen Vorlieben, die in der englischen Gesellschaft verpönt sind, umzugehen zu lernen. Sie an sich selbst zu akzeptieren. Dem ständigen Druck ausgeliefert zu sein, diesem Verlangen, wenn auch nur während seiner Jugendzeit, widerstehen zu müssen.*

Alexander unterbrach meine Gedanken, indem er die Helikoptertür entriegelte und mir andeutete, ich könnte einsteigen. Er bemerkte meine geistige Abwesenheit und dass ich nur zum Teil registrierte, wozu er mich eigentlich aufforderte. Wir setzten uns auf die Plätze und schnallten uns an. Der Rotor des Helikopters setzte sich in Bewegung und es dauerte nicht lange, bis wir abhoben. »Ella? Alles in Ordnung mit dir?«, fragte er fürsorglich. Ich nickte.

»Ja, tut mir leid«, versuchte ich, meine mangelnde Aufmerksamkeit zu rechtfertigen. Er strich über meine Wange. Keine Sekunde ließ er mich aus den Augen, sondern beobachtete mich eindringlich. Völlig unerwartet schnallte er sich wieder ab und kniete vor mir nieder. Was er hier tat, war mehr als unvorsichtig, doch das war ihm scheinbar in diesem Augenblick völlig egal.

»Wir werden wieder zurückfliegen, wenn du mir nicht erzählst, was dich so sehr beschäftigt«, meinte er nun nachdrücklich. Dass er mich so in Bedrängnis brachte, missfiel mir im Moment.

»Es ist nichts, Alexander, weswegen du dir Sorgen machen müsstest«, versuchte ich, ihn von seinem Vorhaben, mich ausquetschen zu wollen, abzubringen. Doch so leicht ließ er sich nicht abwimmeln.

»Mir kannst du nichts vormachen, Ella. Ich fühle, dass dich etwas bedrückt.« Er nahm meine Hand. »Ich möchte, dass du mir vertraust. Deine Bedenken und Ängste mit mir besprichst. Ich weiß, dass unser Zusammensein für dich völliges Neuland bedeutet. Umso wichtiger ist es, dass du mir deine Zweifel mitteilst. Ich werde immer ein offenes Ohr für dich haben. Verstehst du?« Er wartete ab, ließ sich nicht abschütteln. »Also? Was bedrückt dich?«, fragte er nochmals nach.

»Ich, ähm …«, begann ich und räusperte mich. »Ich meine, ich weiß so wenig über dich. Außer dass du der Präsident des Obersten Gerichtshofs bist, dich an Fuchsjagden beteiligst, viel unterwegs bist und Fallschirmspringen deine Leidenschaft ist, ist mein Wissen über dich noch ziemlich begrenzt.« Er legte seine Stirn in Falten.

»Du weißt mehr über mich, als du denkst. Keine Frau, mit der ich jemals zusammen war, wusste so viel von mir wie du.« Mir war nicht ganz klar, was er damit sagen wollte. »Ich habe noch nie zuvor mit einer Frau über meine Familie gesprochen, über meine Ängste, meine Befürchtungen, nichts dergleichen.« Nun musterte ich ihn eindringlich.

»Hast du nicht gesagt, eine Beziehung würde aus gegenseitigem Vertrauen bestehen?« Er nickte.

»Ja.« Er sah mich noch immer an. »Ich habe aber nicht damit gemeint, dass ich mich jemals auf solch eine Beziehung eingelassen hätte.« Meine Augen weiteten sich unwillkürlich.

»Welche Art von Beziehung hast du denn dann bisher geführt?«, fragte ich verwirrt. Ich fühlte mich wie vor dem Kopf gestoßen.

»Reine Sexbeziehungen, ohne emotionale Bindung«, erklärte er knapp. Im Moment blieb mir beinahe der Atem stehen und ich starrte ihn nur an. Ich schluckte. *Ist das wirklich wahr? Alexander, Jeremy, wie auch immer er sich nennt, ist vierunddreißig und will mir weismachen, dass er bis jetzt nur rein sexuellen Kontakt zu Frauen hatte?* Ich rang meine Hände, suchte nach geeigneten Worten. Alexander bemerkte meine Unruhe scheinbar, blieb jedoch diszipliniert. So wie er es im BDSM-Kodex stets gelernt hatte.

»Du hattest noch nie eine richtige Beziehung?« Ich atmete hörbar aus. »Keine tief empfundene Zuneigung zu einem Menschen, keine intensiven Gefühle, kein Herzrasen?« Er schüttelte entschieden den Kopf.

»Nichts dergleichen«, entgegnete er mechanisch, als wüsste er nicht, wie es wäre, wenn man fühlte. *Nichts dergleichen.* Das hieß wohl für mich, einen Mann zu lieben, der tatsächlich noch nie eine Beziehung geführt hatte. Alexander hielt unentwegt meine Hand, während meine Gedanken ihre Kreise zogen. »Ella, das heißt nicht, dass ich beziehungsunfähig bin. Es bedeutet nur, dass ich mich bis jetzt noch keiner Frau so richtig anvertraut und es noch nie zugelassen habe, mich zu verlieben. Ich wusste überhaupt nicht, was es bedeutet, zu lieben oder geliebt zu werden, bevor ich dich traf. Aber durch dich lerne ich es, Ella. Verstehst du? Durch dich«, wiederholte er. »Ja, du hast völlig recht. Liebe sollte Herzrasen verursachen, Liebe muss Sehnsucht sein, die mich innerlich zu zerreißen droht, wenn ich dich mal einen Tag nicht sehen kann. Liebe bedeutet Schmerzen in der Brust zu haben, weil ich dich vermisse. Liebe signalisiert mir, dich nicht loslassen zu können, auch wenn ich es noch so sehr wollte, weil ich zu der Erkenntnis gekommen bin, dass ich nicht gut genug für dich bin. Liebe braucht unser ganzes Herz, unser ganzes Sein«, poetisierte er. Gleichzeitig wirkte sein Blick traurig, denn er zog seine Augenbrauen zusammen, obwohl er nach seinem Liebesgeständnis eigentlich fröhlich hätte sein müssen. »Ich möchte mit dir durch den Regen tanzen und einfach nur glücklich sein, denn Liebe ist nichts anderes als *du*, weil du mir einen Grund gibst, zu bleiben.« Nun sah ich in sein von Seelenschmerz gezeichnetes Gesicht. Er hatte zwar noch kein einziges Mal die entscheidenden Worte ausgesprochen, aber er hatte mir seine innig empfundenen Gefühle offenbart, die er zweifelsohne für mich hegte. Seine Worte rührten mich zutiefst und Tränen ebneten sich ihren Weg über mein Gesicht. Alexanders Augenbrauen wölbten sich noch mehr nach innen und seine Stirn legte sich abermals in Falten. Es tat ihm sichtlich weh, mich weinen zu sehen. Er umschlang meine Taille und hielt mich fest. Anschließend erhob er sich, setzte sich neben mich und nahm mein Gesicht zwischen seine beiden Hände, küsste jede einzelne Träne hinfort. »Und Liebe kann auch schmerzhaft sein, wenn man Angst haben muss, dass man denjenigen, den man so sehr liebt, verlieren könnte.« Diese letzten Worte würden mir wohl immer im Gedächtnis bleiben. Unsere Beziehung war emotional so tiefgründig geworden, ohne dass wir beide anfangs damit gerechnet hatten. Ich war noch nie in meinem Leben so glücklich gewesen wie in diesem Moment.

Wir waren so sehr in unser Gespräch vertieft gewesen, dass ich vorerst gar nicht gemerkt hatte, dass wir bereits angekommen waren. Larry musste anscheinend noch einige Runden fliegen, denn wir kreisten immer um dasselbe Gebiet, bevor er uns auf einem Felsplateau des Sca Fells absetzen konnte. Zuvor mussten wir uns noch entsprechend anziehen und die Ausrüstung vorbereiten. Die Freizeitkleidung und die Kombianzüge hingen sorgfältig an einem der Haken in der Kabine. Alexander überreichte mir beides und ich zwängte mich in die Klamotten, weil der Raum, der uns zum Umziehen zur Verfügung stand, ziemlich beengt war. Auch er machte sich für den Sprung bereit. Während ich meine Trekkingschuhe anzog und die Handschuhe überstreifte, reichte mir Alexander den Helm und eine Sprungbrille. Bevor ich beides aufsetzte, band ich mir noch meine Haare zusammen. Abschließend befestigte er den Höhenmesser an meinem Handgelenk.

»Bitte schnall dir zur Sicherheit noch die Knieschützer und Sprunggelenkbandagen über deinen Anzug, das bietet dir noch zusätzlichen Schutz vor einem möglichen Aufprall«, meinte er nun fürsorglich.

»Okay, mache ich«, lächelte ich.

»Ich …«, setzte er an, verstummte aber dann und strich mir verlegen eine Locke aus dem Gesicht. Inzwischen kreisten wir über der Ebene, von wo aus wir abspringen wollten. Es war ein mit Gras bewachsenes Plateau. »Lass uns jetzt hinausklettern, Ella.« Ich nickte und wir näherten uns der Luke. »Bist du bereit für den Sprung?«, fragte er nochmals nach.

»Ja«, entgegnete ich selbstbewusst. »Mit dir kann mir nichts passieren. Das hast du schon mit dem Tandemsprung bewiesen.« Vorübergehend erstarrte sein Gesicht aus nebulösen Gründen, schnell gewann er aber seine Fassung zurück.

»Larry? Können Sie bitte runtergehen?«, rief er und es klang bestimmend.

»Sehr wohl, Sir«, hörte ich ihn aus dem Cockpit antworten.

Wenig später setzte der Hubschrauber auf Geröll und dem teils mit Gras bewachsenen Plateau auf. Alexander nahm zu meiner Verwunderung nur einen Fallschirm aus der Metallbox, die gleich neben der Tür stand, und sprang hinaus, bevor er mir erlaubte, ihm zu folgen. Er wirkte viel gelassener, als er es beim letzten Fallschirmsprung gewesen war, denn seine Bewegungen waren routinierter. Jedenfalls kam es mir so vor. Wir entfernten uns vom Helikopter und dieser drehte ab. Alexander legte den Fallschirm auf einen Felsen, bevor er begann, mir das Gurtzeug professionell anzulegen.

»Das sachgemäße Zusammenlegen des Fallschirms nennt man Pro-Pack«, erklärte er mir, während er den Gurt an mir festzog und lächelte. »Die Packtechnik ist wichtig, da beim Pro-Pack der Öffnungsvorgang natürlicher abläuft und in der Regel zu einer wesentlich weicheren Öffnung führt.« Ich vertraute ihm hier voll und ganz, kannte ich mich doch damit überhaupt nicht aus. Es wäre mein erster eigenständiger Fallschirmsprung und mein Herz raste bei dem Gedanken. *Er ist ein hervorragender Lehrer, wie in jeder Lebenslage.*

Wir machten uns bereit. Der Wind hier oben blies uns verhältnismäßig rau um die Ohren, doch das hielt uns nicht davon ab, den Sprung in die Tiefe zu wagen. Auf dem Plateau konnte man sich wirklich frei fühlen, es war herrlich. Gemeinsam mit Alexander, der Liebe meines Lebens, davon war ich nach unserem heutigen Gespräch überzeugt, konnte mir nichts geschehen. Wir stellten uns an die Abbruchkante und schauten in die Tiefe, von wo aus man die Wanderer nur mehr wie Ameisen wahrnahm. Sicher war der Sprung von hier oben aus nicht ganz ungefährlich, denn ich hatte schon von Unfällen, die an dieser Stelle, die eigentlich als Kletterwand diente und auch mal als Startplatz von Fallschirmspringern genutzt wurde, gehört. Es war wie russisches Roulette. Doch genau das war der Kick, den wir beide brauchten. Mein Herz klopfte mir bis zum Hals. Keine Ahnung, ob es der bevorstehende Sprung war, der dies auslöste, oder die Nähe zu Alexander.

»Bist du bereit, Schatz?«, fragte er mich zärtlich. Der Kosename, den er benutzte, zauberte mir ein Lächeln auf mein Gesicht und ich war absolut sicher, ich würde aus purer Überzeugung heute mit ihm in die Tiefe springen. Ohne Rücksicht auf Verluste.

»Ja, mit dir bin ich zu allem bereit«, erwiderte ich selbstsicher. Er fasste mit seinen beiden Händen nach meinem Gesicht und küsste mich. Ich schloss die Augen und öffnete kaum merklich meine Lippen. Fast im selben Augenblick schob sich seine Zunge in meinen Mund und umschmeichelte meine. In diesem Moment entfalteten sich unzählige Schmetterlinge in meinem Bauch, um mich in unerschwingliche Höhen zu bringen. Mir schwirrte der Kopf von seiner Leidenschaft. Über seine Lippen breitete sich ein zaghaftes Lächeln aus.

»Ella, wenn wir so weitermachen, dann werden wir wohl in den Sonnenuntergang springen müssen, weil ich dich hier nämlich gleich flachlegen werde«, meinte er und ich öffnete die Augen, währenddessen zog ich die Mundwinkel nach oben.

»Ich würde gerne mit dir in den Sonnenuntergang springen«, lächelte ich ihn mit meinem unwiderstehlichen Augenaufschlag an.

»Wenn du das möchtest.« Ich wurde hellhörig.

»Geht das denn?«, fragte ich aufgeregt.

»Natürlich«, entgegnete er. »Wir müssen nur warten, bis die Sonne beginnt, hinter den Bergen zu verschwinden.« Mit diesen Worten setzten wir uns ins Gras und ich lehnte mich mit dem Rücken gegen seine Brust. Er erwiderte meine Berührung, umarmte mich und ich schmiegte mich an ihn. Wir küssten uns und warteten. Der Anblick war spektakulär. Der Himmel verfärbte sich in ein sattes Orange und spiegelte sich in dem darunterliegenden See, der von hier oben wie eine kleine Pfütze wirkte. Ich war so überwältigt von diesem Naturschauspiel, dass ich beinahe den Fallschirmsprung vergessen hätte. Alexander machte mich darauf aufmerksam, dass wir nun langsam ans Abspringen denken sollten, bevor wir den Moment verpassen würden. Er strich über meine Wange.

»Komm, Ella, es wird Zeit.« Wir standen auf und er begann, mein Gurtzeug an seinem zu befestigen, was mich verwunderte. »Ich dachte, wir machen heute keinen Tandemsprung?« Alexander verdrehte die Augen.

»Bevor ich dich alleine springen lasse, noch dazu aus dieser minimalen Höhe, müssen noch einige Tandemsprünge erfolgt sein. Es wäre höchst verantwortungslos, dich alleine in die Tiefe springen zu lassen«, erklärte er und machte den letzten Haken an seinem Gurt fest. »So schnell wirst du mich nicht los!«, lachte er. Seine Bemerkung erheiterte mich, wenn ich an den ohnedies sehr gefährlichen Sprung dachte. Wir gingen an die Abbruchkante. »Auf *Ready, set, go* springen wir.«

»Alles kar«, entgegnete ich und der Adrenalinspiegel stieg entschieden an. Die Anspannung wuchs, schlug fast in Angst um, und er bemerkte meinen aufgeregten Zustand natürlich, weil er mich mittlerweile kannte. Es war mein erster Basesprung aus dieser geringen Höhe. Ich war an seine Brust gelehnt und wartetet. Ohne jede Vorwarnung stürzte er sich mit mir in die Tiefe. Ich schrie. Vor Begeisterung, obwohl auch Panik mitschwang, und trotzdem fühlte ich mich bei ihm sicher. Wir fielen und das Gefühl war wieder atemberaubend. Unsere Anzüge flatterten heftig im Wind und es war extrem laut. Nach einigen Sekunden war ein leichtes Knacken zu hören, der Fallschirm öffnete sich und wir segelten dem Sonnenuntergang entgegen. Das tosende Geräusch war vorbei.

»Ich werde dich nie wieder loslassen, Elena Cooper. Hörst du? Nie wieder! Der Horizont ist mein Zeuge«, schwor er mir unter freiem Himmel seine ewige Liebe und Treue. Es dauerte nicht lange und wir landeten sachte auf sicherem Untergrund. Die Landung war perfekt gewesen. Alexander machte mich vom Gurtzeug los und wir ließen uns im Gras nieder. Die Helme und die Schutzbrillen nahmen wir ab, legten sie in die Wiese und ich rutschte zwischen seine Beine. Er umarmte mich und hielt mich fest. Eine Zeit lang saßen wir noch so da und beobachteten das letzte Abendrot, bis es von der Oberfläche des Sees verschluckt worden war.

Später packte Alexander den Fallschirm fachmännisch zusammen und wir gingen Richtung Treffpunkt, einer großen Rasenfläche, von wo aus uns Larry wieder abholen wollte. Er wartete bereits auf uns und wir stiegen ein.

Während ich im Helikopter aus meinem Anzug schlüpfte und meine Dessous sowie mein Kleid überstreifte, vernahm ich die Stimmen von Alexander und Larry. Der Rotor wurde angeworfen und das Geräusch war so laut, dass ich beim besten Willen nicht verstehen konnte, was die beiden miteinander sprachen. Die Unterredung klang jedenfalls nicht besonders freundlich, wie ich feststellen musste. Warum, wusste ich nicht. Nur einige Wortfetzen drangen zu mir, bevor sie der Lärm völlig verschluckte. Larry musste Alexander etwas vorgeworfen haben, aber ich verstand nur Bruchstücke wie *Das schickt sich nicht* oder Ähnliches und Alexander erwiderte, dass ihn das überhaupt nichts angehen würde. Um was es genau ging, konnte ich aber nicht herausfinden.

Meinte Larry vielleicht unsere Beziehung? Aber wir lebten doch nicht im vorigen Jahrhundert. Es gab viele Paare, die in derselben Situation wie wir und nicht verheiratet waren. Oder schickte sich das für jemanden wie Jeremy Alexander

White nicht? Den Sohn eines Schlossbesitzers? War ich nicht standesgemäß? Natürlich nicht! Ich stammte von keinem Adelsgeschlecht in Kent ab, sondern nur von einer irischen Arbeiterfamilie, deren Vater sich abgerackert hatte, damit seine Tochter die Highschool und später das College in London besuchen konnte, um in Folge dessen Staatsanwältin werden zu können. Aber ich war stolze Irin und das konnte mir keiner dieser hochnäsigen Engländer nehmen.

Alexander war sichtlich verärgert, das konnte ich an seiner Mimik ablesen, und verstaute den Fallschirm, den er bereits in Windeseile eingepackt hatte, in der Box.

»Was hast du mit Larry besprochen?«, fragte ich beiläufig und machte mich schon auf eine unangenehme Unterhaltung gefasst.

»Ach, nichts Wichtiges.« Seine Stimme wirkte widererwartend weich. »Er ist noch vom alten Schlag und hat immer etwas an uns jungen Leuten auszusetzen.« Währenddessen zog er sich um. »Ich musste ihn daran erinnern, dass es ihm überhaupt nicht zusteht, ein Urteil über mich oder dich zu fällen«, meinte er etwas aufgebracht, während er in seine Anzughose schlüpfte. Er näherte sich mir, knöpfte sich gerade sein weißes Hemd zu und nahm mich danach übergebührend lange in den Arm. Noch bevor wir uns setzten, streifte er sein Jackett über. Wir schnallten uns für den Flug an und er hielt meine Hand.

Der Hubschrauber setzte zum Start an, um das Gelände von Seeds Castle anzusteuern, wo wir sicher die Nacht verbringen würden. *Und dagegen kann selbst Larry nichts ausrichten,* dachte ich erbost. Auf dem Rückflug war Alexander sehr nachdenklich und starrte zumeist aus dem Fenster.

Bevor der Helikopter zur Landung ansetzte, konnte ich das imposante Schloss einmal von oben bewundern und war erstaunt darüber, wie groß es eigentlich war. Larry brachte die Maschine runter, bis die Kufen den Boden berührten. Alexander öffnete die Tür und wir stiegen aus. Die Rotoren beschleunigten nach einem Moment erneut und unter dem Wind derer steuerten wir das Schloss an. Gemeinsam liefen wir über die Zugbrücke und Alexander öffnete das eindrucksvolle Tor. Wir betraten die Eingangshalle. Zum dritten Mal war ich auf Seeds Castle und ich fühlte mich hier wohl.

»Wird das Schloss von deiner Familie nie bewohnt?«, fragte ich interessiert. Bewusst schloss ich seinen Bruder nicht aus, doch nach ihm zu fragen, wagte ich auch nicht, obwohl ich sehr neugierig auf ihn war. *War er älter als Alexander oder jünger? Wie er wohl aussah?* Als hätte er es geahnt, antwortete er etwas forsch und ich war augenblicklich wie vom Blitz getroffen.

»Mein Bruder benutzt das Haus so gut wie nie. Meine Eltern haben fixe Tage im Jahr, an denen sie nach Seeds Castle kommen. Zu diesem Zeitpunkt mache ich mich hier rar. Ich möchte ihnen nicht begegnen«, schloss er seine Ausführung. Unwillkürlich horchte ich auf. Sein Bruder war also doch nicht tot. Das hatte Alexander offensichtlich nur sarkastisch gemeint, als er mir davon erzählt hatte, er hätte keinen Bruder mehr. Klar. Er hatte ihn während seiner schwierigsten Zeit im Stich gelassen, also hätte er genauso gut auch tot sein können. *Und ich dachte schon ...*

Meine Gedanken verstummten. Die mächtigen Schlossmauern trotzten der so offensichtlichen grausamen Vergangenheit. Ich hing wieder meinen Überlegungen nach. Bis jetzt waren mir im Haus keine Fotos oder Gemälde aufgefallen, die auf ihn oder die Eltern schließen ließen. Nur das eine Foto, das er in London auf seinem Schreibtisch stehen hatte, das ihn wohl als Kind zeigte.

Es musste eine merkwürdige Familie sein. Sie waren reich, hatten nur zwei Söhne. Seine Mutter hatte sich sicher nicht für ihre Kinder abschuften müssen, wie meine Mum es tagtäglich hatte tun müssen und trotzdem hatte sie uns alle geliebt, den einen nicht mehr oder weniger als den anderen. *Was muss das bloß für eine Mutter sein, die den einen Sohn liebte und den anderen vernachlässigte? Vielleicht ist er unehelich? Und sein Vater? Wie mag er wohl gewesen sein?* Ich stellte mir einen brutalen Schlägertypen in Anzug und Krawatte vor, der auf vornehme Art und Weise mit der Peitsche auf seinen Sohn einschlug, um ihn zu züchtigen, wie man innerhalb der feinen Gesellschaft zu sagen pflegte, wenn jemand nicht spurte. Jetzt wäre er ein alter Mann und hätte sich längst mit ihm versöhnt, hatte Alexander einmal erzählt. *Kann man das denn überhaupt? Ich denke, ich könnte das nicht! Ich würde meinen Vater dafür bis ins Grab hassen. Und Jeremy Alexander? Er hat wohl eine ziemliche Macke davon abbekommen. Das ganze Leben ohne Liebe zu verbringen, das muss doch grauenvoll gewesen sein. Nur Sex? Sonst nichts?*

Anfangs hatte er mir gesagt, dass er seine letzte Beziehung vor fünf Jahren gehabt hätte. Wahrscheinlich hatte er nicht mit mir über seine spezielle Sexualpräferenz sprechen wollen, denn Beziehung konnte man das wohl kaum nennen. Das konnte ich mir gar nicht vorstellen. Ich würde mit Alexander all diese Dinge nicht tun, wäre ich nicht bereit, mit ihm eine ernsthafte Beziehung führen zu wollen. Außerdem hätte ich mich niemals auf dieses Doppelleben eingelassen, würde ich keine tiefe Verbundenheit für ihn empfinden.

Alexander beobachtete mich still, während ich meinen Gedanken nachhing. Er lehnte lässig an einer der Säulen in dieser überdimensionalen Halle und sah mich an. Erst später bemerkte ich seine interessierten Blicke, die auf meinem Gesicht ruhten, als ich gerade ein enorm großes Gemälde begutachtete, das wohl Seeds Castle in früheren Jahren zeigte. Verlegen lächelte ich ihn an. Er erwiderte es.

»Gefällt es dir?«, fragte er gespannt. Ich nickte.

»Ja, es ist ein sehr schönes Ölbild«, entgegnete ich nachdenklich und wartete auf seine Reaktion. Doch Alexander wechselte gekonnt das Thema und holte einen ziemlich schmalen und langen Karton unter der Treppe hervor, um ihn mir zu überreichen. »Für mich?«, reagierte ich verblüfft. Er strahlte über sein ganzes Gesicht.

»Ich hoffe, es gefällt dir.« Zaghaft nahm ich das Paket entgegen.

»Ich habe doch noch gar nicht Geburtstag«, machte ich eine verdutzte Bemerkung.

»Ich weiß, der ist erst am achten April.« Seine präzise Angabe überraschte mich.

»Woher weißt du das?«, fragte ich verlegen. Er lächelte und senkte seinen Blick.

»Es gibt das Internet. Du bist eine Berühmtheit im Netz. Deine Plädoyers, deine Auftritte in der Öffentlichkeit, deine Interviews, du bist immer im Bilde, mit einem unverkennbaren Lächeln auf deinen roten Lippen, die ich überaus erotisch finde.« Er strich mir eine blonde Locke hinters Ohr. »So wie alles an dir, Ella. Du törnst mich an, in jeder Beziehung.« Es war nur mehr eine Frage der Zeit, wie lange er seine Beherrschung – oder wie er zu sagen pflegte, seine Disziplin – noch wahren konnte. »Lass uns hinaufgehen«, sprach er und nahm mir das Paket ab, um es hochzutragen. Ich folgte ihm. Wir betraten ein Zimmer, das mich an einen Ankleideraum erinnerte. Er stellte den Karton auf dem Tisch ab. »Bitte mach es auf. Ich möchte dein überraschtes Gesicht sehen«, forderte er mich auf, das Paket zu öffnen. Frivol lächelte ich ihm entgegen.

»Auf deine Verantwortung hin.« Er wirkte ziemlich nervös, das konnte ich an seinem angespannten Gesichtsausdruck erkennen. Als wäre es eine Bombe, die jeden Moment in die Luft fliegen würde, rückte ich es in einem angemessenen Abstand auf dem Tisch zurecht und trat einen Schritt zurück. Nun begutachtete ich es eingehend. Alexander griff sich an die Stirn.

»Du kannst mich vielleicht auf die Folter spannen!« Ich kicherte und formte meine Lippen zu einem Kussmund.

»Hm, mal sehen«, sagte ich und machte eine Runde um das dubiose Ding. Alexander trat an den Tisch heran und fasste mit beiden Händen an dessen Kante, dass ihm die Knöchel weiß hervortraten.

»Könntest du es jetzt bitte öffnen, bevor ich noch den Verstand verliere?« Seine Geduld hatte Grenzen, er wirkte fahrig. Mit einem Mal zog ich an der roten Schleife, mit der das Paket geschnürt war, Alexander beobachtete mich dabei. Seine Hände lösten sich von der Tischplatte. Sie zitterten. Langsam hob ich den Deckel an und warf ihn auf den Steinboden. Dieser Umstand brachte ihn nochmals zum Erbeben. Aber mich auch, als ich den Inhalt des Kartons erspähte.

Vor mir lagen eine Menge unanständiger Accessoires, die offenbar für unser Liebesspiel gedacht waren. Zuerst hob ich das rote Korsett heraus und betrachtete es von allen Seiten. Es sah ziemlich sexy aus. Der Stoff war teilweise gezogen und in der Mitte gerafft. Ich hielt es mir vor mein Kleid. Alexander verdrehte die Augen.

»Oh Gott, Ella, das wird verdammt gut an dir aussehen! Mach weiter«, stöhnte er. Als nächstes zog ich einen schwarzen Stringtanga aus dem Päckchen, das für das Auge mit rotem Seidenstoff ausgekleidet war. Der Stringtanga war aus edler Spitze gefertigt, wies eine exzellente Verarbeitung auf und hatte ein überaus ansprechendes Design. Das Schleifchen mit dem kleinen Brillanten in der Mitte wirkte wirklich verführerisch und sexy. Er musste ein Vermögen gekostet haben.

»Wow, der sieht echt atemberaubend aus!« Alexanders Mundwinkel zuckten.

»Und die anderen Dinge?« Er konnte kaum mehr sprechen, so mussten ihm mein Verhalten und der Umstand, dass ich alles einzeln auspackte, erregt haben. Ich starrte auf ein besonders ausdrucksstarkes *Werkzeug*. Das Highlight des ganzen Kartons mussten wohl die Overknee-Stiefel sein, sie waren aus schwarzem, leicht dehnbarem Stretch-Lack mit einer durchgehenden Schnürung an der Außenseite. Die Plateaustiefel hatten einen ziemlich hohen und transparenten Stiletto-Absatz, der auf das etwa vier Zentimeter hohe Plateau perfekt angepasst worden war. Sie hatten das gewisse Etwas, das musste ich schon zugeben.

»Und?« Er räusperte sich nervös. Unsere Blicke trafen sich. Ich legte sie zurück und zog nun die für Alexanders Verhältnisse unverzichtbaren schwarzen Netzhandschuhe aus der Kiste. Sie waren aus einem feinmaschigen und elastischen Material. An der Außenseite konnte man sie schnüren und am Ende mit einem schwarzen Bändchen zu einer eleganten Schleife binden. Die Fingerspitzen waren frei. Ich liebte sie jetzt schon, noch bevor ich sie überhaupt anprobiert hatte.

Ein weiteres und sehr ansprechendes Accessoire waren wohl die Netzstrümpfe, die man an dem Korsett befestigen konnte. Als Draufgabe lag eine schlichte, aber massive Rundpanzerkette mit einem tropfenförmigen Diamanten und mehreren kleineren Brillanten vor mir. Beim Bestaunen blieb mir der Mund offen stehen. Alexander war sofort zur Stelle und nahm sie heraus, um mir das Schmuckstück anzulegen. Gekonnt rastete der Verschluss ein.

»Es unterstreicht deine strahlende Schönheit, Ella.« Ich wandte mich ihm zu, sodass ich ihm ins Gesicht sehen konnte, griff mir an den Hals und strich sanft über das Collier.

»Das muss ein Vermögen gekostet haben, Alexander.« Ich starrte ihn fassungslos an. Er lächelte.

»Vierundzwanzig karätiges Gold. Ich hoffe, ich habe deinen Geschmack getroffen.« Er strich mir zärtlich über die Wange. Ich war beschämt.

»Das ist wunderschön, danke.« Er schüttelte den Kopf.

»Ich danke dir, dass du dich mir schenkst.« Er betrachtete mich eindringlich. »Könntest du die Sachen jetzt bitte anziehen?« Seine Stimme klang zittrig.

»Ja«, hauchte ich. »Wenn du mir nur rasch den Zip meines Kleides öffnen würdest?« Sofort kam er meiner Bitte nach. Ich verzog mich mit den Kleidungsstücken hinter den Paravent, den er offensichtlich dafür aufgestellt hatte, weil es für ihn scheinbar prickelnder war, mich während des Umziehens nicht sehen zu können, und stieg aus meinen High Heels. Zunächst schlüpfte ich aus meinem Kleid, um es zusammen mit meinen Strümpfen über die spanische Wand zu hängen. Dahinter zu stehen, traf sich eigentlich gut, denn wenn ich ihn etwas fragen wollte, musste ich ihm dazu nicht ins Gesicht sehen. Und wenn ich ehrlich war, waren mir einige Fragen schon noch peinlich. Trotzdem lenkte ich das Gespräch auf das Thema, das mir schon länger unter den Nägeln brannte.

»Wann hat das eigentlich alles bei dir angefangen? Ich meine, deine speziellen Wünsche«, setzte ich an und zwängte mich in das enge, aber verführerische Korsett, nachdem ich auch den BH abgelegt hatte. Einen Moment lang kam keine Antwort, sein Gesicht konnte ich natürlich nicht sehen. Ich wollte schon einen Rückzieher machen, als Alexander zu sprechen begann.

»Ich war dreizehn, als ich bemerkte, dass mich andere Umstände erregen, als es bei den übrigen Jungs die Regel war.« Er schien auf meine Reaktion zu warten. Ich stand nur da und bewegte mich keinen Millimeter.

»Und was hast du dann getan?«, hakte ich nach. Er seufzte.

»Nichts. Ich habe es zunächst ignoriert. Dachte, dass sich das schon geben würde.« Nun tauschte ich meinen Slip mit dem Stringtanga.

»Und dann?« Stille.

»Ich habe mir zunächst Pornos angesehen, in denen BDSM-Praktiken gezeigt wurden. Ich fühlte mich davon angesprochen.« Er atmete hörbar aus. »Was ziehst du dir gerade an?«, fragte er neugierig. Ich schmunzelte.

»Den String. Lenk nicht ab! Erzähl weiter.« Bestimmt würde er jetzt grinsen.

»Mit vierzehn war ich der Sklave einer Domina für ungefähr vier Jahre.« Erneute Stille. Das musste ich erst mal verdauen.

»Einer Domina?«, hakte ich ungläubig nach. »Wie mit Zuckerbrot und Peitsche und so?« Nun lachte er tatsächlich leise vor sich hin.

»Ja, klingt das für dich jetzt sehr abnorm?«, wollte er nun von mir wissen und wartete geduldig auf eine Antwort.

»Nun ja, ich meine, ich weiß nicht.«

»Meine Eltern wussten natürlich zu diesem Zeitpunkt nichts davon. Das war topsecret. Sie lehrte mich alles, was ich über BDSM wissen musste, ließ mir später Freiraum, um herauszufinden, ob ich lieber als Dom oder als Sub agieren wollte.« Ich hatte zuvor schon die Netzstrümpfe angezogen, war gerade dabei, die Overknee-Stiefel anzuprobieren und die Verschnürung enger zu ziehen.

»Verstehe! Und …« Für einen Moment stockte ich. »Was wolltest du sein?«, fragte ich nun sehr gespannt.

»Ich fixierte mich in meinen späteren Spielen nicht auf eine der beiden Rollen. Mal Dom, mal Sub, wie es meine Partnerin gerade wollte. Ich war sozusagen schon immer ein Switcher. Obwohl …«, er stockte. Ich begann, am gesamten Körper zu zittern, war augenblicklich nicht fähig, die Verschnürung exakt zu binden.

»Was. Möchtest. Du. Bei. Mir. Sein?«, fragte ich mit zittriger Stimme.

»Das hast du doch schon längst herausgefunden. So wie wir es beim letzten Mal besprochen haben. Am liebsten sehe ich mich bei dir in der devoten Rolle. Das heißt aber nicht, dass du dich nicht auch hin und wieder fallen lassen darfst. Dich mir hingeben kannst. Ich bin fähig, zu switchen, das bereitet mir keine Probleme.« Ich wollte etwas sagen, konnte es aber nicht. Ich schluckte so heftig, dass es schon schmerzte. Ich hatte noch keine Erfahrung damit, wie man sich als weiblicher Dom verhielt.

»Das ist aber für mich völliges Neuland.« Nun hatte ich es endlich geschafft, diese dämlichen Dinger richtig zu schnüren.

»Ich weiß, Ella. Für mich ebenfalls. Ich hatte noch nie eine DS-Beziehung, in der ich meiner Femdom sagen musste, wo's lang geht.« Mein Herz raste wie verrückt und ich hatte das Gefühl, mich gerade auf sehr seichtem Terrain zu befinden.

»Ich bin also die erste Frau in deinem Leben, die keine BDSM-Erfahrung hat?«

»Ja.« Wieder Stille. Es kam mir wie eine halbe Ewigkeit vor, bevor er weitersprach. »Ich unterweise dich aber sehr gerne, sodass du es bei mir anwenden kannst. Ist das in Ordnung für dich?«

»Ich denke schon.« Nun streifte ich die Netzhandschuhe über und trat vor den Spiegel. Ich sah verdammt sexy aus. Mittlerweile durch den Anblick selbstbewusster geworden, trat ich hinter dem Paravent hervor, verschränkte die Arme vor meiner Brust und stellte mich Alexander gegenüber in Pose. Er atmete schwer, als er mich in diesem Aufzug sah und brachte nur ein *Wow* hervor. Jetzt kam er ein paar Schritte näher.

»Darf ich dir ein Kompliment machen und dir sagen, wie fantastisch du aussiehst, Ella?« Und es kam mir so vor, als würde er in seine devote Rolle hineinschlüpfen. Ich lächelte verlegen.

»Ja, darfst du.« Er musterte mich.

»Weißt du eigentlich, wie scharf du mich machst?« Er zog mich an seine muskulöse Brust und wenig später bewegten sich seine samtweichen Lippen über die erogenen Zonen meines Halses. Entspannt warf ich den Kopf in den Nacken und genoss seine Berührungen. In dieser Sekunde vibrierte sein Aster. *Mist! War nun alles umsonst?* Diskret sah er auf das Display, dann wandte er sich um.

»Nur einen Augenblick, Ella, bin gleich wieder da. Ich habe etwas vorbereitet. Du kannst dich einstweilen im Salon an den gedeckten Tisch setzen.« Mit diesen Worten eilte er davon. Ich seufzte tief und wechselte ebenfalls die Räumlichkeit. Er wollte doch nicht etwa mit mir in diesem Aufzug etwas essen? Ich betrat den Salon, in dem wir schon einmal zu Abend gegessen hatte. Niedergeschlagen setzte ich mich auf einen der bequemen Armstühle. Ich wunderte mich, wann er diesen Tisch hätte gedeckt haben können, dann fiel mir ein, dass Larry vielleicht während seiner Abwesenheit hier gewesen sein könnte. Ich schlug ein Bein über. Beim näheren Betrachten fiel mir auf, dass diese Overknee-Stiefel ganz schön verführerisch wirkten. Ich kam mir vor wie eine dieser Dominas in einem Studio. Aber sehr begehrenswert. Es fing an, mir zu gefallen. Alexander erschien mit einem Servierwagen im Salon und es duftete herrlich.

»Ein Candle-Light-Dinner gefällig, Miss Cooper?« Meine Augen weiteten sich.

»Jetzt?« Er lächelte charmant.

»Natürlich! Sonst stirbst du nach unserer Session womöglich den Hungertod. Du brauchst deine Kraft heute noch. Glaube mir.« *Was zum Teufel hat er mit mir vor?* Alexander bemerkte meine Unsicherheit und kniete sich mit einem Bein vor mir auf den Boden. »Keine Sorge, Ella. Ich nehme dich schon nicht zu hart ran. Du bist ja quasi in der Einschulungsphase.« Er setzte sein schiefes Lächeln auf.

»Das ist ja beruhigend«, bemerkte ich. Er stand auf und setzte sich mir gegenüber.

»Rotwein für den Anfang?«, fragte er galant.

»Für den Anfang? Willst du mich betrunken machen? Denkst du, ich halte deinen speziellen Vorlieben sonst nicht stand?«, begann ich ein wenig zu lästern. Er grinste vor sich hin.

»Ja, das gefällt mir an dir, Ella. Provoziere mich nur weiter. Das gibt mir Auftrieb und inspiriert mich zu neuen Ideen«, spornte er mich an.

»Was für Ideen?«, brachte ich nur misstrauisch hervor. Er beugte sich zu mir herüber, mein Blick blieb an seinem schicken Sakko haften.

»Ella, es gibt nichts, was ich in Bezug auf BDSM nicht weiß. Mach dir also bitte keine Sorgen. Übrigens brauchen wir noch ein Safeword«, stellte er bestimmend fest.

»Ein Safeword wofür?«, fragte ich unerfahren, wie ich war.

»Man benutzt es, wenn man die Session aus irgendeinem wichtigen Grund abbrechen möchte. Beispielsweise wenn man sich unbehaglich fühlt oder man einen unerträglichen Schmerz verspürt«, klärte er mich über die Regeln auf.

»Einen unerträglichen Schmerz?«, hakte ich ungläubig nach. »Das möchte ich aber nicht.« Er fasste nach meiner Hand.

»Ich habe dir doch gesagt, dass wir nur das tun, was du möchtest«, bemerkte er einfühlsam.

»Wie du meinst.« Ich war verunsichert. »Wozu brauchen wir dann ein Safeword?«

»Das dient nur zur Sicherheit. Es ist sozusagen die Notbremse, wenn einer von uns sein Temperament verlieren sollte, weil wir switchen werden.« Ich nickte und er fuhr fort. »Wir können den gängigen Ampelcode verwenden. Grün bedeutet stärker, fester, mehr oder alles okay, weiter so. Gelb: Weniger stark, weniger fest. Rot aber: Kurze Pause, Atem holen lassen oder komplett anhalten. Außer du möchtest ein anderes Wort nehmen wie zum Beispiel *Mayday*.«

»Jetzt brauche ich einen Rotwein«, stieß ich angespannt aus. Alexander lächelte und schenkte mir ein. Mein Blick war noch immer auf das eigenartige Stück Stoff geheftet, das aus der Brusttasche seines Jacketts herausschaute. »Was zum Teufel hast du denn da für ein Ding stecken?«, fragte ich undiszipliniert. Er grinste.

»Keine Idee, was es sein könnte?« Entschieden schüttelte ich den Kopf.

»Nein, keine Spur.« Er zog es ein Stück heraus und meine Augen weiteten sich. Dann musste ich loslachen. »Meinen Slip? Du trägst meinen Slip in deiner Brusttasche? Bist du verrückt?« Er lachte schallend auf.

»Ja, nach dir, Ella, so sehr, dass ich deinen Geruch immer bei mir tragen muss, selbst in meinem Jackett, auf jeder dämlichen Sitzung.« Ich griff mir an die Stirn.

»Stell dir vor, das registriert jemand.«

»Ach was! Diese senilen Idioten, deren Dioptrien höher als ihr Puls sind, können doch ein Einstecktuch von einem Slip nicht unterscheiden«, lachte er ironisch. Er goss noch einmal Rotwein nach und ich nippte an meinem Glas. Wenig später servierte er die Speisen. Das Menü bestand aus verschiedenen Appetithäppchen: Lachsröllchen, Kaviar, Jakobsmuscheln, Tomaten-Mozzarella-Bällchen und gefüllten Baguettes. Ich probierte von jedem ein bisschen, danach lehnte ich mich zurück, das war wirklich etwas zu viel gewesen.

»Ich glaube, jetzt ist mir schlecht«, stellte ich unverblümt fest. Alexander zog die Augenbrauen hoch.

»Das ist nicht dein Ernst.« Ich kicherte in mich hinein.

»Selbst schuld, wenn du mich zum Essen zwingst!« Alexander stand auf und nahm mich an der Hand.

»Komm, Ella.« Ich wusste bereits, wo er hinwollte. Wir traten auf den Korridor hinaus, um in den Keller zu gehen. Unterhalb der Treppe führte uns der Weg ins Verlies. An dieser Stelle stand ein antiker Sekretär. Alexander öffnete ein Geheimfach und deutete auf einen Zweitschlüssel sowie eine Fernbedienung.

»Wie du siehst, verwahre ich hier einen Reserveschlüssel. Den anderen trage ich immer bei mir«, erklärte er mir und schloss das Geheimfach wieder. Alexander entriegelte die Tür und wir stiegen die Stufen hinab. Die schwere Tür fiel hinter uns ins Schloss.

»Was ist, wenn uns jemand von deiner Familie überrascht?«, fragte ich unsicher nach. Er winkte ab.

»Keine Sorge. Hier unten hat niemand Zugang außer ich. Ich alleine habe einen Schlüssel für diesen Trakt. Es kann uns also niemand dabei stören«, zwinkerte er mir zu. Es war dunkel. Nach und nach wurde der Gang von Kerzenlicht erhellt, da Alexander eine Kerze nach der anderen anzündete. Wir erreichten das zweite eiserne Tor und Alexander benutzte die Fernbedienung, um die Pforte zu öffnen. Als sie einen Spalt weit offen stand, traten wir über die Schwelle und liefen einen weiteren Gang entlang, bis wir an seinem Playroom angekommen waren, dessen Tür er nun entriegelte. Es bot sich mir eine ganz besondere Impression. Der Raum wurde durch ein gedämpftes Licht erhellt. Mein Blick schweifte umher.

Allerorts waren rote Rosen verteilt, einige davon lagen auf den Regalen, andere wiederum steckten in Halterungen an der Wand. Überall auf dem Steinboden verstreute sich eine Vielzahl von Rosenblütenblättern, dazwischen standen immer wieder rote Kugelkerzen im Glas. Wir traten ein und die Tür fiel ebenfalls hinter uns ins Schloss. Alexander zündete die Kerzen an. Danach drehte er das elektrische Licht ab. *Wann hat er das bloß alles gemacht?* Allmählich drängte sich mir der Gedanke auf, dass Larry sehr wohl über seine Neigung unterrichtet war. Denn Alexander konnte wohl kaum die Rosen überall angebracht und verstreut haben.

Der Kerzenschein ließ die Wände hell erstrahlen und tauchte sie in einen mystischen Schein. An einer stand ein außergewöhnliches Systembett. Es sah anders aus, als das vor einigen Tagen. Eigentlich glich es einem ganz simplen Himmelbett, wenn man es aber näher betrachtete, fiel einem die eine oder andere Multifunktionalität auf. An den Bettstangen waren schwarze Schlaufenvorhänge angebracht, an den Verblendungen konnte man bestimmt jede Art von Rasterschienen einklinken, um die eine oder andere Session zu einem einzigartigen Erlebnis zu machen, das hatte ich einmal in einer Zeitschrift gesehen. Der Betthimmel bestand aus einer komplett verspiegelten Decke mit einigen Monitoren. Es sah alles sehr edel und romantisch aus und doch wieder total absurd. Sachte fasste er zwischen meinen Armen und meinem Körper hindurch, dabei berührten seine Lippen meinen Hals.

»Ich hoffe, ich habe Ihren Geschmack getroffen, Miss Cooper.« Er beobachtete mich. »Es ist ein Bondagebett. Ich zeige dir, wie man fesselt und du praktizierst es dann an mir. Ist das in Ordnung für dich?«, fragte er mich vorsichtig. Ich nickte. Ich stieß wieder auf völliges Neuland. Bondage oder Fesselungstechnik, wie man es noch nannte, sowie deren Genialität würde ich mir nicht so ohne weiteres aus dem Handgelenk schütteln können. Ohne Umschweife griff er nach einem roten Seil, das an der Wand oberhalb des Bettes hing, und legte es vor mir auf die Matratze.

»Setz dich, Ella«, forderte er mich nun auf. »Streck die

Hände aus und leg die Handflächen aneinander.« Geschwind hatte er meine Handgelenke ein Mal und ein zweites Mal mit dem Seil umwickelt, zog das kurze Ende durch die Schlaufe hindurch, um unmittelbar darauf mit dem Seil eine halbe Drehung zu machen und es fest zu verknoten. Gewissenhaft überprüfte er die Festigkeit seines Knotens. »Wichtig dabei ist, dass du den Knoten so schnell wie möglich wieder lösen kannst, falls die Hände zu kribbeln beginnen«, erklärte er mir seine Vorgehensweise. Gekonnt hob er meine Hände hinter den Kopf, sodass sie in meinem Nacken ihre Endposition fanden. In Folge dessen wickelte er das Seil noch einmal um meine Brust und zog das andere Ende wieder fest. Nun sah er mich eindringlich an und lächelte. »Ich schätze, du fühlst dich in dieser Position nicht besonders wohl. Habe ich recht?« Ich verzog die Mundwinkel.

»Du hast es erfasst. Mach mich bitte wieder los«, forderte ich ihn auf. Mit einem geübten Zug am Seil wurde ich befreit.

»Mit dieser Technik kannst du die Hände auch an jeweils einen Bettpfosten fesseln. Leg dich hin«, gab er mir weitere Anweisungen und ich tat, was er mir auftrug. So schnell konnte ich kaum reagieren, war ich links und rechts an einer der Systemstangen angebunden. Diese Art der Fesselungstechnik gefiel mir schon besser, im Gegensatz zu der Verrenkung von vorhin. Ich schloss die Augen. Ließ mich fallen. Gab mich seiner Leidenschaft hin und würde mich davon treiben lassen. Alexander ging stillschweigend auf meine Aufforderung ein. Seine zarten Lippen bewegten sich Millimeter für Millimeter an meinem Hals entlang. Mein Körper befand sich schon wieder in höchster Aufruhr. Während seine rechte Hand nach meiner empfindlichsten Stelle suchte und sie zu massieren begann, hielt seine linke mein gefesseltes Handgelenk fest, als ob er dafür sorgen müsste, dass ich mich nicht befreie. Bereitwillig und erwartungsvoll zog ich mein Bein an. Seine geübten Finger schlüpften unter meinen Slip, berührten meine bebende Stelle und erforschten sie nun auch von innen. Ich stöhnte auf.

»Oh, Alexander.«

»Ella, du bist so schön feucht«, keuchte er. Mein Mund war nun leicht geöffnet und ich atmete stoßweise. Seine Worte versetzten mich in höchste Erregung und ich spürte seinen warmen Atem an meinem Ohr, was mich nur noch mehr aufwühlte. Langsam wanderte er mit den Fingern hinab, begann, mein Korsett aufzuschnüren, bis meine Brüste zum Vorschein kamen. Er liebkoste sie, zog an meinen Brustwarzen, knabberte zärtlich daran, um sich dann noch weiter nach unten vorzuarbeiten, bis er an meinem Bauchnabel angekommen war und dort seine Zunge spielen ließ. Eine Gänsehaut erstreckte sich über meinen ganzen Körper, die Hitze stieg in mir hoch, so sehr brannte ich innerlich.

Während seine andere Hand meine Hüfte packte und begann, sie in einem bestimmten Rhythmus zu lenken, um mit seinen geschickten Fingern noch tiefer vordringen zu können, bäumte ich mich auf, warf meinen Kopf in den Nacken, dabei zog ich ruckartig an den Seilen, die mir nur sehr wenig Handlungsspielraum ließen. Alleine der Gedanke, sich nicht befreien zu können, brachte meinen Körper in vollendete Ekstase. Alles würde ich heute mit mir machen lassen, nur um diesem Verlangen nicht widerstehen zu müssen.

Seine Küsse an der Innenseite meines Oberschenkels wurden fordernder, seine Finger glitten zunächst sachte, dann immer heftiger in mich. Mein ganzer Körper vibrierte. Mit halb geöffneten Augen und beinahe in den Wahnsinn getrieben, beobachtete ich ihn, während er mir alles gab, was er zu bieten hatte. Es tat so unheimlich gut. Konsequent hielt er seine Augen geschlossen, trotzdem fanden seine Lippen mühelos die Stellen, wo er seine nächsten Küsse platzieren wollte.

Neuerlich positionierte er mich auf der mit Rosenblütenblättern übersäten und mit rotem Leder bespannten Matratze, ohne jedoch seine Liebkosungen zu unterbrechen. Der verlockende Duft der Blumen stieg mir dabei in die Nase. Ich sog ihn zusammen mit seiner Lust ein. Alexanders Bewegungen wurden immer rhythmischer und der süße Schmerz verbreitete sich wie ein Lauffeuer in meinem Unterleib. Langsam, aber sicher braute sich bei mir ein Orgasmus zusammen. Seine unermüdlichen Lippen glitten näher an meine Perle. Es machte mich halb wahnsinnig, dass er sich so lange Zeit ließ, um sie zu erreichen.

Unter dem leichten Kitzeln seiner Zunge bäumte sich mein Körper neuerlich auf und ich stand kurz davor, meinen ersten Orgasmus zu bekommen. Unruhig warf ich meinen Kopf hin und her. Es war fast unerträglich. *Was macht er bloß mit mir?* Bald würde er meine empfindsame Stelle mit seiner Zunge stimulieren und als ich dachte, nun wäre es soweit, beendete er sein Vorhaben und arbeitete sich langsam wieder nach oben. Mein sexueller Höhepunkt verebbte, noch bevor er sich so richtig hatte zusammenbrauen können.

Mit einem einzigen Zug löste er die Fessel meiner rechten Hand, begann, meine Finger mit seiner Zunge zu verwöhnen, und saugte begierig an ihnen, währenddessen wanderte seine Rechte zu der Innenseite meines Oberschenkels, strich sanft darüber und winkelte ihn an. Gekonnt umkreiste sein Handballen meine bereits sehnsüchtig wartende und zuckende Stelle zwischen den Beinen. Flehentlich streckte ich ihm meine Hüften entgegen, dabei zitterten meine Schenkel unwillkürlich. Dieser Umstand trieb ihn scheinbar an den Rand seiner Beherrschung. Er öffnete seinen Mund und atmete bedeutend schneller als zuvor. Flink schob er seinen Arm unter mein Becken und ich wartete angespannt auf den nächsten Kick, ließ meine Beine auseinanderfallen, sodass sie das Leder berührten.

Mein neuer Stringtanga hatte einen Verschluss an der Seite, den er nun routiniert öffnete. Das *Klick-Klack* brachte mich noch mehr in Fahrt. Ohne die Ästhetik zu verletzen und sehr elegant, streifte er den Slip ab. Er betrachtete mein Schamhaar. Anschließend zog er die oberste Lade eines Nachtschranks auf, worin sich ein Lady-Shaver befand. Stillschweigend holte er meine Erlaubnis ein, mich rasieren zu dürfen, sah mich an und ich nickte. Nochmals fasste er in die Lade und holte ein Fläschchen Rasierschaum heraus. Auf der Oberfläche des Möbelstücks stand eine Schale mit Wasser, er hatte also vorgesorgt. Nun trug er den Schaum großzügig auf, begann, mein Schamhaar vorsichtig abzurasieren, während ich ihn dabei beobachtete. Zwischendurch schwemmte er die Rasierklinge immer wieder aus. Unsere Blicke trafen sich. Er arbeitete sorgfältig sowie routiniert und zugleich erregte es ihn, denn er stieß hörbar den Atem aus. Die Klinge auf meiner empfindlichen Haut zu spüren, fühlte sich wirklich toll an.

Als er meine Schambehaarung perfekt entfernt und das Rasierzeug auf den Nachtschrank gelegt hatte, nahm er ein Handtuch und säuberte die Stelle. Anschließend strich er mit seiner Hand über meinen Schamhügel und ich stöhnte, weil ich bemerkte, wie sensibel meine glatte Haut nach der frischen Rasur war. Er küsste sie. Seine Lippen schoben sich zärtlich bis zu meiner Perle. Ich lag nun völlig schutzlos vor ihm und seine Finger massierten abwechselnd meine Klitoris und meinen Damm.

»Entspann dich, Ella«, flüsterte er und vergrub seine Nase an meiner Scham, dabei klang er sehr erregt. Augenblicklich hatte ich das Gefühl, dass ihn mein weiblicher Duft besonders antörnte und wenn er mich nicht bald kosten dürfte, er wahrscheinlich durchdrehen würde. Seine geübte Zunge begann zunächst sachte, aber in einem konsequenten Rhythmus immer heftiger meinen sensiblen Punkt zu bearbeiten. Dabei stöhnte er und ein Ansturm von sinnlicher Befriedigung hüllte ihn ein, um ihn in eine Art Sinnesrausch zu versetzen, von dem es schien, als hätte er diesen noch nie erlebt gehabt. Um meine Lust noch mehr zu steigern, nahm er seine Finger, um gleichzeitig den G-Punkt und den Damm zu massieren. Als sie sich in der Mitte trafen, schrie ich auf.

»Alexander!« Dabei vergrub ich meine Hand in seinem Haar. Mein Becken fuhr auf und ab und folgte jeder seiner Bewegungen. Ich konnte nicht damit aufhören. Ein unbeschreibliches Lustgefühl überkam mich und meine Hand wanderte weiter, erreichte seinen Rücken, wo sich meine Fingernägel in seine Haut gruben, sodass er nur mehr genusssüchtig aufstöhnte. Niemals hätte ich gedacht, dass mich ein Mann so sehr in den Wahnsinn treiben könnte, wenn er doch noch nicht einmal in mich eingedrungen war. Ich hielt meine Augen geschlossen. Seine Finger ertasteten meine empfindsame Perle, rieben an ihr und reizten sie bis zum Exzess. Ich vibrierte.

»Ja, Ella. Komm für mich, nur für mich!« Er war völlig berauscht.

»Nicht aufhören«, flehte ich.

»Solange du willst, Baby«, erwiderte er und keuchte dabei. Ich hatte kein Zeitgefühl mehr, sondern wankte von einem Orgasmus zum nächsten. Als er mich wieder sanft in die Realität zurückholte und ich mich langsam entspannte, gönnte er mir nur eine kurze Pause, ehe er mich erneut in die Tiefen eines leidenschaftlichen Rausches hinabriss. Wie in Trance ließ ich alles mit mir geschehen.

Alexander löste nun den Knoten, befreite mich von der anderen Fessel, richtete mich sachte auf und ich lehnte nun mit dem Rücken an seiner Brust. Mein Blick wanderte zu meinen Handgelenken. Das Seil hatte Abdrücke hinterlassen, weil ich vor Übermut und in vollendeter Begierde daran gezogen hatte. Zärtlich liebkoste er sie, bis sich seine Lippen an meiner Wange und meinem Hals wiederfanden. Sein ungezügelter Atem zauberte mir abermals Schmetterlinge in den Bauch und mein Unterleib begann, sich wieder rhythmisch zusammenzuziehen. Ich wandte mich um, kniete nun vor ihm und schlang meine Arme um seinen Hals. Fast im selben Moment lagen seine Lippen auf meinen und seine Zunge umschmeichelte meine, stieß immer erbarmungsloser zu und ich konnte nicht genug davon bekommen. Seine routinierten Hände streichelten mich überall, ließen keinen Millimeter meiner Haut aus.

»Sei meine Femdom!«, flüsterte er. Ich schluckte.

»Ich weiß nicht, ob ich das kann«, entgegnete ich aufgewühlt und die Leidenschaft zog mich in Tiefen, aus denen ich nie wiederauftauchen wollte.

»Versuche es, Ella. Bitte. Ich weiß, du kannst es«, übte er sich weiter in seiner Überredungskunst.

»Was muss ich tun?«, fragte ich bewegt, noch immer fühlte ich mich, als hätte man mich in Trance versetzt. Hastig und mit zitternden Händen knöpfte er sein blütenweißes Hemd auf und ließ es über seine Schultern gleiten. Nur noch dieser dünne Stoff hatte unsere beiden Oberkörper bis jetzt voneinander getrennt. Sein zielsicherer Griff nach hinten verriet mir sein Vorhaben. Er fasste nach einem Flogger, einer mehrschwänzigen Peitsche, deren Riemen aus weichem schwarzem Leder bestanden. Diese dienten nur einem Zweck und ich wusste bereits, was er damit vorhatte. Mit einem flehenden Blick drückte er mir das Werkzeug in die Hand und forderte mich auf, es zu benutzen.

»Ich fühle, dass du es kannst. Treib mich mit deinen Worten und diesem verdammten Ding in den Wahnsinn, Ella«, flüsterte er leise, währenddessen vibrierte sein Körper vor Erregung. Ich griff nach dem Flogger. Wortlos starrte er auf zwei Paar Handschellen, die am Fußende des Bondagebetts lagen. Das sollte wohl bedeuten, dass ich ihn an die beiden Systemstangen fesseln sollte.

»Damit?«, fragte ich unsicher. »Nicht mit dem Seil?« Kaum merklich schüttelte er den Kopf, dabei lächelte er mir zu und schob seine Hände nach oben, um sie in die Nähe der Stangen zu bringen. Etwas unsicher, aber ziemlich geschickt, legte ich ihm die Handschellen an und fesselte seine Arme an die senkrechten Stangen des Betts. Die ganze Zeit über beobachtete er mich eingehend und sein Mund verzog sich zu einem anerkennenden Lächeln. So schlecht machte ich meine Sache anscheinend doch nicht. Er kniete nun, mit dem Rücken zur Wand gerichtet, vor mir auf dem Bondagebett. Ich lehnte mich gegen seine Brust. Er stöhnte und seine weichen Lippen begannen, meinen Hals zu küssen, den ich genussvoll nach hinten fallen ließ. Währenddessen verwöhnte er mich mit zarten Bissen. *Ich werde wohl morgen blaue Flecken haben.* Doch es war mir egal, es erregte mich und ich war bereit, es zuzulassen.

»Ella, bitte!« Das sollte wohl bedeuten, dass ich jetzt den Flogger benutzen sollte. Ich stand auf und stellte mich hinter ihn. Sanft strich ich mit dem Leder über seinen Rücken. Dabei bemerkte ich eine kreisförmige Vernarbung, maß dem aber keine besondere Bedeutung zu. Er zitterte und wartete offenbar auf das, was als Nächstes passieren würde.

Ich wollte den Flogger auf zärtliche Art und Weise einsetzen, um in weiterer Folge immer heftiger zu werden, mein Bestes zu geben. Langsam ließ ich ihn spüren, wie die Enden der Peitsche über seinen muskulösen Rücken glitten, sodass es ihm eine Gänsehaut verursachte. Er seufzte tief. Ich war nervös, wusste nicht, ob ich es richtig machte, bis er mir Einhalt gebot.

»Du kannst mich ruhig fester anfassen«, kam nun die Aufforderung, den Flogger dazu zu verwenden, wofür er bestimmt war – als Schlagwerkzeug. Ich atmete erst mal kräftig durch. In dieser Position konnte er mich weder sehen, noch wusste er, wann das Leder seinen Rücken küssen würde. Er war sichtlich aufgeregt, sein Atem ging folglich schneller als gewohnt. Seine Stimme klang heiser: »Ella, bitte lass mich deine erotische Stimme hören.« Die Session konnte beginnen. Mit meinen Worten versuchte ich, einen Ansturm von Gefühlen in ihm auszulösen. Meine Stimme klang fast schon befremdlich, als ob sie gar nicht meine eigene wäre.

»Alexander, du gehörst mir und du weißt es. Schließ deine Augen.« Bestimmt tat er, was ich ihm befahl. Sein Gehör war mit Sicherheit aufs Äußerste geschärft, denn er musste sich ausschließlich auf meine Stimme konzentrieren. Meine Worte lösten einen wohligen Schauer in ihm aus, denn er atmete bewusst laut aus. Nun beugte ich mich zu ihm hinab und flüsterte ihm nochmals ins Ohr: »Ich tue es auch für mich, Alexander, denn ich will, dass du mir alles gibst, was du zu bieten hast.« Ich stellte mich in Pose. Als ich ausholte, spürte ich den Luftwiderstand und der charakteristische Laut der Peitsche erklang, als sie sirrend über Alexanders Rücken sauste. Mir schien, als hätte er das Sausen des Floggers gehört, lange bevor er auf seinem angespannten Rücken aufgeprallt war. Ich schlug zu und die Schläge waren wohldosiert. Es war mir, als würde er sie nicht nur aushalten, sondern als extrem befreiend und schön empfinden.

»Ella, du bist fantastisch«, stöhnte er und munterte mich auf, weiterzumachen. Es war ein neuartiges Gefühl, aber gleichzeitig auch etwas, das mich zutiefst erregte. Mit einer bereits routinierten Bewegung, und ich war erstaunt darüber, wie fest, schlug ich aus dem Handgelenk, sodass die Peitsche in gebotener Eile über seinen Rücken fegte. Es war eine bizarre Session, doch ich fing an, sie zu lieben, und fand immer mehr Gefallen daran. Nochmals schwang ich die Lederriemen. Kurzfristig stockte er, hob flüchtig seinen Kopf und ließ ihn in den Nacken sinken. Dabei beobachtete ich ein gelöstes Lächeln, das sich über sein ganzes Gesicht ausbreitete. Er wirkte so befreit, so entspannt. Sein Gesichtsausdruck verriet mir, dass ich weitermachen sollte, und ließ so den Flogger für mich arbeiten.

Jedes Mal, wenn ich das tat, durchfuhr ein Gewitter meinen mittlerweile erhitzten Körper. Ich erbebte so heftig, dass mein Geliebter davon mitgerissen wurde. Er atmete genussvoll ein und zog damit meinen Blick auf sich. Es erfüllte mich mit Lust, wenn ich sah, wie sehr er das alles brauchte, wie sehr er danach verlangte, es ihn danach dürstete. Wie sehr er nach mir lechzte. Denn je öfter die Peitsche seinen Rücken liebkoste, desto gieriger wurde sein Verlangen nach mir.

»Komm schon, Ella. Mach mich verrückt damit!«, forderte er mich auf. Ich verwendete die Lederriemen, um sie heftiger, aber umso einfühlsamer und vertrauensvoller einzusetzen. Weitaus mehr als die Male davor. Er hielt die Augen noch immer geschlossen, warf seinen Kopf wieder in den Nacken und stöhnte. Seine enorme Erregtheit zeichnete sich ab.

»Oh, Ella, du bist das Beste, was mir jemals passiert ist«, stieß er keuchend hervor und seine Stimme klang rau. Er setzte also auf Grün. Er wollte es stärker, mehr, es war alles okay. Sein Rücken war jetzt gezeichnet von roten Striemen. Daher beschloss ich, nach diesem Schlag aufzuhören, bevor es zu intensiv werden würde. Denn es war wichtig für mich, für ihn viel Empathie zu entwickeln, um bereits im Vorfeld zu spüren, wann ich mit meiner Taktik aufhören musste, noch bevor er danach verlangen würde. Es brauchte enormes gegenseitiges Vertrauen und Alexander vertraute mir zu hundert Prozent.

Dessen war ich mir absolut sicher. Unser Vorspiel neigte sich dem Ende zu, ich band ihn los und fing ihn emotional auf, indem ich ihn fest in den Arm nahm. Seine Küsse waren leidenschaftlich und fordernd zugleich.

Wenig später lag ich widerstandslos vor ihm auf der Matratze, inmitten eines Meers von Rosenblütenblättern und ihm zu Füßen. Wieder hatten wir geswitcht. Er würde mir nun alles geben, was er nur geben konnte. Unverhofft hob er mich jedoch hoch und legte mich auf eine der dicken blauen Matten auf dem Boden. Er stand vor mir, atmete schwer und zog den Reißverschluss seiner Anzughose nach unten, während er die nackte Haut meines Schamhügels betrachtete, deren Anblick ihn sichtlich erregte. Das Geräusch ließ mich erschaudern. Meine Hände betasteten die blaue Matte und meine Finger verkrampften sich beidseitig, bohrten sich buchstäblich in sie hinein. Dieses Bild allein brachte Alexander schon in Bedrängnis, sein Verlangen war unersättlich, seine Disziplin bewundernswert.

Er ließ seine Hose nach unten gleiten, dabei fiel mein Blick auf seine Hotpants und sein darin hart aufgerichtetes Geschlecht. Er schlüpfte aus den Schuhen, streifte Hose und Socken ab. Ich zog meine Beine an und ließ sie auseinanderfallen, sodass die Knie die Matte berühren mussten. Ich war erstaunt, wie sehr ihn die Schläge stimuliert hatten. Er kniete sich zu Boden und nahm eine der Baccara-Rosen in die Hand. Mit dem Blütenkopf selbst stimulierte er meine sensible Stelle und ich bäumte mich auf. Ein zarter Schlag damit ließ mich wieder in Ekstase geraten. Er beugte sich über mich und sah mich erwartungsvoll an. Wir starrten uns an, dabei öffnete ich den Reißverschluss seine Hotpants, packte seine pulsierende Härte und ließ seinen Penis zwischen meinen Fingern auf- und abgleiten. Alexander stöhnte und zog seine Stirn in

Falten, als müsste er sich extrem zurückhalten, um nicht zu kommen. Ich war fasziniert, wie sehr sein bestes Stück unter meiner Hand noch wuchs, dann löste er sie davon, fasste mit seiner eigenen nach seinem Penis und drang mit einer gewissen Unnachgiebigkeit in mich ein, dabei lenkte er meine Hüften so, dass er so tief wie möglich vordringen konnte. Jegliches Denken wurde mir damit unmöglich, ich fühlte mich dermaßen benebelt, dass ich keinen klaren Gedanken mehr fassen konnte. Er füllte mich völlig aus, und er wusste das.

»Sag, dass du ihn brauchst!« Er stierte mich an. Sein Prachtstück glitt rhythmisch hinein und heraus, immer wieder. Wie konnte ich ihn nicht brauchen?

»Ja, Alexander, ja, ich brauche ihn, ich brauche dich«, stöhnte ich. Meine Worte wirkten wie eine Droge auf ihn. Er schien völlig berauscht davon zu sein. Er brach über mir zusammen, hörte aber nicht auf, sich zu bewegen und keuchte mir dabei ins Ohr. Das machte mich verrückt. Mein nächster Orgasmus kündigte sich an, doch bevor ich ihn vollends ausleben konnte und mich meinem Ziel näherte, bremste er mich, indem er kurz innehielt. *Oh mein Gott! Ist das vielleicht eine Qual.*

Anscheinend gehörte das zu seiner Taktik. Erregen und Verweigern waren die beiden Zauberworte, um unsere sexuelle Lust ins Unermessliche zu steigern. Immer wieder lenkte er mich an den Rand des Höhepunkts, zeigte mir den Effekt des sexuellen Szenarios, sodass sich unser gemeinsamer Orgasmus im Anschluss an diese Spielpraktik noch intensiver gestalten würde. Mehrere Wellen der Leidenschaft überrollten mich und ich wusste nicht mehr, wie viele Höhepunkte ich eigentlich heute schon mit ihm gehabt hatte. Ich sog die Luft zwischen meinen Zähnen ein, stöhnte und bettelte nach mehr.

»Alexander, nicht aufhören!«, stammelte ich und forderte ihn auf, weiterzumachen. Diesmal ließ er es zu. Ich wurde laut. Ich schrie die Lust aus meinem Leib. Ein heftiger und intensiver Orgasmus überkam mich und riss mich in die Tiefen der Leidenschaft hinab. Als ich in sein Gesicht sah, stellte ich fest, dass es von Schmerz und Erregung zugleich gezeichnet war. Seine Hand verkrampfte sich in meiner, dass es mir halb das Blut absperrte. Er biss sich in seine Unterlippe und sie begann zu bluten. Schließlich saugte er daran und sorgte dafür, dass es wieder aufhörte. Wir keuchten um die Wette und unsere Körper flossen ineinander, bevor der Schweiß an uns wie Gleitgel herunterlief.

Ich war so sehr mit mir selbst beschäftigt, dass ich zunächst gar nicht bemerkte, warum sein Gesicht so schmerzverzerrt aussah, bis es mir wie ein Hammerschlag einfuhr, dass er wieder in seine devote Rolle geschlüpft war und darauf wartete, die Erlaubnis zu erhalten, in mir kommen zu dürfen.

»Alexander!« Ich biss die Zähne zusammen, konnte nicht weitersprechen und er verglühte einstweilen in mir, starrte mich wie von Sinnen an. Seine Bewegungen wurden immer heftiger. »Alexander!«, schrie ich nochmals auf, doch zu mehr war ich nicht fähig und hoffte, ihm damit angedeutet zu haben, dass ich nur darauf wartete, dass er einen Orgasmus bekam. Seine Arme zitterten, doch er hielt stand.

»Ella?«

»Jaaa!«, schrie ich meine Lust abermals heraus. Er atmete hörbar aus und wir drifteten beide ab, ich wusste nicht, was mit mir geschehen war. Immer rascher bewegte er sich, bis sein Prachtstück in mir nahezu explodierte.

»Ella«, stöhnte er. Ich brachte nur mehr ein Wimmern hervor. Er zog sich aus meiner heißen Höhle zurück. Minutenlang hatten die Wellen der Leidenschaft angehalten und ich glaubte, mich auf hoher See zu befinden. Alexander küsste meine Wange, meinen Hals, meine Brüste, zog an meinen

Brustwarzen und liebkoste sie mit zarten Bissen, während die weiße Flüssigkeit langsam aus meiner glühend heißen Stelle tropfte. Fest schlang ich die Beine um ihn und ließ ihm kaum mehr einen Handlungsspielraum. Sein Atem ging dabei sehr schnell. Meine Fingernägel bohrten sich in die Haut seines Rückens und er stöhnte abermals auf. Es war ein lustvolles Stöhnen. Ich lockerte meine Beine. Gegenwärtig verteilte er seine zärtlichen Küsse überall auf meinem Körper, bis er sich allmählich wieder zu fangen schien und die Wellen der Lust auch bei ihm verebbten. Noch nie hatte ich mich so befreit gefühlt wie in dieser Nacht.

Vertrauen und Achtung,
das sind die beiden unzertrennlichen
Grundpfeiler der Liebe,
ohne welche sie nicht bestehen kann,
denn ohne Achtung hat die Liebe keinen Wert und
ohne Vertrauen keine Freude.

(Heinrich von Kleist)

FESSELN DER LEIDENSCHAFT

Ich war so erschöpft, dass ich kurzfristig eingeschlafen war. Doch unsere Session noch nicht zu Ende. Alexander lag neben mir. Zärtlich strich er über mein Gesicht und lächelte dabei.

»Es war wundervoll.« Ich nahm seine Hand und schmiegte meine Wange in seine Handfläche.

»Ich fand es auch wunderschön.«

»Es geht noch weiter, meine Principessa!« Sein Blick wanderte zu einer anderen Matte. Meiner folgte ihm in genau derselben Geschwindigkeit. Langstielige Baccara-Rosen, deren Farbe bereits ins Rotschwarze überging, lagen darauf. Sie mussten zuvor in Wasser getaucht worden sein, denn die Blütenköpfe waren überall mit zarten Wassertropfen benetzt, als wären die Rosen mit Wachs überzogen worden. Erbarmungslose, kräftige Dornen zierten die langen Stiele.

Alexander stand auf, fasste nach meiner Hand, zog mich zu sich hoch und führte mich an das Rosenbeet. Er war nur mehr mit seinen schwarzen reizvollen Hotpants bekleidet und sein athletischer Körper törnte mich richtiggehend an. Inmitten der Blumen ließ er sich, ohne auch nur den leisesten Seufzer auszustoßen, nieder. Er forderte mich auf, mich auf ihn zu setzen und achtete darauf, dass mich keine der Dornen stechen oder verletzen würde. Mit angewinkelten Beinen kniete ich über ihm, die Overknee-Stiefel würden mich schützen. Er begann, mich wieder zärtlich zu küssen.

Er war mehr als nur bereit. Ich konnte mich über den Umstand nur wundern, zog den Reißverschluss seiner raffinierten Hotpants nach unten und holte ihn heraus. Während sich jeder Dorn der Baccara-Rosen schmerzlich in seinen Rücken bohren musste, drang er behutsam in mich ein und ich warf meinen Kopf in den Nacken, dabei stieß ich einen Seufzer aus. Alleine sein Stöhnen brachte meinen Körper in Aufruhr. Als ob er meine Lust hätte riechen können, fast schon wie ein Bluthund, der seiner Beute auf der Spur war, bewegte er seine Hüften immer heißblütiger auf und ab und brachte meine sensible Stelle damit zum Anschwellen. Das zarte Pochen meiner Scham wurde immer heftiger, bis es sich den Weg in mein gemartertes Gehirn geebnet hatte, um dort meinen wilden Fantasien freien Lauf zu lassen. Wir stöhnten beide auf. Mein Gewicht ließ ihn noch viel tiefer in die Matte sinken, dabei mussten sich die harten Dornen unerbittlich in seine Haut gegraben haben. Mit der Tatsache, dass ich auf ihm in Reiterstellung verharrte, hatte er sich mir völlig unterworfen. Ich hatte nun die Macht über ihn, lenkte und dirigierte ihn, wie es mir passte.

»Oh, Ella. Ich brauche dich. So sehr, meine Principessa«, hauchte er mir ins Ohr. Gekonnt stoppte ich mein Vorhaben, ließ ihn in mir halb verglühen und Alexander stöhnte lustvoll auf. Jetzt lächelte er. »Du lernst ziemlich schnell.« Seine glasigen Augen sahen mich gespannt und voller Hingabe an. Es gefiel mir, dass er sich nach mir verzehrte, nicht genug von mir und meinem ekstatischen Körper bekommen konnte. Der Hunger nach Leidenschaft saß tief in seiner Seele.

Sein außerordentlich durchtrainierter Oberkörper raubte mir fast den Verstand. Er hatte einen Sixpack, wie ich ihn bei noch keinem Mann gesehen hatte. Und ausgerechnet dieser Mann unterwarf sich mir. Mit seiner Stärke hätte er mich unter sich begraben und ich mich nicht einmal dagegen wehren können. Begierig fasste er nach meinen Hüften und lenkte sie so, dass ich kurzfristig dachte, vor Lust über ihm zusammenbrechen zu müssen. *Und ich glaubte schon, ich hätte die Oberhand gewonnen.* Doch seine kräftigen Arme stützten mich und ließen keine Schwäche zu. Sein Blick wanderte nach unten zu unserer Verbindung. Kurz zog er ihn heraus und ich betrachtete seine purpurrote Eichel, bis er wieder mit einem Ruck in mir verschwand.

»Ah, Alexander! Bist du wahnsinnig, was treibst du denn hier?«, schnappte ich vergeblich nach Luft und er brachte mich damit zum Kochen. Ohne jede Vorwarnung drang er noch fester mit seiner unerbittlichen Härte in mich ein und stimulierte mein Innerstes bis zum Exzess. Entschlossen umgarnte ich mit meiner glühend heißen Öffnung sein Lustobjekt und zog mich schonungslos um ihn zusammen, sodass er aufstöhnen musste, zugleich machte er einen überaus gelösten Gesichtsausdruck. Seine kräftigen Hände führten mich und sein gieriger Mund raubte mir den Atem sowie das letzte an Verstand, das ich noch zu haben schien. Seine Küsse wurden immer heftiger und seine Zunge tat das Gleiche, was sein Prachtstück nur etwas weiter unten vollführte.

Wie ich dem schon seit einer geraumen Weile standhalten konnte, war mir selbst nicht klar, und wie Alexander den Schmerz, den ihm die Dornen mit Bestimmtheit eingebracht hatten, ertragen konnte erst recht nicht. Aber er tat es. Mit Lust. Inzwischen erlebten wir einen simultanen Orgasmus, dessen animalischer Trieb nur mehr von hier unten gesteuert wurde, weil unsere Gehirne längst unter dieser berauschenden Leidenschaft paralysiert worden waren. Am Ende hatte er wieder diesen gelösten und befreiten Ausdruck auf seinem Gesicht, der mich daran erinnerte, dass er ein überzeugter BDSMler war.

Nach unserer Session stand er auf, richtete seine Hose und schob den Reißverschluss hoch, dabei setzte er einen erwartungsvollen Blick auf.

»Was würdest du riskieren, um mit mir zusammen sein zu können?«, fragte er unverblümt. Ich starrte ihn an. *Was meint er damit?* Ich erhob mich ebenfalls und betrachtete seinen Gesichtsausdruck, versuchte ihn zu deuten. Seine Mimik wurde ernst und er strich gedankenverloren über meine Wange. Unsere Blicke trafen sich jetzt und mir wurde bei diesem Gedanken heiß. Heiß deswegen, weil mir die Antwort an sich schon Magenkrämpfe verursachte. Ich schlug die Lider nieder. Trotzdem konnte ich mich dessen nicht entziehen und das wusste ich, also blickte ich ihm erneut direkt ins Gesicht.

»Alles«, flüsterte ich kaum hörbar und meine Stimme klang kehlig. Mein Mund stand halb offen und ich stierte ihn an. Mit dieser Antwort hatte Alexander scheinbar nicht gerechnet. Fast wie auf Kommando schossen ihm Tränen in die Augen. Er schluckte, schaute zu Boden und schüttelte den Kopf.

»Für mich hat noch nie jemand in meinem ganzen Leben irgendetwas riskiert«, wisperte er und sah wieder hoch. »Du wärst der erste Mensch, der das für mich täte.« Er atmete hörbar aus und schloss kurz seine Augen. Seine zärtliche Hand erreichte meine glühend heiße Wange und ich schmiegte mich augenblicklich in sie hinein. »Ich brauche dich so sehr, Ella, und ich hoffe, dich niemals zu verlieren.« Ich schlang die Arme um seinen Hals und er erwiderte meine Geste, hielt mich fest. So fest, dass ich kaum nach Luft schnappen konnte. Er hatte eine enorme Kraft. Lange verharrten wir in dieser Umarmung und ich konnten es nicht fassen, dass wir uns so ähnlich waren. Um nichts in der Welt hätte ich jemals auf ihn verzichten können und genau dieses Gefühl dürfte ich ihm vermittelt haben.

***

Nach dieser Aktion holte ich ihm jeden einzelnen Dorn aus seiner mittlerweile geröteten, mit Striemen versehenen sowie blutverschmierten Haut und massierte ihn mit einem nach Rosen duftenden Öl, das ich von einem Regal geholt hatte. Sachte ließ ich meine Hände über seinen Rücken gleiten, um in weiterer Folge meine Arme um seinen Oberkörper zu schlingen. Währenddessen küsste ich seine verwundeten Stellen. Er erwiderte mein Tun und griff nach meinen Fingern, hielt sie unwiderruflich fest. Wir saßen auf der blauen Matte und ich kniete hinter ihm.

»Ich werde morgen wohl lieber kein weißes Hemd anziehen«, stellte er trocken fest.

»Das würde ich dir auch nicht unbedingt raten«, neckte ich ihn. Alexander stieß nur einen verächtlichen Laut aus.

»Ich werde morgen Schwarz tragen, da fällt der eine oder andere Blutstropfen nicht auf, Ella«, entgegnete er schlagfertig. Ich strich vorsichtig über seine Wunden, die ziemlich übel aussahen.

»Du trägst Schwarz?«, hakte ich nach und lugte hinter ihm hervor, um ihn von der Seite her zu mustern. »Wusste gar nicht, dass du um mich trauerst«, versuchte ich ihn nochmals auf den Arm zu nehmen. Er wandte den Kopf zur Seite.

»Immer, Baby, wenn ich von dir getrennt bin, trauere ich.« Er wandte sich nun ganz um und küsste mich auf den Mund, dabei schloss er seine Augen. Es war ein zärtlicher und hingebungsvoller Kuss. Ich strich über sein dunkelbraunes, leicht gewelltes Haar, bis meine Hand in seinem Nacken ruhte. Er lehnte seine Stirn gegen meine und ich sah in seine eisblauen Augen.

»Ich liebe dich, Alexander.« Er seufzte tief.

»Ich begehre dich auch, Ella. So sehr. Komm.« Mit diesen Worten fasste er nach meinen Händen und zog mich hoch.

Er führte mich auf eine andere Matte, die ebenfalls von Rosenblütenblättern bedeckt war, ließ sich nieder, legte sich auf den Rücken, dabei wanderten seine Arme auf die Oberschenkel, um dort zu verharren. Die Wunden und Kratzer, die ihm die Dornen zugefügt hatten, waren deutlich auf seinen durchtrainierten Oberarmen zu erkennen. Nun spannte er seine Brustmuskulatur an. Jede einzelne Ader trat hervor. Ich kniete mich neben ihm nieder, streichelte die Innenseite seiner Oberschenkel und arbeitete mich langsam bis zu seinem Penis vor, der sich schon wieder regte. Vorsichtig zog ich ihm seine Hotpants aus und legte sie zur Seite. Seine Augen waren halb geschlossen, er stöhnte und seine Erregung zeichnete sich deutlich ab, sein Körper bebte, seine Muskulatur zuckte. Er atmete schwer, wirkte aufgewühlt. Im nächsten Moment fasste ich nach seiner pulsierenden Härte. Er war hart wie Stein. Seine Stimme klang rau.

»Letzte Aktion, Miss Cooper«, keuchte er. Ich konnte mir nicht im Geringsten ausmalen, was er vorhatte. Während ich sein erregtes Stück durch meine Hand gleiten ließ, sah ich ihn an und konnte es kaum erwarten, zu erfahren, was als Nächstes kommen würde. Sein genussvolles Stöhnen drang an mein Ohr. »Weißt du eigentlich, wie schön und begehrenswert du bist, Ella?« Ich bewunderte ihn dafür, wie sehr er sich unter Kontrolle hatte, denn ich bearbeitete seinen steifen Penis noch immer. »Bei dir fühle ich mich so geborgen. So habe ich mich in meinem ganzen Leben noch nicht gefühlt.« In diesem Moment griff er nach meiner Hand und stoppte mein Vorhaben. Offensichtlich durfte das nicht Teil unserer nächsten Session werden und ich wusste nicht, warum. Mit denselben Fingern berührte ich seine Lippen, küsste ihn. Voller

Leidenschaft erwiderte er meinen Kuss, dann hielt er plötzlich inne. »Es ist mir eine Ehre, dich lieben zu dürfen.« Seine Worte veranlassten mein Herz, einen Sprung zu machen, und seine devote Art mir gegenüber war schmeichelhaft. »Lass mich deinen süßen Schmerz spüren, Ella«, flehte er. Ich vergrub die Zähne in meiner Unterlippe.

»Was muss ich tun?«, fragte ich fieberhaft. Sein Blick war noch immer auf mein Gesicht gerichtet, dabei lächelte er.

»Mit deinen hübschen Stiletto-Absätzen auf meiner Brust eindrucksvolle Abdrücke hinterlassen.« Ich war mehr als überrascht. *Hat er nicht schon genug ausgestanden?*

»Ich soll was?«, fragte ich nochmals nach, denn ich glaubte nicht, was er mir hier auftrug.

»Du hast schon richtig verstanden, Ella. Demonstriere mir deine weibliche Macht, indem du über mir stehst. Benutze deine Overknees, um ordentliche Impressionen bei mir zu hinterlassen, man nennt es *Trampling*«, forderte er mich abermals auf, es zu tun. Ich erhob mich. Überlegte.

»Das kann ich nicht«, entgegnete ich bestimmend. Er grinste.

»Doch, und wie du das kannst, und ich werde es genießen. Es ist ein ganz spezieller Fetisch und ich liebe es«, dabei spannte er weiterhin seine Muskeln an. »Die Huldigung an deine weibliche Macht ist für mich das Größte und den Schmerz, den ich dabei empfange, empfinde ich als Geschenk.« Hingebungsvoll sah er mich an. Er wartete ab. Wenig später seufzte er. »Wenn du nicht möchtest, dass mich bald böse Krämpfe einholen, dann würde ich vorschlagen, dass du beginnst. Außer du möchtest mich quälen«, grinste er ungeniert. Seine Aussage war wieder einmal sehr treffend. Ich verdrehte die Augen. Unsicher trat ich einen Schritt zur Seite.

»Wie soll ich das anstellen?«, fragte ich und geriet in einen persönlichen Konflikt. Er stierte mich an, war aufs Äußerste erregt.

»Zügig«, war seine knappe Antwort. Er fasste sich in Geduld. Ich stand da und bewegte mich nicht. »Komm schon, Principessa, du bist leicht wie eine Feder, ich werde dich kaum spüren«, munterte er mich auf, es endlich zu tun. Er setzte abermals sein unwiderstehliches Grinsen auf, als wollte er sagen: *Hey, Baby, worauf wartest du?* Er riss mich aus meinen Gedanken. »Ella. Ich halte schon etwas aus, keine Sorge«, versuchte er mich weiter zu überreden. Ich nahm meinen ganzen Mut zusammen und machte einen Schritt in seine Richtung.

»Ich habe das noch nie getan, was ist, wenn ich dir dabei das Brustbein breche?« Er stieß einen Seufzer aus.

»Das schaffst du nicht, Baby! Aber Vorsicht ist dennoch geboten. Tabu ist der erste Rippenbogen. Okay?« Er zeigte dabei auf die Stelle an seinem Oberkörper. »Vorsicht bei der Leistengegend, ein Leistenbruch würde mich für Wochen außer Gefecht setzen. Das wollen wir beide nicht. Das Schlüsselbein aussparen und bei meinem besten Stück auf die Vorhaut achten, wenn sie reißt, tut das nämlich verdammt weh, und ich kann behaupten, dass *meine* Schmerzgrenze ziemlich weit oben liegt. Ich empfehle dir, hier anzufangen.« Er deutete auf seinen Oberschenkel. Skeptisch musterte ich meine mörderisch hohen und transparenten Stiletto-Absätze. In Folge dessen bestieg ich die Stelle, die er empfohlen hatte und beobachtete sein Verhalten.

»Gut so!« Unterdessen bohrte sich mein Absatz in seine Haut und ich wippte ein wenig hin und her, sodass es ihm den erwünschten Kick brachte. Sein Geschlecht sparte ich aus, der nächste Schritt traf seinen strammen Bauch. Ich achtete darauf, nicht den Bauchnabel zu erwischen. Er stöhnte. »Ja, Ella, du bist großartig!« Der Umstand, dass ich mit meinem vollen Gewicht auf seinem Bauch stand und er mir hilflos ausgeliefert war, brachte uns beiden ein Gefühl der unsagbaren

Befriedigung. Ich machte einen Schritt vor, dann wieder zurück, und mit jedem Mal bohrte sich mein Stiletto-Absatz in seine Haut, trotz alledem er seine Muskeln weiterhin anspannte. Noch zwei Schritte und ich hätte sein Schlüsselbein erreicht. »Stopp«, sagte er und ich blieb stehen. *Habe ich etwas falsch gemacht, soll ich nun absteigen?* Er hatte nicht *Rot* gesagt, auch nicht *Gelb*, er meinte großartig. Ich wartete auf weitere Anweisungen. Sein Atem ging flach und schnell, aber regelmäßig. Er sah zu mir hoch, Bewunderung zeichnete sich auf seinem Gesicht ab.

Ich hatte also alles richtig gemacht. Er würde wünschenswerte Trophäen von unserer gelungenen Trampling-Session davontragen, sicher auch Hämatome und Kratzspuren meiner Absätze. *Wenn ich ihm dann noch gestatte, meine Beine zu streicheln, und das würde ich, ohne jeden Zweifel, wäre alles perfekt.* Nur durch Augenkontakt verständigten wir uns und ich ließ es zu. Langsam strichen seine Hände über die Innenseite meiner Beine. *Wie schön wäre es, wenn er meine sensible Stelle erreichen könnte.* Ich atmete hörbar erregt aus. Seine Bauchmuskulatur hielt stand. Die Absätze bohrten sich in seine Haut, hinterließen mit Bestimmtheit eindrucksvolle Abdrücke. *Ist es das, was er will? Gebrandmarkt zu sein, von mir?*

»Oh ja, Ella, das ist ein Hochgenuss.« Seine athletischen Arme sahen so toll aus. Er war im höchsten Ausmaße erregt. »Ein Kick der Sonderklasse. Du machst das großartig. Meine Leidenschaft.« Die Trampling-Session neigte sich dem Ende zu und die Spuren, die ich auf seinem Körper hinterlassen hatte, waren mein ganzer Stolz. Wir beide würden wohl noch eine Zeit lang an dieses unvergessliche Erlebnis denken. Ich stieg ab.

Völlig unerwartet packten mich seine starken Arme und rissen mich zu Boden. Perplex von seiner Kraft und seiner Schnelligkeit starrte ich ihn an. Er fasste mit seinen Händen nach meinem Po und zog mich über sein Gesicht, sodass ich über seinem Mund kniete. Mit Hingabe begann er, meine glühend heiße Stelle zu lecken. Seine Finger strichen dabei zärtlich über meine Oberschenkel. Er bearbeitete mich intensiv und heftig. Ich rekelte mich über seinem Gesicht und bot ihm eine günstige Stellung, um mich noch ungezügelter verwöhnen zu können. Er stöhnte, vergrub seine Zunge zwischen meinen Schamlippen, packte meinen Po und presste mich gegen sein Gesicht. Im nächsten Augenblick überrollte mich ein Orgasmus, ich wurde laut, schrie meine Lust heraus und stützte mich mit beiden Händen vornübergebeugt ab. Ich war völlig erschöpft und Alexander von meinem Duft vollkommen berauscht, denn er konnte nicht genug davon bekommen und küsste meine Scham fortwährend.

Allmählich kam er von seinem Subspace wieder auf den Boden der Tatsachen zurück. Tiefe Befriedigung zeichnete sich auf seinem Gesicht ab. Noch immer von den Wellen der Leidenschaft überrollt, zog ich mich langsam zurück, robbte nach unten und presste meine glühende Stelle gegen sein Lustobjekt. Er stöhnte auf. Ich beugte mich vor, dabei fielen meine blonden Locken in sein Gesicht. Er strich sie einseitig hinter mein linkes Ohr und legte seine Hand an meine Wange, in die ich mich augenblicklich hineinschmiegte. Leidenschaftlich küsste er meine Lippen, an denen sich mein intensiver Duft verströmte, den er erst vor Kurzem weiter unten aufgesogen hatte. Seine Hand verschränkte sich mit meiner und er ließ mich seine Kraft spüren. Ich fühlte mich vollkommen schwach, aber vollends befriedigt und ließ meinen Kopf auf seine Brust sinken, wo ich noch eine Weile verharrte, bis er mich hochnahm, um mich barfuß in den obersten Stock in sein Schlafzimmer zu tragen. Dort legte er mich auf sein Bett und zog mir die Overknee-Stiefel sowie die Netzstrümpfe aus.

Ich schmiegte mich in die weichen weinroten Kissen, er deckte mich mit einem schwarzen Satinlaken zu und bettete sich neben mich. Er starrte mich an, als könnte er nicht fassen, dass ich neben ihm lag und er das Bedürfnis hatte, mir die Decke über die Schulter zu ziehen. Mich zu beschützen. Mich zu lieben. Er himmelte mich an, war mir zugewandt und stützte seinen Kopf auf seiner Handfläche ab.

»Wir gehören zusammen«, flüsterte er. Ich lächelte, denn er hatte recht. Obwohl es paradox erschien, denn er wollte, dass ich ihm Schmerzen zufügte, und ich tat es. Und widererwarten genoss ich es. Genauso wie er. Gedankenverloren schaute ich auf ein Gemälde, das an der gegenüberliegenden Wand hing. Ein Kamasutra-Bild in abstrakter Form, das zwei Liebende in der *Beinstrecker-Position* zeigte. *Das wäre ein ziemlich schräger Orgasmus.* Sie hatte dabei ihr rechtes Bein an seine linke Schulter gelehnt. Ich schmunzelte, er grinste.

»Ein eindeutiger Orgasmus-Garant für sie«, bemerkte er und strich merklich über mein Bein. Flink zog ich es ein und versteckte es unter der schwarzen Satindecke. »Du machst dich rar?«, fragte er in einem verführerischen Tonfall. Ich sah zu ihm hinüber.

»Sag nicht, du könntest schon wieder!« Er setzte ein zweideutiges Grinsen auf.

»Ich kann immer, Baby. Zu jeder Tages- und Nachtzeit, wann immer und wie lange du willst, Ella.« Entschieden schüttelte ich den Kopf.

»Nein, jetzt ist vorerst Schluss. Das war anstrengend genug für den Anfang.« Er seufzte und drehte sich auf den Rücken.

»Schade.« Bewusst machte er eine Pause. »Das muss ich nun wohl bis Freitag aushalten, ob ich will oder nicht.«

»Jepp«, entgegnete ich und wickelte mich in meine Decke ein, sodass er ja nicht auf die Idee kommen konnte, nachts, wenn ich schlafen würde, seinem Drang nachzugehen und sein Verlangen nach mir zu befriedigen. Ich schloss die Augen.

Vor Erschöpfung war ich bald eingeschlafen und wachte erst am Morgen wieder auf. Ich streckte mich und gähnte. Alexander musste wohl neben mir gelegen haben, denn seine Bettdecke sah benutzt aus. Auf seinem schwarzen Kissen lag ein weißes, gewissenhaft zusammengefaltetes Blatt Briefpapier. Ich griff danach und las.

Liebste Ella! Verzeih, wenn ich mich nicht verabschiedet habe, aber du hast so tief geschlafen, dass ich es nicht übers Herz gebracht habe, dich zu wecken. Ich habe dich aber geküsst und du hast es erwidert, wenn auch unbewusst. Die Pflicht ruft mich leider wieder zurück. Wir sehen uns spätestens am Freitag. Dein Alexander.

P.S.: Schalte dein GPS ein!

Ach ja, noch etwas: Ich trage heute Schwarz, weil ich dich so sehr vermisse. Ich küsse dich.

Seine Worte weckten in mir die Sehnsucht nach ihm. Doch anstatt dahinzuschmachten, schmiedete ich Pläne, wie ich meine Zeit bis Freitag wohl sinnvoll gestalten könnte. Also beschloss ich, für zwei Tage meine Eltern in Irland zu besuchen, ich hatte sie sowieso schon seit einer halben Ewigkeit nicht mehr gesehen.

Ich wälzte mich aus dem Bett, denn in diesem Aufzug konnte ich wohl kaum das Schloss verlassen, und musste grinsen. Rasch verschwand ich im Bad. Splitternackt wie ich war, stellte ich mich hinter der Glaswand unter die Dusche und ließ das warme Wasser über meine Haut fließen. Ich seufzte. *Das tut vielleicht gut.* Ich riskierte einen Blick durch das Glas auf die Uhr, die an der Wand hing. Es war neun. Wenn ich mich beeilte, würde ich die Fähre von Fishguard nach Rosslare um halb drei erreichen, denn von Kent aus brauchte ich über die Autobahn rund fünf Stunden.

Entschlossen stieg ich auf den Badezimmerteppich, trocknete mich ab, wickelte das flauschig weiche Handtuch um meinen Körper und steckte es fest, um so zurück in den Salon zu laufen, wo ich gestern mein Kleid ausgezogen hatte. Alles hing noch fein säuberlich über der spanischen Wand und ich schlüpfte rasch in meine Dessous, bevor ich mein Etuikleid überstreifte, dessen Zipp ich im Rücken hochzog. Zum Schluss stieg ich in meine High Heels. Meine widerspenstigen Locken versuchte ich noch zu bändigen. *Schminken kann ich mich im Auto während der Überfahrt mit der Fähre immer noch.* Ich lief auf den Korridor hinaus. Im Vorbeigehen bemerkte ich einen Schlüssel, der auf dem Tisch lag, daneben ein Zettel.

Liebe Ella, bevor du außer Haus gehst, sperr bitte ab und hinterlege den Schlüssel unter dem Pfanzentrog auf der rechten Seite. Dein Alexander.

Ich tat, was er mir aufgetragen hatte, und eilte zu meinem Sportwagen, mit dem ich gestern hierhergekommen war, warf mich auf den eleganten Sportledersitz und startete den Wagen. Meine Handtasche lag noch immer auf dem Beifahrersitz, das Handy daneben. Für einen kurzen Moment betrachtete ich es, dann nahm ich es zur Hand und schaltete das GPS ein. Währenddessen lächelte ich, steckte es in die Handtasche und startete. Rasant fuhr ich über das Gelände, um auf die Landstraße und somit in die Zivilisation sowie in die Realität zurückzugelangen. Wenig später bretterte ich auch schon die Autobahn entlang. Über die M4 würde ich knapp London passieren, über Bristol und Cardiff nach Fishguard kommen.

Die Landschaft zog an mir vorbei und ich zählte die Stunden, die ich noch bis zum Anlegeplatz der Fähre benötigen würde. Genauso gut hätte ich fliegen können, doch ich war schon lange nicht zu Wasser gereist und freute mich auf die Überfahrt. Pünktlich zum Übersetzen kam ich an und lenkte meinen Wagen unter den ersten Fährgästen auf die Rampe für die Autos. Während der Arbeiter mein Fahrzeug sicherte, puderte ich mir das Gesicht, trug Eyeliner sowie Lippenstift auf und verwendete zu guter Letzt noch Wimperntusche. Bevor ich ausstieg, warf ich einen Blick in den Rückspiegel und kontrollierte mein Outfit. *Perfekt*, dachte ich und stieg aus, um mir am Kiosk etwas zu essen zu holen. Zunächst studierte ich die Speisekartentafel, die vor dem Kiosk aufgestellt war. Kurzerhand entschied ich mich für einen Hot Dog mit reichlich Zwiebeln und Ketchup.

»Vier Pfund, bitte«, verlangte der Verkäufer und überreichte mir die duftende Köstlichkeit.

»Stolzer Preis«, musste ich feststellen und legte den Betrag auf die Ablage.

»Wir sind hier auf der Fähre, Lady«, machte der gut aussehende Herr mit seinen strahlend blauen Augen eine Anspielung auf die Höhe des Preises und überreichte mir augenzwinkernd zusätzlich eine Cola. »Trotzdem danke, Madam. Wünsche noch eine angenehme Reise.« Ich lächelte und roch an dem Hot Dog.

»Danke! Einen schönen Tag noch.« Er sah mich mit hochgezogenen Augenbrauen an. *Kann es sein, dass er mit mir kokettiert?*

»Wo soll's denn hingehen?«, fragte er mich neugierig, während er die Ablage putzte.

»Nach Sheeps Head zu meinen Eltern«, gab ich ihm bedenkenlos Auskunft und machte schon Anstalten, gehen zu wollen.

»Ich bin auch von dort, Aidan O'Connor«, stellte er sich vor und reichte mir die Hand.

»Elena Cooper«, entgegnete ich verblüfft und erwiderte seine Geste, indem ich ihm ordentlich die Hand schüttelte. Wahrscheinlich lebte ich schon zu lange in London, dass mir die zugängliche Art der Iren etwas fremd geworden war, denn nun hatte ich überhaupt nicht mehr das Gefühl, dass er etwas von mir wollte. Es war diese freundliche Art, für die die Einwohner der grünen Insel auf der ganzen Welt beliebt waren.

»Ich bin nicht aus Sheeps Head, sondern aus Limerick, meine Eltern sind vor einigen Jahren auf die Halbinsel gezogen, als mein Vater in den Ruhestand getreten ist.«

»Verstehe, nun ja, Sheeps Head ist ja auch ein schönes Fleckchen, um seinen Ruhestand zu genießen. Gott schütze Sie.« Mit diesen Worten war die Unterredung auch schon beendet und er bediente den nächsten Kunden.

Seelenruhig biss ich in meinen Hot Dog und stellte mich an die Reling, um die See zu beobachten. Der Wind blies mir ordentlich um die Ohren, wir hatten bereits abgelegt. Das Festland entfernte sich langsam und die Möwen waren unser ständiger Begleiter. Als ich den letzten Bissen meines Hot Dogs verschlungen hatte und das Papier in den Mülleimer warf, der gleich neben mir stand, sprach mich eine mir bekannte Stimme aus dem Hintergrund an.

»Sie reisen nach Sheeps Head, Miss Cooper? Was wollen Sie denn dort?« Mein Gesicht erhellte sich schlagartig und ich wandte mich um, um der Person freudig ins Gesicht zu blicken.

»Jayson! Was machst du denn hier?« Er lachte und küsste mich links und rechts auf die Wange.

»Du hast wohl geglaubt, du kannst dich so einfach aus dem Staub machen, das *Central Criminal Court* hinter dir lassen, die Verhandlungen schwänzen, um in die Ferien zu fahren?« Ich lachte schallend.

»Hör mir bloß mit der Arbeit auf, mit Richter Berkley habe ich noch ein Hühnchen zu rupfen, der hat mich glatt aus Venedig geholt, um mich dann am Morgen der Verhandlung zu versetzen«, stieß ich noch immer leicht verärgert aus. Jayson reagierte erstaunt.

»Von alldem wusste ich nichts.« Ich winkte heftig ab. »Nicht schlimm, jetzt mache ich mir ein paar schöne Tage in Irland bei meiner Familie. Und du?« Jayson lehnte sich an die Reling.

»Gleichfalls«, entgegnete er nachdenklich. Ich gesellte mich zu ihm und stützte mich ebenso auf der Reling ab, um die Wellen zu beobachten, deren Gischt unaufhörlich gegen den Bug prallte. Der Wellengang wurde immer stärker, je weiter wir auf das Meer hinausfuhren, und die nächste Welle war so stark, dass sie bis über die Reling ging und uns ordentlich nass spritzte. »Verdammt«, entfuhr es Jayson und er trat ein paar Schritte zurück. Es hatte ihn ziemlich erwischt. Mich aber auch.

»Ach du Schande«, rief ich entsetzt aus und begutachtete das Werk des Ozeans. »Oh nein, wie ich aussehe! So kann ich mich doch nicht bei meiner Familie blicken lassen.«

»Hast du keine Ersatzkleidung mit?«, fragte Jayson verblüfft.

»Doch, im Wagen, aber der steht ganz hinten.« Jayson machte eine abwehrende Handbewegung.

»Nun gut, du kannst dich ja später umziehen.«

»Wenn ich mir bis dahin nicht den Tod geholt habe«, stieß ich sarkastisch aus. Jayson sah mich fidel an und schüttelte den Kopf. Er zog seine Jacke aus und wollte sie mir schon über die Schultern hängen, als plötzlich Alexander wie aus dem Nichts auftauchte und eine Decke in der Hand hielt.

»Das lass mal lieber bleiben, mein Freundchen! Das Wohlbefinden der Dame ist eher meine Sache!« Er sah mich starr an. »Ella ...« Sein Gesichtsausdruck wirkte ernst. Völlig erstaunt über sein Erscheinen hier auf der Fähre, trat ich einen Schritt auf ihn zu und ließ mir die Decke salopp über die Schultern hängen. Froh darüber, denn sie wärmte ungemein, richtete ich das Wort an ihn.

»Jeremy!« In der Gegenwart von Jayson konnte ich ihn wohl kaum als Alexander ansprechen. Niemand in der Jurisprudenz kannte ihn unter diesem Vornamen. Nur wenn wir unter uns waren und auch nur dann, wenn wir uns auf Seeds Castle befanden, rief ich ihn Alexander. »Was machst du denn hier?«

Er sah mich ziemlich angriffslustig an.

»Dasselbe könnte ich dich fragen!« Ich riss meine Augen auf und musste ziemlich dämlich dreingeblickt haben.

»Ich fahre zu meinen Eltern nach Cork, nachdem ich bis Donnerstag freihabe und du zu diesem dämlichen Kongress musstest, dachte ich, es wäre eine gute Gelegenheit, meine Familie zu besuchen«, rechtfertigte ich den Umstand, auf dieser Fähre zu sein. »Aber musst du nicht schon längst im Flieger nach Venedig sitzen?«, fragte ich verdutzt. Er verzog die Mundwinkel und senkte betroffen seinen Blick.

»Und ich dachte schon ...« Ich grinste.

»Was dachtest du? Dass ich mit Jayson zusammen nach Cork fahre? Wir haben uns zufällig getroffen«, erklärte ich unverblümt.

»Rein zufällig«, murmelte er in sich hinein und konnte es offensichtlich noch immer nicht glauben, dass es keine abgemachte Sache war, dass wir uns hier begegnet waren. Obwohl Jayson die ganze Unterredung sichtlich auf den Geist ging, fühlte er sich auf den Schlips getreten, denn er hatte ihn sofort in der Person des Präsidenten des Obersten Gerichtshofs erkannt. Er sah mich aus den Augenwinkeln an, verzog den Mund, bevor er sich wieder Alexander zuwandte, machte gute Miene zum bösen Spiel und reichte Alexander die Hand, der sie, wenn auch zögerlich, annahm.

»Jayson O'Reilly, Jugendfreund von Kindesbeinen an, Seelentröster, Studienkollege in London und nun auch Verfechter des Gesetzes sowie ...«, er stockte und schielte zu mir herüber. Dass wir einmal eine Affäre gehabt hatten, verschwieg er lieber. Alexander erwiderte sein Auftreten.

»Jeremy White«, stellte er sich vor und wirkte arrogant. Augenblicklich glaubte ich, Jayson würde mir an die Gurgel springen wollen. Wem, der nur im Entferntesten mit der Jurisprudenz etwas zu tun hatte, war Jeremy White kein Begriff. Jayson reagierte verärgert.

»Du bist mit dem Präsidenten des Obersten Gerichtshofs liiert und ich weiß nichts davon? Du bist mir ja eine schöne Freundin«, erboste er sich und wandte sich an ihn. »Nun gut, wir sind ja hier weder am *Supreme Court*, noch am *Central Criminal Court*. Nicht wahr?«, reagierte Jayson für meine Verhältnisse etwas merkwürdig und machte einen spektakulären Abgang. Fassungslos sah ich ihm nach. *Was war das jetzt bitte für ein Auftritt?*

»Ist der nun völlig übergeschnappt? Seid ihr alle übergeschnappt?«, sagte ich und sah Alexander erzürnt an. »Kann ich denn nicht mal ohne Anstandsdame nach Irland reisen, ohne dass mich jeder von euch schief ansieht?« Beleidigt wandte ich mich um und lehnte mich an die Reling. Eine Weile sagte niemand ein Wort. Versöhnlich legte er den Arm um meine Schultern, küsste mich hingebungsvoll auf die Wange und verharrte dann in dieser Position.

»Es tut mir leid, Principessa«, flüsterte er. Mit dieser Floskel war nun eindeutig klar, dass er mich in der Person des Alexanders nach Irland begleiten würde, denn Principessa nannte er mich nur auf Seeds Castle, außerdem hatte er mich mit Ella begrüßt. »Ich kann wohl mit meinen Gefühlen, die ich für dich empfinde, noch nicht besonders gut umgehen«, entschuldigte er sich in aller Form bei mir.

»Ach, schon gut«, seufzte ich. »Was machst du eigentlich hier?«, fragte ich noch immer überrascht. Er lächelte verlegen.

»Als ich dich heute Morgen verlassen habe, während du noch geschlafen hast, und ich von Larry abgeholt wurde, entschied ich mich kurzerhand, die Vorbereitungen auf den Kongress sausen zu lassen. Ich wollte einfach mit dir zusammen sein. Verstehst du?« Ich grinste.

»Sehe ich das also richtig, Herr Präsident? Sie schwänzen den Kongress, um einem Tête à Tête nachzukommen?« Meine Äußerung erhellte Alexanders Gemüt wieder sichtlich und er nahm mich in den Arm.

»Du bist alles andere als ein Tête à Tête. Du bist viel, viel mehr für mich, Ella. Du bist alles für mich, du bist mein Leben!« Seine Hände zitterten, während er mich an meiner Wange berührte. Seine Lippen liebkosten meine und seine Zunge schob sich langsam in meinen Mund, dabei drängte er mich in eine Ecke unterhalb des Stiegengeländers, sodass uns niemand sehen konnte.

Die Überfahrt dauerte insgesamt vier Stunden. In den letzten zwei davon hielten wir uns in der Nähe der Reling auf und konnten nicht die Finger voneinander lassen. Ich wusste nicht, welche Macht uns überkam, eins wusste ich jedenfalls ganz genau, seit ich Jeremy Alexander begegnet war, war mein Leben völlig auf den Kopf gestellt. Und seines wahrscheinlich auch. Denn einerseits war er der Präsident des Obersten Gerichtshofs, von dem man erwartete, dass er seinen Verpflichtungen akribisch nachkam, und andererseits war er Hals über Kopf in mich verliebt, devot noch obendrein und mir im Liebesspiel völlig unterworfen. Wenn man es also augenscheinlich betrachtete, würde man zu dem Entschluss kommen, dass er mit Sicherheit ein Doppelleben führte.

Eine liebende Frau ist eine Sklavin,
die ihren Herrn in Ketten legt.

(G. B. Shaw)

DUNKLE BEGIERDE

Es war nach sechs Uhr abends, als wir in Rosslare ankamen, und bereits dunkel. Alexander war zu mir in den Wagen gestiegen, da er als Fußgänger auf die Fähre gekommen war. Sein Gepäck legte er auf die Rückbank. Misstrauisch sah ich ihn von der Seite her an.

»Woher wusstest du eigentlich, dass ich auf der Fähre bin?« Alexander grinste über beide Ohren.

»Du hast endlich meinen Rat befolgt und das GPS eingeschaltet. So konnte ich verfolgen, wohin du fährst.« Diese Kontrolle seinerseits passte mir nicht ins Konzept.

»Du überwachst mich?«, fragte ich verblüfft. Alexander sah mich betroffen an.

»Nein! Ich wollte dich einfach nur sehen«, entschuldigte er sich. »Du kannst *mein* GPS auch stets abrufen, wann immer du willst.« Ich schüttelte entschieden den Kopf.

»Es ist nicht meine Art, jemandem hinterherzuspionieren, auch wenn ich Staatsanwältin bin. Du hättest mich ebenso anrufen können«, stieß ich beleidigt aus. Er war völlig durcheinander und fasste nach meiner Hand.

»Verzeih mir bitte. Ich wollte dich nur überraschen.« Jetzt kam ich mir ziemlich schäbig vor. Warum musste ich ihn nur immer wieder so zurechtstutzen? Mit dieser Art von Beziehung musste ich mich erst arrangieren. Es war mir wichtig, auch wenn sich Alexander mir im Bett unterwarf, ihm im Alltag trotzdem den nötigen Respekt entgegenzubringen. Es sah so aus, als würde mir das nicht immer gelingen, musste ich ehrlicherweise zugeben. Ich seufzte, dann blickte ich in sein ernstes Gesicht und brachte ein ehrliches Lächeln zustande.

»Die Überraschung ist dir gelungen.« Nun zogen sich auch seine Mundwinkel nach oben.

Es dauerte nicht lange und wir waren an der Reihe, die Fähre zu verlassen. Ich startete den Wagen, schaltete das Licht ein und wir fuhren los. Der Sportwagen polterte über den ausgefahrenen Teil der Rampe. Ich nahm die N25. Über Wexford und Waterford fuhren wir nach Cork, um in Folge dessen die Halbinsel Sheeps Head zu erreichen. Meine Eltern hatten sich von dem Geld, das mein Vater nach seinem Ruhestand von der *Guinness*-Fabrik erhalten hatte, in der er sein halbes Leben lang geschuftet hatte, ein kleines Cottage in der Nähe von Kilcorhane gekauft. Den Rest hatten ich und meine drei Brüder beigesteuert, damit sie ein besseres Leben führen konnten, wofür sie uns auch heute noch sehr dankbar waren. Das war das Mindeste, was wir für sie hatten tun können, hatten sie sich für uns vier Kinder ein Leben lang abgerackert, um jedem eine Ausbildung zu ermöglichen.

Ich hatte drei ältere Brüder, Frank, Alister und Patrick, aus allen ist etwas geworden. Frank war der Älteste, er war vierzig und ein erfolgreicher Arzt im *Saint James Hospital*, Alister war dreiunddreißig und praktizierender Physiotherapeut im *Cappagh National Orthopaedic Hospital* und Patrick war zweiunddreißig und als Umweltaktivist bei *Greenpeace* tätig. Momentan setzte er sich gegen den Walfang ein, soviel ich wusste.

Alexander riss mich aus meinen Gedanken. »Ist es dir peinlich, mich deiner Familie vorzustellen?« Kurzfristig stockte ich.

»Nein! Es ist nur …« Ich verzog die Mundwinkel.

»Was?«, hakte er nach. Dieser Umstand brachte mich zum Schmunzeln.

»Wenn ich es mir so recht überlege, habe ich meinen Eltern noch nie jemanden vorgestellt, mit dem ich liiert war.« *Außer Jayson, aber das war etwas anderes.* Gegenwärtig vergrub ich meine Zähne in meiner Unterlippe. »Nun ja, meine Eltern sind eben etwas – konservativ.« Alexander zog die Augenbrauen hoch.

»Und das heißt?«

»Hm, also Geschlechtsverkehr ohne Trauschein ist ein absolutes No-go«, versuchte ich ihm den Standpunkt meiner katholischen Eltern zu erklären. Er griff sich auf die Stirn und sah augenblicklich peinlich betreten aus.

»Verstehe. Das wird schwierig. Was machen wir jetzt?«, fragte er ratlos. Ich zuckte mit den Schultern.

»Keine Ahnung, ich lasse es mal darauf ankommen«, schlug ich vor und der Wegweiser nach Cork fegte über unsere Köpfe hinweg. Erwartungsvoll beobachtete ich ihn aus dem Augenwinkel. »Wie hältst du das zwei Tage lang aus? Ich meine, kein BDSM und so.« Er grinste und schielte zu seinem Gepäck, das auf dem Rücksitz lag.

»Ich habe alles Notwendige dafür eingepackt.«

»Bist du verrückt?«, stieß ich aufgeregt aus und lenkte den Wagen an den Straßenrand. »Willst du, dass meine Eltern auf der Stelle der Schlag trifft?« In vollem Bewusstsein hielt ich an.

»Ella, beruhige dich! Wir können uns für die beiden Nächte ein Cottage in der Nähe deiner Eltern mieten, das lässt sich bestimmt einrichten.« Alexander verstand einfach nicht.

»Das ist unmöglich. Meine Eltern erwarten, dass wir bei ihnen wohnen, das ist doch selbstredend«, machte ich ihm klar. Er wurde nachdenklich.

»Okay, das geht also nicht, dann eben Plan B.« Ungläubig legte ich meine Stirn in Falten und kniff die Augen zusammen.

»Plan B?«

»Ja! B wie *besser, wir überlegen uns eine Alternative.*« Jetzt musste ich lachen und Alexander stimmte in mein Gelächter mit ein.

»Du bist echt verrückt, Alexander.« Er setzte sein schiefes Lächeln auf.

»Dieses Thema hatten wir schon mal, Miss Cooper. Verrückt nur nach einer Frau, nämlich nach dir.« Unvermutet hielt er mein Gesicht fest und presste mir einen leidenschaftlichen Kuss auf die Lippen. Augenblicklich dachte ich, mir bliebe die Luft weg. Seine Zunge drängte sich nahezu in meinen Mund und war begierig, alles zu bekommen, was ich ihm nur bieten konnte. Abrupt hielt er inne. Er keuchte. »Ella, bitte fahr weiter, sonst vergesse ich mich und lege dich hier an Ort und Stelle flach.« Er atmete spürbar aus und drückte sich in den Sportsitz, als wollte er ihn rücklings durchbrechen. Ich legte den ersten Gang ein und der Wagen rollte an.

»Was ich nicht so schlecht finden würde …«, machte ich eine Randbemerkung und beschleunigte den Wagen. Alexander lächelte zweideutig, während wir die Landstraße Richtung Sheeps Head nahmen.

»Deine Eltern sind also streng katholisch?«, setzte er das Gespräch fort. Ich seufzte tief.

»Ja, sie gehen jeden Sonntag in die Kirche«, bemerkte ich neckisch. Alexander verdrehte die Augen.

»Vielleicht sollte ich das auch tun.« Gelangweilt zog ich die Mundwinkel nach unten.

»Unterstehe dich! Ich bin froh, dass ich aus der Sache raus bin.«

»Geschlechtsverkehr ohne Trauschein ist bei deinen Eltern also ein absolutes Tabu?«, vergewisserte er sich noch mal.

»Oh ja!«

»Dem können wir vielleicht Abhilfe verschaffen«, hüllte er sich neuerdings in Geheimnisse.

»Was meinst du?«, fragte ich irritiert und bog die Küstenstraße zu meinen Eltern hinauf. Er zog die Augenbrauen ein paarmal hoch und grinste. »Wie? Du und heiraten?«, musterte ich ihn belustigt.

»Warum nicht?«

»Das ist jetzt nicht dein Ernst«, schüttelte ich ungläubig den Kopf. Er setzte eine durchaus aufrichtige Miene auf und beugte sich in meine Richtung.

»Heiratet man nicht ausschließlich aus Liebe?« Ich sah ihn lange an. Zu lange, denn er griff mir ins Lenkrad, weil ich auf der Fahrbahn zu weit nach links gekommen war und beinahe ins Grüne gefahren wäre. Kopflos lenkte ich dagegen.

»Du bringst mich ganz schön aus dem Konzept«, stellte ich unverblümt fest und übernahm nun wieder ausschließlich die Kontrolle über den Wagen, um die Straße bis zum Ende hinaufzufahren und am Straßenrand zu parken. Ich machte das Licht aus und im Gegenzug ging die Innenraumbeleuchtung an. Wir waren angekommen. Alexander wollte etwas sagen, wurde aber durch die Anwesenheit meiner Mutter unterbrochen, die mit ihrem Einkaufkorb gerade an der Türschwelle stand und beobachtete, wer vor ihrer Einfahrt hielt. Der Eingang sowie das Haus selbst waren ausreichend beleuchtet. Sofort erkannte sie mich und lief mir aufgeregt entgegen.

»Elena! Du bist hier? Mein Gott, Jean, unsere Tochter ist hier«, rief sie aufgekratzt über ihre Schulter. »Und sie hat jemanden mitgebracht«, sang sie fast schon ein Loblied auf Alexander, obwohl sie ihn noch gar nicht kannte. Ich rollte mit den Augen und stieg aus dem Wagen.

»Mum!«, stieß ich erfreut aus. Überschwänglich umarmte ich sie. »Wie lange haben wir uns nicht mehr gesehen?«, setzte ich einen wehmütigen Blick auf.

»Viel zu lange.« Dabei deutete ihr Zeigefinger drohend in die Luft. »Du kommst ja nie«, machte sie mir einen Vorwurf und löste sich aus meiner Umarmung, um in Richtung

Haus zu gehen. Vater hatte das kleine Cottage in ein richtiges Schmuckstück verwandelt. Es wirkte auf den ersten Blick alles perfekt. Sie wandte sich mir nun wieder zu. »Seit du in London lebst, hast du das gute alte Irland und deine Eltern sowie die irischen Traditionen vergessen. Dein Weihnachtsgeschenk steht übrigens noch immer in deinem Zimmer.« Ich senkte meinen Blick. Das hatte gesessen! Zum Glück kam Vater aus dem Haus und rettete mich aus dieser prekären Situation.

»Elli!« Er streckte die Arme nach mir aus und schüttelte den Kopf. »Lass dich umarmen, mein Kind!« Seine Bärenstatur ließ mich förmlich in seinen Armen versinken und seine Kraft hatte trotz seines Alters keine Einbußen davongetragen. Immerhin war er schon vierundsechzig. Alexander war inzwischen ausgestiegen und beobachtete das bunte Treiben. »Und wen hast du uns mitgebracht?«, fragte er freudestrahlend. Mum musterte Alexander genau.

»Wann heiratet ihr?«, flötete sie amüsiert. Ich stieß einen genervten Seufzer aus. Auf diese Frage hatte ich mich schon eingestellt, seit Alexander zu mir in den Wagen gestiegen war.

»Mum, bitte! Wir haben uns eben erst kennengelernt.« Wie eine Salzsäule erstarrte sie.

»Was? Eben erst? Wo? Auf der Fähre? Und da bringst du ihn schon mit nach Hause?« Ich fasste mir an die Stirn.

»Nein, Mum, wir haben uns in London kennengelernt. Er arbeitet am *Supreme Court*«, erklärte ich und warf ihm einen kurzen Blick zu. Diese ganze Situation dürfte ihm höchst unangenehm gewesen sein, denn er hob die Augenbrauen und machte eine ziemlich ernste Miene. Trotzdem dachte er bestimmt, er müsste sich dieser Herausforderung nun stellen und die irisch-katholische Familie kennenlernen, also ging er um den Wagen herum, streckte meinem Vater selbstsicher die Hand entgegen und stellte sich vor.

»Jeremy«, kurz stockte er, bevor er weitersprach, »Alexander White.« Er wirkte sehr zurückhaltend und seine Mimik war mir ein wenig fremd. Ich konnte mir nicht erklären, warum er so reagierte. *Ist es ihm so unangenehm, meiner Familie vorgestellt zu werden?* Mein Vater begrüßte ihn zuvorkommend.

»Jean Cooper. Sehr erfreut, Sie kennenzulernen.« Meine Mutter mischte sich wieder ins Gespräch, unterdessen gab sie ihm die Hand.

»Was machen Sie denn beruflich? Meine Tochter ist Staatsanwältin, müssen Sie wissen«, plapperte sie drauflos. Alexander musste sich das Lachen verbeißen, nun war er mir wieder vertraut.

»Auch sehr angenehm, Miss Cooper! Ich bekleide sozusagen ein höheres Amt«, versuchte er sich aus der Affäre zu ziehen. Doch meine Mum ließ nicht locker. Um dieser Peinlichkeit zu entgehen und ihr endlich einen Riegel vor ihr Mundwerk zu schieben, ließ ich die Katze aus dem Sack.

»Jeremy Alexander ist der Präsident des Obersten Gerichtshofs in London. Zufrieden? Hat er nun alle Voraussetzungen erfüllt und ist mir ebenbürtig genug?«, fragte ich ironisch. Wenn ich das gewusst hätte, hätte ich mich gegen Alexanders Absicht, mitkommen zu wollen, erfolgreich gewehrt. Meine vorlaute Aussage hatte gesessen, meine Eltern waren sprachlos. »Wie geht es meinen Brüdern?«, fragte ich beiläufig und überging ihre Fassungslosigkeit. Mum tänzelte mir hinterher.

»Frank arbeitet wie ein Vieh, hat einen Nachtdienst nach dem anderen und, obwohl er in Dublin wohnt, auch nie Zeit seine Eltern zu besuchen«, beschwerte sie sich auch über ihn. Jetzt tat sie mir wieder leid. Meine Mum war im Grunde genommen ein herzenslieber Mensch und hatte es bei Gott nicht verdient, dass ihre Kinder nun alle wegblieben. Aber so war das nun mal. Wir waren alle in verschiedene Himmelsrichtungen verstreut. Sie fuhr fort. »Alister kommt manchmal mit einem Mädchen zu uns und Patrick treibt sich irgendwo auf den Weltmeeren herum, aber im Gegensatz zu dir war er an Weihnachten zu Hause«, schloss sie ihren Monolog, der nur so von Vorwürfen strotzte.

Alexander holte unser Gepäck aus dem Wagen und folgte uns. Mum, wie immer die Spitze des Zugs, ebnete uns den Weg ins Haus und wir stiegen die Treppe in das ausgebaute Dachgeschoss hoch. Der Aufgang war hell erleuchtet, an den Wänden hatte mein Dad einige dezente Wandleuchten montiert. Bei meinem letzten Besuch hatte es hier oben nur eine Rumpelkammer gegeben und ich war mehr als erstaunt, wie praktisch Vater die Etage ausgebaut hatte. Einladend und stolz zugleich schlug sie die Tür des einen Schlafzimmers auf und betätigte den Lichtschalter.

»Fühlen Sie sich wie zu Hause, Mr White. Daneben befindet sich das Bad.« Sie deutete auf eine weiß lackierte Tür. »Abendessen gibt es in einer halben Stunde.« Alexander stellte das Gepäck auf den Boden. »Dein Zimmer ist hier drüben, Elena«, meinte sie und bugsierte mich in den Raum nebenan. »Wir sehen uns zum Dinner.« Mit diesen Worten ging sie die Treppe hinab und Dad mit ihr. Alexander sah mich mit aufgerissenen Augen an. Ich hielt mir die Hand vor den Mund und kicherte ungezügelt.

»Ich schlafe hier in diesem Zimmer sicher nicht ohne dich«, flüsterte er und führte mich an einer Hand in sein soeben bezogenes Schlafzimmer, um hinter sich die Tür zu verriegeln. Er presste mich dagegen und hielt mich mit beiden Händen, die er nun neben meinem Kopf abstützte, in Schach. Ich schielte auf die benachbarte Wand und deutete mit dem Daumen auf die Verbindungstür.

»Denkst du auch gerade, was ich denke?«, fragte ich keck. Seine Miene erhellte sich bei dem Gedanken schlagartig und er drängte mich zum Durchgang. Zur genauen Inspektion fasste er nach dem Türknauf und versuchte, sie zu öffnen.

»Ein Kinderspiel. Und was sollte diese ganze Aktion jetzt?«, fragte er mich sarkastisch.

»So nach dem Motto, was ich nicht weiß, macht mich nicht heiß«, entgegnete ich frivol. Unvermutet kniete er sich mit einem Bein auf den Boden und strich langsam mit beiden Händen an den Innenseiten meiner Beine hoch, bis er an meiner empfindlichsten Stelle angelangt war, um sie zu massieren.

»Wie ist das, Miss Cooper?«, fragte er erregt. Ich stieß einen leisen Seufzer aus. In diesem Moment schlüpfte seine Hand unter meinen Slip und zwei seiner Finger drangen in mein Innerstes, um es zu erkunden. Überreizt warf ich meinen Kopf in den Nacken und stöhnte.

»Gut, Mr White, sehr gut sogar.« Er richtete sich langsam auf, fasste mit der linken Hand nach meinem Nacken und begann, mich zärtlich zu streicheln, während seine Rechte einen ganz anderen Punkt von mir bearbeitete.

»Du machst mich so heiß, Baby«, keuchte er, dabei achtete er darauf, dass er den Rhythmus hielt. Draußen fiel irgendetwas auf den Boden und rollte nun langsam über den Korridor. Wir zuckten beide zusammen und Alexander beendete sein Vorhaben. Ich war völlig aufgewühlt, er total benebelt. »Was zum Teufel war das?«, bemerkte er genervt.

»Ich denke, wir sollten meine Eltern nicht warten lassen und zum Essen nach unten gehen«, stieß ich kopflos aus. Nachdenklich betrachtete ich mein Kleid und überlegte, mich noch eben umzukleiden. »Ich ziehe mir nur rasch ein neues Kleid über«, deutete ich ihn an, kramte in meinem Weekender nach einem grünen Etuikleid und verschwand durch die Verbindungstür in mein gerade erst zugewiesenes Schlafzimmer. Alexander folgte mir und lehnte sich gegen den Türstock.

»Darf ich dir dabei zusehen?«, fragte er aufgekratzt. Ungeniert lächelte ich ihn an und legte mein Kleid auf das Bett. Neugierig wie ich war, öffnete ich den Eckschrank.

»Mein Gott!« Gerührt durchstöberte ich den Inhalt des Schranks. All meine Sachen waren hier fein säuberlich aufgehängt oder zusammengelegt worden. »Meine Kleider, sie sind alle noch da«, stieß ich freudig aus und Alexander fand offenbar Gefallen an meinem kindlichen Verhalten, das ich gerade an den Tag legte.

Energisch zog ich mein Tweedcape hervor, ein waldgrüner Schafwoll-Kurzmantel mit drei großen Knöpfen und integriertem Schal. Es war einfach immer ein Must-have in meiner Garderobe gewesen. Ich hatte es geliebt. Dazu hatte ich stets meine farblich passende Tweedkappe aufgesetzt. Selbst mein ockerfarbenes Kurzarmkleid lag sorgfältig in einer der Laden. Ich zog es heraus. Dazu gab es ein eng anliegendes Langarm-Ripp-T-Shirt, das das Outfit komplettierte. Flink schlüpfte ich aus meinem Etuikleid, um das grüne Shirt und folglich das ockerfarbene Kleid überzustreifen. Graziös drehte ich mich im Kreis und musterte mich im Spiegel. Dafür erntete ich Alexanders bewundernde Blicke. Es passte noch immer perfekt. Ganz unten links entdeckte ich meine schwarzen hohen Schnürschuhe. Rasch entledigte ich mich meiner High Heels, schlüpfte in das rustikale Schuhwerk und band eine feste Schleife. Mein Tweedcape warf ich über die Schultern, die Kappe setzte ich auf, wandte mich dem Spiegel erneut zu und betrachtete mich noch mal. Jetzt hatte ich wirklich Lust, nach dem Essen einen Spaziergang entlang der Küstenstraße zu machen. Temperamentvoll schritt ich in Richtung Tür, wo Alexander noch immer im Rahmen stand.

»Du siehst wirklich sehr verführerisch aus«, bewunderte er mich und nahm mich gleichzeitig in den Arm. »Einen Kuss,

Principessa«, flehte er mich an und bald darauf lagen seine weichen Lippen auf meinen. Geübt schob sich seine Zunge in meinen Mund. Noch bevor sie meine umschmeicheln konnte, wand ich mich wie ein Aal aus seinen Armen und ließ einen verdutzten Alexander zurück. Im Eiltempo lief ich die Treppe hinunter, währenddessen nahm ich die Kappe wieder ab. Er folgte mir. »So leicht entkommst du mir nicht.« Er holte mich ein und umfasste meinen Unterleib. »Ich habe heute noch etwas mit dir vor«, raunte er mir ins Ohr und ich dachte, er würde mich jeden Augenblick flachlegen.

»Schon gut, Mr White, aber erst mal wird etwas gegessen, sonst halten Sie meinen Anforderungen nicht stand«, zog ich ihn auf.

»Sie lernen schnell, Miss Cooper«, flüsterte er. Er nahm mich an der Hand. Bevor wir das geradezu eindrucksvoll beleuchtete Wohnzimmer betraten, wo es bereits herrlich nach Steak und Wedges duftete, legte ich mein Tweedcape und die Kappe auf einen Stuhl, der sich neben der Tür befand. Meine Mum hatte sich wieder einmal selbst übertroffen und unseren Esstisch nahezu festlich gedeckt. Zu meinem Erstaunen war Jayson eingetroffen. Er unterhielt sich gerade glänzend mit meinem Vater über ihr gemeinsames Steckenpferd, nämlich den Fischfang. Als er mich sah, unterbrach er das Gespräch, um mich zu begrüßen. Er stand von einem der Lehnstühle auf, die sich in der Nähe des Fensters befanden, kam auf mich zu und küsste mich links und rechts auf die Wange.

»Hallo, Elli.« Dabei sah er mich übergebührend lange an. Es war schon eine Weile her, dass wir beide ein Paar gewesen waren, was letztendlich geblieben war, war unsere Freundschaft, und die war mir enorm viel wert, das wusste er. Alexander passte der Umstand, dass Jayson hier war, offenbar überhaupt nicht. Argwöhnisch musterte er ihn von oben bis unten. Die

Eifersucht war ihm ins Gesicht geschrieben. Die beiden sahen sich an, als würden sie sich im nächsten Moment schlagen. Meine Mum saß bereits bei Tisch.

»Bitte setzt euch doch«, bat sie. »Elli, hier drüben, Jeremy Alexander, wenn Sie bitte gegenüber von Elli Platz nehmen würden, Jayson, dein angestammter Platz«, deutete sie auf einen der Armstühle und lächelte ihn vertraut an. Jeder hier hatte seinen Stammplatz. Das war schon immer so gewesen und würde sich auch in Zukunft nicht ändern. Alexanders Wut stieg allmählich, das war nun deutlich zu sehen, denn Jayson saß direkt neben mir. Vater ließ sich am Kopfende nieder und Mum thronte auf der gegenüberliegenden Seite. Dad legte auf. Mum kochte und er bediente sie am Tisch, auch daran hatte sich im Laufe der Zeit nichts geändert.

Vater sprach das Tischgebet: »*Wir sind bereit zu essen, o Herr. Lass uns innehalten und für jene beten, die zu hungrig sind, weil sie nichts auf ihren Tellern haben. Nun lass uns essen, doch mit Bedacht, o Herr.*«

»Amen«, antworteten wir alle gleichzeitig.

Unmittelbar danach sah er uns an und lächelte. »Ich wünsche allseits einen guten Appetit«, drückte sich mein Vater sehr gewählt aus, das war der Moment, als wir zu essen begannen. Auch diese Tradition hatte er bis zum heutigen Tag beibehalten. Während des Essens wurde geschwiegen, nur Alexanders Blicke trafen mich immer wieder wie ein Hammerschlag. *Wer ist hier jetzt der Top?*

Nachdem wir alle fertig waren, eröffnete Dad das Gespräch, nach kurzer Zeit waren er und Jayson wieder in ihre Fischerei vertieft und setzten sich in die bequemen Lehnstühle in die Nähe des Fensters. Alexander musterte mich eingehend. Fast schon drohend beugte er sich über den Tisch.

»Warst du mal mit diesem Waschlappen zusammen?«, flüsterte er und stieß einen angewiderten Laut aus. Da Jayson auf der Fähre erzählt hatte, dass wir uns von Kindesbeinen an kannten und gemeinsam nach London gegangen waren, um zu studieren, hatte er wohl eins und eins zusammenzählen können. Ich rollte die Augen, das war der Augenblick, in dem ich Alexander hasste. Seine grenzenlose Eifersucht war manchmal nicht auszuhalten. Zudem sie derart unbegründet war. *Ich hatte doch nur ihn.*

»Ja, verdammt noch mal! Ist das vielleicht verboten? Es war doch lange vor deiner Zeit. Und tu mir bitte einen Gefallen: Hör auf, so abfällig über Jayson zu reden. Das bedeutet unterstes Schubladen-Niveau. Das passt so ganz und gar nicht zu dir«, flüsterte ich und forderte ihn auf, seine unangebrachte Eifersucht einzustellen. In diesem Augenblick veränderte sich seine Miene, sein Kopf neigte sich etwas zur Seite, seine Augen waren bis auf einen winzigen Spalt zusammengekniffen, die Augenbrauen deutlich heruntergezogen, sein Mund stand leicht offen und ich konnte seinen wutentbrannten Atem bis hierher spüren. Seine rechte Hand umfasste das Messer, als wäre es ein Dolch, den er jeden Moment benutzen würde. Die Knöchel seiner Rechten traten weiß hervor. *Was soll dieser Auftritt jetzt?*

Ich war eine starke sowie selbstbewusste Frau und Alexander ein erfolgreicher Mann der Jurisprudenz, von dem man verlangen konnte, dass er sich am Riemen riss. Die Wut, die gegen Jayson gerichtet war, war völlig deplatziert, doch Alexander machte nicht mal den Anschein, damit aufhören zu wollen.

»Dann sag dem Schlappschwanz, er soll dich nicht so anstarren, sonst verpasse ich ihm eine!« Sein Mund verzog sich zu einem ironischen Lächeln. Alexanders Worte machten mich wütend. Ich warf die Stoffserviette, die bis jetzt auf meinem Schoß gelegen hatte, auf den Teller, der vor mir stand, und erregte somit die Aufmerksamkeit meiner Eltern sowie die von Jayson. Vater und er unterbrachen ihr Gespräch, Mum sah mich entsetzt an.

»Es tut mir leid«, erwiderte ich beschämt. »Ich entschuldige mich für mein Verhalten.« Vater lächelte, maß meinem Benehmen nicht viel Bedeutung bei und setzte sein Gespräch mit Jayson fort. Mum zeigte eine gekünstelte Mimik, denn Ungehorsam bei Tisch ging ihr völlig gegen den Strich. Sorgfältig begann sie, abzuräumen und die Teller nach draußen in die Küche zu tragen. Innerlich kochte ich und Alexander merkte, dass er zu weit gegangen war. Die Blöße, die ich mir gerade eben gegeben hatte, war mir peinlich. Unter keinen Umständen wollte ich, dass sich unsere Blicke trafen, und sah demonstrativ weg. *Wer ist jetzt der eigentliche Top? Ich oder er?* Ständig hatte ich das Gefühl, dass wir switchten. Wie konnte ich nur je seiner Anforderung gerecht werden, auf Dauer seine Femdom zu sein, wenn er ständig meine Autorität untergrub? *Ein schwieriges Unterfangen.*

Genau in diesem Moment, als ich darüber nachdachte, spürte ich eine Hand unter meinem Kleid. Meine Augen weiteten sich und ich sah zu dem Platz, den Alexander kürzlich noch eingenommen hatte. Er war leer. Ich traute mich nicht, mich zu bewegen, schaute weder nach links noch nach rechts, sondern erstarrte. Alexanders geübte Finger tasteten sich vor bis zu … *Oh Gott! Was macht er da?* Meine rechte Hand krallte sich am Tischtuch fest, meine linke fasste flink nach unten, um ihn aufzuhalten. Zu spät! Zwei seiner Finger waren genau dort angelangt, wo er sie haben wollte und strichen kundig über meine Klitoris. Ich wagte nicht, nur einen Ton von mir zu geben. Der Umstand, dass sich Alexander unter dem Tisch befand, war schon schlimm genug. Beherrscht presste ich die Hand auf meinen Mund, um nicht loszuschreien. Er schob noch zweimal seine Finger über meine Perle, zog unverblümt an meinen Schamlippen und tauchte mit seiner blütenweißen

Serviette wieder unter dem Tisch hervor auf, um sich auf seinen Platz zu setzen.

»Wie ungeschickt von mir.« Mit diesen Worten legte er die Serviette wieder auf den Tisch. Jaysons Blick sprach Bände. Aus den Augenwinkeln konnte ich beobachten, wie er mich mit weit aufgerissenen Augen ansah und ich errötete vor Scham, beachtete ihn aber nicht weiter, sondern starrte die ganze Zeit auf das weiße Tischtuch, das sorgfältig auf dem Esstisch ausgebreitet war. Vater hatte Jayson schon wieder in Beschlag genommen, sein Gesichtsausdruck vermittelte mir aber noch immer seine Fassungslosigkeit.

Wer ist hier der Top?, fragte ich mich abermals und stand auf, um mich aus dieser unangenehmen Situation zu befreien. Alexander erhob sich ebenfalls, bewegte sich in einer hochnäsigen Manier um den Tisch herum, trat nach draußen, um mein Tweedcape und meine Kappe zu holen, und legte mir den Kurzmantel um die Schultern.

»Wolltest du nicht noch einen Spaziergang machen?«, fragte er beiläufig und schlang den Arm um meine Taille. Dabei warf er Jayson einen feindseligen Blick zu, der nur verständnislos den Kopf schüttelte und seine Unterredung fortsetzte.

»Ja, wollte ich.« Ich musterte ihn angriffslustig, setzte meine Kappe auf und verließ schnellen Schrittes das Wohnzimmer, um über den Korridor in den Garten hinauszugehen. Verhältnismäßig laut schlug ich die Tür vor seiner Nase zu und lief Richtung Küstenstraße, die gut beleuchtet war. Alexander ließ sich davon nicht beirren und folgte mir, sagte aber kein Wort. Als wir weit genug von den Häusern entfernt waren, blieb ich stehen, drehte mich blitzartig um und funkelte ihn an. »Bist du von allen guten Geistern verlassen? Was fällt dir eigentlich ein, mich vor meiner Familie derart zu denunzieren?«, schrie ich ihn an.

»Es tut mir leid«, erwiderte er devot.

»Es tut dir leid? Alles, was du zu sagen hast, ist, dass es dir leidtut?«, erwiderte ich wütend und setzte meinen Weg in Richtung Küste fort.

»Ella! Bitte bleib stehen und beruhige dich. Es ist ja nichts passiert. Niemand hat es wirklich registriert«, versuchte er, mich zu beruhigen. Abermals blieb ich abrupt stehen.

»Doch, Jayson hat es bemerkt«, schleuderte ich ihm entgegen. Seine Mimik veränderte sich schlagartig, allein der Umstand, dass ich Jaysons Namen in den Mund genommen hatte, ließ ihn förmlich rotsehen.

»Jayson, Jayson! Verdammt noch mal, dieser Waschlappen kann dich doch nicht mal zum Orgasmus bringen«, schmetterte er mir seine Worte um die Ohren. Jetzt trat ich empfindlich nahe an ihn heran. Mein Körper erbebte förmlich, aber diesmal aus einem anderen Grund. Ich hatte mich kaum mehr unter Kontrolle. Noch so ein Satz von Alexander und ich würde ihm dafür ins Gesicht schlagen. Von Zorn erfüllt sah ich ihn an, dabei presste ich meine Lippen zusammen.

»Ich habe auch nicht vor, mit ihm ins Bett zu gehen. Ich bin ja keine Nutte!«, zischte ich.

»Dann schrei hier nicht so herum und benimm dich auch nicht wie eine«, erhob er nun seine Stimme. Meine Geduld war am Ende, mein Temperament würde mich nun leiten und ich erhob meine Hand gegen ihn. Blitzartig fasste er nach ihr und hielt mich spürbar fest. Ich kochte über vor Wut. Alexander starrte mich an. »Nein, Elena. Nicht auf so eine niveaulose Art.« Wütend entriss ich ihm meine Hand.

»Wer ist hier der Top? Du oder ich?«, brüllte ich ihn an. Alexander wirkte nun ganz ruhig.

»Darf ich dich an unsere Vereinbarung erinnern? Unser Machtgefälle sollte sich nicht auf Alltagsangelegenheiten ausweiten. Ich habe dir von Anfang an gesagt, dass ich es mir nicht leisten kann, mich in aller Öffentlichkeit zu outen. Ich habe einen Ruf zu verlieren, Elena. Bei unseren Liebesspielen bist du meine Femdom und das weißt du. Du kannst buchstäblich alles mit mir anstellen, was immer du willst. Und ich habe dir gesagt, dass ich dir jeden noch so abartigen Wunsch erfüllen würde. Aber bitte, tu mir einen Gefallen und behandle mich nicht wie einen Idioten.« Er wartete auf meine Reaktion. Ich fühlte mich peinlich betreten. Meine Wut verrauchte allmählich. Es allerdings zugeben, dass ich während unseres Streits zu weit gegangen war, wollte ich zu diesem Zeitpunkt nicht. Ohne ein Wort zu sagen, lief ich die Küstenstraße hinunter. »Elena«, schrie mir Alexander verzweifelt nach. Ich machte eine eindeutige Geste, die ihm zeigen sollte, dass ich für eine Weile alleine sein wollte. Ich drehte mich kein einziges Mal um, lief einfach weiter.

Nach einer angemessenen Zeitspanne wandte ich mich um. Trotz der guten Straßenbeleuchtung war Alexander nicht mehr zu sehen, er schien wohl zurückgegangen zu sein. Ich war enttäuscht und ließ den Kopf hängen. Meine Geschwindigkeit verlangsamte sich zunehmend. Ich erreichte den engen Pfad, der mich zum Balyroon Mountain bringen sollte und steckte die Hände unter den Umhang, weil sie kalt waren. Zufällig erfühlte ich in der Innentasche eine kleine Stirnlampe und zog sie heraus. *Wer die hier wohl hineingetan hat?* Ich schaltete sie ein. Sie würde mir sicher einen guten Dienst erweisen, also nahm ich meine Kappe ab, um das Gummiband über meinen Kopf zu ziehen, und setzte die Wollkappe anschließend wieder auf.

Wenig später passierte ich die Ruine des Signalturms, dann ging es bergab. Es war der letzte Weg, der an das Kap führte. Dort konnte man nur mehr zu Fuß weitergehen. Ich wollte den Leuchtturm, dessen Licht man schon von der Küstenstraße aus sehen konnte, erreichen, mich dort ein wenig von meiner Aufgebrachtheit erholen und über Alexander und mich nachdenken. Außer dem Begrenzungslicht sendete er schon lange keine Signale mehr aus, weil er bereits stillgelegt worden war. Ich ging weiter. *Keine Menschenseele, Gott sei Dank*, dachte ich erleichtert.

Der Trail verlief durch einige sumpfige Stellen. Ich war aber ein Kenner dieser Gegend und so folgte ich dem unwegsamen und steinigen Weg, der zu den Klippen führen sollte. Je näher ich der See kam, desto mehr machte sich der Wind bemerkbar. Fast schon stürmisch kam es mir hier vor. Auf einem mit saftigem Gras bewachsenen Felsplateau blieb ich stehen und genoss die Ruhe, die mir dieses grandiose Stückchen Erde bot. Ich ließ mich nieder und rutschte an die Abbruchkante. Es war Vollmond und eine sternenklare Nacht bot sich mir. Eigentlich hätte ich die Stirnlampe gar nicht gebraucht, denn der Mond erhellte das Gelände so sehr, dass man bis zum Meer hinuntersehen konnte. Das Mondlicht spiegelte sich im Ozean wider. Der Wind pfiff mir verdammt heftig um die Ohren und ich saß auf der Felsplatte, die mir das Freiheitsgefühl vermittelte, das ich jetzt brauchte.

Der Sturm fegte durch die hohen Grashalme und wälzte sie förmlich vor mir nieder. Ich fror trotz meines warmen Schafwollcapes, knöpfte es zu und schlang den Schal um meinen Hals. Meine Beine baumelten über den Abgrund. Unter mir schlug die Gischt in einem enormen Tempo gegen die meterhohen Felsen. Immer wieder wurde ich von ein paar Wassertropfen erreicht, die mir ins Gesicht spritzten. Ich leckte über meine Lippen, das Salzwasser schmeckte nach Seetang, und zog meine Mütze ins Gesicht, um es vor den rauen Bedingungen hier draußen zu schützen. Ich hatte keine Ahnung, warum, aber irgendwie hatte ich das Gefühl, ich müsste genau jetzt meinem

Schöpfer näher sein als andere. Also beschloss ich, entlang der Steilhänge, deren Weg sich über einen engen gewundenen Pfad bis zum nächstgelegenen Plateau bahnte, weiterzugehen.

Sich hier nachts an den senkrecht abfallenden Klippen herumzutreiben, hatte etwas Besonderes an sich. Tagsüber, wenn die vielen Touristen die Pfade besiedelten, konnte man hier kaum Ruhe finden. Bald hatte ich das Plateau erreicht. Ich müsste nur mehr ein Stückchen weiter abseits klettern, wo die See unter mir tobte, um zu meinem Lieblingsplatz zu gelangen. Dann hätte ich es geschafft. Mit den Fingern krallte ich mich zwischen Steinen und Erdreich fest, ich stieg auf den letzten Ausläufer des Felsens. Und dann geschah es.

Wegen der schlechten Sicht machte ich einen Fehltritt. Der Felsbrocken löste sich und ich rutschte mehrere Meter ab, dabei stieß ich einen gellenden Schrei aus. In letzter Sekunde fand ich Halt an einem hervorstehenden Felsen und baumelte nun mehrere Meter über der tobenden See. Ich riskierte einen Bick nach unten. Knapp unter mir befand sich eine Felsnase. *Das könnte meine Rettung sein.* Trotzdem traute ich mich nicht, loszulassen. Meine inzwischen von der Kälte ziemlich beeinträchtigten Finger hielten sich mit letzter Kraft am Gestein fest. Ich hatte schreckliche Angst. *Wenn ich nun loslasse und die Felsnase verfehle? Andererseits, wie lange kann ich mich hier noch halten? Meine Kraft wird mich allmählich verlassen und ich abstürzen.* Mein Herz raste und ich schrie in die Weiten des Ozeans hinaus. *Wer soll mich hier unten hören?* Das Rauschen der Wellen würde meine Stimme mit Sicherheit übertönen. Mit aller Hartnäckigkeit versuchte ich, mich festzuhalten. Die Gischt spritzte barbarisch an den Felsen hoch und erreichte mich teilweise.

Mit einem Mal verließ mich die Kraft und ich stürzte ohne jede Vorwarnung und von Panik ergriffen in die Tiefe. Ich schrie, gleichzeitig schlug ich auf der Felskante auf und blieb für einen Moment regungslos auf dem Rücken liegen. Mein Kopf und mein Rücken schmerzten. Ich schloss kurz die Augen und hörte das Meeresrauschen. Im ersten Moment wagte ich mich kaum zu bewegen. Dann griff ich mit der linken Hand an meinen Hinterkopf. Es tat weh und fühlte sich so warm an, obwohl ich schrecklich fror. Nun ertastete ich eine Wunde. Sie dürfte nicht groß sein, aber ... Ich betrachtete meine Finger im Schein der Stirnlampe. Es klebte ein wenig Blut daran. *Shit. Ich habe mir womöglich eine Platzwunde zugezogen und werde vielleicht jämmerlich krepieren, wenn mich hier keiner findet.*

Ich sah den Sternenhimmel und versuchte, einen klaren Gedanken zu fassen. Mein Kopf pochte. Nochmals griff ich nach meiner blutenden Wunde. Geistesgegenwärtig nahm ich meinen Schal und knüllte ihn zusammen. Langsam hob ich meinen Kopf und presste das Ding gegen meinen Schädel. Es begann zu regnen. Auch das noch! Oder war es das Salzwasser, das zu mir hochspritzte? Große Tropfen benetzten mein Gesicht. Ich leckte über meine Lippen. Es war nicht salzig. Ich überlegte und fasste einen Entschluss. Ich richtete mich langsam auf, dabei hielt ich mir die Kompresse weiterhin an den Hinterkopf. Zunächst brummte mein Schädel und rings um mich drehte sich alles. *Wie viel Zeit nun wohl schon vergangen ist, seit ich von zu Hause weggegangen bin?* Ich hatte kein Zeitgefühl. *Ob Alexander mich vermissen wird? Sicher nicht! Nach dem Streit, den wir hatten, war er vermutlich froh, eine Weile nichts von mir zu hören. Wenn er überhaupt noch etwas mit mir zu tun haben will.* Ich dachte nach. *Ich habe ihn gar nicht gut behandelt.* Das schmerzte mich noch mehr als die Wunde an meinem Hinterkopf. *Er schenkte mir sein Herz und ich trat es mit Füßen.* Aber ich konnte mit seiner unbegründeten Eifersucht nur schwer umgehen.

Ich prüfte das Wollknäuel, das ich an meinen Kopf gepresst hielt. Die Wunde dürfte durch die, wenn auch nicht sehr fachgerechte, Kompression aufgehört haben, zu bluten. Es ging mir schon etwas besser. Ich versuchte, mich weiter aufzurichten, lehnte mich gegen den senkrechten Felsen hinter mir und dachte wieder an unseren unnötigen Streit.

Ich war so wütend auf ihn gewesen. In letzter Zeit konnten mich Dinge schnell aus dem Konzept bringen. Und Alexander? Zumeist handelte er überlegt, nur wenn es um die Verteidigung unserer Liebe ging, kam es mir so vor, als könnte er keine Ruhe bewahren, reagierte hitzköpfig. So wie auch bei Jayson. Bei unseren Liebesspielen war er bis jetzt immer sehr diszipliniert gewesen. Wenn ich an die Rosendornen dachte, die sich tief in seine Haut gebohrt hatten. Er hatte keine Miene verzogen, als ich sie ihm wieder entfernt und er geblutet hatte. Alexander schien durch die Leiden seiner Kindheit so mürbe gemacht worden zu sein, dass seine Schmerzgrenze weit höher lag als die anderer. Auf seiner Seele war herumgetreten worden und nun konnte er ohne Machtgefälle, ohne sich in Demut zu üben, nicht mehr auskommen. Würde ich das ein Leben lang wollen? Ich seufzte.

Die Seevögel betteten sich in den senkrecht herabfallenden Felsen bereits zur Nachtruhe, ich konnte ihr Geschrei deutlich hören. Einer setzte sich sogar eine Weile zu mir und starrte mich neugierig an, bewegte den Kopf hin und her und beobachtete mich, bevor er wieder abzog. *Ich werde wohl niemandem zu Hause fehlen*, dachte ich betrübt, denn meine Eltern waren es gewohnt, dass es mich oft für Stunden nach draußen verschlug. *Alexander scheint auch nicht nach mir zu suchen. Vielleicht hat er beschlossen, nach unserem Streit nach London zu fahren, um wieder nach Venedig zu fliegen. Ohne sich von mir zu verabschieden. Vielleicht ist unsere Beziehung zu Ende.* Bevor ich weiter darüber nachdenken konnte, hörte ich plötzlich jemanden meinen Namen rufen.

»Ella?«, drang eine vertraute Stimme an mein Ohr. »Ella?« *Alexander*, durchfuhr es meine Gedanken und ich stand auf, sah nach oben. Er war hier. Er hatte nach mir gesucht und mich tatsächlich gefunden.

»Alexander«, rief ich und hoffte, das Meeresrauschen würde meine Stimme nicht übertönen und er mich hören. »Alexander«, schrie ich nochmals und versuchte, ihn oben ausfindig zu machen. Jetzt hörte ich ihn nicht mehr. Ich geriet in Panik. Versuchte mich mit allen Mitteln bemerkbar zu machen und begann sogar, kleine Steine nach oben zu werfen, wobei ich zugeben musste, dass dies nicht die beste Idee war, denn die meisten davon kamen postwendend wieder retour. Ich gab nicht auf. »Alexander«, brüllte ich verzweifelt.

»Ella?« *Gott sei Dank,* er war zurückgekehrt. Geröll kam von oben und drohte, mich halb zu erschlagen, er musste es losgetreten haben. Er war also ganz in meiner Nähe. »Ella?«, ertönte es nun laut.

»Alexander«, rief ich nach oben und versuchte, an dem Felsen hochzuklettern, was mir eindeutig misslang. Dann erblickte ich sein Gesicht.

»Ella! Gott sei Dank. Warte! Ich komme nach unten.« Ich war mehr als nur erleichtert und atmete gelöst aus. Für einen kurzen Moment war er außer Sichtweite, um bald wiederaufzutauchen. Mit einem Hammer, wusste der Teufel, woher er den hatte, schlug er einen Haken in den Felsen und befestigte zwei Seile daran. In Folge dessen ließ er beide zu mir nach unten gleiten und hievte sich an einem davon bis auf das Felsplateau. »Ella, was machst du denn für Sachen?«, stieß er bestürzt aus und strich über meine Wange, umarmte mich und wiegte mich sanft. Angesichts der Tatsache, dass er nach mir gesucht und mich auch gefunden hatte, begann ich zu schluchzen. »Ella, oh Gott, ich hätte dich niemals alleine lassen dürfen. Nicht weinen, mein Schatz, ich bin hier.« Seine Worte beruhigten mich. »Zeig her. Wie schwer bist du verletzt?«

»Ich glaube, nicht schlimm. Nur eine Wunde am Kopf«, entgegnete ich. Er begutachtete sie und zog die Luft zwischen seinen Zähnen ein.

»Das muss verarztet werden. Ich bin gleich wieder da, hole nur eben Verbandszeug aus dem Wagen.« Er kletterte an dem Seil nach oben und war in wenigen Minuten zurück. »Das wird ein wenig wehtun, also beiße die Zähne zusammen«, forderte er mich auf. Zunächst betupfte er meine Wunde mit einem Wattebausch, den er mit Desinfektionsmittel beträufelt hatte. Ich stöhnte. Mein Körper zitterte. Rasch zog er seine Jacke aus und hing sie über meine Schultern. Das würde mich für die nächste Zeit wärmen. Er machte seine Sache ziemlich gut.

»Wo hast du das gelernt?«, fragte ich verwundert, während er wieder und wieder die Stelle betupfte. Er seufzte.

»Halt still, bitte.« Ich stand mit dem Rücken zu ihm. Unmittelbar nach der Reinigung der Wunde legte er mir eine Kompresse an. Er schlang nun das eine Seil um meine Taille und band es geschickt um mich herum. Erstaunt sah ich ihm dabei zu, wie er das Tau in einer erheblichen Geschwindigkeit so verknotete, sodass ich sicheres Geleit nach oben haben würde. Meine Verwunderung dürfte ihm wohl nicht entgangen sein. Er lächelte. Dieses unsagbare charmante und verführerische Lächeln, das er sonst auch immer aufsetzte, wenn er mit mir Sex hatte. »Bondage, Principessa. Sollte ja auch etwas Gutes an sich haben, wenn man diese Praktik beherrscht, oder?« Unterdessen sah er mich tiefgründig an. So verknotet wie ich nun war, konnte ich mir kaum vorstellen, dass er mich jemals wieder davon losbekam, außer er führte dort oben im Wagen ein Messer mit sich.

Jetzt kletterte er geschickt an dem anderen Seil hinauf, nahm eine gesicherte Position ein, fasste nach dem Tau, an dem ich hing, und stemmte sein Bein gegen einen Felsen. »Alles okay bei dir? Kann's losgehen?«, fragte er von oben.

»Klar«, rief ich und hielt mich mit beiden Händen an dem Seil fest. Langsam begann er, mich hochzuziehen. Auf dem Weg nach oben, stieß ich mich so gut ich konnte an den steilen Felswänden ab. Sein selbst gebastelter Rettungsanker funktionierte großartig und ich erreichte das erste Plateau. Unmittelbar im Anschluss ging es weiter, bis zu der Ebene, von der ich zuerst herabgeklettert war. Alexander hievte mich nach oben und brachte mich sicher auf die Anhöhe. Danach zog er das Seil aus der Führungsschiene, mit ein paar Handgriffen war ich davon befreit und er ließ es auf den Boden fallen, bevor er mich in den Arm nahm und küsste. Seine Küsse schmeckten so gut und er musterte mich.

»Es tut mir so leid, Ella, bitte verzeih mir!«, flehte er mich an und hielt mich noch immer fest. Ich schüttelte den Kopf und meine Wunde tat gar nicht mehr weh, wie ich feststellte. Sicher war es nur ein Kratzer.

»Mir tut es leid. Ich habe mich wie ein aufgescheuchtes Huhn verhalten«, sagte ich und sah in sein ernstes Gesicht. Nochmals küsste er mich, diesmal noch viel stürmischer als zuvor. Mir war kalt und ich zitterte. *Vielleicht ist das noch die Aufregung?* Er löste sich aus der Umarmung und legte das Seil fachmännisch zusammen.

»Komm, lass uns gehen«, meinte er und hob den Verbandskasten sowie das Tau auf. Ich verschränkte meine Finger mit seinen. Wir gingen zum Wagen, er ließ mich einsteigen und verstaute die Hilfsmittel im hinteren Teil des Autos, bevor er selbst auf der Fahrerseite Platz nahm. Er musterte mich. Lange. Sehr lange. Ich starrte ihn ebenfalls an.

»Wie hast du mich gefunden?«, brachte ich nur stotternd hervor.

»Nachdem du nicht wieder nach Hause gekommen bist, habe ich mir Sorgen gemacht und bin losgegangen. Es war eher Zufall, dass ich dich gefunden habe.« Ich senkte meinen Blick, nur ungern wollte ich auf die Szene an der Küstenstraße erinnert werden.

»Es tut mir leid. Ich meine unseren Streit. Ich wollte es nicht soweit kommen lassen.« Er hob mein Kinn an.

»Mir tut es leid! Ich habe mich wie ein Vollidiot benommen. Ich müsste doch eigentlich am besten wissen, dass du an keinem anderen interessiert bist.« Er legte seine Stirn in Falten, die Innenseite seiner Augenbrauen krümmte sich leicht nach oben. »Lass uns nie wieder streiten, Ella.« Entschieden schüttelte ich den Kopf. Wir fuhren ein Stück, bis er erneut links ranfuhr. »Lass mich noch mal nach deiner Wunde sehen.« Er öffnete den Verband.

»Ich empfinde fast keinen Schmerz mehr«, entgegnete ich.

»Sie blutet auch nicht mehr. Es sah schlimmer aus, als es ist. Du hattest verdammt viel Glück.«

»Kann ich dieses Ding nicht einfach abnehmen? So kann ich wohl kaum meinen Eltern unter die Nase treten. Sie würden nur blöde Fragen stellen.« Er nahm die Verletzung abermals in Augenschein und entfernte dann den Verband. Er sah mich ernst an.

»Können wir zu dem Leuchtturm gehen, ich habe gesehen, dass er nicht bewohnt ist.« Verwundert blickte ich ihn ob des Themenwechsels an.

»Was willst du denn dort?«, fragte ich ihn. Sein Blick war unergründlich.

»Das werde ich dir dann dort erklären«, hüllte er sich wieder einmal in ein Geheimnis, fasste nach seiner Tasche und stieg aus. In null Komma nichts war er bei mir angelangt und hielt mir die Wagentür auf. Mit einem charmanten Lächeln reichte er mir die Hand und ich ergriff sie.

An der nördlichen Seite der Küste führte der Weg durch einen windgeschützten Trog. Rechts zweigte die Route zum Querpfad ab, der uns direkt zum Leuchtturm bringen würde, den ich zu Beginn meines Spaziergangs eigentlich angestrebt hatte. Von hier oben aus hatte man tagsüber eine grandiose Aussicht auf die Klippen. Links vom Querweg mussten wir über eine Wiese laufen. Der Leuchtturm war schon längst nicht mehr im Betrieb. Man hatte an einer besseren Stelle einen neuen gebaut. Wir wanderten den engen, schlecht erkennbaren und bereits durch die Jahre verwachsenen Trail entlang, bis wir an der Treppe des Leuchtturms ankamen. Der Hubschrauberlandeplatz war von Moosen und Flechten überzogen und schon gar nicht mehr erkennbar.

Unverhofft nahm er mich auf den Arm, um mich die Treppe hochzutragen. Vor dem Eingang stellte er mich wieder auf den Boden. Natürlich war die Tür abgeschlossen, doch für Alexander sollte das kein Problem darstellen. Bereits davor, als er mich gerettet hatte, hatte ohne jeden Zweifel festgestanden, dass er sein Equipment, das er für seine Praktiken benötigte, immer dabeihatte. Mit einer Zange, die er aus seiner Tasche holte, brach er das Vorhängeschloss auf, schob die Einhängevorrichtung heraus und öffnete langsam die Tür. Sie knarrte verdächtig, sicher war hier seit Jahren kein Mensch mehr in die Räumlichkeiten vorgedrungen. Ich war schon seit einer halben Ewigkeit nicht mehr in diesem Leuchtturm gewesen. Als ich ihn das letzte Mal besucht hatte, war ich noch zur Highschool gegangen. Wir hatten einen Ausflug hierher unternommen, als er noch aktiv gewesen war.

Alexander sah sich um, dann kramte er nach einer Kerze sowie einem Feuerzeug und zündete sie an. Unterhalb des Fensters stellte er sie auf und der Raum wurde dadurch notdürftig beleuchtet. Danach verriegelte er die Tür, indem er einen Stock, den man früher zum Öffnen der Fenster benutzt hatte, unter die Klinke klemmte. Neugierig beobachtete ich jeden seiner Handgriffe. *Was hat er vor?* Während er die Barrikade auf ihre Tauglichkeit überprüfte, musterte er mich erwartungsvoll.

»Hast du noch Schmerzen?«, wollte er von mir wissen. Ich schüttelte den Kopf.

»Nein. Dank deiner ärztlichen Versorgung«, lächelte ich ihn ehrlich an. Meine Aussage erhellte seine Miene. Er wirkte gelöster und entspannter als zuvor, während wir hierhergelaufen waren. »Was hast du vor?«, fragte ich gespannt. Irgendwie hatte ich das Gefühl, dass es doch um eine seiner speziellen Vorlieben ging, nur inwiefern ich dabei eine Rolle spielen sollte, wusste ich zu diesem Zeitpunkt noch nicht.

»Es ist eine bestimmte Übung.« Mehr verriet er mir jedoch nicht, sondern begann, mehrere Werkzeuge auszupacken. An einer Holzverstrebung an der Wand, die mich an ein X erinnerte, schlug er oben und unten jeweils links und rechts einen Haken ein. Wozu der dienen sollte, würde ich sicher später erfahren. Jetzt erst konnte ich mir erklären, warum er so schnell einen Hammer zur Hand gehabt hatte. »Ella, bitte setze dich. Du musst dich ausruhen, bevor wir beginnen«, lächelte er mich fürsorglich an und drückte mir ein zusammengefaltetes Blatt Papier in die Hand. Ich nahm auf einem Stuhl in der Ecke Platz und faltete das Papier auseinander. »Aus meinem Strafbuch«, ergänzte er. »Bereite dich bitte darauf vor, es bei mir anzuwenden.« Augenblicklich konnte ich ihm nicht folgen. Ich begann, zu lesen. In fein säuberlichen Lettern stand geschrieben: *Konsequenzen für schwere Vergehen: Fünfundzwanzig Hiebe mit dem Rohrstock, der Gerte oder dem Lederriemen. Danach Beträufeln der Striemen mit heißem Kerzenwachs. In weiterer Folge Abschlagen des Wachses.*

Bei dem Gedanken erschauderte ich. *Was hat das zu bedeuten? Ist das eine To-do-Liste für harte, konsequente Bestrafung? Eine Züchtigung nach englischen Erziehungsmethoden? So wie sie sein Vater bei ihm angewendet hat, als er noch ein Kind war?* Ich konnte es nicht fassen. Ich ließ meine Hand, in der ich die Bestrafungsmaßnahmen hielt, sinken und starrte vorerst ins Leere. Alexander ließ sich davon nicht weiter beirren und setzte die Vorbereitungen fort, sprach jedoch kein Wort.

Später beobachtete ich sein sorgfältiges Handeln, ich war noch immer außer mir. Mein Herz begann unwillkürlich zu rasen. Bei dem Gedanken fröstelte es mich.

»Willst du mir nicht erklären, was du hier machst?«, fragte ich fieberhafter. Alexander lächelte wie ein schuldloses Kind und deutete an, ich sollte Geduld haben.

»Sobald ich fertig bin, erkläre ich dir alles ganz genau.« Nun holte er zwei Manschetten aus schwarzem Leder hervor, beide waren mit einer Schnalle verstellbar, und befestigte sie mit jeweils einem Karabiner an den oberen Enden des Holzbalkens, wo er vorher schon die Haken eingeschlagen hatte. Nochmals fasste er in seine Tasche und holte abermals zwei Ledermanschetten heraus, die allerdings größer als die anderen waren. Außerdem waren sie mit einer Kette verbunden. Beide Manschetten befestigte er an den unteren Holzbalken. Zwischendurch beobachtete er mein Verhalten. Ich saß weiterhin ruhig auf dem Stuhl, las erneut die Zeilen, die auf dem Papier standen, und verfolgte jede seiner Bewegungen. Nun legte er fünf Dinge auf den Tisch: einen Singletail, einen Flogger, eine Wachskerze, ein Fläschchen Gleitgel und etwas, das ich noch nicht kannte. Es war ein Metallring mit einem ungefähr drei Zentimeter langen Stift daran. Wofür man dieses Ding verwendete, war mir nicht klar. *Vielleicht als Plug?*

Alexander stellte die Tasche zur Seite und zündete noch weitere Kerzen an, um sie im Raum zu verteilen. Anschließend begann er, sein schwarzes Hemd aufzuknöpfen. Sein überaus athletischer Oberkörper brachte mein Herz zum Rasen und ließ mich kurzfristig vergessen, welche Wünsche er an mich gestellt hatte. Alexander verzog keine Miene und ließ mich nicht aus den Augen. Ich konnte von Glück sprechen, dass ich mich seit dem Absturz wieder erholt hatte, denn offensichtlich war ich auf dem Holzweg, wenn ich annahm, dass es heute keine Session geben würde. Achtlos warf er das Hemd zu Boden. Nun öffnete er den Reißverschluss seiner Hose. *So schnell geht er sonst nie zur Sache.* Währenddessen beschleunigte sich mein Atem. Er ließ die Hose langsam zu Boden gleiten. Schon stand er in schwarzen Hotpants vor mir. Dieser Anblick steigerte meine Erregung spürbar. Ich schluckte.

Kaum dass er sich mir genähert hatte, fasste er nach meinen beiden Händen, um mich vom Stuhl, auf dem ich noch immer gesessen hatte, hochzuziehen. Sachte streifte er mir das Cape von den Schultern und hing es vor das einzige Fenster, das in diesem Raum vorhanden war. Er wollte wohl verhindern, dass uns jemand beobachtete. Obwohl, wenn ich es mir recht überlegte, würde sich um diese Zeit bestimmt niemand die Mühe machen, einen alten Leuchtturm zu besuchen.

Ich stand mit dem Rücken zu ihm und seine Arme umschlangen meine Taille. Behutsam begannen seine sanften Lippen meinen Hals zu küssen. Entspannt ließ ich den Kopf an seine Schulter sinken. Er knabberte an meinem Hals, zuerst zärtlich, dann fühlbar stärker. Die Intensität würde aber diesmal keine Spuren hinterlassen, dafür schien er zu sorgen.

Während seine Zunge abermals zärtlich über meinen Hals strich, öffnete er den Zip meines ockerfarbenen Kleides und ließ es über meine Schultern gleiten. Es fiel zu Boden und ich machte einen Schritt zur Seite.

»Oh, Ella«, stöhnte er. »Du bist so wunderschön und begehrenswert.« Seine Worte hinterließen einen wohligen Schauer, während er mich aufforderte, meine Arme hochzuheben. Mit einem Mal zog er mir mein grünes T-Shirt über den Kopf. Ich wandte mich um. Bis auf meine halterlosen Strümpfe und die schwarzen Schnürschuhe stand ich nur mehr im schwarzen Spitzen-Stringtanga vor ihm. Bedächtig strichen seine zarten Hände über meine Arme, während er weiterhin meinen Hals und mein Dekolleté liebkoste. »Weiteres Neuland, Miss Cooper. Wir arbeiten uns einen Level nach oben und nehmen heute einen Singletail.« Er zeigte auf die einschwänzige Peitsche auf dem Tisch. »Ich werde nur sprechen, wenn du es für notwendig erachtest«, flüsterte er mir ins Ohr und führte mich an die Holzbalken heran.

Ein Wechselbad der Gefühle zwischen Lust und Schmerz begann. Alle dafür notwendigen Utensilien warteten nur darauf, verwendet zu werden. Die präzise Anweisung, wie ich vorzugehen hatte, lag auf der Hand. Mit gespreizten Beinen stellte er sich mit dem Rücken zu mir an die Balken. Längst war mir klar, was er mir abverlangte. In Demut senkte er seinen Blick und würde nur mehr zu mir sprechen, wenn ich ihm die Erlaubnis dazu erteilen würde. Ich ging in die Hocke. Bestimmt beobachtete er mich. Ich sah zu ihm hoch. Sofort wandte er den Blick ab. Er war begierig, zu erfahren, wie ich vorgehen würde, dessen war ich mir sicher. Ich legte ihm die Fesseln an, überprüfte, ob sie auch richtig saßen und spannte die Kette, die die beiden Manschetten miteinander verband, indem ich seine Beine weiter nach außen drückte. Er hatte nun einen angemessenen Abstand zum Balken. Seine Arme wanderten gehorsam nach oben und hielten sich am oberen Ende des Holzes fest. Ich richtete mich auf und schnallte zunächst die linke Hand fest, um in weiterer Folge die andere festzubinden.

Es war still hier im Leuchtturm, nur das Festziehen der Schnallen war zu hören. Ich war so sehr damit beschäftigt, alles richtig zu machen, dass ich gar nicht mehr daran dachte, was uns im nächsten Moment erwarten würde. Die Peitsche sollte in ihm ein Feuer des Schmerzes erzeugen. In Erwartung, was nun passieren würde, zerrte er an dem oberen Holzbalken.

»Steh still, Alexander«, herrschte ich ihn an, dabei klang meine Stimme ziemlich befremdlich. Jetzt nahm ich den Singletail vom Tisch. Alexander stöhnte. Ich wusste nicht, ob es die Erregung oder die Furcht vor dem Gerät war. Selbstbewusst hielt ich die Peitsche in die Hand und schlüpfte in die dafür vorgesehene Schlaufe. Der Griff war aus Leder und lag gut in der Hand. Ein Werkzeug der besonders harten Klasse. Es war ein Vierkantgummi, bestimmt ganz und gar nicht für Einsteiger gedacht, aber sicher sehr fein in seiner Wirkung. Wohl das härteste Spielzeug, dessen Schlagkraft beträchtlich sein würde. Zweifelsfrei war die Schmerzintensität damit viel schwerer zu kontrollieren. Die Striemen, die sich nach Gebrauch dieser Peitsche abzeichnen würden, sollten wohl für einige Wochen ein buntes Muster auf jedem Rücken hinterlassen. Ich erschauderte. *Dann zeig mal, was du draufhast, Principessa,* forderte ich mich selbst im Gedanken auf, das Ding zu benutzen. Zunächst zögerte ich. Es lag mir fern, ihn mit so einem enorm harten Toy zu schlagen. So etwas hatten wir noch nie in Verwendung gehabt. Aber er wollte es, sonst hätte er es nicht mitgebracht.

»Willst du die Peitsche spüren, Alexander? Heiß und archaisch?«, fragte ich und meine Stimme klang immer noch fremd.

»Ich bin bereit. Ich habe eine Bestrafung verdient, Miss Cooper«, entgegnete er unterwürfig. *Eine Bestrafung? So wie es die Züchtigungsmaßnahmen aus seinem Strafbuch besagten? Wofür eigentlich? Er hat mich gerettet. Warum soll ich ihn dafür bestrafen wollen?* Ich selbst hatte die Entscheidung getroffen, die Klippen hinunterzuklettern, und mich damit in Gefahr gebracht. Er hatte also keine Schuld. Gut, er hatte mich vor meiner Familie bloßgestellt, aber das war noch lange kein Grund, ihn nun so hart bestrafen zu müssen. Ich bereute alles, was ich an der Stelle, als wir uns getrennt hatten, weil ich so wütend gewesen war, zu ihm gesagt hatte. Wieder kam ich mit mir in einen Gewissenskonflikt. Bisher hatte ich ihn nur mit wohl dosierten Schlägen verwöhnt und dies hatte ausschließlich seinem Erregungszustand gedient. Im Gedanken spielte ich alle Möglichkeiten durch, um eine Erklärung zu finden, warum ich dieses grässliche Schlaginstrument nicht im vollem Ausmaß benutzen wollte. Alexander hing geduldig an den Balken und wartete. Er seufzte. Sein Feingefühl hatte meine Zweifel aufgestöbert. »Ella«, flüsterte er. Ich ließ ihn gewähren. Vielleicht würde er es sich doch noch überlegen und wir könnten die Session abbrechen. »Ich verdiene es.« Er senkte seinen Blick. »Ich habe etwas Unverzeihliches in meinem Leben getan.« Alexander verstummte.

»Was meinst du damit?«, fragte ich verstört.

»Ich hätte mich von dir fernhalten müssen, Ella.« Er wandte seinen Kopf in meine Richtung und sah mich mit seinen eisblauen Augen an. Sein schmerzverzerrter Gesichtsausdruck tat mir weh. Er wollte für etwas bestraft werden, weil er glaubte, es verdient zu haben. Seine Reaktion war für mich unbegreiflich. Ich starrte ihn an. *Warum sagt er solche Dinge zu mir?* Zum gegenwärtigen Zeitpunkt hätte ich mir ein Leben ohne ihn nicht mehr vorstellen können und das musste er doch wissen.

Er wandte seinen Blick wieder ab. »Ich hätte dich niemals anfassen dürfen, Ella. Und jetzt«, für einen Moment hielt er inne, »weiß ich nicht mehr, wie ich von dir loskommen soll. Ich habe dich in eine Form gepresst. Habe dich in tiefe Abgründe hinabgerissen. Ich habe dich meinem …« Er verstummte. Wenig später stellte er sich nochmals in Pose und fuhr fort. »Lady Cooper, ich bitte darum, bestraft zu werden, ich bitte darum, geschlagen zu werden.« Ich seufzte tief.

Egal, was ich an dieser Stelle gesagt hätte, ich hätte ihn nicht umstimmen können. Er war von seinem Vorhaben nicht abzubringen. Ich atmete tief ein, holte aus und hoffte, dass ihn die Peitsche nicht viel härter traf als die Male davor, als sie ihm pure Sinnlichkeit gebracht hatten. Ich ließ die Peitschenschnur über seinen Rücken fegen, sodass sich die Lederquaste in seinen Körper meißelte. Alexander stöhnte auf.

»Ja«, keuchte er. Diesmal schien sich der Lustschmerz vom echten Schmerz abzuheben. Doch Alexander ließ sich nicht beirren. Vergebens wartete ich auf das Safeword. Immer wieder holte ich aus und versetzte ihm die Schläge, die er von mir erwartete. Bevor ich zuschlug, bremste ich jedoch. Ich hatte nie vor, ihn den Hintern derartig zu versohlen oder auf seinen Rücken so sehr einzuschlagen, dass darauf blutige Striemen entstehen würden. »Ella, ich bitte dich darum, fester zuzuschlagen!«

Wieder ließ ich die Peitsche über seinen Körper fegen, diesmal auf seinen Po und mit mehr Kraft, sodass der Luftwiderstand ordentlich zu hören und auch sicher zu spüren war. Er stöhnte auf. Der Singletail sauste abermals auf seinen Rücken nieder. Heute wollte er den Schmerz scheinbar richtig spüren. Es musste wohl ein brennender gewesen sein. Mit Bestimmtheit ein heißer. Heftig und intensiv, aber er wollte es so. Er atmete schwer. Die Peitschenschnur meißelte sich noch insgesamt ein

Dutzend Mal in seinen formschönen Rücken. Dann beschloss ich, dass es genug war. Widererwartend wirkte sein Blick gelöst und ich hatte das Gefühl, dass er erregt war. Er wandte seinen Kopf erneut in meine Richtung.

»Danke, Ella.« Die Strafe durfte somit ihr Ende gefunden haben. Er stierte zum Tisch, auf dem sich der Plug befand. Ich ließ den Singletail an der Schlaufe an meiner Hand hängen und griff nach dem Werkzeug, von dem ich mir mittlerweile ein Bild hatte machen können, wofür es verwendet werden würde. In Anbetracht der beißenden Peitsche war er aufs Höchste erregt, seine Augen wirkten glasig. »Ella.« Er schluckte. »Bitte nimm nun den Stift und führe ihn langsam in meinen Penis ein.« Ich riss die Augen auf und glaubte nicht, was ich hier hörte. Er nickte. »Bitte«, flehte er. Alexander öffnete seine Lippen und bettelte um einen Kuss. Die neuen Umstände brachten mich völlig aus dem Konzept, sodass ich beinahe vergessen hätte, ihn emotional aufzufangen. Ich umschlang seinen Hals, während die Peitsche wie ein Damoklesschwert über seinem Rücken baumelte, und er schob seine Zunge, die gierig darauf wartete, meine zu berühren, in meinen Mund. Entflammt und stürmischer als sonst, stieß seine Zunge gegen meine. Dabei keuchte er sehnsüchtig. Sein Penis erigierte. »Bitte, Ella«, stöhnte er und mir war, als würde er die Intensität seiner Erregung kaum mehr aushalten können. »Bevor es zu spät ist«, forderte er mich nochmals auf, ihm den Plug einzuführen. Ich hatte so etwas vorher noch nie getan und wollte ihn auf keinen Fall dabei verletzen. »Du schaffst das.« Er leckte sich seine Lippen und drückte mir noch mal einen leidenschaftlichen Kuss auf den Mund, während ich ihm seine Hotpants herunterzog.

Langsam und behutsam streifte ich den Ring über seine Eichel und sah zu ihm hoch, um seine stille Erlaubnis einzuholen, dass ich das Ding auch richtig angelegt hatte. Er nickte gierig und starrte mit geöffneten Mund auf seinen Penis. Ich strich über die purpurrote Eichel und er stöhnte abermals, zog an den Manschetten. Mithilfe von Gleitgel, das ich ebenfalls vom Tisch holte, führte ich den Plug vorsichtig in seine Harnröhre ein. Ich war stolz auf mich, denn er glitt ohne Widerstand hinein. Alexander warf den Kopf in den Nacken und keuchte lustvoll dabei.

»Oh, Ella, du bist fantastisch. Zuerst die Bestrafung und jetzt die Belohnung.« Der Ring umschloss seine Eichel und schien fest zu sitzen. Alexander zitterte vor Erregung und starrte mich an. »Weißt du, dass man mit dem Plug auch vögeln kann?« Der Gedanke alleine durfte ihn schon in Ekstase versetzt haben. Eine Antwort ersparte ich mir, denn kurzfristig driftete er ab. Er stöhnte und sein heißer Atem drang an mein Ohr. Als er langsam von seinem Trip herunterkam, fuhr es mir wie ein Hammerschlag ein. Eine Bestrafung war noch auszuführen. Das Kerzenwachs. Ohne diesmal auf seine Anweisung zu warten, nahm ich die dafür vorgesehene Kerze und zündete sie an. Er stellte sich wieder in Pose und schloss die Augen. Sein Rücken wies deutliche Striemen auf, teilweise bluteten sie. Ich küsste ihn. Erneut fiel mir die kreisförmige Vernarbung auf seinem rechten Schulterblatt auf. Der Anblick der blutigen Vertiefungen schmerzte mich. Noch etwas unbeholfen hielt ich die Kerze leicht gebeugt und kreisend über ihn. Wie hypnotisiert starrte ich auf seine Haut und betrachtete die Wunden. Der erste Tropfen des Kerzenwachses löste sich und traf eine blutende Stelle. Der Kontakt musste sich wie ein Stich angefühlt haben. Kurz war er zusammengezuckt. Nun hielt ich die Kerze so, dass das Wachs auf seinen Rücken tropfen konnte. Es bahnte sich seinen Weg, bis es seine Gesäßfalte erreicht hatte. Es folgten weitere Tropfen. Diese wiederum wurden eins mit seinen blutverschmierten Striemen, kerbten sich richtiggehend ein. Doch er blieb ganz still, während sich das Wachs wie eine zweite Haut über seinen Rücken modellierte. Er wandte seinen Kopf in meine Richtung und keuchte. Sein Atem wurde hörbar lauter, er kämpfte sichtlich mit dem Gefühl, das ihm der Plug verursachte.

Das Kerzenwachs erkaltete rascher auf seinem Körper, als ich gedacht hatte. Zärtlich strich ich über seinen gemarterten Rücken, küsste ihn. Die Stellen, wo Kerzenwachs klebte, fühlten sich wie ein einziger Panzer an. Ich pustete die Kerze aus und stellte sie auf dem Tisch ab. So wie es in seiner Wunschliste angegeben war, begann ich, das Wachs mit einem Flogger abzuschlagen. Er wand sich wie eine Cobra, die jeden Moment zubeißen würde. Ich war überzeugt, dass er den Schmerz längst nicht mehr registrierte. Erneut war der Luftwiderstand deutlich zu hören. Das Kerzenwachs ließ sich nicht überall abschlagen, denn die Striemen, die die Peitsche hinterlassen hatte, waren noch immer von Blut benetzt und ich hatte nicht vor, ihn noch mehr zu schinden. Diese Art der Bestrafung widerstrebte mir. Einige Male schmetterte ich den Flogger noch über seinen Rücken und seinen Po, sodass es laut pfiff. Er atmete schwer, seine Beine zitterten, sein ganzer Körper bebte. Ich wartete ab.

»Grün, Ella.« Ich konnte es nicht glauben. Ein letztes Mal küsste der Flogger Alexanders Rücken, seine Hände drohten den Balken samt der Fesseln herunterzureißen und trotzdem ertrug er dies alles scheinbar mit Stolz, ohne auch nur einen Laut von sich zu geben. Seine Muskeln waren höchst angespannt. *Was hat er nur für einen formschönen Körper.* Ergeben lächelte er mich an. Sein Gesicht machte einen gelösten und befreiten Eindruck. Das würde ich wohl nie verstehen. Es war eine bizarre Sucht. Und ich war mir nicht sicher, ob ich das auf Dauer aushalten würde. Ihn so sehr zu schlagen, dass er davon blutige Striemen bekam, das wollte ich im eigentlichen Sinne nicht erbringen. Auch wenn es mir scheinbar selbst keinen Schmerz zufügte, lag es mir mehr als fern, jemanden dermaßen körperlich zu maßregeln. Das hatte nichts mehr mit den wohldosierten Schlägen zu tun, die ich ihm zufügte, um ihn in Ekstase zu versetzen. Diese Art demütigte ihn, für meine Verhältnisse, zu sehr und mich letztendlich auch.

Mechanisch band ich ihn los. Der gefesselte Anblick von ihm widerstrebte mir im Augenblick. Ich hob sein Kinn an und machte ihm damit klar, dass die Bestrafung ein Ende hatte. Alexander bemerkte meine Fassungslosigkeit und langte mit einer Hand nach meinem Gesicht. Mit dem anderen Arm umschlang er meine Taille und zog mich nahe an seinen Körper. Seine Hand zitterte vor Erregung. Diesen Umstand verursachte der Plug.

»Mach dir keine Sorgen um mich. Du bist großartig, Ella. Ich danke dir, meine Femdom«, keuchte er. Sein Körper bebte noch immer, trotzdem wirkte er sehr diszipliniert. »Ich habe mich noch nie in einer Beziehung so wohl gefühlt wie jetzt.« Mit einer Hand fasste ich nach dem Plug, zog ihn vorsichtig heraus und schleuderte ihn auf den Tisch. Dabei ejakulierte er und sein bestes Stück pumpte alles bisher Aufgestaute aus ihm heraus. Er stöhnte und küsste meinen Hals wie von Sinnen. Abermals schlang ich die Arme um ihn. Unmittelbar darauf fasste er nach meinem Gesicht und seine Zunge drängte sich ungezügelter denn je in meinen Mund. In dieser Sekunde wünschte ich, ich hätte ihn in mir spüren können. Ich krallte meine langen Fingernägel in seine Haut. *Nur alleine dieser Kuss könnte mich schon zum heiß ersehnten Orgasmus bringen.* Sein Feingefühl spürte meinen inneren Aufruhr sofort auf. »Nicht heute«, hauchte er mir ins Ohr und blockte raffiniert ab. Er keuchte und seine Küsse waren voller Leidenschaft. Ich presste meinen Oberkörper gegen seine muskulöse Brust und hoffte, ihn damit überreden zu können. Beinahe wäre mir das auch gelungen, wenn nicht Alexanders Disziplin im Weg gestanden hätte. Er beendete sein Vorhaben.

Vollkommen über alle Dinge erhaben und als wäre nichts gewesen, zog Alexander seine Hotpants hoch und streifte sein schwarzes Hemd über. Rasch schlüpfte er in seine Hose, während ich noch nicht mal mein T-Shirt übergezogen hatte. Fein säuberlich verpackte er die Ledermanschetten, die er bereits heruntergenommen hatte, entfernte alle Haken und Ösen, die er an den Balken angebracht hatte, und steckte auch den Singletail, die Wachskerze, das Fläschchen Gleitgel, den Flogger und den Plug in seine Tasche. Letzteres reinigte er vorher noch mit einem Desinfektionsmittel, das er herausgenommen hatte, und legte es in einen kleinen schwarzen Beutel, den er zusammen mit dem Fläschchen ebenfalls wieder in die Tasche schob. Inzwischen zog ich mein ockerfarbenes Kleid über und positionierte mich so vor ihm, dass er nicht anders konnte, als mir den Reißverschluss hochzuziehen.

»Die andere Richtung würde mir bedeutend besser gefallen«, scherzte er charmant und zog ihn bis zum Anschlag hoch. Unverfroren lächelte ich ihm ins Gesicht. Mittlerweile war auch er wieder komplett angezogen und reichte mir mein Tweedcape. Der Schal sah widerlich aus, da er noch von meiner Verletzung mit Blut bekleckert war. »Hast du Schmerzen?«, fragte er einfühlsam. Meine Wunde war gegen das, was er gerade ausgehalten hatte, ein Klacks. Entschieden schüttelte ich den Kopf.

»Nein.«

»Du bist ganz schön hart im Nehmen«, stellte er bewundernd fest, entfernte den Stock, blies die Kerzen aus und öffnete die Tür des Leuchtturms. Ich stieß einen zynischen Laut aus. Er reagierte aber nicht darauf. Für ihn galt die Sache als abgeschlossen. In der einen Hand trug er die Tasche, mit der anderen ergriff er meine Finger. Wir stiegen die Treppe hinunter und nahmen wieder den Pfad, der uns auf die Wiese zurückbrachte. Danach zweigten wir links ab, um den Weg zu meinem Wagen zu nehmen. Alexander betätigte die Fernbedienung und öffnete die Beifahrertür. Während ich einstieg, stellte er die Tasche auf die Rückbank. Rasch bewegte er sich um das Auto herum und nahm auf dem Fahrersitz Platz. Er startete und fuhr los. Seine Hand fasste nach meiner. »Ich bin wirklich froh, dass dir nichts geschehen ist«, flüsterte er und sah mich dabei ernst an.

Den Rest der Fahrt schwiegen wir. Niemand sagte auch nur ein Wort über die Session im Leuchtturm, obwohl ich sehr gerne mit ihm darüber gesprochen hätte. Diese harte Gangart würde ich wohl nicht so leicht verkraften. Es dauerte nicht lange, da kamen wir auch schon bei meinen Eltern an. Er fuhr links ran und hielt an. Bevor er aussteigen konnte, hielt ich ihn zurück.

»Alexander, kein Wort zu meinen Eltern wegen dem Unfall.«

»Okay.«

»Sie würden sich nur unnötig Sorgen um mich machen und das möchte ich vermeiden«, versuchte ich, ihm meinen Standpunkt zu erklären.

»Ich verstehe. Von mir erfahren sie nichts.« Erleichtert nickte ich und setzte die Kapuze auf, danach stieg ich aus. Bevor wir das Gartentor erreichten, nahm er meinen integrierten Schal und steckte ihn sorgfältig in die Innenseite meines Kurzmantels. »Sie sollten die Blutflecke nicht sehen, sonst werden sie dir unangenehme Fragen stellen«, meinte er aufmerksam. Ich tat, was er sagte. Er zog seine Jacke über und den Reißverschluss hoch. *Geheimnisse vor anderen zu verbergen, wird wohl in Zukunft unserer Spezialität sein.*

Alexander betätigte die Fernbedienung und sperrte somit den Wagen ab, was wir während meiner Kindheit nie getan hatten. »Es gibt immer wieder sehr neugierige Leute, die es nicht lassen können, in der Privatsphäre anderer herumzuschnüffeln.« Da musste ich ihm allerdings recht geben. Er öffnete die Gartentür und ließ mich vorgehen. Gemeinsam betraten wir das Haus meiner Eltern. Sie saßen im Wohnzimmer. Mum strickte an irgendeinem Pullover und Dad las den *Irish Independent.* Überrascht sah er hoch.

»Haben Sie unsere Elli also letztendlich doch gefunden«, machte er eine zufriedene Andeutung und legte die Zeitung zur Seite.

»Ja, wir trafen uns bei den Klippen«, entgegnete Alexander gelassen. Er nickte wohlwollend.

»Unsere Elli ist und bleibt eben ein Naturmädchen. Die Klippen kennt sie wie ihre eigene Westentasche«, war er überzeugt, es könnte mir nie etwas passieren. Verstohlen sah ich Alexander von der Seite her an, er erwiderte meinen Blick sofort.

»Oh ja, das kann man wohl sagen«, lächelte er meinen Vater an und hielt meinen kleinen Unfall geheim.

»Ich bin müde«, entschuldigte ich mich.

»Dann schlage ich vor, dass wir hochgehen«, ergänzte Alexander meinen Satz. Vater lachte herzhaft.

»Das verstehe ich. Die raue Luft hier draußen raubt jedem Stadtmenschen die letzte Kraft.« Meine Mum sah von ihrer Strickarbeit auf.

»Wenn ihr noch etwas zu essen wollt, die Fischsuppe müsste noch warm sein. Dein Dad hat das Prachtstück heute Morgen aus dem Meer geangelt«, erwähnte sie so nebenbei.

»Danke, Mum, aber jetzt muss ich unter die Dusche«,

besänftigte ich sie und hoffte, ihre Kochkünste damit nicht beleidigt zu haben. Sie lächelte mir liebevoll entgegen.

»Übrigens, der sollte morgen für dich fertig sein.« Sie hob den Schafwollpullover hoch. »Grün, deine Lieblingsfarbe«, bemerkte sie gefühlvoll.

»Danke, Mum, das bedeutet mir sehr viel.« Meine Mutter strickte ständig irgendwelche Kleidungsstücke für mich. Ich trat zu ihr hinüber, drückte ihr einen Kuss auf die Wange und ging anschließend die Treppe hoch. Alexander verabschiedete sich.

»Wünsche allseits eine gute Nacht.«

»Wünschen wir euch auch«, rief uns Mum hinterher. Am Treppenabsatz drehte ich mich noch einmal um.

»Ist Jayson zu seiner Familie gefahren?«, fragte ich interessiert. Dad, der sich inzwischen wieder seiner Zeitung zugewandt hatte, sah wieder auf.

»Ja, er fuhr weiter nach Cork zu seinen Eltern.«

»Vielleicht magst du sie ja mal besuchen, wenn du wiederkommst. Sie würden sich bestimmt freuen«, warf meine Mutter beiläufig ein.

»Mal sehen. Gute Nacht.« Beschwingt lief ich die Treppe hoch. Jayson würde nicht mehr zurückkommen, wenn er einmal nach Cork gefahren war. Das war auch besser so, denn Alexander und er konnten sich sowieso nicht ausstehen. Oben angekommen, verschwanden wir in Alexanders Zimmer.

»Sperr bitte die Tür in deinem Zimmer ab und lass die Verbindungstür offen, sollte jemand bei dir klopfen, dass wir es auch hören«, meinte er. Ich verriegelte die Tür und Alexander tat das Gleiche in seinem Zimmer. Er wirkte entspannt. Sicher spielte der Umstand eine Rolle, dass er Jayson nicht mehr begegnen musste. Er nahm mich in den Arm. »Darf ich dir ein Bad einlassen?«, fragte er zärtlich.

»Wenn du mitkommst?«

»Was für eine Frage, Principessa!« Er hielt mich im Arm und küsste mich. Danach ging er ins Bad. Bald darauf hörte ich schon das Wasser plätschern. »Übrigens«, rief er. »Weder dein Jayson noch deine Eltern haben sich Sorgen gemacht, wo du so lange bleibst.« Er lehnte nun im Türrahmen, verschränkte seine Arme und betrachtete mich.

»Haben sie das nicht?«, fragte ich und war mit meinen Gedanken schon längst woanders.

»Nein, haben sie in der Tat nicht! Sie sagten, du wärst immer so lange auf den Klippen unterwegs. Und dein Jayson meinte, es wäre völliger Quatsch, sich um dich zu sorgen.« Ich setzte einen ironischen Blick auf.

»Er ist nicht *mein* Jayson«, zog ich klare Fronten. Alexander ging nicht näher darauf ein, sondern fasste nach meiner Hand.

»Als ich im Wohnzimmer saß und über unseren Streit nachdachte, hatte ich auf einmal so ein mulmiges Gefühl«, gestand er mir.

»Hattest du das?«, fragte ich gedankenverloren.

»Ja. Kennst du das, wenn man das Gefühl hat, irgendetwas stimmt mit seinem Partner nicht?« Ich schluckte.

»Angeblich soll es so etwas geben, ich habe schon davon gehört.«

»Dass Menschen so sehr miteinander verbunden sind, dass sie fühlen, wenn es dem anderen schlecht geht?«, beendete er meinen begonnenen Satz.

»Ja«, hauchte ich.

»Dann trifft es bei uns zu.« Seine eisblauen Augen fixierten mich lange, bevor er sich wieder daran erinnerte, dass das Wasser lief. Wir gingen ins Bad. Ich legte meine Kleidung ab und stieg in das Schaumbad. Alexander zog sich aus und folgte mir, setzte sich hinter mich. Das warme Wasser musste auf seinem Rücken brennen, denn er war ja nach wie vor mit

Striemen übersäht. Doch er verzog keine Miene. Ich spürte sein bestes Stück an meiner Kehrseite. Er war schon wieder bereit. Vorsichtig untersuchte er meine Verletzung am Kopf. Ich wandte mich zu ihm um und musterte ihn.

»Woher hast du dieses medizinische Wissen?« Er lächelte.

»Ich habe ein Semester Medizin studiert.«

»Verstehe«, sagte ich gedankenverloren. »Und dann Jura«, stellte ich fest.

»Ja, natürlich, sonst wäre ich nicht …«, er verstummte.

»… der Präsident des Obersten Gerichtshofs«, lächelte ich und schmiegte mich an seine Brust. Ohne darauf einzugehen, gab er mir einen Kuss auf die Wange.

»Ihre Wunde sieht jedenfalls gut aus, Miss Cooper.«

»Danke, Dr. White«, grinste ich ihn keck an. Er umfasste meine Taille, dabei schwappte das Wasser beinahe über den Wannenrand.

»Klinikspiele sind übrigens beim BDSM auch sehr beliebt.« Er hielt seinen Kopf schief.

»Sind sie das?«

»Ja!«

»Und was tut man da so?«

»Ich habe einen Gynäkologenstuhl,« raunte er geheimnisvoll. »Und auf dem lassen sich so richtig tolle Untersuchungen machen, weil du deine Beine oben abstützen kannst. Und währenddessen könnte ich dich nach Strich und Faden verwöhnen.«

»Klingt nicht schlecht.«

»Beim nächsten Mal können wir das gerne ausprobieren, wenn du willst.«

»Vielleicht.«

»Darf ich dich um etwas bitten?«, fragte er devot.

»Natürlich.«

»Würdest du mir bitte das restliche Wachs vom Rücken lösen, es klebt nämlich noch immer dran.« Daraufhin wechselten wir die Plätze und ich positionierte mich hinter ihm. Beim Umsetzen trat etwas Wasser über den Rand und wir mussten beide lachen. Mit einem Schwamm löste ich die Wachsreste vorsichtig ab. »Deine zarten Hände tun so gut, Ella.« Ich küsste seinen Rücken und er stöhnte abermals auf. »Oh Ella. Ich brauche dich so sehr.« Ich fasste nach seinem Kinn, drehte es zur Seite und küsste seinen Mund. Er erwiderte meinen Kuss sofort. Mein Atem ging schneller und ich vermittelte ihm damit, dass ich ihn wollte. »Nicht heute, Principessa.« Es musste ihn viel Überwindung gekostet haben, meiner Bitte nicht nachzukommen. Ich seufzte, wir stiegen aus dem Wasser und Alexander griff nach einem Handtuch, um mich trocken zu rubbeln. Anschließend behandelte ich seine Striemen mit einer Arnikasalbe und hoffte, die Spuren dieser makabren Session würden bald vergehen.

Nicht im Genuss besteht das Glück,
sondern im Zerbrechen der Schranken,
die man gegen das Verlangen errichtet hat.

(Marquis de Sade)

LIEBESGESTÄNDNIS

Am nächsten Morgen wurde ich sanft von Alexander geweckt. Er brachte mir das Frühstück ans Bett.

»Guten Morgen, Principessa. Ausgeschlafen?« Ich streckte mich.

»Ja.«

»Was macht dein Kopf?«, fragte er einfühlsam. Ich gähnte.

»Der tut nicht mehr weh.« Ich hatte mir gestern ein weißes Negligé angezogen und robbte nun über das Bett bis an das Fußende und stützte dabei mein Kinn auf meinen Händen ab. »Kann ich dich etwas fragen, was mir seit gestern auf der Seele brennt?« Dabei sah ich ihm tief in die Augen. Erwartungsvoll setzte er sich neben mich.

»Du kannst mich alles fragen, Ella. Was liegt dir auf dem Herzen?«

»Was hast du gestern damit gemeint, als du gesagt hast, du hättest etwas Unverzeihliches in deinem Leben getan?«, versuchte ich, der Wahrheit auf den Grund zu gehen. Er seufzte und senkte den Blick.

»Das kann ich dir zum jetzigen Zeitpunkt noch nicht sagen.« Er sah mich wieder an. »Nur so viel: Ich hatte keine andere Wahl, ich konnte damals nicht anders handeln. Eine Minute ohne dich, ist zu verkraften, einen Tag ohne dich, eine Qual, ein Leben ohne dich: die Hölle.« Er griff nach meiner Hand. »Die Zeit, darüber zu sprechen, wird kommen. Bitte verstehe das.« Erneut schwebte ein Fragezeichen über meinem Kopf.

»Ich möchte diese Art von Bestrafung bei dir nie wieder durchführen müssen. Ich möchte überhaupt nie wieder in der Situation sein, dich bestrafen zu müssen«, entgegnete ich mit erstickter Stimme, dabei rannen mir die Tränen über mein Gesicht. Wortlos nahm er mich in den Arm.

»Eines Tages wirst du verstehen, warum ich so handeln musste, und ich hoffe, du wirst mich nicht dafür verabscheuen.« Lange wiegte er mich im Arm, liebkoste mich und ich konnte mir keinen Reim aus seinen Worten machen. *Was meint er bloß damit? Was hat er getan, dass er glaubt, ich würde ihn dafür verurteilen?*

Er löste sich aus unserer Umarmung und nahm ein paar neue Kleidungsstücke aus seinem Suitcase. Langsam begann er, sich auszuziehen, und ich beobachtete ihn, bis ich das Thema wechselte, da er sowieso zugeknöpft war, als wäre er sein eigenes Hemd.

»Und was steht heute auf dem Programm?« Alexander seufzte.

»Nun, ich fürchte, ich muss heute leider wieder zurück.« Das gefiel mir gar nicht.

»Mist! Verdammter Kongress«, maulte ich vor mich hin. »Wann musst du denn los?«, fragte ich enttäuscht.

»Mein Flug geht um vier und deiner zehn Minuten eher.« Jetzt war ich sprachlos.

»Mein Flug? Ich fliege nicht. Ich fahre wieder mit der Fähre zurück.«

»Natürlich«, äußerte sich Alexander sarkastisch. »Um diesem Jayson erneut in die Hände zu fallen, oder wie?« Augenblicklich kniete er am Bettende. »Kommt überhaupt nicht in Frage! Ich lasse deinen Wagen mit der Fähre transportieren und ihn dir vor dein Haus stellen«, bekräftigte er sein Vorhaben und stand auf, um sich ein frisches Hemd anzuziehen. »Dein Tweedcape nehme ich übrigens mit und bringe es in die Reinigung, mein Hemd sieht ja auch ziemlich übel aus«, bemerkte er ironisch. »Du bekommst es, wenn wir uns wiedersehen.« Er knöpfte sein Hemd zu, unterdessen betrachtete er mich eingehend.

»Wer ist hier der Top?«, fragte ich neckisch. Daraufhin kniete er sich erneut vor die Bettkante.

»Im Spiel bist du meine Femdom, aber im realen Leben sieht es anders aus, mein Schatz. In meiner Position kann ich mich nicht zum Idioten machen. Außerdem«, kurz stockte er, »wäre ich im Geschäftsleben so devot, wie ich es während unserer Session bin, hätte ich es nie zu etwas gebracht. Dort draußen herrscht ein harter Überlebenskampf und von dem Geld, das ich jeden Tag verdiene, leben wir nicht schlecht, Ella. Das heißt aber nicht, dass ich dich im Alltag dominieren möchte.« Er lächelte. »Zumal du dir sowieso niemals etwas gefallen lassen würdest. Obendrein trage ich dich auf Händen und das weißt du hoffentlich.« Er band seine Krawatte, man hätte nachmessen können, so genau stimmte der Winkel. *Das ist eine klare Ansage*. Nur konnte ich mir beim besten Willen nicht vorstellen, wie er ständig zwischen diesen beiden Ansichten switchen konnte. Mir fiel das jedenfalls extrem schwer. *Egal, den heutigen Tag mit Alexander lasse ich mir nicht nehmen.*

»Also, was machen wir bis zu unseren Flügen?«, fragte ich nochmals und schwang mich dabei aus dem Bett, um mein Negligé abzustreifen. Ich war nun splitternackt und Alexander zog ein paarmal die Augenbrauen hoch, als er mich in diesem Aufzug sah. Er wollte mich einfangen, doch so leicht bekam er mich nicht. Ich streckte ihm die Zunge raus und warf ihm einen frivolen Blick zu. Er gab sich geschlagen.

»Gut, was genau schlägt Lady Cooper vor?«, wollte er wissen und hievte sich unterdessen mit voller Wucht aufs Bett, sodass die Stahlfedern zu hören waren. Seine Hotpants sahen sehr verführerisch aus und sein bestes Stück kam dadurch optimal zur Geltung. *Aber das ist sicher pure Absicht*, überlegte ich.

»Blarney Stone.« Ich warf mich neben ihm aufs Bett, das nun verdächtig zu wackeln begann.

»Blarney-was?«, fragte er vergnüglich. »Oh Gott, Ella! Du bist ein Tornado, der gerade über die Stadt hinwegfegt. Wo nimmst du diese Energie her?« Verstohlen sah er mich aus den Augenwinkeln an.

»Das sagst gerade du«, entgegnete ich verständnislos und rieb mein Knie an seiner empfindlichsten Stelle.

»Mist. Hör auf! Oder du landest heute nirgendwo mehr, außer hier im Bett. Du bist ja schlimmer als der Tod persönlich«, neckte er mich, drehte mich auf den Rücken und hielt meine Arme über dem Kopf. Er keuchte. »Los, komm jetzt, zieh dich an. Du sagtest, deine Eltern dulden keinen Sex außerhalb der Ehe.« Ich kicherte los.

»Was kümmert es mich, was meine Eltern denken, ich bin achtundzwanzig, Mr White.«

»Und ich vierunddreißig, also der Ältere von uns beiden, und der entscheidet bekannterweise.« Mit einem Mal drehte er mich um und gab mir einen Klaps auf den Po. »Los jetzt.« Da bei ihm offensichtlich heute sowieso nichts mehr zu holen war, trippelte ich in das Nebenzimmer und wühlte in meinem Weekender.

Ich zog ein formschönes weißes Satinkleid heraus, das ich mit weißen halterlosen Strümpfen mit Blümchenmuster kombinierte. Dazu schlüpfte ich in weiße High Heels mit einem passabel hohen Absatz, der sich sehen lassen konnte. Dagegen waren Alexanders Overknee-Stiefel ein Klacks gewesen. Nun stellte ich mich vor dem Spiegel, um mein Haar zu bürsten, und trug Eyeliner sowie roten Lippenstift auf. Dabei erntete ich Alexanders bewundernde Blicke. Inzwischen war er in seinen Anzug und seine Designerschuhe geschlüpft. Er sah wie immer großartig darin aus und stellte sich hinter mich.

»So musst du wohl im Hochzeitskleid aussehen«, stellte er anerkennend fest und betrachtete mich im Spiegel. Meine roten Lippen verzogen sich zu einem kecken Lächeln.

»Ich heirate nur einen Mann, der mich abgöttisch liebt, mich auf Händen trägt und mir jeden Tag den Hof macht!« Ohne Worte küsste er mich auf mein Dekolleté, unterdessen breitete sich ein Grinsen auf seinen Lippen aus.

***

Mum und Dad waren traurig, dass wir so schnell wieder nach London abreisen würden. Aber so war das nun mal, ich lebte in einer Metropole, war eine der berühmtesten Staatsanwältinnen am *Central Criminal Court* und hatte meine Verpflichtungen. Auch Alexander musste zurück nach Venedig, um einem Kongress beizuwohnen. Mum überreichte mir ihren selbst gestrickten Schafwollpullover und das Weihnachtsgeschenk, das ich bis jetzt nicht abgeholt hatte, weil ich zum ersten Mal an Weihnachten nicht nach Hause gekommen und der Meinung gewesen war, ich hätte beruflich zu viel zu tun gehabt. Beschämt senkte ich den Blick. Dad begleitete mich zur Tür, sah mich wehmütig an, als ich in meinen Wagen stieg.

»Du siehst aus wie eine kleine Prinzessin«, sagte er anerkennend, während ich den Fensterheber bediente und die Scheibe herunterfuhr. Mum stand am Gartentor und es schoss ihr scheinbar ein Geistesblitz durch den Kopf.

»Ihr heiratet doch nicht etwa, ohne uns etwas davon zu sagen?«, reagierte sie erschrocken. Das wäre für eine erzkatholische Mutter, wie meine es nun mal war, die größte Katastrophe.

»Mum! Wir heiraten nicht.« Sie sah mich verdutzt an. »Jedenfalls nicht jetzt und nicht heute. Okay?«, versuchte ich sie zu beruhigen. Alexander verstaute das Gepäck im Kofferraum und setzte sich hinters Steuer. Irgendwie wirkte er verklärt. Ich winkte meinen Eltern zu und ließ das Fenster hochfahren. Wir rollten los und Alexander sah mich mit einem unergründbaren Ausdruck in den Augen, an.

»Ich habe dir doch schon so oft gesagt, dass du meine Principessa bist. Jetzt hast du den Beweis!« Seine Gedanken schienen wohl eine sehr lange Reise unternommen zu haben, denn er sprach eine Weile kein Wort, bis wir Blarney Castle erreicht hatten.

Er wirkte den ganzen Tag lang abwesend. Wenn ich ihn auf irgendetwas ansprach, dann merkte ich, dass er nicht bei der Sache war. *Was geht in ihm vor? Macht er sich wirklich Gedanken über unsere Zukunft? Hat er sich mit der Tatsache, heiraten zu wollen, ernsthaft auseinandergesetzt?* Jeremy Alexander White war ein Kapitel für sich. Manchmal undurchsichtig, zurückgezogen und verschlossen.

Wir schlenderten über das Gelände. So wie es viele berühmte Personen vor uns schon taten, küssten auch wir Blarney Stone. Ein geschichtsträchtiger Stein, um den sich Sagen und Legenden rankten. »*Niemals wird der, der ihn küsst, seine Eloquenz verlieren, ob nun als Parlamentarier oder im Schlafzimmer einer Frau*«, soll einmal Francis Sylvester Mahony gesagt haben. Das traf den Nagel auf den Kopf, denn Alexander würde wohl niemals seine sprachliche Gewandtheit verlieren, weder als Präsident des *Supreme Court* noch im Schlafzimmer. Und ob ich immer die Frau an seiner Seite bleiben würde, wusste ich zum gegenwärtigen Zeitpunkt nicht.

Nach dem Besuch des historischen Ortes machten wir uns auf den Rückweg. Wir brachten wie vereinbart meinen Wagen auf die Fähre und Alexander kümmerte sich um alles Weitere. Mit dem Gepäck in der Hand eilten wir zu einem Taxistand und fuhren damit gemeinsam zum Flughafen. Nachdem wir eingecheckt hatten und uns mit einer tiefen Umarmung und einem leidenschaftlichen Kuss verabschiedet hatten, machte sich Alexander auf den Weg zu seinem Gate, während ich in die Gegenrichtung steuerte. Nachdenklich setzte ich mich auf einen der freien Plätze und starrte auf das Display meines Mobiltelefons. Bald darauf blinkte auch schon die erste Nachricht auf.

Liebste Ella, wünsche dir einen angenehmen Flug. Vermisse dich jetzt schon! Dein dich liebender Alexander.

Mein Herz machte einen Sprung.

Vermisse dich auch! Freue mich, wenn wir uns bald wiedersehen. Deine dich liebende Ella.

Die Stewardess rief zum Boarding auf. Ich war die Einzige unter den Priority-Gästen. Alexander buchte immer nur Business Class, etwas anderes kam für ihn erst gar nicht infrage. Ich flog stets Economy Class, außer das *Central Criminal Court* bezahlte den teureren Flug. Mit meinem Weekender ging ich durch die Gangway, um das Flugzeug zu erreichen. Sofort wurde mir mein Platz gezeigt. Es war der Gipfel aller Flugerlebnisse, das musste ich schon zugeben. Alle Annehmlichkeiten mit einer Draufgabe von purem Luxus. Das Abteil glich eher einer Privatsuite. Abgesehen davon, dass das Essen auf echten Porzellantellern serviert wurde und der Rotwein nicht im Plastikbecher, sondern in einem stilistischen Rotweinglas, wie es sich eben gehörte, waren die Sitze wesentlich opulenter, aus Leder und mit Massagefunktion. Es gab ein breites Medienprogramm und freies WLAN. Die Stewardessen waren für alle Belange ständig zugegen. Da lachte das Staatsanwältinnen-Herz und ich ließ mich auf meinem Platz nieder, klappte den Laptop auf und rief meine E-Mails ab. Langweilig wurde einem bei solch einem Angebot sicher nicht.

Schon bald kam die nächste Nachricht von ihm.

Ich liebe dich abgöttisch, trage dich jeden Tag auf Händen und mache dir täglich den Hof. Heiratest du mich dann? Dein Alexander.

Ich fasste mit einer Hand an meine Lippen und konnte nicht glauben, was hier stand. Meinte er das jetzt wirklich ernst? War das soeben ein Heiratsantrag gewesen?

Die Motoren waren bereits angeworfen worden, man bat die Passagiere, die Geräte auf Flugmodus zu schalten. Ich hatte also keine Gelegenheit mehr, Alexander zurückzuschreiben. Ich behielt es mir vor, ihm meine Antwort persönlich mitzuteilen. Also schickte ich noch eine kurze SMS.

Alles Weitere in London, wenn du wieder zurück bist. Deine dich liebende Ella.

Nach exakt einer Stunde und zwanzig Minuten landete ich in London. Ich rief mir ein Taxi und fuhr in mein viktorianisches Stadthaus. Ich entnahm dem Safe den Schlüssel und öffnete die Tür.

Wieder einmal war ich zu Hause angelangt und schleuderte meine High Heels in eine Ecke, legte meinen Mantel sowie meine Handtasche auf den Hocker im Vorzimmer, während mir Melody mit erhobener Rute entgegengelaufen kam, um sich ihre Streicheleinheiten zu holen, auf die sie ihren Verhältnissen entsprechend ein Anrecht hatte. Ich nahm sie kurzerhand hoch, lief barfuß über den Korridor ins Wohnzimmer und ließ den Weekender auf die Couch fallen. Kaum dass ich angekommen war, klingelte auch schon mein Mobiltelefon. Ich sah auf das Display und war hocherfreut. »Ja?«

»Elena! Ich habe schon so oft versucht, dich zu erreichen. Wo steckst du denn die ganze Zeit?« Wollte er mich veralbern? Er war also wieder Jeremy und in seinem Element. Ich ließ mich auf das Spielchen ein.

»Jeremy! Ich bin gerade erst nach Hause gekommen. Ich hatte keine Anrufe verzeichnet, nur dein SMS.« Ich wartete ab. Er lachte.

»Und ich dachte schon, es wäre zu Ende mit uns.« Ich atmete hörbar aus. Wie konnte er nur so leicht wieder in seine andere Rolle schlüpfen? Es war mir ein Rätsel.

»Nach den Ereignissen, die wir zusammen erlebt haben?«, stellte ich ungläubig fest. Ich hatte mich gerade mal für zwei Stunden rargemacht. Und alles nur deswegen, weil ich knapp anderthalb Stunden geflogen und anschließend dreißig Minuten im enormen Londoner Verkehr nach Hause gefahren war. Und er dachte gleich, dass es vorbei sein könnte? *Er hatte doch bisher diese zahlreichen sexuellen Kontakte, nicht ich.* Die Angst müsste doch eher auf meiner Seite zu finden sein. *Ist er überhaupt ein Mann, den man eine langjährige Beziehung zutrauen konnte?*

»Bist du noch da, Honey? Die Verbindung ist hier enorm schlecht.«

»Ja, natürlich bin ich noch dran. Wann kommst du denn am Freitag zurück?«, fragte ich fieberhaft.

»Mein Flug geht um acht, also gleich nach dem Frühstück. Ich habe aber um zehn dummerweise schon wieder eine Sitzung. Du musst dich also bitte gedulden«, machte er mir unmissverständlich klar.

»Ja, kein Problem, ich freue mich wieder auf unsere ungezügelte Zeit.«

»Ich auch, Honey. Ich liebe dich, Elena.« Ich lächelte. Am liebsten hätte ich es aufgenommen und immer wieder abgespielt. »Bis bald, Honey, ich muss leider weiter.«

»Bis bald. Ich liebe dich auch.« Unmittelbar darauf wurde die Verbindung unterbrochen. Ich war die glücklichste Frau der Welt und tanzte ausgelassen durch die Wohnung. Melody, mein kleines rotes Wollknäuel, wunderte sich nur über meine Ausgelassenheit und tat es mir gleich, indem sie wie von der Tarantel gestochen durch das Wohnzimmer flitzte.

Geborgenheit sind zwei offene Arme,
die einen umschließen und
in denen man sich sicher fühlt,
aber nicht eingeengt.

(*Unbekannter Autor*)

Ein Zugeständnis

Am nächsten Morgen läutete es an meiner Haustür. Ich hatte mich bereits fürs Büro angekleidet, Melody eine Futterschüssel auf den Boden gestellt und mir Tee gemacht. Rasch stellte ich die Tasse ab und lief zur Tür. Mein Sportwagen wurde wie vereinbart, überstellt. Alexander hatte also sein Versprechen gehalten und ein Limousinen-Service den Wagen angeliefert. Ich bedankte mich und nahm den Schlüssel in Empfang. Auf dem Rücksitz lag eine Papiertasche. Ich öffnete das Auto und inspizierte den Innenraum. Es duftete herrlich nach Croissants, eine rote Baccara-Rose und ein Brief waren zu sehen. Schnell nahm ich die Papiertüte an mich, versetzte der Tür mit meinem Bein einen Stoß und riss den Brief auf. Auf dem Weg zurück zum Haus, las ich:

Liebste Ella! Ich hoffe, dein Wagen ist pünktlich angekommen. Die paar Tage mit dir waren bis jetzt die schönsten meines Lebens. Ich kann es gar nicht erwarten, dich wiederzusehen. Du bist und bleibst meine Principessa. Meine Frage war ernst gemeint und wenn ich wieder in London bin, müssen wir reden. Ich liebe dich. Dein Alexander.

P.S.: Diese Rose ist ein Zeichen meiner Liebe und wenn ich darf, werde ich dir all deine Wege auf Lebenszeit mit Rosenblütenblättern ebnen.

Er musste den Limousinen-Service beauftragt haben, den Brief zu verfassen und im Wagen zu deponieren, denn er war am Computer getippt worden.

Ich war glücklich. Dieser Liebesbrief von ihm bedeutete mir einfach alles. Er wollte also mit mir reden. Vielleicht wurde ihm mittlerweile klar, dass mir Alexander wichtiger war als Jeremy. Möglicherweise würde ihm die Entscheidung leichter fallen, wenn er wusste, dass ich mich in Alexander verliebt hatte und nicht mit Jeremy den Rest meines Lebens verbringen wollte. Ein Leben ohne Alexander und seine speziellen Vorlieben konnte ich mir gegenwärtig gar nicht mehr vorstellen. Ich wollte keinen Jeremy, der zumeist das *Supreme Court* und mich nur unregelmäßig in seinem Kopf hatte. Was ich brauchte, war ein Mann wie Alexander, der sich auf meine persönlichen Bedürfnisse einstellte und mich beim Sex nach Strich und Faden verwöhnte. Ein erfolgreiches, hübsches Vorzeigepüppchen, das einem tollkühnen Fall nach dem anderen nachjagte, wollte ich auf Dauer ohnehin nicht sein. Ich war guter Dinge.

In bester Laune nahm ich meine Jacke von der Garderobe, legte den Brief und die Rose auf die Ablage. Das Croissant wollte ich mit ins Büro nehmen. Mein Wagen war genau zur rechten Zeit angekommen. Rasch sperrte ich ab und legte den Schlüssel an seinen angestammten Platz, um in weiterer Folge in den Wagen zu steigen und damit zum Gerichtsgebäude zu fahren. Die Sonne blendete mich und ich setzte meine Sonnenbrille auf.

Während der Fahrt bekam ich eine SMS von Tabitha. Ich schielte auf das Handy und las*: Morgen um zehn Uhr Sitzung im* Grange St. Pauls Hot*el, Thema: Umstrukturierungspläne, danach um vierzehn Uhr eine eingeschobene Verhandlu*ng. Gut, dann würde ich mich heute auf die morgige Sitzung vorbereiten, die offensichtlich aus Platzgründen i*m Grange St. Pauls Hot*el stattfinden würde. Tabitha war also bereits im Büro und die entsprechenden Unterlagen bestimmt schon auf meinem Schreibtisch.

Der Londoner Stadtverkehr hatte es heute wieder in sich, ich nahm eine Abkürzung und folgte den Seitengassen, die mich unter Umständen auf längerem Weg, aber zumindest ohne nervenaufreibende Staus bis zu*m Central Criminal Cou*rt bringen würden. Als ich angekommen war, hielt ich auf meinem ausgeschilderten Parkplatz und stellte den Motor ab. Meine Sonnenbrille legte ich ins Handschuhfach, dann stieg ich aus. Während ich die Eingangssäulen hinter mir ließ, betätigte ich die Fernbedienung, um meinen schicken Sportwagen abzusperren. Das rege Treiben war typisch um diese Zeit.

»Guten Morgen, Miss Cooper«, tauchte unter den vielen Menschen, die sich hier tummelten, eine vertraute Stimme auf. Es war Richter Berkley. Nachdem er mir mein Wochenende mit Jeremy gründlich versaut hatte, verfinsterte sich meine Miene automatisch, als ich ihm begegnete. Ich kniff meine Augen zusammen und zog die Mundwinkel nach unten.

»Morgen«, stieß ich einem süffisanten Ton aus. Das hatte ich mir jetzt nicht verkneifen können. Richter Berkley zog überrascht die Augenbrauen hoch und ging weiter. *Seniler, alter Trott*el*, eine Entschuldigung wäre jetzt angebracht gewes*en. Er war doch sonst nicht so wortkarg. Nun ja, vielleicht würde man ihn sowieso bald in den Ruhestand versetzen. Bei meiner letzten Verhandlung war er keine besonders große Unterstützung gewesen. Genauso gut hätte ich sie alleine führen können.

Selbstbewusst stolzierte ich auf meinen High Heels über den Steinboden, bis ich vor meinem Büro stand, oder besser gesagt vor Tabithas, denn meins war, solange ich mich mit Schwerverbrechern auseinandersetzen musste, aus Sicherheitsgründen abgeschlossen. Man konnte ja nie wissen. In die Sicherheitskontrollen hier a*m Central Criminal Cou*rt investierte man zwar enorm viel – jeder der Besucher musste durch eine Sicherheitsschleuse, bevor ihm der Zutritt ins Gebäude erlaubt wurde, um eine zusätzliche Hemmschwelle zu schaffen –, trotzdem hielt die Security des Gerichts diese Vorgehensweise nicht für übertrieben. Ich öffnete die Tür von Tabithas Büro und trat ein. Sie lächelte mir wie immer gut gelaunt entgegen.

»Guten Morgen, Ella! Hast du deine Tage gut verbracht?«, fragte sie vergnügt und verfolgte dabei einen Hintergedanken, nämlich mich bald auf gelungene Art und Weise auszuquetschen, denn das beherrschte sie besonders gut.

»Sie waren überaus vielversprechend«, machte ich sie noch neugieriger und sie folgte mir in mein Büro. Interessiert musterte sie mich, während sie mir Tee in eine Tasse goss. Unsere Blicke trafen sich und wir mussten beide loskichern.

»Jetzt sag schon! Wie ist er, dein Mr White?«, stachelte sie mich auf, dabei setzte sie sich auf die Kante meines Schreibtisches und schlug ein Bein über. Ich nippte an meiner Teetasse. Selbstsicher verschränkte sie die Arme vor ihrem Körper und musterte mich mit ihren braunen vor Neugier strotzenden Augen. Ihr kastanienbraunes Haar trug sie wie immer offen, nur ein Haarband zierte es raffiniert. Sie war eine Schönheit und mit Michael, ihrem neuen Lover, hatte sie bestimmt ein aufregendes Liebesleben. Ich wollte sie nicht länger auf die Folter spannen, außerdem hatte ich vor, mich ihr anzuvertrauen, denn obwohl ich Alexander versprochen hatte, nichts von unserem Geheimnis preiszugeben, hatte ich das Bedürfnis, mit einer Vertrauten über ihn und seine speziellen Vorlieben zu sprechen. Sie sah mich erwartungsvoll an.

»Er …« Ich stockte. Sie weitete ihre Augen und ermunterte mich, fortzufahren. »Nun ja.« Ich senkte meinen Blick. Bis jetzt hatten wir immer alles besprochen, was uns auf der Seele gebrannt hatte, doch diesmal war es um einiges schwieriger, musste ich feststellen. »Jeremy. Alexander. Ich meine, Mr White ist …« Ich hob die Schultern hoch. »… toll, aber irgendwie sehr speziell«, drückte ich mich vorsichtig aus. Tabitha zog ihre Augenbrauen nach unten und kniff sie etwas zusammen.

»Wie? Speziell?«, hakte sie nach. Ich seufzte. Es fiel mir schwer, darüber zu sprechen.

»Eben speziell, du weißt schon. Seine Sexualpräferenz.« Sie musterte mich noch skeptischer.

»Was soll das jetzt heißen? Legt er dich übers Knie, oder was?«, lachte sie ironisch und hatte wohl gerade ein Bild vor Augen, dessen Anblick bei ihr nur ein Grinsen hervorrufen konnte, weil sie sich mich in dieser Rolle überhaupt nicht vorstellen konnte.

»Nein, eher umgekehrt«, kam ich der Wahrheit schon etwas näher. Ihre Augen funkelten.

»Was? Du schlägst ihn?« Sie stieß einen unanständigen Laut aus. »Meine Ella eine Domina? Das gibt's doch gar nicht! Ihr betreibt wahrhaftig Kinky-Sex?« Die Unterredung wurde mir höchst unangenehm. Ich wollte nicht, dass Alexander ins Lächerliche gezogen wurde, und sah Tabitha verärgert an. Sie lenkte sofort ein und räusperte sich. »Habe mich schon wieder im Griff. Kein Grund, jetzt böse zu werden«, versuchte sie, mich zu besänftigen. »Erzähl! Was genau sind seine Vorlieben?«, fragte sie nun sehr ernst.

»Er möchte, dass ich seine Femdom bin. Wir hatten vorgestern eine ziemlich schräge Session in einem Leuchtturm bei Sheeps Head.«

»Ihr wart in Irland? Bei deinen Eltern?«, fragte sie ungläubig.

»Ja, wir haben uns auf der Fähre zufällig getroffen. Nun ja, eigentlich nicht, er hat, ach, ist doch jetzt egal. Jedenfalls waren wir ganz in der Nähe in einem alten Leuchtturm und dort habe ich ihn mit einer Peitsche geschlagen.« Sie hörte mir aufmerksam zu. »Dazu hatte er an einer X-Verstrebung im Innenraum des Leuchtturms jeweils zwei Haken am oberen und am unteren Ende als Aufhängevorrichtung montiert. An diese Ösen befestigte er je eine Ledermanschette mit einem Karabiner.« Ich stockte und musterte sie eingehend. Nach diesen ausführlichen Erklärungen verzog sie keine Miene.

»Und weiter?«, forderte sie mich auf, mit meinen Ausführungen fortzufahren.

»Ich musste ihm die Ledermanschetten an den Hand- und Fußgelenken anlegen.« Sie presste ihre Lippen zusammen.

»Es handelt sich übrigens um ein Andreaskreuz, das du hier beschreibst. Und dann?«, fragte sie wissbegierig.

»Hat er *zwei Werkzeu*ge auf den Tisch gelegt. Zum einen ein Singletail, das ist …« Sie machte eine abwehrende Handbewegung.

»Keine Erklärung bitte, ich weiß, was ein Singletail ist. Erzähl weiter.« Tabitha hatte offenbar ebenfalls Erfahrung auf diesem Gebiet.

»Und zum anderen einen Penis-Plug.« Ich senkte meinen Blick. Die ganze Sache war mir peinlich, doch Tabitha wollte mehr wissen. »Er hat von mir verlangt, dass ich ihn mit der Peitsche züchtige, später führte ich ihm den Plug ein.«

»Pff!« Das war alles, was Tabitha ausstieß. »Hat er dich mit dem Plug dann gevögelt?« Sie kannte sich offenbar aus.

»Nein, ich hatte vorher einen kleinen Unfall auf den Klippen gehabt und mir dabei meinen Kopf gestoßen. Er wollte mich schonen.« Sie zog die Augenbrauen hoch.

»Wie großzügig.« Diese Bemerkung hätte sie sich sparen können. »Du hast ihm also einen Plug eingeführt, ihn geschlagen und er hatte einen Orgasmus dabei?« Ich nickte. Die Sache wurde mir immer unangenehmer. *Warum habe ich bloß damit angefange*n? »War das eure einzige Session bis jetzt? Oder gab es davor noch andere?«, hakte sie sehr gezielt nach.

»Nein, es war nicht das erste Mal. Wir hatten auf Seeds

Castle schon mehrere Sessions«, gab ich bereitwillig Auskunft.

»Seeds Castle? Das Schloss in Kent?«, fragte sie neugierig.

»Ja, er ist dort aufgewachsen, es gehört seiner Familie.« Sie verzog ihre Miene.

»Wow! Ein Schloss in Kent, der muss ja Geld wie Heu haben.« Ich rollte mit den Augen, Tabitha lenkte wieder ein.

»Und wie gefällt dir diese spezielle Art der sexuellen Lust?«, bohrte sie nach.

»Nun ja, manches finde ich recht aufregend, anderes wieder abstoßend.«

»Das Schlagen?«

»Ja, in gewisser Weise, ich meine, wenn es zur Erregung dient, finde ich es betörend, wenn es aber der Bestrafung dienen soll, empfinde ich es als unangenehm. Es widerstrebt mir, jemanden zu bestrafen, den ich liebe.«

»Du hast dich in den Kerl verliebt?«, erhob sie ernsthafte Zweifel.

»Ist das so ungewöhnlich?«, fragte ich unsicher. Sie schüttelte den Kopf.

»Ich weiß nicht, inwiefern du dich mit dieser Art der Sexualität identifizieren kannst. Deinen Erzählungen nach zu urteilen, steht der Typ auf Kinky-Sex. Seit Jayson hast du dich doch nie wieder ernsthaft verliebt.« Ich seufzte.

»Stimmt, aber seit ich ihn kenne, steht alles irgendwie Kopf bei mir.« Sie lächelte, unterdessen fuhr sie mit ihrer Befragung fort und es kam mir so vor, als stünde ich vor Gericht.

»Was habt ihr sonst noch so getrieben?«

»In seinem Dungeon waren wir auf einem Pauschenpferd, er hat mich darauf mithilfe von Ingwer zu einem ziemlich schrägen Orgasmus gebracht.«

»Er hat einen eigens dafür eingerichteten Playroom?«, fragte sie erstaunt.

»Ja, er ist ziemlich groß und im Kellergewölbe von Seeds Castle untergebracht«, versuchte ich, ihre Neugier zu befriedigen. »Ein anderes Mal hat er das gesamte Verlies mit Rosenblütenblättern ausgestreut und sich während unseres Aktes auf Dornen gebettet.« Von der Aktion mit dem Trampling wollte ich ihr lieber nichts erzählen. Sie verzog ihren Mund zu einem zweideutigen Lächeln.

»Ihr habt tatsächlich Figging betrieben?«, fragte sie verdutzt, als könnte sie nicht glauben, was ich ihr hier berichtet hatte.

»Ja«, gab ich verlegen zu.

»Und was genau habt ihr mit dem Ingwer gemacht? Ich meine, hat er ihn dir in den Hintern gesteckt?« Dass sie so genau nachfragen würde, damit hatte ich nun wirklich nicht gerechnet.

»Ähm, nein.« Ich räusperte mich, bevor ich ihr eine Antwort gab. »Er hat gepressten Ingwer verwendet, um ihn auf seinem besten Stück zu verteilen und damit hat er mich dann …«

»Gevögelt?«, beendete sie meinen begonnenen Satz. Ich nickte. »Okay. Ich nehme an, ihr habt euch auf ein Safeword geeinigt?«, fragte sie professionell.

»Ja, *Mayday*, wenn's ganz schlimm zugeht und ansonsten das gängige Ampelsystem.«

»Das ist gut. Und wie fühlst du dich bei dem Gedanken, in Zukunft Kinky-Sex zu betreiben?«

»Gar nicht mal so schlecht. Mein eigentliches Problem ist eher, dass er in London ein konservatives Leben führen möchte. Dort ist er Jeremy, der Präsident des Obersten Gerichtshofs, mit all seinen gesellschaftlichen Verpflichtungen und einem Ehrenkodex, dass es penibler gar nicht sein könnte. Auf Seeds Castle will er Alexander sein, draufgängerisch, fast schon unbezähmbar, einer, der sich seinen wilden Fantasien hingibt, mich eine Sexualität lehrt, wie ich sie zuvor noch nie erlebt habe.« Sie starrte mich an.

»Er führt also ein Doppelleben«, stellte sie fest. »Nun, das ist für BDSMler, noch dazu für jemanden wie ihn, der ein hohes Amt bekleidet, nichts Ungewöhnliches, da sie sich in aller Öffentlichkeit so gut wie nie outen können.«

»Ich bin nicht sicher, ob er die beiden Personen auf Dauer auseinanderhalten kann. In London Jeremy White, den Präsidenten des *Supreme Court* zu verkörpern, konservativ, korrekt, der elitären Gesellschaft verpflichtet und im Bett Vanillasex. Und im Gegenzug auf Seeds Castle als Alexander zu fungieren, der auf seine BDSM-Praktiken beharrt. Ich mache mir ernsthaft Sorgen, dass er unter einem Identitätsproblem leidet.« Sie dachte angestrengt nach.

»Kann schon sein. Aber aufgrund seiner Position ist er gezwungen, solch ein Doppelleben zu führen. Vielleicht kann er diese beiden Persönlichkeiten trotzdem gut auseinanderhalten. Wie verhält er sich denn in London? Ich meine, wie steht er hier zu seinen Praktiken von Seeds Castle?« Allmählich wurde ich ruhiger, obwohl mich dieses Gespräch bis jetzt ziemlich aufgekratzt hatte.

»Das ist es ja, er spricht nicht darüber. Er hat mich auf Seeds Castle gebeten, in seiner Gegenwart in London kein Wort darüber zu verlieren. Es scheint, als wäre er hier ein ganz anderer Mensch. Verstehst du?« Sie nickte langsam.

»Eine ziemlich schräge Geschichte«, stellte sie fest.

»Seine Erklärung war, dass er die traumatischen Erlebnisse aus seiner Kindheit und Jugend hinter sich lassen möchte, sein Vater hat ihn in jungen Jahren gezüchtigt. Wenn er ihn bei der Selbstbefriedigung erwischte, kam die Peitsche zum Einsatz, irgendwann haben sich diese beiden Dinge verquickt, Sexualität schien, ohne geschlagen zu werden, nicht mehr möglich zu sein. Er dürfte damit nicht ganz klarkommen. Möglicherweise hat er Schwierigkeiten, seine sexuelle Einstellung mit seiner übrigen Lebensweise auf einen Nenner zu bringen. Ich habe das Gefühl, er glaubt, seine Sexualpräferenz würde das Gesamtbild, das er in der englischen Gesellschaft verkörpert, zerstören. In Wahrheit hat er Angst, dass die ganze Sache in der Öffentlichkeit auffliegt und er sein Ansehen verliert. Und genau aus diesem Grund lebt er in einem ewigen Zwiespalt, denn seine Einstellung zum Sex abzuändern, ist ihm sicher nicht möglich, das habe ich während der Session, die wir in Irland hatten, erkannt.«

»Möchtest du denn, dass er diese Dinge für dich und die Gesellschaft aufgibt?«, fragte sie nun gerade heraus. Ich setzte ein wehmütiges Lächeln auf.

»Alles vielleicht nicht. Einige Vorlieben gefallen mir ganz gut.«

»Sagst du es ihm denn auch, wenn dir etwas nicht gefällt?« Sie musterte mich eingehend.

»Ja, zum Beispiel bei der Bestrafung. Ich sagte ihm danach, dass es mir widerstrebt, es ihm so hart zu besorgen, *davo*r hatte ich mich aber dazu überreden lassen. Er meinte, er hätte es verdient, weil er etwas Unverzeihliches in seinem Leben getan hätte.« Sie wurde hellhörig.

»Was hat er denn so Schreckliches getan, dass er dafür bestraft werden müsste?« Ich schüttelte den Kopf.

»Das weiß ich nicht. Ich habe ihn gefragt, er meinte, er könne zum gegenwärtigen Zeitpunkt nicht darüber sprechen.« Sie seufzte.

»Ein höchst schwieriger Fall, wie mir scheint. Hör zu, Elena, im BDSM steht gegenseitiges Vertrauen im Kodex ganz oben. Jeder der beiden Spielenden muss sich exakt an die Vereinbarungen halten, sonst kann das verdammt ins Auge gehen, wie du weißt.« Ich nickte. »Wenn er dich lehrt, muss er switchen, sonst kann er dir nicht zeigen, wie du dich als seine Femdom zu verhalten hast. Dazu kommt, dass du keine Erfahrung als Femdom hast, das heißt, es wird noch um einen Grad schwieriger. Es bedarf sehr viel Einfühlungsvermögen, sonst kann es für ihn als auch für dich gefährlich werden. Sei dir dieser Gefahr bewusst. Du hast eine Position zu verlieren«, machte sie mich aufmerksam. Ihre Worte entsprachen der Wahrheit. Sie fuhr fort. »Es muss dir bewusst sein, dass er sich sein Leben dahingehend eingerichtet hat, weil er ohne BDSM nicht mehr auskommt. Es ist wie eine Sucht, Ella. Stell dir jemanden vor, der tagein, tagaus immer die Praktiken des BDSM verfolgt, die ihm überhaupt erst einen Orgasmus verschaffen können und deren Inhalte sich im Laufe der Zeit noch zunehmend verstärken. Wie sollte einer wie er im Vanillasex seine Erfüllung finden?«, fragte sie mich ernsthaft und ihre Frage war berechtigt. Es konnte also gut sein, dass er darauf hoffte, ich würde auf seine Praktiken auch in Zukunft abfahren, was ich im eigentlichen Sinn ja auch tat. »Wie sieht es denn im Alltag aus? Erstreckt sich euer Machtgefälle über die Session hinaus?«, fragte sie mich.

»Nein, wir begegnen uns im Alltag auf Augenhöhe, wenn du das meinst. Er hat mir eindeutig zu verstehen gegeben, dass er nur während unseres Liebesspiels die devote Rolle einnehmen möchte. Über den Alltag hinaus würde sich diese Praktik nicht bewähren, meinte er, da er einen Ruf zu verlieren habe.« Tabitha beschäftigte sich eingehend mit der Sache.

»Natürlich! Er kann sich wohl kaum als Präsident des *Supreme Cour*t in aller Öffentlichkeit zum Idioten machen. Dieses Verhalten würde sein Ansehen mit ziemlicher Sicherheit schmälern«, stellte sie deutlich fest. Jetzt musste ich grinsen. Genau dasselbe hatte er gestern zu mir gesagt.

»Tabitha?« Ihr Blick war ernst.

»Ja?«

»Kann ich dich etwas ganz Persönliches fragen?« Sie nickte. »Ist Michael ebenfalls aus der BDSM-Szene?« Sie nickte abermals. »Und ist er auch, ich meine, ist er der devote oder der dominante Teil von euch beiden?« Tabitha setzte ein fadenscheiniges Lächeln auf. »Mit Bestimmtheit ist Michael der dominante Part unserer Beziehung.« Sie lachte. »Was glaubst du denn? Natürlich ist er devot. Ich versohle ihm praktisch den Hintern, wenn du das wissen möchtest.« Sie hatte ihre Beine noch immer übergeschlagen und neigte ihren Kopf zur Seite. »Ich habe Michael im *Aquarium* kennengelernt. Wir hatten uns auf Anhieb verstanden. Er arbeitet an der *Stock Exchange*.« Jetzt verstand ich, warum Tabitha zu der Party eingeladen worden war. Sie fuhr fort. »Michael hatte sozusagen eine von Gewalt geprägte Kindheit. Er ging auf ein strenges, englisches Internat, dort stand Züchtigung auf der Tagesordnung. Diese Erziehungsform hat sich wohl bis heute in seiner Psyche manifestiert. Nur mit dem Unterschied, dass ihm nach dieser Maßnahme damals kaum jemand in den Arm genommen hatte, so wie ich es heute tue. Außerdem prügle ich ihn nicht bis zum Exzess. Ich möchte ihn ja nicht verletzen, genauso liegt es mir fern, ihm im Alltag zu zeigen, wer hier die *Herrin* ist. Ich bin ja keine Sadistin. Wir begegnen uns in der Session mit Respekt und Empathie. Gegenseitige Wertschätzung ist das A und O in einer DS-Beziehung. Hier geht es nicht um Prügel, sondern um Stimulation. Für Michael ist es wie eine Therapie, für Alexander vielleicht auch. Bei einigen manifestiert sich diese Neigung aus ihrer Kindheit und Jugend heraus, lässt sich nie ganz ablegen. Verstehst du?« Ich verstand. Nun sah sie mich eindringlich an. Obwohl sie die Antwort längst wusste, stellte sie mir trotzdem die Schlüsselfrage. »Für welche Person würdest du sich denn in deinem Innersten entscheiden? Für Jeremy oder Alexander?« Fieberhaft wartete sie auf eine Antwort.

»Wenn ich ehrlich bin, würde ich mich für Alexander entscheiden.« Sie stand auf.

»Dann steht ihr beide auf der Gewinnerseite, was eure Beziehung betrifft. Welchen Grund hätte er dann noch, sich aus dem Kinky-Sex zurückzuziehen?« Ihre roten Lippen formten sich zu einem charmanten Lächeln und sie verließ mein Büro, um sich ihrer Arbeit zu widmen.

***

Unser Gespräch hatte mich aufgewühlt und ich konnte mich kaum auf die morgige Sitzung konzentrieren. Ich hätte mich gerne mit Tabitha über dieses Thema weiter unterhalten. Immer hatte ich dieselben Bilder vor Augen, dazu kam ein verlangendes Gefühl in meinem Unterleib, der sich zusammenzuziehen begann, wenn ich nur an Alexander dachte. War das normal? Nie hatte ich mich so gefühlt. Wenn ich eine Beziehung hatte, war es für mich kein Problem, abzuschalten, um mich auf meine eigentliche Arbeit zu konzentrieren, aber bei Alexander war alles anders.

Ich schlug meine Unterlagen zu und versuchte, mich zu entspannen, was mir nur halbherzig gelang. Tabitha hämmerte in ihre Tastatur, sodass es bis in mein Büro drang, sonst war es totenstill. Ich stand auf, um mich ans Fenster zu stellen. Ich starrte auf die Menschen, die vorübergingen, und die vorbeifahrenden Autos. Mit meinen Gedanken war ich bei Alexander. Bei den Rosenblüten. Beim Leuchtturm in Irland.

»Sag deinem Jeremy, er soll unseren Speicher nicht mit seinen privaten Mails an dich vollstopfen, langsam habe ich wirklich Mühe damit.« Ich erschrak, wandte mich um, starrte in Tabithas Gesicht, die wohl schon eine Weile hinter mir gestanden haben musste.

»Was?«, fragte ich geistesabwesend. Tabitha lächelte mich warmherzig an.

»Sag Jeremy, er soll seine Mails an deine private Adresse schicken. Man weiß doch nie, wer seine Finger im *Central Criminal Court* im Spiel hat.« Ich fiel aus allen Wolken.

»Er hat mir hier ins Gerichtsgebäude geschrieben?«

»Ja, und ziemlich viele Mails sogar. Ich meine«, sie war schon wieder auf den Weg in ihr Büro, »ich habe ja kein Problem damit und würde sie auch nie lesen, weil ich ja jetzt weiß, dass sie für dich bestimmt sind und nichts mit unserer Arbeit zu tun haben. Aber«, sie machte einen Schulterblick, »alles muss ich nun wirklich nicht wissen.« Offenbar suchte sie nach irgendwelchen Unterlagen und kramte in den Büroschränken herum, bis sie eine Akte hervorzog. »Da ist ja das gute Stück.« Sie winkte mir damit entgegen, um sich in weiterer Folge wieder an ihren Platz zu setzen. Ich hatte nicht damit gerechnet, dass er mir in meiner Abwesenheit an meine geschäftliche Adresse schreiben würde. Tabitha war die Einzige, die mein Passwort benutzte, denn es kam immer wieder vor, dass ich unterwegs war und sie mir brandaktuelle Informationen zukommen lassen musste, sie arbeitete die Mails ab und löschte die, die sie selbst erledigen konnte, ohne mir meine Zeit damit zu stehlen.

Rasch fuhr ich meinen Computer hoch, wartete fieberhaft, bis die Updates erledigt waren und klickte meine Mailbox an. Sie waren alle auf den vorgestrigen Tag datiert, die Uhrzeit war genau die, zu der wir uns an der Biegung getrennt hatten, weil wir unseren ersten Streit gehabt hatten. Ich las die erste Mail.

Liebe Ella, es tut mir so leid! Bitte verzeih mir. Du bist das Beste, was mir jemals in meinem Leben passiert ist, und ich Vollidiot mache es kaputt.

Aufgeregt las ich die nächste.

Meine Ella, wo bist du denn so lange? Ich mache mir langsam Sorgen um dich!

Eine weitere folgte.

Ella? Bitte melde dich, unser Streit tut mir unendlich leid, strafe mich jetzt nicht mit Nichtachtung.

Ungläubig schüttelte ich den Kopf, nahm mein Mobiltelefon zur Hand und klickte die Mail-App an. Erst jetzt sah ich den fatalen Irrtum. Versehentlich hatte ich eine Umleitung meiner privaten Mails an die des *Central Criminal Court* eingegeben. Die Nachrichten hatten mich also gar nicht erreichen können. *Warum hat er nichts davon erwähnt, als wir uns wiedergesehen haben?*

Ungeduldig las ich weiter.

Ella, es ist bereits eine Stunde her, dass wir uns zuletzt gesehen haben. Wo bleibst du denn so lange?

Ich scrollte weiter nach unten und klickte die nächste Nachricht an.

Liebe Ella, Jayson ist gerade gegangen. Wo bist du?

Bei der folgenden lief mir ein Schauer über den Rücken.

Ella, die Ungewissheit macht mich halb wahnsinnig. Hast du dich mit Jayson getroffen? Er hat etwas gegen mich, das fühle ich. Ich will nicht, dass du mit ihm zusammen bist.

Dann war da wieder Hoffnung.

Meine Ella, ich mache mich jetzt auf den Weg, egal, wo du bist, ich werde dich finden. Vergiss meine vorige Mail. Ich bin grundlos eifersüchtig, ich weiß. Aber du bedeutest mir so viel. Ich möchte dich niemals verlieren. Hörst du?

Die letzte dürfte er geschrieben haben, bevor er mich fand.

Liebste Ella! Bin jetzt auf dem Weg zur Biegung und hoffe, dich dort anzutreffen, ich weiß, dass du wütend auf mich bist. Ich habe mich schändlich verhalten. Ich muss unbedingt mit dir reden, ich habe etwas Schreckliches getan und große Angst, dass du mir nicht verzeihen wirst! Ich liebe dich. Dein Alexander.

Verzweifelt schlug ich die Hände vor mein Gesicht. Ich verstand seinen Wink nicht. So schrecklich hatte er sich nun wirklich nicht verhalten, ich selbst hatte ja auch nicht gerade eine vorbildliche Bewandtnis bewiesen. Er gab mir erneut Rätsel auf. In seinem Brief heute Morgen hatte er ebenfalls eine Andeutung gemacht, er müsste dringend mit mir rede*n*. *Was beschäftigt ihn denn so sehr?*

Ich sah auf das Display. Keine Nachrichten. Ob ich nun wollte oder nicht, ich musste mit meiner Arbeit weiterkommen. Also kniete ich mich in den Aktenberg hinein und langsam, aber sicher arbeitete ich alles Dringende ab. Rasch wurde es Abend und ich war müde vom Lesen der zahlreichen Berichte und Atteste, sodass ich beschloss, nach Hause zu gehen. Nur Tabitha wollte noch bleiben, sie hatte noch einiges zu schreiben.

»Willst du wirklich nicht mitkommen? Wir könnten einen Mädelsabend machen«, flehte ich sie nahezu an. Mitleidig musterte sie mich, als würde sie mich in diesem Zustand nicht alleine nach Hause gehen lassen können.

»Also gut, weil du es bist. Den Schreibkram kann ich morgen immer noch erledigen.« Sie schnappte ihre Handtasche, schlüpfte in ihren Mantel und trippelte auf ihren High Heels zu mir. Wir beide hatten einen ähnlichen Geschmack, nur dass sie nicht so viele Designermodelle wie ich trug, dafür brachte ich ihr manchmal das ein oder andere Stück von meinen Geschäftsreisen mit oder schenkte ihr eins der selbst gemachten Kunstwerke meiner Mutter, weil sie mir schon zum x-ten Mal eine Schafwollweste, ein Cape, Handschuhe oder einen Pullover gestrickt hatte.

»Was wollen wir unternehmen?«, fragte ich erwartungsvoll.

»Wir könnten zu meinem Freund gehen. Er hat in der Nähe gerade eine Vernissage. Michael malt impressionistische Bilder, er hat also nicht nur Zahlen im Kopf«, kicherte sie ironisch. Ich horchte auf.

»Das klingt interessant. Ich meine, die Malerei«, sagte ich

und schmunzelte. »Welchen Motiven widmet er sich denn?«

»Hauptsächlich Landschaften und bizarren Orten, die zum Nachdenken anregen.« Ich nickte.

»Das klingt gut. Ja, lass und dort hingehen.« Ich schlüpfte ebenfalls in meine Jacke und sie zog die Tür hinter uns zu. Wir liefen nun im Gleichschritt über den Steinboden des *Central Criminal Court* und lachten deswegen drauflos.

Die Abenddämmerung war bereits hereingebrochen und wir spazierten zu Fuß bis hinunter zur Bankside, wo sich die *Tate Gallery of Modern Art* befand, in der Tabithas Freund ausstellte. Dazu mussten wir die Milleniums Bridge überqueren. Die Brücke alleine war schon imposant. Sie brachte einem direkt zur Galerie, die wegen ihres Baustils ebenfalls eine glanzvolle Erscheinung bot. Das enorm große Backsteingebäude war von einem Kraftwerk in ein Museum umgebaut worden. Wir betraten die Galerie vom Besucherzentrum aus und gelangten in die Räumlichkeiten von Tabithas Freund, der uns auch gleich freudig entgegenkam.

»Tabitha! Das ist aber eine Überraschung.« Er nahm sie in den Arm und küsste sie, anschließend wandte er sich mir zu. »Willst du mir nicht deine nette Begleitung vorstellen?« Jetzt war ich angenehm überrascht, war dieser charmante junge Mann etwa *der* Michael aus dem Club? Ich reichte ihm die Hand.

»Elena Cooper«, stellte ich mich kurzerhand selbst vor.

»Ihr beiden kennt euch doch schon.« Sie setzte ihren nebulösen Blick auf. »*Aquarium*? Klingelt es bei euch?« Tabithas Freund fasste sich an die Stirn.

»Die Staatsanwältin mit der Columbina-Maske. Richtig?« Ich nickte.

»Mein Boss sozusagen«, ergänzte sie. »Also, leg dich nicht mit ihr an, sonst landest du hinter englischen Gefängnismauern«, lachte sie ausgelassen und ihr Freund stimmte in das Gelächter mit ein. Tabitha wollte offenbar nicht unhöflich sein. »Darf ich nochmals vorstellen? Elena, das ist Michael Pears.« *Erraten, das ist also Michael aus dem Club.* Natürlich hatte ich sein Gesicht nicht erkennen können, denn er hatte zum damaligen Zeitpunkt eine Schnabelmaske getragen, die sein ganzes Gesicht verdeckt hatte. *Was wohl aus seinem Freund Andrew geworden ist, der so eine ähnliche Stimme wie Jeremy hatte?*

Freundlicherweise bot uns einer der Mitarbeiter des Catering-Service ein Glas Sekt an. Michael machte eine ganz private kleine Führung nur für uns. Es war höchst interessant, die Bilder aus seiner Sicht betrachten zu dürfen und mit ihm darüber sprechen zu können, warum er gerade dieses oder jenes Motiv gewählt hatte.

Als ich in einen spärlich beleuchteten Nebenraum kam, war es mir, als hätte ich Alexander um die Ecke biegen sehen. *Quatsch.* Er war in Venedig und konnte nicht im Geringsten hier in der *Tate Gallery* sein. Dieser Mann sah ihm wahrscheinlich einfach nur ähnlich, das war alles. Langsam dachte ich, vor lauter Sehnsucht überall Alexander zu entdecken.

Tabithas Freund folgte mir und erklärte mir einiges über das Gemälde, das wir gerade vor uns hatten. Es zeigte das Nachtleben von London, wie ich zuerst angenommen hatte, bis er mich eines Besseren belehrte. Es war der Auftakt zum 2016er *Femdom Ball*, der alljährlich in London stattfand. Das Bild zeigte mit Latex bekleidete Damen und Herren, die offensichtlich, wie könnte es auch anders sein, in amüsierter Stimmung waren. Lange betrachtete ich es. Es hatte das gewisse Etwas. Michael entschuldigte sich und ging nach draußen, um Tabitha zu suchen.

Inzwischen war ich alleine, als ich wieder das Gefühl hatte, jemand würde sich mit im Raum befinden. Unauffällig wandte ich mich um, konnte aber niemanden ausfindig machen. *Merkwürdig, ich hätte wetten können, dass mich jemand beobachtet.* Ich fühlte mich unbehaglich und wechselte erneut die Räumlichkeit. Tabitha stand mit Michael bei einem anderen Bild und sie diskutierten angeregt. Ich gesellte mich dazu und er bezog mich auch sofort in das Gespräch mit ein.

Wir unterhielten uns blendend, tranken ein Glas Sekt nach dem anderen, bis wir beide schon leicht beschwingt den Heimweg antreten wollten. Michael half mir in meine Jacke und Tabitha in ihren Mantel. Da es schon sehr spät war und die letzten Gäste bereits gegangen waren, bot er an, uns nach Hause zu bringen. Weil ich meinen Wagen beim *Central Criminal Court* stehen gelassen hatte, ließ ich mich nur bis dort hinbringen. Tabitha blieb im Auto sitzen und winkte zum Abschied. Außerdem wollte ich die beiden nicht stören.

Ich stieg in meinen Wagen. Es war ohnedies kaum mehr Verkehr und so lenkte ich mein Gefährt vorsichtig bis nach Knightsbridge, um nach Hyde Park Gate zu gelangen, wo sich mein Stadthaus befand. Ich parkte vor meinem Heim.

Es war stockdunkel, die Außenbeleuchtung meines Hauses ging an. Die Anlage war ziemlich begrünt, auch wenn man zum gegenwärtigen Zeitpunkt nicht viel davon bemerkte, aber schließlich befanden wir uns gleich in der Nähe von Kensington Gardens. Tagsüber eine überaus einladende Atmosphäre, denn an den Häusern rankte sich der Efeu und die begrünten Flächen wirkten sehr akkurat. Jedes der Häuser hatte einen eigenen kleinen Garten. Sobald es Frühling geworden war, nahm ich meine Arbeit zumeist mit nach draußen und wickelte mich in einen Schafwollumhang, um die Natur genießen zu können. Als Bewohner des Londoner Stadtteils Kensington konnte man die Annehmlichkeiten eines urbanen Gebietes und das eines ländlichen Flairs genießen. Mein Garten bestand aus einem gepflegten Rasen und einem aus Natursteinen gepflasterten Weg, den man vom Wohnzimmer aus betreten konnte.

Augenblicklich stand ich vor meinem Gartentor an der vorderen Seite des Hauses, um es zu öffnen. Als ich in meinen kleinen Vorgarten trat, um die Zahlenkombination in den Schlüsselsafe zu tippen, hatte ich wieder das Gefühl, es würde mich jemand beobachten. Hinter den Büschen sah ich eine Silhouette verschwinden. Ein mulmiges Gefühl überkam mich. Ein Sturm schien aufzuziehen, die Bäume bogen sich, das Laub raschelte ziemlich laut. Ich steckte den Schlüssel ins Schloss, drehte ihn und öffnete die Tür. Ich trat ein, wandte mich rasch um und sah in die Nacht hinaus. Nichts. Schnell schloss ich die Haustür und legte den Riegel vor.

Erleichtert atmete ich auf und hing die Jacke auf den Haken im Vorzimmer. Jetzt wünschte ich mir, Alexander wäre hier. Ich sah auf das Display meines Mobiltelefons. Es leuchtete. Für einen Augenblick glaubte ich, ein Cursor würde sich über den Bildschirm bewegen. *Quatsch! Das bilde ich mir doch bloß ein.* Skeptisch beobachtete ich dennoch das Display, es leuchtete nicht mehr. Sicher war ich nur übermüdet und zu viel Sekt hatte ich heute auch getrunken, da konnte mir mein Geist schon manch Merkwürdiges vorgaukeln. Also lief ich ins Wohnzimmer und warf das Mobiltelefon achtlos auf das Sofa. Melody lag zusammengerollt auf einem der Polster und riskierte maximal ein Auge, um mich zu inspizieren, dann schnurrte sie laut vor sich her.

Es war spät geworden und ich war müde. Rasch streute ich ein paar Leckerli für meinen Säbelzahntiger in die Futterschüssel, danach beschloss ich, meine Klamotten auszuziehen, um ins Bett zu kriechen. Zum Abschminken war ich eindeutige zu erschöpft. *Morgen wird der Tag schon ganz anders aussehen.* Draußen bewegten sich die Bäume im Schatten der Straßenlaternen. Irgendwie sah es gruslig aus. Entschieden zog ich die Jalousie herunter und legte mich hin. Bald darauf war ich eingeschlafen.

***

Am nächsten Morgen erwachte ich mit einem Kater. Die paar Gläser Sekt gestern auf der Vernissage waren doch etwas zu viel für mich gewesen. Nichtsdestotrotz musste ich heute zu einer enorm wichtigen Besprechung. *Also raus aus den Federn*! So wankte ich in Katerstimmung ins Bad, das sich unmittelbar neben meinem Schlafzimmer in einem offenen Bereich befand.

Mit zusammengekniffenen Augen sah ich in den Spiegel. Das Licht blendete mich. Wenn ich ehrlich war, musste ich zugeben, dass ich grauenvoll aussah. Ich seufzte. So konnte ich mich bei der Sitzung des *Central Criminal Court* nicht blicken lassen. Ich überlegte. Da es bereits ziemlich spät war, war für eine Dusche keine Zeit mehr, außerdem würde mich das wahrscheinlich gegenwärtig auch nicht von den Toten auferstehen lassen. Schnell entfernte ich die Reste meines Make-ups von gestern, puderte mein Gesicht und kämmte mein widerspenstiges Haar.

Gedanklich bereits bei der Besprechung, lief ich zu meinem Schrank und langte nach irgendeinem schicken Designerkleid, davon hatte ich ja genug. Ich erwischte das rote mit den aufgedruckten schwarzen Rosen, ein Model von *Vogue*. Es war knielang mit einem rückenfreien Ausschnitt, sodass meine Kehrseite nur von einer großen schwarzen Schleife geziert wurde. Kurzerhand war ich hineingeschlüpft. Diese modischen Kleider hatten einen großen Vorteil. Man war im Nu angezogen. Dazu streifte ich feine schwarze Seidenstrümpfe über und wagte mich in sexy Killer-High-Heels, wie sie Tabitha immer nannte. Sie waren rot und hatten ein Fesselriemchen. Es handelte sich um einen sechzehn Zentimeter hohen Stiletto-

Absatz, sodass man schon fast senkrecht auf Zehenspitzen in diesen Pumps stehen musste.

Mein blonder Lockenkopf war kaum zu bändigen, aber irgendwie schaffte ich es, ein rotes Haarband hineinzustecken, und schminkte meine Wangen noch mit ein wenig Rouge. Zu guter Letzt trug ich Eyeliner und roten Lippenstift auf, benutzte noch das Parfüm von *Floris*, das mir Jeremy geschenkt hatte. Kritisch betrachtete ich mich im Spiegel. So nebenbei warf ich einen Blick auf die Uhr. Beinahe hätte ich vergessen, Melody zu füttern, als sie sich vorwurfsvoll an mein Bein schmiegte. Schnell ging ich in die Küche und öffnete den Kühlschrank, um nach Katzenfutter zu suchen.

»Mmmh, köstliche Leber, Melody«, lockte ich sie und öffnete das Säckchen, um den Inhalt in eine Schüssel zu geben und sie anschließend auf den Boden zu stellen. Jetzt war es aber höchste Zeit, ins *St. Pauls Hotel* zu fahren, und so trat ich ins Vorzimmer. Ich fasste nach meinem schwarzen Mantel, der an einem der Haken hing, und schlüpfte hinein. Meine Aktentasche hatte ich bereits gepackt gehabt, sie lag auf der Ablage. Ich klemmte sie unter den Arm, bevor ich auch schon die Tür öffnete und hinausging. Ich sperrte ab, steckte den Schlüssel in den Safe und saß wenig später in meinem Wagen, der mich ins *Grange St. Pauls Hotel* bringen würde, wo die Sitzung bald losging. Man empfand die Location mit ihrer angenehmen Atmosphäre im obersten Stock als einen idealen Ort, um unsere Umstrukturierungspläne zu besprechen.

***

Ich parkte meinen Wagen in der Tiefgarage, betätigte die Fernbedienung und steckte den Schlüssel in die Manteltasche. Meine Aktentasche hatte ich unter den Arm geklemmt. Danach nahm ich den Lift ins Dachgeschoss. Zu meiner Begeisterung blieb der Aufzug im Erdgeschoss noch einmal stehen. Ich rollte mit den Augen. Die Türen öffneten sich. Ein elegant gekleideter Herr stieg ein und stellte sich ungeniert neben mich.

»Guten Morgen, Miss Cooper.« Sein verführerischer Blick inspizierte mein Outfit vom Kopf bis zu den Zehenspitzen. Es war Jeremy. Verblüfft, ihm hier zu begegnen, setzte ich ein sündiges Lächeln auf.

»Was machst du denn hier?«, fragte ich erstaunt. Er seufzte.

»Sie haben uns doch glatt aus unserem Sitzungssaal verbannt. Platzgründe. Alle Säle sind belegt, wir mussten ausweichen. Dazu hatte sich das *St. Pauls Hotel* nahezu angeboten.« Verstohlen gab er mir einen Kuss auf die Wange. Leidenschaftlich schlang ich meine Arme um seinen Hals und er erwiderte meine Umarmung. »Elena!« Er stöhnte und küsste mich begierig. Seine Hände landeten beide auf meinem Po und begannen, ihn heißblütig durchzukneten. Als das Signal des Fahrstuhls ertönte und die Türen im Begriff waren, sich zu öffnen, standen wir wie zwei Zinnsoldaten nebeneinander. Weitere Fahrgäste stiegen zu. »Sehen wir uns zum Lunch?«, flüsterte Jeremy.

»Ja«, hauchte ich.

»Ich warte in der Hotelhalle auf dich.« Er zwinkerte mir zu.

»Oder ich auf dich.« Der Lift hielt im Dachgeschoss und wir stiegen aus. Dort trennten sich unsere Wege, denn Jeremys Sitzungsraum befand sich am Ende des Ganges in der entgegengesetzten Richtung. Er deutete einen Kuss an, kniff die Augen zusammen und verschwand im Gedränge. Ich lief zu meinem Sitzungssaal. Die Tür stand offen. Tabitha war bereits da und kümmerte sich um die Verpflegung für die Mitglieder des *Central Criminal Court*. Das tat sie immer, wenn Sitzungen stattfanden. Mal alleine, mal mit jemand anderem. Auf jeden der Tische stellte sie eine Flasche Mineralwasser sowie Teller mit belegten Brötchen.

»Kann ich dir helfen, Tabitha?«, fragte ich sie noch immer etwas benommen und hing meinen Mantel an einen der dafür vorgesehenen Haken. Sie drückte mir zwei Teller in die Hand und deutete auf die Tische am hinteren Ende des Raums.

»Die beiden dort drüben fehlen noch.« Dann stolzierte sie auf ihren High Heels an die Theke, um das Kaffeegeschirr zu stapeln. »Jeder, der möchte, kann sich einen Espresso machen. Für Tee ist auch gesorgt. Schließlich sind die alten Knacker nicht hier, um sich die Bäuche vollzuschlagen, sondern um zu arbeiten«, kicherte sie ungeniert vor sich hin und warf mir dabei einen vielsagenden Blick zu. Obendrein mussten wir beide lachen. Ich suchte mir einen geeigneten Platz, nahm meine Unterlagen aus der Aktentasche und legte sie fein säuberlich vor mir auf den Tisch. Ungeachtet dessen ich selbst etwas knapp dran gewesen war, bewegten sich die Mitglieder des *Central Criminal Court* nun erst gemächlich zur Tür herein und nahmen Platz. Richter Berkley war auch unter ihnen.

»Guten Morgen, Miss Cooper«, bemerkte er gentlemanlike und setzte sich unmittelbar neben mich.

»Guten Morgen«, erwiderte ich etwas kratzbürstig, denn dass er mich versetzt und sich dafür nicht einmal entschuldigt hatte, nahm ich ihm immer noch übel. Er tat geradewegs so, als ginge ihn die ganze Sache überhaupt nichts an. *Alter Knacker* hörte ich Tabitha in Gedanken sagen und musste darüber schmunzeln. Das verbesserte meine Laune und die Sitzung wurde durch Richter Berkley eröffnet.

Ich hatte mir Kaffee eingeschenkt, denn irgendwie musste ich diesen Tag heute überstehen. Nun nippte ich daran und hoffte, dass er die Lebensgeister in mir wecken würde, dazu knabberte ich an einem Kaviarbrötchen. Wir gingen jeden Punkt penibel durch, dabei machte ich mir Notizen. Es war so langweilig, dass ich glaubte, beinahe vom Sessel zu fallen. Meine Gedanken schweiften ab. Zu Jeremy. Oder besser gesagt zu Alexander. Seine Anziehungskraft auf mich wurde mit jedem Mal stärker und manchmal glaubte ich, den Verstand zu verlieren, so sehr begehrte ich ihn und seine abartige Neigung, Sex zu haben.

Immer wieder sah ich auf die Wanduhr. Der Zeiger wollte sich heute anscheinend überhaupt nicht weiterbewegen. Ich musste an unsere letzte Session denken, als wir uns im Leuchtturm befunden hatten. Trotz der Wunde am Hinterkopf hätte ich am liebsten mit ihm Sex gehabt. *Das ist doch verrückt! Oder?* An manchen Tagen konnte ich kaum einen klaren Gedanken fassen, weil ich an unseren Kinky-Sex denken musste. Richter Berkley riss mich aus meinen Träumereien.

»Haben Sie vielen Dank, dass Sie heute so zahlreich erschienen sind und an dieser wichtigen Sitzung teilgenommen haben«, schloss er die Besprechung, die nun ein jähes Ende nehmen sollte, und ich war froh darüber. Nun war die Zeit doch noch vergangen, aber nur, weil ich mich in Gedanken mit Alexander beschäftigt hatte.

*Die Umstrukturierungspläne interessieren mich heute einen feuchten Kehrich*t, dachte ich und stand auf. Sie waren ohnedies bereits beschlossen und uns zu informieren, war nur mehr reine Formsache gewesen. Es war zwar noch nicht Zeit, zum Lunch zu gehen, aber es zahlte sich auch nicht aus, um jetzt noch ins *Central Criminal Cour*t zu fahren. Ich würde solange auf Jeremy in der Hotelhalle warten. Daher packte ich meine Unterlagen zusammen und machte mich auf den Weg zum Fahrstuhl. Die Tür des Sitzungsraums, in dem sich Jeremy befand, war noch immer geschlossen. Eine seiner Sekretärinnen stand auf dem Gang und kramte gerade in irgendwelchen Unterlagen. Sie lächelte.

»Guten Tag, Miss Cooper.« Sie kannte mich anscheinend, ich sie nicht. Ich erwiderte ihren Gruß. Unsicher sah sie mich an. »Mr White ist noch in der Sitzung«, erklärte sie mir. Ich nickte.

»Danke.« Sicher würde er nachher ins Restaurant kommen, ich würde mir vielleicht schon einen Aperitif in der Lounge genehmigen. Als ich mich dem Lift näherte, öffneten sich gerade die Türen, jemand stieg aus und ich trat ein. Der Fahrstuhl fuhr nach unten. Eine geraume Weile verbrachte ich in diesem beengten Raum und betrachtete kritisch mein Gesicht im Spiegel, bis der Ton erklang, der mir zu verstehen gab, dass der Aufzug im Erdgeschoss angekommen war. Die Türen gingen auf und ich sah mich um.

Zielstrebig trat ich auf einen der bequemen Armstühle zu und setzte mich. Gleich darauf kam auch schon ein Kellner auf mich zugeeilt und fragte, für welches Getränk ich mich entschieden hätte. Ich nahm einen Cosmopolitan. Ich hatte keine Kopfschmerzen mehr, konnte wieder klar denken, also, warum nicht?

Verträumt sah ich zur Drehtür, die sich unaufhaltsam in eine Richtung bewegte. Die letzten Mitglieder des *Central Criminal Court* und scheinbar auch die des *Supreme Court* drängten zum Ausgang, Tabitha war unter ihnen. Sie winkte mir zu. Es konnte also nicht mehr lange dauern, bis auch Jeremy hier unten erscheinen würde. Der Kellner brachte meinen Drink und ich nippte daran. Wieder schweifte mein Blick zu der enormen Glasfront, die hohe, schwere Vorhänge zierte.

Draußen fuhr eine Limousine vor. Der Chauffeur stieg aus und öffnete seinem Fahrgast die Tür. Mein Herz schlug höher. Es war Larry. Erst jetzt merkte ich, dass es sich nur um Jeremys Wagen handeln konnte. *Wo will er denn hin? Wir haben doch vereinbart, uns hier in der Lounge zu treffen.* Blitzschnell stellte ich meinen Aperitif ab, um zur Tür zu laufen. Er saß im Wagen. Starrte mich an, als wäre er überrascht, mich zu sehen. Larry zog seine Mütze, blickte mich an und nickte unsicher. Jeremy gab Larry mittels Handzeichen zu verstehen, dass er nicht aussteigen wollte. Unvermittelt schlug Larry die Tür des Wagens wieder zu, um auf der Fahrerseite einzusteigen. Jeremy machte überhaupt keine Anstalten, auf mich warten zu wollen. Ich stand nun vor der Drehtür am Straßenrand und stierte verdutzt auf den Wagen. Das Fenster war halb geöffnet und Jeremy sah mich erschrocken an. *Was hat das zu bedeuten?*

»Jeremy«, entschlüpfte es mir und es klang ohnedies nur wie ein jämmerliches Krächzen. Er konnte es kaum gehört haben. Die Scheibe wurde hochgefahren und sein Gesicht verdeckt. Larry startete den Motor, der Wagen setzte sich in Bewegung. Ich lief ein paar Schritte auf die Limousine zu. Keiner der beiden machte offensichtlich Anstalten, meine Anwesenheit wahrzunehmen. Der Wagen fuhr ab. Ich stand da. Augenblicklich verstand ich die Welt nicht mehr.

Dann schoss es mir durch den Kopf. *Jeremy ist doch gerade im Dachgeschoss in einem der Sitzungssäle. Wie zum Kuckuck kann er dann hier im Wagen sitzen?* Ich hätte ihn doch bemerken müssen. Ich hatte die ganze Zeit mit Blick zum Fahrstuhl oder zur Drehtür dagesessen. Er hätte gar nicht unbemerkt an mir vorbeikommen können. Mir wurde ganz heiß. Ich begann, am ganzen Körper zu zittern. Irgendwie hatte ich ein ungutes Gefühl. Sein erschrockenes Gesicht hatte ich noch immer vor Augen. *Warum reagierte er so merkwürdig? Warum stieg er nicht aus? Warum wollte er mich nicht sprechen? Hat er doch eine Persönlichkeitsstörung und ich wollte sie bisher nicht wahrhaben? Aber wie zum Teufel kam er in den Wagen?* Ich fasste an meine Stirn. *Und Larry ... Er kam mir immer schon so merkwürdig vor. Ich glaube, er konnte mich noch nie leiden.*

Augenblicklich war mir der Appetit vergangen, ich wollte nur mehr hier weg und nach Hause. Erst jetzt bemerkte ich, dass ich meinen Mantel im Sitzungssaal vergessen hatte, in dem ich meine Autoschlüssel aufbewahrte. *Mist.* Ich rannte zum

Fahrstuhl. Ungeduldig drückte ich ein paarmal auf den Knopf, bis einer der Aufzüge endlich im Erdgeschoß angekommen war. Die Lifttüren öffneten sich. Ich stieg ein und fuhr wieder ins Obergeschoss. Unwillkürlich rieb ich meine Arme, es fröstelte mich. Als die Fahrstuhltüren erneut auseinanderglitten, lief ich kopflos in den bereits verwaisten Sitzungssaal, um meinen Mantel zu holen. Rasch zog ich ihn vom Haken und stürzte zur Tür hinaus. Als ich den Gang entlanglief, glaubte ich, meinen Augen nicht trauen zu können. Unvermutet stand mir Jeremy plötzlich gegenüber.

»Honey, ich habe dich schon in der Lounge gesucht! Hast du etwas vergessen?«, fragte er mich unbekümmert, dabei blickte er mir unschuldig ins Gesicht. Völlig vor dem Kopf gestoßen, blieb ich abrupt stehen, war nicht fähig, etwas zu erwidern. *Was wird hier bloß gespielt? Drehe ich jetzt völlig durch?* Seine Stirn legte sich in Falten, er zog die Innenseite seiner Augenbrauen nach unten und kniff sie zusammen. »Elena, du bist ja ganz verstört. Was ist denn los mit dir?«, wollte er bestürzt wissen. Ich war innerlich völlig aufgewühlt, fasste mir an die Stirn. *Was hat das zu bedeuten? Er kann wohl kaum eben noch im Wagen gesessen haben und jetzt schon wieder hier oben im Dachgeschoss sein. Das ist unmöglich! Wer war der andere Mann im Wagen?* Ich schluckte. Ich glaubte, im nächsten Augenblick der Länge nach hinzufallen. Das war zu viel für mich. Ich begann, am ganzen Körper zu zittern. Jeremy stand vor mir und wusste scheinbar nicht, wie er sich verhalten sollte. »Elena«, flüsterte er.

»Jeremy …« Meine Stimme klang jämmerlich, ich schluchzte auf und Tränen traten mir in die Augen. »Glaub jetzt bitte nicht, ich wäre verrückt«, winselte ich vor mich hin. Noch immer zitterte ich stark. Jeremy stand nur da und sah mich mit in Falten gelegter Stirn an. Ich war kaum fähig, ein Wort herauszubringen. »Ich komme gerade aus der Lounge und habe dich, ich meine, nicht dich, oh Gott ...« Ich verstummte. Die Tränen rannen mir still übers Gesicht. Jeremy ermunterte mich, weiterzusprechen, währenddessen zog er mich in einen leeren Raum und schloss die Tür hinter sich. Ich flüsterte und glaubte, jedem Moment überzuschnappen. *Vielleicht bin ich es ja, die geisteskrank ist*, dachte ich entsetzt. »Ich habe dich gerade unten in einer schwarzen Limousine vorfahren sehen.« Jeremy schüttelte den Kopf.

»Das war ich nicht! Ich bin die ganze Zeit hier oben gewesen, im Sitzungssaal, das kann dir jeder bestätigen. Nur für einen kurzen Moment war ich eben unten in der Lounge, um dich zu suchen, danach bin ich sofort wieder heraufgefahren.« Neue Tränen bahnten sich ihren Weg.

»Aber ich bin doch nicht verrückt, Jeremy!« Völlig verwirrt starrte ich ihn an. Er nahm mich an den Schultern und lächelte zaghaft.

»Natürlich bist du das nicht, Elena. Es kann sich nur um meinen Bruder handeln, den du gesehen hast. Ich weiß es selbst erst seit ein paar Tagen, dass er von New York nach London gezogen ist«, machte er mir unmissverständlich klar.

»Dein Bruder?«, fragte ich ungläubig.

»Ja, Alexander, mein Zwillingsbruder.« Meine Augen weiteten sich, als ich das hörte, und meine Kehle fühlte sich wie zugeschnürt an. Mein Atem ging stoßweise und ich glaubte augenblicklich an meinen Worten ersticken zu müssen.

»Du hast einen Zwillingsbruder? Und sein Name ist Alexander?« Ich atmete kräftig aus und war innerlich völlig aufgewühlt. Irgendwie musste ich meine Fassung zurückgewinnen. Ich fasste einen Plan, wollte überprüfen, ob er mir auch die Wahrheit sagte. Ich sah ihn an. »Könntest du bitte dein Hemd ausziehen?«, bat ich ihn und wollte mich vergewissern, ob er Striemen auf dem Rücken hatte. Jeremy riss seine Augen auf und starrte mich an.

»Wie bitte?« Kurzfristig schlug ich die Lider nieder, um ihm wenig später wieder ins Gesicht zu blicken.

»Stell jetzt bitte keine Fragen. Zieh es einfach aus.« Dann inspizierte er mich eingehend.

»Elena, was soll das jetzt?« Ich rang meine Hände und erhob meine Stimme.

»Bitte tu es einfach«, flehte ich ihn an. Jeremy sah mich mit verbittertem Gesichtsausdruck an, er glaubte wohl, dass ich den Verstand verloren hätte, tat aber, wozu ich ihn gebeten hatte. Als er sein Sakko und auch sein Hemd über die Schultern streifte, sah ich seinen makellosen Rücken. Weder die Striemen, die ich Alexander in Irland zugefügt hatte, noch die kreisförmige Vernarbung auf seinem rechten Schulterblatt waren zu sehen. Es war also tatsächlich wahr. Vor mir stand Jeremy und der andere Mann im Wagen war Alexander gewesen. Abermals bahnten sich die Tränen ihren Weg über mein Gesicht. »Du kannst dich wieder anziehen«, trug ich ihm mit zittriger Stimme auf und mit einem verwirrten Blick schlüpfte er in sein Hemd sowie das Sakko.

»Was sollte das jetzt, Elena?«, hakte er nach, während er den letzten Knopf seines Jacketts verschloss. Mit tränennassen Augen sah ich ihn an.

»Ich wollte nur einen Beweis, dass du die Wahrheit sagst.« Er schüttelte den Kopf.

»Ich verstehe nicht ganz.« Dass ich seinem Bruder erst kürzlich im Liebesspiel Striemen zugefügt hatte, wollte ich unter keinen Umständen preisgeben.

»Alexander hat eine Vernarbung an der rechten Schulter. Ich wollte sie sehen.« Nun schluchzte ich wieder, ich war völlig am Boden zerstört und stierte ihn an. »Warum hast du mir das nie erzählt?« Unverhofft gaben meine Beine nach, ich drohte zusammenzuklappen. Jeremy stützte mich. Dann weiteten sich seine Augen, es schwante ihm Fürchterliches.

»Elena! Was ist los mit dir? Er ist doch lediglich mein Bruder. Und woher weißt du, dass er eine Narbe auf dem Rücken hat?« Jetzt brach ich völlig zusammen und heulte los.

»Lediglich dein Bruder?«, wimmerte ich vor mich hin und dachte gegenwärtig daran, einfach nur sterben zu wollen, so elend fühlte ich mich bei dem Gedanken, mit diesen beiden Männern gleichzeitig ein Verhältnis zu haben, ohne jedoch nur im Geringsten davon gewusst zu haben. Ich glitt langsam zu Boden und schlug die Hände vor mein Gesicht. Jeremy kniete sich zu mir herab, stützte seinen Arm an der Wand ab und sah mich entsetzt an.

»Elena?« Beschämt sah ich in seine Augen.

»Er ist nicht lediglich dein Bruder, Jeremy«, klagte ich. »Ich habe ein Verhältnis mit ihm«, flüsterte ich nun und drohte an meinen eigenen Worten zu ersticken. Jeremy fasste mit beiden Händen an seine Schläfen, seine Augen weiteten sich, er schien völlig vor den Kopf gestoßen zu sein. Mit diesem Geständnis hatte er nicht gerechnet. Er atmete hörbar aus und flüsterte.

»Du hast *was*?« Seine Augen füllten sich mit Tränen. Er konnte nicht glauben, was ich hier sagte. Entsetzt starrte er mich an. Unsere Blicke trafen sich. Er schüttelte verständnislos den Kopf. »Das kann nicht sein! Das glaube ich einfach nicht«, schrie er durch den Raum und wir konnten von Glück sprechen, dass keiner mehr hier war. Er zerraufte sich sein dunkles Haar. »Warum hast du das getan, Elena?« Seine Augen füllten sich abermals mit Tränen.

»Ich habe es doch nicht gewusst, Jeremy«, schrie ich mir die Verzweiflung aus dem Leib. »Du hast mir nie etwas davon erzählt, dass du einen Zwillingsbruder hast«, machte ich ihm einen Vorwurf.

»Warum hätte ich das denn tun sollen? Verdammt noch mal«, herrschte er mich an und kauerte sich nun neben mir auf den Boden. Ich zog meine Knie an, schlang meine Arme darum.

»Weil das sonst nie passiert wäre?«, wimmerte ich. »Wenn du mir die Wahrheit über deinen Bruder erzählt hättest, hätte ich mich niemals mit ihm eingelassen! Er gab die ganze Zeit vor, du zu sein.« Die Verzweiflung musste mir ins Gesicht geschrieben gewesen sein.

»Das darf doch nicht wahr sein! Er hat dich im Glauben gelassen, er wäre ich?«, stieß er betroffen aus. Ich nickte.

»Ich dachte die ganze Zeit, du würdest ein Doppelleben führen.« Jeremy reagierte fassungslos.

»Oh mein Gott! Du hast doch nicht etwa mit ihm diese abartigen Spielchen betrieben?«, fragte er verstört. Ich wandte meinen Blick von ihm ab. In dieser Sekunde ekelte es mich vor mir selbst. Das war ihm Antwort genug. *Warum hat Alexander das bloß getan? Was wollte er damit bezwecken? Hat er mich nur benutzt, um seinen Bruder zu verletzen?* Wenn ich daran dachte, nur als Objekt seiner Intrigen gegen seinen Bruder fungiert zu haben, wurde mir übel. Jeremy und ich saßen nebeneinander, er fasste nach meiner Hand. »Wie hast du ihn kennengelernt, ich meine, wo bist du ihm zum ersten Mal begegnet?«, wollte er nun wissen. Niedergeschlagen sah ich ihn an. Ich fühlte mich völlig ruiniert.

»Warst du jemals mit mir auf Seeds Castle?«, fragte ich. Er nickte. Erleichtert atmete ich auf.

»Ja, als wir den Tandemsprung machten.«

»Und dann nie wieder?«, hakte ich skeptisch nach. Er schüttelte den Kopf. Ich war vollkommen am Boden zerstört. Das hieß, Jeremy hatte mit den Methoden, die Alexander beim Sex praktizierte, rein gar nichts zu tun. Ich konnte also einen glatten Trennstrich zwischen den beiden ziehen und wusste somit, mit wem ich an welchem Ort gewesen war. »Kannst du dich noch an den Tag erinnern, als wir zum ersten Mal auf Seeds Castle waren? Ich hatte jemanden an einem der Fenster gesehen und du sagtest, da wäre niemand«, fragte ich ihn erwartungsvoll. Jeremy seufzte.

»Zu diesem Zeitpunkt wusste ich noch nicht, dass mein Bruder aus New York zurückgekehrt war. Wegen der Entfernung hatte er Seeds Castle nur sehr sporadisch genutzt.« Jeremy wurde die Position auf dem Fußboden scheinbar zu unbequem. »Möchtest du in die Hotellounge gehen und dort weiterreden?«, wollte er wissen.

»Ja.« Ich fühlte mich noch immer geradezu erbärmlich, hatte keine Lust, nach Hause zu fahren, um dort in Depressionen zu verfallen, weil mein Leben gerade durch eine einzige Person in Scherben zerbrochen worden war. Also willigte ich ein.

Wir verließen den Sitzungssaal. Jeremy holte den Aufzug und wir fuhren abwärts. Wieder gelangten wir in die Hotelhalle. Durch diese Nachricht trotteten wir niedergeschlagen nebeneinander her und setzten uns an einen Tisch. Der Kellner war sofort zur Stelle und ich bestellte noch einen Cosmopolitan, den Wodka brauchte ich jetzt, um mein Leben, das gerade den Bach runterging, wegzuspülen. Jeremy bestellte einen Wodka auf Eis. Wir setzten unser Gespräch fort.

»Alexander hat einmal über dich gesprochen, mir aber nicht gesagt, dass ihr Zwillingsbrüder seid. Er meinte, er hätte keinen Bruder mehr.« Ich stieß einen verächtlichen Laut aus. »Anfangs dachte ich, sein Bruder wäre tot. So hatte sich das zumindest angehört. Später erfuhr ich, dass dem nicht so ist, habe ihn aber aus Gründen der Rücksichtnahme nie wieder danach gefragt.«

»Eine ziemlich verworrene Sache«, stellte er fest.

»Nicht wahr?« Sein Gesichtsausdruck sprach Bände, er wirkte sehr bedrückt. Mit einem Nicken deutete ich ihm an, dass ich seiner Meinung war. Interessiert wandte ich meinen Kopf in seine Richtung. »Was ist zwischen euch beiden eigentlich vorgefallen? Warum habt ihr keinen Kontakt mehr? Ich meine, ihr seid schließlich Zwillinge! Man sagt ihnen doch nach, sie hätten eine weitaus innigere Beziehung zueinander als normale Geschwister. Oder ist das bei euch anders?«, wollte ich von ihm wissen. Er atmete lautstark aus.

»Normalerweise ja. Als wir noch Kinder waren, war das auch so. Nur als Alexander in die Pubertät kam, wurde es mit ihm immer schwieriger. Er hatte Verlangen, die ich nicht verstehen konnte, eine viel ältere Freundin, die ihn den BDSM-Kodex lehrte. Er ging dabei in eine völlig konträre Richtung. Verstehst du? Ich konnte mit seinen speziellen Bedürfnissen nichts anfangen und so entfernten wir uns immer mehr voneinander«, versuchte er, mir diesen Umstand zu erklären.

»Alexander …«, ich stockte. Beim Aussprechen seines Namens lief mir ein eiskalter Schauer über den Rücken. Trotzdem riss ich mich zusammen und fuhr fort. »Er hatte mir mal erzählt, dass er von seinen Eltern nicht geliebt, von seinem Vater sogar misshandelt wurde.« Diese Tatsache beunruhigte mich innerlich. *Hat er mir überhaupt die Wahrheit gesagt?* Jeremy erstarrte und sah zu Boden. Er stieß einen leidlichen Seufzer aus. Das sagte schon alles. Es war also tatsächlich wahr!

»Auch meine Eltern konnten mit seinen absonderlichen, selbstquälerischen und zerstörerischen Trieben nichts anfangen. Mein Vater glaubte, ihn durch Züchtigung von seinem Vorhaben abzubringen. Dadurch wurde seine Sucht nur noch mehr geschürt. Alexander zog es immer tiefer in die Spirale aus Bestrafung und Unterwerfung hinab, von wo aus er keinen Ausweg mehr fand. Im Gegenteil, je mehr er gezüchtigt wurde, desto schlimmer wurden seine Bestrebungen nach absonderlichen und anstößigen Dingen.«

Ich schluckte. *Es war also falsch, seinen Trieben nachgegeben zu haben*, dachte ich deprimiert. Natürlich fand ich nicht an allem Gefallen, was er tat, aber einiges davon hatte auch mich in Ekstase versetzt, das musste ich ehrlicherweise zugeben. *Bin ich dadurch auch abnormal?* Jeremy fuhr fort.

»Es ging so weit, dass Alexander und mein Vater immer wieder deswegen in Streit gerieten, und so kam es, dass wir eines Tages auf einer gemeinsamen Fuchsjagd waren. Wir waren beide achtzehn.« Er zögerte, weiterzusprechen. Mein interessierter Blick ermunterte ihn, fortzufahren. »Er hat nach Erlegen des Fuchses meinem Vater den Gewehrlauf an die Schläfe gehalten.« Ich riss meine Augen auf, wartete auf die Hiobsbotschaft. *Das kann doch nicht wahr sein! Alexander ist zu solch einer Tat fähig?* Aufmerksam hörte ich weiter zu. »Wir waren allein. Nur mein Vater, Alexander und ich. Ich war fassungslos. *Wie weit kann diese Peinigung seinerseits eigentlich gehen?*, dachte ich damals. Einerseits verlangte er geradezu nach einer Bestrafung meines Vaters und andererseits lehnte er sich gegen ihn auf. Alexander war zum damaligen Zeitpunkt völlig unzurechnungsfähig. Er zitterte am ganzen Körper, während mein Vater ihn nur auslachte und ihn buchstäblich abqualifizierte. Ihm an den Kopf warf, dass er sowieso nie abdrücken würde, weil er dazu zu feige wäre. Er hat ihn provoziert. Alexander fühlte sich denunziert. Er ließ kurzfristig das Gewehr sinken und als mein Vater dann aus vollem Halse loslachte, hat er ihm in die Schulter geschossen. Mein Vater sackte zusammen, wand sich vor Schmerzen. Alexander starrte ihn nur an und ließ das Gewehr fallen.« Ich schlug die Hände vor mein Gesicht, das war eine niederschmetternde Nachricht. Jeremy hatte seine Ausführungen noch nicht beendet. »Mein Vater wurde dadurch schwer verletzt und mit dem Hubschrauber ins Krankenhaus gebracht, die Kugel musste operativ entfernt werden. Durch den massiven Blutverlust schwebte er sogar kurzzeitig in Lebensgefahr. Es wurde nie Anklage gegen Alexander erhoben, mein Vater ließ die Akte verschwinden. Er war in jener Zeit ein angesehener Mann, der Chairman der *Stock Exchange* in London, konnte sich keine Rufschädigung leisten.« Er lachte verächtlich. »Und nun ist sein miserabel geratener Sohn in seine Fußstapfen getreten. Alexander ist Vorsitzender der *Stock Exchange*, nachdem mein Vater in den Ruhestand getreten ist. Dazu ist er extra aus New York gekommen. Er wollte uns immer zeigen, wie sehr er es draufhat. Und ja, beruflich kann man ihm kein Schnippchen schlagen. Er ist ein ausgezeichneter Börsenmakler, die Wallstreet in New York war der beste Lehrmeister, den er je haben konnte. Er verdiente dort ein Vermögen.« Alexander war also der Vorsitzende der *Stock Exchange*. Ich konnte es kaum glauben. Jeremys Redefluss war offenbar kein Ende zu setzen. »Letztendlich hat er den Andersons und somit meinem Vater vor fünf Jahren Seeds Castle abgeluchst, um dort seine schändlichen Spielchen treiben zu können. Seine Orgien zu feiern. Seinen *Dungeon*, wie er es nennt, einzurichten, um sich seinen abartigen Fantasien hingeben zu können.«

»Er hat den *Andersons* das Schloss abgeluchst?«, fragte ich verwirrt.

»Ja. Mein Vater ist ein Anderson und Alexander auch. Ich habe den Mädchennamen meiner Mutter, also White, angenommen, weil ich mit meinem missratenen Bruder nichts mehr zu tun haben wollte. Mein Vater hätte Seeds Castle renovieren müssen, das hätte enorm viel Geld gekostet. So ein Schloss frisst einen finanziell auf. Mein Bruder der Kapitalist hat es ihm abgekauft und *gütig* wie er war, hat er ihm ein paar Tausend Pfund mehr überwiesen als den ursprünglich vereinbarten Kaufpreis«, bemerkte er zynisch. »Das ist seine Taktik. Den anderen zu zeigen, dass er sich alles erkaufen kann, was er will. Alexander zählt sicher zu den reichsten Aktionären der Welt.« Kurzfristig stockte er, sah mich mit zusammengekniffenen Augen an. »Warst du jemals an diesem abgrundtiefen Ort?« Er sah mich geringschätzig an. Ich blieb ihm die Antwort schuldig, senkte mein Haupt. Er schüttelte angewidert den Kopf. »Du warst also dort.« Diese Tatsache schmerzte ihn zutiefst, das konnte ich an seiner Mimik ablesen. Ich erwiderte kein Wort, dazu wollte ich nicht das Geringste sagen. Raffiniert versuchte ich, das Thema zu wechseln.

»Er wurde also für den tätlichen Angriff auf deinen Vater nie zur Rechenschaft gezogen?«, fragte ich nochmals nach.

»Nein, der Vorfall liegt schon sechzehn Jahre zurück. Seither haben er und mein Vater keinen persönlichen Kontakt mehr. Ich selbst habe den Kontakt zu ihm immer mehr geschmälert. In den letzten fünf Jahren haben wir uns nur ein paarmal gesehen. Wie er meinen Vater behandelt hat, fand ich schlichtweg widerlich. Heute ist er ein alter Mann, kann sich seiner Haut nicht mehr erwehren und Alexander hat dies schändlich ausgenutzt.« Ich betrachtete seine Silhouette. Jeremy und Alexander glichen sich wie ein Ei dem anderen. Es gab rein äußerlich keinen Unterschied zwischen den beiden.

»Und jetzt? Hast du noch Kontakt zu ihm?«, fragte ich nach und war empfänglich für jede sich bietende Antwort.

»Kaum. Ich habe ihn, wie gesagt, seit rund fünf Jahren nur gelegentlich und dann mehr oder minder durch Zufall gesehen oder gehört. Bis«, er hielt inne und sah mich an, »du dich in diesen Fall hineingekniet hast.«

»Du meinst den Blackford-Fall? Der Blobfish? Dieses Ekelpaket und Mitglied der *Londoner Stock Exchange*? Der seinem Opfer absolut jede Handlungsfreiheit nahm, indem er der jungen Sarah Woods eine Augenbinde sowie einen Mundknebel verpasst hatte, sodass sie nicht einmal ein Codeword aussprechen konnte? Der sie gequält hat, bis sie an den Verletzungen letztendlich verstarb?«, fragte ich aufgeregt. Dieser Fall hatte mich bis zum heutigen Tag nicht mehr losgelassen. Es wühlte mich innerlich noch immer auf, wenn ich davon sprach. Jeremy nickte, dabei kniff er seine Augen zusammen.

»Ja, und Alexander hat die Orgie organisiert, er hatte also die volle Verantwortung, dieser Scheißkerl! Das war der zweite Fall, mit dem du dich beschäftigt hast. Der, dem so viele Beweise entzogen wurden und den ich mit nach Brüssel genommen hatte, um dir scheinbar zu helfen, sodass du den Kerl hättest festnageln können. In Wirklichkeit war ich derjenige, der das Beweismaterial aus der Akte entfernt hat. Ich wollte strategisch vorgehen. Sie ganz verschwinden zu lassen, hielt ich für keine gute Idee. Erst als ich vorgab, die Akte scheinbar ins *Central Criminal Cour*t zurückführen zu wollen, hatte ich vorgehabt sie zu vernichten. In Wahrheit hatte ich die Akte gar nicht ins Gerichtsgebäude schicken lassen, sondern hätte sie heute an Alexander übergeben. Er wollte sie dann beiseiteschaffen. Es tut mir leid, Elena, aber ich musste das tun, ich musste Alexander schützen. Schon allein wegen dem Ansehen meiner Familie«, machte er ein Geständnis und griff nach meiner Hand. Reflexartig entzog ich sie ihm, dabei stiegen mir erneut Tränen in die Augen. Noch nie in meinem Leben war ich so sehr enttäuscht worden. Als Staatsanwältin war ich es gewohnt, dass man mir ins Gesicht log, aber mich in meinen Gefühlen so sehr zu verletzen, solch eine Niederlage hatte ich noch nie hinnehmen müssen. Alexander hatte mich die ganze Zeit über angelogen und Jeremy hatte mich ebenfalls bewusst in die Irre geführt. Ich war am Boden zerstört. Noch dazu hatte ich mich beiden Männern hingegeben, wenn auch unbewusst. Ich hatte mich quasi prostituiert. Was könnte es eigentlich Schlimmeres geben?

Und trotzdem empfand ich noch immer etwas für Alexander. Warum? Er hatte mir einen Heiratsantrag gemacht, das hätte er nicht tun müssen, schon gar nicht nach einer Woche, die wir uns kannten. Er hatte mich nach unserem Streit dennoch gesucht und gerettet. Genauso gut hätte er nach unserer Auseinandersetzung wieder von der Bildfläche verschwinden können. Die Akte hätte er von seinem Bruder sowieso bekommen, dazu hatte er mich nicht mehr gebraucht. *Bedeute ich ihm doch etwas? War das alles eine Abfolge von aufeinandertreffenden Zufällen? Hatte er vielleicht zunächst nur vor, mich seinem Bruder aus Rache auszuspannen und sich dann doch ernsthaft in mich verliebt?* Dass Jeremy Alexander als Scheißkerl bezeichnet hatte, ließ mich erschaudern. Sein Hass ihm gegenüber, brannte sich tief in meine Seele. Eiskalt lief es mir dabei den Rücken herunter. Er war so sehr in Rage geraten und schlug sich nun selbst mit der flachen Hand gegen die Stirn.

»Und ich Idiot habe ihn aus dieser prekären Situation herausgeboxt, um nun feststellen zu müssen, dass er nichts anderes zu tun hatte, als sich an meine Freundin heranzumachen!« Seine sauste Hand verhältnismäßig schnell gegen die Glasplatte des Tischs und erzeugte einen dumpfen Knall. Dieser Umstand brachte mich gleich wieder zum Erzittern. »Wenn ich das gewusst hätte, ich hätte ihn ins offene Messer laufen lassen!«, erwiderte er wutentbrannt. Ich war außer mir wegen seines Hasses. Und trotzdem hatte ich immer auf der Seite des Rechts gestanden. Es widerstrebte mir, dass er mir den Fall damals sozusagen unter den Füßen weggezogen hatte.

»Warum hast du das getan?«, fragte ich ihn aufgebracht und enttäuscht zugleich.

»Hätte ich ihn der Judikatur aussetzen sollen? Es ist mir schon klar, dass es ungesetzlich ist, was ich getan habe. Aber immerhin geht es hier um das Ansehen meiner Familie. Im Prinzip hatte er ja nichts getan! War nicht mal beteiligt an dieser Misshandlung und Vergewaltigung. Was hätte ich deiner Meinung nach also tun sollen?«, rief er mit zitternder Stimme aus.

»Aber du sagtest gerade, er hätte die Verantwortung gehabt.« Jeremy stieß einen höhnischen Laut aus.

»Ja, Verantwortung. Falls man in diesen Kreisen überhaupt von so etwas sprechen kann. Falls diese Kreaturen nur im Geringsten über die Bedeutung dieses Wortes in Kenntnis gesetzt sind. Es sind doch alles erwachsene und mündige Menschen.« Sein Tonfall wurde sarkastisch. »Verantwortung! Diese Typen sind doch alle nur auf ihren eigenen Vorteil bedacht, nehmen sich einfach, was sie kriegen können, um ihren Trieb damit zu befriedigen. Ohne Rücksicht auf andere zu nehmen. Ob sie nun jemandem damit schaden oder nicht, ist ihnen doch völlig gleichgültig. Sieh doch, was mein Bruder mit dir gemacht hat! Er trampelt auf deinen Gefühlen herum«, schloss er seinen Monolog. Natürlich war die Art und Weise, sich an mich heranzumachen, nicht in Ordnung gewesen. Aber ein inneres Gefühl sagte mir, dass er es mit mir ernst meinte. Ich konnte es nicht erklären, außer ich hätte mich so sehr durch meine Emotionen täuschen lassen. Aber diesen Teil meiner Beziehung würde ich mit Alexander klären wollen. Jeremy sollte sich auf seinen Part beschränken.

»Du warst es also, der die Akte zu einem wertlosen Stück Papier zerpflückt hat?«, machte ich ihm erneut einen Vorwurf daraus.

»Ja, und ich bereue es. Zutiefst, Elena. Nicht nur, dass die ganze Sache hier an Ort und Stelle aufgeflogen ist, sondern auch, dass ich ihn aus den Fängen der Justiz befreit habe. Denn das Fragment oder was von diesem verdammungswürdigen Fall noch übrig blieb, hätte er sich heute bei mir abholen wollen, und genau deswegen war er hier im Hotel, als ihr euch begegnet seid«, schäumte er vor Zorn und musste zusehen, dass das Glas Wodka, das er gegenwärtig in der Hand hielt, nicht unter seinem Jähzorn zerbrach. Natürlich! Die *Stock Exchange* befand sich in unmittelbarer Nähe des *St. Pauls Hotels*, dazu hätte er nicht einmal mit dem Wagen kommen müssen. Mit einem Mal leerte er sein Glas und knallte es auf die Glasplatte des Tisches. Ich zuckte unwillkürlich zusammen. So in Rage hatte ich Jeremy noch nie erlebt. Er fuhr fort, während er vor Wut schnaubte. »Denn hätte ich ihn damals ins Verderben getrieben, hättest du im Gerichtssaal gestanden, dein Plädoyer der Anklage gehalten, ihn verurteilt und er wäre dir niemals auch nur im Entferntesten zu nahe gekommen! Auch wenn er Mangels an Beweisen als freier Mann den Gerichtssaal verlassen hätte, aber seinen Vorsitz an der *Stock Exchange* in London hätte er an den Nagel hängen müssen.« Bei dieser Tatsache erschauderte ich.

Der Hass, den Jeremy seinem Bruder entgegenbrachte, war so groß, dass er ihn wahrscheinlich eigenmächtig zu Fall gebracht und dann vermutlich noch einen Freudentanz veranstaltet hätte, wenn er dann vor ihm auf dem Boden gelegen hätte. Dieser Umstand wiederum widerstrebte mir sehr. Solch eine Behandlung hatte Alexander nicht verdient. Immerhin hatte er mir das Leben gerettet. Selbstverständlich war noch nicht alles ausgesprochen und ob mir Alexander nach der heutigen Begegnung jemals wieder unter die Augen treten würde, wusste ich ebenso wenig. Fest stand jedenfalls, dass für mich noch viele Fragen offen waren. Obwohl ich ohne jeden Zweifel davon überzeugt war, dass während Alexanders Jugendzeit einiges schiefgelaufen war und sein Vater an seiner divergenten Entwicklung nicht ganz unschuldig gewesen sein musste, war ich bereit, der Wahrheit bis zur Wurzel auf den

Grund zu gehen, und wenn es mein ganzes Leben in Anspruch nehmen würde.

»Was wirst du nun mit den Unterlagen anfangen?«, fragte ich kleinlaut. Seine Mundwinkel zuckten unwillkürlich und er brachte ein schiefes Lächeln zutage.

»Hast du Mitleid mit ihm? Hast du Angst, ich könnte ihn doch noch hinter Gitter bringen? Keine Sorge, Honey. Mit dieser Akte kann sowieso kein Gericht der Welt etwas anfangen. Ich werde sie heute im Kamin verbrennen, so wie ich es mit den anderen Unterlagen auch gemacht habe, und dann knöpfe ich mir meinen Bruder vor. Der ist ein für alle Mal erledigt!« Er stand auf. Konformgehend tat ich das Gleiche und war über die letzten Worte fassungslos. Stillschweigend gingen wir auf den Fahrstuhl zu. »Soll ich dich nach Hause begleiten?«, fragte er nun sanftmütiger und ich hatte das Gefühl, er wollte einlenken.

»Ich bin mit meinem Wagen hier«, erwiderte ich mechanisch. Er legte den Arm um meine Schultern.

»Ich fahre dich heim!« Der Lift brachte uns in die Tiefgarage. Ich betätigte die Fernbedienung und Jeremy nahm mir den Schlüssel aus der Hand. Galant öffnete er mir die Beifahrertür und ließ mich einsteigen. Wenig später startete er meinen roten Sportwagen und fuhr los. Nachdem er die Auffahrt genommen hatte, rollten wir die Carter Lane entlang. Seine Fahrweise war gemeingefährlich, manchmal dachte ich, er wollte uns beide umbringen, so rasant wechselte er die Fahrspuren. Unmittelbar vor meinem viktorianischen Stadthaus hielt er an und ließ mich aussteigen.

»Möchtest du noch hereinkommen?«, fragte ich ihn erwartungsvoll. Er schluckte und wusste nicht, wie er reagieren sollte. Das konnte ich an seiner Mimik erkennen, er entschied sich aber dann doch fürs Bleiben.

»Ja, Elena.« Er schloss das Gartentor hinter sich, während ich die Eingangstür entsperrte. Ich bat ihn herein, obwohl mir nicht ganz klar war, was ich mit dieser Absicht bezwecken wollte. In Wahrheit hatte ich mich im Innersten bereits für Alexander entschieden, auch wenn ich bislang nicht gewusst hatte, dass es sich hierbei tatsächlich um zwei Personen handelte. Obwohl es total verrückt erschien, denn Alexander hatte seine wahre Identität vor mir bisher verschwiegen und wie ernst es ihm mit mir war, musste ich auch erst noch herausfinden. Von Jeremy hatte ich mich trotzdem immer mehr entfernt, weil mir in den wenigen Tagen klar geworden war, wie wichtig mir Alexander war. Jeremy stand im Türrahmen. Er seufzte.

»Ist es jetzt vorbei? Ich meine, mit uns?« Ich schüttelte kaum merklich den Kopf.

»Ich weiß es nicht. Ich muss erst über alles nachdenken. Die Situation ist im Moment nicht leicht«, versuchte ich, mich aus der Affäre zu ziehen. Er nickte zustimmend und stieß einen bekümmerten Laut aus.

»Kann ich gut verstehen, für mich auch nicht. Ich meine, immerhin hast du mit meinem Bruder ...« Er verstummte und sah mich an. »Ich rufe dich an, Elena.« Flüchtig gab er mir einen Kuss auf die Wange, legte die Autoschlüssel aufs Sideboard und schlüpfte verhältnismäßig schnell zur Tür hinaus.

Ich hatte gedacht, er würde länger bleiben, doch er schien sehr verletzt. Lange sah ich ihm noch nach, bis er um die Ecke gebogen war. Fast lautlos schloss ich die Tür und lehnte mich dagegen. Mein Kopf drohte, unter diesen Umständen zu zerspringen. Eins wurde mir immer klarer: Für Jeremy empfand ich nicht dasselbe wie für Alexander. *Arbeit verbindet bekanntlicherweise, aber ob es für eine Beziehung ausreichen würde?* Manchmal hatte ich das Gefühl, als sein Vorzeigepüppchen zu fungieren. Sein Ansehen in der Öffentlichkeit war für ihn von enormer Bedeutung und ich war nicht sicher, ob ich ihm wichtig genug war. Trotzdem war die Lage ziemlich verzwickt. Was war, wenn ich mich nun irrte? Warum hatte ich mir bloß so einen komplizierten Mann ausgesucht? Um dann noch dazu zwei im Doppelpack zu bekommen? Einer schwieriger als der andere.

Ich warf meinen Mantel im Vorraum auf den Stuhl und überlegte. Da fiel mir ein, dass ich um zwei eine Verhandlung hatte. Ich sah auf die Uhr. Es war kurz vor eins. Schnell griff ich nach meinem Mobiltelefon, das sich in meiner Tasche befand, und schrieb Tabitha eine SMS. Ich konnte unmöglich in diesem Zustand einer Verhandlung beiwohnen und mir dann noch obendrein ein Plädoyer aus dem Ärmel schütteln.

Danach wollte ich Richtung Wohnzimmer gehen, um in den Garten zu gelangen. Vielleicht würde mich das etwas beruhigen. Doch da klopfte es an der Tür. Wahrscheinlich konnte Jeremy genauso wenig wie ich damit fertig werden und hatte sich kurzfristig entschlossen, wieder zurückzukehren. Ohne zu zögern, öffnete ich. Meine Augen weiteten sich und mein Mund blieb mir offen stehen. So schnell hatte ich ihn nicht erwartet.

»Ella!« Sein Gesicht erstarrte. Ich hatte ihn sofort erkannt. Wie Schuppen fiel es mir nun von den Augen. Erst jetzt sah ich, wie unterschiedlich diese beiden Brüder eigentlich waren. Mein Körper begann, unkontrolliert zu beben. Innerlich kochte ich, aber nicht vor Wut, sondern weil ich mich von ihm so angezogen fühlte. Mein Blut pulsierte in den Venen, als ob es jeden Augenblick wie eine Fontäne aus meinem Körper sprudeln würde. Er hatte noch immer eine unglaubliche Macht über mich. *Benimmt sich so eine Femdom?*, schoss es mir durch den Kopf. Erfolglos versuchte ich, diese absurden Gedanken zu verbannen. Wie kam ich jetzt bloß darauf, mir solch eine Frage zu stellen? Alexander schluckte schwer, sein Atem ging stockend. »Ella«, rang er nach Luft. »Wir müssen reden.«

»Ja«, hauchte ich und machte eine eindeutige Handbewegung, die ihm signalisieren sollte, er möge doch hereinkommen. Wir gingen ins Wohnzimmer. Unsicher bot ich ihm einen Platz auf dem Sofa an. Zu meinem Erstaunen pirschte sich Melody an Alexander heran und schmiegte sich an sein Bein, was sie sonst bei Fremden nie tat. Wehmütig streichelte er über ihr glänzendes Fell, dabei sah er mich sehnsüchtig an. Er setzte sich. Um einen angemessenen Abstand einzuhalten, nahm ich ihm gegenüber Platz. Dieser Umstand alleine schon sollte ihm einen Schlag versetzen. Sein Blick war traurig, er kräuselte die Lippen und legte seine Stirn in Falten. Seine Hände verschränkte er und presste sie so sehr aneinander, dass seine Knöchel weiß hervortraten. Angespannt saß ich ihm gegenüber und wartete, dass er den Ton angab. Schon wieder switchten wir. Aber im Alltag meinte er, würden wir uns auf Augenhöhe begegnen. Zum gegenwärtigen Zeitpunkt war mir auch egal, wer hier der Top oder der Bottom war. Es ging hier ausschließlich darum, die Wahrheit ans Licht zu bringen und nicht darum, Macht zu demonstrieren.

»Ich habe schon die ganze Zeit mit dem Gedanken gespielt, es dir zu sagen, wusste aber nicht, wie.« Niedergeschlagen sah er mich an. »Ist jetzt alles aus zwischen uns?« Er schluckte qualvoll, sein Blick wirkte von Schmerz gepeinigt. Seine Hände zitterten. Vor mir saß einer der reichsten Männer Londons und er wirkte wie ein Häufchen Elend.

»Warum hast du das getan?«, flüsterte ich, dabei musste ich mich vorsehen, dass ich nicht zu weinen begann, so weh tat mir diese Erkenntnis. »Warum hast du mich für dein Intrigenspiel gegen deinen Bruder benutzt?« Jetzt traten ihm Tränen in die Augen, er wandte den Blick von mir ab, sah hoch und glaubte, sie so vor mir verbergen zu können.

»Ich habe dich niemals benutzt, Ella.« Seine Stirn war noch immer stark gerunzelt. »Ich liebe dich!« Vorübergehend schloss ich die Augen, die Tränen ebneten sich dadurch den Weg über meine Wangen. Folglich öffnete ich sie wieder.

»Kannst du das denn überhaupt? Eine Frau lieben?« Ich sah ihm ins Gesicht. Er öffnete seinen Mund und atmete schwer aus, dann sah er mich an und flüsterte.

»Nein, das kann ich nicht, da hast du vollkommen recht, denn ich liebe nur eine einzige Frau. Dich, Ella!«

»Aber warum dieses Versteckspiel?«, fragte ich verständnislos.

»Ich gebe zu, anfangs wollte ich meinem Bruder eins auswischen und diese verdammte Akte haben. Zunächst erkundigte ich mich, wer am *Central Criminal Court* den Blackford-Fall bearbeitete und erfuhr, dass du es warst, die sich mit diesem Fall befassen würde. Ich habe dich gegoogelt, im Netz gefunden und festgestellt, dass du eine sehr gefragte Staatsanwältin bist.« Aufmerksam hörte ich ihm zu. »Als ich dein Foto gesehen habe, wusste ich, warum dir mein Bruder den Hof macht. Deine Schönheit hat mich sofort angesprochen. Dann fasste ich einen Entschluss. Ich wollte an meine Akte herankommen, um sie vernichten zu können. Also rief ich dich an, während Jeremy noch in Brüssel war und gab vor, er zu sein. Ich habe euch ein paar Tage zuvor auf Seeds Castle entdeckt. An diesem Tag war ich gerade dabei, meinen Dungeon einzurichten. Lange vorher schon stand ich am Fenster, als ihr mit einem Fallschirm auf meinem Rasen gelandet seid. Ich habe euch beobachtet, als du lachend für die Fotos, die Jeremy von dir geschossen hat, posiert hast. Du hattest dich im Labyrinth verlaufen, dann hast du zu mir hochgesehen. Ich habe mich schnell hinter einem der Vorhänge versteckt.« Er stieß einen wehmütigen Laut aus und fuhr fort. »Ich dachte, ein Hammerschlag hätte mich getroffen, so verzaubert war ich von deiner Anmut. Ich gebe zu, ich fühlte mich von dir sexuell sofort angezogen.« Er seufzte tief und sah zu Boden, bevor er weitersprach. »Ich hatte alle Kontakte in New York abgebrochen, wollte mir hier in London einen neuen Bekanntenkreis aufbauen und ...«, er stockte.

»Hast du deshalb diese zwielichtige Party veranstaltet?«, fragte ich ihn mit angewidertem Blick. Er atmete lautstark aus.

»Wenn ich gewusst hätte, was Blackford für ein Schwein ist, ich hätte ihn hochkant rausgeworfen.«

»Aber du hast doch diese Party organisiert«, warf ich ihm den Vorwurf an den Kopf.

»Ja, das ist schon richtig, aber es hätte niemals zu einem solchen Unglück kommen dürfen. Es darf niemand so verletzt werden, dass Folgeschäden davon bleiben oder er gar getötet wird«, machte er mir in einem verzweifelten Tonfall klar.

»Du wolltest also an diese Akte herankommen, weil du deine Haut retten wolltest? Und du brauchtest mich dazu, du hast mich also nur benutzt«, stieß ich deprimiert aus. Alexander riss die Augen auf.

»Nein, Ella! Das darfst du nicht einmal in Erwägung ziehen. Ich gebe zu, dass meine Absichten anfangs damit konform gingen, aber als ich dich kennengelernt habe, hat sich das Blatt gewendet, das musst du mir glauben.« Niedergeschlagen blickte ich ihm ins Gesicht.

»Du hast Jeremy dazu benutzt, die Akte zu zerpflücken, sodass du aus dem Schneider warst.«

»Ella, versuche doch zu verstehen. Ich wäre beruflich ruiniert gewesen. Ich habe nicht mal etwas getan. Ich wusste von der ganzen Sache nichts. Ich kannte diesen Blackford nicht, hatte keine Ahnung, was er für ein miserables Schwein ist. Ich bin den beiden auf dieser Party nicht einmal begegnet, Blackford nicht und dieser Sarah Woods auch nicht«, versuchte er, sich zu rechtfertigen. Er sah kurz zu Boden, bevor er fortfuhr. »Ich hatte vor, mich nach einer neuen Partnerin umzusehen. Ich dachte, diese Party wäre eine ideale Chance für mich. Doch als ich dich nach Seeds Castle eingeladen habe, habe ich mein Vorhaben verworfen, der Fall selbst kam mir noch viel unwichtiger vor. Dein Anblick hat das erste Mal in meinem Leben ein Lächeln auf mein Gesicht gezaubert.« Seine Mimik zeigte seine wahren Gefühle. »Deine Lebensfreude, dein Lachen, deine Schönheit. Ich dachte zunächst, ich befände mich in einem Märchen und du bist die Prinzessin, die mich retten wird. Ich konnte meinen Blick nicht mehr von dir abwenden.« Er rückte näher und fasste über dem Tischchen nach meinen Händen. Gleichzeitig wollte ich sie ihm entziehen, er hielt sie jedoch fest. »Ella, bitte! Ich habe mich vom ersten Augenblick an zu dir hingezogen gefühlt, musste dich unbedingt wiedersehen. Ich habe mich in dich verliebt, Ella. Unter gar keinen Umständen wollte ich dich gehen lassen. Mein eigentliches Vorhaben wurde total unwichtig. Das ist die Wahrheit.«

»Warum hast du denn nicht mit offenen Karten gespielt?«, fragte ich irritiert.

»Die Spirale der Verwicklungen zog mich immer weiter nach unten. Wie hätte ich dir das alles erklären sollen? Du hättest mich dafür verachtet, gehasst.«

»Du hättest es mir gleich zu Beginn sagen müssen!«

»Ich konnte nicht. Zu groß war die Angst, dass du mich abweisen könntest. Du wärst diesen Deal nie eingegangen. Dafür bist du viel zu loyal.« Verzweifelt schüttelte ich den Kopf.

»Ich weiß nicht mehr, was ich denken soll. Ich brauche einfach Zeit, um mir Klarheit zu verschaffen.« Diese Erkenntnis war für Alexander niederschmetternd. Es war genau diese Angst, mit der er die ganze Zeit über hatte leben müssen. Und nun war er diesem Umstand ausgesetzt.

»Wie lange?«, fragte er bedrückt. Mein Blick wanderte zu Boden, ich wusste nicht, wie viel Zeit ich benötigte, um diese Sache zu verdauen. Ich wusste nur, dass ich nicht wie ein junges Ding Hals über Kopf eine Entscheidung treffen konnte.

»Bitte dränge mich jetzt nicht. Ich melde mich. Versprochen!« Alexander verstand, er nickte mir zu, wenn auch widerwillig.

»Okay, nimm dir die Zeit, die du brauchst.« Er stand auf. Ihm war bewusst, dass er gehen musste. Es widerstrebte mir, ihn zur Tür zu begleiten. *Eigentlich weiß ich gar nicht, was ich will. Oder doch? Ich will ihn. Ich will Alexander. Aber ...* Meine Gedanken verstummten. Wir liefen zur Tür. Er drückte die Klinke runter, verharrte kurz und trat über die Schwelle. Er würde gehen. Aber er würde wiederkommen, wenn ich ihm grünes Licht dafür gab. Er war im Begriff, die Tür zu schließen, als er sich noch einmal umdrehte. Überraschend schob er mich an die Wand, presste mich nahezu dagegen, fasste mit beiden Händen mein erhitztes Gesicht. Er keuchte.

»Ella.« Sofort lagen seine Lippen auf meinem Mund und forderten nach Aufmerksamkeit. Sehnsüchtig warf ich meinen Kopf in den Nacken, lud ihn ein, die erogenen Zonen meines Halses zu liebkosen, was er sofort in die Tat umsetzte. Seine Küsse waren feurig, fast schon unbezähmbar, berauschten mich. Rissen mich in einen Strudel der Leidenschaft. Begierig saugte er an meinem Hals. Ich stöhnte. Eine Hand wanderte an meine rechte Pobacke, zog an meinem Kleid, verschwand darunter, um meine nackte Haut zu erforschen. Die andere lag noch immer an meiner linken Wange, in die ich mich augenblicklich schmiegte.

»Alexander, bitte nicht«, bat ich ihn um Vernunft. Er verstand, keuchte. Beendete aber sein Vorhaben, wenn auch nur sehr widerwillig. Doch er akzeptierte meine Wünsche, so wie er es immer tat. Zog sich zurück. Strich über meine Wange und verabschiedete sich.

»Gute Nacht, Ella.« Ich schloss die Augen, die Tür fiel leise ins Schloss.

Du bist wie meine Seele,
denn nur Du weißt alles über mich.
Du bist wie mein Herz,
denn ohne Dich kann ich nicht leben.

(Unbekannter Verfasser)

DUNKLES FEUER

Am nächsten Morgen wachte ich wie gerädert auf, ich hatte kaum geschlafen, mich von einer Seite auf die andere gewälzt, meinen Gedanken freien Lauf gelassen und mir immer wieder die elementarste Frage gestellt: *Ist es richtig, wenn ich mich für Alexander entscheide?* Ich hätte niemals gedacht, dass mir der Entschluss so schwerfallen würde.

Total übermüdet robbte ich aus dem Bett, um ins Bad zu gehen. *Eine Dusche wird mich vielleicht wieder ins Leben zurückrufen*, dachte ich und zog mein Negligé über den Kopf, um es achtlos aufs Bett zu werfen. Splitternackt lief ich ins Bad und stieg in die Duschwanne. Anschließend betätigte ich den Knopf, um die Brause anzustellen. Das Wasser floss warm über meinen Körper. Dazu benutzte ich eine cremige Flüssigseife, die ich in meine Haut einmassierte. Minutenlang ließ ich das Wasser über meinen Körper fließen und genoss es. Es sollte mich von dem unangenehmen Tag gestern befreien und reinwaschen, so dachte ich jedenfalls.

Wenig später stellte ich das Wasser ab, fasste nach einem flauschigen Handtuch, um mich darin einzuwickeln, und stieg auf den Badezimmerteppich hinaus. Kritisch betrachtete ich mich im Spiegel. Meine blonden Locken standen in alle Richtungen ab und ich versuchte, sie mit einer Bürste zu bändigen, danach trocknete ich mein Gesicht und puderte es, legte Eyeliner und Lippenstift auf. Mein Blick wanderte meinen Körper entlang.

Warum wird Alexander davon so widerstandslos angezogen? Was hat er an sich, das ihn so begierig darauf macht?

Ich wandte mich wieder ab und lief die Treppe hinab ins Wohnzimmer zu meinem Wandschrank, um mir ein neues Kleid herauszuholen. Ich entschied mich für ein weißes Seidenkleid mit roten Streublumen darauf. Dazu zog ich einen weißen Spitzen-Stringtanga und weiße Seidenstrümpfe an, anschließend schlüpfte ich in geschlossene Gold-Glitter-High-Heels von *Bordello Teeze*, die mit einer aufwendigen Seidenschleife gebunden wurden. Obwohl es Samstag war, wollte ich ins Büro fahren, um einiges abzuarbeiten. Tabitha wollte auch kommen, denn sie hatte noch Tippkram, wie sie es immer nannte, zu erledigen. Dazu eignete sich der Samstag perfekt, weil wir nicht gestört wurden.

Rasch drückte ich mir noch einen Espresso in der Küche raus und schlürfte ihn hastig, währenddessen öffnete ich ein Futtersäckchen für Melody, leerte den Inhalt in eine Schüssel und stellte sie auf den Boden. Auf dem Weg zur Tür schnappte ich meine rote Handtasche, die auf dem Sofa lag, verstaute darin mein Portemonnaie, die Büroschlüssel, Lippenstift, Puder sowie Eyeliner, klemmte sie unter den Arm und schlüpfte in einen roten Mantel, den ich zu diesem Zweck aus dem Schrank holte. Schnell drückte ich die Klinke hinunter und schloss die Tür hinter mir, sperrte ab und legte den Schlüssel an seinen angestammten Platz. Folglich saß ich schon im Wagen und fuhr Richtung *Central Criminal Court*.

Während der Fahrt dachte ich nach, ob ich Tabitha von alldem, was gestern vorgefallen war, erzählen sollte. Ich musste einerseits an Jeremy denken, der bis auf die Sache mit der Akte immer sehr korrekt zu mir gewesen war und mich auf seine Art aufrichtig liebte, obwohl ich das Gefühl hatte, dass er mich nicht so intensiv wie Alexander liebte. Außerdem hatte er weniger Zeit für mich, war oft unterwegs und unsere Zusammentreffen beschränkten sich stets auf wenige Stunden, bis er schon wieder die nächste Destination anpeilte. Er hatte viele gesellschaftliche Verpflichtungen, die er auch wahrnahm, weil sie essentiell für ihn waren. Sein Ansehen in der Öffentlichkeit war für ihn von enormer Wichtigkeit. Dass er Alexanders Akte unter den Tisch hatte fallen lassen, widerstrebte ihm sehr und hinterließ einen schwarzen Fleck auf seiner sonst so blütenweißen Weste.

Alexander wiederum liebte mich mit jeder Faser seines Körpers und seines Herzens. Seine Liebe zu mir war heftig, feurig, ungezähmt, sinnlich, berauschend und impulsiv. Wenn wir Sex hatten, tauchte ich in Sphären ab, von denen ich wünschte, nie wieder auftauchen zu müssen. Die Praktiken, die er betrieb, führte er mit so immenser Erfahrung aus, dass es für mich zum begehrenswertesten und berauschendsten Erlebnis wurde, das ich mir je hätte erträumen können. Er nahm sich Zeit für mich, begleitete mich völlig spontan nach Irland, obwohl er als Chairman der *Stock Exchange* bestimmt genug zu tun hatte, und dennoch hatte er es getan. Es war unbestritten, dass ihm seine Position reichliche Strapazen abverlangte, ihn bis aufs Äußerste beanspruchte und trotzdem hatte ich das Gefühl, dass ich für ihn das Wichtigste war. Ungeachtet dessen er von seiner Familie sicher nie auch nur annähernd die Liebe bekommen hatte, die er eigentlich verdient gehabt hätte, überhäufte er mich mit seiner Zärtlichkeit. Seine Empathie und seine romantische Ader sowie sein Einfallsreichtum zeichneten ihn für mich als einzigartigen Liebhaber aus. Seine Neigungen machten ihn verletzbar, empfänglich und empfindsam. Er hatte ein unglaubliches Vertrauen zu mir entwickelt, hatte mich in eine geheime Welt entführt, aus der ich nur sehr ungern wieder aussteigen wollte. Und trotzdem entsprach es nicht der Norm.

Mit dieser Erkenntnis hatte ich noch immer zu kämpfen. Wir waren mit unserer speziellen Methode, Sex zu haben, ziemlich auf uns alleine gestellt. Über solche Dinge konnte man mit kaum jemanden einfach so plaudern. Sie fielen noch immer unter die Kategorie Tabuthema. *Normal*e Menschen würden einem symbolisch gesehen am liebsten einen Knebel verpassen wollen, wenn man so etwas ansprechen würde. Ein Tabuthema wie BDSM durfte auf keinen Fall berührt werden. Es würde unangenehme Gefühle wecken, es durfte und sollte schlichtweg einfach gar nicht sein. Doch wie ging Alexander mit dieser Ausgrenzung um? Als andersartig abgestempelt zu werden, nur weil man den Kodex des BDSM verfolgte? Gehörte Alexander in den Augen seiner Familie nicht dazu? Hatten sie nicht auch Schuld daran, dass in seinem Leben nicht immer alles komplikationslos abgelaufen war? Hatte nicht jeder schon mal beim Sex eine härtere Gangart eingelegt? Den einen oder anderen Klaps auf den Po, kleine Liebesbisse, wohin auch immer, oder seine Zähne an dem besten Stück gerieben? Wo war die Grenze, bis wohin wir uns bewegen durften? Durch Alexander war ich erst in die verborgene Welt des BDSM eingetaucht, die voller Faszination und Abenteuer sein konnte. Wollte ich das in Zukunft missen? Es war eine der Fragen, die ich mir in nächster Zeit wohl immer wieder stellen würde, ohne darauf eine zufriedenstellende Antwort zu erhalten.

Wieder einmal schwelgte ich in Gedanken, während mein Wagen langsam vor das *Central Criminal Cour*t rollte. Ich stellte das Sportcoupé auf dem vorgesehenen Parkplatz ab und stieg aus. Mit der Fernbedienung sperrte ich den Wagen ab und lief die Stufen hoch. Über den Personaleingang betrat ich das Gebäude. Nirgendwo brannte Licht. Die großen Fenster ließen aber genug Tageslicht herein, sodass ich mühelos den Weg fand. Zielstrebig ging ich die vielen Stufen nach oben, bis ich bei meinem Büro angekommen war. Ich drückte die Klinke, es war abgesperrt. Tabitha war also noch nicht hier. Hastig kramte ich in meiner Handtasche nach dem Schlüssel und steckte ihn ins Schloss, drehte einmal um und die Tür sprang auf. Mit einem Bein gab ich ihr einen Stoß, um sie zu schließen. Irgendwie sah das Büro ohne Tabitha so verwaist aus. Ich betrat die Schwelle zu meinem eigenen, als ich eine SMS erhielt. Achtlos warf ich meinen Mantel, den ich bereits ausgezogen hatte, auf den Stuhl, um im Innenfutter meiner Handtasche nach dem Mobiltelefon zu kramen. Aufgeregt sah ich auf das Display. Es war eine Nachricht von Alexander. Ungeduldig öffnete ich sie, um sie zu lesen.

Liebste Ella! Ich vermisse dich so sehr! Bin bereits in meinem Büro der Stock Exchange *und arbeite gerade an einigen Unterlagen. Ich muss immerzu an dich denken. Wann kann ich dich wiedersehen, Ella? Ich verzehre mich nach dir. Ich brauche und liebe dich. Dein Alexander.*

Er schien sich also auch mit Arbeit ablenken zu wollen. Ich ließ das Handy in meiner Hand sinken, er hatte doch versprochen, mir Zeit zu geben. Warum bedrängte er mich so? Uns trennte einzig und allein der Warwick Square voneinander, denn die Londoner Börse und das Gerichtsgebäude lagen nur unweit voneinander entfernt. Er saß also in seinem Büro in der *Stock Exchange* und zermarterte sich sein Hirn über unser Beziehung und ich befand mich kaum ein paar Hundert Meter von ihm entfernt in meinem Büro im *Central Criminal Court* und mein Kopf war genauso einer Zerreißprobe ausgeliefert. Ich hatte ihm versprochen, mich zu melden, doch das hieß nicht, dass ich das gleich am nächsten Tag tun würde, weil ich mich bereits entschieden und alles überdacht hatte. Das wäre ja völlig absurd gewesen. Immerhin hatte Alexander mein Vertrauen ziemlich erschüttert. Er konnte doch nicht so ohne

Weiteres zur Tagesordnung übergehen, wie stellte er sich das bloß vor? Ich überlegte.

Alexander Anderson. Vor dem gestrigen Tag hatte ich noch geglaubt, mit einem Jeremy Alexander White das Bett zu teilen. Und heute? Wurde mir ein völlig anderer Mensch präsentiert. Dieser Gedanke machte mich einerseits wütend und andererseits traurig. Was hatte er sich dabei gedacht? Warum hatte er das getan? Er war der Chairman der *Stock Exchange* in London. Nicht unbedingt ein unwichtiger Mann in dieser Metropole. Und ich kannte sein Geheimnis.

Ich überlegte weiter und starrte meinen Computer an. Folglich fuhr ich ihn hoch und googelte Alexander Anderson. Ich klickte auf den Namen. Sofort erschien er mit Foto und Lebenslauf auf dem Bildschirm. Ich hätte ihn also jederzeit finden können, hätte ich seinen richtigen Namen gekannt. Ich las. Offiziell seit Februar diesen Jahres als Chairman in den Vorstand der *Stock Exchange* in London berufen und zum Vorsitzenden ernannt. Seine zehnjährige Karriere in New York an der Börse und eine breite Palette an Investmentgruppen hatten ihm offensichtlich seine Position in London eingebracht. Seine Group war von bedeutenden Männern aus aller Welt zusammengewürfelt. Alexander war ein gemachter Mann. Beruflich mit hohem Ansehen, auch in der Öffentlichkeit und der Gesellschaft sehr beliebt. Also ein *Superhero* und meiner ebenbürtig, wie meine Mum sagen würde. Außerhalb des Berufslebens und in der Liebe war er der Versuchung erlegen, sich vollkommen zu unterwerfen, und zwar ohne Wenn und Aber, bis an seine persönlichen Grenzen zu gehen, sie immer wieder auszuloten, um der Frau, die er liebte, jeden Wunsch von den Augen abzulesen. Um *mir* jeden Wunsch von den Augen abzulesen. Eines musste ich schon zugeben, seine hohe Disziplin, seine enorme Erfahrung auf diesem Gebiet und die

Ausdauer, die er an den Tag legte, hatten mich zu unübertrefflichen Orgasmen gebracht.

Kurz wurde ich während meiner Recherche unterbrochen. Meine Mailbox blinkte, das bedeutete, dass eine sehr wichtige Nachricht hereingekommen war. Ich minimierte das Fenster, das ich gegenwärtig zur *Stock Exchange* geöffnet hatte, und klickte meine Mailbox an. Es war eine Nachricht mit dem Absender derselben sowie drei Ausrufezeichen: *alexander.anderson@londonstockexchange.uk*. Ich seufzte und öffnete sie.

Meine liebe Ella! Ich halte es ohne dich kaum mehr aus. Ich muss dich sehen, bitte. Ich kann hier im Büro keinen klaren Gedanken fassen. Können wir uns mittags im St. Pauls Hotel zum Essen treffen? Dein dich liebender Alexander.

»Oh Alexander, ich habe deine SMS bereits erhalten«, bemerkte ich laut. Warum konnte er nicht warten, bis ich mich etwas gefangen, alles überdacht hatte. Alles, was ich brauchte, war Zeit, um nachzudenken. Ich hatte jetzt keine Lust, nach draußen zu gehen und im *St. Pauls Hotel* mit ihm zu essen. Er setzte mich fast schon unter Druck mit seiner Kniefälligkeit.

Wo blieb eigentlich Tabitha? Sie hatte doch ebenfalls kommen wollen. Ich konnte mich nicht entsinnen, dass sie abgesagt hatte, und es war bereits zehn. Ob ich sie anrufen sollte? *Quatsch*! Das käme ja schon einer Kontrolle gleich. Es stand ihr frei, am Samstag zu erscheinen oder auch nicht, außerdem arbeitete sie sowieso viel zu viel.

Noch einmal begutachtete ich Alexanders Foto im Netz. Ein wirklich gut aussehender Mann, musste ich feststellen. Warum war in seiner Jugend nur alles so sehr aus den Fugen geraten? Und damit meinte ich jetzt nicht seine Neigung zum BDSM, sondern den tätlichen Angriff auf seinen Vater. Diese Tatsache hatte mich ziemlich aus der Bahn geworfen. Alexander und schwere Körperverletzung? Im eigentlichen

Sinne konnte ich mir das kaum vorstellen, aber laut Jeremy entsprach es der Wahrheit.

Nun versuchte ich wieder einen klaren Gedanken zu fassen. Ich konzentrierte mich auf meine Akten und die bevorstehenden Gerichtsverhandlungen. Solange niemand im Büro war, würde mir normalerweise die Arbeit leichter von der Hand gehen. Mein nächster Fall war eine glatte Verurteilung, das konnte ich schon anhand der Fakten sehen. Clark, so hieß der Mann, stalkte seine Freundin schon seit *geraume*r Zeit. Um genau zu sein, seit fünf Jahren. Immer wieder hatte sie seine Angriffe der Polizei gegenüber zu Kenntnis gebracht, doch bis jetzt waren alle ihre Anzeigen abgeschmettert worden, bis sie bei mir angelangt waren. Überall stöberte er sie auf, verfolgte sie auf Schritt und Tritt und machte ihr die Hölle heiß. Das war so weit gegangen, dass sie ihren Arbeitsplatz verloren hatte, das war eine eindeutige Grenzverletzung und eine finanzielle Einbuße obendrein. Der kam mir nicht ungeschoren davon, der gute Herr, das stand fest. Ich ging die polizeilichen Ermittlungen und deren Protokolle durch. Für mich ein klarer Fall, mindesten ein Jahr auf Bewährung, eine Geldstrafe von beträchtlicher Höhe und der Ersatz ihres Verdienstentganges. So würde mein Plädoyer lauten. Meinen Schriftsatz würde ich heute noch zu Ende bringen, dann bald nach Hause fahren und mir morgen den nächsten Fall vornehmen. Ich hatte genug Arbeit und ständig die Akten mit nach Hause zu nehmen, war auch keine Lösung, außerdem nicht erlaubt. Also würde ich dieses Wochenende mal durcharbeiten, um am Montag mit dem Aktenberg fertig zu sein. Im Augenblick genoss ich die Ruhe hier am *Central Criminal Cour*t. Bevor ich das Büro verließ, checkte ich nochmals meine E-Mails. Ich schüttelte den Kopf. Das gab es doch nicht. Alexander hatte abermals geschrieben.

Bitte, Ella, melde dich. Ich weiß nicht, was ich tun soll. Ich kann mir ein Leben ohne dich nicht mehr vorstellen. Ich wäre so verloren, wenn du mich verlassen würdest. Ich liebe dich! Dein Alexander.

Verzweifelt schlug ich die Hände vor mein Gesicht. *In welch misslicher Lage muss er sich befinden*, dachte ich bedrückt. Alexander brauchte unbedingt Hilfe. Bei Gelegenheit müsste ich ihm das klarmachen. So ging das nicht weiter. Er konnte mich doch nicht jede Stunde anschreiben. Abgesehen davon, könnten wir uns beide nicht mehr auf unseren Job konzentrieren. Für ihn stand noch viel mehr auf dem Spiel als für mich. Er konnte es sich nicht leisten, wegen seiner privaten Probleme eine hohe Position zu verlieren. Wenn ich zu Hause wäre, würde ich ihm zurückschreiben.

Wieder konzentrierte ich mich auf meine Arbeit oder startete wenigstens den Versuch, es zu tun. Nach einiger Zeit war der Schriftsatz fertig und ich schaltete den Computer aus. Heute fühlte ich mich irgendwie fahrig, nicht Fisch, nicht Fleisch, eigentlich ziemlich unwohl. Die ganze Sache mit Alexander zog mir mehr oder weniger den Boden unter den Füßen weg. Die Tatsache, dass er um mich mit allen Mitteln kämpfen wollte und bestrebt war, damit seinen sogenannten Widersacher und Bruder Jeremy auszuschalten, machte die Sache nur noch schlimmer.

Ich legte meinen Mantel über den Arm, nahm meine Handtasche und verließ das Büro. Als ich absperren wollte, bemerkte ich unterhalb der Tür einen feinen Lichtstrahl, drückte nochmals die Klinke und trat ein. Merkwürdig. Ich hatte den Computer doch eben erst ausgeschaltet, warum fuhr er jetzt wieder hoch?

»Verdammte Technik«, schimpfte ich vor mir her und drückte den Ausschaltknopf. Doch dieses dumme Ding war nicht dazu zu bewegen, sich außer Betrieb zu setzen. Der Cursor wanderte unaufhaltsam auf dem Bildschirm umher. Plötzlich erschienen erste Buchstaben. Was hatte das jetzt zu bedeuten? Fassungslos setzte ich mich auf meinen Chefsessel und verfolgte den Schriftzug, der sich auf dem schwarzen Hintergrund deutlich abzeichnete.

Sehr geehrte Miss Cooper!

Meine Augen weiteten sich, ich war fassungslos und sprachlos zugleich. Das war ja richtiggehend gruselig. Hier wollte mich eindeutig jemand aufs Korn nehmen. Fiebrig beobachtete ich die Buchstaben.

Ich habe Sie eigentlich heute Mittag im St. Pauls Hotel erwartet, doch leider musste ich feststellen, dass Sie meiner Bitte nicht nachgekommen sind.

Erschrocken fuhr ich hoch. Das war Alexander! Wie zum Teufel konnte er sich in meinen PC hacken?

Ella, ich muss mit dir reden bitte. Jeremy hasst mich. Er wird alles tun, um mich auszuschalten. Bitte halte dich von ihm fern, denn wenn nicht ...

Es folgte eine kurze Pause. Ich wartete. ... *das würde ich nicht überleben.*

Das waren die letzten Worte, danach schaltete sich der Computer aus. Ich fasste an meine Schläfen und überlegte. Alexander musste sich in schrecklicher Bedrängnis befinden. Er hatte also Angst, Jeremy könnte mich umstimmen und für sich gewinnen. Warum hatte er nur so wenig Vertrauen zu mir? Das würde ich niemals tun. Bevor ich keine Entscheidung getroffen hätte, würde ich mit keinem ins Bett gehen. Das musste er doch wissen.

Ich war einerseits verzweifelt, weil er so über mich dachte und andererseits verärgert, weil er mich so sehr unter Druck setzte. Wie stellte er sich das vor? Er hatte mich die ganze Zeit über im Unklaren gelassen, hatte sich für jemanden ausgegeben, der er nicht war. Er konnte doch jetzt nicht von mir verlangen, dass ich auf Knopfdruck so täte, als wäre nichts geschehen.

Ich verließ das Büro, lief die Treppe abwärts, um zum Ausgang zu gelangen. Dort stand ich nun vor meinem Wagen und blickte unentschlossen zum Paternoster Square hinüber, wo sich die *Stock Exchang*e befand, von wo aus Alexander mir die Botschaft geschrieben haben musste. Kurzerhand entschloss ich mich, ihn aufzusuchen, und nahm nun den Warwick Square, um direkt zur Börse zu gelangen. Als ich mich vor dem Gebäude befand, sah ich hoch und da stand er. An einem der hohen Fenster der *Stock Exchang*e. Er hatte mich kommen sehen. Auf seinem Aster. Durch mein GPS. Er hatte auf mich gewartet. Nun lächelte er. Ich machte auf dem Absatz kehrt und verließ den Platz. Wie eine Marionette kam ich mir vor und ärgerte mich darüber, dass ich mir solch eine Blöße gegeben hatte und unter seinem Fenster gelandet war. Ich stieg in meinen Wagen, zog mein Mobiltelefon aus der Handtasche, schaltete das GPS aus und fuhr Richtung Hyde Park Gate.

Als ich mich aus der Stadt hinausbewegte, atmete ich auf. Und als ich Kensington Gardens erreichte, war ich froh, zu Hause angekommen zu sein. Ich parkte direkt vor meinem Domizil und stieg aus. Das Gartentor war nur angelehnt. Hatte ich es vergessen, zu schließen, als ich heute Morgen das Haus verlassen hatte? Der Schlüssel lag wie gewohnt in meinem Safe. Nur die Position schien verändert zu sein, so kam es mir jedenfalls vor. Skeptisch drehte ich den Schlüssel einmal um und öffnete die Tür. Was sich meinen Augen in diesem Moment bot, ließ mich einen Schritt zurücktreten. Mein Mund blieb mir halb offen stehen.

Der Vorraum war mit Rosenblütenblättern übersät, sodass man kaum mehr den eigentlichen Boden erkennen konnte.

*Und wenn ich darf, werde ich dir all deine Wege mit Rosenblütenblättern ebne*n, hatte er beim letzten Mal in seinem Brief geschrieben, als er mir den Wagen vor die Tür hatte stellen lassen. Und nun war es so weit. Vor meinem Spiegel standen rote, langstielige Baccara-Rosen in einer Vase, auf der Ablage lag eine orangefarbene venezianische Stabmaske mit Federschmuck, davor eine einzelne weiße Rose und auf dem Spiegel standen: *Ich schwöre, ich werde dich mein ganzes Leben lang lieben.*

Was willst du damit bezwecken, Alexander?

Ich schloss die Tür hinter mir. Wie vor dem Kopf gestoßen, lehnte ich rücklings an meiner Haustür und starrte auf den Spiegel. Fast im selben Augenblick läutete mein Festnetztelefon. Ich war wie erstarrt, rührte mich keinen Millimeter vom Fleck. Wartete nur ab. Mein Anrufbeantworter schaltete sich ein. *Hier ist der Anrufbeantworter von Elena Cooper. Sie können mir nach dem Signalton eine Nachricht hinterlassen.* Der Piepton erklang, Alexanders Stimme ertönte.

»Hallo, Ella. Ich hoffe, die Überraschung ist mir gelungen. Du bedeutest mir alles. Ich möchte, dass du das weißt. Ich hoffe, dich bald zu sehen. Bitte ruf mich an.« Anschließend wurde die Verbindung unterbrochen. Ich stand einfach nur da und starrte auf die Rosen. Woher er die Zahlenkombination meines Safes kannte, wollte ich erst gar nicht wissen. Es handelte sich bis jetzt doch nur um einen verdammten Tag den wir uns nicht gesehen hatten. Was würde er erst für einen Aufwand betreiben, wenn wir uns eine ganze Woche nicht sehen könnten? Was würde er tun, wenn ich mich für Jeremy entscheiden würde?

Ich ging über die Rosenblütenblätter, bis ich mein Wohnzimmer erreicht hatte. Der Duft der Blumen erfüllte das ganze Haus. Ich setzte mich auf das Sofa, starrte auf das Telefon, dann zu meinem Fenster hinaus. Erspähen konnte ich nichts. Auch Alexander nicht. Ich beschloss, die Rosenblüten nicht aus dem Weg zu räumen, das würde meine Haushaltshilfe übernehmen, wenn sie morgen zum Saubermachen käme. Sie würde sich zwar wundern, aber egal. Dieser Tag hatte es wieder in sich gehabt.

Nach einem entspannenden Bad nahm ich mir noch einige Akten vor, die ich mir hierfür schon vor einigen Tagen mit nach Hause genommen hatte. Am frühen Abend beschloss ich, hoch in mein Schlafzimmer zu gehen, ich war müde, fiel wie ein Stein ins Bett und schlief bis zum nächsten Morgen.

***

Nachdem ich Melody versorgt hatte und mich auf den Weg zum Gericht machen wollte, bahnte ich mir meinen Weg durch die Rosenblüten. In diesem Moment störte mich die Tatsache, dass Alexander aus meinem Vorzimmer einen kleinen Hyde Park gemacht hatte, nicht mehr. Alexander musste mich einfach lieben, bei dem Aufwand, den er betrieb. Ich ließ die Tür ins Schloss fallen, stieg in meinen Wagen und fuhr ins Büro.

Als ich über die Schwelle trat, saß Tabitha bereits an ihrem Schreibtisch und tippte mithilfe des Diktaphons meine Protokolle in den Computer. Sie sah mich fast schon frivol an. Was hatte ihr Blick zu bedeuten?

»Guten Morgen, Ella! Sorry, dass ich gestern nicht da war, aber Michael hat mich zum Frühstücken eingeladen und das, was er mir danach geboten hat, habe ich nicht ausschlagen können«, warf sie mir ein sündiges Lächeln zu. »Übrigens, wenn du dein Büro betrittst, wirst du es nicht wiedererkennen und das hier«, sie deutete auf einen eleganten, weißen Umschlag, »wurde gerade für dich abgegeben.« Sie überreichte mir das geheimnisvolle Schriftstück. Ich nahm es kritisch entgegen und betrat mein Büro. Im ersten Moment glaubte ich, meinen

Augen nicht zu trauen. Mein Büro quoll nahezu vor weißen Calla über. Sie lagen auf dem Schreibtisch, auf den Regalen, dem Rollcontainer und auf den Aktenschränken. Aufgeregt öffnete ich den Brief und setzte mich auf die Kante meines Schreibtischs, um ihn zu lesen.

Liebste Ella! Die Calla steht für Bewunderung und Schönheit, sie soll meine Gefühle für dich ausdrücken. Denn ich verehre dich wie niemand sonst. In Liebe, Alexander.

Ich seufzte. *Hat er die Calla und den Brief von einem Blumenexpress liefern, sie in meinem Büro arrangieren lassen und Tabitha zuvor davon in Kenntnis gesetzt oder wurde sie vom Kurier am Eingang überrascht?*

Mein Blick schweifte durch den Raum und ich fand Gefallen daran, wie sehr er um mich buhlte. Seine Worte schmeichelten mir. Wenn einer wusste, wie er einer Frau den Hof machte, dann war es mit Bestimmtheit Alexander Anderson. Tabitha stand im Türrahmen und betrachtete mich.

»Sind die von Mr White?«, fragte sie mich skeptisch, dabei inspizierte sie mich eingehend. Ich schüttelte gedankenversunken den Kopf.

»Nicht Mr White. Mr Anderson.« Tabitha sah mich kritisch an.

»Oh! Hast du etwa das Bett gewechselt?«, lachte sie dreist. Ich wandte meinen Kopf in ihre Richtung.

»Das ist nicht witzig, Tabitha! Du hast ja keine Ahnung, was ich seit zwei Tagen durchmache.« Sie warf ihr kastanienbraunes Haar zur Seite und trippelte in ihr Büro hinaus.

»Du wirst es mir sicher gleich erzählen«, bemerkte sie kühn. Ich folgte ihr. Sie setzte sich an ihren Schreibtisch, verschränkte die Arme und schlug ein Bein über. »Also?« Ich rollte die Augen.

»Jeremy ist nicht Alexander«, warf ich ihr die Wahrheit tollkühn an den Kopf. Sie runzelte die Stirn.

»Wie? Was soll das heißen, Jeremy ist nicht Alexander?«, fragte sie misstrauisch.

»So, wie ich es gesagt habe«, entgegnete ich hochnäsig. »Jeremy ist Mr White und Alexander ist Mr Anderson. Mr White ist der Präsident des Obersten ...«

»Ich weiß, wer Mr White ist, Ella, das brauchst du mir jetzt nicht zu erläutern, komm zur Sache!«, fiel sie mir ins Wort.

»Alexander Anderson ist der Chairman der *Stock Exchang*e und Jeremys Zwillingsbruder. So, jetzt weißt du es«, schloss ich meine wundersame Erklärung. Augenblicklich glaubte ich, Tabitha würde schier vom Sessel fallen. Sie starrte mich an, als hätte ich gesagt: *Spring doch bitte mal aus dem obersten Stock de*s Central Criminal Court. Ihr Mund blieb offen stehen.

»Der Präsident des *Supreme Cour*t hat einen Zwillingsbruder? Und wer von beiden ist nun der BDSMler?«, fragte sie verwirrt.

»Alexander.«

»Und Alexander ist der, mit dem du die DS-Beziehung führst, der dir den Hof macht und die vielen Blumen schickt?«, hakte sie unsicher nach. Ich seufzte.

»Ja, und genau genommen, führe ich eine Beziehung mit beiden Männern, ohne dass ich es bis jetzt registriert habe.« Das war selbst Tabitha zu viel und sie war nicht gerade ein Kind von Traurigkeit.

»Was soll das jetzt heißen?«, fragte sie skeptisch und ihre Sinne schienen aufs Äußerste geschärft.

»Alexander hat so getan, als wäre er Jeremy«, klärte ich sie auf.

»Du meinst, Alexander hat sich als sein Bruder ausgegeben?«

»Richtig! Er hat mich im Glauben gelassen, er wäre Jeremy und würde nur auf Seeds Castle in die Rolle des Alexander schlüpfen.«

»Und warum hat er das getan?«

»Erstens, weil Alexander und Jeremy sich nicht ausstehen können, dazu gibt es eine lange Geschichte, die ich dir gerne zu einem späteren Zeitpunkt erzählen werde, denn hier müsste ich sehr weit ausholen, zweitens, weil Alexander an die Akte Blackford rankommen wollte und drittens, weil er seinem Bruder die Frau ausspannen wollte.«

»Pff, na großartig!« In Tabithas Kopf dürfte gerade ein Film abgelaufen sein. Sie rutschte nervös auf ihrem Bürosessel hin und her.

»Moment mal! Was hat Alexander als Chairman der *Stock Exchange* mit diesem Ekelpaket von Blackford zu tun?«

»Auch das ist eine lange Geschichte und würde unseren Zeitrahmen sprengen«, machte ich ihr unmissverständlich klar. Sie schüttelte den Kopf und griff sich an die Stirn.

»Und wie hast du es herausgefunden?«, wollte sie nun von mir wissen.

»Mehr oder minder durch Zufall. Wir trafen uns vor zwei Tagen alle im *St. Pauls Hotel*, dabei ist der ganze Schwindel aufgeflogen. Seither lässt Alexander nicht mehr locker und verfolgt mich auf Schritt und Tritt, schickt mir unentwegt Blumen, Briefe, SMS und Mails, worin er mir seine Liebe beteuert.«

»Er stalkt dich also«, stellte sie unverblümt fest.

»Nein! So ist es auch wieder nicht«, verharmloste ich Alexanders Verhaltensweise.

»Er überschreitet aber seine Grenzen«, engte sie den Spielraum etwas ein.

»Ja, schon, aber ...«

»Was nun? Möchtest du ihn jetzt auf Distanz halten oder nicht?«, fragte sie schon etwas ungeduldig.

»Ja. Nein! Ach, ich weiß es nicht.«

»Ist ja großartig! Du weißt also selbst nicht, ob du Alexander oder Jeremy willst, habe ich recht?« Zum gegenwärtigen Zeitpunkt musste ich feststellen, dass ich keine Ahnung hatte, ob ich Alexanders Ansprüchen noch gewachsen war. Er war mir irgendwie fremd geworden, seit der Schwindel aufgeflogen war, und trotzdem liebte ich ihn.

»Ich muss arbeiten«, zog ich mich in mein Büro zurück und schloss die Tür hinter mir. Nochmals blickte ich in die Runde und trat zum Fenster. Als ich so dastand und nach unten schaute, sah ich Alexander am gegenüberliegenden Straßenabschnitt stehen. Wir blickten uns nur gegenseitig an, bis mein Mobiltelefon klingelte. Ich sah auf das Display, erkannte Jeremys Nummer und nahm das Gespräch an.

»Jeremy?«, meldet ich mich kurzerhand und sah noch immer zu Alexander hinunter, der mich nicht aus den Augen ließ.

»Elena!« Nun wandte ich mich ab. »Ich wollte nur mal nachfragen, wie es dir geht und ob ich irgendetwas für dich tun kann.« Ich lächelte verlegen.

»Danke, es geht mir den Umständen entsprechend gut.«

»Hast du Alexander wiedergesehen?«, fragte er fieberhaft.

»Ja, noch am selben Abend.« Ich musste daran denken, dass er gerade unter meinem Fenster stand. Jeremy seufzte. »Er war bei mir zu Hause, kam, nachdem du gegangen warst.«

»Und?«

»Nichts. Wir haben nur geredet. Ich habe ihm klargemacht, dass ich etwas Abstand brauche, um darüber nachzudenken, wie ich mein Leben in Zukunft gestalten möchte.«

»Das verstehe ich nicht. Nach dem, was er sich geleistet hat, denkst du also wirklich ernsthaft darüber nach, ob du ihm noch eine Chance gibst?« Er stieß einen missbilligenden Laut aus. Ich rollte die Augen.

»Ich möchte in Ruhe nachdenken, weiter nichts«, gab ich ihm zu verstehen.

»Elena, ich liebe dich! Ich werde dich niemals kampflos aufgeben.« Ich seufzte.

»Jeremy, bitte dränge mich nicht. Alles, was ich jetzt brauche, ist Zeit.«

»Du bist eine intelligente Frau, was willst du von dieser abartigen Kreatur, die sich mein Bruder nennt?« Augenblicklich erschrak ich über Jeremys Ausdrucksweise, die er Alexander gegenüber an den Tag legte.

»Jeremy, ich bitte dich! Werde jetzt nicht beleidigend.« Doch anstatt einzulenken, lachte er nur höhnisch auf.

»Ich frage mich, wer hier so gehandelt hat. Das war ja wohl er, denn er hat dich an der Nase herumgeführt. Schon vergessen?«, stieß er aufgebracht hervor. Ich versuchte, das Gespräch in eine günstigere Richtung zu lenken.

»Jeremy, mir ist bewusst, dass er nicht korrekt gehandelt hat, aber er hatte seine Gründe.« Abermals lachte er sarkastisch auf.

»Gründe? Welche Gründe haben ihn dazu veranlasst, dich zu belügen und mich zu hintergehen?«, schnaubte er ins Telefon. »Er hat uns buchstäblich beide hintergangen, ist dir das eigentlich klar? Er taucht hier einfach so auf und drängt sich zwischen uns, und du meinst, er hätte seine Gründe?« Jeremy war so aufgebracht, dass im Augenblick kein vernünftiges Gespräch zu führen war.

»Auf der anderen Leitung ist Richter Berkley, sicher möchte er mich wegen der bevorstehenden Verhandlung sprechen, ich muss leider aufhören«, versuchte ich, dieser Kontroverse ein Ende zu setzen. Jeremy reagierte verdutzt.

»An einem Sonntag?« Ich räusperte mich.

»Ja, es ist dringend, wir haben einen wichtigen Fall zu bearbeiten. Ich melde mich wieder, versprochen«, besänftigte ich ihn. Dieser Schachzug gelang mir scheinbar, er lenkte ein, wenn auch widerwillig.

»Verdammt, ausgerechnet jetzt. Gut, ich rufe dich wieder an.« Er schluckte hörbar. »Ich hoffe nur, du triffst die richtige Entscheidung«, ergänzte er.

»Das werde ich, Jeremy.«

»Bis dann«, konterte er noch immer verärgert. Ich drückte den Ausschaltknopf und sah zum Fenster hinaus. Alexander war gegangen.

***

Am nächsten Tag hatte ich eine Verhandlung. Ich war schon spät dran und rief Tabitha an, damit sie mir die Robe in den Ankleideraum neben dem Gerichtssaal brachte, sodass ich mir den Weg ins Büro sparen konnte. Ich hatte also fünf Minuten, schlüpfte aus meinem Kleid, um den Talar überzuziehen. Danach erschien ich im Gerichtssaal.

Es sollte sich als 0815-Fall herausstellen. Da die Verhandlungen zumeist nicht unter Ausschluss der Öffentlichkeit stattfanden, war der Saal heute wieder einmal bis auf den letzten Platz besetzt. Der Angeklagte saß bereits auf der Anklagebank, als ich die doppelflügelige Tür hereinkam. Ich stolzierte durch den Gerichtssaal, bis ich an meinem Platz angekommen war und legte die Akte auf mein Pult. Richter Berkley bat mich, die Anklageschrift zu verlesen. Ich schlug die Unterlagen auf. Unverblümt und routiniert eröffnete ich das Verfahren.

»Dem Angeklagten Roger Maison wird vorgeworfen, sich der Unzucht mit einer Minderjährigen unterzogen zu haben. Das Mädchen war zum Tatzeitpunkt dreizehn Jahre alt. Folglich bestand eine Sexualunmündigkeit. Sachdienliche Beweise dazu liegen vor. Der Angeklagte hat ein umfangreiches Geständnis abgelegt. Die Staatsanwaltschaft plädiert auf drei Jahre Haft.« *Kurz und bündig.* Ich schloss die Mappe und setzte mich. Mein Blick schweifte über die Köpfe der Zuschauermenge hinweg, bis ich den Vorsitzenden der *Stock Exchange* mitten unter ihnen ausfindig machte. Alexander lächelte mir wertschätzend zu. Es war das erste Mal, dass er im Gerichtssaal anwesend war. Das irritierte mich.

Das *Central Criminal Cour*t war der höchste Strafgerichtshof von Großbritannien, wir hatten achtzehn Gerichtssäle und im Keller befanden sich die Gefängniszellen, da die Häftlinge sofort die Strafe antreten mussten. Nostalgisch war hier nicht nur das Gebäude, das seit 1902 bestand, sondern auch unsere Kleidung, denn die schwarze Robe und die weiße Halsbinde, die heute noch getragen wurden, waren schon mehr als hundert Jahre in dieser Form in Verwendung. Richter Berkley trug sogar noch eine weiße Perücke.

Unauffällig schweifte mein Blick abermals zu Alexander. Er erwiderte ihn sofort. Er wollte reden. Dieser Aufforderung konnte ich mich sicher nicht entziehen. In Gedanken spielte ich die verschiedenen Möglichkeiten unserer zukünftigen Kommunikation durch. Abgelenkt durch Alexander und unsere Problematik, mit der ich mich fast schon ausschließlich auseinandersetzen und an die ich allgegenwärtig denken musste, hätte ich beinahe den Einstieg meines Parts im hiesigen Gerichtssaal verpasst.

»Irgendwelche Fragen von Seiten der Staatsanwaltschaft?«, gab Richter Berkley nun das Wort an mich ab. Kopflos sah ich ihn an, bevor ich ihm eine Antwort geben konnte.

»Keine weiteren Fragen, Euer Ehren«, konterte ich geschickt. Richter Berkley und auch Jayson waren beide verwundert. Die Befragung seitens des Richters und die von Jayson hatte ich nur am Rande mitbekommen, so wenig konnte ich mich auf die jetzige Materie konzentrieren. Als Richter Berkley aus irgendeinem für mich nicht nachvollziehbaren Grund die Verhandlung unterbrach, um kurzfristig den Gerichtssaal zu verlassen, hastete ich zu Jayson, um mich über den Hergang der Verhandlung zu informieren. Erstaunt sah er von seinen Unterlagen hoch.

»Was ist denn mit dir heute los? Sag nicht, ich müsste dir

auch noch bei deinem Plädoyer behilflich sein. Schließlich vertrete ich hier meinen Mandanten und nicht dich«, flüsterte er und grinste dabei. Ich verdrehte die Augen.

»Ich hatte eine schlechte Nacht.« Jayson sah mich mit zusammengekniffenen Augen an.

»Ah, verstehe, *eine schlechte Nacht*. Hat der Präsident des Obersten Gerichtshofs nicht gehalten, was er versprochen hat?« Ich versetzte ihm eine Kopfnuss.

»Halt deine vorlaute Klappe, Jayson.« Er lachte leise vor sich hin.

»Nun gut, also wenn das so ist, dann plädiere ich höchstens auf ein Jahr Haft, wobei ein halbes Jahr zur Bewährung ausgesprochen werden sollte und die Untersuchungshaft sowieso mit hineinfällt. Also, Freigang heute.« Mit verschränkten Armen lehnte er sich zurück und wartete auf meine Reaktion. Diesmal hatte ich es ihm leicht gemacht, doch auf diesen Deal schien ich eingehen zu müssen.

»Halsabschneider«, funkelte ich ihn an. Er grinste.

»Warum sollst immer nur du auf der Gewinnerseite stehen?« Ein zynisches Lächeln machte sich auf meinen Lippen breit.

»Abgemacht«, gab ich nach, obwohl es mir gegen den Strich ging. Während ich auf den Weg zu meinem Platz war und Richter Berkley hereinkam, suchte ich Alexander in der Zuschauermenge, doch er war zu meiner Verwunderung bereits wieder gegangen. Jayson bekam, was er gefordert hatte, sein Mandant konnte als freier Mann den Gerichtssaal verlassen, nachdem Richter Berkley das Urteil verlesen hatte. *Für diesen Fall werde ich wohl nicht in die englische Geschichte eingehen*, dachte ich zerknirscht.

Schneller als gewohnt, schritt ich aus dem Saal und lief den Korridor entlang, um mein Büro zu erreichen, als mich urplötzlich jemand an meinem Arm packte und in einen Seitengang zog. Kurz blieb mir der Atem weg und mein Herz machte einen Sprung, bis ich in Jaysons dämliches Gesicht sah.

»Bist du verrückt? Willst du, dass mich der Schlag trifft, oder was?«, machte ich ihm einen Vorwurf. Er grinste.

»Hey, Elli, was ist los mit dir? Du warst mit deinen Gedanken überall, nur nicht im Gerichtssaal«, stellte er scharfsinnig fest.

»Im Normalfall hättest du meinen Mandanten mit deiner aufbrausenden Art von seinem Anklagestuhl gefegt.« Ich seufzte.

»Im Moment habe ich einige Probleme am Hals«, machte ich ihm nun unmissverständlich klar. Er wurde hellhörig.

»Willst du darüber reden?«, fragte er mich einfühlsam. Entschieden schüttelte ich den Kopf.

»Derzeit nicht. Ich muss mir erst selbst ein Bild machen und zu einer Entscheidung kommen. Brauche nur etwas Zeit«, versuchte ich, ihm meine Lage zu erklären.

»Okay, das verstehe ich.« Kaum spürbar strich er über meine Wange. »Wenn du meine Hilfe benötigst, weißt du ja, wo du mich findest.« Er lächelte.

»Danke, Jayson, das bedeutet mir sehr viel.« Ohne ein Wort zu erwidern, verschwand er wieder im Gedränge des Korridors. Schweren Herzens schleppte ich mich in mein Büro. Eigentlich hatte ich gar keine Lust mehr, den Schreibkram zu erledigen, wäre am liebsten nach Hause gefahren, doch die verdammte Pflicht zwang mich, zur Tagesordnung überzugehen, und ich trottete weiter.

Jayson war immer noch mein bester Freund. Obwohl wir vor langer Zeit mal eine Beziehung gehabt hatten und uns hatten trennen müssen, weil es einfach nicht gepasst hatte, waren wir nach wie vor füreinander da. Für die große Liebe hatte es dennoch nicht gereicht. Noch im Abschlussjahr an der Highschool hatte mich Jayson auf dem Schulball geküsst. Ab diesem Zeitpunkt waren wir dann ein Paar gewesen. Möglicherweise hatte es damit zu tun gehabt, dass wir schon im Sandkasten miteinander gespielt hatten und nach dem Motto *gleiches Leid ist geteiltes Lei*d aus Limerick nach London gegangen waren, um gemeinsam auf der Universität Jura zu studieren. Wir konnten uns gegenseitig alles anvertrauen und wenn sich mal jemand von uns beiden in einer misslichen Lage befand, stand der andere immer mit Rat und Tat zur Seite. Meine Eltern hätten es gerne gesehen, wenn wir geheiratet hätten. Immer wieder hatten wir beide Ausschau nach dem anderen Geschlecht gehalten und trotz aller Bemühungen hatte sich niemand gefunden, der es wert gewesen wäre, über ein gemeinsames Leben nachzudenken. Bei ihm und auch bei mir nicht.

Bis ich Alexander getroffen hatte. Als er mich während des Fluges von Cork nach London per SMS gefragt hatte, ob ich ihn heiraten würde, hatte ich sogar ernsthaft darüber nachgedacht. Aber nicht deshalb, weil er der Präsident des Obersten Gerichtshofs war, sondern weil ich mich wirklich in ihn verliebt hatte, und zwar in Alexander. Finanziell gesehen bräuchte ich mir bei ihm vermutlich nie wieder Gedanken zu machen, es könnte mir etwas im Leben fehlen. Nur ob ich mich auf Dauer mit seiner schwierigen Persönlichkeit abfinden könnte, konnte ich zum gegenwärtigen Zeitpunkt nicht wirklich beantworten. Seine Flashbacks, die anscheinend wiederkehrend waren, und das war unbestritten, wenn ich an den Tag dachte, als er mich angerufen hatte, während er in seinem Privatjet gesessen hatte. Wie aufgelöst er damals gewesen war. Er hatte völlig neben sich gestanden, weder ein noch aus gewusst, war von Ängsten getrieben und durch Minderwertigkeitskomplexe geplagt gewesen. Diese Umstände ließen mich sogar manchmal mutmaßen, er käme irgendwann ohne medizinische Behandlung nicht mehr aus.

Gut, er hatte Angst gehabt, der ganze Schwindel würde einmal auffliegen, und das wäre ohne jeden Zweifel sowieso irgendwann passiert. Er hatte angedeutet, dass er mit mir hatte reden müssen. Scheinbar hatte ihn dann der Mut verlassen.

Wenn er mich dann mit seinen Zweifeln und seiner Eifersucht konfrontierte, wie er es auf der Fähre nach Rosslare und bei meinen Eltern getan hatte, musste ich ehrlicherweise zugeben, dass ich damit nicht klarkam. Sein Hang zum BDSM war nicht das eigentliche Problem für mich. Eher die härtere Gangart, die er bei sich selbst anzuwenden schien, wenn er meinte, er müsste für irgendetwas bestraft werden. Mittlerweile war mir klargeworden, warum er auf die Bestrafung bestand. *Ich habe etwas Schreckliches getan, Ella, und ich habe die Befürchtung, dass du mich dafür hassen wirst*, hatte er zu mir gesagt. Zum damaligen Zeitpunkt war ich noch im Dunklen getappt, aber jetzt wusste ich, was damit gemeint gewesen war. Und da wären wir streng genommen schon wieder beim wesentlichen Punkt. Ich liebte ihn. Ich liebte seine spezielle Art, mich zu lieben. Ich liebte Alexander Anderson, den Chairman der *Stock Exchange* von London und wollte unter keinen Umständen mehr auf ihn verzichten.

Mittlerweile war ich bei meinem Büro angelangt, meine Gedanken waren verstummt. Auf direktem Weg, ohne das Vorzimmer zu nehmen, steckte ich den Schlüssel in das Schloss, weil Tabitha im Archiv war. Als ich die Tür öffnete, glaubte ich, meine Augen würden mir einen schlimmen Streich spielen. Nervös und mit zitternder Hand versuchte ich, den Schlüssel verzweifelt aus dem Schloss zu ziehen, dabei wäre er beinahe abgebrochen. Erschrocken schlüpfte ich durch den engen Spalt und schloss die Tür hinter mir, lehnte mich in vollkommener Demut dagegen und starrte in den Raum. Zum Glück war niemand auf dem Korridor unterwegs gewesen. Mein Brustkorb hob sich und augenblicklich drohte ich, zu kollabieren. Ich war starr vor Schreck, fast wie gelähmt, denn ich konnte mich keinen Millimeter von der Tür wegbewegen. Bei dem Anblick brachte ich keinen Ton heraus. Meine Augen weiteten sich und ich war nicht fähig, nur einen Wimpernschlag zu machen.

Vor mir bot sich ein Bild des Grauens. Alexander hing mit durch die Haut gepiercten Haken im Schulterbereich an Seilen von der massiven Eichenholzdecke meines Büros. Mit Karabinern aufgehängt, baumelte er eine Stuhlhöhe über dem Boden. Barbarisch dehnte sich die Haut unter seinem enormen Gewicht. Augenblicklich hatte ich Angst, sie könnte reißen und er fallen. Ich brachte keinen Ton aus meiner Kehle, obwohl ich am liebsten geschrien hätte, weil die Schmerzen, die er mit absoluter Sicherheit in dieser Sekunde verspüren musste, sich den Weg in mein Gehirn bahnten. Dieser Umstand ließ einen Kloß in meiner Kehle entstehen. Unterhalb seiner baumelnden Beine befand sich ein Meer aus roten Rosenblütenblättern. Inmitten dessen standen mehrere Teelichter verteilt. Alexander, der nur mehr mit einer dunklen Anzughose und schwarzen Schnürschuhen bekleidet war, gab keinen Ton von sich, sondern ließ das Martyrium einfach still über sich ergehen. Dazu waren die Vorhänge an meinen Fenstern absichtlich zugezogen worden, sodass keiner dieses grauenvolle Schauspiel miterleben musste. Langsam ließ mich die Ohnmacht wieder los und die Tränen liefen mir still übers Gesicht.

»Alexander«, hörte ich mich flüstern. »Warum?«, brachte ich krächzend hervor. Alexander hatte offensichtlich eine unglaubliche Disziplin im Laufe seines Lebens entwickelt, um die Schmerzgrenze immer höher hinaufsetzen zu können und den Adrenalinspiegel ansteigen zu lassen. Völlig gefasst starrte er mich an.

»Weil du weder auf meine Bitte, dich sehen zu wollen, noch auf meine Briefe, SMS oder E-Mails antwortest.« Wie benommen fasste ich an meine Kehle und schluckte schwer. So sehr traf mich dieser Anblick meines masochistisch veranlagten Freundes. War ich nun schuld daran, dass es mit ihm so weit gekommen war? War ich, ohne es zu wollen, in die Fußstapfen seines Vaters getreten? Sein Blick riss mich innerlich entzwei. »Verstehst du denn nicht, dass ich dich liebe?«, flüsterte er. Ich schlug die Hände vor mein Gesicht, konnte diesen Anblick nicht länger ertragen.

»Wenn ich meine Augen wieder öffne, dann bist du von diesem Ding, wie auch immer du dort hinaufgekommen bist, heruntergestiegen.« Meine Stimme klang zittrig, aber dennoch bestimmend. Während ich die Lider weiterhin geschlossen hielt, um dem gewaltsamen Akt zu entfliehen, der sich mir gerade in dieser Sekunde bot, vernahm ich mit einem Mal ein Poltern und als ich meine Augen wieder aufschlug, sah ich, wie sich der Flaschenzug, an dem sich Alexander bis an die Decke hochgezogen hatte, in Bewegung setzte. Er hatte offensichtlich einen enormen Aufwand betrieben, um sich mir so zu präsentieren.

Wenig später stand Alexander auf meinem Besucherstuhl, den er benutzt hatte, um sich an den Seilen hochzuziehen. Geschickt befreite er sich davon, wobei mir sein Handeln sorgfältig und beherrscht vorkam. Langsam kam er auf mich zu, ließ mich nicht mal für den Bruchteil einer Sekunde aus den Augen und beobachtete mein Verhalten eingehend. Nur wenige Zentimeter vor meinem Gesicht machte er Halt. Nahm mich wortlos in den Arm, wobei er noch immer diese grässlichen Haken in seiner Haut stecken hatte. Weiß der Teufel, wie sie in seinen Rücken gepierct worden waren.

Zärtlich schmiegte er seine Wange an meine, folglich küsste er sie, dann entfernte er meine Halsbinde und seine zarten Lippen bewegten sich meinen Hals entlang. Ich schloss die

Augen. Leichte Bisse ließen mich in Ekstase geraten. Er öffnete meinen Talar. Gekonnt saugte er an der Haut meines Dekolletés. Ich stöhnte. Seine starke Hand fasste nach meiner und ließ sie vorerst nicht los. In der einen hielt ich noch immer den Schlüssel fest, den er nun behutsam an sich nahm. Wenig später begann er, meinen Talar weiter aufzuknöpfen. Darunter trug ich nur einen schwarzen Push-up-BH, einen dazu passenden Slip und halterlose Strümpfe. Ich lehnte noch immer an der Innenseite meiner Bürotür. Ich hatte Bedenken, meine Hände um seinen gemarterten Körper zu schlingen. Ich hörte, wie sich der Schlüssel in meinem Schloss drehte und schreckte auf.

»Sch«, beruhigte mich Alexander und deutete mir an, dass er selbst den Schlüssel ins Schloss gesteckt hatte, um sie zu verriegeln. Sachte glitt der Stoff über meine Schultern, bis er unabänderlich zu Boden fiel. »Oh, Ella, wie habe ich deine zarte Haut vermisst.« Sein muskulöser Oberkörper schmiegte sich an meine Statur und drängte mich mit enormem Druck gegen die Tür, dabei fühlte ich sein bestes Stück, wie er es gegen mein Schambein presste. Nun nahm er meine Hände, legte sie um seinen Hals, dabei seufzte er tief. Vorsichtig wanderten meine Finger über seinen mittlerweile fühlbar erhitzten Oberkörper. Bevor sich meine Hände den durch die Haut gepiercten Haken näherten, hielt er kurz mit seinen Liebkosungen inne und sah mich eindringlich an.

»Zieh sie heraus«, flüsterte er. Kaum merklich schüttelte ich den Kopf und senkte meinen Blick. Es ekelte mir davor. »Bitte«, flehte er mich an. Wieder bildete sich ein Kloß in meinem Hals und hinderte mich daran, zu sprechen. Alexander bemerkte meine Disponiertheit. Mit einem Mal fasste er nach einem der Haken und zog ihn ohne Umschweife heraus. Ließ ihn auf den Boden fallen, es klirrte und ich starrte das blutverschmierte Metall an. »Siehst du? Es ist ganz leicht.« Ich sah ihn an. Mit diesen Worten und einem Lächeln auf seinem Gesicht ermunterte er mich, den zweiten Haken zu entfernen. Abermals näherten sich seine Lippen meinem Mund, ich schloss die Augen und er küsste mich aus tiefster Leidenschaft, unterdessen hielt er mein Gesicht mit beiden Händen fest. »Tu es! Jetzt!«, stöhnte er, während sich seine weichen Lippen weiterhin den erogenen Zonen meines Halses widmeten. Also tastete ich mich langsam an den Haken heran und zog das Ding aus seinem Rücken. Anschließend ließ ich ihn auf den Boden fallen. Der Klang dessen löste einen Schauder bei mir aus. Ich öffnete die Augen, warf einen Blick auf den Boden und sah den zweiten Haken, dessen Spitze sich zuvor in seine Haut gebohrt hatte. Sein Mund verzog sich unter seinen Küssen langsam zu einem Lächeln und er stöhnte.

»Ella, Schatz«, flüsterte er kaum hörbar. Und so tat ich es mit den anderen zwei Haken ebenfalls, bevor plötzlich mein Festnetztelefon klingelte. Der Ton ließ mich zusammenfahren. Tausende Gedanken rasten durch meinen Kopf. Wenn nun das Telefon läutete und ich nicht abhob, würde dann bald jemand vor meiner Tür stehen und mich persönlich sprechen wollen? Ich wurde nervös und löste mich aus Alexanders Umarmung. Geistesgegenwärtig schnappte er sich sein schwarzes Hemd und schlüpfte hinein. Erstaunt sah ich zu, wie flink er einen Knopf nach dem anderen verschloss. Während ich meinen Talar wieder anzog, baute er sein Marterwerkzeug wie die Seile, Karabiner, Haken und Rollen ab und verfrachtete es in seine Tasche. Sein Blick schweifte hin und her, zwischen den Rosenblättern auf dem Boden und mir. Ich machte eine klare Andeutung, dass er sie dort belassen könnte, wo sie sich jetzt gerade befanden. Nur die Teelichter pustete er aus, um sie auf meinen Schreibtisch zu stellen. Die Wachsflecken, die sich auf den Boden verirrt hatten, kratzte er mit einer Spachtel, die er offenbar eigens dafür mitgebracht hatte, ab. Unglaublich, alle Spuren waren in Sekundenschnelle beseitigt. Er zog die Vorhänge zur Seite. Licht drang wieder in mein düster wirkendes Büro und erhellte es förmlich.

Niemand kam. Mein Telefon blieb ebenfalls stumm. Alexander schlüpfte in sein Jackett. Er sah unheimlich gut darin aus. Aus seiner rechten Brusttasche ragte ein orangefarbenes Einstecktuch heraus. Ich hatte mittlerweile dazugelernt. Das war ein Erkennungszeichen im BDSM, das bedeuten sollte: *Alles ist möglich und der Träger verspürte den Wunsch, passiv sein zu wollen.* Dazu trug er heute keine Krawatte wie gewöhnlich, sondern ein Halstuch im dazu passenden Stil, das ihn wiederum als flexibel einstufen sollte, also ein Switcher zu sein. Das alles hatte ich nachgelesen. Als er das Tuch zurechtrückte, setzte er ein schiefes Lächeln auf.

»Haben Lady Cooper heute noch etwas Besonderes vor?«, fragte er mich mit hochgezogenen Augenbrauen.

»Nein, sollte ich?«, stellte ich eine Gegenfrage. »Außerdem hast du mir versprochen, mir etwas Zeit zu geben«, fügte ich noch hinzu. Sein Gesichtsausdruck veränderte sich schlagartig.

»Hast du Jeremy getroffen?« Sein Tonfall war ernst. Ich schüttelte den Kopf.

»Nein.« Er sah mir tief in die Augen, das machte mich nervös.

»Hat er dich angerufen?« Ich rollte die Augen.

»Ja, ein Mal.« Er stieß einen verächtlichen Laut aus.

»Mit ihm sprichst du und mich lässt du abblitzen?«

»Alexander, was soll das jetzt? Er hat mich lediglich gefragt, wie es mir geht, weiter nichts«, bemerkte ich ziemlich aufgebracht. Alexander rang die Hände, dann hob er sie, als würde er sich ergeben wollen.

»Tut mir leid, Ella. Ich werde dir nie wieder einen Vorwurf machen. Okay? Also?«

»Was?«, fragte ich ein wenig genervt.

»Wenn Sie mich heute zum Ball begleiten würde, dann hätten Sie etwas Besonderes vor«, bemerkte er geheimnisvoll. Meine Neugier wuchs.

»Zum Ball?«, fragte ich irritiert. Wie war es ihm möglich, nach diesem Szenario so einfach wieder zur Tagesordnung überzugehen? Sein Lächeln wurde breiter.

»Ja, zu einem sehr ereignisreichen Ball«, meinte er nachdrücklich.

»Welche Kleidervorschriften sind dort vorgesehen?«, fragte ich.

»Ballrobe und dunkler Anzug«, gab er mir bereitwillig Auskunft. Ich überlegte.

»So etwas müsste ich im Schrank haben«, stellte ich entschieden fest.

»Gut, dann hole ich dich um acht zu Hause ab.« Er konnte seine Freude darüber nicht wirklich verbergen. Mit diesen Worten drückte er mir einen flüchtigen Kuss auf die Lippen, obwohl ihm bestimmt nach mehr war, nahm seine Tasche und war wenig später zur Tür hinausgeschlüpft, sodass ich kaum darauf hatte reagieren können.

Ich war noch immer perplex und sah auf die geschlossene Tür, musste feststellen, dass er mich im Handumdrehen überredet hatte, mit ihm auszugehen, obwohl ich um etwas Zeit gebeten hatte. Ich lehnte mich gegen die Bürotür und starrte an die Decke, wo nicht mehr das Geringste von Alexanders Martyrium, das eben erst stattgefunden hatte, zu bemerken war. Wenn ich meinem Verstand nicht trauen könnte, hätte ich gemeint, ich hatte das alles nur geträumt. Nur wenn man genauer hinsah, würde man die feinen Lochbohrungen entdecken, wo einst die Haken für die Seile angebracht gewesen waren. Ich wunderte mich noch immer, wie er das alles in der kurzen Zeit hatte bewerkstelligt können. Diese Bilder würde ich wahrscheinlich noch lange vor meinem inneren Auge haben. *Warum hat er das bloß getan?* Ich verstand diese Art der Bestrafung nicht. Warum musste es immer so schreckliche Ausmaße erreichen? *In dieser Form darf es nie wieder vorkomm*en, dachte ich und beschloss, den Ort des Grauens zu verlassen, um nach Hause zu fahren.

Heute hätte ich sowieso nichts mehr Dringendes zu erledigen gehabt. Außerdem hatte ich noch gute drei Stunden Zeit, mich auf den Ball vorzubereiten. Rasch hängte ich den Talar an die Garderobe, holte mein weißes mit Pfingstrosen bedrucktes, knielanges Kleid aus dem Schrank und schlüpfte hinein. Es hatte einen durchgehenden Zip an der Vorderseite und war ab der Taille sehr eng geschnitten. Dazu trug ich einen farblich passenden, weit ausladenden Hut. Im letzten Moment legte ich meinen weißen Ledermantel über den Arm und ging zur Tür hinaus. Meine High Heels klackerten über den Steinboden, die Treppe abwärts, bis ich den Ausgang erreichte, wo ich meinen Wagen geparkt hatte.

Als ich einstieg, leuchtete das Display meines Mobiltelefons auf. Alexander konnte es offenbar nicht lassen. Er war einfach ein Kontrollfreak. Sicher hatte er wieder mein GPS eingeschaltet. Weiß der Teufel, wie er das machte. Doch daran hatte ich mich längst gewöhnt. Der Zwang, über meinen Aufenthaltsort Bescheid wissen zu müssen, war fast schon Usus geworden. Der Londoner Verkehr war ziemlich dicht und ich brauchte länger nach Hause als gewohnt. Nach einiger Zeit lenkte ich den Wagen aus der Innenstadt, um nach Knightsbridge zu gelangen. Vor meinem Haus hielt ich an. Erwartungsvoll stieg ich aus und machte mich auf die nächste Überraschung gefasst. Ich betrachtete mein Heim und überlegte, wo Alexander wohl in London zu Hause war. Er konnte kaum jeden Tag von Seeds Castle nach London bis zur *Stock Exchang*e fahren.

Der Schlüssel lag exakt auf demselben Platz, genau dort, wo ich ihn heute Morgen abgelegt hatte. Ich entriegelte die Tür und sie sprang auf. Mein Blick machte die Runde. Sarah, meine Haushälterin, war gestern hier gewesen und hatte alle Spuren vom Vortag beseitigt. Erleichtert hing ich meinen Mantel auf einen der Haken im Vorraum und ging weiter ins Wohnzimmer, um die Terrassentüren zu öffnen. Frische Luft strömte in die Räumlichkeiten und ich atmete sie ein.

Anschließend durchstöberte ich meinen Schrank, um nach der Ballrobe zu suchen, dabei stieß ich auf ein langes Abendkleid, das ich noch nie angehabt hatte. Neugierig nahm ich es heraus, betrachtete es und lächelte dabei. Alexander war also doch da gewesen. Es war ein cremefarbenes bodenlanges Ballkleid, das seitlich ab der Hüfte auseinanderklaffte und einen eleganten, aber auch sehr sexy Schlitz hatte. Das Oberteil war transparent und mit schwarzen, länglich geformten, schmalen Blättern aus Samt verziert, die bis zum eigentlichen Schlitz reichten. Um die Taille hatte man die Blätter außerordentlich sparsam und raffiniert angeordnet, wogegen man im Bereich der Brust die Blätter auffallend dicht drapiert hatte. Ich fand es beachtenswert ausgeklügelt, dass sich das Kleid durch transparente breite Träger und einen pfiffigen Ausschnitt mit sich emporrankendem schwarzem Blattwerk auszeichnete.

Auf einem der Einlegeböden standen schwarze Pumps, dessen Fersenteil, Absatz und Riemchen aus Glitter-Gold bestanden. Das Riemchen selbst wies ein integriertes Fußkettchen auf, das mit einigen Brillanten verziert war. Daneben lag ein Nerzbolero. Mit diesem Outfit war der Ball gerettet, musste ich entschieden feststellen, und Alexander hatte mich wieder einmal beeindruckt. Ich legte das Kleid über die Lehne des Sofas und schob die Tür des Schranks zu, danach schloss ich die Terassentüren.

Lust ist die Sehnsucht des Körpers,
Liebe ist die Sehnsucht der Seele.

(Pierre Franckh)

MEINE LIEBE, DEINE KEHRTWENDE

Jede andere Frau hätte mich kaum verstanden. Denn dass Alexander regelmäßig seine Grenzen zu überschreiten schien und empfindlich in meine Privatsphäre eindrang, all das machte mir zum gegenwärtigen Zeitpunkt nicht mehr wirklich etwas aus. Im Gegenteil, es zeigte mir, wie sehr er mich begehrte. Ich wusste, wie es gemeint war, obwohl die Art, wie er es tat, eine ziemlich ungewöhnliche war.

Nach einem ausgiebigen sowie entspannenden Bad probierte ich das imposante Abendkleid im Wohnzimmer vor dem Spiegel an. Es passte perfekt, als ob man von mir Maß genommen hätte. Ich betrachtete es von allen Seiten. *Bemerkenswert.* Hinten hatte es einen bedeutsamen, tiefen Ausschnitt, wodurch mein Rücken praktisch frei lag. Dazu schlüpfte ich in die teuersten High Heels, die ich je in meinem Leben getragen hatte. Wenn eines stimmte: Kleider machten Leute. In diesem Fall würde es zu hundert Prozent zutreffen.

Ich lief nochmals die Treppe hoch, um in mein Schlafzimmer zu gelangen, wo sich auch das angeschlossene Bad befand. Meine widerspenstigen Locken kämmte ich und bändigte sie mit einem auffälligen schwarzen Glitter-Haarband. Nun trug ich schwarzen Eyeliner, Rouge und roten Lippenstift auf. Zu guter Letzt benutzte ich mein Lieblingsparfüm: Elizabeth Ardens *5th Avenue.* Kritisch betrachtete ich mich im Spiegel. Für Alexander war ich die attraktivste und erotischste Frau und ich musste zugeben, dieser Umstand gefiel mir sehr. Nun ging ich nach nebenan ins Schlafzimmer, zog die oberste Lade einer Kommode auf, worin ich meinen Schmuck aufbewahrte.

Überrascht schüttelte ich den Kopf und lächelte. In einer sehr aufwendig verpackten Geschenkschatulle von *Graff Diamonds* lag ein überaus wertvolles Collier, dazu passendes Ohrgehänge, ein Armband sowie eine außergewöhnliche Uhr. Ein Brief war hinzugefügt worden. Ich öffnete ihn und las.

Liebe Ella! Ich hoffe, deinen Geschmack getroffen zu haben. Du siehst sicher ganz bezaubernd in deinem neuen Abendkleid aus und die Juwelen sollen deine Schönheit nur unterstreichen. Ich hole dich um acht vor deinem Haus ab. Dein dich liebender Alexander.

Ich legte mir die Halskette an und strich über das exquisite Schmuckstück. Es war ein goldenes, geflochtenes Collier, das immer wieder durch Smaragde unterbrochen wurde. Es lag wunderbar auf meiner Haut und schmiegte sich nahezu an mein Dekolleté. Das Armband war im selben Stil angefertigt worden, die Ohrhänger zeichneten sich durch elegantes Design aus. Ich schmückte mein Handgelenk und meine Ohrläppchen damit.

Das exklusivste Geschenk dürfte wohl die Uhr gewesen sein. Sie war ein formvollendetes Kunstwerk, passte von der Stilrichtung genau zu den anderen Stücken, hatte ein schwarzes Lederband, die Fassung des Glases selbst war mit unzähligen kleinen Brillanten besetzt und das Uhrwerk von außen sichtbar. Die kleinen Zahnrädchen sahen wie grüne Streublumen aus und rotierten um sich selbst, das Ziffernblatt war aus Gold und in unerlässlicher Handarbeit geschliffen worden. Ein luxuriöses Kunstwerk, das sich nun um mein Handgelenk schmiegte. All das musste ein Vermögen gekostet haben. Ich sah auf die Uhr. Bald würde er mich abholen kommen.

Wenig später leuchtete mein Handy auf, ich hatte eine SMS bekommen und sah auf das Display.

Einen wunderschönen Guten Abend, Ella. Die Limousine steht für dich bereit, du brauchst nur einzusteigen und es kann losgehen.

Ich lief die Treppe hinab, zurück ins Wohnzimmer und schlüpfte in den Nerzbolero. Trotz meiner Abneigung echtem Pelz gegenüber musste ich feststellen, dass er mir außerordentlich gut stand. Dazu würde ich eine farblich passende Handtasche tragen, in die ich bereits Make-up zum Auffrischen und das Fläschchen Parfüm gepackt hatte. Noch einmal betrachtete ich mich im Spiegel, machte auf dem Absatz kehrt und öffnete die Tür. Draußen war Alexanders Limousine vorgefahren. Ich zog die Tür hinter mir zu, legte den Schlüssel in den Safe. Als ich das Gartentor erreichte, stieg er persönlich aus und hielt mir galant die Wagentür auf. Alexander lächelte, nein, er himmelte mich an.

»Guten Abend, Ella. Du siehst wie immer bezaubernd aus.« Beschämt schlug ich die Lider nieder und ein zartes Lächeln umspielte meine Lippen.

»Danke, Alexander.« Ich sah ihn wieder an, stieg in das Luxusgefährt und er folgte mir. Larry saß hinter dem Steuer und fuhr los. Die Trennwand war geöffnet. Er sah in den Rückspiegel.

»Guten Abend, Miss Cooper«, lächelte er freundlich und ich hatte den Eindruck, er war mir plötzlich gut gesinnt. *Liegt es vielleicht daran, dass ihm bis jetzt nicht klar war, dass ich keine Ahnung davon hatte, dass Jeremy und Alexander zwei verschiedene Personen waren? Möglicherweise.* Alexander fuhr die Trennwand nach oben und griff nach meiner linken Hand, betrachtete sie eingehend.

»Du hast wunderschöne, zarte Hände.« Er sah mir in die Augen. »Was würde ich dafür geben, wenn diese auf immer mein wären.« Dabei hielt er meine Hand fest, schloss die Augen und küsste sie mehrmals. Ich wollte auf seine Andeutung nicht weiter eingehen.

»Wenn ich schon so exquisit gekleidet bin, würdest du mir dann verraten, auf welchen Ball wir gehen?«, fragte ich erwartungsvoll.

»Bisher blieb es ein Geheimnis, aber nun, da wir schon auf dem Weg sind ...« Er hatte es bis jetzt ziemlich spannend gemacht. »Es ist der Femdom-Ball, der uns erwartet«, ließ er die Bombe platzen. Meine Augen weiteten sich. Von diesem alljährlichen Spektakel in London hatte ich schon gehört und mich immer über die hochkarätigen Besucher gewundert.

»Wir beide gehen auf *den* Femdom-Ball?«, fragte ich aufgeregt. Ich hatte schon immer bei so einem Ereignis dabei sein wollen, er war einer der begehrtesten Bälle der Stadt, nur hatte mir bisher der Mut dazu gefehlt. Und das nötige Kleingeld. Alexander stieß einen belustigten Seufzer aus.

»Freut mich, dass du dem so begeistert und aufgeschlossen gegenüberstehst.«

»Nun ja, es gibt ja jedes Jahr aufs Neue heftige Diskussionen darüber«, lachte ich aufgeweckt.

»Ja, ein immerwährendes Thema, schrill, laut, für manche schräg, viel Latex und heiß umstrittene Tombolapreise. Außerdem wirst du aufregende Kostüme und interessante Leute antreffen.« Die Limousine hielt vor dem *Double Tree by Hilton Hotel*.

Larry öffnete mir die Wagentür und ich stieg aus. Er lächelte mir wohlwollend zu. Jetzt, wo ich nur mehr mit Alexander unterwegs war, veränderte sich sein Verhalten mir gegenüber zunehmend. Alexander bot mir seinen Arm an. Er sah wieder einmal umwerfend aus. Von dem Ereignis vor ein paar Stunden waren keine Spuren mehr zu erkennen. Seine eisblauen Augen strahlten mich glücklich an und ich setzte meinen unwiderstehlichen Blick auf. Gemeinsam gingen wir durch die Drehtür und betraten die Hotelhalle. Der Ball fand im obersten

Stockwerk statt. Das Hotel wurde zu diesem Zeitpunkt immer von hochkarätigen Gästen gebucht, die wegen des Balls extra aus aller Herren Länder angereisten. Die Klänge der Musik drangen bis hier nach unten. Von dort aus hatte man sicher einen grandiosen Ausblick auf Londons beleuchtetes Südufer, die Themse, die Tower Bridge und *St. Pauls Cathedra*l.

Verstohlen betrachtete ich meinen imposanten Begleiter. Alexander war in einen eleganten schwarzen Zweiteiler mit feinem Überkaro aus der Edelschneiderei *Anderson & Sheppar*d gekleidet. Wohl sicher eine Namensgleichheit. Richter Berkley ließ sich alle seine Anzüge dort schneidern. Die goldenen Manschettenknöpfe stachen einem ins Auge. Das Sakko war leicht tailliert und hatte einen Drei-Knopf-Einreiher. Dazu trug er eine Bundfaltenhose mit Aufschlag. Sein dunkelbraunes, leicht gewelltes Haar hatte er mit Gel etwas aufgepeppt. Das beigefarbene Hemd, das er dazu gewählt hatte, hob sich vom hochwertigen Sakko ab, die farblich dazu passende Seidenkrawatte war im selben Farbton wie mein Abendkleid gehalten. In seiner rechten Brusttasche steckte ein orangefarbenes Einstecktuch. Alexander hatte keinen einzigen Anzug mit einer linken Brusttasche, wie es normalerweise üblich war, denn das rechts getragene Einstecktuch signalisiert den Wunsch, passiv sein zu wollen.

Wir nahmen den Lift. In jedem Stockwerk stiegen Gäste zu und wir standen nun dicht gedrängt, von edel gekleideten Ballbesuchern umzingelt, in der hintersten Reihe. Alexander schlang seinen Arm um meine Taille und flüsterte mir ins Ohr.

»Trägst du einen Slip?«, fragte er heißblütig. Erstaunt stierte ihn an.

»Natürlich! Was denkst du denn?«, wisperte ich. »Bei dem Kleid ... Der Schlitz geht bis nach oben«, rechtfertigte ich die Wahl meiner Unterwäsche. Alexander verdrehte die Augen.

»Und ich hatte schon Hoffnung«, er machte eine kurze Pause und seufzte, »du würdest keinen tragen.« Er setzte einen hungrigen Blick auf. Der Fahrstuhl hielt an, wir waren im obersten Stockwerk angekommen, die Türen öffneten sich, wir traten nach draußen. Über einen kleinen Vorraum gelangte man in die Ballsäle. In den Räumlichkeiten fand gerade eine Lasershow statt. Abermals hakte ich mich bei Alexander unter. Unerwartet kniff er mir in den Po. Ich starrte ihn an. Er wiederum warf mir einen gierigen Blick zu. Seine Hand ruhte noch immer auf meinem Hinterteil. Wir gingen weiter, folgten dem Weg direkt an die Bar. Davor blieb er plötzlich stehen, drängte mich in eine Ecke und zog mich an seinen muskulösen Körper. Seine Hand schmiegte sich an meine Wange und er begann, mich leidenschaftlich zu küssen. In weiterer Folge wanderte seine andere zu dem Schlitz und verschwand unter meinem Kleid, bis er meine empfindlichste Stelle erreicht hatte. Rasch krallte ich mich an seinem Sakkoärmel fest und zog die Luft zwischen meine Zähne ein. Ich schloss die Augen, während er meine Perle geschickt massierte, um folglich in meine glühend heiße Tiefe vorzudringen.

»Ella«, flüsterte er. Nochmals atmete ich tief ein und wieder aus. Zum wiederholten Mal stießen seine beiden Finger in ungeahnte Tiefen vor. Fast geräuschlos, so hoffte ich es jedenfalls, stöhnte ich auf und versuchte, nicht die Fassung zu verlieren, bis er sein Vorhaben schließlich wieder beendete. Er stieß einen leisen Seufzer aus. Ich öffnete die Augen und wir sahen uns für einen Moment an, bis wir unseren Weg fortsetzten, als wäre nichts geschehen. Ich atmete hörbar aus. Er setzte sein schiefes Lächeln auf. Wenig später waren wir an der gläsernen Cocktailbar angekommen. Selbstsicher bestellte er die Drinks.

»Zwei Martini, bitte.« Wir setzten uns auf die Barhocker und Alexander nahm mir den Nerzbolero ab, um ihn über die Stuhllehne zu legen.

»Was sollte das gerade eben? Willst du mich umbringen?«, kokettierte ich mit ihm. Ein breites Grinsen huschte über seine Lippen.

»Es hat dir doch gefallen. Oder etwa nicht?«, hauchte er, dann gab er mir einen feuchten Kuss auf die Lippen, seine Zunge streifte dabei kaum merklich meine Unterlippe. »Ich will ihn haben«, raunte er. Der Barkeeper servierte die beiden Martinis. Kurz abgelenkt, widmete ich mich wieder seiner Forderung.

»Was? Meinen Slip?«, lachte ich leise vor mich hin und erwiderte sein glühendes Verlangen. Er sah mir tief in die Augen, war nahezu besessen von diesem Gedanken. Entschieden schüttelte ich den Kopf. »Das geht nicht! Nicht hier, Alexander.« Er stieß einen überdrüssigen Laut aus.

»Du verstehst mich nicht, Ella. Du willst mich nicht verstehen. Ich brauche ihn. Ich brauche deinen Duft. Jetzt!«

»Bist du verrückt?«, säuselte ich und stierte ihn an. Er lächelte verklärt.

»Ja, nach dir und deinem überaus sinnlichen Geruch, Baby.« Ich rollte mit den Augen und schlug die Hände vor mein Gesicht. Dazwischen lugte ich hervor, musterte ihn wieder.

»Komm mal wieder runter von deinem Trip.« Alexander grinste und stieß einen unanständigen Laut aus.

»Da hast du schon ziemlich den Nagel auf den Kopf getroffen«, entgegnete er und deutete so nebenbei einen Kuss an. Ich nippte an meinem Martini und steckte die Olive in den Mund. »Komm schon, wir können auch in ein Séparée gehen, wenn du möchtest.« Von seinen wilden Träumen geleitet, wäre ich fast auf den Deal eingegangen, bis Richter Berkleys Frau in mein Blickfeld rückte und mich flüchtig anlächelte. Es war ihr sichtlich peinlich, dass sie mich hier antraf. Ihr Partner, mit dem sie hier war, war mit ziemlicher Wahrscheinlichkeit nicht Richter Berkley. Doch das konnte ich nicht so richtig erkennen, denn er hatte eine Maske über seinen Kopf gezogen, deren Ende ein Halsband zierte, daran war eine Kette angebracht und die hatte sie gerade noch gehalten. Bis sie mich gesehen hatte. Alexander gestikulierte vor meinen Augen herum.

»Hey, Ella, träumst du?« Mit einem Mal schreckte ich auf, griff mir an die Stirn und wandte mich der Bar zu.

»Nein, ich, ähm. Oh mein Gott!«, stieß ich entgeistert aus. »Wer hätte das gedacht? Ich glaube, ich muss mich gleich übergeben.« In dem Moment, als ich Richter Berkleys Frau gesehen hatte, hätte ich mich beinahe an der Olive verschluckt. Alexander zog seine Stirn in Falten.

»So schlimm empfindest du meine Forderung?« Er konnte es gar nicht glauben. Ich wandte mich zu ihm um, vergrub mein Gesicht an seinem Anzug und kicherte.

»Ich hoffe, du stehst nicht auf diese Art von BDSM«, wisperte ich, unterdessen machte ich eine Andeutung auf das seltsame Gespann neben uns. Er verstand meinen Wink sofort und stieß einen leisen Laut durch die Nase aus.

»Keine Sorge, ich hab's nicht so mit Petplay«, machte er mir grundsätzlich klar. »Obwohl, so ein Lederhalsband hat schon seine Reize«, setzte er ein schiefes Lächeln auf und machte damit eine Anspielung, selbst auch mal so ein Ding tragen zu wollen. Ich runzelte meine Stirn.

»Was? Du würdest mit so einem Teil an deinem Hals herumlaufen wollen?« Er grinste.

»Es wäre mir eine Ehre! Eine Huldigung an deine weibliche Macht«, setzte er fort und untermauerte sein Vorhaben. »Natürlich nicht sichtbar, verborgen unter meinem Hemd und meiner Krawatte, außer wenn wir alleine sind«, verdeutlichte er mir seinen Wunsch. »Doch eigentlich waren wir ganz woanders. Sie lenken vom Thema ab, Miss Cooper. Waren wir nicht bei deinem Slip?« Seine Hand wanderte zu meinem Schoß. Rasch ergriff ich sie.

»Ich sagte Nein!«, funkelte ihn an und beharrte weiterhin auf meiner Meinung. Seine feuchten Lippen berührten wieder meine und seine Zunge drang hemmungslos in meinen Mund, um die meine zu umschmeicheln. Seine Hand versuchte loszukommen, doch ich hielt sie verbissen fest.

»Ella«, stöhnte er. »Lass uns zu dir fahren.« Alexander hatte es wirklich drauf, mich heißzumachen. Er atmete stoßweise. Ich schluckte, war noch immer berauscht von seiner Macht, die er augenblicklich über mich errungen hatte.

»Wir sind doch gerade erst angekommen, Alexander«, entgegnete ich und versuchte, mich wieder zu sammeln. Er kapitulierte und schlürfte an seinem Martini, kaute folglich an seiner Olive.

»Du bist wirklich«, er machte eine kurze Pause, bevor er weitersprach, »hart! Du verweigerst dich mir also?«, stellte er eine Behauptung in den Raum.

»Das habe ich nicht gesagt«, zierte ich mich, eine entscheidende Antwort zu geben.

»Du tust es aber dennoch nicht?«, fragte er nochmals nach. Ich seufzte.

»Nicht hier«, machte ich nun eine klare Aussage.

»Das hat man davon, wenn man sich einer Femdom unterwirft«, lächelte er argwöhnisch. »Du stellst dich auf den Präsentierteller und dann darf ich nicht zugreifen. Du hast also längst begriffen, wie sich eine Femdom gegenüber ihrem devoten Mann verhalten muss«, lächelte er siegessicher. Nun stieß ich einen auffallend kecken Laut aus.

»Wer bitte hat mir denn dieses verrufene Abendkleid in meinen Schrank gelegt?«, fragte ich ironisch.

»Eben! Genau aus diesem Grund. Dass ich mein Geschenk auspacken darf, wenn ich es unter dem Weihnachtsbaum entdecke«, machte er mir seine Absichten klar.

»So ist das also!«, funkelte ich ihn an. Er ergriff meine Hand und sein Gesichtsausdruck wurde ernst. Sehr ernst.

»Ella, bitte.« Seine Stirn zog sich in Falten. »Du hast gesagt, du brauchst Zeit. Die will ich dir auch gerne geben. Nur ...« Er stockte. »Ich kann nicht mehr. Verstehst du? Ich kann nicht ewig warten und hoffen, dass du dich für mich entscheidest. Ich will dich, ich brauche dich, Ella.« Er fasste nun nach meinen Händen, hielt sie unwiderruflich fest. »Ich brauche dich«, wiederholte er. Seine Augen bewegten sich nervös hin und her. »Bitte weise mich nicht ab.« Dieser Umstand ließ mich innerlich erbeben. Schon alleine der Gedanke, dass er es nicht einmal zwei Tage ohne mich aushalten würde, war absurd und dennoch Tatsache. Sein Blick war noch immer todernst. Er brachte mich so mit einem Schlag in Bedrängnis.

»Ich weise dich nicht ab! Glaubst du wirklich, ich hätte deine Einladung zum Ball sonst angenommen?«, flüsterte ich verzweifelt.

»Es fühlt sich aber so an. Und es tut weh. Sehr weh, Ella. Denn ich liebe dich! Mit jeder Faser meines Körpers, meines Herzens und meines Verstandes.« Ich sah ihn an und verzehrte mich gleichzeitig nach ihm.

»Das weiß ich.« Ich machte eine Pause. »Ich liebe dich auch«, flüsterte ich hingebungsvoll. Feurig begann er, mich wie von Sinnen zu küssen, und keuchte dabei. Ich schlang die Arme um seinen Hals und erwiderte den Kuss. Seine Erregung war deutlich zu spüren. Ein emotionaler Zustand übersteigerter Ekstase.

»Oh Ella!« Er stöhnte, hielt inne, strich mir über mein Haar und war mir noch immer so nahe, dass ich seinen heißen

Atem spüren konnte. »Das ist der schönste Moment meines Lebens.« Bei diesen Worten traten ihm Tränen in die Augen. Doch diesmal verbarg er sie nicht vor mir. »Bitte lass es uns noch mal versuchen. Wir fangen ganz von vorne an. Ich tue alles, was du willst. Nur bitte verlasse mich nicht, denn das würde ich nicht überleben.« Ich verstand seine Befürchtungen, denn ich hatte mich bis jetzt noch immer nicht offiziell zu ihm bekannt. Seine Zweifel waren also nicht unbegründet und auch die Mutmaßung nicht, ich könnte mich für Jeremy entscheiden. Sein Selbstwertgefühl musste einen absoluten Tiefpunkt erreicht haben. Ich hatte noch nie einen Mann weinen sehen. Keinen in meiner Familie, weder meinen Vater noch meine Brüder, auch Jayson nicht. Obwohl mein Dad sicher oft genug Grund dazu gehabt hätte. Und nun saß ein stattlicher Mann vor mir, dessen Augen glänzten. Wahrscheinlich stürzten gerade alle Mauern ein, die er in seiner Vergangenheit Stein für Stein so mühevoll errichtet hatte, um sich vor den Demütigungen seiner Familie zu schützen. Ich schien der einzige Mensch seit Langem zu sein, der ihm etwas bedeutete, für mich würde er wahrscheinlich sein letztes Hemd geben. Obwohl er nicht gerade die besten Karten für eine harmonische und glückliche Beziehung hatte, wollte ich es dennoch versuchen. Ich liebte ihn sehr, auch wenn ich meines Verstandes wegen anders hätte handeln müssen. Noch nie in meinem ganzen Leben hatte ich mich so sehr begehrt gefühlt, wie zum gegenwärtigen Zeitpunkt. Keiner der Männer, mit denen ich bis jetzt Sex gehabt hatte, hatte mich nur annähernd so verwöhnt wie Alexander. Als würde er meine Gedanken lesen können, strich er mir zärtlich mit seiner Hand über die Wange, in die ich mich augenblicklich schmiegte.

»Ich werde dir jeden Wunsch von den Augen ablesen, das verspreche ich dir«, legte er fast schon ein Gelübde ab.

»Alexander, du musst mir alles über dich erzählen, ich möchte dich kennenlernen. Möchte wissen, welche Ängste dich quälen und warum. Wieso du zu deiner Familie keinen Kontakt hast und was zwischen dir und Jeremy vorgefallen ist. Ich muss es wissen«, flehte ich ihn an. Er nickte still.

»Weißt du was?« Seine Stirn war in Falten gelegt. Mit meinem Blick ermunterte ich ihn, weiterzusprechen. »Ich möchte am liebsten hier abhauen und zwar jetzt«, machte er mir ein Geständnis.

»Okay. Aber die Ballkarten haben sicher ein Vermögen gekostet«, versuchte ich, einzulenken, obwohl ich selbst keine Lust hatte, zu bleiben. Alexander machte eine geringschätzige Handbewegung.

»Wenn's weiter nichts ist.« Er brachte ein gequältes Lächeln zustande. Als wir im Begriff waren, zu gehen, sprach ihn jemand an.

»Alexander! Welch freudige Überraschung, Sie hier anzutreffen.« Er setzte sofort wieder seine Fassade auf, das hatte er offensichtlich zur Genüge trainiert.

»Schönen Guten Abend, George.« Er schüttelte dem Fremden kräftig die Hand. Im Stillen beobachtete ich die Unterredung. Alexander hatte wahrhaftig zwei Gesichter. In der Öffentlichkeit würde man ihm seine Vorlieben niemals ansehen, so souverän, wie er zu wirken vermochte. »Man lässt sich ja nichts entgehen, bei so viel anwesender Prominenz.« Er machte eine einladende Handbewegung. Der gut gekleidete Mann lachte inbrünstig.

»Ja, da haben Sie vollkommen recht. Ist ziemlich interessant, auf welche Leute man hier so stößt.« Er schielte ganz gezielt zu mir. »Miss Cooper? *Central Criminal Court*?« Ich setzte meine Staatsanwältinnen-Miene auf, lächelte gekonnt und gab ihm zielstrebig die Hand. »Sehr angenehm. Habe schon viel von

Ihnen gehört. George Taylor, *Stock Exchange*, Vorsitzender des Vergütungsausschusses«, stellte er sich vor.

»Angenehm.« Nun stieg mir die Hitze ins Gesicht, er kannte mich also, sicher war ich ihm nicht in guter Erinnerung geblieben, schließlich hatte ich ihn um ein Mitglied erleichtert, da ich dieses hinter Gefängnismauern hatte verschwinden lassen. Ein wenig unbeholfen sah er sich um.

»Sie entschuldigen mich. Meine Frau wartet. Wünsche noch einen unterhaltsamen Abend.« Mit diesen Worten verabschiedete er sich und wir waren wieder alleine. Gelöst atmete ich auf.

Eine junge Frau im rosafarbenen Katzenkostüm bot uns Tombola-Lose an. Ich wollte schon abwinken, als Alexander seine Brieftasche zog und drei der Lose erwarb. *Was man hier wohl alles gewinnen kann?*, dachte ich und setzte ein gekünsteltes Lächeln auf. Alexander bemerkte meine Skepsis.

»Die Dinge, die wir hier gewinnen können, sind gar nicht mal so schlecht«, versuchte er, mich vom Gegenteil zu überzeugen. Wir würden also doch bleiben, schlagartig hatte er seine Meinung wieder geändert. *Sagenhaft*. Manchmal konnte ich seine Ambivalenz wirklich nicht verstehen. »Möchtest du in der Zwischenzeit vielleicht tanzen?«, fragte er mich. Die Aufforderung ließ mein Gemüt erblühen.

»Ja, sehr gerne.« Alexander bot mir galant seinen Arm an und brachte mich zur Tanzfläche. Erst jetzt fielen mir die vielen verschiedenartigen Kostüme auf, die hier getragen wurden. Angefangen bei schwarzen Latex-Korsetts, über Catsuits, Wetlook-Kleider, Babydolls, Lack-Tank-Tops mit Latexhosen, Jumpsuits, Lederröcke, Overknee-Stiefel, transparente Neckholder, bis hin zu den tollsten Abendroben, war alles vertreten. Auch die Musik, zu der wir tanzten, entsprach genau meinem Geschmack. Alexander nahm mich elegant in Tanzhaltung und wir schwebten über das Parkett. Er war ein ausgezeichneter

Tänzer, führte mich, wie kein anderer und ich schmiegte mich in seinen Arm.

Unser romantischer Tanz wurde durch Paukenschläge, die die Tombola eröffnen sollten, empfindlich gestört und jeder auf der Tanzfläche hielt erstaunt sowie erwartungsvoll inne. Alexander zog die Lose aus seiner Sakkotasche und warf einen Blick darauf. Sechzehntausend Lose warteten auf glückliche Gewinner, das konnte man auf einem Transparent ablesen, das man oberhalb unserer Köpfe angebracht hatte. Wir hatten genau drei davon erworben. So nach dem Motto *Wer hat noch nicht, wer will noch mal?* boten die Damen in ihren rosafarbenen Catsuits die übrig gebliebenen an. Je nach Farbe waren die Preise der Lose gestaffelt. Alexander hatte sich für drei orangefarbene entschieden, das waren die hochpreisigen. Bei dieser Tombola gingen Gewinne für insgesamt fünfhunderttausend Pfund über den Tisch, wie mir Alexander stolz erklärte. Mit dem Geld wurden die vier großen Londoner Kliniken für sexuelle Gesundheit gesponsert.

Wir drängten zu unseren Plätzen an der Bar zurück und setzten uns. Die ersten Preise wurden verlost und es dauerte nicht lange, da waren auch schon wir mit dem ersten Los an der Reihe. Die Dame im rosafarbenen Catsuit überreichte uns den Gewinn. Alexander nahm ihn entgegen und gab das Päckchen an mich weiter.

»Sieh nach«, ermunterte er mich. Verstohlen warf ich einen Blick in den kleinen roten Samtbeutel. Ich staunte nicht schlecht, es handelte sich um ein hochkarätiges Piercing. Neugierig schielte Alexander herüber. »Lass mal sehen.« Er lugte in den Beutel und seine Augen leuchteten. »Genau so etwas habe ich mir für dich gewünscht«, rief er erfreut aus. »Es ist ein Nabelpiercing«, stellte er entschieden fest.

»Sieht sehr hübsch aus. Ob mir so etwas stehen würde?«,

erwiderte ich nachdenklich.

»Ich bin davon überzeugt. Das würde sehr sexy an dir aussehen«, lächelte er mir entgegen. Unsere Unterhaltung wurde abermals unterbrochen, denn die Nummer 238 wurde aufgerufen, das war unser zweites Los. Dieser Gewinn fiel schon etwas üppiger aus. Der Karton hatte eine beachtliche Größe. Alexander hielt ihn und ich packte aus. Zum Vorschein kam ein ganzes Set an Toys. Er zog die Augenbrauen hoch und setzte ein schiefes Lächeln auf. »Sieht ziemlich interessant aus. Das Geld war gut investiert«, stellte er eindeutig fest.

Das Set bestand aus Handschellen, einem Paddle, einer außergewöhnlich langen Perlenkette, worüber ich mich sehr wunderte, was man mit solch einem Ding überhaupt anzufangen wusste, einem schwarzen Slip mit der Aufschrift *Kiss me*, einem lilafarbenen Silikonvibrator, der zu einem U gebogen war, Gleitgel und ein paar Liebeskugeln. Davon hatte ich schon von Tabitha gehört, sie trug sie regelmäßig, um ihren Lover damit zu verwöhnen, da so ihre Beckenbodenmuskulatur gekräftigt und es für ihn beim Akt bedeutend enger wurde und somit für beide ein weitaus erotischeres Gefühl beim Sex bedeutete. Ich musste bei dem Gedanken schmunzeln. Es steigerte natürlich ihre Leidenschaft, wenn sie mit diesen Dingern in sich zu ihm fuhr und jede Möglichkeit in Gedanken durchspielte, was alles passiere würde, wenn sie bei ihm ankam.

Kaum dass ich mit der Bewunderung dieser bahnbrechenden Artikel fertig war, kam auch schon das nächste und letzte Paket bei uns an. Aus diesem Toy konnte ich mir keinen Reim machen. Alexander klärte mich auf, dabei lächelte er geheimnisvoll.

»Es ist ein Penisplug. Er sieht nur etwas anders aus, als der, den wir schon verwendet haben. Eine Spermabremse sozusagen. Der Stift mit den integrierten Silberkugeln wird in die Harnröhre eingeführt und der Doppelring über den Penis und den Hoden gezogen, sodass er ziemlich eng umfasst wird. Es verspricht eine langanhaltende Erektion und eine etwas härtere Gangart beim Sex. Ist toll, es beispielsweise unter der Dusche zu verwenden. Du wirst gar nicht mehr aufhören wollen, glaube mir«, stellte er unverblümt fest und begann, die Toys in einem mitgebrachten Stofftäschchen zu verstauen, das er aus seinem Sakko gezogen hatte. Ich starrte ihn nur an. Eine langanhaltende Erektion also. *Nun gut*. Alexander war auf diesem Gebiet ohnehin schon eine Koryphäe, da konnte ich mich auf eine ziemlich lange Session einstellen, wenn er dieses Ding verwenden würde. Er strich mir zärtlich über die Wange.

»Ich würde mit dir noch gerne einen Trip zum London Eye unternehmen. Was sagst du dazu?«, fragte er erwartungsvoll.

»Jetzt? Um diese Zeit? Ist es nicht schon geschlossen?«

»Das lass mal meine Sorge sein, Ella«, meinte er durchtrieben. »Komm.« Mit diesen Worten legte er mir den Nerzbolero über die Schultern, reichte mir die Hand, nahm die Stofftasche an sich und wir verließen den Femdom-Ball, um in Richtung South Bank aufzubrechen.

Das London Eye lag am Südufer der Themse und war eines der bedeutendsten Wahrzeichen Londons. Ich konnte mich gar nicht mehr erinnern, wann ich zuletzt dort gewesen war. Larry hatte uns mit der Limousine abgeholt und nun bewegten wir uns in dem Luxusgefährt Richtung Westminster Bridge, in dessen Nähe sich auch das *Supreme Court* befand, wo Jeremy augenblicklich das Amt des Präsidenten bekleidete. Als es in Sichtweite kam, fasste Alexander nach meiner Hand und sah mich ernst an.

»Geh nicht zu ihm zurück, bitte«, flehte er. Entschieden schüttelte ich den Kopf.

»Das werde ich nicht. Ich mache ihm bei nächster Gelegenheit klar, dass ich zu dir gehöre«, erwiderte ich und hoffte, ihm dadurch die Angst davor zu nehmen, mich zu verlieren. Sehnsüchtig näherten sich seine Lippen meinem Mund und knüpften dort an, wo wir an der Bar aufgehört hatten. Die Tiefen, in die ich zu versinken drohte, waren mehr als nur berauschend. Zärtlich drückte er mich an sich, küsste jeden Millimeter meines Gesichts. Ich schmiegte meinen Kopf an seine Schulter.

Larry brachte uns direkt an den Ausgangspunkt. Das London Eye wirkte nachts noch viel imposanter, als es am Tag erschien. Das Riesenrad war wunderschön beleuchtet. Nur wie es Alexander anstellen wollte, dass wir uns zu einer der Glasgondeln Zutritt verschaffen könnten, war mir zu diesem Zeitpunkt noch ein Rätsel. Ich streifte den Nerzbolero ab und ließ ihn im Wagen. Wir stiegen aus, meine Handtasche ließ ich ebenfalls zurück. Über die Hungerford Bridge erreichten wir das phänomenale Wahrzeichen der Stadt. Zu Fuß liefen wir weiter über Queens Walk durch die beeindruckend beleuchtete Allee, die uns dem London Eye immer näher brachte. Alexander hatte die Tragetasche, die wir bei der Tombola gewonnen hatten, mit all den Utensilien bei sich.

»Gib mir eine Minute, Ella«, meinte er und drückte mir das Spielzeug, das tiefe Leidenschaft versprach, in die Hand, dann verschwand er in einem der Gebäude, um wenig später mit einer mir unbekannten Person wiederaufzutauchen. »Ich kenne den Betreiber«, machte er mir klar und fasste mich an der Hand. In der anderen trug er eine Flasche Champagner. Schon bald setzte sich das Riesenrad in Bewegung und wir stiegen in eine der Glaskapseln, die uns in eine unerschwingliche Höhe von vierhundertzweiundvierzig Fuß bringen sollte. Zwei Sektgläser standen bereit und er öffnete die Flasche mit einem lauten Knall. »Verzeih! Ich wollte dich nicht erschrecken«, entschuldigte er sich bei mir.

»Kein Problem«, lächelte ich verlegen. Während er die Gläser füllte, warf ich einen Blick nach draußen, dann reichte er mir eins.

»Ella, worauf trinken wir?«, fragte er in einem ernsten Tonfall. »Auf uns und unsere Zukunft?« Er ließ mich nicht aus den Augen.

»Ja«, flüsterte ich. Wir stießen an und ich nippte an meinem Glas. Zärtlich nahm er mich in den Arm und ich schmiegte mich an seine Brust. Er küsste mich.

»Ich liebe dich, Ella.« Mit diesen Worten bewegte sich das London Eye nach oben und als wir am höchsten Punkt angekommen waren, blieb es mit einem Ruck stehen und die Lichter gingen aus. Ich sah auf, warf einen Blick nach unten. *Was ist passiert?* Alexander entzündete ein Teelicht, das auf der Ablage stand und sah mich mit einem sehnsüchtigen Blick an. »Wir können mit unserer Session beginnen. Das Rad wird sich erst wieder nach unten bewegen, wenn ich die Order dazu erteile«, machte er mir den Umstand klar und zog sein Jackett aus. Ungläubig sah ich ihn an, dann setzte ich ein schamloses Lächeln auf.

»Eine Session? Hier oben?«, hakte ich nach. »Du bist wirklich verrückt, Alexander Anderson!« Er setzte einen durchtriebenen Blick auf.

»Kein Wunder, wenn man so eine schöne Frau vor sich hat, muss man doch förmlich durchdrehen.« Er nahm mein Glas und stellte es gemeinsam mit seinem auf die Ablage. »Würdest du jetzt deinen Slip ausziehen?«, fragte er hingebungsvoll, doch ich lächelte ihn nur verführerisch an. Das Spiel begann. Er wartete auf Anweisungen. Ich wusste, wonach es ihm verlangte, und sah ihn an.

»Zieh dich aus, Alexander.« Fast mechanisch öffnete er den Knopf seiner Hose. Der Laut des Reißverschlusses erfüllte den

Raum, nur sein erregter Atem war sonst zu hören. Alexander zog nun Schuhe sowie Socken aus und schlüpfte aus seiner Hose. Als er den ersten Knopf seines Hemds öffnen wollte, hielt ich ihn davon ab. »Stopp! Nicht das Hemd.« Er beendete sein Vorhaben. Nur mehr mit schwarzen Hotpants und seinem cremefarbenen Hemd bekleidet, forderte er seine Buße ein. Er schluckte. Es erregte ihn sichtlich, dass ich ihm Anweisungen gab. Verstohlen schielte er auf das Paddle, das er zu diesem Zwecke bereits unbemerkt auf die Ablage gelegt haben musste. Er wartete, dass ich es benutzte.

»Meine Femdom«, flüsterte er.

»Alexander, steh still, sprich nicht«, forderte ich nun seinen Gehorsam ein. Bestimmt wollte er, dass ich ihm zeigte, was ich draufhatte, im Gegenzug würde er mich danach mit seinen Küssen ausziehen, mich nach Strich und Faden verwöhnen. Sein durchtrainierter Körper faszinierte mich immer wieder aufs Neue. Er stand vor mir, sah mir tief in die Augen. »Senke deinen Blick!« Er tat, was ich ihm befahl und schlug seine Lider nieder. Es war immer das gleiche Ritual. »Zieh deine Hotpants aus«, leitete ich ihn weiter an. Wortlos entledigte er sich derer und ich beobachtete ihn dabei. Ich traf auf seine Regsamkeit unterhalb seines Hemds, das Pulsieren seiner Adern, und wusste, er würde mir gehören. Er würde sich mir hingeben. Ich würde seine Wünsche erkennen und ihn in einer einzigen Harmonie und Verbundenheit leiten. In Schmerz und Lust. Er würde sich in meine Hände begeben, die mein Instrument waren und ich würde das Paddle führen. Meine Schläge würden *ihn* führen, seiner Seele den Weg weisen. Mein Blick war bestimmend. Bestimmt von Verlangen und unermesslicher Begierde.

»Du weißt, was du tun musst, Alexander. Zieh es aus!« Er übte sich gekonnt in Unterwerfung, zerrte an seinem beigefarbenen Hemd, bis er es temperamentvoll aufriss und ein Knopf nach dem anderen zu Boden fiel. Gekonnt und flink löste er die Manschettenknöpfe, schlüpfte aus den Ärmeln und warf es zu Boden, kniete sich einseitig vor mir nieder und ich fasste nach dem Paddle. Sein Blick war weiterhin gesenkt und er beugte seinen Körper in Demut vor mir. Ich würde zuschlagen und der Lustschmerz würde ihn überrollen. Er würde vielleicht zusammenzucken und das würde für ihn einen weiteren Schlag bedeuten. Vielleicht würde er auch ganz stillhalten. Die Gerte würde auf seinem entblößten Körper beißen und brennen. Sein Schmerz und seine Lust würden mich wie immer innerlich zerreißen. Der Wahnsinn würde mich ergreifen. Ich würde ihn kontrollieren, seinen Körper, seine Seele und halb den Verstand verlieren, weil er sich so sehr danach sehnte. Der Raum würde sich unendlich weit anfühlen und meine Schläge auf sein Verlangen hin, immer fester, härter werden, seine Substanz ergreifen.

Meine Energie floss und verband sich mit seiner. Mein starkes Energiefeld wirkte wie ein Magnet auf ihn. Die Kraft, die von mir ausging, überrollte ihn buchstäblich und mir war, als würde er noch mehr aushalten als während der Sessions davor. Er wurde nahezu in einen tranceähnlichen Zustand versetzt. Er gab sich mir hin, völlig und ganz. Sein Gesichtsausdruck vermittelte mir die reine Erlösung. Ich war der Schmerz, der ihm die Befreiung brachte und wir waren unseren Gefühlen vollkommen ausgeliefert. Mein Innerstes wurde von Aufruhr erfüllt, eine Kraft die uns beide bewegte. Er fühlte sich frei. Das war total verrückt, aber es törnte mich an. Wir atmeten bei jeder Session Sehnsucht ein. Er sehnte sich nach Demut und ich sehnte mich nach ihm und seiner Unterwerfung mir gegenüber. Seine Seele verlangte nach Hingabe und er würde meinem Willen unterworfen sein. Immer. Und all das lechzte nach Begierde. Nach mir!

Ich ließ das Paddle ein letztes Mal über seinen formschönen Körper fegen, dann schleuderte ich es zu Boden. Das war für Alexander die Aufforderung, seine Unterwerfung hintanzustellen. Ab nun durfte er mich wieder ansehen, durfte mich berühren. Wir begegneten uns auf Augenhöhe. Das hieß, wir waren gleichberechtigt. Er fiel auf beide Knie, schob mein Kleid hastig nach oben und band es im Rücken fest, sodass es nicht wieder nach unten rutschen konnte. Zärtlich begann er, die Innenseite meines Oberschenkels zu küssen, dabei hielt er meine Hüften mit beiden Händen fest. Ich vergrub meine Finger in seinem dunkelbraunen Haar und beobachtete jede seiner Bewegungen. Kein Millimeter meiner Haut entging seinen hingebungsvollen Küssen. Eine Hand wanderte fast unbemerkt in die Nähe meiner empfindlichsten Stelle. Mit einem gekonnten Griff riss er meinen Slip entzwei und genau das war der Punkt, weswegen ich mich in berauschender Ekstase befand.

Seine Küsse wurden fordernder, er berührte seinen Penis, der mittlerweile mehr als nur bereit war. Er fasste nach meinem Po, knetete ihn richtiggehend durch, währenddessen keuchte er und seine Küsse wurden noch heftiger, bis sie sich mit kleinen zärtlichen Bissen vermischten. Ich atmete mit halb geöffneten Mund stoßweise ein und aus, was seine Erregung nur noch mehr steigern sollte. Ich hatte noch nicht damit gerechnet, doch seine Finger drangen rhythmisch in mich ein. Er wusste genau, was ich wollte. Ich stöhnte auf, dabei spürte ich seinen heißen Atem auf meiner Haut. Die Bewegungen beschleunigten sich, ich krallte mich an seinen Schultern fest, schlug die Fingernägel in seine Haut. Er nahm mein Bein, um es über seine Schulter zu legen, zog mich nahe an seinen Körper und hielt mich fest. Er genoss die Lust, die er in mir hervorrief. Seine flache Hand bearbeitete nun meine empfindliche, zarte Perle und seine geübte Zunge erkundete meine sensible Stelle, drang tiefer in mich ein und vermochte mich an meine äußersten Grenzen zu treiben. Mein Stöhnen wurde lauter, mein Verlangen spürbarer.

»Ella.« Seine Stimme klang heiser. »Gib mir alles von dir. Bitte«, keuchte er. Ich atmete schwer. Er allein konnte mich in diese glühende Aufwallung bringen. Nur er. Voller Begierde und fanatischer Besessenheit schwebten wir über den Dächern Londons und den Lichtern der Stadt. Selbstlos küsste er abermals die Innenseite meiner Oberschenkel, dabei führte er zwei seiner Finger in meine glühende Tiefe ein.

»Alexander!«, stöhnte ich und er bearbeitete meine feurige, vor Nässe sicher glänzende Stelle. Meine Hände suchten Halt und dabei klammerte ich mich an seinen Rücken, vergrub meine Fingernägel abermals in seiner Haut. Diesmal noch fester. Er stieß einen Seufzer der Begierde aus.

»Oh ja! Mach weiter, Ella.« Ich schrie auf. Sein hemmungsloses Verlangen trieb mich in ungeahnte Tiefen. Meine Hände wanderten über seinen Rücken, bis ich seine Wunden, die noch vom Piercen der Haut heute Mittag stammten, aufspürte. Mit einem Mal ließ meine Begierde nach. Die Wundmale fühlten sich hart und verkrustet an. Ich streichelte die Stellen mit Hingabe. Er hielt inne. Wartete ab. Dann sah er hoch. Sein Blick war noch immer sehnsüchtig. »Ella, bitte denk jetzt nicht daran, was heute passiert ist. Lass uns versinken. Hier und jetzt.« Tränen traten mir in die Augen. Liefen still über mein Gesicht. Tropften auf Alexanders Rücken. Er stand auf, wischte sie mir mit seinen zärtlichen Fingern aus dem Gesicht. »Nicht weinen. Das würde mich zerstören«, flüsterte er und seine Stimme wirkte heiser. Er küsste jede einzelne Träne weg, leckte sie mit seiner Zunge ab. Fester schlang ich meine Arme um seinen Hals, wollte ihn nie wieder loslassen. Seine Lippen berührten meinen Mund, ich öffnete ihn und er spürte meine Zunge auf, bis ich mich wieder im Fahrwasser der Begierde befand.

Während er mich küsste, fasste seine Hand nach etwas, das sich offensichtlich auf der Ablage befand. Für einen kurzen Moment unterbrach er unser Vorhaben und sah mich prüfend an. Ich wartete begierig auf ihn, hielt es kaum aus, dass er mich nicht mehr berührte. In seiner Hand lag der Penisplug sowie Gleitgel. Sein Atem ging schwer.

»Ist das okay für dich?«, keuchte er und hoffte, ich würde nicht verneinen. Ich nickte, war völlig aufgewühlt. Rasch verteilte er auf dem etwa fünf Zoll langen Stift, der mit mehreren winzigen Metallkugeln ausgestattet war, eine ordentliche Portion Gleitgel. Mit einem geschickten Griff legte er den Plugring unterhalb seiner Eichel an und führte mitunter die Kugeln in seine Harnröhre ein. Beim Anlegen dessen sog er seinen Atem hörbar ein. Alexander bettete mich sanft auf dem Boden, wobei er meinen Kopf auf seinem zusammengeknüllten Sakko platzierte. Er kniete zwischen meinen Beinen. Zunächst begann er sanft, meine sehnsüchtig wartende Perle zu massieren. Dieser Umstand versetzte mich wieder in Aufruhr. Da ich mich ohnedies schon im Rausche der Leidenschaft befand, mich auf dem Boden wand und nur mehr darauf wartete, bis ich ihn endlich in mir spürte, vernahm ich auch noch ein heftiges Ziehen in meinem Unterleib. Mein Verlangen wurde bald darauf gestillt und er drang mit dem Plug in mich ein. Das war der Zeitpunkt, an dem ich die ewige Erfüllung fand. Es war ein Gefühl, das ich mitunter nicht beschreiben konnte. Er und dieses Toy, dessen Stimulationskugel unermüdlich mit jedem Hineingleiten von ihm meinen empfindlichen Punkt traf, versetzten meinen Körper und meinen Geist nahezu in unermessliche Erregung.

Ich bog meinen erhitzten und schweißgebadeten Körper auf dem Boden hin und her. Unsere Leiber rieben aneinander und drohten unter dem Gefühlsrausch zu verglühen. Seine Bewegungen wurden heftiger. Ich schrie auf, presste meine Hüften gegen seine Lenden. Er schien bald unter meiner Hitze zu explodieren. Doch der Plug hielt, was er versprach. Damit war es ihm möglich, seinen Orgasmus hinauszuzögern und meinen in einem Ausmaß zu verlängern, das mich in den Wahnsinn treiben sollte. Es war der ultimativste Kick überhaupt, ein irrer Mindfuck sozusagen. Er stöhnte auf. In dieser Sekunde wusste er nicht mehr, was er tat, sondern ließ sich von seinen animalischen Bewegungen leiten und treiben. Ich vergaß mich völlig und vergrub meine Zähne in seiner Schulter, sodass es einen Abdruck hinterlassen musste. Alexander verzog keine Miene, ließ sich davon nicht beirren. Ich bäumte mich mit aller Kraft auf, sodass ich ihn noch tiefer in mir spüren konnte. Seine rhythmischen Bewegungen ließen mich in eine Welt der feurigen Passion eintauchen, in der ich kaum mehr Herr meiner Sinne war, sondern nur in mehreren Wellen der Leidenschaft von einem Orgasmus zum anderen trieb. Ich hatte noch nie in meinem Leben solch perfekten Sex gehabt.

Alexander hatte es zu seiner Mission gemacht, mich während jeder unserer Sessions bis zum Exzess zu verwöhnen, mich am höchsten Punkt der Wellen reiten zu lassen, bis ich in einem Rausch der Besinnungslosigkeit in einem rasanten Tempo wieder in die Tiefen hinabgerissen wurde. Sein Gesicht war von Lustschmerz erfüllt. Wer wusste schon, wie oft und intensiv er bereits gekommen gewesen wäre und durch den Plug daran gehindert worden war. Er hatte sich schon wieder in das Fahrwasser der Unterwerfung begeben. Ich sah ihm an, dass es unerträglich für ihn geworden sein musste und wollte ihn davon erlösen. Mit Schweißperlen auf der Stirn und einem gemarterten Gesichtsausdruck sah er mich an.

»Ella, bitte.«

»Ja, Alexander«, stöhnte ich. Er zog sich hastig zurück, entfernt mit einem geübten Griff den Plug, um wieder ebenso schnell in mich einzudringen. Nach ein paar Stößen erigierte er in mir und stieß einige Male ein lustvolles Stöhnen aus. Sein Orgasmus war weitaus intensiver als die Male zuvor und es erschien mir, als würden sich unsere Höhepunkte immer mehr steigern. Erschöpft sank er über mir zusammen. Mein Bewusstsein wurde durch die Tatsache erweitert, dass DS tiefe Leidenschaft bedeutete. BDSM war kein Spiel, BDSM war mehr, viel mehr. Es bedeutete nicht nur Schmerz, Macht und Dominanz. Unterwerfung, Erniedrigung und Demut. Tränen, Härte, Blut oder Strafe, sondern auch Hingabe, Sehnsucht und Zärtlichkeit. Lust, Begierde und Mut. Schweiß, Erfüllung und Stolz. Doch vor allem: Liebe, Verantwortung und Vertrauen. BDSM bedeutete zu leben, jeden Tag und zum wiederholten Mal, es war, als ginge man auf glühenden Kohlen. Eine bizarre Sucht.

***

Alexander küsste mich aus tiefster Leidenschaft, dazu waren wir aufgestanden.

»Du bist das Beste, was mir jemals in meinem Leben passiert ist«, stellte er nachdrücklich fest. Ich starrte auf meinen Slip und musste zugeben, dass mein Verschleiß an Unterwäsche ins Unermessliche gestiegen war, seit ich Alexander kennengelernt hatte. Unterdessen befreite ich mein Kleid von seinem verknoteten Kunstwerk. Er grinste, während er sich wieder seine Hose und sein Hemd anzog. Flink schloss er die verbleibenden intakten Knöpfe und schlüpfte noch in seine Socken sowie Schuhe. Der Anblick ließ mich schmunzeln, es sah ziemlich schräg aus. Als ich mich noch etwas zurechtmachte, streifte er zwischenzeitlich sein Jackett über. Nun entschuldigte er sich wegen meines zerrissenen Slips. »Tut mir leid, Schatz. Aber er passte farblich sowieso nicht zu dir.« Ich verdrehte die Augen.

»Sehr witzig. Und deshalb muss ich jetzt ohne Slip nach Hause fahren?«

»Ich kann dich beruhigen, im Wagen liegt noch einer, den wir bei der Tombola gewonnen haben, und er ist schwarz.«

»Einen schwarzen Slip hätte man bei diesem cremefarbenen Abendkleid durchschimmern sehen«, rechtfertigte ich die Wahl meiner Unterwäsche. Zärtlich strich er über meine Wange.

»Das hätte sicher sehr verführerisch gewirkt, wenn ich mir diese Bemerkung erlauben darf, aber«, er setzte seinen schiefen Blick auf, »meine Principessa weiß natürlich auf alles eine Antwort. Ich bin gespannt, was sie im nächsten Augenblick zu sagen hat.« Dabei schielte er in die Brusttasche seines Jacketts. Sofort folgte ich seinem Blick, aber er sprach für mich in Rätseln. Ich war irritiert.

Die Lösung ließ nicht lange auf sich warten, denn augenblicklich zog er eine kleine Schmuckschatulle aus seiner Innentasche und hielt sie in der Hand. Er öffnete sie vor meinen Augen. Auf einem zierlichen weißen Pölsterchen lag ein goldener Ring. Die Verlegenheit ließ mir die Hitze ins Gesicht steigen. Er hatte doch nicht ernsthaft vor, mich zu fragen, ob … Doch, er hatte! Nun wusste ich, was er zuvor damit hatte andeuten wollen. Mir blieb mein Mund offen stehen. Er hatte schon ein paarmal eine Anspielung in diese Richtung gemacht, doch nach dieser kurzen Zeit, die wir uns erst kannten, wäre ich nicht im Traum auf die Idee gekommen, er könnte es ernst gemeint haben. Das entsprach wirklich nicht der Norm.

Mein Blick schweifte von Alexanders Gesicht zu dem Ring, den er in dieser Sekunde in der Hand hielt. Er war aus massivem Gold gearbeitet. Der doppelte, glänzende Ring wurde durch drei Stege, die wiederum aus Schrauben in Weißgold bestanden, miteinander verbunden. Das Siegel war aus einer Triskele geformt und zeigte das typische BDSM-Emblem. Das dreigliedrige Design war mit schwarzen Diamanten und roten Rubinen ausgestattet. Alexander hielt die Schmuckschatulle in seiner rechten Hand und beugte nun ein Knie zu Boden. Er griff nach meiner Linken. Fassungslos langte ich mit meiner anderen an meinen Mund, ich war sprachlos. Meine Augen weiteten sich und ich konnte nicht glauben, was sich hier gerade über den Dächern Londons abspielte. Alexander machte mir tatsächlich in dieser berauschenden Höhe einen Heiratsantrag.

Er lächelte anhaltend und hielt weiterhin meine Hand, während er folgende Worte sprach: »Liebste Ella, bevor ich dir die entscheidende Frage stelle, möchte ich dir sagen, dass ich in meinem ganzen Leben noch keine Frau wie dich getroffen habe. Du erfüllst mein Herz und beflügelst meine Gedanken. Du bereicherst mein Leben mit deiner liebenswürdigen Art, sodass ich süchtig bin nach mehr. Du bedeutest mir alles, Ella. Meine Liebe zu dir ist unheilbar, denn mein Körper und mein Geist wurden von einer einzigen Welle der Leidenschaft überrollt, wovon kein Ende in Sicht ist. Du bist der hellste Stern in meinem Leben und niemals darf er verglühen. Nimm diesen goldenen Ring als Symbol meiner immerwährenden Liebe, er hat keinen Anfang und kein Ende. Unsere Liebe soll ewig und unzerstörbar sein wie diese Diamanten in seiner Mitte. Ich verspreche dir, dass meine Liebe zu dir niemals enden wird, dass ich immer dein bester Freund sein werde. Elena Cooper, ich frage dich hiermit: Möchtest du meine Frau werden?« Bei den letzten Worten traten ihm Tränen in die Augen und seine Liebeserklärung hatte so sehr mein Herz gerührt, dass ich dachte, ich müsste selbst zu weinen beginnen. Ich gab ihm die Antwort, die er so sehnsüchtig erwartete.

»Ja, ich will, Alexander.« Mit einem Ausdruck der Verehrung schob er mir das edle Schmuckstück über den Ringfinger. Mit großen Augen betrachtete ich den goldenen Ring, der nun an meiner linken Hand steckte. Er stand auf, nahm mich in den Arm und ich wünschte, er würde mich nie wieder loslassen. Er gab mir einen zärtlichen Kuss, der von solcher Hingabe erfüllt war, dass ich glaubte, ich könnte niemals genug davon bekommen. Es war der schönste Moment meines Lebens.

»Du machst mich zum glücklichsten Mann, den die Welt je gesehen hat«, hielt er eins der bezauberndsten Komplimente für mich bereit. Lange wiegte er mich noch im Arm und wir betrachteten die Lichter der Stadt, bis es Zeit wurde, auf den Erdboden zurückzukehren. »Wir sollten langsam wieder nach unten fahren«, meinte er behutsam, während wir durch die Glasscheibe sahen. Ich nickte.

Geschäftig zog er sein Aster aus der Sakkotasche und schickte eine SMS. Wenig später setzte sich das London Eye in Bewegung, um uns zurück zum Ausgangspunkt zu bringen. Alexander packte all unsere Utensilien in die Stofftasche. Als wir die Glasgondel verließen, war niemand zu sehen, nur das Riesenrad erstrahlte in seinem ursprünglichen Glanz, den es dem Nachtleben und dessen Beleuchtung zu verdanken hatte. Hand in Hand schritten wir über die Promenade, um am Ende in die Limousine zu steigen. Larry hatte die ganze Zeit über auf uns gewartet. Zuvorkommend öffnete er uns die Wagentür und wir stiegen ein. Larry lächelte mir abermals zu und nahm hinter dem Steuer Platz. Die Limousine setzte sich in Bewegung. Als er die Trennwand hochfahren wollte, stoppte Alexander sein Vorhaben durch die Fernbedienung.

»Larry?«

»Ja, Sir?«, erwiderte er.

»Vor Miss Cooper können wir unbedenklich wie gewohnt

miteinander umgehen«, ließ er nun keine Unklarheiten mehr zu. Larry lächelte.

»Wenn du meinst, Alexander.« Dieser lächelte und fuhr die Trennwand nach oben.

»Ihr duzt euch?«, fragte ich erstaunt. Niemals wäre ich nur im Entferntesten darauf gekommen.

»Ja, Larry ist wie ein Vater für mir. Ist es immer gewesen, mehr als mein eigener es zu tun vermochte«, lächelte er wehmütig und verzog dabei seine Mundwinkel. Es musste ihm noch immer ziemlich zusetzen. *Diese Tränen werden wohl nie trocknen*, dachte ich betrübt. Entschlossen sah ich ihn an.

»Nun, wo ich deinen Antrag angenommen habe, erzählst du mir jetzt alles über dich?«, bat ich ihn. Erschrocken sah er mich an.

»Du möchtest wirklich alles wissen?«

»Jedes einzelne Detail und wenn es noch so schrecklich ist«, beharrte ich auf meiner Forderung. Alexander zog die Augenbrauen hoch.

»Dann sieh dich vor und zieh dich jetzt schon mal warm an, denn das wird ein Spießrutenlauf durch Höhen und Tiefen, heiße und bitterkalte Wahrheiten«, warnte er mich. Ich schluckte.

»Ich bin gewappnet.« In Wahrheit bebte ich im Innersten und wusste nicht im Geringsten, was mich jetzt alles erwarten würde. Alexander überlegte, wo und wie er anfangen sollte.

»Beginnen wir bei meiner Geburt. Ich glaube, das ist die beste Gelegenheit, mich wirklich kennenzulernen«, scherzte er, obwohl ihm wahrscheinlich gar nicht zum Scherzen zumute war. Was ich ihm jetzt abverlangte, würde wohl sehr tief in seinen Wunden rühren. »Ich hatte meiner Mutter wohl schon bei meiner Geburt die ersten Probleme bereitet.« Er stieß einen verächtlichen Ton aus. »Während Jeremy ohne Probleme auf die Welt kam, hatte ich es mir in den Kopf gesetzt, als Steißgeburt das Licht der Welt zu erblicken. Das hatte man mir auch später immer wieder an den Kopf geworfen«, bemerkte er abwertend.

»Quatsch! Das kann man doch niemandem vorwerfen«, wandte ich ein. Alexander belächelte meine Aussage und zum gegenwärtigen Zeitpunkt kam er mir ziemlich abgeklärt vor.

»Da kennst du meine Eltern schlecht! Hast du sie überhaupt schon kennengelernt?«, fragte er erwartungsvoll. Ich schüttelte den Kopf. Er seufzte. »Da hast du auch nichts versäumt, glaube mir.« Er kniff die Augen zusammen, dann fuhr er fort. »Meine Kindheit verlief ziemlich farblos, mein Bruder und ich durften so gut wie nichts selbst entscheiden. Jeremy war der einfachere von uns beiden. Er hatte sich immer Vaters Willen gefügt, ich hingegen war das schwarze Schaf der Familie, der Aufmüpfige, der Rebell, der, der anders war als die übrigen. Das passte meinem Vater ganz und gar nicht und wenn es ihm wieder einmal zu bunt wurde, dann schlug er mit der Pferdepeitsche zu. Und ich musste stillhalten. Durfte mich keinen Millimeter bewegen, sonst hätte er noch härter und öfter zugeschlagen.« Hier war wohl der Grundstein für Alexanders Martyrium gelegt worden. *Es verwundert mich wenig bis gar nicht, dass er heute von dieser masochistischen Veranlagung getrieben wird,* dachte ich bekümmert. »So übte ich mich mein ganzes Leben in Demut, bis ich mich mit fünfzehn gegen ihn aufzulehnen versuchte. Ich …« Er stockte. »Ich bin nicht sicher, ob du das hören willst.« Alexander sah mich ernst an. Ich nickte und ermunterte ihn, weiterzusprechen.

»Doch.« Er seufzte und legte seine Stirn in Falten.

»Ich begab mich in die Hände einer Domina, war für einige Zeit ihr Sklave. Ob ich das wirklich wollte oder es eine reine Trotzreaktion damals war, weiß ich bis heute nicht. Jedenfalls habe ich alles von ihr gelernt, was ich jetzt weiß und kann.« Er sah mich an und schluckte. In meinem Gesicht musste Bestürzung abzulesen gewesen sein. Meine Reaktion verleitete ihn dazu, den Kopf auf seinen Händen abzustützen, er verbarg sein Gesicht darin und seufzte tief. »Es tut mir leid, Ella. Ich wollte niemals von anderen Frauen in deiner Gegenwart sprechen.« Er sah wieder hoch, seine Stirn legte sich in Falten, er fasste meine Hand, entschuldigte sich für sein damaliges Verhalten. Es stimmte, es tat weh, aber ich hatte es ja ganz genau wissen wollen. Also musste ich das jetzt über mich ergehen lassen. »Ich kann dich aber beruhigen, ich habe sie nie geliebt, nicht einmal annähernd. Sie spendete mir Trost und so verrückt das auch klingt, aber sie war fast wie eine Mutter zu mir, nur mit dem Unterschied, dass ich mit ihr Sex hatte. Ich weiß nicht, ob du das verstehen kannst«, beschwor er mich. Er fuhr fort. »Meine Eltern hatten bald von meiner Neigung erfahren und verachteten mich dafür. Ich war der missratene Sohn, Jeremy der Superstar. Das hat uns Brüder entzweit«, bemerkte er gebrochen. Dieser Umstand setzte ihm mit Sicherheit bis heute zu. »Soll ich noch immer weitererzählen?«, fragte er unsicher nach.

»Ja«, flüsterte ich und wartete auf die nächste Hiobsbotschaft.

»Ich habe mich auf BDSM-Partys herumgetrieben, viel Alkohol getrunken, die eine oder andere Droge konsumiert und niemals das gefunden, wonach ich gesucht hatte. Wusste nicht einmal, ob ich Dom oder Bottom sein wollte. Switchte zwischen beiden Möglichkeiten ständig hin und her und im Endeffekt war ich nie glücklich. Ich hielt mir über ein Dutzend Frauen in meinem Leben und habe nie die Erfüllung darin gefunden. Bis …« Er sah mich an und lächelte verlegen. »Bis ich dich getroffen habe!« Er schlug die Lider nieder und seufzte. »Wenn ich gewusst hätte, welcher wunderbaren Frau ich einmal begegnen würde, ich hätte mich nicht sinnlos verschenkt. Als ich dich mit Jeremy zum ersten Mal auf Seeds Castle gesehen habe, war mir klar, dass ich dich um jeden Preis haben musste, koste es, was es wolle. Als deine blauen Augen zu mir hochsahen, war es um mich geschehen. Du hast mich von Anfang an verzaubert. Ich bin mein ganzes Leben lang immer mit einer *geladenen Pistole* herumgelaufen und plötzlich wollte ich meine Waffen niederlegen. *D*u hast mich entwaffnet. *D*u hast etwas mit mir, mit meinem Herzen und meinem Verstand angestellt, wovon ich glaubte, niemals fähig zu sein, es tun zu können. Du hast etwas in mir geweckt, wovon ich dachte, es nie gehabt zu haben. Nämlich Liebe. Tiefe Emotionen während des Akts zu verspüren, das war mir bis zu dem Zeitpunkt, als ich dich traf, völlig fremd gewesen. Ich habe keine der Frauen, die ich gevögelt habe, jemals geliebt. Sie waren mein Werkzeug oder ich ihres. Weiter nichts.« Seine direkte Art, alles auszusprechen, brachte meinen Körper buchstäblich zum Erschaudern.

»Was ist dann passiert, als du erwachsen warst? Ich meine, wie bist du denn bloß zu so einem einflussreichen Mann geworden?« Ich konnte mir nicht erklären, wie man in seiner Situation solch einen Ruhm erlangen konnte, um dann noch zu den reichsten Männern der Welt aufzusteigen.

»Als ich achtzehn war, sind meine Familie und ich wieder einmal auf die Jagd gegangen. Ich geriet mit meinem Vater in Streit. Immer dasselbe Thema! Er wertete mich wegen meiner speziellen Vorlieben ab, nannte mich einen Bastard, der nichts zuwege brachte. Ich bin ausgerastet und hielt ihm den Gewehrlauf an die Schläfe. Ich hatte eine Scheißangst, konnte aber nicht mehr zurück. Ich hätte als Versager dagestanden.« Er machte eine abwertende Handbewegung und lachte verächtlich. »Für meinen Vater war ich das sowieso immer und werde es auch bleiben. Er hat mich ausgelacht, ich würde ohnehin niemals abdrücken, dazu wäre ich viel zu feige. Er hat mich solange provoziert, bis ich es getan habe. Ich hatte ihm eine Kugel in die Schulter gejagt.« Nun musterte er mich eindringlich, wartete meine Reaktion ab. Ich hörte ihm weiter zu und blieb ruhig, hatte ich doch bereits von diesem Vorfall von Jeremy erfahren. Alexander war irritiert. »Warum sagst du nichts? Immerhin habe ich meinen Erzeuger angeschossen«, meinte er wehmütig und sah mich seinerseits kritisch an. Ich schlug meine Lider nieder.

»Jeremy hat mir die Geschichte bereits erzählt«, versuchte ich, ihm meine Gelassenheit zu erklären. Er seufzte tief und fuhr fort.

»Verstehe. Mein Vater wollte damals kein Aufsehen erregen. Wie immer wurde in dieser Familie alles vertuscht. Es gab kein Polizeiprotokoll, keine Anzeige, keine Verhandlung, nichts!« Er stieß einen missbilligenden Laut aus. »Ich hatte gerade mein Abitur abgeschlossen, mich in *Harvar*d beworben und war zugelassen worden. Doch das war meinem Herrn Vater nicht gut genug. Ich war ja ein Versager, der nichts zuwege brachte. Was machte ich? Ich wandte mich von meiner Familie ab und ging nach Amerika, um Finanzwissenschaften zu studieren, arbeitete neben meinem Studium und hatte einen Gönner, der mir diese Privatuniversität finanzierte. Frage mich bitte nicht, was er dafür wollte«, flüsterte er und stierte mich dabei an. Kurz fiel sein Blick zu Boden. Ich musste ziemlich betroffen ausgesehen haben. Seine Miene war ernst. Todernst. »Du willst alles wissen, nicht wahr?«, stellte er erschrocken fest. Ich nickte stillschweigend. »Gut.« Sein Ausdruck war von Scham gezeichnet. »Meinetwegen.« Wieder machte er eine Pause, beobachtete mich eingehend, atmete kräftig ein und presste einen hörbaren Laut heraus, bevor er eine unverblümte

Erklärung abgab. »Ich habe mich dafür in den Arsch ficken lassen.« Seine Hände zitterten. »In regelmäßigen Abständen. All die Jahre meines Studiums über. Das war der Deal.« Er atmete schwer. »Das alles glich einem Martyrium, das mich an meine psychischen Grenzen gebracht hat.« Er hatte sich kaum mehr in seiner Gewalt. *Diese schreckliche Tatsache hätte niemand überwinden können*, dachte ich entsetzt. »Es war zum Kotzen«, stieß er angeekelt hervor. »Ich stamme aus einer der reichsten Familien Großbritanniens und brauchte jemanden, der mir die teuren Studiengebühren bezahlte«, lachte er höhnisch. »Hast du eine Ahnung, wie viel ein Studienjahr in *Harvar*d kostet? An die sechzigtausend Dollar. So einen Betrag kann sich kein Mensch während seines Studiums erarbeiten.« Sein ganzer Körper bebte. Er sah mir mitten ins Gesicht. »Und nein, ich bin nicht homosexuell, wenn du das vielleicht glaubst, bin es auch nie gewesen.« Er stockte. Musterte mich. »Verabscheust du mich jetzt?«, bangte er.

»Nein! Natürlich nicht.« Meine Stimme klang kläglich. Augenblicklich drohte ich, an dieser bitteren Wahrheit zu ersticken, und ein Schauder breitete sich über meinen Rücken aus. Allein dieser Umstand irritierte mich. Wehmütig sah er mich an.

»Was würde das Kind von damals über die Person denken, die ich heute bin?« Er starrte mich an. Ich fasste nach seiner Hand.

»Es würde stolz auf dich sein!« Sein Gesicht war von Wehmut gezeichnet. Dennoch war er offensichtlich froh, dass ich das sagte. Er fuhr fort.

»Ich hatte keine andere Wahl, Ella. Mein Vater hätte mir das Studium niemals bezahlt, obwohl er es gekonnt hätte. Du willst wissen, wie ich zu einem der einflussreichsten Männer geworden bin?« Abermals stieß er einen geringschätzigen Laut aus und fasste nach meiner Hand. »Mit viel Durchhaltevermögen, eiserner Konsequenz und strenger Disziplin. Nur so konnte ich zu dem werden, was ich heute bin«, machte er mir gnadenlos klar. *Die Welt dort draußen ist hart. Was weiß ich schon?* Stillschweigend belächelte ich meine Kindheitserlebnisse. Sie waren gegen seine Leidensgeschichte ein Klacks. Er erzählte weiter. »Als ich meinen Master gemacht hatte, habe ich mich so schnell wie möglich aus dem Staub gemacht. Ich habe mir geschworen, keine perverse Sau würde jemals wieder meinen Arsch anrühren. Ab diesem Zeitpunkt führte ich ein selbstbestimmtes Leben. Ich fasste Fuß an der New Yorker Börse, wo ich auch zunächst im Vorstand tätig war. Später wurde ich der Chairman. Um es meinem Vater und der ganzen Welt zu zeigen, löste ich ihn an der *Stock Exchange* in London ab, als ich erfuhr, er würde in den Ruhestand treten. Das war vor etwa einem Monat. Macht und Geld waren meine Ziele. Denn nur so«, er lachte verächtlich, »gewinnst du Ansehen. Die geldgierigen Heuchler liegen dir zu Füßen und lecken dir den Dreck von den Zehennägeln, nur um ein Stück vom Kuchen abzubekommen.« Er schüttelte den Kopf. »Glaube mir, Ella, ich habe es nicht einmal genossen, diesen Schleimscheißern zu zeigen, wer hier der Boss ist. Als mein Vater dann doch einmal tief in der Kreide steckte, weil er sich verspekuliert hatte, war es mir ein Genuss, ihm Seeds Castle abzukaufen. Endlich war er auf mein Wohlwollen angewiesen, auf mich, seinen missratenen Sohn, denn sein Liebling Jeremy hätte ihm niemals aus der Klemme helfen können. Was er in einem Monat verdient, mache ich mit einem Telefonat in drei Minuten. Dort draußen bin ich hart, hart wie ein Diamant, arbeite mit Ellenbogentechnik, nur um diesen widerlichen Kreaturen wie meinem Vater die Spitze des Speers zu zeigen, bis sie blutend zu Boden gehen.« Augenblicklich kannte ich

Alexander nicht mehr wieder. Was hatte das Leben bloß aus ihm gemacht? Er lächelte wehmütig. »Keine Sorge, Ella, du hast dich keinem Scheusal verschrieben. Ich quäle nur die, die mich in der Vergangenheit gequält haben oder mich in Zukunft quälen würden. Ich erwehre mich nur meiner eigenen Haut. Dort draußen baue ich an meiner harten Fassade weiter. Hier drinnen, Ella«, er deutete mit seinem Zeigefinger an seine Brust und somit an sein Herz, »gibt es nur Liebe, Hingabe, Zärtlichkeit, Demut und Verantwortung dir gegenüber.« Er sah mich eindringlich an. »Ich hatte nie wieder Kontakt zu meinem Vater seit dem Vorfall. Es war gelogen, was ich dir anfangs erzählt habe. Ich habe mich für mein Verhalten geschämt, habe mich für alles, was ich in meinem Leben getan habe, geschämt. Habe mich vor dir geschämt, Ella, und wollte es zunächst nicht preisgeben. Verzeih mir bitte!« Sein Gesichtsausdruck wirkte gequält. »Niemals habe ich mich vor einer Frau oder wem auch immer geöffnet. Du bist die Erste und die Letzte, der ich das alles erzähle. Außer Larry weiß sonst niemand, was ich alles erlebt habe und wie es in meinem Innersten aussieht.« Flüchtig und unsicher küsste er mich auf den Mund, um mir dann tief in die Augen zu sehen.

»Ich hasse meinen Vater. Ich hasse ihn bis zum heutigen Tag. Ich weiß nicht, ob du das verstehen kannst.« Ich nickte. Doch ich verstand ihn gut, sehr gut sogar. Seine Gesichtszüge wurden weicher. »Deine Eltern sind ganz anders. Als ich deine Familie kennenlernen durfte, dachte ich, ich wäre in einer anderen Welt. Was hätte ich dafür gegeben, in deiner geboren worden und aufgewachsen zu sein.« Er seufzte. »So, jetzt weißt du alles von mir. Das ist meine Geschichte. Nicht gerade erstrebenswert, oder? Und auch nicht mit Rosenblütenblättern gebettet.« Er griff fester nach meiner Hand und küsste sie. »Aber für dich wird es immer rote Rosen regnen, und wenn ich dafür das letzte Hemd ausziehen müsste. Du bist meine Principessa, die ich immer auf Händen tragen werde, solange ich lebe!«

***

Mittlerweile waren wir in Hyde Park Gate angekommen. Eigentlich wollte ich nicht nach Hause. Alexanders Blick war eindeutig.

»Willst du mit zu mir kommen?«, fragte er unsicher.

»Wo in London wohnst du denn eigentlich?«, wollte ich jetzt von ihm wissen.

»Bedford Gardens. Ganz in deiner Nähe«, lächelte er zärtlich. Ich machte große Augen.

»In Kensington? Wow! Noble Adresse. Da kann ich nicht mithalten«, sagte ich erstaunt.

»Das kann sich in Zukunft aber ändern.« Er strich zärtlich über meine Wange. »Denn alles, was mir gehört, gehört auch dir. Ich würde es mit keinem anderen Menschen lieber teilen wollen«, schwor er mir. Sein Blick war tiefgründig. »Kommst du jetzt mit zu mir?«, fragte er nochmals nachdrücklich.

»Ja«, hauchte ich. Alexander betätigte die Fernbedienung und die Trennwand fuhr nach unten.

»Larry, wir fahren nach Kensington.«

»Sehr wohl, Alexander.« Die Trennwand glitt wieder nach oben und die schwerfällige Limousine setzte sich in Bewegung. Wir fuhren die Kensington Road entlang, bis wir rechts in die Kensington Church Street einbogen. Es dauerte nicht lange, da waren wir auch schon in Bedford Gardens angekommen. Ich starrte aus dem Fenster. Mein Blick wanderte nach oben.

Diese Villa war noch imposanter als das Penthouse von Jeremy in Chelsea Creek und das hatte schon Klasse. Alexander bewohnte eine dreistöckige, viktorianische Villa. Sicher hatte er sie umbauen lassen, denn diese alten Häuser waren alle ziemlich schmal und hoch. Sein Domizil hatte allein schon im Untergeschoss eine außergewöhnliche Wohnfläche vorzuweisen. Ich betrachtete die großen Terrassenfenster. Bei dem Anblick blieb mir der Mund offen stehen. Alexander kniff mich in meine Wange.

»So schlimm wird's schon nicht sein. Gegen Seeds Castle ist das ein Klacks«, reagierte er auf meine Geste gelassen und schob die Wagentür auf. Schneller als Larry aussteigen konnte, reichte er mir die Hand und ich betrat den Asphalt. Larry zog seine Chauffeurmütze.

»Madam! Alexander.« Wenig später war er eingestiegen und lenkte den Wagen aus dem Parkplatz. Alexander benutzte ein Air-Key-System zur Öffnung seines Hauses, dazu hielt er sein Aster an den Schließzylinder und die Tür sprang auf. In Sachen Elektronik war er eine Koryphäe. Es gab kein System, das er nicht hätte knacken können. Ich erinnerte mich daran, dass er meinen Computer im Büro gehackt und mir eine Nachricht über meinen Bildschirm übermittelt hatte, meinen Standort via Mobiltelefon und GPS kontrollierte und sämtliche Schlösser mit einem Knopfdruck öffnen konnte. Solange ich ihm gut gesinnt war, funktionierte die ganze Sache einwandfrei, doch was wäre, wenn ich mich einmal dazu entschließen sollte, ihn zu verlassen? Würde er mich dann bis in den Tod hinaus stalken? Möglicherweise. Nein. Ganz sicher sogar. Denn ein *Nein* hatte Alexander bei mir bisher noch nie akzeptiert. Außer in unseren Sessions. Wenn er die devote Rolle übernahm, hatte ich das Zepter in der Hand, wenn ich etwas absolut nicht wollte, wäre das für ihn ein Grund, die Session abzubrechen. Ganz im Gegenteil, er würde immer einen Weg finden, um in mir die Erfüllung zu wecken. Auch wenn er mich nach Strich und Faden verwöhnte, aber die Beziehung zu beenden, würde mir wahrscheinlich nicht so leicht gelingen. Doch das wollte ich zum gegenwärtigen Zeitpunkt auch gar nicht.

Wir betraten die übermäßig große Halle, die sich bis ins letzte Stockwerk erstreckte und oben in einer gläsernen Kuppel endete. Der Fußboden war mit hellem Marmor ausgelegt. Die Wände waren abwechselnd weiß gestrichen oder mit edlem Palisanderholz getäfelt. Die Holztäfelung selbst spiegelte mehrere Farben wider. Von Glutrot bis hin zu Violett-Feuerrot. Die feine Maserung, die durch die schwarzen Adern wunderschön strukturiert war, stellte den Blickfang dieses Raumes dar. Unverkennbar passte die Einrichtung zu Alexander und seinem Stil. Ich war überwältigt. Jedes Geschoss wurde durch eine Brüstung gesichert.

Gleich links neben dem Eingang gab es einen Lift, der uns in die höher gelegenen Räumlichkeiten bringen sollte. Alexander betätigte den Knopf und die Fahrstuhltüren öffneten sich, wir stiegen ein. In seiner Hand hielt er die Stofftasche mit den Utensilien, die wir auf der Tombola gewonnen hatten. Ich sah mich um. Die Wände des Fahrstuhls waren mit Spiegelflächen verkleidet, an der hinteren Seite gab es eine Halterung. Doch nicht nur die Wände waren verspiegelt, sondern auch der Fußboden und ich hatte keinen Slip an. Gegenwärtig stand ich auf einer dieser Spiegelfliesen. Alexander warf einen Blick nach unten. Nicht aus Scham, sondern um ihm zu demonstrieren, dass er nicht immer alles haben konnte, was ihm in den Sinn kam, zog ich die Beine eng zusammen, sodass meine High Heels dicht nebeneinanderstanden und ihm der Blick nach oben verwehrt wurde. Er stieß einen fiebrigen Seufzer aus und seine Augen wanderten von meinen Zehenspitzen zu meinem Gesicht. Er öffnete seine Lippen, als wollte er etwas sagen, stattdessen atmete er jedoch schneller als gewohnt und dachte sicher schon an unsere nächste sexuelle Begegnung. *Sex im Fahrstuhl, was für ein prickelndes Erlebnis.* Noch dazu das Glück zu besitzen, mehrere Spiegelwände zur Verfügung zu haben, um sich dabei beobachten zu können. Dafür hätte Alexander nicht einmal eine Halterung benötigt, denn so kräftig wie er war, hätte er mich die ganze Zeit über gegen die Aufzugwand stemmen können und wir wären unserer Lust ausgeliefert gewesen. Als wenn er meine Gedanken hätte hören können, setzte er ein schiefes Lächeln auf.

»Eine Session im Lift? Klingt vielversprechend! Aber nicht in diesem, denn hier würde der ultimative Kick fehlen«, zwinkerte er mir zu.

»Wo dann?«, fragte ich erwartungsvoll.

»In einem öffentlichen Fahrstuhl, denn dazu müsste man dann den Stoppknopf drücken und das wäre ein einzigartiges und prickelndes Abenteuer.« Ich grinste. *Das könnte mir gefallen.* Unser Gespräch wurde durch ein Signal unterbrochen und die Lifttüren öffneten sich. Wir standen in einem edlen Wohnraum und stiegen aus, mein Blick schweifte durch das Zimmer. Für einen Moment unterdrückte ich mein sexuelles Verlangen nach ihm. Er blieb mir weiterhin auf der Spur und beobachtete mich, während ich sein Wohnzimmer inspizierte.

Alexander hatte wie ich mehrere Antiquitäten mit moderner Architektur kombiniert. Das gab dem Raum einen gewissen Touch. Der Fußboden war auch hier mit hellen Dielen ausgestattet worden, wovon sich die dunklen Möbel abhoben. Die gemütliche weiße Ledergarnitur in U-Form ließ das Zimmer in einem perfekten, makellosen Glanz erstrahlen. Ein farblich abgestimmter Couchtisch aus Teakholz passte sich erstklassig der Form des Sofas an. Der Raum wurde durch Wand- und Deckenbeleuchtung in ein dezentes Licht getaucht. *Sehr beeindruckend*. Die Tapeten waren orangefarben getüncht. Über eine Terrassentür konnte man hinaus ins Freie gelangen. Ich trat ans Fenster. Der Anblick war phänomenal. Uns bot sich eine

Sicht direkt in die Kensington Gardens. Der Mond spiegelte sich im Round Pond, dem imposanten, künstlich angelegten Teich. Gleich morgen, nachdem ich aufgestanden wäre, würde ich auf die Terrasse laufen und den repräsentativen Park bei Tag bestaunen. Alexander stand dicht hinter mir und umfasste mit seinen Armen meine Hüften. Seine Lippen berührten dabei zart meinen Hals. Ich legte meinen Kopf in den Nacken.

»Komm«, flüsterte er sehnsüchtig und zog mich in den Nebenraum, sein Schlafzimmer. Mittendrin stand ein kreisrundes, überdimensionales Bett, eine Spielwiese, wie ich feststellen musste. Es war aus schwarzem Leder und mit roten Satinlaken bezogen. Die Wände waren in einem weichen orangeroten Ton getaucht. An der Wand und auch oberhalb des Bettes an der Decke hing jeweils ein eindrucksvoller, moderner Spiegel mit aufwendigem schwarzem Rahmen. An zwei Ecken waren Kameras angebracht worden. *Was hat das zu bedeuten? Filmt er etwa, während wir Sex haben werden?* Alexander bemerkte meine Unsicherheit und reagierte sofort. »Die Kameras dienen nur einem Zweck: Ich sehe mir gerne an, ob ich an meiner Technik etwas verbessern kann. Wenn du nicht willst, dass ich uns aufnehme, können wir darauf verzichten. Du erkennst die Aktivität daran, dass hier unten ein rotes Licht leuchtet.« Er deutete auf eins der Geräte. Gegenwärtig war sie ausgeschaltet, stellte ich erleichtert fest. Ich setzte mich auf das Bett und ließ die High Heels auf den Boden fallen. Alexander stellte die Stofftasche mit den Utensilien aufs Bett, legte sich neben mich und stützte seinen Kopf mit seiner Hand. Beobachtete mich. Sachte legte ich mich neben ihn und wandte ihm meinen Kopf zu.

»Du bist so schön, Ella«, bemerkte er anerkennend. »Und ich«, er stockte, sah mich an, »habe dich in eine dunkle Spirale meines Ichs gezogen.« Er wirkte nachdenklich. »Es war egoistisch.« Ich strich kaum merklich über seine Wange, er schmiegte sie in meine Hand und schloss die Augen. »Jetzt komme ich nicht mehr los von dir.« Alexander sah mir wieder ins Gesicht. »Kannst du das verstehen?« Ich nickte, denn ich hatte mich von einem Mann noch nie so begehrt und angezogen gefühlt wie von ihm. Gleichzeitig knöpfte ich sein Jackett auf, schob es über seine Schultern, um sein darunterliegendes, beigefarbenes Hemd zu öffnen. Er betrachtete mich eingehend, löste seine Manschettenknöpfe und zog es aus. Ich kniete mich hinter ihn, nahm seine Wunden, die er vom Piercen davongetragen hatte, genauer in Augenschein. Sie sahen noch immer ziemlich übel aus. Sachte strich ich darüber. Er hielt ganz still. Augenblicklich küsste ich sie. Alexander stöhnte. Vorsichtig fasste ich mit einer Hand nach seiner muskulösen Brust, er ergriff sie und hielt sie eisern fest. »Ella«, seufzte er. Die Wunden sahen wirklich schlimm aus, musste ich feststellen. Kurz lenkte ich ihn von seinem Vorhaben ab.

»Hast du Verbandszeug?«, fragte ich bestimmend.

»Ja, warte einen Moment«, entgegnete er kopflos. Er ging ins Bad, um bald darauf mit einer kleinen Kiste aufzutauchen. »Aber du musst das nicht tun, Ella. Es wird auch so verheilen, glaube mir. Es wäre nicht das erste Mal«, machte er mir klar. Ohne ein Wort zu erwidern, nahm ich das Desinfektionsmittel heraus und begann, mit einem Tupfer seine Wunden zu behandeln. »Du bist so fürsorglich. Womit habe ich das verdient?«, flüsterte er.

»Halt still, Alexander.« Nochmals tränkte ich einen Tupfer mit dem Desinfektionsmittel und versuchte nun, die aufgeweichten Krusten zu lösen. Schließlich klebte ich jeweils ein Pflaster auf die Stellen. »Könntest du vielleicht in Zukunft diese Art von *Missio*n unterlassen? Es hat mich nämlich ziemlich geschockt.«

»Es tut mir leid. Ich wollte dich nicht erschrecken.«

»Der Anblick war furchtbar für mich. Ich meine, ich dachte im ersten Moment, du wärst tot!« Er wandte sich um.

»Manchmal wäre es wahrscheinlich besser so«, stieß er bekümmert aus. Ich sah ihn mit großen Augen an.

»Wie kannst du nur so etwas sagen?« Ich war so außer mir, dass mir die Tränen in die Augen traten. Alexander wischte sie aus meinem Gesicht.

»Bitte nicht weinen, das ertrage ich nicht.« Ich schluckte und seufzte tief. Erlangte meine Fassung zurück.

»Warum muss es denn unbedingt diese Tour sein?«, fragte ich verständnislos.

»Weil es eine Bestrafung ist, Ella.«

»Diese Art von Bestrafung missfällt mir.«

»Das weiß ich jetzt.« Er gab mir einen Kuss. »Es wird nie wieder vorkommen. Ich verspreche es.« Die Sache schien also somit vom Tisch zu sein. Ich versuchte, eine heitere Miene aufzusetzen und das Thema zu wechseln, dabei schielte ich zur Stofftasche.

»Hast du den Slip mit eingepackt? Meiner ist, so wie es aussieht, ziemlich zerstört«, grinste ich verlegen. Diese Ansage erheiterte ihn und er robbte hinüber, um die Tasche zu holen. Mit einem Griff hielt er den Slip in der Hand. Ohne dass er darauf reagieren konnte, schnappte ich ihn mir.

»Hey! Meine Principessa ist heute anscheinend sehr temperamentvoll«, raunte er mir ins Ohr und küsste mich. Ich wollte gerade den neu erworbenen Slip überstreifen, als ich zu meinem Bedauern etwas Unangenehmes bemerkte. Ich zog die Mundwinkel nach unten.

»Mist«, stieß ich verärgert aus.

»Was ist los?«, fragte er verwirrt.

»Ich habe meine Tage.« Das nervte mich. »Ach, verdammt, so war das nicht geplant! Nun habe ich nicht mal einen Softtampon eingesteckt.« Diese Sache regte mich wirklich auf. Er bemerkte meinen Verdruss.

»Soll ich dir Zellstoff bringen?«, fragte er unsicher. Wahrscheinlich hatte er sich mit solchen Dingen noch nie herumschlagen müssen.

»Ja, bitte«, erwiderte ich kleinlaut. Er ging ins Bad, um gleich darauf zurückzukommen. Wortlos reichte er mir einige Lagen davon und ich streifte den neuen Slip über. Beschämt zog ich meine Beine an und umschlang sie mit beiden Armen, so saß ich ihm nun gegenüber auf seinem Bett. Alexander lächelte mir aufmunternd entgegen.

»Es gibt keinen Grund, sich zu schämen. Unsere Session war wahrscheinlich eine Gangart zu hart.« Ich schüttelte entschieden den Kopf.

»Nein, das hat damit rein gar nichts zu tun. Ich habe mich wahrscheinlich verrechnet.«

»Es macht mir trotzdem nichts aus. Frauen sind zu diesem Zeitpunkt meist empfänglicher denn je.« Ich riss die Augen auf.

»Ich hoffe nicht, dass ich empfänglich bin, denn ich nehme die Pille«, reagierte ich erschrocken. Er stieß einen unanständigen Laut aus.

»So habe ich das nicht gemeint. Wohl eher, dass du während deiner Tage viel mehr Lust verspürst als sonst.« Er hatte recht, mein Verlangen war heute kaum zu stillen, ich warf einen Blick auf die Stofftasche, die auf dem Bett lag. Dabei erspähte ich das interessante Ding, das Alexanders Erektion verlängert hatte. Er schüttelte entschlossen den Kopf. »Nein! Nicht noch mal. Unsere Session war anstrengend genug.« Ich setzte einen aufreizenden Blick auf und robbte auf seinen Schoß, küsste ihn auf seinen Mund. »Du bist unersättlich, Principessa.« Er schien nachzugeben. »Komm«, keuchte er. »Wir gehen unter die Dusche, das ist entspannender in deiner Situation.« Während ich aus meinem Abendkleid und dem Slip schlüpfte, zog er sich ebenfalls aus. Er holte einen Barhocker von nebenan und wir gingen damit ins Badezimmer.

Sorgfältig breitete er ein Handtuch über dem Hocker aus und stellte ihn auf den Steinboden der Duschkabine. Er zog mich eng an seinen Körper. Ich stand mit dem Rücken zu ihm. Mit einer Hand schlüpfte er zwischen meinen Beinen hindurch und begann, meine empfindliche Stelle zu massieren, während er den Duschknopf betätigte und das warme Wasser langsam von allen Seiten auf uns zuströmte.

»Etwas dagegen, wenn ich dich anal verwöhne?«, stöhnte er.

»Ich habe das noch nie gemacht«, keuchte ich, während er meine Klitoris gekonnt massierte und ich vor Begierde fast umkam.

»Ich werde vorsichtig sein, ich verspreche es«, schwor er. Von der Ablage holte er eine Flasche mit einem speziellen Gleitgel, das sich für den feuchten Spaß unter der Dusche besonders eignete, und trug es großzügig auf meine hintere Öffnung auf. Schon allein seine Berührung machte mich ganz scharf auf ihn. Zu guter Letzt massierte er damit sein bestes Stück und ich konnte seine Erregung deutlich sehen, weil ich meinen Kopf nach hinten neigte. Ich war ziemlich angespannt, hatte ich doch keinerlei Erfahrung auf diesem Gebiet. Alexander bemerkte meine Aufregung. »Entspann dich, Schatz. Nicht verkrampfen«, redete er beruhigend auf mich ein und ich wandte mich wieder der Wand zu. »Lass dich fallen. Gib dich mir hin und bleib ganz locker, Principessa.« Einfühlsam massierte er meinen Schließmuskel und versuchte, ihn mit seinen Fingern zu dehnen, indem er sachte eindrang und ihn hin und her bewegte. Ich beugte mich ein wenig nach vorn und streckte ihm meinen Po entgegen. Das tat vielleicht gut.

»Alexander«, stöhnte ich. Trotzdem saß die Angst tief in meinem Innersten, ich verkrampfte mich zunehmend, wenn ich daran dachte, dass er genau an dieser Stelle mit seinem besten Stück in mich stoßen würde. Nach einer Weile musste er bemerkt haben, dass es keinen Sinn machte, auf diese Weise weiterzumachen. Er beendete seine Massage und wandte sich ab.

»Bin gleich wieder da.« Mit diesen Worten verschwand er in den Nebenraum, ich setzte mich auf den Hocker. Bald darauf kam er mit einer Ingwerwurzel und einem Messer zurück. Ich wusste bereits, was er vorhatte. Aufgeregt rutschte ich auf dem Barhocker herum und beobachtete, wie er den längsten Finger der Wurzel vom übrigen Teil abschnitt. Der beißende Geruch stieg in meine Nase und ließ mich unruhig werden. Alexander bemerkte meine Anspannung. »Hab keine Angst. Du kennst die Wirkung des Ingwers schon. Es wird dich entspannen, dich stimulieren.« Er ließ sich von meiner Aufregung nicht beeinflussen, sondern schnitzte eine Skulptur, trug die äußeren Schichten ab, bis er einen glatten geraden Zylinder geformt hatte, dessen Ende noch mit der Schale bedeckt war, dabei beobachtete er meinen Gesichtsausdruck. »Der scharfe Geruch an sich ist schon sexy, findest du nicht auch?« Er lächelte. Meine Mundwinkel verzogen sich zu einem zaghaften Lächeln. Ich sah weiter zu. Als das Kunstwerk fertig war, hielt er es unter den Wasserstrahl, um es frisch zu halten.

»Steh nun bitte auf und stütze dich mit beiden Händen auf dem Hocker ab.« Mit dem Gesicht der Wand zugewandt, tat ich, was er mir aufgetragen hatte. »Streck mir deinen Po entgegen, genau wie vorhin.« Ich vertraute ihm voll und ganz. Mein Gehör konzentrierte sich auf die Laute im Duschraum. Das Wasser sprühte aus allen Öffnungen, ich konnte seinen Atem hören. Er war sichtlich erregt. »Anfangs wird es ein wenig brennen, doch nach und nach wird es dich immer mehr entspannen und dich von innen her wärmen.« Langsam führte er die Ingwerwurzel ein. Er hatte recht, es brannte, aber nicht wie er sagte ein wenig, sondern wie die Hölle. Ich stöhnte. Alexander küsste meinen Hals, massierte meinen Po, kniff ihn zusammen und es brannte noch mehr. Nach und nach entspannte ich mich aber, ließ mich auf den Schmerz ein und musste feststellen, dass er so leichter zu ertragen war. Es war der totale Mindfuck. Die erste Hitze ließ nach und Wärme breitete sich in meinem gesamten Unterleib aus, entspannte mich zunehmend. Ein leichtes Kribbeln war die Folge und ich ließ mich treiben, mich in Trance versetzen, spürte seine Lippen auf meinem Hals, meinem Nacken und meinem Rücken. Seine Liebkosungen streichelten die Schmerzen weg. Er stöhnte und ich fühlte sein bestes Stück hart wie Stein, als es sich an meine Grübchen im Beckenbereich presste. »Oh Ella, bist du bereit für ihn?«, fragte er mich und seine Stimme klang erregt, zitternd vor Begierde und dem Gedanken, was nun folgen würde. Ich atmete heftig aus und stellte mich auf Zehenspitzen, um ihn besser empfangen zu können.

»Ja«, stimmte ich dem Vorhaben zu und mit einem Ruck zog er die Ingwerwurzel heraus, um im Gegenzug mit seinem erregten Lustobjekt etappenweise in meine glühende Tiefe einzutauchen. Lustvoll stöhnte ich, während er rhythmisch hinein- und hinausglitt. Ich war mehr als nur bereit, diese Superfrucht hielt ihr Versprechen und machte meine hintere Öffnung zugänglicher, als ich gedacht hatte. Ich war so erfüllt von ihm und dieser Wärme, die sich mittlerweile in meinem gesamten Körper auszubreiten schien. Gerade fühlte ich mich in eine andere Dimension versetzt und ließ mich von meinen Gefühlen dahintreiben.

Oh Gott, er konnte das wirklich verdammt gut. Immer tiefer drang er in mich ein, dabei massierte er meine sensible Perle noch zusätzlich. Während er sich Stück für Stück nach vorn arbeitete, liebkoste er meinen Hals. Sein vorsichtiges Tun erregte mich wahnsinnig. Ich stöhnte unter seiner Begierde auf. Das warme Wasser floss über unsere Körper und machte unser Vorhaben zu einem einzigartigen Erlebnis. Ich stützte mich mit beiden Händen an der Wand ab. Alexander hob mich ein wenig an, sodass ich ihn noch tiefer spüren konnte. Ich gab mich ihm hin und fühlte mich so unsagbar frei. Ich hielt die Augen geschlossen und konzentrierte mich lediglich auf seinen Atem. Nur von Zeit zu Zeit öffnete ich sie und riskierte einen Blick nach hinten, um seinen erregten Ausdruck aufzusaugen und meine eigene Lust damit zu steigern. Sein ganzer Körper schien vor Begierde zu beben und er hatte Mühe, durch meine Enge nicht jeden Moment in mir zu explodieren. Meine Erregung brachte mich an die Grenze des Wahnsinns und ich kannte mich selbst kaum mehr, wie sehr ich in das Fahrwasser der Leidenschaft geriet.

Ich erlangte heute zum wiederholten Mal einen Höhepunkt und schrie auf. Alexanders Bewegungen wurden immer schneller, immer intensiver und ich folgte seinem Rhythmus. Genau dieser Umstand schien ihn noch mehr anzutreiben. Mein Unterleib zog sich ruckartig zusammen und eine elektrisierende nächste Welle überkam mich, bis ich mich mit meinen Armen nur mehr an der glitschigen Oberfläche der Fliesen abstützen konnte und sie daran abzurutschen drohten. Er presste mich mit einer Unnachgiebigkeit gegen die Wand. Ich konnte sein enormes Gewicht spüren, aber es erregte mich. Sein Atem wurde lauter, er umschlang meinen Unterleib, keuchte in mein Ohr, es berauschte mich. Seine Disziplin war bemerkenswert, er gönnte sich und mir eine kurze Pause. Das machte mich halb wahnsinnig.

Dann zog Alexander sich zurück und drehte mich um, sodass ich mich auf den Hocker setzen konnte. Möglichst weit öffnete ich meine Schenkel, stützte sie auf dem Hocker ab und ließ ihn abermals gewähren. Alexander kniete sich zu Boden und vergrub seinen Kopf zwischen meine Beine, um meine sensible Stelle mit seiner Zunge weiter zu stimulieren. Dabei krallte ich meine Finger in sein dunkelbraunes Haar, meine besinnungslose Gier schien grenzenlos zu sein. *Aber dieser Umstand wird ihn nur noch mehr erregen.* Während seine geübte und sanfte, aber dennoch bestimmende Zunge sich ihren Weg zwischen meine Schamlippen bahnte und er immer wieder an meiner Klitoris saugte, warf ich genüsslich meinen Kopf in den Nacken und stemmte meine Beine gegen seine Schultern. Alexander schien jede Faser meines Körpers aufzuspüren, die zur Luststeigerung da war. Er stöhnte dabei und ich beobachtete sein gekonntes Vorgehen. Er bemerkte mein unstillbares Verlangen und sah zu mir hoch, während er noch immer meine Scham bearbeitete. Alexanders bestes Stück bewegte sich auf und ab.

Unvermutet stand er auf, packte meine Hüften und zog mich hoch, sodass ich meine Beine um seine Lenden und meine Arme um seinen Hals schlingen konnte, dabei drang er in meine andere empfindliche und mittlerweile glühend heiße Höhle ein. Während er mein Innerstes erforschte, streckte ich ihm meine Hüften entgegen, um ihn so tief wie möglich spüren zu können, gab mich seinem Rhythmus völlig hin. Abermals schrie ich auf. Er keuchte, presste mich gegen die Duschwand, knetete meinen Po richtiggehend durch, während er weiterhin regelmäßig meinen empfindlichen Punkt zum Anschwellen brachte. Seine Körperbeherrschung war unglaublich. Mein Unterleib zog sich zusammen und ich glaubte fast, meinen Verstand zu verlieren. Alexander war der perfekte Liebhaber. Auch diesmal taumelte ich von einem Orgasmus zum nächsten. Er war unglaublich diszipliniert, konnte seine Erektion richtig steuern, um meinen Orgasmus zu verlängern. Seine

Verzögerungstaktik schien mich langsam, aber sicher in den Wahnsinn zu treiben. Ich schrie wieder auf, dieser Umstand steigerte seine Begierde nur noch mehr. Heizte ihn nahezu an. Brachte ihn auf Touren, bis ihn die Welle selbst überrollte.

»Ella?« Es bereitete ihm ziemliche Mühe, sich noch länger zurückzuhalten.

»Ja«, stöhnte ich. Fast im selben Moment, als ich das aussprach, explodierte er in mir. Sein Prachtstück zuckte unwillkürlich hin und her und pumpte all seine Manneskraft und Sinneslust in mich hinein. Ich krallte mich an seinem Rücken fest, bis ich in weiterer Folge meine Hände seitlich gegen die Duschwand presste und sie unter meiner Kraft fast zu zerspringen drohte. Wir keuchten beide um die Wette und waren vollkommen ausgepowert. Erschöpft schlang ich meine Arme abermals um seinen Hals. Alexander küsste mich mit einer Intensität, während das warme Wasser über unsere Körper floss.

Er sah mich an, dann stellte er das Wasser ab. Gemeinsam stiegen wir auf den Badezimmerteppich. Anschließend griff er nach einem flauschigen Handtuch, um mich darin einzuwickeln. Unverhofft hob er mich hoch, um mich rücklings über seine Schulter zu legen, sodass mein Kopf unwiderruflich nach unten hängen musste. In dieser Position ging er mit mir zurück ins Schlafzimmer.

»Lass mich sofort runter«, schrie ich, dabei stieg mir das Blut in den Kopf.

»Nur, wenn du mich darum bittest«, entgegnete er hochnäsig.

»Ich schlage dich«, warnte ich ihn, dabei trommelte ich wie von Sinnen auf seinen Po ein. Er lachte.

»Du glaubst doch nicht etwa, dass mich das beeindruckt?« Mittlerweile waren wir im Schlafzimmer angekommen und er ließ mich aufs Bett fallen. Unmittelbar darauf lag er schon auf mir und ich hatte keine Chance, mich gegen ihn zu wehren. Ich war völlig außer Atem.

»Küss mich«, befahl ich ihm.

»Nichts lieber als das«, bestätigte er mein Verlangen. »Du bist so schrecklich ungezähmt und wirkst so unglaublich anziehend auf mich.« Schon lagen seine weichen Lippen auf meinen, bewegten sich zärtlich vorwärts, küssten meine Unterlippe, knabberten an meiner Oberlippe. Zaghaft stieß seine Zunge gegen meine, um dann immer fordernder zu werden. Seine zärtlichen Hände wanderten dabei zu meinen Brüsten, massierten meine Brustwarzen, bis sie vor Erregung standen. Oh, ich wünschte, dass es niemals enden würde. Er küsste so hervorragend. Noch während ich mich meinen Tagträumen hingab, beendete er allmählich seine Liebkosungen und sein Lächeln entschädigte mich für alles, als er mich so eingehend inspizierte.

»Ich wünsche mir etwas von dir«, machte ich ihm unmissverständlich klar.

»Alles, Ella. Alles, was du willst. Für dich hole ich die Sterne vom Himmel«, lächelte er mir glücklich entgegen.

»Ich möchte, dass du mir das Piercing stichst.« Sein Gesichtsausdruck wurde ernst und er schüttelte den Kopf.

»Nein.« Seine Stirn legte sich in Falten. »Das«, er stockte, »kommt überhaupt nicht infrage. Ich organisiere dir morgen einen Spezialisten.«

»Ich möchte, dass *d*u es mir machst, Alexander«, protestierte ich.

»Ella, das ist purer Wahnsinn, es ist schmerzhaft, wenn wir das hier machen.«

»Das sagst ausgerechnet du?«, kicherte ich vor mich hin. Er bemerkte den Unterton in meiner Stimme und stieß einen verächtlichen Laut aus.

»Bei mir ist das etwas anderes! Ich habe jahrelanges, hartes Training hinter mir. Meine Schmerzgrenze liegt weit über dem Maß der Norm. Das ist nicht vergleichbar.«

»Bitte«, flehte ich ihn nahezu an.

»Schatz, du bist so verletzlich.« Die Innenseiten seiner Augenbrauen krümmten sich nach unten. Seine Stirn wies noch mehr Sorgenfalten auf. »Ich möchte nicht, dass du durch mich Schmerzen erleidest.«

»Die Schmerzgrenze einer Frau liegt weit höher, als du denkst. Schließlich müssen wir Kinder auf die Welt bringen. Dagegen ist das Stechen eines Piercings ein Klacks«, machte ich ihm klar. Er dachte angestrengt nach. Dann fasste er einen Entschluss. Ich schien ihn wohl überredet zu haben.

»Okay, ich werde es tun. Aber nur unter einer Bedingung.« Ich hielt meinen Kopf schief und setzte meinen verführerischen Blick auf.

»Und die wäre?«, fragte ich neugierig.

»Dass du heute Nacht bei mir bleibst und morgen mit mir gemeinsam am *Central Criminal Court* vorfährst, sodass alle sehen können, dass wir zusammen sind.« Ich zog meine Augenbrauen hoch.

»Das ist der Deal?«, fragte ich ungläubig.

»Ja.« Er betrachtete mich gründlich.

»Okay! Wenn's weiter nichts ist. Hast du etwa die Presse bestellt?«, kicherte ich in mich hinein. Alexanders Lächeln formte sich zu einem nebulösen Grinsen, das ich nicht einordnen konnte. Meine Fragestellung überging er elegant.

»Gut, dann lass uns keine Zeit verlieren.« Er holte die Schatulle mit dem Piercing hervor und öffnete sie. Darin lagen auch die Utensilien, um das Piercing zu stechen. Kurz verschwand er im Bad, um wenig später mit ein paar Einweghandschuhen zurückzukehren. Während er sie überzog, beobachtete er mein

Verhalten. Ich lag mit aufgestützten Armen auf dem Rücken. »Leg dich bitte flach aufs Bett und entspann dich«, gab er mir sorgfältigste Anweisungen. Ich tat, was er mir auftrug. Nun nahm er eine Verpackung, in der eine ovale Einwegzange steckte, in die Hand. Sein Blick war auf mich gerichtet. »Eine Pennington-Zange«, erklärte er kurz. »Mit dieser klemme ich die Haut deines Nabels ein, um mit der Kanüle stechen zu können.« Mit einem geschickten Griff hatte er die obere Seite meiner Nabelhaut eingeklemmt. Ich biss meine Zähne zusammen. Wortlos schob er mir das Ende meines Handtuches, auf dem ich augenblicklich lag, zwischen die Zähne. »Wenn es schmerzt, beiß einfach zu. Du sollst nach Möglichkeit nicht zucken.« Ich hatte wirklich keine große Erfahrung in Sachen Piercing. Eigentlich gar keine, wenn ich ehrlich war. Jetzt hatte ich Angst.

Ich und Nadeln – das ging gar nicht. Schon als kleines Kind hatte ich mich vor jeder Impfung gescheut. Alexander sprühte über meinen Nabel und desinfizierte die Stelle somit. Dann nahm er die sterile Kanüle und befreite sie aus der Verpackung. Ich wandte meinen Kopf ab. Es pikste. Er ließ den Hautteil los. Neugierig warf ich einen Blick darauf. Die Kanüle steckte in der Hautfalte, er hatte sie bereits durchstochen und lächelte.

»Tapferes Mädchen! Das Schlimmste hast du hinter dir.« Geschickt fädelte er das Piercing in die Kanüle. Es zog ein wenig. Flink entfernte er die Nadel und mit einem Ruck positionierte er das Piercing so, dass es an der richtigen Stelle zum Liegen kam. Als würde er das jeden Tag praktizieren, schnitt er die Überlänge der Kanüle ab und schob das Piercing nun an seinen Platz. Abschließend befestigte er den Anhänger am gepiercten Teil meines Nabels. Es sah wunderschön aus. Alexander betrachtete das Schmuckstück an mir.

»Es ist ein Unikat. Ich habe es extra für dich anfertigen lassen«, offenbarte er nun sein Geheimnis.

»Du hast es unter die Tombolapreise geschmuggelt?«, stellte ich kichernd fest. Er grinste.

»Ja, sie wussten Bescheid.« Ich gluckste vor mich hin.

»Das war wirklich überaus raffiniert.« Er sah mich bewundernd an.

»Es steht dir hervorragend.« Ich war überwältigt. Es war ein richtiges Kunstwerk. Eine fünfblättrige Diamantblume. Er strich zärtlich um meinen Bauchnabel und betrachtete das Schmuckstück. »Ich hoffe, es gefällt dir.«

»Es ist wunderschön«, lächelte ich beschämt und dachte daran, dass er wieder so viel Geld dafür ausgegeben hatte. »Danke!« Ich küsste ihn, schlang die Arme um ihn, so sanken wir nebeneinander auf die Bettlaken. Ich war unendlich müde, schmiegte mich an ihn. Bald darauf betätigte er die Fernbedienung, um das Licht auszumachen. Gedankenverloren streute er rote Rosenblütenblätter aus einer Schale neben dem Bett über mich. Es duftete herrlich. Zärtlich streichelte er mich, bis ich in einen erholsamen Schlaf sank.

Und immer, wenn du glaubst,
die Schmerzgrenze der Sehnsucht erreicht zu haben, zeigen dir deine Gefühle,
wie viel Raum es noch zu füllen gibt.

(Erika Flickinger)

DIE PROSAISCHE ERKENNTNIS

Alexander hatte vorgesorgt. Nichts würde je seinem Scharfsinn entgehen. Als ich aufwachte, bemerkte ich, dass er einige Kleider auf die untere Hälfte des Bettes gelegt hatte. Wie sie aussahen, waren es keine von der Stange, sondern welche aus exklusiven Boutiquen. Auf der Kommode lagen Seidenstrümpfe in schwarz und rot, auch die Unterwäsche war sorgfältig ausgewählt worden, sie passte farblich exakt dazu. Er hatte also alles penibel ausgesucht.

Ich entschied mich für ein rotes, kurzes und rückenfreies Kleid. Die Silhouette war formgebend und hatte eine Etui-Linie. Es hatte breite Träger, eingearbeitete Cups, die mit Perlen und Glitter verziert waren. Der Rock war gerafft. *Eindeutig mein Geschmac*k. Ich streifte es kurzerhand über, es passte perfekt. Dazu trug ich die roten Seidenstrümpfe sowie Unterwäsche und schlüpfte in die schwarzen mit Glitter-Gold verzierten Pumps, die ich am Vorabend ausgezogen hatte. Vor dem Spiegel, der gleich neben dem Bett hing, versuchte ich, mein Haar zu bändigen, was mir eindeutig misslang. Die Locken sprangen auf und ab. Das Haarband des Vorabends arbeitete ich gekonnt wieder ein. Jetzt trug ich noch roten Lippenstift, etwas Rouge und Eyeliner auf. Als ich mich vor dem Spiegel drehte, erschien Alexander im Blickfeld. Er war bereits in einen seiner Designeranzüge geschlüpft und stand nun in voller Blüte neben mir.

»Du siehst bezaubernd aus«, bemerkte er anerkennend, während er meinen Hals küsste und uns dabei im Spiegel beobachtete. Über die Oberfläche lächelte ich ihn erhaben an. Kurzerhand hielt er mir das Nerzjäckchen hin und ich schlüpfte hinein. »Können wir?« Rasch wanderte sein Blick zu meiner linken Hand, er wollte wohl sicher sehen, ob ich den Ring auch tragen würde, den er mir erst gestern angesteckt hatte. Er wirkte etwas angespannt. Ich nickte und wir liefen die Treppe hinunter, um durch die einladende Halle letztendlich die Villa zu verlassen.

Larry wartete bereits draußen im Wagen. Alexander deutete ihm an, sitzen zu bleiben, und öffnete die Tür der Limousine. Wir stiegen ein. *Seltsam, wir sind gar nicht spät dran. Im Gegenteil, für meine Verhältnisse viel zu früh, musste ich zugeben. Aber vielleicht beginnt der Tag bei Alexander an der* Stock Exchange *viel eher, als ich dachte.* Larry fuhr los. Die Limousine bewegte sich durch den Londoner Frühverkehr. Alexander sah zum Fenster hinaus und wirkte nervös. Er rieb sich immer wieder die Hände. Zwischendurch warf er einen Blick auf sein Aster. Ich konnte mir nicht erklären, warum. *Vielleicht erwartet er einen wichtigen Anruf?* Mitunter fasste er nach meiner Hand und lächelte mich unsicher an. Larry lenkte das Luxusgefährt vor das *Central Criminal Court*. Die Leute, die draußen vorbeikamen, musterten die Limousine neugierig, doch durch die dunklen Scheiben konnte niemand nach innen sehen. Tabitha ging gerade daran vorbei, sie lächelte. *Bestimmt denkt sie, dass nur ich mich mit Alexander darin aufhalten kann.* Der machte eine eindeutige Geste und bat mich, noch sitzen zu bleiben. Draußen wurde es immer geschäftiger. Verstohlen sah er auf seine Armbanduhr.

»Wie lange musst du heute arbeiten?«, fragte er sehnsüchtig. Ich wiegte meinen Kopf hin und her.

»Ich schätze, es wird spät werden, es gibt einige knifflige Fälle, die ich durchsehen muss«, gab ich ihm Auskunft. *Der*

Alltag hat uns also wieder eingeholt, dachte ich bekümmert.

»Vielleicht könnte ich dich zum Abendessen einladen?«, fragte er mich erwartungsvoll, während er das bunte Treiben draußen vor dem *Central Criminal Court* zu beobachten schien. Ohne meine Antwort abzuwarten, öffnete er die Tür der Limousine und war urplötzlich ausgestiegen. Seine Sprunghaftigkeit heute Morgen kam mir – die ich noch nicht mal richtig ausgeschlafen war – schon etwas anstrengend vor, musste ich feststellen. Etwas ungeduldig reichte er mir die Hand. Ich erfasste sie und landete draußen auf dem Asphalt. Mit einem Mal hatte er mich ganz eng an sich gezogen und begann, mich voller Leidenschaft zu küssen. Ich schloss meine Augen. Wieder einmal vergaß ich, wo ich augenblicklich, war und gab mich seinem heißblütigen Verlangen hin. Trotzdem vermittelte mir mein Gefühl, dass er nicht ganz bei der Sache war. Nur durch einen winzigen Spalt meiner zusammengekniffenen Lider erhaschte ich einen Blick auf ihn. Während er mich küsste, galt sein Interesse aber offensichtlich jemand anderem. Das machte mich nervös. Nun lächelte er mir gegenwärtig zu und strich sanft über meine Wange. Als ich mich umdrehen wollte, fasste er bestimmend nach meinem Kinn und starrte mich an.

»Bis heute Abend, Ella.« Nachdrücklich kniff er mir in den Po und stieg in den Wagen. Kurze Zeit später fuhr das Fenster langsam nach unten und er zwinkerte mir vertrauensvoll zu. »Ich liebe dich, mein Schatz!« Jetzt schien er wieder sehr entspannt zu sein. Ich warf einen Blick auf meinen Verlobungsring und nahm die ersten Stufen. Oben angekommen, machte ich einen Schulterblick und zog meine Mundwinkel nach oben, dabei ließ ich meinen Blick schweifen. Ich konnte niemanden entdecken, dem sein Interesse hätte gegolten haben können. Die Limousine setzte sich in Bewegung.

Ich durchschritt das Haupttor und ging über die Treppe zu meinem Büro. Tabitha saß schon an ihrem Schreibtisch, als ich das Zimmer betrat. Über den oberen Rand hinweg sah sie mich mit ihrer Nerdbrille von *Miu Miu* auf der Nase neugierig an.

»Guten Morgen, Ella. Gehört die Limousine jetzt schon zu eurer Grundausstattung?«, machte sie eine ironische Bemerkung.

»Sehr witzig«, gab ich ihr eine schnippische Antwort und ging in mein Büro.

»Klar, gegen den Chairman der *Stock Exchange* kann der Präsident des Obersten Gerichtshofs nichts ausrichten«, hörte ich Tabitha aus dem Nebenraum rufen. *So ein Quatsch*. Als wenn ich Alexander seines Geldes wegen heiraten würde. Und eigentlich war es ja *sein* Bestreben gewesen, *mich* kennenlernen zu wollen.

Meine Gedanken schweiften ab und ich betrachtete mein gerade erworbenes Verlobungsgeschenk. Ich streckte meine Hand gegen das Licht aus und betrachtete den formschönen Ring, seine Diamanten und Rubine funkelten in der Sonne. Er sah zauberhaft aus. Meine Überlegungen zogen ihre Kreise. Die Entschiedenheit, ihn heiraten zu wollen, könnte mich entweder in null Komma nichts in unerschwingliche Höhen katapultieren oder auch in bodenlose Tiefen reißen. Das war mir klar. Was ich mit Alexander in nur wenigen Tagen erlebt hatte, reichte für drei weitere Leben. Tabitha hatte mich die ganze Zeit über beobachtet, denn sie stand im Türrahmen, als ich mich umdrehte.

»Von Alexander?«, fragte sie erwartungsvoll.

»Ja«, erwiderte ich unsicher. Sie verzog ihre Miene.

»Ist das ein Verlobungsring?«, fragte sie skeptisch. Ich nickte. »Er hat dich allen Ernstes gefragt, ob du ihn *heiraten* willst? Nach so kurzer Zeit?« Sie konnte es offensichtlich kaum fassen.

»Unglaublich oder?«

»Der fährt voll auf dich ab, Ella. Der frisst dir aus der Hand und dafür musst du nicht mal mit der Wimper zucken, ich glaub's nicht! Der Typ ist dir verfallen und obendrein auch noch reich. Was für ein Glück.« Ihre Ausdrucksweise ließ wirklich kein Auge trocken. Wenn es jemanden gab, der alles direkt und unverblümt aussprach, dann war es Tabitha. Obwohl, wenn ich ehrlich war, ging mir diese Tatsache gegen den Strich und trotzdem hatte Tabitha wieder einmal den Nagel auf den Kopf getroffen. Jedes Wort, das sie gesagt hatte, entsprach der Wahrheit. Beschwingt und gut gelaunt, vermutlich, weil sie ihre beste Freundin endlich unter die Haube gebracht hatte, spazierte sie wieder in ihr Büro, um sich an ihren Schreibtisch zu setzen und ihren *Tippkra*m zu beenden.

Um mir die nötige Ruhe beim Arbeiten zu verschaffen, schloss ich dir Tür zu Tabithas Büro, hing das Nerzjäckchen, das mir Alexander gestern für den Ball besorgt hatte, über den Stuhl und setzte mich an meinen Schreibtisch. Es wartete wirklich einiges an Arbeit auf mich. Ich fuhr meinen Computer hoch, nahm mir den ersten Fall vor und versuchte, mir ein Bild davon zu machen, als mein Mobiltelefon klingelte. Entgegen meiner Erwartung war ich erstaunt, dass es nicht Alexander war, der mich anrief. Der Anrufer schmälerte mein Nervenkostüm empfindlich.

»Hey, Jeremy.«

»Elena. Wie geht es dir?« Er klang mitgenommen. Mein Herz wurde schwer.

»Danke, gut.« Ohne auf meine Antwort einzugehen, stellte er eine weitere Frage.

»Hast du heute Abend schon etwas vor?« Er traf wieder einmal ins Schwarze. Alexander würde mich voraussichtlich um acht abholen und zum Essen ausführen.

»Ich fürchte, ich werde keine Zeit haben«, gab ich bestimmt zur Antwort. Auf der anderen Seite der Leitung wurde es ganz still.

»Du triffst dich mit Alexander. Habe ich recht?« Ich schluckte. *Was soll ich jetzt bloß sagen?* Ich fühlte mich in die Enge getrieben. Doch ohne eine Resonanz abzuwarten, ging er in die Offensive. »Elena, Alexander ist nichts für dich! Er wird dich nur unglücklich machen«, stellte er entschieden fest. Diese Art von Gespräch hatte ich mir eigentlich ersparen wollen.

»Lass das bitte meine Sorge sein. Ich weiß, was ich tue. Ich bin keine siebzehn mehr«, rechtfertigte ich mein Handeln. Jeremy schnaubte.

»Du glaubst also, das Ei des Kolumbus erfunden zu haben? Sag nicht, du willst ihn von seiner Manie heilen«, entgegnete er sarkastisch. Ich seufzte, unsere Unterredung ging mir allmählich auf den Geist. *Er tut ja gerade so, als wäre Alexander geistesgestört.*

»Hör mal gut zu, Jeremy. Ich habe keine Lust, mit dir über Alexanders Vorlieben zu diskutieren. Das geht dich überhaupt nichts an.« Er stieß einen angewiderten Laut aus.

»Das geht mich sehr wohl etwas an, Elena! Du liegst mir am Herzen«, versuchte er mir ein schlechtes Gewissen einzureden.

»Danke, Jeremy, ich weiß das zu schätzen, aber du brauchst dir um mich nicht die geringsten Sorgen zu machen«, wollte ich ihn vom Gegenteil überzeugen. Aber es war offensichtlich zu seiner fixen Idee geworden, mich vom Unheil retten zu wollen. Nun eröffnete er seinen Feldzug gegen Alexander.

»Elena, willst du nicht verstehen? Mein Bruder ist gefährlich! Für dich ist es vielleicht ein Spiel, das du hier betreibst. Doch du kannst dir mitunter gehörig die Finger verbrennen. Wenn du mich eifersüchtig machen willst, das ist dir erfolgreich gelungen, aber jetzt hör bitte auf, ihn verrückt zu machen, und beende diesen Wahnsinnstrip. Du hast deine Spritztour gehabt, nun schalte einen Gang zurück und begib dich wieder auf Erholungsfahrt. Okay?« *Er will es offenbar nicht begreifen.* Das verärgerte mich.

»Jeremy, ich glaube, du bist hier derjenige, der nicht verstehen will. Ich empfinde etwas für Alexander und ich spiele nicht mit ihm«, versuchte ich ihm endgültig klarzumachen. Zum gegenwärtigen Zeitpunkt erschrak ich, denn Jeremy schien seine Faust mit enormer Kraftanstrengung auf die Schreibtischplatte geknallt zu haben.

»Alexander ist krank!«, schrie er mich an. »Verstehst du? Er ist geisteskrank und im Normalfall würde er in eine Anstalt für geistig abnorme Verbrecher gehören«, brüllte er weiter ins Telefon, sodass ich das Handy von meinem Ohr weghalten musste. Jetzt reichte es mir. Ohne etwas zu erwidern, legte ich auf. Mein Körper bebte förmlich. Jeremy hatte es wieder einmal geschafft. Nicht nur, dass er seinen Bruder derartig in den Dreck zog, nein, mich hielt er offensichtlich auch für geistesgestört, weil ich mich mit Alexander überhaupt eingelassen hatte. Der heutige Tag war für mich gelaufen. *Was bildet er sich bloß ein, mir solche Vorwürfe an den Kopf zu werfen?* Widerwillig nahm ich mir den nächsten Fall vor, konnte mich aber kaum auf die eigentliche Sache konzentrieren. Trotzdem zwang ich mich dazu, eine Akte nach der anderen zu studieren.

Nach einiger Zeit sah ich auf die Uhr. Es war kurz vor zwölf, als sich plötzlich meine Mailbox selbständig öffnete und ich eine Nachricht erhielt.

Liebe Ella! Hast du Lust und Zeit, mit mir im St. Pauls Hotel zu essen? Ich umarme dich, dein Alexander.

Ich schrieb sofort zurück.

Lieber Alexander! Werde in fünfzehn Minuten da sein. Deine Ella.

Wenig später kam seine Antwort, die aus einem Smiley und einem Herzchen bestand. Ich lächelte, schaltete den Computer aus und zog die Nerzjacke über. Tabitha war nicht im Büro. Ich schrieb ihr eine Nachricht.

Bin zum Essen im St. Pauls *und in einer Stunde wieder zurück. Ella.*

Rasch öffnete ich die Tür und ließ sie hinter mir ins Schloss fallen, lief zur Treppe, um wenig später das Portal zu erreichen. Das *St. Pauls Hote*l lag nur wenige Minuten vom *Central Criminal Cour*t und der *Stock Exchang*e entfernt. Alexander und ich würden uns praktisch in der Mitte treffen. Als ich die Drehtür erreicht hatte, saß Alexander schon an der Bar und genehmigte sich einen Aperitif. Sofort hatte er mich entdeckt und steuerte auf mich zu, um mich in den Arm zu nehmen.

»Schatz, ich freue mich so sehr, dass du dir Zeit nehmen konntest.« Zärtlich küsste er meinen Mund. Ich lächelte ihm entgegen und hatte die Sache mit Jeremy längst in den Hintergrund gedrängt. »Möchtest du einen Drink?«, fragte er zuvorkommend wie immer.

»Nein danke, ich werde zum Essen ein Glas Wein trinken.« Wir gingen ins Restaurant. Dort war Alexander bereits bekannt.

»Mr Anderson, einen Tisch für zwei? Wenn Sie mir bitte folgen würden.« Der Chef de Rang führte uns an einen diskreten Fensterplatz. In der Nähe befand sich ein fein gedeckter Tisch mit einer Auswahl an edlen Weinflaschen. Aufmerksam schob er mir den Stuhl zurecht und gab Alexander die Karte. »Sir.«

»Sehr aufmerksam, danke«, entgegnete Alexander.

»Ich empfehle heute einen Pinot Gris, fruchtige und florale Note, vollmundig, milde Säure.« Er fasste nach einer der Flasche, um uns das Etikett des feinen Tropfens zu präsentieren. Stillschweigend holte er meine Zustimmung ein.

»Sehr gern«, forderte Alexander ihn auf, uns einzuschenken.

Dafür griff der Oberkellner nach einer Karaffe, die bereits vorbereitet auf dem Tisch nebenan stand. Langsam goss er den Weißwein in unsere Gläser und zog sich dezent zurück. Alexander erhob sein Glas. »Auf dich, Ella.« Sein Blick war ernst. Wir stießen an.

»Auf uns.« Ich zog die Mundwinkel nach oben und bemerkte seine Unruhe.

»Ihm wird jedes Mittel recht sein, um dich zurückzugewinnen.« Seine Reaktion erstaunte mich. *Hat er mir nicht erst vor Kurzem einen Heiratsantrag gemacht?* Selbstbewusst hielt ich ihm meine linke Hand hin, an der ich den Verlobungsring trug.

»Schon vergessen?« Dieser Umstand ließ sein Gesicht wieder erstrahlen und er fasste nach meinen Fingern, verschränkte seine damit.

»Wie könnte ich das vergessen? Es war der schönste Moment in meinem Leben, als du eingewilligt hast«, machte er mir ein Zugeständnis. Ich zog meine Stirn in Falten.

»Wovor hast du dann Angst?«

»Davor, dass er dich umstimmen könnte«, hegte er einen Verdacht. Entschieden schüttelte ich den Kopf.

»Mich kann niemand mehr umstimmen, mein Entschluss steht fest.« Er beugte sich nun vor.

»Er hat es doch heute Vormittag schon versucht«, nagte die Ungewissheit an ihm. Misstrauisch musterte ich ihn.

»Woher weißt du das?«, fragte ich irritiert.

»Er hat dich angerufen. Seine Äußerungen waren eindeutig.« Meine Augen weiteten sich.

»Du hast uns belauscht?«, fragte ich verwundert. Er schlug seine Lider nieder. Das war Beweis genug für mich, dass ich nicht auf dem Holzweg war. Inzwischen hörte er also auch schon meine Gespräche ab. *Das wird langsam zu einer fixen Idee*. Irgendwie musste ich ihn davon überzeugen, dass das auf

Dauer für mich keine Option darstellen würde. Stützte er sein Vertrauen auf mich, indem er mich kontrollierte? Schwermütig blickte er hoch.

»Ja«, seufzte er kleinlaut. Sein Griff wurde fester. »Er hasst mich. Ich weiß es. Ich habe ihm seine Frau ausgespannt, das wird er mir nie verzeihen.« Seine Verzweiflung war groß. Auf seine Befürchtung wollte ich vorerst gar nicht eingehen.

»Alexander, du hörst mich ab?« Ich stöhnte, er ließ meine Hand los und ich lehnte mich zurück. Sah ihn aus den Augenwinkeln an. »So läuft das nicht. Du musst mir vertrauen«, stieß ich verzagt aus. Er schluckte. Die Tatsache, dass er dementsprechend gehandelt hatte, schien ihm wirklich zuzusetzen.

»Es tut mir leid. Ich muss einfach wissen, wie mein Bruder denkt, was er vorhat, sodass ich mich gegen ihn wappnen kann.«

»Du hörst ein Mitglied der Justiz ab. Wenn Jeremy davon erfährt, zerreißt er dich in der Luft, das muss dir klar sein!«

»Ich weiß«, seufzte er. Ich musterte ihn eingehend.

»Was tust du sonst noch? Ich meine, welches Ausmaß erreichen deine Abhörmanöver?«, wollte ich mir nun Klarheit verschaffen. Es war ihm sichtlich peinlich, dass ich ihn befragte. Ich kam mir vor, als würde ich ein Verhör im Gerichtssaal inszenieren.

»Ich habe seinen Computer, sein Festnetztelefon im Büro, seinen Laptop zu Hause und sein Aster gehackt«, gab er unbehelligt zu. Ich war am Boden zerstört, fasste mit beiden Händen an meine Schläfen und stützte die Ellenbogen auf den Tisch.

»Du musst aufhören damit! Okay? Das ist strafbar. Jeremy bringt dich dafür hinter Gitter, wenn er es erfährt. Hier auf britischem Boden wandert sowieso jeder wegen eines noch so kleinen Delikts ins Gefängnis. Das ist kein Spiel«, versuchte ich ihm die Gefahr vor Augen zu führen. Alexander reagierte verärgert.

»Das weiß ich, Ella! Nur, wie glaubst du, wäre ich sonst an dich herangekommen, wenn nicht auf diese Art?« Misstrauisch sah ich ihn an.

»Du meinst, du hast ihn schon länger abgehört?«, fragte ich verstört. Sein Blick fiel abermals zu Boden.

»Seitdem er aus Brüssel zurückgekehrt ist, ja.« Er sah mich wieder an, fuhr nervös durch sein Haar und erhob verzweifelt seine Stimme. »Glaubst du, ich hätte es jemals akzeptieren können, dass du mit ihm noch mal Sex hast? Venedig hat mir schon gereicht, das konnte ich nicht verhindern, aber ein zweites Mal würde er dich nicht mehr anrühren, das habe ich mir geschworen. Ich musste dich wegen eines Vorwands nach London zurückholen!«, versuchte er eine Erklärung für sein Handeln zu finden. Ich schluckte.

»Du warst das?«, fragte ich entsetzt. Jetzt wurde mir einiges klar, Richter Berkley hatte von all dem gar nichts gewusst, er hatte offensichtlich nicht mal eine Gerichtsverhandlung anberaumen lassen, die er dann aus Krankheitsgründen abgesagt hatte. Gegenwärtig war ich verwirrt und schüttelte den Kopf. »Moment, jetzt mal langsam. Du hast Veranlassungen getroffen, dass *ich* nach London zurückkehre?« Seine Stirn legte sich in tiefe Furchen.

»Was hätte ich deiner Meinung nach tun sollen? Es war die einzige Möglichkeit, um dich von ihm fernzuhalten. Im Namen von Richter Berkley habe ich Tabitha geschrieben, sie solle dich anrufen und dafür sorgen, dass du nach London zurückkommst.« Ich konnte nicht glauben, was er hier sagte und riss meine Augen auf.

»Wie konntest du das tun, vor allem, wie hast du das gemacht?«, fragte ich nun verdutzt. Er stieß einen leisen Laut durch die Nase aus.

»Das war nicht schwer. Dazu brauchte ich mich nur in sein Mailkonto einzuhacken und ihr zu schreiben.« Ich war erstaunt, wie präzise er vorging.

»Du hackst die gesamte Justiz und glaubst, du kommst ungeschoren davon?«, war ich über diese Dreistigkeit seinerseits erstaunt. Alexander lenkte ein. Langsam schien er sich wieder zu beruhigen.

»Ich werde damit aufhören, Jeremy abzuhören. Versprochen.« Ich war erleichtert und nippte an meinem Glas Wein. Das würde bedeuten, dass Jeremy keine Gefahr mehr für ihn darstellen würde. Ich sah auf die Uhr, die mir Alexander geschenkt hatte.

»Es ist schon spät, ich muss gehen.«

»Du hast ja noch gar nichts gegessen«, stellte er irritiert fest.

»Ich weiß, aber ich muss irgendwann mit meinem Aktenberg fertig werden.« Ich wollte schon aufstehen, als er meine Hand ergriff.

»Wenigstens eine Kleinigkeit. Bitte«, flehte er. »Wir hatten eine anstrengende Nacht, du musst etwas Ordentliches essen.« Das war eine Aufforderung, der ich mich gerne unterwarf. Mit einer Geste rief er den Kellner an den Tisch, der sofort herbeieilte. »Das heutige Hauptgericht bitte«, bestellte er, ohne zu zögern.

»Sehr wohl, Sir.« Schon bald wurde der Hauptgang serviert und der Kellner wünschte uns einen guten Appetit. Es schmeckte exzellent. Trotzdem aß ich ziemlich hastig und nahm den letzten Schluck des vorzüglichen Weißweins. Ich wollte keine unnötige Zeit verlieren. Alexander belächelte meine Art zu essen und leerte sein Glas. Zum Schluss zückte er seine schwarze Kreditkarte und wir verließen das Restaurant. Vor der Drehtür verabschiedeten wir uns. Zärtlich küsste er mich.

»Sehen wir uns heute Abend?« Ich nickte. »Gegen acht?«

»Ja, ich freue mich.«

»Ich hole dich ab.« An dieser Stelle trennten sich unsere Wege und ich ging zurück zum *Central Criminal Court*, wo eine Menge Arbeit auf mich wartete. Alexander steuerte die Gegenrichtung an. Während ich mich auf den Weg machte, dachte ich über unsere Unterredung nach. Dass Alexander die halbe Justiz abhörte, ging mir nicht aus dem Kopf. *Was ist, wenn er damit weitermacht?* Ich seufzte. Wenn er mich am Abend zum Essen ausführen würde, müsste ich unbedingt noch mal mit ihm darüber reden. Das nahm ich mir fest vor.

***

Tabitha war inzwischen zurückgekehrt und hatte sich schon ans Tippen gemacht. Die Bescheide mussten heute raus und ich hatte einige Anrufe zu tätigen. Jayson wollte mich auch noch anrufen und zu einem Fall befragen. Zum Glück wurden wir den ganzen Nachmittag nicht gestört und ich konnte in Ruhe arbeiten. So gegen sechs ging Tabitha nach Hause, sie hatte ein Date mit Michael. Ich entschied mich, noch bis acht zu bleiben und die übrig gebliebenen Fälle zu bearbeiten. Zwischendurch stöberte ich im Internet in einem Erotikshop nach einem geeigneten Geschenk für Alexander. Ich wollte ihm einen heiß ersehnten Wunsch erfüllen und stieß bei der Suche danach auf genau das richtige Accessoire. Kurzerhand bestellte ich es. Danach arbeitete ich weiter. Ich hatte in den nächsten Tagen einige Verhandlungen, die es vorzubereiten galt.

Die Zeit verging wie im Flug und im Nu war es viertel vor acht. Ich hatte mein Pensum für den heutigen Tag erreicht und war zufrieden, als jemand an meine Tür klopfte. Nachdem Tabithas Büro schon geschlossen hatte, entschied ich, an meine Tür zu gehen. Ich entriegelte und öffnete sie.

»Jeremy?«, stieß ich erstaunt aus. Er schien ziemlich aufgebracht zu sein, schob mich zur Seite und trat ein.

»Ich muss mir dir reden!« Nervös sah ich auf die Wanduhr. Alexander würde bald kommen, doch er ließ mich nicht zu Wort kommen. »Elena, was soll das alles? Ich habe euch heute Morgen gesehen. Du bist aus seiner Limousine gestiegen. Was willst du von meinem Bruder?« Er starrte mich mehr als nur erzürnt an. Er war es also, den Alexander heute Morgen vor dem Eingang des *Central Criminal Court* abgepasst hatte und ich nicht hatte sehen solle*n*. *Ist Alexander deswegen so nervös gewesen und hat laufend sein Aster kontrolliert? Hat er diese Zusammenkunft womöglich geplant?* Ich hatte keine Lust, mich mit Jeremy über ihn zu unterhalten.

»Ich muss um acht weg, ich habe noch einen Termin«, versuchte ich, ihn abzuschütteln und schloss die Tür hinter ihm.

»Der Termin muss warten! Und wenn der Termin Alexander ist, dann schlage ihn dir aus deinem hübschen Kopf«, herrschte er mich an.

»Was? Bist du jetzt total verrückt geworden? Was fällt dir eigentlich ein, so mit mir umzuspringen?«, rief ich empört aus. Jeremy lehnte nun an meinem Schreibtisch und fuhr sich durch sein Haar. Er wirkte extrem angespannt.

»Elena, bitte sei vernünftig. Alexander ist krank. Er war schon als Kind schwierig, dann seine merkwürdigen Beziehungen, die er zu etlichen Frauen unterhielt. Die waren mehr als fragwürdig, glaube mir. Mein Bruder ist psychisch krank. Warum willst du das nicht endlich einsehen? Alleine diese Folterkammer, die er sich auf Seeds Castle eingerichtet hat. Du kannst mir doch nicht weismachen, dass das der Norm entspricht.« Offensichtlich konnte er sich nicht vorstellen, dass ich bereits dort unten gewesen war und trotzdem noch mit ihm zusammen sein wollte. *Doch woher weiß Jeremy davon? Woher hat er die Information? Larry hat es ihm bestimmt nicht erzählt. Oder ist es eine vage Vermutung von ihm?* Er setzte seinen

Monolog fort. »Jemand, der diese Art von kranken Fantasien verfolgt, ist nicht normal, das musst du doch zugeben«, versuchte er, mich zu überzeugen.

»Normal! Was ist heutzutage schon normal? Bist du normal? Wer setzt diese Norm? Ihr, die Rechtsprechung, oder wer? Hast du dich eigentlich schon mal gefragt, warum Alexander so ist? Warum haben eure Eltern ihn so schlecht behandelt? Warum haben sie dich bevorzugt und ihn vernachlässigt? Ihr seid doch Zwillinge, sollte man seine Kinder nicht alle gleich lieben? Ein schwieriges Kind. Und das gab deinem Vater einen Grund, ihm aufs Heftigste mit einer Reitgerte den Hintern zu versohlen?«, stieß ich energisch hervor. Jeremy lächelte verächtlich.

»Wie ich sehe, wurdest du ja von ihm schon fabelhaft präpariert.« Mit zusammengekniffenen Augen sah ich ihn an.

»Wieso? Stimmt das alles etwa nicht?« Ich war hellhörig geworden. Er wandte seinen Blick von mir ab.

»Doch, aber er hat es verdient«, war er felsenfest davon überzeugt. Ich lachte auf.

»Wie bitte? Er hat es verdient? Hörst du dich eigentlich selbst reden? Wisst ihr nicht, was ihr ihm die ganze Zeit über angetan habt?« Diese Unterredung hatte mich ziemlich aufgebracht. »Während du hier in Ruhe dein Jurastudium beenden konntest, musste sich Alexander an der *Harvar*d selbst durchschlagen. Dein Vater hat es nicht einmal der Mühe wert gefunden, ihm sein Studium zu finanzieren.« Vor Wut presste er seine Lippen aufeinander und sah mich mit zusammengekniffenen Augen an.

»Du bist ja blendend informiert!« Das gab mir wenigstens die Sicherheit, dass ich mich nicht auf dem Holzweg befand und Alexander mir die Wahrheit erzählt hatte. Jeremy schlug nun mit seiner Faust auf den Tisch, doch das beeindruckte mich nicht im Geringsten. »Mein Herr Bruder wollte immer hoch hinaus. Glaubte, er wäre etwas Besonderes. *Harvar*d, eine Privatuniversität, klar. Alles unter diesem Niveau wäre ja für Alexander nicht gut genug gewesen. Und mein Vater hätte seine Flausen finanzieren sollen, oder wie?« Hochnäsig stand ich ihm gegenüber und verschränkte meine Arme vor der Brust.

»Sicher! Das wäre er ihm schuldig gewesen. Auch wenn man mit Geld nicht alles bezahlen kann, am allerwenigsten, wenn man jemandem physische und psychische Gewalt angetan hat, aber vielleicht war es ja besser so. Denn sonst hätte er sich auch noch dafür ein Leben lang in Demut üben müssen«, gab ich höhnisch zu bedenken. Jeremy versuchte, meine Äußerungen ins Lächerliche zu ziehen.

»Ich weiß, Alexander ist der Leidtragende und alle anderen sind schuld, dass es mit ihm soweit gekommen ist. Vermutlich hat mein Vater auch noch Schuld daran, dass ihm Alexander eine Kugel in die Schulter gejagt hat!« Unverhofft fasste er mich an beiden Schultern und schüttelte mich. »Komm doch endlich zur Vernunft! Wach von deinem Engelsschlaf endlich auf, Elena«, schrie er mich wütend an. Im selben Moment schlug jemand die Tür auf, stieß mich zur Seite, sodass ich beinahe gestolpert wäre und verpasste Jeremy einen einzigen Schlag, sodass er zu Boden geschleudert wurde. Verzweifelt schrie ich auf.

»Alexander!« Wie von Sinnen stürzte er sich auf Jeremy und als dieser versuchte, aufzustehen, streckte er ihn abermals nieder. Meine Hoffnung, die beiden könnten jemals zur Vernunft kommen und den Kampf beenden, schwand immer mehr. »Hört endlich auf! Seid ihr wahnsinnig geworden?« Jeremy hatte gegen seinen Bruder augenscheinlich keine Chance. Sein tägliches Muskeltraining, aber vor allem seine jahrelange Disziplin machten ihn zu einem überlegenen Kämpfer. Es war ein erbittertes Ringen.

Doch Jeremy hatte im Laufe der Zeit offensichtlich gelernt,

wie er seinem Bruder psychisch zusetzen konnte. Das war die Waffe, die er gegen ihn erfolgreich einsetzen konnte. Er warf ihm, während sie aufeinander losgingen, sämtliche demütigende Begriffe um die Ohren. Wie sehr diese Worte an seinem Ego nagten, konnte ich an seinem verbitterten Gesichtsausdruck sehen. Jeremy war in die Fußstapfen seines Vaters getreten. Immer wieder versuchte sich Jeremy körperlich zur Wehr zu setzen, blieb aber grundsätzlich erfolglos. Einzugreifen, hätte keinen Sinn gehabt, so sehr waren die zwei emotional verstrickt. Keiner der beiden dachte nur im Entferntesten daran, aufzugeben. Mit einem gekonnten Kraftakt zog er Jeremy hoch und presste ihn nun gegen die Fensterscheibe.

»Sag das noch einmal, Jeremy, noch einmal«, keuchte Alexander atemlos und kochte vor Wut. »Ich schlag dich eigenmächtig durch dieses Fenster hier.« Jeremy schien unerwartet einzulenken und hob eine Hand.

»Schon gut, du hast gewonnen!«, stieß er atemlos hervor. Dies war das Schlüsselwort und Alexander ließ von ihm ab. Sie besaßen also doch einen Funken Vernunft. Letztendlich musste ich zugeben, dass es Jeremy war, der umsichtig geworden war und den Streit beendet hatte. Doch die Worte, die er Alexander an den Kopf geworfen hatte, hätten an jedem Ego genagt.

Alexanders Hemd hing lose über seine Anzughose, beim Kampf hatte er einen seiner Manschettenknöpfe verloren und sich an der Stirn eine Schürfwunde zugezogen. In dem Moment, in dem sich Alexander mir zuwandte und auf mich zuging, weiteten sich meine Augen und ich öffnete erschrocken den Mund, brachte aber keinen Ton hervor. Während er sich auf mich zubewegte, lächelte er mich gequält, aber glücklich an. Er wusste, er hatte gegen seinen Bruder endlich gewonnen und mich somit erobert. Mit einer enormen Wut und scheinbar der Hoffnung, er würde seinen Bruder endgültig aus dem Weg räumen können, griff Jeremy nach meinem Brieföffner, um den messerartigen Gegenstand, der ihm nun als Waffe diente, gegen Alexander zu verwenden. Dieser bemerkte meine Fassungslosigkeit und wandte sich um, als er in Jeremys funkelnde Augen und den Brieföffner in seiner Hand sah. Wie ein Blitz zog er sich geschickt aus der Affäre, indem er einen Sprung zur Seite machte und sich über den Boden rollte, um einer Verletzung zu entgehen.

»Jeremy«, schrie ich aus vollem Hals. Doch dieser war so in Rage, dass er mich überhaupt nicht zu hören schien. Immer wieder versuchte er, wie von Sinnen auf Alexander einzustechen. In dem Handgemenge konnte ich zwischen den beiden kaum mehr unterscheiden, bis einer von ihnen schmerzgeplagt zu Boden sank. Es war Jeremy. Alexander hatte ihm den Brieföffner aus der Hand reißen wollen, doch Jeremy hatte sich dagegen gewehrt. Während des Kampfs hatte sich Jeremy dann eine Stichwunde zugezogen. Er wand sich vor Schmerzen, hielt seine Hand an die blutende Wunde am Unterbauch und Alexander stand fassungslos mit dem Brieföffner in seiner Rechten über ihm. Seine Finger öffnete sich unwillkürlich. Der Brieföffner fiel zu Boden. Es klirrte. Er sah mich erschrocken an. Ich war völlig außer mir. Unmittelbar darauf sank er verbittert auf die Knie.

»Was habe ich getan, Ella?«, flüsterte er verzweifelt. Ich schüttelte ratlos den Kopf. Suchte nach einer plausiblen Erklärung.

»Dich trifft keine Schuld, Alexander. Du wolltest ihn doch nur von dieser Wahnsinnstat abhalten«, versuchte ich, Herr der Lage zu werden und mir einen Überblick zu verschaffen. Jeremy stöhnte geplagt, sein weißes Hemd verfärbte sich im Bereich des Unterbauches immer schneller. Er röchelte vor sich hin und winselte. Geistesgegenwärtig kniete ich mich zu Boden und presste meine bloße Hand auf die Stichwunde, um die Blutung zu stoppen. Sein schmerzgepeinigter Blick traf auf meinen erschrockenen.

»Elena, es tut mir so leid.« Verzagt sah ich zu Alexander. Ich hätte schreien können und trotzdem versuchte ich, mich unter Kontrolle zu bringen. Meine scheinbar besonnene Art schien auf Alexander Einfluss zu nehmen, denn er reagierte sehr überlegt, ging in Tabithas Büro und holte Verbandszeug. Nun stellte er den Koffer neben sich auf den Boden, öffnete ihn und entnahm ihm die nötigen Utensilien, um Jeremys Wunde zu versorgen. Er riss dessen Hemd entzwei und legte ihm geschickt einen Druckverband an. Mit nur wenigen Handgriffen war Jeremy fürs Erste versorgt. Zum Glück durfte der Stich nicht sehr tief ausgefallen sein.

»Was sollen wir denn jetzt bloß tun?«, stieß ich mutlos aus. Gefasst sah Alexander mich an.

»Wir sind am *Central Criminal Court*. Wir werden die Security rufen.« Meine Nerven lagen blank und ich schüttelte entschieden den Kopf. »Das können wir nicht tun. Sie werden dich verhaften«, stieß ich verzweifelt aus. Jeremy sah seinen Bruder an.

»Mach, dass du hier rauskommst«, forderte er ihn unter Schmerzen auf, das Gerichtsgebäude so schnell wie möglich zu verlassen. Entgeistert sah ich ihn an.

»Jeremy?« Mit letzter Kraft wandte er sich an Alexander und beharrte auf seiner Meinung.

»Verschwinde, Alexander.« Doch der stand nur regungslos vor mir und bewegte sich keinen Millimeter.

»Hast du nicht gehört, was dein Bruder gesagt hat?«, schrie ich ihn jetzt verzweifelt an. Alexander starrte mich irritiert an, diesen Ton war er von mir nicht gewohnt. Wie hypnotisiert steckte er sein Hemd in die Anzughose, sah mich verständnislos an und verließ ohne ein Wort zu sagen das Büro. Die Tür fiel ins Schloss. Nun musste alles genau geplant werden. Ich versuchte, möglichst überlegt zu handeln. Ich hob den Brieföffner auf und wischte den Griff mit einem weichen Tuch ab, sodass Alexanders Fingerabdrücke nicht mehr nachgewiesen werden konnten. Sorgfältig legte ich die noch immer blutverschmierte Waffe auf den Boden. Auf Anweisung von Jeremy beseitigte ich geradezu professionell jedes belastende Beweismaterial, benutzte dafür sogar den Etagenstaubsauger. Dabei hob ich den verloren gegangenen Manschettenknopf von Alexander auf und steckte ihn in meine Handtasche. Ich wischte jedes verdammte Möbelstück in meinem Büro sorgsam ab, während Jeremy auf dem Boden kauerte, um eine geeignete Position zu finden, damit die Schmerzen nicht zu schlimm ausfielen. Inzwischen war genug Zeit verstrichen, sodass sich Alexander hatte in Sicherheit bringen können. Ich hoffte nur, dass er einen Weg gefunden hat, um der Security zu entgehen.

Jeremys Wunde blutete nicht mehr, Alexander hatte ihn gekonnt versorgt, doch er litt noch immer unter den Schmerzen. Bevor ich einen Krankenwagen rufen würde, wusch ich mir auf der Toilette die Hände, dabei fand ich ein Reinigungsmittel, mit dem ich sogleich das Waschbecken säuberte. Ich kehrte in mein Büro zurück und wählte mit zittrigen Händen den Notruf. Während der Rettungsdienst bereits unterwegs war, befragte man mich am Telefon, wie es zu diesem Vorfall gekommen war. So wie wir es vereinbart gehabt hatten, gab ich an, Jeremy hätte mich zum Abendessen abholen wollen, dabei musste ihm jemand gefolgt sein. Nach einem Handgemenge in meinem Büro war er dann von diesem Unbekannten niedergestochen worden. Natürlich gab es überall im Gerichtsgebäude Überwachungskameras, aber dem Täter war es anscheinend gelungen, diese auszutricksen. Schließlich konnten die Dinger nicht jeden Winkel des Gebäudes überwachen. Ich ließ den Verdacht zu, es hätte sich vielleicht um einen unserer Angeklagten handeln können, der in naher Zukunft mit einer Verurteilung hätte rechnen müssen und vielleicht an seine Akte und deren Beweismittel hatte herankommen wollen. Nachdem Jeremy den Täter hatte überwältigen können, hätte dieser doch noch auf ihn eingestochen und wäre dann geflohen. Wer der Mann allerdings gewesen sein könnte, darüber konnten wir keine sachdienliche Auskunft geben. So würde es auch danach im Protokoll stehen. Jeremy würde ganz sicher dichthalten. Ganz bestimmt würde er seinen eigenen Zwillingsbruder nicht ans Messer liefern, wo er doch an dem Vorfall eigentlich selbst Schuld hatte.

Der Krankenwagen war in wenigen Minuten da. Der Notarzt wunderte sich über die professionelle Versorgung der Wunde, lobte mich aber, weil sie dachten, ich hätte Jeremy den Druckverband angelegt. Die Rettungskräfte hievten ihn auf die Trage, um ihn abzutransportieren. Der Arzt wandte sich nun an mich.

»Geht es Ihnen gut, Miss Cooper?« Ich nickte. »Wir fahren ins *London Bridge Hospital*, wir haben im Krankenwagen nur leider keinen Platz, da wir den Patienten versorgen müssen«, machte er mir klar. Ich befand mich gegenwärtig noch immer im Schockzustand. *So kann ich unmöglich Auto fahren. Ich werde mir ein Taxi nehmen.*

Als ich das Büro verlassen wollte, traf die Spurensicherung ein. Mir klopfte mein Herz bis zum Hals. *Bleib ruhig*, ermahnte ich mich im Gedanken. *Es wird schon alles gut gehen.* Während die Spurensicherung sich an die Arbeit machte, wurde ich kurz von der Polizei befragt. Ich gab eine vage Beschreibung vom Täter ab, zumindest eine, mit der sie nicht viel anfangen konnten, und sie nahmen meine Aussage zu Protokoll. Rasch war klar, dass hier offensichtlich keine brauchbaren Spuren zu finden waren und die Beamten zog scheinbar erfolglos wieder ab. Ich hatte also mit der Unterstützung von Jeremy gründliche Arbeit geleistet. Auch er wurde kurz vernommen. Seine Erklärungen fielen ziemlich knapp aus und er setzte sich zum Ziel, die Angelegenheit nicht an die Öffentlichkeit zu bringen, sondern die Tat entweder so rasch wie möglich zu klären – und er war davon überzeugt, dass die Ermittler im Dunkeln tappen würden – oder die Akte, so wie er es offensichtlich vorhatte, zu schließen. Dann brachten ihn die Sanitäter hinaus.

Schnell schnappte ich die Nerzjacke und schlüpfte hinein. Sie wärmte mich wenigstens, fror ich doch empfindlich. Anschließend klemmte ich mir die Handtasche unter den Arm. So schnell mich meine Füße tragen konnten, lief ich die Treppe hinab, bis ich das Haupttor erreicht hatte. Zu meinem Erstaunen parkte Larry mit der Limousine vor dem *Central Criminal Court*. Die Wagentür stand offen, ich stieg ein und schob sie hinter mir zu. Der Krankenwagen war schon vor mir mit Sirenengeheul abgerauscht. Larry hatte die Trennwand heruntergefahren.

»Soll ich Sie ins Krankenhaus bringen, Miss Cooper?« Ich war froh, dass er hier war.

»Ja, bitte, Larry, ins *Bridge Hospital*.« Er setzte die Limousine in Bewegung. Wir wälzten uns durch den Londoner Abendverkehr. »Wo ist Alexander?«, fragte ich fieberhaft.

»Er hat mich geschickt, Madam, ich sollte Sie abholen. Er ist in Sicherheit. Ich soll Ihnen sagen, Sie müssten sich um ihn keine Sorgen machen.« Er legte eine kurze Pause ein, bevor er nach Alexanders Bruder fragte. »Wie geht es ihm?«

»Den Umständen entsprechend. Er wird sicher durchkommen, da habe ich keine Bedenken.« Ich lehnte mich zurück und schloss die Augen. Ich fühlte mich wie gerädert. »Larry?«

»Ja, Madam?« Ich hob die Lider.

»Es war schrecklich«, erwiderte ich deprimiert.

»Ich kann Sie sehr gut verstehen. Keine leichte Situation für Sie, Miss Cooper.« Ich brauchte jetzt jemanden zum Reden. Ob ich mit Larry über die ganze Situation sprechen konnte? Ein Butler genoss zumeist den Status, über seine Herrschaft keine Auskünfte zu erteilen und war daher als besonders vertrauenswürdig einzustufen. Außerdem hatte sich sein Verhalten mir gegenüber zum Positiven verändert, seit ich wusste, dass Alexander und Jeremy zwei verschiedene Personen waren und ich mich für Alexander entschieden hatte.

»Meinen Sie, die Polizei wird den Fall schließen?«, wollte ich seine Meinung hören. Er wiegte den Kopf hin und her.

»Müssten Sie das nicht am besten wissen, Miss Cooper?« Sein Blick war hoffnungsträchtig. Ich nickte.

»Ja, Sie haben recht. Im Grunde war es Notwehr und trotzdem könnte die ganze Sache für ihn beruflich gesehen unangenehme Folgen haben. Aber ich denke, wenn wir alle dichthalten, sollte Alexander nichts passieren. Jeremy als Präsident des Obersten Gerichtshofs und ich als Staatsanwältin des *Central Criminal Court* müssten eigentlich genug Referenz besitzen, um glaubhaft zu wirken, sodass man den Fall relativ schnell abschließen wird.«

»Das denke ich auch«, pflichtete er mir bei. Ich beobachtete seine Silhouette.

»Wie lange kennen Sie Alexander schon?« Er lächelte.

»Schon seit seiner Geburt, Miss Cooper. Mir ist bewusst, dass er kein unproblematischer Mensch ist, aber wenn ich mir eine Äußerung erlauben darf, Miss Cooper ...« Er nahm über den Rückspiegel Blickkontakt mit mir auf. »Er liebt Sie, Madam, wie sonst keine.« Larrys Behauptung katapultierte mich in schwindelerregende Höhen. Ich sah ihm unverblümt ins Gesicht.

»Woher wissen Sie das?« Mein Mund verzog sich zu einem zaghaften Lächeln.

»Ein Butler und Chauffeur weiß über die Gefühle seines Herrn Bescheid, kennt alle Facetten und Vorlieben sowie auch die Schattenseiten«, bemerkte er geheimnisvoll.

»Bitte erzählen Sie mehr von ihm«, bat ich ihn. Larry war sehr gesprächig und bestimmt hatte er die Erlaubnis von Alexander, mir alles über ihn zu berichten. *Bei Gelegenheit werde ich ihn fragen, warum er mich anfangs so abgelehnt hat.*

»Alexander war immer wie ein leiblicher Sohn für mich. Ich habe keine eigenen Kinder, müssen Sie wissen, ich bin auch nicht verheiratet. Nach meiner Ausbildung zum Butler habe ich mich der Familie Anderson verschrieben.«

»Arbeiten Sie auch für seinen Vater und für Jeremy?«, fragte ich neugierig.

»Nein, nicht mehr. Als Alexander sein Studium abgeschlossen und an der Wallstreet zu arbeiten begonnen hat, holte er mich höchstpersönlich nach New York. Er bot mir ein Gehalt, das ich nicht abschlagen konnte. Also kündigte ich der Familie Anderson und trat den Dienst bei Alexander an. Er besuchte London und vor allem sein Schloss auf Kent immer wieder, bis er vor etwa einem halben Jahr die Villa in Bedford Gardens erwarb. Als er vom Vorstand zum Chairman der *Londoner Stock Exchange* gewählt wurde, zog er wieder hierher.« Ich erinnerte mich daran, dass Larry das Flugzeug gesteuert hatte, als Jeremy und ich den Tandemsprung unternommen hatten. Doch mir brannte gegenwärtig eine andere Frage auf der Zunge.

»War seine Kindheit wirklich von Gewalt dominiert?« Larry nickte verbittert. Im Rückspiegel konnte ich seinen vergrämten Gesichtsausdruck erkennen.

»Ja, Madam. Sein Vater Clark Anderson wandte sehr konservative und anarchistische Erziehungsmethoden an. Er schlug ihn, um nicht zu sagen, er verdrosch ihn regelrecht, prügelte ihn windelweich, wenn Sie wissen, was ich meine. Nicht etwa mit der flachen Hand. Nein. Mit dem Gürtel oder der Pferdepeitsche. Je nach dem, was ihm gerade in die Hände fiel«, gab er mir bereitwillig Auskunft. *Schrecklich, unter diesen Umständen hätte sich kein Kind normal entwickeln können.*

»Und seine Mutter?«, fragte ich ungläubig nach.

»Eine kluge Frau, aber noch vom alten englischen Adel. So nach dem Motto: *Was der Herr im Haus entscheidet, das gilt.*« Ich rollte meine Augen.

»Was hat es mit dem Jagdunfall auf sich?«, wollte ich nun wissen.

»Sie meinen die Schussverletzung, die Alexander seinem Vater angeblich zugefügt haben soll?«, machte er eine sarkastische Bemerkung.

»Wie? Stimmt das etwa nicht?«, wurde ich nun hellhörig.

»Alexander war durch die Umstände, die sich im Elternhaus der Andersons abgespielt hatten, kurzfristig gesellschaftlich abgerutscht, wenn Sie wissen, was ich meine.« Ich kniff die Augen zusammen.

»Das müssen Sie mir näher erklären«, forderte ich ihn auf.

»Nun ja, er trieb sich auf Partys herum, trank viel zu viel Alkohol und konsumierte Drogen. In den feinen Kreisen der Jagdgesellschaft waren diese Dinge auch keine Fremdwörter. Er konnte sich am nächsten Tag an nichts mehr erinnern. Ich wage es, zu bezweifeln, dass er auf seinen Vater geschossen hat. Das würde so ganz und gar nicht zu Alexander passen. Aber die Wahrheit wird wohl nie ans Licht kommen. Meines Erachtens schob man Alexander die Schuld in die Schuhe. Beweise dafür gab es keine. Es gab auch keine Gerichtsverhandlung, nicht mal eine Anzeige. Merkwürdig, finden Sie nicht auch? Aber diese Frage kann Ihnen nur einer beantworten: Clark

Anderson selbst«, bemerkte er enttäuscht. Eine Sache brannte mir noch unter den Nägeln.

»Larry?«

»Ja, Madam?«

»Sie sagten doch, sie würden nur mehr für Alexander arbeiten.« Er beobachtete mich wieder über den Rückspiegel.

»Das ist schon richtig, Madam. Sie machen eine Anspielung auf den Tag, an dem ich Sie und Jeremy mit dem Privatjet aufs Land gebracht habe, sodass Sie beide über Kent abspringen konnten.« Ich sah ihm in die Augen.

»Ja, und danach fuhren Sie uns mit der Limousine in mein Stadthaus nach London.« Er lächelte.

»Das hatte Alexander so eingefädelt. Ich sollte Jeremy durch einen Vorwand von Ihnen weglocken. Außerdem könnte sowieso keiner außer mir den Jet fliegen«, führte er weiter aus. »Es sollte wohl an diesem Abend zwischen Ihnen beiden zu keiner Intimität mehr kommen. Also wurde ich von Alexander beauftragt, Jeremy anzurufen, um ihm klarzumachen, dass sein Bruder in die Blackford-Affäre verwickelt sei und an die besagte Akte herankommen wolle, allenfalls Alexander vorhätte, ihn in aller Öffentlichkeit zu denunzieren. Er wolle der Presse einen Wink geben, die wiederum darüber hätte spekulieren können, warum Jeremy den Mädchennamen seiner Mutter angenommen hatte. Und glauben Sie mir Elena, Jeremy hat vor nichts mehr Angst, als dass jemand seinen Ruf ruinieren könnte und er als Präsident des Obersten Gerichtshofs ins schiefe Licht gerückt werden könnte. Wohlgemerkt, das war ein Bluff. Alexander hatte kein ernsthaftes Interesse daran, dass die ganze Familie von der Presse durch den Kakao gezogen werden würde, aber es erzielte eine Wirkung. Jeremy ging auf den Deal ein und besorgte die zwiespältige Akte, um ihr Beweismaterial zu entziehen. In weiterer Folge hätte er sie an Alexander übergeben sollen. Es ging einzig und allein darum, die Sache von Tisch zu wissen, denn Alexander hatte mit der Misshandlung und der Vergewaltigung des Opfers rein gar nichts zu tun gehabt. Aber nur seine Anwesenheit auf der Party und die Organisation derer hätten Alexander in der Öffentlichkeit in den Schmutz ziehen können und Jeremy letztendlich auch, denn Sexaffären, egal welcher Art, sind immer ein gefundenes Fressen für die Presse. Und den Rest der Geschichte kennen Sie ja mittlerweile.« Ich seufzte.

»Oh ja, Larry.« Inzwischen hatten wir vor dem Eingangsbereich des Krankenhauses angehalten und Larry parkte verbotenerweise auf dem Platz der Ambulanz.

»Bevor Sie zu Jeremy gehen, Madam, erlauben Sie mir noch eine Bemerkung?«, fragte er vorsichtig.

»Natürlich!«

»Da Sie alle drei im Rampenlicht der Öffentlichkeit stehen, würde ich vorschlagen, Sie halten erst mal Abstand zu Alexander, bis sich die Lage etwas beruhigt hat. Nur für den Fall der Fälle, wenn Sie wissen, was ich meine. Glauben Sie mir, es ist besser so.« Das ging mir zwar gewaltig gegen den Strich, aber Larry hatte recht.

»Ich verstehe schon. Erlauben Sie mir auch noch eine Frage?« Interessiert beugte ich mich zu ihm vor.

»Jede, Madam.«

»Warum waren Sie anfangs so abweisend zu mir?« Eingehend inspizierte ich ihn.

»Miss Cooper, seien Sie versichert, es hatte nichts mit Ihnen persönlich zu tun! Ich fand die Idee von Alexander, Sie zu erobern, um Sie seinem Bruder auszuspannen, nicht besonders klug und auch moralisch gesehen sehr fragwürdig. Das habe ich ihm mehrmals gesagt. Aber jetzt, wo Sie sich entschieden haben, ihn zu heiraten …« Ein wohlgesinntes Lächeln breitete sich auf seinem Gesicht aus.

»Ihnen entgeht aber auch gar nichts«, machte ich eine kecke Bemerkung.

»Ich sagte doch, ein Butler weiß alles!« Seine Äußerung zauberte ein Lächeln auf meine Lippen. Mit diesen Worten verabschiedete er sich und ich stieg aus.

Das *London Bridge Hospital* war ein Privatkrankenhaus. Der riesige Komplex thronte an der Tooley Street nahe der Themse. Der Eingangsbereich war überdacht, wurde von vier Säulen getragen und dezent beleuchtet. Das Backsteingebäude war mit moderner Architektur kombiniert worden. Ich betrat die Eingangshalle und steuerte zielstrebig auf die Empfangsdame zu. Sie reckte ihr Kinn, als sie mich sah und lächelte mir, wenn auch sehr gekünstelt, entgegen.

»Was kann ich für Sie tun?«, fragte sie freundlich. Ich war etwas nervös, die Verletzung, die Jeremy davongetragen hatte, war nicht gerade alltäglich.

»Ich möchte gerne zu Jeremy White.« Sie rückte ihre Brille auf der Nase zurecht und inspizierte mich eingehend.

»Wer sind Sie, wenn ich fragen darf?« Ich räusperte mich.

»Elena Cooper von der Staatsanwaltschaft«

»Oh!« Sie warf einen Blick in ihren Computer. Wenig später sah sie auf. »Er befindet sich noch immer im OP. Sie können gerne warten. An mir links vorbei zum Lift, in das erste Untergeschoss und dann rechts halten. Ich werde Sie dem behandelnden Arzt ankündigen. Er wird sie dann empfangen.«

»Danke sehr.« Meine Handtasche fest unter den Arm geklemmt, als hätte man sie mir auf den Weg nach unten entwenden können, steuerte ich schnellen Schrittes den Fahrstuhl an. Nervös drückte ich den Knopf, die Lifttüren öffneten sich sogleich und ich stieg ein. Fieberhaft betätigte ich den Knopf und ließ mich ins erste Untergeschoss bringen. Kaum dass sich der Fahrstuhl geöffnet hatte, zwängte ich mich schon durch den schmalen Spalt und lief den von Neonlicht erfüllten Gang entlang. Auf den gelben Besucherstühlen nahm ich Platz und wartete. Es war ganz ruhig hier unten, nur das Werk einer Uhr durchbrach die Stille. Ich starrte auf das tickende Ungetüm, dessen Geräusch immer lauter zu werden schien. Dann auf das Karomuster der Fliesen, die symmetrisch angeordnet waren. Einen Autisten hätte das sofort dazu verleitet, sie zählen zu müssen. Ich wartete. Lange. Bis sich die OP-Tür öffnete und ein arrogant wirkender Arzt auf mich zukam. Misstrauisch sah er mich an. Das fehlte mir gerade noch, wenn der nun blöde Fragen stellen würde.

»Sind Sie verwandt?«, begann er augenblicklich mit seinem Verhör. Verstohlen betrachtete ich meinen Verlobungsring. Er folgte meinem Blick, unmittelbar danach verzog sich sein arrogantes Lächeln zu einem breiten Grinsen.

»Verstehe, Sie sind die Verlobte von Mr White.« Sein Name war jedem ein Begriff und jeder Zeitungsfritze wusste, dass er nicht verheiratet war. Jedoch hatte ich Pressefotografen auf dem einen oder anderen Empfang schon mal entgegengelächelt. Also würde ich als Verlobte durchgehen. Bei dem Gedanken wurde mir beinahe schwarz vor Augen. Ich nickte, stand auf, reichte ihm die Hand und stellte mich vor.

»Elena Cooper.« Für einen Augenblick dachte er scheinbar angestrengt nach, während er seine Augen zusammenkniff. Offenbar hatte ihn ein Geistesblitz übermannt oder er tat gerade so, als würde er mich erkennen, in Wahrheit hatte ihm die Aufnahmeschwester geflüstert, wer ich war. Mit einem Mal richtete sich sein Zeigefinger auf mich.

»Die berühmte Staatsanwältin! Nicht wahr?« Von diesem Moment an, benahm er sich, als wären wir die besten Freunde.

Das Misstrauen, die Arroganz schienen wie weggeblasen zu sein. Mit einem meinerseits gekünstelten Lächeln deutete ich ihm an, dass er recht hatte. Begeistert schüttelte er mir die Hand. »Innerhalb dieser Mauern, trifft man nicht alle Tage derartige Berühmtheiten, die im Rampenlicht stehen«, versuchte er, mir zu schmeicheln. *Kotzbrocke*n, dachte ich und grinste ihm unverblümt ins Gesicht. Mein Heiratswilliger in spe hatte gerade eine Stichwunde erlitten und mein Ehepartner in spe wartete weiß Gott wo auf mich. *Bringen Sie mich gefälligst zu* meinem Verlobte*n, Sie arroganter Gocke*l, hätte ich am liebsten zu ihm gesagt.

»Kann ich ihn sehen?«, fragte ich stattdessen mit einem verführerischen Wimpernaufschlag.

»Natürlich, er ist noch im Aufwachraum. Wenn Sie mir bitte folgen würden«, hechelte er. Ich trippelte neben ihm her.

»Wie ist die Operation verlaufen?«, fragte ich unsicher.

»Er hatte Glück. Eine Stichverletzung, die ziemlich tief ging, haarscharf an einer Darmperforation vorbei.« Ich sah ihn verwirrt an.

»Eine Darm-was?«

»Eine Darmperforation, so nennt man den Zustand, wenn sich der Darminhalt durch eine örtlich begrenzte Öffnung in den Bauchraum entleert«, erklärte er in seinem Fachjargon. Ich verzog augenblicklich den Mund. *Sehr appetitli*ch. Jetzt öffnete er die Tür zum Aufwachzimmer und ich trat ein. Der Raum war abgedunkelt. Ich zog einen Stuhl in die Nähe von Jeremys Bett. Die Tür fiel hinter mir leise ins Schloss. Er blinzelte mir entgegen.

»Elena, du bist hier?«, flüsterte er noch ziemlich schwach. Ich seufzte.

»Ja. Wie geht es dir?« Dabei beugte ich mich über sein Bett, um ihm ins Gesicht zu sehen.

»Habe mich schon besser gefühlt.« Er stöhnte.

»Hast du große Schmerzen?« Jetzt fasste ich nach seiner Hand, er erwiderte meine Geste und drückte sie zaghaft.

»Umbringen wird es mich schon nicht«, belächelte er seine Äußerung ironisch. »Obwohl, beinahe hätte es Alexander geschafft.« *Seltsam, es ist mir, als würde mich schlichtweg die Angriffslust packen.*

»Darf ich dich erinnern, dass *du* den Brieföffner zuerst in der Hand hattest?«, flüsterte ich kaum hörbar und sah mich um, ob nicht irgendwelche Kameras in der Nähe waren, die uns hätten abhören können. Seine Reaktion war mehr als nur sarkastisch.

»Im Unterschied zu ihm hätte ich aber nicht zugestochen und ihn übel verletzt, so wie er es bei mir getan hat.« *Das kann jetzt nicht wahr sein.*

»Soso! Und was hättest du dann gemacht? Ihn vielleicht ein wenig gekitzelt, oder was?«

»Das ändert aber nichts an der Tatsache, dass er zuerst zugestochen hat.«

»Ja, weil er dir überlegen war, dir das Ding wegnehmen wollte und im Handgemenge ist es dann passiert. Der Brieföffner kam überhaupt erst durch dich ins Spiel. Du hast ihn zur Waffe gemacht, nicht Alexander «, ergriff ich Partei.

»Elena, er hat dich blind gemacht. Du kannst nicht mehr klar denken. Du siehst in ihm deinen Traummann, doch das ist er nicht. Alexander ist unberechenbar, ihm ist jedes Mittel recht, um dich zurückzugewinnen. Er ist psychisch krank, verstehst du das denn nicht? Er hat eine Persönlichkeitsstörung. Das muss doch irgendwann in deinen hübschen Kopf hineingehen«, stöhnte er vor Schmerzen und wahrscheinlich auch darüber, dass er nicht im Stande war, mich davon zu überzeugen, dass Alexander nicht gut für mich war.

»Er hat *keine* Persönlichkeitsstörung«, stellte ich ruhig fest. Jeremy schüttelte den Kopf, tat damit seinen Unmut kund.

»Wie nennst du seine speziellen Sexualvorlieben dann? Fällt das vielleicht unter die Kategorie *Blümchensex*?«

»Jeremy, ich bin nicht gekommen, um mit dir über die Sexualpraktiken deines Bruders zu sprechen«, machte ich ihm unmissverständlich klar. Er ergriff meine Hand, sah mir eindringlich in die Augen.

»Elena, jetzt hör mir gut zu! Entweder du hältst dich von ihm fern oder ich bringe seine Tat zur Anzeige. Du hast die Wahl.« Sofort weiteten sich meine Augen und mein Mund blieb mir halb offen stehen. In dieser Sekunde dachte ich, mein Herz würde den Dienst versagen. *Erpresst er mich etwa? Glaubt er, ich würde mich für ihn entscheiden, wenn ich Alexander nicht haben darf?* Ich war sprachlos. Er verlangte von mir Unmögliches. Ich konnte mich nicht von Alexander fernhalten. Respektive wollte ich es auch nicht. Erzürnt riss ich mich los. Ich hatte eine Mordswut im Bauch. *Das kann er nicht tun! Das kann er mit Alexander und mir einfach nicht machen!*

»Deine Drohung basiert auf keiner Grundlage. Es war Notwehr und es ist unbestritten, dass du den Brieföffner zuerst in der Hand gehalten hast, also sieh dich vor, Jeremy!«

Er zog seinen Mundwinkel einseitig nach oben und meinte: »Das muss mir erst mal einer beweisen.« Wutentbrannt stand ich auf, trat aus dem Aufwachraum und ließ die Tür hinter mir ins Schloss fallen, ohne zurückzublicken. So schnell mich meine Beine tragen konnten, lief ich den Gang entlang. Ich befand mich in einem eindeutigen Ausnahmezustand. *Nichts wie weg hier,* dachte ich und nahm die Treppe nach oben. Ich war völlig am Boden zerstört, fühlte mich plötzlich ohnmächtig. Kam mir innerlich blockiert vor. Die Tränen liefen unaufhaltsam über mein Gesicht. Ich konnte so gut wie nichts mehr sehen.

Auf dem Weg nach oben stolperte ich und schrie hysterisch auf, in weiterer Folge erreichte ich den Ausgang. Zum Glück hatte die Aufnahmeschwester gerade ihr Büro verlassen und konnte nicht sehen, in welch schrecklichem Zustand ich mich befand. Ich stürzte auf die Straße hinaus, lief weiter, wohin, wusste ich nicht. *In welche aussichtslose Situation habe ich mich hier bloß gebracht?* Den einen, den ich haben wollte, konnte ich nicht haben, weil ihm sonst Schaden zugefügt werden würde, der andere, der mich wollte, den wollte ich nicht, weil ich ihn nicht lieben könnte.

Ich lief hinunter zur Themse, wischte mir die Tränen aus dem Gesicht und putzte mir die Nase. Noch immer wanderte ich ziellos umher. Es war bereits sehr spät geworden. Mein Weg führte mich entlang des Südufers Richtung Queen's Walk. Die London Bridge wirkte unter der roten Beleuchtung spektakulärer als am Tag. Ich überlegte. *Soll ich Alexander anrufen? Nein!* Auf keinen Fall wollte ich ihn in Gefahr bringen.

Als ich auf dem Queen's Walk unterwegs zur Millenium Bridge war und auf eine Parkbank zusteuern wollte, sah ich Larry auf einer davon sitzen. Ich war erstaunt. *Was macht er hier?* Sofort bemerkte er mein verweintes Gesicht, als ich näher kam.

»Jeremy setzt Ihnen zu, nicht wahr?« Er hatte den Nagel auf den Kopf getroffen, hatte ihn richtig eingeschätzt. *Klar, er kennt ihn seit seiner Kindheit, Larry würde jede seiner Handlungen sofort durchschauen.* Stillschweigend setzte ich mich neben ihn.

»Er erpresst mich. Ich soll mich von Alexander fernhalten, andernfalls würde er ihn anzeigen.« Larrys Miene verfinsterte sich.

»So ein Mistkerl!«, entschlüpfte es ihm. »Verzeihen Sie, Miss Cooper«, entschuldigte er sich für sein scheinbar frevelhaftes Verhalten. Selbst in einer so hoffnungslosen Situation würde

Larry noch einen Ausweg finden, dessen war ich mir sicher. Ich würde mich an jede sich bietende Chance klammern. »Ich werde Ihnen helfen. Ihnen und Alexander. Sie haben keine derartige Behandlung verdient.« Er klang ziemlich überzeugt und ich musste ehrlich zugeben, er machte mir wieder Mut. Nur war mir nicht ganz klar, wie er das anstellen wollte. »Kommen Sie, ich bringe Sie jetzt nach Hause«, beschloss er, meinem Martyrium vorerst ein Ende zu setzen, und wir standen auf, um wieder zurück zum Wagen zu gehen. Larry war meinem Vater sehr ähnlich. Er würde mich auch niemals im Stich lassen. Alexander konnte sich glücklich schätzen, einen Butler wie ihn zu haben. Bestimmt würde es uns gelingen, Jeremy zur Vernunft zu bringen. Jetzt hatte ich wieder Hoffnung.

Gemeinsam gingen wir zum Wagen, ich stieg ein und ließ mich nach Hyde Park Gate bringen. Larry beobachtete mich über den Rückspiegel und ich nahm Blickkontakt zu ihm auf.

»Wo wohnen Sie eigentlich, Larry?«, fragte ich geradewegs heraus. Er lächelte.

»Machen Sie sich keine Sorgen um Alexander, ich passe schon auf ihn auf. Ich bewohne das Gärtnerhaus von Seeds Castle und in Bedford Gardens habe ich eine Dreizimmerwohnung, kümmere mich sozusagen um beide Liegenschaften.« Das beruhigte mich. Nach Mitternacht landete ich vor meinem viktorianischen Haus. »Lassen Sie Gras über die Sache wachsen. Es wäre im Moment nicht empfehlenswert, Alexander zu treffen, das würde nur wieder neuerlichen Hass bei seinem Bruder entfachen. Meiden Sie den Kontakt zu beiden. Machen Sie sich rar. Sie werden sehen, es renkt sich alles wieder ein«, gab er mir einen beispielhaften Rat.

Vertrauensvoll lächelte er mir zu. Wir verständigten uns nur über Augenkontakt, dann stieg ich aus. Die Limousine setzte ihren Weg fort. Nach Bedford Gardens. Zu Alexander. Wenn ich daran dachte, wurde mir mein Herz schwer. Widerwillig trat ich in den Vorgarten, als ich ein Päckchen auf der Treppe liegen sah. Wehmütig nahm ich es an mich, drückte es an meine Brust, es war sicher das Geschenk für Alexander.

*Wer einmal das Außergewöhnliche erfahren hat,
kann sich nicht mehr an die Normen
des Durchschnitts binden.*

(Richard Bach)

SEHNSUCHT BRENNT LÖCHER IN DEINE SEELE

Die darauffolgenden Tage waren ein einziges Martyrium für mich. Anstatt mit Alexander romantische Abende und heiße Nächte zu verbringen, saß ich tagein, tagaus im *Central Criminal Court* und vergrub mich in meiner Arbeit. Alexander ging es sicher genauso. Oder vielleicht doch nicht? Seit drei Tagen hatte er sich schon nicht mehr gemeldet. Das war ungewöhnlich für ihn. Ich hatte mich noch nie so elend wie zu diesem Zeitpunkt gefühlt. Tabitha hatte sich einige Tage freigenommen, sie hatte zig Überstunden und war daher mit Michael nach Cornwall gefahren. Wie ich sie darum beneidete. Kaum dass ich den Gedanken zu Ende gedacht hatte, erhielt ich eine SMS. Ich öffnete die Nachricht und las.

Liebe Elena! Bin bereits entlassen worden. Ich würde dich gerne sehen. Können wir uns treffen? Vielleicht bei mir? Jeremy.

Ich dachte an Larrys Rat und löschte die Nachricht. Er glaubte doch nicht allen Ernstes, ich würde mich nach seinem Verhalten, das er mir gegenüber an den Tag gelegt hatte, mit ihm treffen wollen? Schnell verscheuchte ich den Gedanken an Jeremy, ich hatte kein Interesse mehr an ihm, weder als Freund noch an der Tatsache, dass er Alexanders Zwillingsbruder war. Er hatte mich zutiefst beleidigt.

Ich widmete mich wieder meinen Akten. Später würde ich noch die Post sichten. In ein paar Tagen hätte ich die nächste Verhandlung, dazu musste ich einen klaren Kopf haben. Ich nahm mir einen Fall nach dem anderen vor, um ihn zu prüfen und Entscheidungen zu treffen. Als ich meine E-Mails auch noch abgearbeitet hatte, holte ich mir die Post aus Tabithas Schreibstube.

Inmitten von Poststücken fiel mir ein großes weißes Kuvert auf. Es war an mich persönlich und als Eilpost adressiert. Neugierig wendete ich es, um den Absender zu ergründen. Das Feld war leer. Kein Absender. *Merkwürdig. Im Normalfall würde solch ein Brief nicht an die Staatsanwaltschaft weitergeleitet werden.* Genauso gut könnte sich eine Briefbombe darin befinden. Vorsichtig tastete ich den Umschlag ab, er schien nur ein Blatt Papier zu enthalten, fühlte sich ganz flach an. Auf dem Weg in mein Büro begutachtete ich die Schrift, mit der mein Name geschrieben worden war. Ich erkannte sie nicht. Auf meinem Schreibtisch lag kein Brieföffner mehr, denn den hatte die Polizei als Beweismittel sichergestellt. Normalerweise kam die Post immer schon im geöffneten Zustand zu mir hoch, außer sie war persönlich an mich adressiert. Doch auch dann bereitete Tabitha sie vor und legte sie mir danach in mein Postfach.

Fein säuberlich schlitzte ich den Briefumschlag mit einem Lineal auf und inspizierte den Inhalt. Es schien ein Foto zu sein. *Ein Beweisfoto? Zum Zwecke der Beweisführung vor Gericht?* Vorsichtig zog ich es heraus. Beim Betrachten des Bildes versetzte es mir einen Stich. Mein Herz schlug schneller. *Das darf doch nicht wahr sein. Alexander?* Eingehend betrachtete ich das Foto. Es zeigte Alexander in eindeutiger Pose mit einer Blondine und diese war ohne jeden Zweifel nicht ich. Ich war am Boden zerstört. *Das ist also der Grund, warum sich Alexander die letzten Tage nicht mehr bei mir gemeldet hat.* Seit dem Unglück mit Jeremy hatte er es tunlichst vermieden, mit mir persönlich in Kontakt zu treten. *Er hat sich also schnell getröstet.* Ich legte das Foto auf die Schreibtischplatte, sah es noch lange an. In meinem Kopf war gähnende Leere.

Seine Liebesbezeugungen waren also alle schlichtweg gelogen gewesen. Gekränkt musterte ich meinen Verlobungsring. Ich war den Tränen nahe. Aus purer Verzweiflung riss ich mir den Ring vom Finger und schleuderte ihn mit einer enormen Wucht zu Boden, sodass er vor meiner Bürotür zum Erliegen kam. Dann brach ich über dem Tisch zusammen und schluchzte, ließ meinen Tränen freien Lauf.

»Ich hasse dich, Alexander!« Tausend Gedanken kreisten durch meinen Kopf. *Warum hat er das getan? Warum demütigt er mich so sehr? War er zu feige, um zu mir zu stehen? So schnell hat er sich also damit abgefunden, dass das Fortführen unsere Beziehung zu anstrengend sei.* Natürlich! Alexanders Trieb war größer als die Liebe zu mir und somit auch die sexuelle Enthaltsamkeit, der er nun zweifelsohne ausgeliefert wäre, wenn er mich nicht sehen durfte.

Abermals betrachtete ich das Foto, wendete es. In lateinischer Schrift standen folgende Worte auf der Rückseite: *Siehst du, wie schnell sich Alexander mit einer anderen getröstet hat?* Jeremy. Er war also der Überbringer von dieser überaus niederschmetternden Botschaft. *Mich zu demütigen, muss also auch Jeremy ein besonderes Vergnügen bereite*n, dachte ich zermürbt. Ich schob das Foto zur Seite. An die Arbeit war jetzt nicht mehr zu denken. Dazu hatte ich keinen Nerv mehr. *Mit wem soll ich jetzt bloß darüber reden?* Tabitha war nicht da und auf keinen Fall würde ich sie in Cornwall anrufen wollen. Ich musste hier weg. Ich beschloss, nach Hause zu fahren.

Als ich im Begriff war, meinen Computer herunterzufahren, ging in meiner Mailbox eine Nachricht ein. Sollte ich sie noch anklicken? Ich tat es und ich bereute es zutiefst.

*alexander.anderson@londonstockexchange.u*k.

Er hatte keinen Betreff geschrieben. Mein Herz klopfte mir bis zum Hals. In mir tobte ein Sturm und ich war mir nicht sicher, ob ich dagegen ankämpfen sollte oder nicht. In Gedanken ließ ich unsere gemeinsame Zeit Revue passieren. Ich dachte an die vielen schönen Stunden, die wir gemeinsam verbracht hatten. Meine Gefühlswelt war in diesem Augenblick vollkommen zerrüttet. Wenn ich meine Augen geschlossen hielt, konnte ich seinen Duft riechen, erinnerte mich an die Rosen, die er mir zu Füßen gelegt hatte, die Dornen, die sich in seinen Rücken gebohrt hatten, seine zärtlichen Küsse, die mich jedes Mal in Ekstase brachten, sein Lächeln, das ich so sehr an ihm liebte, seine zärtlichen Hände, die mich liebevoll berührten, und seine samtweichen Lippen, die mich überall küssten, wie es noch nie ein Mann getan hatte. Mein Blut pulsierte in meinen Adern, meine Hand zitterte, als ich mit dem Cursor auf die Zeile klickte, um die Nachricht zu öffnen. Ich schluckte. Wollte zunächst nicht lesen, was in darin stand. Trotzdem folgte ich seinen Worten, arbeitete mich langsam voran.

Liebste Ella, deine Liebe brachte mich weiter, weiter als ich jemals zu glauben wagte. Du hast mich stark gemacht und ich weiß, ich klammere mich viel zu sehr an dich. Doch wenn du nicht zu mir gehören kannst, hat mein Leben keinen Sinn mehr. Ella, ich halte diese Ungewissheit nicht mehr länger aus. Es würde mich umbringen, wenn es vorbei wäre.

Dein dich liebender Alexander.

Seine Worte zerrissen mich innerlich. Mein Herz sehnte sich nach ihm. Ich wollte ihn sehen. Ihn spüren. Mich an seine samtweiche Haut schmiegen, in seinen Armen sein. Doch er hatte mir so sehr wehgetan. Ich verstand überhaupt nicht, warum er mir noch schrieb. Er hatte sich doch bereits mit einer anderen getröstet, auch wenn sie in seinen Augen vermutlich nu*r sein Werkzeu*g gewesen war, mit dem er seine Spielchen hatte treiben können. Auch wenn es nur eine reine

Sexbeziehung wäre, wie es die anderen alle gewesen waren, schmerzte es mich sehr. Das müsste er eigentlich wissen. Oder dachte er, er könnte das geheim halten?

Kränkung und Wut tauschten abwechselnd ihre Rollen. Ich befand mich in einem Wechselbad der Gefühle. Wir waren doch hier mitten in Europa und nicht im hintersten Orient, wo er sich einen Harem halten konnte. *Ich als seine Hauptfrau und die anderen die Nebenfrauen, oder wie? Nicht mit mir, Alexander. So funktioniert eine Beziehung nicht.* Da hatte ich ganz andere Vorstellungen. Bestimmt würde ich ihm nicht zurückschreiben. Ich würde überhaupt nie wieder irgendeinem zurückschreiben, weder ihm noch Jeremy. Unwiderruflich löschte ich die Nachricht und schaltete den Computer aus. Das Foto nahm ich an mich und steckte es in das Innenfutter meiner Handtasche. Ich würde es zu Hause im Kamin verbrennen. Rasch griff ich nach meinem Mantel und schlüpfte hinein.

Auf dem Weg nach draußen stieß ich auf den Ring, den ich vor Wut auf den Boden geworfen hatte. Ich hob ihn auf und steckte ihn ebenfalls in meine Tasche. Rasch zog ich die Tür hinter mir zu, schloss ab und lief die Treppe bis zum Portal hinab. Mein Wagen stand direkt vor der Tür. Wie hypnotisiert stieg ich ein und lenkte ihn durch den Londoner Verkehr, bis ich in Hyde Park Gate ankam. Kaum dass ich ausgestiegen war und mein Gartentor öffnete, bekam ich eine SMS. Als ich die Schwelle übertrat, warf ich einen Blick auf das Display. Es war eine Nachricht von Alexander. *Das kann doch nicht wahr sein! Was will er noch von mir?* Ich nahm den Schlüssel aus dem Safe und öffnete die Tür. Jetzt lehnte ich mich von innen dagegen und las.

Liebste Ella, ich verstehe, dass wir uns in Geduld üben müssen, aber warum hältst du mich so auf Distanz, warum meldest du dich nicht, reagierst nicht auf meine Nachrichten? Es ist grausam für mich, von dir so lange getrennt zu sein. Nachts kann ich nicht mehr schlafen, verspüre kein Hungergefühl, nur Schmerz. Was hast du bloß mit mir gemacht, Ella? Ich fühle mich, als ob man mir eine Kugel nach der anderen in den Körper jagen würde und ich dabei langsam zugrunde gehe. Ich liebe dich! Dein Alexander.

Ich verstand die Welt nicht mehr. Ich verstand Alexanders nachdrückliches Verlangen nicht. *Was geht nur in ihm vor? Er kann doch nicht ernsthaft glauben, ich würde ihn mit einer anderen teilen?* Vielleicht war das in diesen Kreisen so üblich, doch ich war für so etwas nicht gemacht. Das konnte ich einfach nicht. Wenn ich liebte, dann durfte es nur uns geben, es durfte neben mir keine andere Frau existieren. Das könnte ich niemals akzeptieren. Auf keinen Fall würde ich ihm antworten. Nein. Was er getan hatte, war unverzeihlich, auch wenn ich ihn noch so sehr liebte. *Liebe ist vergänglich*, hatte Shakespeare einmal gesagt. Also würde ich warten, bis auch mich dieses Gefühl irgendwann verließ.

***

In dieser Nacht hatte ich kein Auge zugetan. Hatte mich von einer Seite auf die andere gedreht und dennoch keinen Schlaf gefunden. Wie gerädert stand ich auf, wankte ins Bad und blickte in den Spiegel. Ich sah zerstört aus, fand ich. Gestern hatte ich mich nicht mal abgeschminkt, dieser Umstand rächte sich nun an meinem Äußeren. Heute musste ich zum Glück nicht ins Büro. *In diesem Zustand könnte ich gar nicht arbeiten. Unmöglich.* Um mir Durchblick zu verschaffen, wusch ich mir mein Gesicht und trocknete es ab.

Wenig später war ich bereits in meiner Küche und ließ mir einen Espresso raus. Wenn es eins gab, das mich von den Toten auferstehen ließ, dann war es ein Irish Coffee. Ich kippte einen Schuss Whisky in die Tasse und rührte mit einem Löffel um. Unmittelbar darauf nahm ich einen Schluck. Es brannte in meiner Kehle, wärmte aber meinen Magen ungemein und somit auch mein Gemüt. Wie ferngesteuert bereitete ich Melodys Futter zu und stellte es auf ihren angestammten Platz. Unerwartet läutete es an der Haustür. Mein Blick schweifte zum Fenster, ich konnte niemanden entdecken, also entschloss ich mich, nachzusehen. Rasch entledigte ich mich meines Negligés und zog mir ein Jerseykleid über. Anschließend ging ich zur Tür und öffnete.

Niemand stand draußen. Ich sah mich um. Keiner zu sehen. Am Türknauf hing nur eine Papiertüte mit rätselhaftem Inhalt. Vorsichtig warf ich einen Blick hinein. Zwei Croissant der *Primerose Bakery*, eine in Cellophan verpackte rote Rose und ein Brief lagen darin. Der Absender konnte nur einer sein: Alexander. Und ich sollte recht behalten, als ich den Brief öffnete, stand in wunderschön geschwungener Schrift geschrieben:

Liebe Ella! Ich vermisse dich jeden Tag mehr. Du meldest dich nicht bei mir. Warum? Ich habe Jeremy heute Morgen an deinem Haus stehen sehen, während ich in meinem Wagen saß. Keine Sorge, er kennt weder mein Auto noch meine Adresse. Ich habe ihn beobachtet, er machte aber keine Anstalten, bei dir zu läuten. Die Rose symbolisiert meine immerwährende Liebe zu dir. Ich werde nie aufhören, dich zu lieben, selbst wenn ich tot wäre. Die Croissants sind für dich, du liebst sie doch so sehr. Nicht wahr? Ich bringe im Augenblick keinen Bissen hinunter. Ich hoffe, dass dich meine Worte umstimmen, denn ich weiß nicht mehr, wie ich ohne dich leben soll, Ella! Ich war nahe dran, vor der Tür stehen zu bleiben, nachdem ich heute bei dir geklingelt habe, doch dann war ich mir nicht sicher, ob du mich überhaupt treffen willst. Wenn ich dich nicht mehr sehen dürfte, würde ich daran zerbrechen, aber ich hoffe jeden Tag, dass deine Sehnsucht nach mir niemals aufhört, du wieder in meinen Armen liegst und mich berührst, mich liebst, mit jeder Faser deines Herzens und deines Körpers, so wie du es immer getan hast. Dein dich liebender Alexander.

Langsam ließ ich meine Hand sinken, der Brief fiel zu Boden. Ich zitterte am ganzen Körper. Er hatte noch immer so viel Macht über mich. Seine Worte brachten meinen Körper zum Erbeben, meine Seele ins Wanken. Meine Kehle fühlte sich wie zugeschnürt an. So konnte es nicht weitergehen. Langsam würde ich daran zugrunde gehen. Er würde mich mit seiner ständigen Bedrängnis ruinieren. Das musste aufhören. Ich sah mich nochmals um, doch ich konnte weder seine Limousine noch ihn irgendwo entdecken, dann fasste ich einen Entschluss. Hob den Brief auf, bevor ihn der Wind erfassen konnte, nahm die Papiertüte samt Inhalt mit ins Haus und stellte sie im Vorraum ab. Barfuß lief ich ins Wohnzimmer, um mein Mobiltelefon, das auf dem Tisch lag, zu greifen, setzte mich auf den Barhocker und nahm einen Schluck Irish Coffee. Ich verfasste eine SMS.

Alexander, bitte hör auf, mich ständig zu stalken! Es hat keinen Sinn, ich werde nicht mehr zu dir zurückkehren.

Bei jedem dieser Worte tat es einen Stich in meinem verletzten Herzen, die Tränen rannen mir still übers Gesicht. Ich bebte am ganzen Körper und schrieb weiter.

Werde glücklich mit deiner Party-Löwin.

Nun brach ich völlig zusammen und schluchzte vor mich hin. Meine Hand, in der ich das Mobiltelefon hielt, zitterte, die Tränen topften auf das Display. Ich wischte sie mir aus dem Gesicht. Irgendwie musste ich das zu Ende bringen.

Ich zähle nicht zu den Frauen, die ihren Mann mit anderen teilen. In naher Zukunft werde ich dir all deine Geschenke zurückschicken. Lebe wohl, Elena.

Lange starrte ich auf den Text, während sich meine Augen mit Tränen füllten. Widerwillig drückte ich auf *Sende*n und nun war es unabänderlich. So konnte ich nicht mehr weitermachen, ich musste wieder einen klaren Gedanken fassen, mich auf meine Arbeit konzentrieren und vor allem frei und wohlfühlen können. Nur wusste ich im Moment überhaupt nicht, inwiefern sich mein Seelenzustand in absehbarer Zeit würde verändern können. Kaum dass ich die Nachricht abgeschickt hatte, erhielt ich auch schon seine Antwort.

Ella, meine Ella, was ist bloß los mit dir? Kann ich dich anrufen? Wir müssen uns unterhalten!

Das hätte ich mir gleich denken können, so schnell ließ sich Alexander nicht abschütteln. Ich hatte keine Lust, mit ihm zu reden, was hätte ich denn schon großartig mit ihm zu besprechen? Wie oft und an welchen Tagen ich mich mit dieser widerlichen Blondine abwechseln sollte? Kränkung und Wut reichten sich bei mir gegenwärtig die Hände. Kurzerhand schrieb ich zurück.

Nein, wir können nicht reden! Und komm ja nicht auf die Idee, mich anzurufen!

Ich schluchzte noch immer vor mich hin. Abermals drückte ich auf *Sende*n und wartete. Wenig später klingelte das Telefon. Ich blieb eisern, hob nicht ab. Es läutete so lange, bis sich mein Anrufbeantworter einschaltete. Unmittelbar darauf eine kurze Pause, bis es wieder klingelte. Diese Tatsache, dass er nicht lockerlassen konnte, zermürbte mich. *Was hat er vor? Mich psychisch fertigzumachen? Ich muss ihm Grenzen setzen. Aber wie?* Es klingelte immer und immer wieder. *Das wird nie aufhöre*n, dachte ich, lief zum Telefon und hob ab.

»Alexander, hör mit diesem Terror auf oder ich zeige dich an!« Meine Stimme klang zittrig, sicher würde er mich nicht ernst nehmen. Es war ein Fehler gewesen, auf seine Anrufe zu reagieren.

»Ella, was ist bloß los mit dir? Warum willst du nichts mehr mit mir zu tun haben? Was habe ich dir getan? Es hat sich doch seit dem Unglück nichts verändert. Warum tust du mir das an?«, wollte er allen Ernstes von mir wissen, offensichtlich fand er sein Verhalten ganz normal.

»Warum ich dir *was* antue?«, fragte ich wutentbrannt. »Frag dich lieber selbst, was du *mir* antust! Glaubst du wirklich, ich würde dich mit einer anderen Frau teilen? Bist du jetzt völlig durchgeknallt?«, schrie ich ins Telefon. Zunächst hörte ich nichts von der anderen Leitung. Stille. Kurz darauf seinen Atem, der nun stoßweise ging. *Hat es ihm die Sprache verschlagen? Natürlich. Was soll er auf solch einen Vorwurf erwidern? Sich zu entschuldigen, hätte wohl kaum einen Sinn habt.* Doch dann meldete er sich zu Wort.

»Ella, was redest du denn da?« Seine Stimme klang völlig verzweifelt. Ich war davon irritiert. »Ich habe keine andere Frau! Ich sitze hier Tag und Nacht und verzehre mich nach dir. Schreibe dir und du antwortest nicht, bin bei deinem Haus und dann sehe ich Jeremy vor deiner Türe stehen. Ich kann an der Börse keinen klaren Gedanken fassen, weil ich ständig an dich denken muss, und dann kommst du und wirfst mir an den Kopf, ich hätte eine andere Frau? Wer soll das bitte sein?«, reagierte er völlig fassungslos. Ich schluckte.

»Woher soll ich denn das wissen?«, entgegnete ich fast schon hysterisch. »Ich habe nur euer Foto gesehen. Zufälligerweise hat sie sich nicht bei mir vorgestellt«, erwiderte ich in sarkastischem Tonfall.

»Was für ein Foto, verdammt noch mal?!« Beinahe hätte ich ihm geglaubt, so überzeugend wirkte er.

»Es ist in meiner Handtasche. Also Beweis genug und für dich somit kein Anlass, es abzustreiten«, ließ ich mich nicht von meiner Meinung abbringen.

»Du spielst mit mir, Ella. Es existiert kein Foto. Ich habe, seit ich dich kennengelernt habe, keine andere Frau auch nur angesehen, geschweige denn, mit ihr für ein Foto posiert. Hat dich mein Bruder zu solch einer Lüge gedrängt?« Ich verdrehte die Augen und stieß einen verzweifelten Laut aus.

»Nein, das Bild befindet sich tatsächlich in meinem Besitz«, machte ich ihm unmissverständlich klar.

»Woher hast du es?«, wollte er nun in Erfahrung bringen.

»Jeremy hat es mir geschickt.« Am anderen Ende hörte ich ein verächtliches Schnauben.

»Jeremy! Ihm wäre doch jedes Mittel recht, um uns beide auseinanderzubringen. Schick mir dieses Foto, ich will es sehen!«, forderte er mich auf.

»Kannst du gerne haben und ich bin schon gespannt, welche Erklärung du parat hast«, entgegnete ich schnippisch. Folglich unterbrach ich das Gespräch, legte auf, um die Fotografie aus meiner Handtasche zu holen. Angeekelt betrachtete ich die beiden. Alexander dürfte schon etwas angeheitert gewesen sein, aber das entschuldigte sein Verhalten in keiner Weise. Seine Begleitung schlang die Arme um ihn und präsentierte sich in einem viel zu engen Korsett sowie einem Minirock in Lack- und Lederoptik. Der Anblick widerte mich an und ich steckte das Foto in den Scanner, griff nach einem Taschentuch und putzte mir die Nase. Anschließend schickte ich es auf meine Mail-Adresse, um es an Alexander weiterzuleiten. Wenig später rief er mich abermals an und lieferte eine Erklärung, zumindest versuchte er es.

»Dieses Foto wurde kürzlich im Club *Aquarium* gemacht. Wir waren an diesem Abend beide da, Ella.« Mit solch einer Erklärung hatte ich nun nicht gerechnet. Kurz stockte ich, meine Tränen waren mit einem Mal versiegt.

»Wie? Ich war mit dir noch nie im *Aquarium*!«

»Doch, wir trafen uns alle bei einer Party. Du, Tabitha, Michael und ich.«

»Was soll dieser Schwachsinn? Ja, ich war mit Tabitha und ihrem Freund Michael dort, aber Michael hatte einen Freund namens Andrew dabei.« Augenblicklich verwirrte er mich noch, doch langsam bekam ich den Durchblick.

»Trug dieser Andrew eine Medico-Maske mit gebogenem Schnabel und mit Glas verdeckten Augenausschnitten?«, fragte er nun völlig beherrscht. In diesem Moment fiel es mir wie Schuppen von den Augen. Der gut aussehende Mann mit der angenehmen Stimme, die wie Jeremys geklungen hatte, war also Alexander gewesen?

»*D*u warst das damals?«, fragte ich erschrocken.

»Ja. Wir haben uns sehr lange unterhalten, du hast mir etwas über deine Kindheit in Limerick erzählt und ich dir über Kent. Wir haben einen Martini und eine Pina Colada getrunken und zusammen getanzt. Später habe ich dich mit dem Taxi nach Hause begleitet. Das Foto wurde bereits vor deinem Eintreffen geschossen, zu diesem Zeitpunkt hatten wir uns noch nicht gekannt«, erklärte er weiter. »Ich schwöre dir, Ella, ich habe diese Frau nachher nie wiedergesehen. Ich kenne nicht mal ihren Namen.« Gegenwärtig glaubte ich, verrückt zu werden. *Kann es sein, dass es eine plausible Erklärung für dieses zwielichtige Foto gibt?*

»Wieso warst du an diesem Abend dort und was hast du mit Tabitha und Michael zu tun?«, fragte ich nun und wartete gespannt auf eine Antwort.

»Michael ist Mitglied der *Stock Exchang*e, wir arbeiten zusammen, kennen uns von der Wallstreet, ich habe ihn damals an die Börse in London geholt, als ich den Vorsitz dort übernahm. Er und Tabitha kennen sich erst seit Kurzem. Es war reiner Zufall, dass wir aufeinandertreffen sollten. Als ich von Michael hörte, er würde seine Freundin Tabitha mitnehmen und diese wiederum ihre Freundin, die Staatsanwältin am

*Central Criminal Cour*t wäre, hatte er mir eine Fotografie von Tabitha gezeigt. Ich habe ihn gefragt, ob er wisse, wie dein Name sei. Er rief Tabitha kurzerhand an, sie bestätigte ihn und schickte ihm ein gemeinsames Foto mit dir. Sofort wusste ich, dass du die Frau gewesen sein musst, die ich auf Seeds Castle gesehen hatte. Zum Glück wurde an diesem Abend im Club eine Maskenparty veranstaltet, so konnte ich mein Gesicht vor dir verhüllen und musste mich nicht zu erkennen geben. Als ich dich zum zweiten Mal auf dieser Party getroffen habe und deine Augen in meine blickten, wusste ich, dass du die Frau meines Lebens bist. Ich habe mich beide Male unsterblich in dich verliebt, Ella. Das kann kein Zufall gewesen sein, dass wir uns zweimal über den Weg gelaufen sind. Das war Schicksal.« Ich fühlte mich, als hätte ich einen Dauerlauf hinter mich gebracht. Unsere Beziehung war eine ständige Berg- und Talfahrt und ich war diesen Höhen und Tiefen unwiderruflich und erbarmungslos ausgeliefert. Zu Beginn unseres Gesprächs hätte ich niemals so eine Wende erwartet. Alexander wartete geduldig ab. Ich seufzte tief.

»Alexander, ich brauche ein wenig Zeit, um nachzudenken, und ich muss diesen Schock mit dem Foto erst verdauen. Kannst du das verstehen?« Die Umstände hatten mich ermüdet.

»Ja, Ella, das kann ich gut verstehen. Ich habe nicht gerade die besten Karten. Doch du bist mein Ass und ich würde es niemals ausspielen, um es zu verlieren.«

»Das Leben meint es oft zu gut mit uns. Es lässt immer etwas zu wünschen übrig«, meinte ich ironisch.

***

Es war sehr wichtig, dass wir uns ausgesprochen hatten und ein Stück vorwärtsgekommen waren. Ich kam zu dem Entschluss, dass Schweigen nicht immer Gold war, sondern nur Gespräche uns letztendlich weiterbrachten. Mit diesem langen und ausführlichen Telefonat hatte ich Alexander etwas besser kennengelernt, hatte erfahren, wie er dachte und was er fühlte, und würde in Zukunft nicht mehr im Dunkeln tappen.

Nachdem ich die letzte Nacht kaum bis gar nicht geschlafen hatte, beschloss ich, früher ins Bett zu gehen. Nach einem entspannenden Bad würde ich mich in meine Bettlaken schmiegen und von Alexander träumen, diesmal aber nur schöne Dinge. Ich war bestrebt, meinen eigenen Gefühlen in Zukunft mehr zu vertrauen und nicht blindlings auf Äußerungen anderer Menschen zu hören. Egal, wie alt man war, man würde niemals auslernen, sondern sich immer weiterentwickeln.

Ich machte das Licht aus und schloss die Augen, als es unten an meiner Haustür läutete. *Wer kann das jetzt wohl noch sein? Ob Alexander sich kurzerhand dazu entschlossen hat, doch noch vorbeizukommen?* Rasch schlüpfte ich in meinen Morgenmantel und lief die Treppe hinab, dabei tastete ich nach dem Lichtschalter. Unten angekommen, öffnete ich die Tür und war ob des späten Besuchs verwundert, der draußen stand. Er zog seine Chauffeurmütze und begrüßte mich.

»Guten Abend, Miss Cooper. Verzeihen Sie bitte die späte Störung, aber ich habe hier etwas, das Sie sicher interessieren wird.« Er deutete auf einen Umschlag.

»Larry, bitte kommen Sie doch rein.« Er trat ein und ich schloss die Tür hinter ihm. »Darf ich Ihnen einen Kaffee anbieten?« Dabei geleitete ich ihn ins Wohnzimmer und bot ihm einen Platz auf meinem Sofa an.

»Sehr gern, Madam.« Also drückte ich auf den Knopf meiner Espressomaschine und eine dunkle Flüssigkeit mit herrlichem Duft nach Arabica-Bohnen lief in die darunter stehende Tasse. Dankend nahm er an und stellte sie vor sich auf den Tisch. »Sehr aufmerksam, Madam.«

Nun breitete er den Inhalt des Kuverts, das er mitgebracht

hatte, auf einem der Renaissance-Tischchen aus. Es handelte sich hierbei um mehrere Fotos. Sie waren alle im Club *Aquarium* aufgenommen worden. »Ich habe zufällig das Telefonat, das Sie mit Alexander geführt haben, mitbekommen. Nicht, dass Sie glauben, ich hätte gelauscht, das würde ich mir nie erlauben«, rechtfertigte er sein Handeln. Ich musste schmunzeln. Wie sonst würde er dann die Aussage *Ein Butler weiß über die geheimsten Wünsche seines Herrn Bescheid* erklären? Sorgfältig und nach einem gewissen Schema legte er mir ein Bild nach dem anderen vor. »Sehen Sie, Miss Cooper?« Er wendete die Fotografie. Es war das gleiche Foto, das mir Jeremy geschickt hatte, nur mit dem Unterschied, dass dieses hier ein Original war und auf der Rückseite Datum sowie Uhrzeit verzeichnet waren. Als das Foto aufgenommen worden war, war es halb zehn gewesen, also etwa eine halbe Stunde bevor Tabitha und ich eingetroffen waren. Auf den nächsten Bildern waren Alexander und ich zu sehen, dann folgten welche mit Tabitha und Michael. Als er die Fotos mit der Rückseite nach oben auf den Tisch legte, zeigten sie alle eine präzise Uhrzeit nach zehn an. Zuletzt gab es noch ein paar, worauf nur Alexander und ich abgebildet waren, sie waren durchweg nach drei Uhr aufgenommen worden. Das war der Zeitpunkt, an dem wir die Party geschlossen verlassen hatten und nach Hause gefahren waren.

»Nach Ihrem Telefonat mit Alexander habe ich beschlossen, sofort in den Club zu fahren, um den Besitzer des Lokals zu bitten, mir die Fotos auszuhändigen. Alexander ist mit dem Inhaber des *Aquarium* sehr gut bekannt und auch ich kenne ihn schon viele Jahre. Ich habe ihm erklärt, worum es geht und dass Alexanders Glück davon abhängen würde, ob er mir die Fotos gibt oder nicht. Er war sofort bereit, mir zu helfen. Ich kann Ihnen versichern, Miss Elena,« er hatte mich das erste Mal bei meinem Vornamen genannt, »dass Alexander das Haus nicht mehr verlassen hat, nachdem er Sie heimgebracht hatte und selbst in seine Villa nach Bedford Gardens gefahren war«, schwor mir Larry offenherzig. Ich war so dankbar für die Mühe, die er sich gemacht hatte, die Fotos zu besorgen, um all meine Zweifel aus dem Weg zu räumen, dass ich ihm um den Hals fiel. Larry blieb stocksteif sitzen, fast schon wie eine Marmorskulptur fühlte er sich an. Aber das war mir egal. Er hatte unsere Beziehung damit gerettet und sein Versprechen, er würde alles dafür tun, um uns zu helfen, eingelöst. Trotzdem wirkte sein Blick wehmütig und als ich ihn nach dem Grund fragte, rückte er mit der Wahrheit heraus.

»Ich mache mir große Sorgen um Alexander. Er schläft nicht, isst kaum etwas und arbeitet nur. Nachts fährt er dann nach Kent, wo er sich in seinen Dungeon einschließt, um sich zu bestrafen, weil er glaubt, dass er Sie unglücklich macht, Miss Elena.« Diese Tatsache tat mir bis in die Seele weh. *Wofür bestraft er sich bloß? Und wie genau tut er das?* Larry fuhr fort. »Ich fahre ihn jeden Abend nach Seeds Castle und morgens hole ich ihn wieder ab. Und jedes Mal überreicht er mir einen Wäschesack mit einem blutverschmierten Hemd.« Bei dem Gedanken drehte sich mir der Magen um und ich glaubte, mich übergeben zu müssen. Mein Körper bebte und ich fühlte mich elend. *Warum tut er das? Er hat mir doch versprochen, es zukünftig zu lassen.* Ich sah Larry mit Tränen in den Augen an. »Elena, Sie müssen ihn davon abhalten, es wieder zu tun«, forderte er mich auf, auf Alexander einzuwirken. Ich schüttelte verzweifelt den Kopf.

»Wie soll ich das denn bloß anstellen?«

»Sie müssen mit ihm reden!« Ich seufzte und lehnte mich niedergeschlagen zurück.

»Wenn Sie mir sagen, wie ich ihn von dieser Überzeugung

abbringen kann, die ihn über kurz oder lang psychisch als auch physisch ins Verderben reißen wird ...« Er war sichtlich betroffen. »Mit vierzehn begab er sich in die BDSM-Kreise. Ich begleitete ihn durch Leid und Glück, letzteres blieb ihm aber zumeist verwehrt. Ich habe ihn von Alkohol- und Drogenexzessen nach Hause geschleppt und gehofft, das Studium in *Harvar*d würde ihn davon heilen, doch es wurde teilweise nur noch schlimmer und heute frage ich mich wirklich, wie er die Uni in diesem Zustand geschafft hat. Sein beruflicher Erfolg verhalf ihm, seine Situation etwas besser in den Griff zu bekommen. Doch er errichtete um sich herum eine Mauer. Manchmal erkannte ich ihn nicht wieder. Er hatte sich zunehmend verändert. Ließ niemanden mehr an sich heran, bis ...« Er stockte und sah mich an. »Bis Sie kamen, Miss Elena. Seither ist er wie ausgewechselt. Er konnte wieder lachen und sich seines Lebens erfreuen. Auch wenn er in den letzten Tagen ordentlichen Liebeskummer hatte, weil Sie sich bei ihm nicht gemeldet haben, aber er ist wieder ein Mensch geworden, ein Mensch mit Gefühlen. Verstehen Sie?« Ich nickte. »Aber seit dem Unglück mit Jeremy mache ich mir ernsthafte Sorgen um ihn. Er scheint mir suizidgefährdet zu sein. Treibt die Suspension bis zum Exzess. Ich habe ehrlich gesagt Angst, dass er sich durch unzureichende Hygienemaßnahmen eine Infektion einhandelt, weil er diese Praktiken völlig alleine durchführt.« *Weiß der Teufel, wie er sich die Haken selbst setzen kann, das ist mir wirklich ein unerklärliches Rätsel!* Larry fuhr unbeirrt fort. »Was ist, wenn ihm mal ein Fehler dabei unterläuft, er sein Bewusstsein verliert? In seinem Dungeon ist er immer allein und wenn ich ihn dann später auffinden würde, wäre es zu spät. Außerdem würde er sich seine Wunden von mir niemals versorgen lassen, aber sie könnten sich entzünden und zu einer Blutvergiftung führen.« Bei dem Gedanken erschauderte ich.

Ich hatte wieder die Bilder vor Augen, als ich ihn von der Decke meines Büros mit durch die Haut gepiercten Haken hatte hängen sehen. Ich hatte damals gedacht, ich müsste augenblicklich in Ohnmacht fallen, so sehr hatte mich dieser Anblick geschockt. Und nun musste ich von Larry erfahren, dass er sich diese Art von Bestrafung zur Gewohnheit gemacht hatte. Ich stellte mir seinen aufgeschürften, wunden und entzündeten Rücken vor. Mir wurde schlecht. Wie ein Blitz traf es mich.

»Ist er jetzt auch auf Seeds Castle?«, fragte ich erschrocken.

»Nein, heute zum ersten Mal nicht, weil Sie mit ihm gesprochen haben und er wieder zuversichtlich ist, sie könnten vielleicht doch zu ihm zurückkehren. Er schlief, als ich ging. Er weiß nichts davon, dass ich zu Ihnen gefahren bin.« Das beruhigte mich. Er hatte also wieder Hoffnung, die hatte ich jetzt zweifelsohne auch. Morgen würde ich ihn anrufen und mit ihm reden.

Stark ist nicht,
wer andere zu Boden zwingt!
Stark ist,
wer sich beugt,
um sich zu schenken …

(Unbekannter Verfasser)

RUMBA – TANZ DER LEIDENSCHAFT

In dieser Nacht hatte ich wieder nicht besonders gut geschlafen, weil ich mir natürlich Sorgen machte, was die Suspension anging. Die Sache mit dem fragwürdigen Foto verblasste jedoch langsam und ich konnte wieder klar denken.

Nach einem ausgiebigen Frühstück spülte ich das Geschirr ab und stellte es zurück an seinen Platz. Melody umschmeichelte meine Beine und ich nahm sie kurz hoch, um sie zu streicheln. Meine Gedanken waren bei Alexander. Anschließend öffnete ich das Säckchen mit dem Katzenfutter, gab es in eine Schüssel und stellte sie an ihren Platz. Wie ein Tiger stürzte sich Melody darauf.

Ich ging zu meinem Wandschrank und überlegte. Heute würde ich einmal etwas ganz anderes anziehen, bei diesem Gedanken öffnete ich die Schiebetür und fand ein weißes, luftiges, langes Kleid. Schon lange hatte ich es nicht mehr angehabt. Doch heute wäre die richtige Gelegenheit dazu. Ich versuchte, mir durch helle Kleidung ein sonniges Gemüt zu verschaffen. Das hatte ich dringend nötig. Dabei traf mein Blick auf das Geschenk, das ich für Alexander im Internet bestellt hatte. Ich nahm es heraus und legte es gemeinsam mit einem weißen Haarband in meine Handtasche. Da fiel mir ein, dass ich den Verlobungsring, den mir Alexander geschenkt hatte, noch immer in meiner anderen Designerhandtasche hatte. Ich kramte nach ihm und steckte ihn ein. Rasch schlüpfte ich in passende High Heels sowie in einen weißen Ledermantel, lief ins Vorzimmer, ließ die Tür ins Schloss fallen und ging zu meinem Wagen. Im Vorbeigehen legte ich den Schlüssel in den Safe. Wenig später fuhr ich los.

Den heutigen Tag würde ich wieder einmal im *Central Criminal Court* verbringen, obwohl es Sonntag war, und danach mit Alexander ein Treffen vereinbaren. Ich musste ihn von dieser fixen Idee abbringen und hoffte, es würde mir gelingen. Trotzdem hatte ich Angst vor der Begegnung mit ihm. Angst, seinen gemarterten Körper sehen zu müssen, denn das würde ich nur schwer ertragen können. Ich lenkte den Wagen durch Londons Innenstadt, bis ich vor dem Gerichtsgebäude vorfuhr. Nachdem ich mein Sportcoupé geparkt hatte, betätigte ich die Fernbedienung, um es zu verriegeln. Danach betrat ich das Gebäude über den Personaleingang und lief die Treppe bis zu meinem Büro hoch. Ich hatte mir vorgenommen, alle liegen gebliebenen Fälle zu erledigen. Nachdem ich mein Büro betreten und meinen Ledermantel ausgezogen hatte, setzte ich mich an meinen Schreibtisch. Während mein Computer startete, nahm ich mir die erste Akte vor. Später folgten weitere. Schließlich sah ich auf die Uhr. Der Zeiger bewegte sich heute wieder einmal rasch vorwärts, so erschien es mir jedenfalls. Mühevoll ging ich einen Fall nach dem anderen durch und hoffte, meine Arbeit bald beenden zu können, bis es wieder einmal spät geworden war. Ich schaltete die Schreibtischlampe aus und fuhr den Computer herunter.

Am besten wäre es wohl, ich würde zu Alexander nach Bedford Gardens fahren. Um mich zu vergewissern, dass ich ihn auch dort antreffen würde, wollte ich ihn anrufen. Als ich nach dem Mobiltelefon in meiner roséfarbene Lederhandtasche suchte, um damit eiligen Schrittes zur Tür zu gehen, bekam ich eine SMS. Nervös kramte ich im beigen Innenfutter der

Tasche herum und nahm es heraus. Ich sah auf das Display. Es war die Nummer von Alexander. Ich klickte auf die Nachricht und las.

Liebe Ella! Ich muss dich unbedingt sehen. Ich erwarte dich heute noch auf Seeds Castle. Ich möchte, dass du alles von mir weißt. Es sollen keine Geheimnisse mehr zwischen uns stehen.
In Liebe, dein Alexander.

Er war mir also wieder zuvorgekommen. Nachdenklich ließ ich meinen Arm sinken. Alexander wollte mit mir reden. Aber ausgerechnet auf Seeds Castle? Ein besonders gutes Gefühl hatte ich dabei nicht, denn es war der Ort, an dem er sich der Suspension unterzog. Trotzdem wollte ich ihm seine Bitte nicht abschlagen. Ich legte die Handtasche zur Seite und schrieb ihm zurück.

Lieber Alexander, ich werde in einer Stunde da sein. Ich kann es kaum erwarten, dich zu sehen. In Liebe, deine Ella.

Ich drückte auf *Senden* und wartete ab. Es kam keine Nachricht mehr. Kurz sah ich in den Wandspiegel, der neben der Tür hing, und kontrollierte mein Outfit. Nun suchte ich nach dem zarten weißen Haarband und arbeitete es gekonnt ein. Das weiße Flatterkleid, das mir bis an die Knöchel reichte, hatte an der Hüfte einen eleganten Schlitz. Das Oberteil war eng anliegend mit Körbchen, sodass meine Brust und mein Dekolleté optimal zur Geltung kamen. Es hatte Spaghettiträger, die sich auf dem Rücken überkreuzten. Dazu war ich in weiße, aufwendig geschnürte High Heels von *Valentino Garavani* geschlüpft. Ich hoffte trotzdem, damit den Geschmack von Alexander getroffen zu haben. Das Kleid war zwar weiß und er selbst hatte auch manchmal blütenweiße Hemden an, weil sie zu seinen schicken schwarzen Designeranzügen perfekt passten, aber nicht, weil er die Farbe so sehr liebte. Dennoch versprach ich mir davon einen verträumten, bleibenden Eindruck zu hinterlassen. Seine Farbe war Schwarz, die trug er fast ausschließlich. Und so sah er mich auch am liebsten. In den Signalfarben Schwarz und Rot. Weiß würde bei ihm wohl eher für Verwunderung sorgen, als dass es an unsere DS-Beziehung erinnern würde.

Ruhigen Gewissens nahm ich meinen Ledermantel vom Haken, klemmte meine Handtasche unter den Arm und zog die Tür hinter mir zu. Ich bewegte mich Richtung Ausgang. Weil es schon Sonntag war, wurde das *Central Criminal Court* von einer stoischen Ruhe eingehüllt. Der Gang war dunkel. Für die paar Meter bis zum Ausgang würde ich kein Licht benötigen, die Fenster waren groß genug, sodass sich der Schein der Straßenlaternen seinen Weg bis in das Gerichtsgebäude suchte. Langsam stieg ich die Marmortreppe hinab, strich sanft über den steinernen Handlauf.

Es war ein imposantes, geschichtsträchtiges Gebäude und ich arbeitete gerne hier. Die interessantesten Fälle des Landes wurden vor diesem Gericht verhandelt. So wie Justitia, die der Inbegriff für Gerechtigkeit war und an der Spitze der Kuppel des *Old Bailey* thronte, fühlte ich mich gegenwärtig. Die drei Attribute trafen hier vollkommen zu. Die Augenbinde, die unserer Statue aber fehlte und mich davor bewahren sollte, Alexander nicht voreingenommen gegenüberzutreten. Die Waage, die die sorgfältige Abwägung der Sachlage gewährleisten sollte, denn eins war klar, sein traumatisierendes Leben hätte jede Waage zum Kippen gebracht, aber meine Liebe zu ihm überwiegt. Dann gab es noch das Schwert, das nach extensiver Abklärung die Ermächtigung dazu erteilen würde, mit der nötigen Härte durchzugreifen, das hatte ich bei Jeremy schon zur Genüge bewiesen. Ich hatte ihn in die Schranken gewiesen, immer wieder, und hoffte, ihm nun endlich klargemacht zu haben, dass ich zu Alexander gehörte.

Inzwischen hatte ich das eindrucksvolle Tor erreicht, das ich nun gegenwärtig öffnete, um nach draußen zu gelangen. Die Londoner Straßen waren mittlerweile nicht mehr so gefüllt wie noch vor zwei Stunden, die Straßenbeleuchtung tauchte die Metropole in einen extravaganten Glanz. Ich stieg in meinen roten Sportwagen, den ich mit der Fernbedienung zuvor geöffnet hatte, startete und fuhr los. Ich nahm die Route nach Kent und bog auf die Autobahn. Über Dartford und Rochester würde sie mich nach Seeds Castle bringen.

Ich stellte das Radio an, suchte nach einem geeigneten Sender, der mir die Fahrt bis dorthin verkürzen sollte. Ich fand keinen. Rasch kramte ich im Handschuhfach nach einer passenden CD. Dabei fiel mir ein Schmuckkästchen in die Hände. *Wer hat es hier deponiert und warum?* Zwischenzeitlich musste ich auf den Verkehr achten. Ich fuhr unbeirrt weiter, während ich das Schmuckkästchen an mich nahm. Kurz ließ ich das Lenkrad los, um es zu öffnen. Bald darauf lenkte ich den Wagen in die Kurve und betrachtete so nebenbei den Inhalt. Es lag ein goldenes, elegantes Fußkettchen darin. Ich schüttelte den Kopf. Bestimmt war es von Alexander. *Doch wann hat er es in meinen Wagen gelegt?* Ich sah auf die Straße hinaus. Irritiert legte ich das Geschenk auf den Beifahrersitz und schob eine CD in den Player. Ed Sheeran erklang. Die tief berührenden Texte von ihm hoben meine Stimmung wieder an, lenkten mich von meinen Gedanken, die sich immer noch um Alexanders Bestrafungen drehten, ab und ließen mich hoffen, dass wir einen gemeinsamen Weg finden würden, um dem in Zukunft mehr oder minder zu entgehen.

Nach einer Stunde Fahrtzeit erreichte ich das Anwesen. Beim Anblick dessen lief mir wieder ein eiskalter Schauer über den Rücken, wenn ich daran dachte, was mir Larry noch gestern Abend erzählt hatte. *Keine gute Idee, ausgerechnet hierherzu-*

kommen. Doch es war zu spät. Es schien, als würde das Schloss in einem noch effektvolleren und einprägsameren Glanz als sonst erstrahlen. Ich hielt meinen Wagen unmittelbar vor der imposanten Zugbrücke an.

Nochmals betrachtete ich den eindeutigen Schmuck. Es handelte sich um eine Triskele, wie sie auch in Newgrange, der Megalithen-Anlage in der Triple-Spirale Irlands, vorkam. Nur dass diese hier für Alexander sicher eine ganz andere Bedeutung haben würde. Es war für BDSM-Kenner, ein aussagekräftiger Hinweis, dass man dazugehörte. Hübsch war sie. Fast schon willenlos legte ich das Kettchen an. Sicher hatte er es so gewollt. Ich stieg aus, nahm meinen Mantel und die Handtasche und schlug die Wagentür hinter mir zu. Der Klang meiner High Heels war unverkennbar, ich schritt über die Brücke, bis ich an das mächtige Falltor kam. Wieder einmal hatte ich den Schlosshof erreicht.

Ich erinnerte mich daran, als ich die Mauern von Seeds Castle zum ersten Mal betreten hatte. Nur mit dem Unterschied, dass Alexander heute nicht in der Nähe des Eingangs auf mich wartete. Und dass ich zum damaligen Zeitpunkt nicht gewusst hatte, dass es nicht Jeremy gewesen war, der sich unter dem Schein der Laterne gegen die Pforte gelehnt hatte. *Warum hat mich mein Gefühl damals so sehr getäuscht? Warum habe ich nicht erkannt, dass es sich hier um einen anderen Mann handelte, als den, den ich an der Tankstelle kennengelernt und in den ich mich scheinbar verliebt hatte?* Jeremy White und Alexander Anderson hatten, obwohl sie Zwillingsbrüder waren, nicht viel gemeinsam, davon war ich überzeugt.

Unvermutet blieb ich stehen. Betrachtete das Schloss, das sich nun in voller Pracht vor mir erstreckte. So wie die Rosenblüten, die mir Alexander zu Füßen gelegt hatte. Ich nahm all meinen Mut zusammen und ging los. Meine Schritte wurden schneller und ich erreichte das Tor, dessen Automatik es jetzt öffnete. Sobald ich über die Schwelle getreten war, schloss sich das Tor hinter mir. Ich stand nun in der eindrucksvollen Halle, die nur von Kerzenlicht erleuchtet wurde. Meine Handtasche unter den Arm geklemmt, stand ich da und wagte nicht, weiterzugehen. Mein Atem ging schneller. Mein Herz klopfte mir bis zum Hals.

Von oben erklang leise romantische Musik. Ed Sheeran. *Woher wusste er? Natürlich. Mein Wagen. Das Fußkettchen im Handschuhfach, daneben die CDs meines Lieblingssängers.* Meine Gedanken verstummten und ich sah mich um. Im Normalfall hätte er mich hier unten begrüßt. *Was wird mich dort oben erwarten?* Ich streifte meinen weißen Mantel ab und legte ihn auf den dafür vorgesehenen, antiken und mit rotem Samt überzogenen Hocker, der in einer Ecke der Halle stand.

Da Alexander keine Anstalten machte, herunterzukommen, schritt ich durch die große Halle, um den Treppenaufgang zu erreichen. Meine Hand schmiegte sich an die helle Marmorbalustrade. Ab hier waren die Räume festlich beleuchtet. Ich kannte bisher nur den ersten Stock. Die Musik drang aber von einer Etage darüber bis hierher. Ich nahm die nächste Treppe. Die Musik wurde lauter. Ich kam zu einem Festsaal. Die doppelflügelige Tür war einladend geöffnet. Ich stellte mich in den Rahmen.

Der Raum wirkte sehr prächtig. Meterhohe Rundbogenfenster wurden von schweren goldfarbenen Samtvorhängen geziert. Zwischen den Bögen ragten je zwei mächtige Säulen empor, deren Abschluss von jeweils einem Löwenkopf geziert wurde. Zwischen den Säulen befanden sich eindrucksvolle Kristallleuchten. An den Fenstern waren Lichterketten angebracht worden und nun wusste ich, warum sich das Schloss von außen so eindrucksvoll dargestellt hatte. An der Längsseite unterhalb der Rundbogenfenster war eine kleine Brüstung, wovon man den ganzen Festsaal überblicken konnte. Die anderen Wände wurden von enorm großen Spiegelflächen geziert. Mein Blick wanderte zur Decke hinauf. Sie war fast so imposant wie die Decke in der *Basilica della Salute* in Venedig. Die barocken Verzierungen der Stuckleisten und die Malerei erinnerten mich eher an eine prunkvolle Kathedrale als an ein Schloss. Der Saal war wohl früher für Bälle genutzt worden, denn in der Mitte war noch ein kreisrunder Ausschnitt eines Marmorbodens zu erkennen. Der Rest des Saals war offensichtlich nachträglich mit einem königsblauen Spannteppich bezogen worden, dessen aufwendige Muster überdimensionale Rosen aufwiesen. Von der Decke hing ein beeindruckender Kronleuchter herab, dessen Durchmesser einige Meter maß.

In einer Ecke standen dezent, aber dennoch eindrucksvoll ein barocker, ovaler Tisch mit stilistisch gebogenen Tischbeinen und reichlich mit Blattgold verziert sowie zwei sehr bequem aussehende mit blauem Samt bezogene, barocke Armstühle. Der Tisch war außergewöhnlich schön gedeckt. In der Mitte thronte ein achtarmiger Kerzenleuchter, dessen weiße Kerzen bereits angezündet worden waren. Das Gedeck wies auf eine sehr reichhaltige Mahlzeit hin. Überdies standen neben dem Platzteller noch eine Vielzahl an Gläsern. Für Rotwein, Weißwein, einen Aperitif und Wasser. *Unsere Unterredung soll wohl die ganze Nacht andauern.* Das Besteck war aus edlem Silber. Gegenwärtig kam ich mir vor wie in einem Märchen, in dem ich die Prinzessin war.

Auf meinem Gesicht breitete sich ein zaghaftes Lächeln aus, bis ich Alexander in der linken Ecke des Raums stehen sah. Er trug einen weißen Anzug. Gegenwärtig stand er in einem Meer aus Teelichtern, die zu diesem Zeitpunkt alle brannten. Seine Lippen waren leicht nach innen gewölbt, seine eisblauen Augen auf mich fixiert. Sein Blick fiel auf den Triskelen-Anhänger an meinem Knöchel. Er verzog keine Miene. Die Klänge einer Rumba drangen leise an mein Ohr. Seine Mimik wirkte ernst und zurückhaltend. Sein leicht gewelltes und dunkelbraunes Haar hatte er zu einem Seitenscheitel frisiert.

Er sah nicht gut aus, hatte Ringe unter den Augen. Seine dunklen Augenbrauen waren von Skepsis geprägt und leicht nach unten gezogen, dabei legte sich seine hohe Stirn in Falten. Trotzdem wirkte er viel attraktiver als sonst in diesem Aufzug und seine unaufdringliche Art auf mich nur noch interessanter und anziehender. Er wartete vorerst ab, wie ich reagieren würde, bewegte sich keinen Millimeter, sondern beobachtete jede meiner Regungen.

Wie angewurzelt stand ich da und wagte nicht, mich vom Fleck zu rühren. Es war mir, als würde ich diesen Mann am anderen Ende des Raums gar nicht kennen. Ich war erstaunt darüber, welch feine Facetten Alexander zu bieten hatte. War das der Mann, dem ich vor Kurzem gesagt hatte, dass ich ihn nie wiedersehen wollte? Weil ich geglaubt hatte, er hätte eine andere Frau? Wenn wir uns nicht schon ausgesprochen hätten, dann wäre nun der Zeitpunkt gekommen, wo ich mir nicht mehr so sicher gewesen wäre, dass er keinen Platz mehr in meinem Leben hätte haben sollen. So viele Dinge waren mir durch den Kopf gegangen und nun waren sie alle unwichtig geworden.

Noch immer erklang die Rumba aus den Lautsprechern, die uns beide dazu inspirierte, aufeinander zuzugehen. Vorher legte ich meine Handtasche auf einen mit Stoff bezogenen Stuhl, der in der Nähe der doppelflügeligen Tür stand. Schrittweise näherten wir uns. Immer wieder blieben wir zwischenzeitlich stehen und versuchten, die Reaktion des anderen einzuschätzen, bis wir uns unmittelbar gegenüberstanden. Wir sahen uns an.

Ohne ein Wort zu sagen, nahm er mich in Tanzhaltung. Nur sein Mund lächelte, wenn auch zaghaft. Meine linke Hand ruhte auf seiner Schulter, seine linke umfasste dabei meine rechte Hand, mit der anderen umschlang er meine Taille. Es war der Tanz der Liebe. Unsere Hüften wiegten sich zur Musik und Alexander ließ mich die erste Drehung vollführen. In seinen Armen glaubte ich zu schweben.

Im nächsten Augenblick kamen wir uns besonders nahe, unsere Gesichter waren nur wenige Zentimeter voneinander entfernt. So nah, dass ich seinen Atem spüren konnte. Fast zeitgleich ließ er mich um sich herumtanzen, um mich wenig später wieder an seinen wohltuenden Körper heranzuziehen. Das war der Moment, in dem ich mich meiner High Heels entledigte und barfuß fortfuhr. Dabei fasste ich mit beiden Händen nach seinem Nacken Zärtlich strich er über meine Wange und ich erwiderte seine Geste, indem ich sie in seine hohle Hand schmiegte.

»Menschen verlieben sich auf mysteriöse Weise und ich verliebe mich in dich jeden Tag aufs Neue«, flüsterte er mir ins Ohr. Seine Lippen trafen auf meine. Sein Kuss war von unsagbarer Zärtlichkeit. Er presste mich gegen seinen Körper, dabei spürte ich sein erregtes Stück an meinem Bauch. Unverhofft stand er hinter mir, griff nach meiner Taille, hob mich hoch und mit einem Mal war ich auf seinen Schultern gelandet, von wo aus er mich nun durch den gesamten Tanzsaal trug. Als die Musik langsam ihren Ausklang fand, ließ er mich behutsam wieder auf den Boden hinabsinken, dabei strichen seine Hände liebevoll über meine Hüften und ich umarmte ihn. Ein leidenschaftlicher Kuss war die Krönung unseres hingebungsvollen Tanzes. »Ich kann nicht ausdrücken, wie glücklich ich bin, dass du gekommen bist, Ella«, hauchte er mir ins Ohr. »Wie sagt man? Halte nicht fest, was du liebst, sondern lass es los und wenn es wiederkehrt, dann gehört es zu dir – für immer. Ich liebe dich, mein Schatz.«

»Ich liebe dich auch, Alexander.« Er sah mir tief in die Augen. »Du siehst bezaubernd aus. Hat es einen Grund, dass du heute weiß gekleidet bist?«

»Hast du denn einen Grund dazu? Dein Anzug ist ebenfalls weiß«, lächelte ich verlegen, dabei schlug ich die Lider nieder. Es ließ wohl auf ein stilles Übereinkommen deuten, dass wir beide bereit waren, den Bund fürs Leben einzugehen. Wieder berührten seine zarten Lippen die meinen, wurden fordernder, während sich seine Hände den Weg über meinen Rücken bis zu meinem Po bahnten.

»Ich hatte solche Sehnsucht nach dir«, flüsterte er und ich warf meinen Kopf in den Nacken, entblößte somit die nackte Haut an meinem Hals und lud ihn ein, sie zu liebkosen. Er folgte der Aufforderung und schmiegte seine Lippen an meine Beuge. Dann griff er mit beiden Händen nach meinem Gesicht und was er nun sagte, ließ mich aus allen Wolken fallen. »Lass uns Vanillasex haben.« Er beobachtete meine Reaktion.

»Du und Vanillasex?«, stieß ich kaum hörbar aus.

»Ja«, hauchte er. »Ich will dich spüren, wie ich dich noch nie gespürt habe.« Unvermutet hob er mich hoch und trug mich aus dem Saal in ein nahe gelegenes Bad. Es war ausschließlich mit Teelichtern beleuchtet. Sachte ließ er mich wieder nach unten gleiten, ich berührte mit meinen bloßen Füßen den beheizten Marmorboden. Rasch entledigte er sich seiner schwarz-weißen Brogues und seiner Socken. Überall hatte er dunkelrote Rosenblütenblätter verteilt. Ich stand inmitten eines Meers. Demütig kniete er vor mir nieder und sah zu mir hoch. Nun fasste er nach meiner linken Hand, an der ich seinen Verlobungsring trug, und küsste sie, schmiegte seine Wange hinein und schloss die Augen. Ich dachte an das Geschenk, das ich für Alexander in meine Handtasche gepackt hatte. Dies wäre nun eine gute Gelegenheit, es ihm zu überreichen.

»Würdest du mir einen Gefallen tun?«, fragte ich ihn erwartungsvoll. Er sah mich an.

»Jeden, Principessa!«

»Würdest du meine Handtasche aus dem Saal holen?« Er legte seine Stirn in Falten.

»Falls wir ein Kondom brauchen, das habe ich auch hier im Bad«, versicherte er mir glaubhaft. Ich lächelte.

»Nein, das brauchen wir nicht. Ich habe etwas ganz anderes für dich.« Er stand auf und war im Nu zur Tür hinaus. Wenig später tauchte er mit meiner Handtasche wieder auf und überreichte sie mir. »Danke.« Ich kramte im Innenfutter und zog ein Päckchen heraus. »Für dich!« Ich sah ihn frivol an und legte die Designertasche zur Seite. Er nahm das Paket in Empfang und lächelte.

»Ein Geschenk? Für mich?«, er stieß einen beschämten Laut aus. Ich nickte und bewog ihn, es zu öffnen. Aufgeregt riss er die Verpackung auf. Zum Vorschein kam ein schwarzes, nicht allzu breites Lederhalsband mit einer Zierniete in Form einer runden Triskele. Zum Variieren der Größe konnte man es mit einem Schnallenverschluss an den Hals anpassen. Alexander freute sich sichtlich darüber. »Du hast es nicht vergessen«, flüsterte er und gab mir einen innigen Kuss. »Würdest du es mir bitte anlegen?«, bat er mich nun, das Symbol seiner Bereitschaft zur Unterwerfung um seinen Hals zu schlingen. Er lockerte seine Krawatte und öffnete die ersten drei Knöpfe des blütenweißen Hemds. Geschickt legte ich ihm das Lederhalsband an und verschloss es. In diesem Aufzug machte er auf mich einen noch viel anziehenderen Eindruck als sonst. Demütig befühlte er sein neues Schmuckstück.

»Danke, Ella! Es ist wunderschön und ein Zeichen, dass

ich zu dir gehöre.« Zärtlich streichelte ich seine Wange. Er öffnete einen Knopf nach dem anderen vom Sakko und ich beobachtete sein Vorhaben. Ich betrachtete ihn nun aus einer ganz anderen Perspektive. Er ging in die Hocke. Behutsam glitt seine rechte Hand die Innenseite meines Oberschenkels entlang, bis sie an meiner empfindlichsten Stelle angelangt war. Kaum hörbar seufzte ich. Es tat so gut, wieder seine Finger zu spüren. Das kleine weiße Dreieck, das sich Slip nannte, war bereits feucht. Er stöhnte. »Oh Ella. Ich gehöre nur dir und das weißt du.« Er richtete sich wieder auf und sah mich an. Wenig später zog er sein Sakko aus und ließ es auf den Boden gleiten, die Knöpfe klirrten auf dem Marmor. Meine zittrigen Hände öffneten seine Hemdknöpfe und streiften es über seine Schultern. Nun kam sein durchtrainierter Oberkörper zum Vorschein. Alexander war perfekt.

Vorsichtig zog er meinen Slip nach unten, dabei ging er in die Knie und ich stieg aus ihm heraus. Wieder wanderte seine sanfte Hand über meine Fußfessel, an der ich das Kettchen trug. Er hob seinen Blick. Anerkennung und Stolz waren in seinem Gesicht abzulesen. Sachte hob er mein Bein an und setzte es auf seinem Oberschenkel ab, dabei wurde es durch den Schlitz an meinem Kleid erst sichtbar. Mit Hingabe küsste er mein Knie, schob den Stoff zur Seite, hielt ihn fest und arbeitete sich langsam bis zu meiner glühend heißen Stelle nach oben. Zarte Bisse ließen mich erschaudern, auf meiner Haut prickelte es. Dabei strich seine Hand abwechselnd meine Kniekehlen entlang, sodass sich ein wohliger Schauer über meinen Rücken ausbreitete, bis sie an meinem wundesten Punkt angelangt war, der ihn schon sehnsüchtig erwartete. Sanft spürte ich seine flache Hand auf meiner Perle, die er nun zu reiben begann. Wie ein elektrischer Schlag fuhr es durch meinen Körper und ließ mich förmlich erbeben. Ich wollte schon zu Boden sinken, da hielt er mich unverhofft fest, schlang seinen starken, muskulösen Arm um meine Hüften und sah mich eindringlich an, dabei atmete er erregt ein und aus. Ich erwiderte seinen Blick.

Während er nun auch seine Zunge als geübtes Werkzeug benutzte, um mich völlig in den Wahnsinn zu treiben, schob er mein Kleid heißblütig zur Seite, verknotete es auf dem Rücken, während sich mein Unterleib nach ihm verzehrte, die Stelle zwischen meinen Beinen unwillkürlich zu zucken begann, und darauf wartete, dass er sich ihrer wieder bediente. Lange musste sie nicht auf seine geübten Finger warten. Seine Zunge leckte über meine geschwollene Perle, es sollte der Steigerung meiner Lust dienen und mich in eine Welt eintauchen lassen, von der ich wieder einmal nur sehr schwer in die Realität zurückfinden würde.

Mit einem Mal hob er mich hoch und setzte mich auf die polierte Marmorablage des Waschtischs. Für einen Moment fühlte es sich kalt an, doch mein Körper war so erhitzt, dass mich dieser Umstand nicht störte. Ich zog meine Beine an. Seine Lippen bewegten sich zärtlich über meinen Hals, bis sie an meinem Mund angekommen waren und dort meinen Duft verströmten. Seine geübte Zunge schob sich in meinen Mund und führte mit meiner den leidenschaftlichen Tanz fort. Mein Unterleib bettelte nach ihm, forderte das süße Gefühl ein, das er in mir aufkeimen ließ, wenn er in mich eindrang. Alexander löste sich von meinen Lippen und zog das Kleid über meinen Kopf. Ich stützte meine Hände hinter meinem Rücken ab und warf meinen Kopf in den Nacken. Nun saß ich völlig entblößt vor ihm und fühlte mich so unsagbar frei.

Das Geräusch, das der Zip machte, als er seine Anzughose öffnete, durchbrach die Stille und ließ meine empfindliche Stelle nochmals erzittern. Er streifte seine Hose ab und ließ sie auf den Marmorboden fallen. Beim Anblick seiner Hotpants fuhr ich nervös durch mein Haar. Sein Prachtstück war bei unserem Spiel in solche Erregung geraten, dass der Stoff darüber deutlich spannte. Er zog sie aus, dabei inspizierte er mein Verhalten genau und ließ mich nicht mal den Bruchteil einer Sekunde aus den Augen. Bis jetzt hatte er noch nie völlig nackt vor mir gestanden, außer unter der Dusche. Ich genoss diesen Anblick und bewunderte seinen steifen Penis. Er umschlang meinen Po und rückte mich ein Stück zu sich nach vorn, zog mich eng an sich, bis ich ihn in mir spüren konnte.

Er füllte mich nun vollständig aus und ich konnte nur mehr stöhnen, schlang die Arme um seinen Hals und seine Lippen küssten meinen Mund. Meine Hände wanderten nach unten und stießen auf seine verkrusteten Wunden, die er sich während der Suspension zugefügt hatte, als er sich seines Erachtens dafür hatte bestrafen müssen, weil ich ihn nicht mehr hatte sehen wollen. Blitzschnell bereitete er der Untersuchung durch meine Hände ein jähes Ende, indem er sie um seinen Hals schlang. Währenddessen küsste er mich weiter. Mit sanften Bewegungen glitt er hinein und hinaus, damit trieb er uns beide halb in den Wahnsinn. Es fühlte sich ganz anders an als sonst.

Mit gesteigertem Bewusstsein brachte er mich immer wieder zum Höhepunkt, bis ich nur mehr vor Erregung schreien konnte. Unsere schweißgebadeten Körper bewegten sich auf und ab, keiner von uns wollte, dass es jemals endete, und niemand hatte nur den Ansatz einer Idee, damit aufhören zu wollen.

»Gib mir alles, Schatz, du wirst es nicht bereuen«, versprach er, dabei stieß er immer heftiger in mich. Ich stöhnte und ließ es geschehen, ließ mich von der Welle der Leidenschaft überrollen. Unser gemeinsamer Orgasmus braute sich zusammen und er explodierte in mir, pumpte all seine Manneskraft in mich hinein. Ich hatte mich völlig verausgabt und war erschöpft. Seine Küsse waren zärtlicher denn je. Er sah mich an. »Ich hoffe, dass du die heutige Nacht niemals vergessen wirst und ich immer einen Platz in deinem Herzen haben werde, Ella«, wisperte er kaum hörbar in mein Ohr.

***

Alexander begleitete mich zurück in den Saal, in dem wir davor so wunderschön getanzt hatten, und ich musterte ihn in seinem weißen Anzug, der ihm hervorragend stand und perfekt zu meinem Outfit passte. Zunächst hatte ich dem Treffen mit viel Skepsis gegenübergestanden, doch zu meinem Erstaunen verlief der Abend ganz anders, als ich es mir vorgestellt hatte.

Der festlich gedeckte Tisch war mir schon zu Beginn unserer Begegnung aufgefallen. Er rückte mir den Stuhl zurecht, ich setzte mich und legte meine Handtasche zur Seite. Mit einer ernsten Miene überreichte er mir ein weißes Kuvert. Mit wunderschönen, handgeschriebenen Lettern stand *Für Ella* auf dem Briefumschlag. Ich war irritiert. Ich dachte, er hatte mich eingeladen, um mit mir zu reden, stattdessen drückte er mir nun dieses Papier in die Hand. Ich sah ihn ungläubig an. Mein Gemütszustand fiel ihm sofort auf und er versuchte, eine Erklärung für sein Handeln zu finden.

»Diesen Brief wollte ich dir schicken, auch auf die Gefahr hin, dass du ihn zerrissen hättest, weil ich dachte, ich würde dich nie wiedersehen.« Bei diesem Gedanken erschauderte ich. Beinahe wäre es so weit gekommen, denn ich war nah dran gewesen, mich wegen des zwielichtigen Fotos von Alexander abzuwenden. Ich nahm das Kuvert entgegen und er sah mich eindringlich an. Weil der Brief verschlossen war, vermutete ich, dass ich den Inhalt nicht sofort lesen sollte. »Mit diesem Umschlag hältst du mein ganzes Leben in deiner Hand. Ich wollte damit verhindern, dass sich uns auch nur das geringste

Hindernis in den Weg stellen kann. Du sollst alles von mir wissen, wirklich alles!« Ich nickte still. Zärtlich strich er mit seinem Handrücken über meine Wange. »Was geschehen ist, hat keinen Einfluss mehr auf uns beide. Mach dir bitte keine Sorgen. Ich liebe dich und das wird auch immer so bleiben!« Ich fasste nach seiner Hand, die sich augenblicklich an mein Gesicht schmiegte.

»Lass mich deine Wunden versorgen, sie sehen bestimmt übel aus«, flehte ich ihn an. Er schlug seine Lider nieder.

»Das musst du nicht, Ella. Sie werden mit der Zeit verheilen, die Wunden hier drin«, er deutete auf seine Brust, »werden nie verheilen.« Seine Mimik drückte das Leid aus, das sich seit Jahren in seine Seele gebrannt hatte. Die Kindheitserinnerungen, die er nie hatte aufarbeiten können. Sein Schmerz tat mir weh.

»Alexander, du brauchst Hilfe.« Verzweifelt wandte er seinen Blick von mir ab und stieß einen hörbaren Laut aus.

»Eine Therapie? Wohin sollte ich denn gehen?«, fragte er deprimiert.

»Du könntest doch zu einem privaten Therapeuten gehen, es muss doch niemand etwas davon erfahren«, schlug ich ihm hoffnungsvoll vor. Er machte eine argwöhnische Bemerkung.

»Was glaubst du, wie lange es vor der Presse geheim bleiben würde?« Er schüttelte entschieden den Kopf. »Nein, das kann ich mir nicht leisten, Ella. Ich wäre beruflich ruiniert, das wäre das Ende meiner Karriere.« Er beobachtete mich. Eindringlich. Packte mich an den Schultern. »Das hier«, er deutete auf den Brief in meiner Hand, »darf nie jemand erfahren. Verstehst du? Niemand. Alles, was ich brauche, bist du!«. Er machte keine Anstalten, sein Hemd ausziehen zu wollen, bis ich ihm Einhalt gebot.

»Moment. Ich weiß, dass ich deine Wunden nicht versorgen muss, aber ich will es«, machte ich ihm meine Absicht deutlich, steckte den Brief in meine Handtasche und stand auf, um Verbandszeug aus dem Bad zu holen. Als ich zurück in den Salon kam, hatte er sein Hemd bereits geöffnet und saß im Schneidersitz auf dem Boden. Schweigend kniete ich mich hinter ihn und streifte ihm das Hemd ab. Der Anblick, der sich mir bot, war grauenvoll. Er musste sich mindestens ein Dutzend Mal gepierct haben, sein Rücken war gemartert, dass es nicht schlimmer hätte sein können. Deutlich konnte ich die Einstiche der Haken erkennen. Die Wundmale waren blutunterlaufen und enorm entzündet. Er konnte von einem Wunder sprechen, dass er sich keine Infektion eingehandelt hatte. Ich nahm die Wunden in Augenschein, tupfte sie vorsichtig mit einem Desinfektionsmittel ab, löste die Verkrustungen und trug eine Salbe auf. Dabei stach mir wieder die kreisförmige Vernarbung ins Auge. Es erinnerte mich an ein Brandmal. Ob ich ihn dazu befragen sollte? Alexander hielt ganz still und bewegte sich keinen Millimeter. Ich begann, seinen durchtrainierten Rücken zu küssen. Er stöhnte.

»Ella.« Tränen bahnten sich mir bei diesem Anblick ihren Weg und rannen still über mein Gesicht, bis sie auf seine geschundene Haut tropften. Ich hatte schon von Suspension aus den verschiedensten Beweggründen heraus gehört, aber diese Technik als Bestrafung anzuwenden, war mir fremd. Zärtlich strich ich über seinen Rücken.

»Versprich mir, dass du das nie wieder tust«, bemerkte ich mit erstickter Stimme. Ohne sich auch nur umzudrehen, pflichtete er mir bei.

»Ich verspreche es dir. Es wird nicht wieder vorkommen. Jetzt, wo du bei mir bist, sehe ich keine Veranlassung mehr, es zu tun«, legte er fast schon ein Gelübde ab. In diesem Moment wandte er sich um und sah in mein verweintes Gesicht. »Ella, Schatz, bitte nicht weinen.« Erschrocken wischte er eine

Träne aus meinem Gesicht und küsste die anderen, bis sie verschwunden waren. Langsam beruhigte ich mich wieder, doch der Seelenschmerz würde nicht so schnell versiegen. Nach Geborgenheit suchend, schmiegte ich mich an seine Brust. Obwohl ich wusste, dass der Grund, weswegen er sich diese Schmerzen zugefügt hatte, ein ganz anderer war und die Wurzel des Übels in seiner Kindheit und Jugend zu suchen war, fühlte ich mich schuldig. Eine geraume Weile saßen wir still mitten im Raum auf dem weitläufigen Teppichboden, bis er mir etwas ins Ohr flüsterte. »Ich habe noch eine kleine Überraschung für dich vorbereitet, dazu müsste ich aber in die Küche gehen, um sie zu holen.« Er strich über meine glühend heiße Wange. Ich sah zu ihm hoch und nickte. Anschließend schlüpfte er wieder in sein Hemd, stand auf und reichte mir die Hand, um mich hochzuziehen.

Während der den Raum verließ, betrachtete ich mich in einer der außergewöhnlichen Spiegelflächen, die überall in diesem Tanzsaal an den Wänden angebracht worden waren. Mein Make-up hatte unter meinem Tränenausbruch etwas gelitten und ich holte meine Handtasche, um zu retten, was noch zu retten war. Dabei stellte ich sie auf eine Kommode und kramte nach einem Abschminktuch. Bei dieser Gelegenheit fiel mir eine Schublade auf, die leicht geöffnet war, etwas Ungewöhnliches lag darin. Vorsichtig zog ich sie auf und eine Pistole kam zum Vorschein. Im ersten Moment war ich geschockt. Ich schluckte. *Wofür braucht Alexander einen Revolver?* Ich begutachtete ihn. Er schien geladen zu sein. Ich glaubte, die Patronen erkennen zu können. *Seltsam.* Diese Tatsache irritierte mich. Nun hörte ich Alexanders Schritte. Verhältnismäßig schnell schob ich die Lade wieder zu, stellte mich vor die Kommode und begann, mein Gesicht zu verschönern. Ich versuchte, so unbeschwert wie möglich zu wirken, doch in meinem Kopf rasten die Gedanken und mein Herz schlug mir dabei bis zum Hals. Alexander setzte sein charmantes Lächeln auf und stellte einen Speisenwärmer auf den Tisch.

»Darf ich dich zum Essen einladen?« Er rückte den Stuhl für mich zurecht und wartete, bis ich mich zu Tisch begeben hatte, dann setzte er sich ebenfalls. Er inspizierte mich eingehend. »Larry hat mir erzählt, dass dich Jeremy vor die Wahl gestellt hat. Er oder ich. Allenfalls würde er mich anzeigen.« Ich seufzte und schlug die Lider nieder. Nervös fuhr ich durch mein Haar.

»Das entbehrt jeglicher Grundlage. Es war Notwehr, Alexander«, versuchte ich ihm die Situation klarzumachen und mir diesen Umstand selbst zu vergegenwärtigen. »Obwohl …«, ich stockte. Alexander wurde hellhörig.

»Obwohl, was?«, wiederholte er und fixierte mich. Mein Mund war leicht geöffnet und ich sah ihn an.

»Jeremy machte eine Andeutung, die ziemlich fies war.« Er starrte mich an, sagte aber kein Wort, sondern wartete, bis ich weitersprach. Ich wandte meinen Blick von ihm ab und ein Schauer überkam mich bei diesem Gedanken, dann fuhr ich fort. »Als ich ihn darauf hingewiesen habe, dass er den Brieföffner zuerst in der Hand gehalten hat, meinte er, das müsse man ihm erst einmal beweisen.« In dem Moment, als ich die letzten Worte ausgesprochen hatte, wandte sich Alexander mit einem erschrockenen Gesichtsausdruck ab. Augenblicklich schossen ihm die Tränen in die Augen, als er vermutlich daran dachte, dass ihn sein Bruder tatsächlich um seiner selbst willen ans Messer liefern würde. Er stieß einen hörbaren Seufzer aus und wirkte fassungslos.

In diesem Moment vernahm ich von draußen ein schleifendes Geräusch, es hörte sich an, als würden mehrere Wägen die Schotterstraße entlangschlittern und sich darin festfahren.

Blaulicht und Scheinwerfer erleuchteten den Innenhof von Seeds Castle. Im ersten Moment war mir nicht sofort klar, was hier gespielt wurde, doch dann ging alles ziemlich schnell.

Jemand betätigte am Portal den schmiedeeisernen Türklopfer. Alexander kombinierte blitzschnell. Mit ziemlicher Sicherheit hatte Jeremy den Spieß umgedreht und Alexander bei der Polizei wegen der Messerattacke angezeigt und es war zu hundert Prozent amtlich besiegelt, dass er sich einen richterlichen Haft- und Durchsuchungsbefehl hatte ausstellen lassen, mit dem er jetzt unten am Portal stand. Das bedeutete, die Polizei würde Alexanders Schloss durchsuchen und ihn zweifelsohne verhaften, weil man es für bare Münze nahm, dass dem Präsidenten des Obersten Gerichtshofs keine Schuld traf, da die Mitglieder der *Stock Exchange* durch die Vorfälle der letzten Zeit an Glaubwürdigkeit eingebüßt hatten . Jeremy hatte also seine Drohung wahrgemacht und seinen Bruder tatsächlich im wahrsten Sinne des Wortes ans Messer geliefert. Niemals hätte ich ihm so, etwas zugetraut. Sein Hass gegenüber Alexander musste wohl grenzenlos sein.

Als ich vorsichtig nach unten sah, bemerkte ich Jeremys Wagen. Eine Eskorte von uniformierten Polizisten mit Suchhunden hatte sich im Innenhof versammelt. Ich zitterte. Erschrocken sah ich Alexander ins Gesicht. Mein Mund wurde trocken und fühlte sich klebrig an. Ich schluckte schwer.

»Du musst weg«, flüsterte ich panisch und meine Stimme klang heiser. Bei diesen Worten fuhr mir der Schrecken durch alle Glieder. In Alexanders Augen konnte ich nur Entsetzen erkennen. Wie angewurzelt blieb er stehen. Mit weit geöffneten Augen starrte er mich an, sein Mund stand dabei halb offen. Seine ganze Aufmerksamkeit galt den Geräuschen, die ausschließlich von draußen kamen. Selbst zu atmen hörten wir beide gleichzeitig auf, damit uns kein Laut entging. In seinem

Gesicht machten sich bis zum Hals abwärts rote Flecken bemerkbar, die Venenstränge an seinem Hals traten dick hervor. Bewegungslos wie eine Statue stand ich da. Mein Herz zog sich schnell und heftig zusammen, sodass es mir einen Stich gab. Das Blut wich mir aus den Adern und meine Haut schien mit einem Mal bleich zu werden, als würde ich im nächsten Moment in Ohnmacht fallen. Kalter Schweiß strömte aus allen Poren meines Körpers und meine Muskeln zitterten oberflächlich, sodass ich mich nicht mehr unter Kontrolle hatte. Auch seine Angst saß tief, dennoch fasste er einen klaren Entschluss.

»Ich werde durch unser Dungeon entkommen. Es gibt einen Fluchtweg, der nach draußen führt. Halte sie hin, Ella, bitte! Später, wenn sich die Wogen geglättet haben, werde ich mich stellen und alles erklären«, flehte er. Mit diesen Worten nahm er mein Gesicht zwischen seine beiden Hände und küsste mich. Sie zitterten. »Ich liebe dich, Ella. Vergiss das nie.« Zärtlich berührte er meine Lippen mit seinen sanften, aber zittrigen Fingern, um mich wenig später wieder loszulassen. Ich wagte einen verstohlenen Blick aus dem Fenster, versteckte mich hinter den schweren Gardinen, um das Geschehen im Innenhof zu beobachten. Im nächsten Augenblick lief Alexander auch schon die Treppe hinunter, um ins Verlies zu gelangen. Ich sah ihm nach und mein Körper bebte. *Merkwürdig, noch nie ist mir eine Tür in unserem Playroom aufgefallen, die ins Freie führt, aber das muss nichts bedeuten.*

Für einen kurzen Moment hatte mich sein Kuss verzaubert, bis mich das schreckliche, laute Klopfen von unten wieder auf den Boden der Tatsachen zurückholte. Ich erschauderte. Die Schweißperlen standen mir auf der Stirn. Ich fuhr nervös durch mein Haar. Abermals klopfte jemand an das Tor, das selbst die mächtigsten Schlossmauern zum Erschüttern brachte. Ich lief aus dem Salon, blieb an der Brüstung der obersten

Treppe stehen. Eine schreckliche Angst durchfuhr meinen Körper. *Was ist, wenn Alexander die Flucht nicht gelingt? Und selbst wenn, wird er sich wirklich stellen? Wie wird es dann in Zukunft mit uns weitergehen? Alexander kann nicht ewig vor der Justiz davonlaufen.* Dieser Umstand schnürte mir die Kehle buchstäblich zu. Ich griff mir an den Hals und glaubte, jeden Moment ohnmächtig zusammenbrechen zu müssen.

Dieser Verantwortung konnte ich mich jetzt nicht entziehen. Ich musste an die Tür gehen und der Polizei öffnen. Widerwillig und mit weichen Knien lief ich die Treppe hinab, hielt mich am Geländer fest und durchschritt die große Empfangshalle. Nun stand ich vor dem Tor, gegen das jemand unerbittlich mit den Fäusten schlug. Dieses verdammte Hämmern hallte in meinem gemarterten Gehirn wider.

»Aufmachen, Polizei!«, schrie einer der Beamten von draußen und seine drohende Stimme drang durch die Tür. Kurz schloss ich die Augen, wollte Alexander noch einen Vorsprung geben und sie hinhalten.

Dann öffnete ich das schwere Tor. Erschrocken sah ich in die Gesichter der Polizisten. Sie waren alle schwarz vermummt und zielten mit ihren geladenen Gewehren auf mich. Auf meinem weißen Kleid waren unzählige rote Punkte zu sehen. Jeremy stand hinter ihnen, ich sah ihn entsetzt an. Ich musste bleich wie ein Gespenst ausgesehen haben, weil Jeremy sich bemüßigt fühlte, mir zur Seite zu eilen, denn es war nur eine Frage der Zeit, bis ich zusammenklappen würde. Während Jeremy Entwarnung gab und die Polizisten ihre Gewehrläufe nun in den Raum selbst richteten, starrte er mich fassungslos an, als wäre er selbst nicht mehr so sicher, das Richtige zu tun. Die Polizisten verharrten weiterhin in Abwehrposition und warteten anscheinend darauf, dass Jeremy als Präsident des Obersten Gerichtshofs Anweisungen gab. Er schien solch eine Macht auf die Beamten auszuüben, dass es mich verwunderte, aber vermutlich reagierte man auf jedes Mitglied der *Stock Exchange* mehr als nur sensibel. Die Suchhunde schnüffelten aufgeregt an der Türschwelle, zerrten an den Leinen, als könnten sie es nicht erwarten, Alexander aufzuspüren und in tausend Stücke zu zerreißen.

»Wo ist Alexander?«, fragte Jeremy eindringlich und sein Tonfall vermittelte mir nun wieder puren Hass. »Du musst es uns sagen, wenn du es weißt«, bemerkte er nachdrücklich. Wie hypnotisiert starrte ich ihn an und seine Worte klangen wie ein einziger Widerhall in meinen Ohren.

»Ich weiß es nicht. Er ist nicht hier«, stammelte ich kaum hörbar. Ein Polizeibeamter hielt mir den Haft- und Durchsuchungsbefehl unter die Nase. Zum gegenwärtigen Zeitpunkt war ich nicht annähernd in der Lage, die Vorwürfe und Anschuldigungen gegen Alexander zu erfassen. Wortfetzen wie *Aktenuntersuchung und gegebenenfalls die Mitnahme derer* nahm ich wahr, sonst schenkte ich dem Beschluss keinerlei Beachtung. Vielleicht hatte Jeremy das Beweismaterial gar nicht vernichtet, wie er behauptet hatte, sondern Alexander hier irgendwo untergeschoben. *Hat er sich möglicherweise Zutritt zum Schloss verschafft? Vielleicht will er ihn nicht nur wegen der schweren Körperverletzung anprangern, sondern auch die Schuld an der Vergewaltigung von Sarah Woods in die Schuhe schieben.* In diesem Moment traute ich ihm alles zu. Ich war völlig gebrochen. Wie weit würde Jeremys Hass gegen seinen Bruder gehen?

Als würde es mich überhaupt nichts angehen, wandte ich mich ab, setzte mich auf den unteren Treppenansatz und schlug die Hände vors Gesicht. Ich würde die Hausdurchsuchung über mich ergehen lassen und warten, bis alle wieder verschwunden waren. Die Hundemeute sowie die Polizisten stürmten die

Schlossmauern und begannen, die Räumlichkeiten systematisch zu durchkämmen, bis sie an der Tür unterhalb der Treppe angelangt waren, wovon ein Weg direkt in unseren Dungeon führte. Jeremy herrschte einen der Beamten an.

»Los! Worauf warten Sie? Brechen Sie die Tür auf.« Entsetzt sah ich hoch und starrte Jeremy an. Es genügte also nicht, ihn der Körperverletzung zu bezichtigen, nein, er musste ihn auch noch öffentlich denunzieren, denn genau das würde passieren, wenn sie das Dungeon entern würden. Erst jetzt verspürte ich am eigenen Leib, was es bedeutete, wenn man gewaltsam in die Privatsphäre anderer Leute vordrang. Ich hoffte, dass Alexander bereits das Schloss auf irgendeine Art und Weise hatte verlassen können. Trotzdem war es mir ein Gräuel, dass nun eine gesamte Polizeieskorte in unseren ganz privaten Bereich vordringen würde.

Wie von Sinnen sprang ich auf und schrie: »Stopp! Keinen Schritt weiter, nur über meine Leiche!« Ich versperrte den Beamten den Weg, dabei traten mir Tränen in die Augen, sodass ich kaum mehr etwas sehen konnte. Auch wenn Alexander keine Chance mehr hätte, der Justiz zu entkommen, so hatte er doch wenigstens das Recht, als Chairman der *Stock Exchange* und vor allem als Mensch sein Ansehen gewahrt zu wissen. Sein dunkles Geheimnis durfte unter gar keinen Umständen in die Öffentlichkeit geraten. Das, was hier unten in den Kellerräumen stattfand, ging niemanden etwas an. Die Wahrung dessen wäre Jeremy seinem Bruder schuldig gewesen, nach dem, was passiert war. Außerdem würde es auch auf Jeremy kein gutes Licht werfen, würde die Öffentlichkeit von Alexanders speziellen Vorlieben erfahren.

Jeremy verstand meine Taktik anscheinend und hielt sie zurück. Dieses Vorgehen konnte nur einen plausiblen Grund haben: Er wollte sein eigenes Ansehen wahren. Als Präsident des Obersten Gerichtshofs hätte er die ganze Aktion abblasen können, doch die Tatsache, Alexander ein für alle Mal aus dem Weg zu räumen, schien ihm sehr verlockend zu sein. Er flüsterte dem leitenden Beamten etwas zu und die Eskorte blieb außen vor, während sich die Suchhunde nervös gebärdeten. Er befahl mir, das Verlies zu öffnen. Ich wusste, dass ich keine andere Wahl hatte, als es zu tun, andernfalls hätten die uniformierten Polizisten die Tür aufgebrochen und wären in unsere Privatsphäre eingedrungen. Um den Zugang zu öffnen, war ein bestimmter Schlüssel notwendig. Alexander trug immer einen bei sich, den Zweitschlüssel verwahrte er in einem Geheimfach eines Sekretärs. Nervös öffnete ich das verborgene Fach des antiken Schreibtischs neben dem Eingang und suchte danach. An diesem Platz befand sich auch die Fernbedienung und der Spezialschlüssel für die Tür des Playrooms. Alexander hatte mir dieses Geheimversteck einmal gezeigt. Ich hätte nie gedacht, dass ich es einmal benutzen müsste.

Gekonnt entriegelte ich den Zugang. Jeremy beobachtete jeden meiner Handgriffe, in seinem Blick konnte ich nur Verachtung erkennen. In diesem Moment wurde ihm sicher bewusst, dass ich nicht nur über Alexanders Vorlieben Bescheid wusste, sondern sie auch noch mit ihm praktizierte und ihm seine geheimsten Wünsche erfüllte. Zu zweit gingen wir nun den langen Gang des Dungeon entlang, durchschritten das eiserne Tor, das gegenwärtig offen stand, bis wir beim Playroom angekommen waren. Vorsichtig öffnete ich die Tür, die nur angelehnt war. Ich ließ meinen Blick schweifen. *Warum brennen die Kerzen?*

Panik erfasste mich, als ich Alexander auf unserem Bondagebett sitzend entdeckte. Mit ausdruckslosen Augen starrte er mich an. Gegenwärtig schien er ganz ruhig zu sein. Er kam mir vor, als befände er sich in einer Art Trance, als würde er nicht mehr klar denken können. Jeder normale Mensch hätte spätestens jetzt die Flucht ergriffen. Der Revolver, den ich gerade noch in der Schublade im Saal oben vorgefunden hatte, lag nun auf der roten Ledermatratze, neben ihm. Er musste ihn unbemerkt an sich genommen haben, als ich kurz hinter dem Vorhang gestanden hatte. Ich fühlte mich wie gelähmt. Jetzt war alles aus.

»Warum bist du noch hier?«, flüsterte ich und meine Stimme klang zittrig. Es schien, als würde ein Kloß in meinem Hals stecken, alles wie ein Kartenhaus zusammenbrechen.

»Weil nichts mehr einen Sinn hat, Ella«, erwiderte er verzweifelt. Bestürzt über die Tatsache, in welcher hoffnungslosen Situation wir uns befanden, starrte ich ihn an.

»Aber du sagtest doch, es würde einen Fluchtweg ...« Ich verstummte.

»Den hat es nie gegeben, früher nicht und jetzt auch nicht«, entgegnete er trocken und musterte den Revolver neben sich. Seine Worte machten mich nervös und der Umstand, dass die Waffe in seiner unmittelbaren Nähe lag, erst recht. *Er hat doch nicht vor, sich ...? Er will doch nicht etwa ...?* Meine Gedanken verstummten, ein Gefühl der Ohnmacht und der Hilflosigkeit überkam mich. In diesem Moment fühlte ich mich, als würde man uns auslöschen wollen, als hätte es uns nie gegeben.

Jeremy sah sich in unserem Playroom um, dabei zog er seinen Mundwinkel einseitig hoch. Ein Anflug eines Lächelns als Ausdruck seiner Missbilligung überzog sein Gesicht. Hochmut und Arroganz spiegelten sich darin wider. Er behandelte Alexander fast schon so, als würde er gar nicht mehr existieren. Keines Blickes würdigte er ihn. Es war wohl die beste Art, ihn für seine *Vergehen* zu bestrafen. Dafür zu bestrafen, dass er mich liebte und alles für mich tun würde. Die öffentliche Verweigerung seiner Wertschätzung oder gar seiner Demütigung würden Jeremy einen Triumph bereiten, dessen war ich mir nun bei seinem Anblick sicher. Als er das Pauschenpferd entdeckte, entblößte er seinen linken Eckzahn, was einer ähnlichen Geste wie der eines abfälligen Lächelns gleichkam. Unvermutet durchbrach sein Fingerschnippen die Stille, die sich hier im Raum eingeschlichen hatte. Ich erschrak. Ziemlich fantasielos rümpfte er die Nase, um einen leisen Laut durch sie auszustoßen, bevor er zu mir herübersah und mich geringschätzig musterte.

»Und, hat er dich darauf toll gevögelt?« Er zog seine Augenbrauen hoch und starrte mich mit funkelnden Augen an. Ich verzog keine Miene. Mein Körper zitterte unter dieser Fragestellung. Meine ganze Aufmerksamkeit galt noch immer Alexander, der nun über Jeremys abfällige Aussage den Kopf schüttelte und versuchte, mich zu verteidigen.

»Ella ist keine Hure!« Jeremy aber schloss nur die Augen und wandte sich angeekelt von ihm ab, als wäre er es nicht wert, angesehen zu werden.

»Vorher war sie es auch nicht, wenn du nicht gekommen wärst und sie zu einer gemacht hättest«, versuchte er, Alexander wieder bis aufs Äußerste zu provozieren, doch er zog seine Stirn in Falten, schlug die Hände vors Gesicht und zerraufte sich sein dunkelbraunes Haar. Seine Verzweiflung saß tief. Jeremy nutzte Alexanders Seelenschmerz dazu, um ihn noch weiter zu quälen. Er musterte ihn abermals geringschätzig und hielt dabei seinen Mundwinkel einseitig angespannt und leicht nach oben verzogen. Eine selbstgefälligere Miene hätte er nicht mehr aufsetzen können. Sein Blick schweifte zu der Waffe, die noch immer neben Alexander lag. »Du bist doch selbst *dazu* zu feige«, feuerte er ihn geradezu an. Bei diesen Worten erfasste mich bittere Panik. Die Ausweglosigkeit, die Verzweiflung und die Hoffnungslosigkeit stiegen in mir hoch. Ich war in meinen Grundfesten erschüttert. *Was ist Jeremy bloß für ein Mensch? Welcher Teufel reitet ihn gerade, sich zu solchen Äußerungen hinreißen zu lassen?* Er machte die ganze Sache doch nur noch schlimmer, als sie ohnehin schon war.

»Hör auf damit! Am Ende bist *du* noch schuld daran, dass ein Unglück passiert«, schrie ich ihn an. Jeremys Wut war am Kochen.

»Schuld? Ich? Verdammt noch mal!«, herrschte er mich an. »Wer ist hier schuld und warum? Habe ich etwa Schuld daran, dass mein Bruder sich diesen absurden Fantasien hingibt? Bin ich vielleicht daran schuld, dass du bei seinen Spielchen mitmachst, während du mit mir eine harmonische Beziehung haben könntest?«, wandelte sich sein Zustand von hochnäsiger Arroganz in völlige Verzweiflung, als würden die beiden einmal in ihrem Leben das Gleiche empfinden. Alexander sah deprimiert hoch.

»Du bist nicht schuld, Jeremy. Es ist auch egal, wer Schuld hat oder nicht. Ich war immer sehr gut darin, meine Gefühle zu verstecken, den Menschen um mich herum etwas vorzumachen, so zu tun, als wäre nichts, aber ich kann mir sehr schwer selbst etwas vormachen. Vierunddreißig Jahre lang lebte ich in einem Albtraum, bis du vor wenigen Wochen in mein Leben getreten bist, Ella, dies waren die schönsten Wochen meines ganzen Lebens. Das werde ich dir nie vergessen.« Tränen traten in meine Augen und bahnten sich still den Weg über mein Gesicht. Alexander fuhr fort. »Du hast recht, Jeremy, wenn du behauptest, ich hätte mich zwischen Ella und dich gedrängt. Ich hoffe, dass ihr mir vergeben könnt, ich werde euch in Zukunft nicht mehr im Weg stehen.« Alexander traten die Tränen ebenfalls in die Augen, es fiel ihm sichtlich schwer, diese Worte auszusprechen. Ich schluchzte.

»Alexander, bitte, tu's nicht!«, flüsterte ich. »Ich brauche dich doch. Ich liebe dich!« Ich war im Begriff, auf ihn zuzugehen, als er seine Hand hob.

»Stopp, Ella! Bitte keinen Schritt weiter. Das ertrage ich nicht.« Das Sprechen fiel ihm sichtlich schwer. Er nahm den Revolver in die Hand.

»Alexander!«, schrie ich verzweifelt und hatte meinen Körper nicht mehr unter Kontrolle. Er hielt die Waffe an seine linke Schläfe und schloss die Augen. Seine Stimme klang weinerlich.

»Es ist so verdammt schwer, diesen Abzug zu drücken. So schwer, dich alleine zurückzulassen.« Meine Hände falteten sich automatisch zu einer Gebetsgeste.

»Bitte tu's nicht! Lass mich nicht alleine!«, brüllte ich mir die Seele aus dem Leib.

»Du bist nicht alleine, du hast Jeremy.« Beim Aussprechen dieser Tatsache brach er fast zusammen. »Ich wünschte, ich wäre nie geboren worden, Ella, dann hätte ich dir das alles niemals antun müssen.« Er entsicherte die Waffe.

»Nein! Alexander, nein!« Ich fiel auf die Knie, flehte ihn an. »Bitte bleib bei mir! Geh nicht ...«, schluchzte ich. Dabei wurde ich von jenem heftigen Weinkrampf übermannt, der mich in einem exzessiven Kummer ersticken ließ. Jeremy hingegen erstarrte zu einer Eisskulptur. Mit solch einem Abgang seines Bruders hätte er wohl nie gerechnet. Er war nicht fähig, nur einen Ton von sich zu geben, stand einfach da und starrte Alexander mit ausdrucksloser Miene an. Alexander sah mich an. Seine Augen waren mit Tränen gefüllt. Ich war sicher, er konnte mich gar nicht mehr sehen.

»Ich kann nicht, Ella. Es tut mir leid«, flüsterte er. Sein Leidensdruck war groß. Sehr groß. »In dem Umschlag steckt eine Kopie meines Testaments. Alles, was mir gehört, gehört auch dir.« Erschrocken über diese Äußerung blicke ich ihn an.

»Ich will dein Geld nicht! Ich will dich, Alexander, dich. Verstehst du nicht?«, schluchzte ich und bemühte mich um Augenkontakt. Doch vergeblich, vermutlich hörte er längst nicht mehr, was ich sagte, sondern war mit seinen Gedanken weit weg. Ich hatte ihn verloren, das wurde mir nun klar. Wer hatte im eigentlichen Sinne verloren? Ich? Er? Oder wir beide?

Im nächsten Augenblick ertönte ein dumpfer Knall und Alexander sackte über dem Bett zusammen. Ich weiß nicht mehr, wie, aber mit einem Mal war ich zu ihm geeilt und beugte mich über ihn. Er sah mich an. Sein Blick war starr, seine Augen weit aufgerissen. Ich weinte. Er wollte etwas sagen, doch er konnte nicht. Schützend nahm ich seinen Kopf auf meinen Schoß, begann wie hypnotisiert, hin und her zu wippen. Einige Blutstropfen sickerten auf mein weißes Kleid, sie waren rot. So rot wie die Baccara-Rosen, die er mir immer geschenkt hatte.

»Ich ... liebe ... dich ... Ella«, stammelte er und es fiel ihm sichtlich schwer, diese Worte überhaupt auszusprechen, dann verlor er das Bewusstsein. Ich würde wohl nie vergessen, wie er mich in dieser Nacht angesehen hatte. Dieser Blick würde mich mein ganzes Leben lang verfolgen. Ich schlug meine Lider nieder und senkte den Kopf auf meine Brust. Mein Atem wurde flach und langsam. Ich war völlig gebrochen.

Ich hatte das Liebste verloren, was ich jemals in meinem Leben gehabt hatte. Seelischer Schmerz war eine Wunde, die niemand sah und sehr lange brauchte, um wieder zu heilen, und meine Wunde würde wohl niemals verheilen. Im Laufe unseres Lebens begegneten wir Situationen, in denen wir verloren. Ich hatte verloren. Alexander hatte niemandem seine Narben gezeigt. Nur mir. Seinem Feind musste man ins Gesicht sehen und verstehen, warum er einem schaden wollte. Alexander hatte seinem Feind niemals ins Gesicht geblickt. Er hatte keine

Perspektive mehr gesehen. Weder privat noch beruflich. Sein einziges Ziel war es gewesen, mich zu schützen. Ich hatte wohl nicht in den Strudel einer verachtenden Gesellschaft gezogen werden sollen, der Moral und Sittlichkeit scheinbar wichtiger waren als der Reichtum, in dem sie sich suhlten.

Es ist nie zu spät für Veränderungen, hatte mein Vater immer gesagt. *Es ist nie zu spät, den Zug zu nehmen, der Tag für Tag am gegenüberliegenden Gleis ohne dich abgefahren ist.* Heute war Alexander eingestiegen und in eine andere Welt losgefahren. In sein eigenes Ich.

Die Hoffnung ist der Regenbogen
über dem herabstürzenden jähen Bach
des Lebens.

(Friedrich Wilhelm Nietzsche)

DER GLAUBE AN UNS –
EIN FELS IN DER BRANDUNG

Ich saß auf einem der Besucherstühle, starrte ins Leere und wartete darauf, dass Alexander aus der Narkose erwachen würde. Nur der gleichmäßige Ton des Überwachungsgerätes erfüllte das Krankenzimmer. Manchmal trafen wir im Leben die falschen Entscheidungen und es kam vor, dass die Gunst des Schicksals etwas anderes für uns bereithielt.

Alexander hatte den Kopfschuss überlebt. Genau aus diesem Grund war es mein Bestreben, seinem unerträglichen Schmerz, den er seit seiner Kindheit mit sich herumtragen musste, und dem Hass, den Jeremy seinem Bruder entgegenbrachte, ein Ende zu setzen. Jeremy hatte Alexander buchstäblich den Boden unter den Füßen weggezogen. Das durfte nie wieder passieren.

Der Eingriff war den Umständen entsprechend gut verlaufen und Alexander bereits auf dem Weg der Besserung. Der behandelnde Arzt hatte mich über seinen Gesundheitszustand aufgeklärt und gemeint, man könnte jetzt nur abwarten. Er hatte mich darüber in Kenntnis gesetzt, dass der Revolver laut polizeilicher Untersuchung Ladehemmung gehabt und das Projektil dadurch eine geringe Mündungsgeschwindigkeit aufgewiesen hatte. Da es sich zwischen der Kopfhaut und dem Schädelknochen festgesetzt hatte, hatte es keine der zentralen Gehirnregionen durchschlagen können, wie es normalerweise der Fall gewesen wäre, was bedeutete, dass Alexander vielleicht sogar bald wieder das Krankenhaus verlassen konnte. Alexanders Augen waren noch immer verbunden. Wenn die Kugel in sein Gehirn eingedrungen wäre, hätte sie in jedem Fall das Sehzentrum getroffen. Jetzt konnte ich nur hoffen.

Ich wollte gerade Alexanders Brief, den er mir an diesem Tag übergeben hatte, öffnen und lesen, als er sich regte. Der Umstand, dass er nichts sehen konnte, beunruhigte ihn bestimmt. Er stieß einen hörbaren Seufzer aus. Sofort ergriff ich seine Hand und er hielt sie fest, als wäre sie sein Rettungsanker. Ich stand auf, strich sanft über sein Gesicht.

»Alexander«, flüsterte ich. Sein Atem wurde bedeutend ruhiger.

»Ella«, wisperte er. Ich küsste ihn freudig auf den Mund und er drückte meine Hand. »Ich bin im Himmel und du bist mein Engel.« Er lächelte.

GRATIS

»BLINDE LEIDENSCHAFT«
VON KATY KERRY
DIE EROTISCHE INTERNET-STORY
MIT DEM GUTSCHEIN-CODE

KK1TBPDHN

ERHALTEN SIE AUF
WWW.BLUE-PANTHER-BOOKS.DE
DIESE EXKLUSIVE EROTISCHE ZUSATZGESCHICHTE
ALS E-BOOK IN DEN FORMATEN
PDF, E-PUB UND KINDLE.

REGISTRIEREN SIE SICH EINFACH ONLINE ODER
SCHICKEN SIE UNS DIE BEILIEGENDE
POSTKARTE AUSGEFÜLLT ZURÜCK!

Nur der Spießbürger glaubt, dass Sünde und Moralität entgegengesetzte Begriffe seien; sie sind eins; ohne die Erkenntnis der Sünde, ohne die Hingabe an das Schädliche und Verzehrende ist alle Moralität nur läppische Tugendhaftigkeit. Nicht Reinheit und Unwissenheit sind der im sittlichen Sinne wünschenswerte Zustand, nicht egoistische Vorsicht und die verächtliche Kunst des guten Gewissens machen das Sittliche aus, sondern der Kampf und die Not, die Leidenschaft und der Schmerz.

(Thomas Mann, aus dem Essay *Süßer Schlaf*)

DANKSAGUNG

Mein Dank gilt allen Mitarbeitern von *Blue Panther Books*, insbesondere Matthias Heubach meinem Verleger und Melanie Reichert, die prädestinierteste Lektorin, die ich jemals hatte.

Ganz besonders möchte ich mich bei Karl, dem Besitzer eines BDSM-Studios in Österreich, bedanken, der mir Einblick in die Szene verschaffte. Bei Tessa, die mich in ihre geheimsten Wünsche eingeweiht hat und mir das Gefühl vermittelte, dass BDSM nicht nur tiefste Leidenschaft, sondern eine unglaubliche Sehnsucht ist, mit dem Partner eins zu sein. Bei Manuel, der sich mir gegenüber geoutet hat und mich in seine Gefühlswelt hat eintauchen lassen. Und last but not least bei Andy: Ohne dich hätte ich dieses Buch niemals schreiben können. Alles, was ich darüber weiß, habe ich von dir gelernt. Danke, dass ich ein Teil deines Lebens sein durfte.

Eure Lady Ella.

Leseprobe:
Angelique Corse
Sünde in Schwarz

… Chris atmete tief durch. Sollte er das Foto endlich entsorgen? Es gefährdete sein durchaus zufriedenstellendes Seelenleben sowie den Blick in eine Zukunft voller Unabhängigkeit und Glamour, die er teilweise jetzt schon auskostete. Sogar in seinem Alltag gab es Momente, in denen er nachdenklich wurde und überlegte, was passieren würde, wenn die Geschäfte einmal weniger gut liefen. »Geld ist wundervoll, aber zuweilen schnell vergänglich« – diesen Leitsatz hatte er verinnerlicht, nachdem einige vertrauensvolle Geschäftspartner infolge puren Leichtsinns insolvent geworden waren.

Er griff nach dem Foto. Sollte er wirklich …? Doch als seine Hände an dem silbrig kühlen Rahmen verharrten, schmerzte die bloße Vorstellung dermaßen, dass er reflexartig losließ.

Ein zynisches Lächeln umspielte seinen Mund, als Chris sich in den Stuhl zurücksinken ließ. In einigen Situationen verhielt er sich noch immer wie ein Weichei und war froh, wenn niemand es mitbekam. Chris nahm einen weiteren Schluck von dem bräunlichen Getränk, das brennend seine Kehle herunterrann. Er versuchte, sich auf die neuen Statistiken zu konzentrieren, merkte jedoch nach kurzer Zeit, dass es sinnlos war. Seine Aufnahmefähigkeit war zu dieser fortgeschrittenen Stunde einfach erschöpft. Leicht genervt schaltete er den Rechner aus. Der Abend war zweifelsohne noch jung genug und wollte gelebt, ausgekostet werden. Doch wonach genau ihm der Sinn stand, wusste Chris nicht, was ihn mit zusammengepressten Lippen unterdrückt fluchen ließ. Hatte ihn das Foto so aus der Fassung gebracht? Offensichtlich, und das durfte nicht sein.

Ein verhaltenes Klopfen an der Tür beendete seine Grübeleien. Schnell wandte er den Kopf und sagte mit resoluter Stimme: »Herein.«

»Herr Schober?« Mit überraschter Miene sah Chris sich seiner neuen Sekretärin gegenüber, die ihn freundlich, aber auch etwas schüchtern musterte. »Ist alles in Ordnung? Es war so still im Büro und da dachte ich ...«

»Ja«, erwiderte Chris – bemüht, seine Stimme nicht zu streng klingen zu lassen, während er gleichzeitig überlegte, ob er ihre Gesellschaft zulassen oder sie wegschicken sollte.

Warum manche Frauen in seiner Gegenwart einen regelrechten Beschützerkomplex entwickelten, hatte Chris noch nie verstanden, zumal dieser meistens gewaltig nervte. Etwas abschätzig betrachtete er sein Gegenüber. Frau Schepphaus, so lautete ihr Name, war mit ihren sechsundzwanzig Jahren noch recht jung und hatte auch erst vor Kurzem begonnen, in der Firma zu arbeiten. Laut seinen Informationen war sie auf der Universität eine richtige Überfliegerin gewesen, in der Praxis hatte sie aber noch einiges zu lernen.

Äußerlich war sie zweifelsohne attraktiv für eine Frau von durchschnittlicher Körpergröße, hatte lange brünette Haare, die in leichten Wellen über ihre Schultern fielen, eine durch regelmäßiges Training wohlgeformte Statur und feste, mittelgroße Brüste. Ihre Augen waren fast krampfhaft auf den Boden gerichtet, was Chris bei Frauen eigentlich sehr zu schätzen wusste, jedoch nicht in der aktuellen Situation. Seine Angestellten sollten ihn zwar respektieren, aber nicht vor ihm kuschen wie Duckmäuser.

Er stand auf und stellte sich vor seinen Schreibtisch. »Schauen Sie mich an«, forderte er mit leicht harscher Stimme und musste den Impuls unterdrücken, sie sofort unter dem Kinn zu packen. Frau Schepphaus zuckte ängstlich zusammen, tat aber sofort, was er verlangte. Als Chris ihre Augen sah, stockte ihm für den Bruchteil einer Sekunde der Atem. Sie waren taubengrau und harmonierten perfekt mit ihrer Gesichtsform und den schmalen, rosigen Lippen. Chris schluckte und studierte unauffällig ihre Körperhaltung, wobei es schwer zu sagen war, inwieweit ihre Unsicherheit dabei eine Rolle spielte. Trotzdem sprach ihre Neigung, den Oberkörper stets leicht nach vorn zu beugen, sowie der erneute Versuch, die Augen niederzuschlagen, definitiv für eine devote Ader. Ohne es zu merken leckte Chris sich über die Lippen. Sollte er es versuchen?

»Sagen Sie mir Ihren Vornamen«, verlangte er ohne Umschweife und freute sich an der Überraschung seines Gegenübers.

»Lisa«, erwiderte diese kaum hörbar. Sie schien mit der Situation überfordert zu sein.

»Nun, Lisa«, setzte Chris fort und machte einen Schritt auf sie zu. »Warum haben Sie Angst vor mir?«

»Das habe ich doch gar nicht«, entgegnete die Angesprochene eine Spur zu schnell und senkte erneut den Blick, was ihre Worte Lügen strafte.

Chris verkniff sich ein Lachen. Wenn Frauen die Unwahrheit sagten, war es fast immer offensichtlich, und das amüsierte ihn. So auch dieses Mal. Doch anstatt etwas zu sagen, baute er sich vor ihr auf, sodass sein Oberkörper kurzzeitig ihre Brüste streifte. Eine Mischung aus Erregung und Schrecken zeichnete sich in Lisas Blick ab. Als sie zurückweichen wollte, nutzte Chris die Chance, umfasste grob ihr Kinn und drückte ihren Kopf nach hinten, sodass Lisa ihn anschauen musste. Wohlwollend registrierte Chris ihr kaum merkliches Zittern, das zweifelsohne verborgener Lust geschuldet war. Sein Gefühl hatte ihn also nicht getäuscht, aber noch wollte er sich ein bisschen Zeit lassen.

»Warum hast du Angst vor mir?«, knurrte er und verstärkte den Griff ein wenig.

»Es ... es gibt Gerüchte über Sie ... un ... unter den Mitarbeitern«, stammelte Lisa, machte jedoch keine Anstalten, sich zu befreien.

Spöttisch hob Chris die Augenbrauen. Er konnte sich denken, welche Gerüchte das waren, doch er wollte sie von dieser vor Erregung und angenehmer Furcht vibrierenden Stimme hören.

»Welche Art von Gerüchten ist das?«, forderte er eine Antwort und seine rechte Hand schloss sich so fest um Lisas Brust, dass diese quiekte.

»Dass Sie ein perverser Lustmolch sind, der es liebt, Frauen zu unterwerfen und als sein Spielzeug zu benutzen«, stieß sie mühsam hervor und Chris unterdrückte ein Lachen. In der Welt der Reichen und Schönen waren Gerüchte schnell gestreut und wurden – unabhängig davon, ob sie der Wahrheit entsprachen oder nicht – umgehend weitergetragen.

»So?«, erwiderte er gleichmütig und zog Lisa so ruckartig in seine Umarmung, dass diese erschrocken aufschrie. »Und? Wie lautet deine Meinung?« Seine Stimme war samtweich, bevor seine Zunge anfing, ihr Ohrläppchen nachzumalen. »Glaubst du, dass die Behauptungen wahr sind?«

»Ich ... ich weiß es nicht«, erwiderte sie heiser. »Zuerst habe ich sie nicht geglaubt, aber Ihrem Verhalten nach sind die Behauptungen wohl doch richtig.«

Chris grinste belustigt, eine solche Antwort hatte er erwartet.

»Würde es dich denn stören?«, führte er die Unterhaltung fort, während seine Hände langsam den Weg unter ihren Blazer fanden. »Wenn diese Tratschmäuler recht hätten und ich dich benutzen würde ...« – Chris zwang sie zum direkten Blickkontakt – »... als williges Spielzeug, das sich mir unterwirft?«

Über Lisas Wangen zog sich eine flammende Röte, die Chris' Vermutung bestätigte. Trotzdem schüttelte sie heftig den Kopf.

»Nein ... ich kann ... ich weiß nicht.«

Solche Antworten kannte er zur Genüge und es würde ihm eine Freude sein, diese vermeintlich unbedarfte Frau an ihre Grenzen zu bringen.

»Sei still!«, befahl er schroff und drängte sie in einen harten Kuss.

»Dein Mund protestiert ...« Fordernd zog er ihren Rock nach oben und schob sein Bein zwischen ihre leicht gespreizten Schenkel. Wie erwartet empfing ihn eine einladend feuchte Spalte, die nur allzu willig war, verwöhnt oder auch gequält zu werden. »... Aber dein Körper behauptet das Gegenteil. Wem von beiden soll ich glauben?«

Lisas strahlende Augen, die sie noch immer zu verbergen versuchte, waren ihm Antwort genug.

Grob riss Chris ihre unschuldig weiße Bluse in Fetzen und sah, dass sie keinen BH trug, was bei ihrer Oberweite schon einen gewissen Mut erforderte.

»Hmm«, hauchte Chris, während seine Hände sich um ihre Brüste legten. »Was mache ich jetzt mit dir?«

»Ich weiß nicht«, entgegnete Lisa, immer noch verwirrt. »Was möchtest du denn?«

Chris' Augen blitzten zornig und er kniff sie in die Brustwarzen, die sofort darauf reagierten.

»Solange wir uns in diesem Spiel befinden, werde ich mit Master angesprochen, ist das klar?« Seine linke Hand krallte sich in Lisas Haarpracht und zog sie nach hinten, sodass er ihren ängstlichen Blick auskosten konnte. Trotz sichtbarer Schmerzen schrie sie jedoch nicht.

»Aber für den Anfang will ich mal nicht so sein, zumal dein

Ungehorsam« – er betonte dieses Wort verführerisch und Lisa erschauerte – »mich inspiriert hat.«

Seine Hand glitt trügerisch sanft über ihre Pobacken. »Dreh dich um!«, befahl er und zu seiner Überraschung gehorchte sie sofort.

Lisa stützte sich mit den Händen am Schreibtisch ab und wandte Chris den Rücken zu. Dass ihr Gesicht einen gewissen Widerwillen zeigte, ignorierte er geflissentlich, die Reaktionen ihres Körpers waren eindeutig gewesen. Sie würde sich fallen lassen und jede einzelne Nuance des Schmerzes ergeben genießen. Chris' Grinsen nahm teuflische Züge an, als er Lisas Rock hochhob und ihren dargebotenen Po fasziniert betrachtete. Dieser war zu seiner Erleichterung zwar wohlgeformt und knackig, wies jedoch auch eine gewisse Breite auf, sodass man sich hinreichend austoben konnte. Er mochte keine dürren Frauen, denen man beim Spielen die Knochen brechen konnte.

»Wundervoll«, flüsterte Chris mit tiefer Stimme, ehe er ihr mit einem schnellen Handgriff Strumpfhose und Tanga herunterriss.

Lisa keuchte auf und machte Anstalten, sich zu entziehen.

»Nicht bewegen.« Chris zögerte nicht und biss einige Male in das weiche Fleisch, bevor seine Finger langsam zu Lisas Rosette wanderten und diese flüchtig liebkosten. Zu seiner Überraschung reagierte Lisa sofort, sie stöhnte auf und das kleine Loch begann einladend zu pochen.

»Oh, will meine Sklavin etwa mehr?«

Er wartete die Antwort nicht ab, sondern umkreiste es mit seiner Zunge, jedoch nur so kurz, dass es kaum befriedigend sein konnte. Lisa wimmerte protestierend und zog ihre Pobacken leicht ein.

»Ich sagte: nicht bewegen!«, herrschte Chris sie an und verteilte zum Teil kräftige Schläge, die sofort leuchtend rote Striemen hinterließen, auf der breiten Fläche.

Weitere erotische Geschichten:

Alexandra Gehring
Die Abrichtung SM-Roman

»Abrichtung« ist die perfekte Ausbildung in allen SexBereichen, vom normalen Ficken bis zum BDSM mit seinen vielen SpielVarianten.

In einem Elite-Camp wird Sari auf Wunsch ihres Mannes zur perfekten Sub abgerichtet. Sie hat zu tun, was ihre Ausbilder täglich von ihr verlangen.

Über AtemKontrolle bis hin zum SkullFuck hat sie alles über sich ergehen zu lassen ...

Kann Sari sich darauf einlassen? Kann sie das durchhalten? Wird ihr Mann stolz auf sie sein?

Leila Robinson
Jung! Schön! Devot!

Luna fällt aus allen Wolken, als ihre beste Freundin Sina ihr offenbart, dass sie mit ihrem neuen Partner Marc eine SM-Beziehung führt.

Die anfängliche Skepsis weicht schnell der Neugier auf diese geheimnisvolle Art der Erotik, und Luna lässt sich auf eine gedankliche Reise in diese fremde Welt ein.

Schon bald ist die Verführung so groß, dass sie ihr nicht wiederstehen kann, es wissen und selbst erleben will. Voller Leidenschaft gibt sie sich, auf der Suche nach sich selbst, hin.
Wird sie die erhoffte Lust in der Unterwerfung finden?

Eine erotische Reise durch die Anfänge des BDSM zweier junger Frauen, die sich und ihre Sexualität neu entdecken.

Jetzt NEU: Erotische Ratgeber

Arne Hoffmann
Die ersten Schritte SM

»Die ersten Schritte SM« richtet sich an absolute Neulinge in der Kunst der erotischen Unterwerfung. Wenn du noch nichts oder nur wenig über solche Praktiken weißt und Fragen hast, dann liegst du mit diesem Ratgeber genau richtig. Schritt für Schritt führt er dich in eine ebenso faszinierende wie erregende Welt. Er zeigt dir, wie du am besten vorgehst, damit SM-Spiele für dich und deinen Partner eine großartige Erfahrung werden, die euch beide glücklich macht.
Neben vielen Informationen und Tipps findest du auch einen Neigungsfragebogen für SM-Spiele, der dir und deinem Partner hilft, eure Wünsche auf einen Nenner zu bringen.

Herzliche Grüße, Arne Hoffmann

Arne Hoffmann
Dominanz

Wie gehst du am besten vor, wenn du deinen Partner zu deinem Sklaven machen möchtest? Mit welchen Techniken wirkst du auf erregende Weise dominant? Wie kannst du deinen Partner am raffiniertesten demütigen und bestrafen? Und worauf musst du achten, um ungewollte Schäden zu vermeiden? Die Antworten auf all diese Fragen findest du in diesem Buch – und viele Ideen für fantasievolle Erniedrigungen gibt es dazu. So lernst du Schritt für Schritt die Kunst der erotischen Herrschaft und gestaltest aus der Unterwerfung deines Partners ein erregendes Erlebnis für euch beide.

Herzliche Grüße, Arne Hoffmann